2006年度国家社会科学基金项目
天津师范大学学术著作出版基金资助出版

瓦舍文化与通俗叙事文体的生成

宋常立 著

人民出版社

目 录

将其等同于作家作品，不能完全按照书面作品的分析方法和评价标准去分析评判它们，而要将它们与后来的作家作品区分开来，通过它们可以研究瓦舍叙事伎艺口头创编的一些特征。

瓦舍中的说话、诸宫调、傀儡戏、影戏、北曲杂剧等，本是瓦舍故事说唱这同一娘胎中的孪生兄妹，它们的叙事方式都是口头说唱叙事，它们最初的口头形态是混沌不分的，只是转化为文本以后，它们才有了可以标明各自身份的清晰可辨的"文体"，才开始走向文体的分化与独立。所以，古代小说、戏曲的叙事形态，从本源上说，是同一瓦舍说唱基因的遗传与变异。要想搞清小说戏曲的关系，就要了解瓦舍文化。

基于以上考虑，本书五章的结构体系即依照中国古代通俗叙事文体生成发展的逻辑顺序而构建。全书五章，可以依次表述为：（一）瓦舍世俗娱乐场所的出现与通俗叙事伎艺的兴起；（二）口头叙事伎艺的口头创编方式与口头程式；（三）口头叙事伎艺的口头叙事形态与口头叙事体制的生成；（四）口头叙事的文本化与瓦舍的消亡；（五）走向案头，书面叙事艺术的发展。这个结构体系反映了瓦舍由兴起到消亡，瓦舍口头叙事伎艺由口头到文本，再到案头的自觉写作，这样一种中国古代通俗叙事文体发生与发展的逻辑关系。

本书各章节思考的主要问题和论述思路如下。

第一章重点是从城市空间形态的演变，探讨瓦舍世俗娱乐场所的出现与"说话"的兴起。

在唐代封闭的坊市制管理的都市空间中，唯有寺院是面向世俗大众开放的，在寺院中出现了面向世俗大众的俗讲、转变、说话等通俗故事说唱，寺院成为附属于宗教下的世俗娱乐场所，这就形成了唐代都市空间整体封闭中的局部开放，唐代都市空间的这种生态失衡，使以世俗大众为主体的瓦舍文化从唐代寺院中兴起。

北宋坊市制的瓦解，使城市空间走向全面开放，于是，独立的公众娱乐场所——勾栏瓦舍出现了。宋代以"说话"、诸宫调、杂剧等瓦舍众伎为内容的瓦舍文化的全面发展，是中国古代都市空间生态进化的结果。

从文化生态学的视角研究瓦舍文化，是将瓦舍的构成看作是一个完整的生态系统，瓦舍的各构成要素，是相互依存、竞争、演化的关系。本章探讨了瓦舍文化的生态构成及其主要特征。

第二章的重点是运用口头程式理论分析口头叙事伎艺的口头创编方式。

口头创编的主要方式是程式的运用。说话人储备程式，随时调用程式进行演唱，正如《醉翁谈录》所谓"说收拾寻常有百万套"。元杂剧的创作也离不开程式。尽管元杂剧往往需要作家作曲，但元杂剧的编演分工并不明确，其主要原因是：处于口头传统中的元杂剧的故事间架、套曲音乐以及宾白韵语，有大量的口头程式可在表演中创作，所以不必一一写出。杂剧中曲白相生的故事说唱，最终是由伶人在口头表演中完成的。程式也可以使听觉的接受过程变得轻松。程式化的语句中积淀着传统的故事基因以及民俗、信仰、格言、智慧，某个程式一提头，听众就知道要说什么，使"说—听"的渠道变得顺畅起来，使听觉艺术在重复中温习记忆，为理解下面的故事做好了铺垫。在宋元话本、元杂剧中有大量的程式化的语句，常被论者批评为套语滥调，但就是这些程式化的套语，却是艺人口头创编的法宝。

第三章主要论述口头叙事伎艺的口头叙事形态。探讨了转变、说话、诸宫调、傀儡戏影戏及元杂剧在说、唱、演之间的转化过程。对其中涉及的几个疑难问题，本书提出了个人看法。

"变文"是什么？在讨论这个问题时，学术界大都对俗讲、转变不分，认为俗讲就是转变，转变就是俗讲。本课题认为，相对俗讲，转变无论在形式上还是性质上都发生了变化，转变是俗讲的"形变"与"质变"。研究变文，主要是要搞清与之相联系的口头伎艺——"转变"的含义及其口头形态，至于变文，只是"转变"的文本化，仅此而已，"变文"一词无须多加解释。当"转变"褪去宗教仪式的外衣而成为娱乐性的通俗叙事伎艺，其中以说为主的"转变"与"说话"趋同，在这种宗教性与娱乐性的消长中，"转变"消解，"说话"兴起。

孙楷第提出的元杂剧出自傀儡戏影戏的观点，至今仍受到学术界多数人的质疑和否定。本课题认为，如果将"以歌舞演故事"的元杂剧的生成，看作是传统的"歌舞"表演系统和"故事"说唱系统的融合，那么，"歌舞"表演系统就是源自汉唐歌舞戏和宋金杂剧院本，而"故事"说唱系统则是源自唐宋口头叙事伎艺如唐代的俗讲、转变，宋代的说话、诸宫调、傀儡戏影戏等。在这个口头叙事系统中，宋代傀儡戏影戏是最接近元杂剧叙事的一个环节，孙楷第也是如此论证的。孙楷第的这一贡献，应予为之正名。

从唐宋"说唱"故事到元杂剧的"演唱"故事，其"说—听"互动的交流机制一脉相承，表面上看这是它们相互间的借鉴和影响，实质上是为适应同一瓦舍生态环境而采取的共同的适应对策。

第四章"口头叙事的文本化与通俗叙事文体的生成",重点思考的问题有:

一是"口语白话写作能力的提高"与"通俗叙事文体生成"的关系。唐宋时期正是"近代汉语"所说的口语白话大量产生的时期,但人们可以用口语白话"说",却不一定能用口语白话"写"。例如唐代文言小说起初大都是先由文人讲故事,然后再将故事写下来。其产生的过程与话本的文本化本来是一样的。但是,同样是口头讲故事,唐代文人口讲的故事记录下来的一律是文言小说,而将宋元"说话"记录下来的却都是白话小说。这是为什么?问题出在,唐代文人的雅正文学观念和文言写作的训练习惯,使他们不屑也不能去熟悉民间口语并用以写作,他们不可能甘心作民间故事的记录整理者。而宋元间的通俗文学的作者,大都是熟悉甚至就是亲自参与表演的艺人或下层文人,他们运用白话写作,如其口出,信手拈来,以此为业。所以,口语白话"写作能力"的提高与"演撰互动"的通俗作者群的出现,就成为口头叙事文本化的关键。

二是通俗叙事文体生成过程中的变异性。这其中既有口头传承中的变异,也有口头表演体制向书面阅读体制转化中的变异。研究现存宋元话本和元杂剧的文本,就要关注其文本生成过程中的变异性。但是,口头表演一旦转化为文本之后,话本与杂剧文本的变异原因又有所不同。话本文本只供阅读,脱离了表演语境的话本文本的变异,主要是加工刊刻过程中的变异。杂剧文本虽也供阅读,但不离表演,所以,杂剧文本的变异,既有加工刊刻的变异,也反映舞台演出的变异。

三是对瓦舍消亡原因的思考。多层次的世俗大众的流动性是瓦舍存在的基础,川流不息的世俗群体维系着瓦舍的代谢,这个群体一旦被分流减少,也就动摇了瓦舍的存在。正是基于这一点考虑,本书提出了瓦舍消亡的三点主要原因,即印刷媒介的介入、口传谱系的消失以及作为综合娱乐广场的瓦舍被单一的戏场所取代。

第五章主要探讨口头叙事文本化后,书面叙事艺术的发展。

书面叙事艺术的发展是纷繁多样的,不是本书一个章节可以描述的。所以,本章仅举几个显著不同于口头叙事的书面叙事艺术特征,以见一斑。

走向案头以后的书面叙事艺术,仍然遗存着口头叙事艺术的胎记,这构成了中国古代通俗叙事文体的民族特色。

第一章

唐宋都市空间的生态进化与瓦舍文化的发展

在唐代封闭的都市空间中，寺院是面向世俗大众开放的，尽管寺院戏场还是附属于宗教的，只有在宗教的名义下，才有了面向世俗大众的俗讲、转变、说话等长篇故事说唱，但寺院终究为这些面向世俗大众的故事说唱活动提供了必要的场地空间和时间，这在唐代寺院之外的空间中是不存在的，唐代寺院成为封闭的都市空间中世俗大众的娱乐场所。寺院也称"瓦舍"①，以世俗大众为主体的瓦舍文化，就从唐代寺院中兴起。至唐宋之际，中国历史上的都市制度发生了根本性的变革，北宋的城市空间走向全面开放，于是，独立的公众娱乐场所——勾栏瓦舍出现了。宋代以"说话"、诸宫调、杂剧等瓦舍众伎为内容的瓦舍文化的全面发展，是中国古代都市空间生态进化的结果。

第一节　唐代都市空间的生态失衡与瓦舍文化的兴起

唐代寺院面向世俗大众的开放，形成了唐代都市空间整体封闭中的局部开放，唐代都市空间的这种生态失衡，使以世俗大众为主体的俗讲、转变、说话只能从寺院中兴起，而生存于唐代寺院之外封闭空间中的杂戏"市人小说"因无法使世俗大众参与，只能面向少数个体受众，由此构成的伎艺形态，与以面向世俗群体为特征的"说话"，没有直接的渊源关系。

---

① 参见康保成：《"瓦舍"、"勾栏"新解》，《文学遗产》1999 年第 5 期。

一、唐代都市空间的封闭与"市人小说"的贵族化

论及"说话"的渊源，历来的研究者几乎一致认定"说话"的直接渊源是唐代杂戏"市人小说"。如有的学者就明确说："'说话'源于杂戏、且唐时仍多附属于杂戏之中，这从段成式《酉阳杂俎》续集卷四《贬误》篇中所记'因弟生日，观杂戏，有市人小说'也可以看出。"①《中国古代小说百科全书》解释"市人小说"一词时，也将其视为"宋代说话的先声"：

> 唐代民间说话。段成式《酉阳杂俎》续集卷四《贬误》篇说："予太和末因弟生日观杂戏，有市人小说呼扁鹊作褊鹊，字上声。"说明市人小说是一种杂戏。《唐会要》卷四亦载：元和十年（815）韦绶"好谐戏，兼通人（即民字，唐人避讳而改）间小说。"民间小说即市人小说。可见唐代都市已有说话艺术，为宋代说话的先声。②

这种认为"说话"是源于唐代"市人小说"的看法，都是依据胡士莹《话本小说概论》"民间的说话"一节，将"市人"解释成了"街坊艺人"：

> "市人"不是指一般市民，而是指街坊艺人（包括各种伎艺），高承《事物记原》所谓"仁宗时市人有能谈三国事者"的"市人"，"市"，即此。③

由此推论，"市人小说"就是"街坊艺人"的小说，也就是"民间小说"，当然也就成了"民间的说话"。

其实，"市"或"市人"，并非指"街坊艺人"。

依据唐代文献，"市人小说"之"市人"，本指唐代长安东西"两市"的伎艺人。如唐代段安节《乐府杂录》中有东西"两市"之"市人"在天门街进行琵琶伎艺较量的记载：

---

① 萧相恺：《宋元小说史》第二章第一节"说话的渊源"，浙江古籍出版社1997年版，第25页。另如，胡士莹：《话本小说概论》，中华书局1980年版；欧阳代发：《话本小说史》，武汉出版社1998年版；萧欣桥、刘福元：《话本小说史》，浙江古籍出版社2003年版；这些著作凡谈到"说话的渊源"，无不直接上承唐代"市人小说"、魏晋"俳优小说"等所谓本土"说话"传统。

② 《中国古代小说百科全书》，中国大百科全书出版社1993年版，第471页。

③ 胡士莹：《话本小说概论》上，中华书局1980年版，第18页。

贞元中有康昆仑，第一手。始遇长安大旱，诏移两市祈雨。及至天门街，市人广较胜负，及斗声乐，即街东有康昆仑琵琶最上，必谓街西无以敌也。遂请昆仑登彩楼，弹一曲新翻羽调《录要》，其街西亦建一楼，东市大诮之。及昆仑度曲，西市楼上出一女郎，抱乐器，先云："我亦弹此曲，兼移在枫香调中。"及下拨，声如雷，其妙入神。昆仑即惊骇，乃拜请为师。①

文中"诏移两市祈雨"之"两市"，即指东市和西市，也就是说，奉诏于天门街"祈雨"的是长安城中东市和西市的艺人。文中"市人广较胜负"之"市人"，指的就是东西"两市"中的琵琶艺人。其中所谓"街东有康昆仑琵琶最上"，"街东"指的是天门街以东的"东市"，康昆仑是"东市"的琵琶高手。而所谓"西市楼上出一女郎"，这位弹琵琶的"女郎"则是"西市"的伎艺人。不仅是伎艺人，其他"市"的经营者，也叫"市人"。如唐代李肇《唐国史补》卷中记："宋清卖药于长安西市。"②柳宗元《宋清传》则说："宋清，长安西部药市人也。"③宋清在长安"西市"卖药，被柳宗元称之为"西部药市人"，卖药的宋清是隶属"长安西市"的"市人"。

唐代的"市人"受"两市"管理。"市人"都有"市籍"，刘禹锡《观市》一文谈到入市经营者是"有市籍者咸至"④。没有"市籍"资格的艺人是不存在的，而由"市籍"艺人经营的演出则受到严格的限制。唐代都城实行坊市制，无论居民居住的"坊"或商业经营的"市"，四围均有墙，实行封闭管理，人员出入"坊"和"市"都有严格的时间限制，且不允许民众随便于"坊市聚会"。如唐会昌三年（843）十二月，京兆府在给皇帝的上奏中提到："'近日坊市聚会，或动音乐。……自今已后，请皆禁断。'从之。"⑤上引琵琶艺人在天门街的"聚会"表演，是奉"诏"进行的，属于特殊情

---

① （唐）段安节：《乐府杂录》，《中国古典戏曲论著集成》一，中国戏剧出版社 1959 年版，第 50 页。
② （唐）李肇：《唐国史补》，上海古籍出版社 1979 年版，第 46 页。
③ （唐）柳宗元：《柳宗元全集》，曹明纲标点，上海古籍出版社 1997 年版，第 144 页。
④ （唐）刘禹锡：《刘禹锡全集》，瞿蜕园校点，上海古籍出版社 1999 年版，第 140 页。
⑤ （宋）王溥：《唐会要》下，上海古籍出版社 2006 年版，第 737 页。

况①。也就是说，隶属两市的伎艺人是不允许在街坊上或市场内搞群体性的"聚会"演出。可见，"市人小说"之"市人"不是可以在"街坊"上随意演出的"街坊艺人"，而是受东西"两市"严格管理的"两市"艺人。

唐代"市人"杂戏、小说既然不能在"坊市聚会"面向世俗大众演出，我们看到有关文献的记载，就都是在"两市"或宫掖府邸，面向贵族、商人等个体受众的演出。

"市人"杂戏在"两市"内的演出，唐代韦绚《刘宾客嘉话录》中有所记载：

> 大司徒杜公在维扬也，尝召宾幕闲语："我致政之后，必买一小驹八九千者，饱食讫而跨之。著一粗布襕衫，入市看盘铃傀儡，足矣！"②

大司徒杜佑向宾客幕僚吐露心迹，表示辞官退休之后要买一匹小马，饱食后骑乘之，"入市看盘铃傀儡"。其所说的"入市"之"市"，指的就是东西"两市"。可见，杂戏"市人傀儡"是在"两市"内表演。但"两市"内的空间有限，不可能设有能容纳群体性受众的大型娱乐场所。唐代长安城居民居住的坊共有 109 个③，东西两市的面积各占两坊之地，考古实测均不足 1 平方千米，相对于百万人口的大都市来说，东西两市面积仅约占全城总面积的百分之二④。"市"内主要是商业店铺，据《长安志》卷八记载，东市"东西南北各六百步，……市内货财二百二十行"⑤，所谓"行"，不是商贸活动自然形成的行业，而是人为管理形成的经营同类商品店铺的集中排列，这是封闭式的市场管理所需要的。为了求得店铺整齐，唐中宗景龙元年还曾专

---

① 唐代街坊上的"聚会"表演大都是经朝廷特批的。如《太平广记》卷一九三"嘉兴绳技"条云："唐开元年中，数敕赐州县大酺，嘉兴县以百戏与监司竞胜精技，……明日，吏领至戏场，诸戏既作，次唤此人，令效绳技。"（宋）李昉等编：《太平广记》第四册，中华书局 1961 年版，第 1449 页。可知，州县"戏场"表演，是经"敕赐"批准的。

② （唐）韦绚：《刘宾客嘉话录》，中华书局 1985 年版，第 4 页。

③ 这是唐玄宗开元二年以后长安城中的坊里之数。唐代都城按不同时期有 108、110、109 三种不同坊里数。参见张永禄：《唐都长安》"坊里之数"一节，三秦出版社 2010 年版，第 177—179 页。

④ 参见中国科学院研究所西安唐城发掘队：《唐代长安城考古纪略》，《考古》1963 年第 11 期。

⑤ （宋）宋敏求：《长安志附长安图志》，中华书局 1991 年版，第 108 页。

门下诏称："两京市诸行，自有正铺者，不得于铺前更造偏铺。"并且市内众人不得喧闹："诸在市及人众中相惊动令扰乱者，杖八十。"① 空间狭小，店铺密集，又"禁断""坊市聚会"，可以想见，杜佑所说"入市看盘铃傀儡"，傀儡杂戏艺人面对的只能是少数个体受众，长安城东西"两市"内没有可以让世俗大众"聚会"进行"说话"表演的场地。

在唐代长安封闭的东西"两市"内可以表演杂戏（市人小说等），却无法进行"说话"表演，这不仅为"两市"空间所限，也受"两市"营业时间所限。与表演短小节目的杂戏不同，说话伎艺要面向世俗大众讲述长篇通俗故事，而东西"两市"的营业时间不允许进行讲述长篇通俗故事的"说话"表演。唐代东西"两市"实行封闭管理，其营业时间受到严格的限制。据《唐会要》卷八十六"市"条载："景龙元年十一月敕：……其市当以午时击鼓二百下，而众大会；日入前七刻击钲三百下，散。""市"在夜间不许营业："开成五年十二月敕：京夜市宜令禁断。"② 可见，唐代的"市"大致是中午十二点开始营业，太阳未落前一个多小时（日入前七刻）散市，开市时间总共只有下午的约四、五个小时。而市门启闭的时间掌握很严，击鼓以开，击钲而闭，有关人员必须按时启闭市门。《唐律疏议》卷八"卫禁"规定："错下键及不由钥而开者，杖六十。……若擅开闭者，各加越罪二等（即处以徒刑二年）。"③ 这些制度都体现了唐代朝廷对市场管理的严厉性。在这样短暂的时间内，"两市"内可以有"市人小说"、"市人傀儡"之类短小的杂戏表演，却不可能有讲述长篇通俗故事的"说话"。

"两市"伎艺人除在东西"两市"内演出，也待召前往宫掖府邸等处。唐代张读《宣室志》卷十记李林甫曾召募"西市"内"善射"的伎艺人："术士曰：'可于长安市求一善射者以备之。'林甫乃于西市召募而得焉。"④ 这位隶属西市的伎艺人是应李林甫的"召募"。可知，段成式在其弟生日斋筵上观看的杂戏市人小说，也是从东西两市"召募"来的。也有应宫廷"召募"的，如宋代史官乐史《杨太真外传》记，唐天宝五载七月，唐玄宗召回因妒悍忤旨的杨贵妃，"玄宗见之内殿，大悦。贵妃拜泣谢过。因召两市杂

---

① （宋）王溥：《唐会要》下，上海古籍出版社2006年版，第1874页。
② （宋）王溥：《唐会要》下，上海古籍出版社2006年版，第1874、1875页。
③ （唐）长孙无忌等：《唐律疏议》，刘俊文点校，中华书局1983年版，第171页。
④ （唐）李冗、张读：《独异志　宣室志》，中华书局1983年版，第129页。

戏以娱贵妃。"① 这是唐玄宗召募东西"两市"的"杂戏"艺人在"内殿"为杨贵妃表演。

在宫掖府邸的"斋筵"上可以进行杂戏（百戏）、市人小说表演，却不适宜表演"说话"。

胡士莹《话本小说概论》曾引所谓李义山《杂纂》"冷淡"条"斋筵听说话"一语，用以说明"说话"是"在庆祝及斋会时用之"，又引"《玉堂闲话》（《太平广记》卷二五七引）载唐营丘豪民值生辰，召僧道启斋筵，伶伦百戏毕备"一条资料，用以证明"斋筵"上表演的"百戏"就是"说话"②，这其实是一个错误。

"斋筵听说话"一语，不是要证明"说话"是"在庆祝及斋会时用之"，而是说明"说话"不适宜在"斋筵"上表演。附属于"冷淡"条下的"斋筵听说话"一语，原文的完整意思是："斋筵听说话——冷淡"。其意是说，在"斋筵"上进行"说话"表演，其效果只能是"冷淡"，这是否定"说话"可以"在庆祝及斋会时用之"。这从"冷淡"条下的其他几例也可看出，如"冷淡"条下的"念曲子"、"说杂剧"是说，"曲子"该"唱"不"唱"却去"念"，结果是"念曲子——冷淡"，"杂剧"该"演"不"演"只一味地"说"，结果是"说杂剧——冷淡"。可见，附属于"冷淡"条下的"斋筵听说话"、"念曲子"、"说杂剧"等都是被否定的。这样，这条资料，不但不能证明"百戏"就是"说话"，反而说明"斋筵"上所表演的"百戏"不是"说话"。

在唐代长安东西"两市"内经营的"杂戏"与经营其他商品一样，都要花钱消费，且价格昂贵，所以，召募"两市杂戏"的都是贵族、商人等，普通世俗大众是消费不起的。如《资治通鉴》卷二百五十二"唐纪六十八"记载，乾符元年（874）二月，唐僖宗召回被贬的宰相刘瞻，"瞻之贬也，人无贤愚，莫不痛惜。及其还也，长安两市人率钱雇百戏迎之。"③ 宰相刘瞻为

---

① 丁如明辑校：《开元天宝遗事十种》，上海古籍出版社 1985 年版，第 133 页。

② 胡士莹：《话本小说概论》上，中华书局 1980 年版，第 18 页。其实，"斋筵听说话"这条资料并非出自李义山《杂纂》"冷淡"条，而是出自宋代王君玉的《杂纂续》"冷淡"条，参见（宋）王君玉：《杂纂续》，曲彦斌校注：《杂纂七种》，上海古籍出版社 1988 年版，第 64—65 页。

③ （宋）司马光：《资治通鉴》第十七册，中华书局 1956 年版，第 8170 页。

政清廉敢于直谏，唐懿宗因爱女同昌公主病逝而迁怒医官，杀翰林医官韩宗劭等二十多人，并将他们的亲族三百余人全部关入京兆狱，刘瞻召集谏官上言，众多谏官畏惧唐懿宗，无人敢言，刘瞻独自上言，据理力争，触怒唐懿宗而遭贬谪。此次被唐僖宗召回，东西两市商人为了表达对刘瞻复职回朝的欢迎，"率钱雇百戏迎之"。连"两市"的商家都需"率钱"集资"雇百戏"，可见"两市"杂戏（百戏）艺人需用钱"雇"，且价钱不少。又据《太平广记》卷二百五十七"陈癫子"条记载：唐时营丘富豪陈癫子，"每年五月，值生辰，颇有破费，召僧道启斋筵，伶伦百戏毕备，斋罢，伶伦赠钱数万。"①这位富豪生日"斋筵"演"百戏"，要赠伶人"数万钱"。以此可知，唐玄宗在内殿"召两市杂戏"，段成式"因弟生日观杂戏"，都要花钱"雇"。包括"市人小说"在内的"两市杂戏"，主要消费对象是贵族、商人等，是一种贵族化的娱乐伎艺。

唐代"市人小说"的贵族化，也是历史传统的延续。魏晋"俳优小说"与唐代"市人小说"一脉相承，构成了"杂戏小说"传统，"俳优小说"就源于宫廷帝王娱乐。《三国志·魏志》卷二十一《王粲传》裴松之注引《魏略》云，曹植面对邯郸淳："……诵俳优小说数千言讫，谓淳曰：'邯郸生何如耶？'"②曹植"诵俳优小说"之所谓俳优，"俳"是谐戏，"优"在上古本是国君的弄臣、家奴，周时，各诸侯国都有"优"，如优施是晋献公的优，优孟是楚庄王的优。"俳优"多以诙谐滑稽的表演娱乐帝王，有时还趁机进行委婉讽谏。汉代贾谊《新书》卷八"官人"，将天子的官员分六等，其中："大臣奏事，则俳优侏儒逃隐，声乐技艺之人不并奏。"③这是说，大臣奏事的时候，表演俗乐的俳优侏儒、声乐技艺之人要回避，要中断表演，因为天子不能在大臣面前观赏俗乐。俳优表演只用于宴私之乐，这也说明了俳优作为国君弄臣、家奴的地位。汉代赋家常效法俳优委婉讽谏的方式，杨雄所谓"又颇似俳优淳于髡、优孟之徒"④（《汉书·扬雄传》）。可见，俳优一直有服务于帝王的传统。而"小说"一词也源自稗官将"街谈巷语，道听途说者之

---

①　（宋）李昉等编：《太平广记》第六册，中华书局1961年版，第2006页。

②　（晋）陈寿：《三国志》第三册，中华书局1959年版，第603页。

③　（汉）贾谊撰，闫振益、钟夏校注：《新书校注》，中华书局2000年版，第293页。

④　（汉）班固：《汉书》第十一册，中华书局1962年版，第3575页。

所造"献纳于君而得名①，同样具有服务于帝王的性质。所以，俳优小说从其传统上看，就是贵族化的娱乐伎艺。"俳优小说"的内容是讲一些诙谐调笑或带有讽谏意味的小段子，《隋书·经籍志》子部"小说家"类著录邯郸淳有《笑林》三卷，可见邯郸淳也是以善讲笑话而著称，曹植因与邯郸淳不相上下而自豪，可知所谓"诵俳优小说数千言"，也就是讲诵一段一段的谐谑段子。其后的相关记载皆与之相类，如《魏书》卷九十一《蒋少游传》记，青州刺史侯文和，"滑稽多智，辞说无端。尤善浅俗委巷之语，至可玩笑。"②《北史》卷四十三《李崇传》附《李谐传》子李若"性滑稽，善讽诵。数奉旨诗咏，并使说外间世事可笑乐者，凡所话谈，每多会旨。……帝每狎弄之。"③《南史》卷六十五《陈宗室诸王》中说：始兴王叔陵"夜常不卧，执烛达晓，呼召宾客，说人间细事，戏谑无所不为。"④ 以致唐代韦绶的"人间小说"也是"时以人间鄙说戏言以取悦太子"⑤。从这些记载可以看出，从曹植的"诵俳优小说"到唐代的"市人小说"、"人间小说"，它们都属于"至可玩笑"、"可笑乐"的"人间鄙说戏言"之类，帝王贵族、文人雅士是其主要接受对象，宫掖府邸、私人宅第是其主要演出场所。正是这些特点，构成了从"俳优小说"到"市人小说"的贵族娱乐传统。这个传统也可从"小说"这一概念的使用上看出。

从概念使用上说，曹植"诵俳优小说"、段成式观"市人小说"、韦绶"通人间小说"，都用"小说"一词，而不用"说话"，这并非偶然。郭

---

① 《汉书·艺文志》："小说家者流，盖出于稗官，街谈巷语，道听途说者之所造也。"颜师古注引"如淳曰：'王者欲知闾巷风俗，故立稗官使称说之。'"（汉）班固：《汉书》第六册，中华书局 1962 年版，第 1745 页。
② （北齐）魏收：《魏书》第六册，中华书局 1974 年版，第 1971 页。
③ （唐）李延寿：《北史》第五册，中华书局 1974 年版，第 1606 页。
④ （唐）李延寿：《南史》第五册，中华书局 1975 年版，第 1583 页。
⑤ 《唐会要》卷四记韦绶"罢侍读"的原因时提到"人间小说"："元和十年……韦绶罢侍读，绶好谐戏，兼通人间小说。太子因侍上，或以绶所能言之。上谓宰臣曰：'侍读者当以经术传导太子，使知君臣父子之教。今或闻韦绶谈论，有异于是，岂所以傅导太子者。'因此罢其职，寻出为虔州刺史。"（宋）王溥：《唐会要》上，上海古籍出版社 2006 年版，第 52 页。另据《旧唐书》卷一百六十二《韦绶传》记，韦绶"时以人间鄙说戏言以取悦太子。太子因入侍，道绶语，宪宗不悦，……乃罢侍读。出为虔州刺史。"（后晋）刘昫等：《旧唐书》第一三册，中华书局 1975 年版，第 4244 页。可知，韦绶罢侍读的原因就是以"人间小说"的"人间鄙说戏言以取悦太子。"

湜《高力士外传》云"上元元年（760）七月，太上皇移仗西内安置"，退位后的唐玄宗听"讲经、论议、转变、说话"①，用的是"说话"而不是"小说"。从唐上元元年（760）至韦绥因"通人间小说"而"罢侍读"的唐元和十年（815）以及段成式观杂戏"市人小说"的唐太和末年（835），"说话"又流行了六七十年，应该为人们所熟知，但段成式观"市人小说"，韦绥通"人间小说"，他们都不用"说话"一词，显然"市人小说"、"人间小说"与"说话"不是一码事。郭湜《高力士外传》将"讲经、论议、转变、说话"连提，已然透露出"说话"与唐代寺院中的俗讲转变的连属关系。而"俳优小说"、"市人小说"则另成系统，其所以被称之为"小说"，是沿袭了班固《汉书·艺文志》中的小说观念，所谓"小说家者流，盖出于稗官，街谈巷语，道听途说者之所造也。"此句之下，颜师古注引："如淳曰：'王者欲知闾巷风俗，故立稗官使称说之。'"②也就是说，在"俳优小说"、"市人小说"记述者的观念中，"小说"的内容虽也来自民间的"街谈巷语，道听途说"，但"俳优小说"、"市人小说"不离"稗官"收集街谈巷语献纳于君以广视听的传统。所以我们看到有关"俳优小说"、"市人小说"的记载，都是以它特定的形式服务于特定的对象，是以短小的谐戏取悦于达官贵族，与以世俗大众为对象讲述长篇通俗故事的民间"说话"不搭界，二者的相似处仅在于都是"口说"这一点上。实际上，在什么地方说？面对谁说？说什么内容？采取什么形式说？二者相去甚远，在封闭的空间面向个体接受者的"市人小说"不可能转化为在开放的空间面向群体性接受者的"民间说话"。这也是从未见有文献记载将杂戏名下的"小说"与民间的"说话"在概念上相混用的原因，二者的命名是有严格区分的。

由上可见，无论从生存环境还是概念使用上均可看出，唐代"市人小说"不是"说话"，与"说话"没有直接的渊源关系。

二、"说话"源于寺院的口头叙事

唐代郭湜《高力士外传》将"讲经、论议、转变、说话"并提，并非偶然。"说话"从词源与伎艺渊源上均源于佛教的流播及寺院的口头叙事。

---

① （唐）郭湜：《高力士外传》，丁如明辑校：《开元天宝遗事十种》，上海古籍出版社 1985 年版，第 119—120 页。

② （汉）班固：《汉书》第六册，中华书局 1962 年版，第 1745 页。

从词源上看，唐代遁伦集撰《瑜伽论记》在解释什么叫"开论"、"合论"时提到"说话"一词："显说话名开论，隐密约喻说话，合之令解名合论。"①

从伎艺渊源上看，唐玄奘译《阿毗达磨顺正理论》卷五十四记戏场中有："耽话、乐诗、爱歌、著舞。"②这里将"话"与诗、歌、舞并称，显然是指娱乐性的故事表演。隋代阇那崛多译《佛本行集经》卷十三载："戏场……或试音声，或试歌舞，或试相嘲，或试漫话、谑戏、言谈"③，其中，"漫话"与"歌舞"、"相嘲"、"谑戏"并演于"戏场"，说明"漫话"是一项独立的口头表演伎艺，当佛教传入中土后，此漫话伎艺亦曾随之传入。敦煌写卷 S.4327 载有"更有师人漫语一段"，"此下说阴阳人慢语话，更说师婆慢语话。"④"师人"，指占卜、星象等术士，"慢语"犹言说谎，这是寺院说话法师站在佛教立场，批判师人、师婆（女巫）、阴阳人胡乱为人治病占相、骗人钱财的故事。作为口头讲说的记录，敦煌写卷将说故事记为"说……话"的句式，这表明"说……话"的句式源于寺院的"漫话"伎艺表演，这段口头表演记录也可以标点并理解为"以下说《阴阳人慢语话》，更说《师婆慢语话》"，这与唐代话本《庐山远公话》的标题形式是一致的。

在敦煌文献中，一些"说话"的话本常与讲经文相联系，这表明寺院中的"说话"常与俗讲连演。话本《黄仕强传》是专为伪经《普贤菩萨说此证明经》编撰的"灵验记"，现存七个残本，皆抄写于《证明经》开端处，表明这原是僧人在讲《证明经》之前先讲的灵验故事以博取听众的崇信。《庐山远公话》通篇多处提及《涅槃经》，《唐太宗入冥记》残本末有崔子玉提请唐太宗还阳后，"令放天下大赦，……讲《大云经》。陛下自出己分钱，抄写《大云经》。"⑤可见，这两个话本很可能是在讲说《涅槃经》《大云经》前后，作为连演节目上演的。影响所及《韩擒虎话本》，主要内容讲的是隋

---

① 《大正新修大藏经》第 42 册，（台北）佛陀教育基金会出版部 1990 年版，第 379 页。另，景旋凯：《唐代佛教通俗宣讲的四种形式》一文提到佛教通俗宣讲有专门的"说话"法师："梵文本《法华经·法师品》所列七种法师，其中便有'说话'（梵语 vācayisyanti）法师。"莫砺锋编：《周勋初先生八十寿辰纪念文集》，中华书局 2008 年版，第 237 页。关于"说话"法师的原文出处，待查。
② 《大正新修大藏经》第 29 册，（台北）佛陀教育基金会出版部 1990 年版，第 644 页。
③ 《大正新修大藏经》第 3 册，（台北）佛陀教育基金会出版部 1990 年版，第 710—711 页。
④ 黄征、张涌泉校注：《敦煌变文校注》，中华书局 1997 年版，第 1131 页。
⑤ 黄征、张涌泉校注：《敦煌变文校注》，中华书局 1997 年版，第 322 页。

代名将韩擒虎的故事，属讲史一类。开头讲杨坚的故事，却从法华和尚"朝朝转念"《法华经》说起。P.3645 敦煌写卷正面还将说唱历史故事的话本《前汉刘家太子传》《季布诗咏》与《佛母赞文》《金刚经赞文》等讲经文连在一起抄写，背面则抄写有《萨埵太子赞》《大乘净土赞》《佛母赞》《金刚五礼文》《五台山赞文》等变文、讲经文①，其中《萨埵太子赞》即《太子成道经》文末所附《悉达太子赞》，也就是用于变文《悉达太子修道因缘》前的《悉达太子押座文》，由此说明话本与讲经文、变文曾同时用于俗讲等佛教仪式上。这说明，唐代郭湜《高力士外传》将"讲经、论议、转变、说话"相提并论，是因为它们本来就经常连演，而最早明确题为"话"或"话本"的《庐山远公话》《韩擒虎话（画）本》等"说话"的"话本"出现于寺院中，也就顺理成章了。

研究者一向认为，《启颜录》所记侯白说的"说一个好话"②，是"说话"一词的最早来源。其实，《启颜录》有关"说一个好话"的记载也应是受寺院中"说话"影响所致。其理由是，除了上引佛经有关"说话"、"耽话"、"漫话"以至"说……话"的句式记载早于《启颜录》之外，从《启颜录》的成书过程也可以看出，"说……话"的句式并非为侯白所创。张鸿勋据敦煌写本《启颜录》考证，《启颜录》中大部分故事最初应是流传于民间、口耳相传的集体创作，然后才由某一文人收集整理写定、结集成书。结集的时间下限，至迟在敦煌抄本题记所标明的唐玄宗开元十一年以前，不过此时尚未附会到侯白名下。把《启颜录》的著作权归之于侯白，其时间至迟在后晋石敬瑭命张昭远等人撰修唐史之前③。也就是说，在后晋官修的《唐书》将《启颜录》隶属于侯白名下之前，此书一直在民间流传并在敦煌寺院中被传抄，而此时正是民间寺院中俗讲、说话盛行之时，受此影响，《启颜录》中才出现了源于寺院"说话"的套语"说……话"的句式。这种把民间"说话"用语系于侯白名下的情形，正如启功所言"隋有侯白，明有徐文长，皆

---

① 写卷胶片影印见黄永武博士主编：《敦煌宝藏》第129册，（台北）新文丰出版公司1986年版，第433—445页。

② 《太平广记》卷二四八"侯白"条引《启颜录》："（侯白）才出省门，即逢素子玄感，乃云：'侯秀才可以（与）玄感说一个好话。'"（宋）李昉等编：《太平广记》第五册，中华书局1961年版，第1920页。

③ 张鸿勋：《敦煌本〈启颜录〉的发现及其文献价值》，张鸿勋：《敦煌俗文学研究》，甘肃教育出版社2002年版，第360—366页。

趣话所丛,未必果有其事,有其事亦未必果属其人。……如以俚言中人物
——核其身世、年代、官职、里贯,以辨人之有无,事之虚实,则非知民间
文学者。"①

　　元稹《酬翰林白学士代书一百韵并序》提到在白居易新昌里住宅听
"说一枝花话"并为之"光阴听话移"②。在元稹笔下出现的"说……话"的
句式,也应是源于寺院中俗讲、转变、说话的影响,因元稹经常去寺院听这
些通俗故事说唱,对寺院中的俗讲、转变、说话是很熟悉的。元稹《答姨
兄胡灵之见寄五十韵》述及他与姨兄胡灵之等人曾"昼夜游",诗中有"醉
眠街北庙,闲绕宅南营"之句,此句诗后有自注云:"予宅在靖安北街,灵
之时寓居永乐南街庙中。"③元稹住所在靖安坊北街,这与北面的永乐坊仅一
街之隔,而他的姨兄胡灵之就住在永乐坊的"南街庙"中,这个南街庙就
是《南部新书》所说的唐代长安城中戏场所在地之一的永寿寺④。元稹与胡
灵之等"醉眠"于"街北"的永寿寺中,在那里,他们"尽日听僧讲,通宵
咏月明"⑤(《答姨兄胡灵之见寄五十韵》),可见,元稹对寺院中的俗讲、"说
话"是相当熟悉的,而"说一枝花话"这种"说……话"套语句式的使用,
应是元稹"尽日听僧讲"的影响所致。元稹到白居易住所去听"说话",也
与白居易喜好听俗讲、转变、说话有关。白居易住所在新昌里(坊)南门之
东著名的戏场所在地青龙寺附近,他有描写自己住所地理位置的诗句:"丹
凤楼当后,青龙寺在前"⑥(《新昌新居书事四十韵,因寄元郎中、张博士》),
又有《青龙寺早夏》⑦诗描写寺中早夏之景,可见住宅前面不远处的青龙寺,
是他经常光顾之地,白居易自谓"交游一半在僧中"⑧(《喜照密闲实四上人

---

① 启功:《坚净居随笔》,中华书局编辑部编:《学林漫录》七集,中华书局 1983 年版,第
　　69 页。
② (唐)元稹:《元稹集》上册,冀勤点校,中华书局 1982 年版,第 116 页。
③ (唐)元稹:《元稹集》上册,冀勤点校,中华书局 1982 年版,第 124 页。
④ 参见《唐两京城坊考》卷二有关"永寿寺"的说明,(清)徐松撰、张穆校补:《唐两京
　　城坊考》,方严点校,中华书局 1985 年版,第 44 页。另,《南部新书》记唐代寺院戏场说:
　　"长安戏场多集于慈恩、小者在青龙、其次荐福、永寿。"(宋)钱易:《南部新书》,中华
　　书局 2002 年版,第 67 页。
⑤ (唐)元稹:《元稹集》上册,冀勤点校,中华书局 1982 年版。第 124 页。
⑥ (唐)白居易:《白居易全集》,丁如明、聂世美校点,上海古籍出版社 1999 年版,第 280 页。
⑦ (唐)白居易:《白居易全集》,丁如明、聂世美校点,上海古籍出版社 1999 年版,第 113 页。
⑧ (唐)白居易:《白居易全集》,丁如明、聂世美校点,上海古籍出版社 1999 年版,第 473 页。

见过》）。可知常流连于青龙寺中的白居易对青龙寺"戏场"中的俗讲、转变、说话当十分熟悉。故有论者指出，白居易《长恨歌》的创作是受到了变文说唱的影响，《长恨歌》中不仅有与《目连变》近似的诗句，甚至连情节构思都直接受到了《欢喜国王缘》变文的直接启发①。可以说，元稹在白居易家中共聚一处听"说一枝花话"，也是源于他们对寺院俗讲、转变、说话的共同爱好。

由上可见，唐代以"说话"命名的说唱伎艺，是源于佛教的流播，最初是出现于佛教寺院之中。

三、唐代寺院的开放与"说话"的兴起

何谓"说话"？一般的解释是，"说话"就是"说故事"，但这只是字面上的串讲，并非是对"说话"特征的说明。探讨"说话"的来源、兴起等问题，首先要搞清"说话"的基本特征，然后，循此特征去追根溯源。以往，学术界从未对"说话"的特征做过界定，人们都是按"说话"的字面含义去追寻它的来源，于是，只要有"说故事"的因素，哪怕是古代贵族家中用于妇女胎教的"瞽诵诗，道正事"②以及贵族宫掖府邸中俳优侏儒的讽谏笑话等，都被认作是"说话"的渊源。但这些所谓的"说故事"无论怎样发展，也不会衍化出"说话"。因为"说话"伎艺的标志性特征是有"入话"、"头回"等为适应开放的场地和群体性受众而设置的开场程序，只有带着这个程序特征的"说故事"，才是"说话"。这一程序设置表明，流动的世俗群体以及能够让世俗群体得以"聚会"听故事的开放的空间，是"说话"赖以生存的前提。例如，宋代的瓦舍勾栏，就是面向公众开放的公共娱乐场所，有了这样一个公众的娱乐空间，世俗大众才可以随意自由地聚在一起进行听"说故事"等娱乐活动。但自秦汉至唐实行坊市制封闭管理的都市中，这种独立的公众娱乐空间并不存在。

中国古代都城封闭式的坊市分离制度，从先秦即已实行。战国时代开始出现四面有墙的"市"，西汉长安出现了对称的东西两市制度，其后，这

---

① 参见陈允吉：《从〈欢喜国王缘〉变文看〈长恨歌〉故事的构成》，陈允吉：《古典文学佛教溯源十论》，复旦大学出版社 2002 年版，第 97 页。

② （汉）刘向编撰，（晋）顾恺之图画：《古列女传》卷一《母仪传》六"周室三母"，中华书局 1985 年版，第 9 页。

种制度一直沿用至唐代。北魏洛阳实行"市"与"里"相结合的"大市"制度，洛阳主要的市是西郭的"大市"，由一个"市"和每面的两个"里"相结合，将不同经营者安置在四周集中管理，如东面通商、达货二里住有手工业者、屠夫、贩卖者，南面的调音、乐律二里住有以丝竹、讴歌为业的伎艺人，他们都属于经营性质，被划入"市"集中管理①。伎艺人不允许在街坊上随意演出，公众没有集体的娱乐空间，没有"聚会"听说故事的场所，世俗大众无法群体性地聚在一起去听说故事，这是"说话"等面向世俗群体的口头叙事伎艺不能在唐以前大规模兴起的主要原因。

在唐代实行封闭的坊市制管理的都市空间中，唯有寺院是面向世俗大众开放的，在寺院中出现了面向世俗大众的俗讲、转变、说话等通俗故事说唱，这就形成了唐代都市空间整体封闭中的局部开放，寺院成为唐代都市中的世俗娱乐场所，"说话"是从寺院兴起的。

在唐代，"说话"不能在寺院之外的地方兴起。因为不仅唐代长安城内的"坊市聚会"被"禁断"，伎艺人不允许在街坊上随意演出，而且长安城外的州县乡村同样不允许"聚会""讲说"。如唐开元十九年（731）唐玄宗《禁僧徒敛财诏》就特别针对那些走出寺院"出入州县"、"巡历乡村"的僧徒，禁止他们去"聚会""讲说"，表面上的理由是禁止他们"惟财是敛"，但实际上是担心这种聚会"左道不常，异端斯起"，所以要"一切禁断"②。唐元和十年（815）五月，唐宪宗再下诏书，只允许"京城寺观讲"，而京城之外的"诸畿县讲宜勒停"，"观察使、节度州，每三长斋月，任一寺一观置讲，余州悉停"，其原因也是"恶其聚众，且虞变也"③。可见，在寺院之外，无论俗讲、转变、说话，任何形式的"聚众""讲说"都是被"禁断"的。

唐代统治者崇尚佛教，寺院是向世俗大众开放的，在唐代封闭的都市空间里，唯有寺院为世俗大众聚会听故事提供了空间和时间。

---

① 参见杨宽：《中国古代都城制度史研究》，上海人民出版社2003年版，第251—263页。
② 唐玄宗：《禁僧徒敛财诏》："近日僧徒，此风尤甚，因缘讲说，眩惑州闾，溪壑无厌，唯财是敛。津梁自坏，其教安施？无益于人，有蠹于俗。或出入州县，假托威权；或巡历乡村，恣行教化。因其聚会，便有宿宵，左道不常，异端斯起。自今已后，僧尼除讲律之外，一切禁断。"（清）董诰等：《全唐文》第一册，中华书局1983年版，第339页。
③ 元和十年（815）五月，唐宪宗诏："诏京城寺观讲，宜准兴元元年九月一日敕处分，诸畿县讲宜勒停。其观察使、节度州，每三长斋月，任一寺一观置讲，余州悉停。恶其聚众，且虞变也。"（宋）王钦若等编：《册府元龟》第一册，中华书局1960年版，第579页。

在唐代寺院里，俗讲法师可以公开地"聚众谈说"，肆意地"假托经论，所言无非淫秽鄙亵之事"，这些通俗故事不仅令"鼓扇扶树"的"不逞之徒"、"愚夫冶妇""乐闻其说，听者填咽寺舍"①，而且还吸引了皇帝、公主等贵族前来。如唐敬宗于宝历二年（826）六月，到兴福寺听俗讲②，唐宣宗的女儿万寿公主在她小叔子有病时还去慈恩寺"看戏场"③。以致寺院俗讲盛况空前。韩愈《华山女》："街东街西讲佛经，……听众狎恰排浮萍。"姚合《赠常州院僧》："但闻开讲日，湖上少渔船。"《听僧云端讲经》："远近持斋来谛听，酒坊鱼市尽无人。"④寺院成了唐代都市世俗大众的娱乐场所。唐之前，都市空间的封闭以及对职业艺人的集中管理，使得民间故事传说只能是一种传说，而不能以"聚众"的方式面对世俗大众进行故事说唱表演。唐代寺院俗讲的兴起，使故事的"口头传说"变为"故事说唱"，变为需占用一定社会空间的群体性的社会娱乐活动，于是，孟姜女、王昭君之类的传说才变为寺院中的伎艺说唱活动，才有了《孟姜女变文》《王昭君变文》等变文故事说唱作品。

寺院也为世俗大众聚会听故事提供了足够的时间。据圆珍《佛说观普贤菩萨行法经记》载："俗讲，即年三月就缘修之⑤，"年三月"，指三长斋月，即正月、五月、九月。圆仁《入唐求法巡礼行记》所记由皇帝亲自敕令开俗讲的时间也证实了这一点："（会昌元年，正月）敕于左、右街七寺开俗讲。""九月一日，敕两街诸寺开俗讲。""会昌二年，正月一日……诸寺开俗讲。""五月，奉敕开俗讲，两街各五座。"⑥在正月、五月、九月这三个月中，

---

① 《因话录》卷四："有文淑僧者，公为聚众谭说，假托经论，所言无非淫秽鄙亵之事。不逞之徒转相鼓扇扶树，愚夫冶妇乐闻其说。听者填咽寺舍，瞻礼崇奉，呼为'和尚'。教坊效其声调以为歌曲。"（唐）赵璘：《因话录》，中华书局1985年版，第25页。

② 《资治通鉴》卷二百四十三"唐纪五十九"记唐敬宗宝历二年（826）六月己卯日，"上幸兴福寺，观沙门文淑俗讲。"（宋）司马光：《资治通鉴》第十七册，中华书局1956年版，第7850页。

③ 《幽闲鼓吹》记唐宣宗，"上问：'公主视疾否？'曰：'无。''何在？'曰：'在慈恩寺看戏场。'……上责曰：'岂有小郎病，乃亲看他处乎？'"（唐）张固：《幽闲鼓吹》，中华书局1991年版，第1页。

④ （唐）姚合著，吴河清校注：《姚合诗集校注》，上海古籍出版社2012年版，第215、565页。

⑤ 《大正新修大藏经》第56册，（台北）佛陀教育基金会出版部1990年版，第227页。

⑥ ［日］圆仁：《入唐求法巡礼行记》，顾承甫、何泉达点校，上海古籍出版社1986年版，第147、152、153、156页。

可以整天讲，这就有了元稹"尽日听僧讲"（《答姨兄胡灵之见寄五十韵》）的诗句，而且可以天天讲，《破魔变文》结尾云："定拟说，且休却，看看日落向西斜"，在寺院中讲故事可以讲到日落西斜，而且第二天一早还要接着讲，《目连缘起》结尾云："今日为君宣此事，明朝早来听真经。"① 没有寺院提供的场地空间和时间，面向世俗大众的长篇故事说唱便无法进行。

可以说，面对世俗大众以聚众集会的方式来讲故事，始自佛教的世俗化，是佛教的世俗化，提供了面向世俗大众讲述通俗长篇故事的契机，正如闻一多所说：

> 故事与雏形的歌舞剧，以前在中国本土不是没有，但从未发展成为文学的部门。对于讲故事，听故事，我们似乎一向就不大热心。不是教诲的寓言，就是纪实的历史，我们从未养成单纯的为故事而讲故事、听故事的兴趣。我们至少可说，是那充满故事兴味的佛典之翻译与宣讲，唤醒了本土的故事兴趣的萌芽，使它与那较进步的外来形式相结合，而产生了我们的小说与戏剧。②

在寺院内佛教利用故事进行宣讲，有一个发展过程。

起初，佛教自汉传入中土，直至魏晋，中土之人信仰佛教的并不多，佛教讲经也不普及。后赵石虎在位时（335—349），王度曾奏言提出不宜信奉佛教，汉人不得出家：

> 佛出西域，外国之神，功不施民，非天子诸华所应祠奉。往汉明感梦，初传其道。唯听西域人得立寺都邑，以奉其神，其汉人皆不得出家。魏承汉制，亦修前轨。今大赵受命，率由旧章，华、戎制异，人神流别。外不同内，飨祭殊礼，华夏服祀，不宜杂错。③

稍晚，经晋释道安为普及讲经而注释经文、整肃讲场、确立制度之后，

---

① 黄征、张涌泉校注：《敦煌变文校注》，中华书局1997年版，第536、1016页。
② 闻一多：《文学的历史动向》，《闻一多全集》一，生活·读书·新知三联书店1982年版，第203页。
③ （梁）慧皎：《高僧传》，汤用彤校注，中华书局1992年版，第352页。

佛教讲经渐成世俗盛典，上至君臣，下至百姓，都乐于参与，尊崇其事。梁代慧皎《高僧传》卷五《竺法汰传》云：

> 汰下都止瓦官寺，晋太宗简文皇帝深相敬重，请讲《放光经》。开题大会，帝亲临幸，王侯公卿，莫不毕集。汰形解过人，流名四远，开讲之日，黑白观听，士女成群。①

"开讲之日，黑白观听，士女成群"，表明此时的佛教讲经已开始走向世俗。但这时主要是讲经，还没有引用故事的记载。

随着唱导的出现，讲经开始引入故事。唱导是一种更为世俗化的宣教形式，它不要求始终依据经文，而可以随时穿插一些譬喻故事。《高僧传》卷十三《唱导论》论述唱导时说：

> 唱导者，盖以宣唱法理，开导众心也。昔佛法初传，于时齐集，止宣唱佛名，依文致礼。至中宵疲极，事资启悟，乃别请宿德，升座说法。或杂序因缘，或傍引譬喻。其后庐山释慧远，道业贞华，风才秀发。每至斋集，辄自升高座，躬为导首。先明三世因果，却辩一斋大意，后代传授，遂成永则。②

据《唱导论》所言，唱导本是在"别请宿德升座说法"的漫长法会中，当听众疲倦时，就用"因缘"、"譬喻"之类的故事驱除睡意，提振精神，这时的故事是被当作附属于说法中的一段"譬喻"来使用。其后，这种唱导的宣讲方式，经慧远改革，制定了统一法则，确立了导首（首席唱导师）制度并规定了唱导程式。所谓"先明三世因果，却辩一斋大意"，是说在斋会前，于讲席上先讲有关三世因果的佛经故事，用以说明斋会的意义和作用，这时的故事是作为斋会开始前的楔子来使用，相对"譬喻"的性质，有了一定的独立性。

专门针对世俗民众的佛教俗讲出现于唐代，隋末唐初的僧人宝岩讲经

---

① （梁）慧皎：《高僧传》，汤用彤校注，中华书局1992年版，第193页。
② （梁）慧皎：《高僧传》，汤用彤校注，中华书局1992年版，第521页。

虽未明确标明俗讲，实际已经具有俗讲性质，据唐代道宣《续高僧传》卷三十《宝岩传》：

> 岩之制用，随状立仪，所有控引多取《杂藏》、《百譬》、《异相》、《联璧》，观公导文、王孺忏法、梁高、沈约、徐、庾、晋宋等数十家，包纳喉衿，触兴抽拔。每使京邑诸集，塔寺肇兴，费用所资，莫匪泉贝。虽玉石通集，藏府难开。及岩之登座也，案几顾望，未及吐言，掷物云崩，须臾没座，方乃命人徒物。谈叙福门，先张善道可欣，中述幽途可厌，后以无常逼夺终归长逝。①

宝岩说法，所讲的佛理是"先张善道可欣，中述幽途可厌，后以无常逼夺终归长逝"，即宣扬人生无常、善恶报应之类的简明佛理，但其中"随状立仪"，见机行事，广引《杂宝藏经》《撰集百缘经》《经律异相》等本生本事的佛教故事来吸引听众，为塔寺集资，致使听众纷纷捐赠钱物，"掷物云崩，须臾没座"，这与日僧圆珍《佛说观普贤菩萨行法经记》中所说的"只会男女，劝之输物充造寺资"②的俗讲并无二致。

唐代俗讲、转变的兴盛，使讲故事、听故事成为一时风尚，各类题材故事都可以在寺院中讲唱，如讲述佛家故事的《悉达太子修道因缘》《破魔变》《降魔变文》《维摩诘经讲经文》等，讲述历史故事的《汉将王陵变》《捉季布传文》《前汉刘家太子传》《韩擒虎话本》等，讲述当代时事故事的《张议潮变文》《张淮深变文》等，还有讲述民间传说故事的《孟姜女变文》《王昭君变文》《舜子变》《董永变文》《秋胡变文》等。

总之，是佛教面向世俗的宣讲及唐代寺院的开放，孕育出俗讲、转变、说话等面向世俗大众的通俗故事说唱伎艺，这使故事在民间不再仅仅停留于"传说"，而是成为一种群体性的故事"说唱活动"。唐代寺院中的俗讲、转变、说话等故事说唱，使唐代瓦舍（寺院）成为事实上的世俗娱乐场所，从

---

① 《大正新修大藏经》第50册，（台北）佛陀教育基金会出版部1990年版，第705页。
② [日] 圆珍：《佛说观普贤菩萨行法经记》："言讲者，唐土两讲：一俗讲，即年三月就缘修之，只会男女，劝之输物充造寺资，故言俗讲（僧不集也，云云）。二僧讲，安居月传法讲是（不集俗人类也，若集之，僧被官责）。"《大正新修大藏经》第56册，（台北）佛陀教育基金会出版部1990年版，第227页。

这一层意义上说，宋代的世俗娱乐场所——瓦舍，就是由唐代瓦舍进化而来。作为娱乐场所的唐代瓦舍（寺院）和宋代瓦舍（勾栏），其瓦舍生态环境构成的共同基础是源源不断的世俗大众，唐代瓦舍叙事伎艺俗讲、转变、说话与宋代的瓦舍叙事伎艺说话、诸宫调等共处相同的瓦舍生态环境，面对相同的世俗群体受众，于是就有了相同的静摄听众性质的"（变文）说押座"、"（话本）入话"等体制形态特征。不同的生态环境造就不同的物种，生存于唐代封闭的"两市"、宫掖府邸面对少数个体接受者以表演谐戏片段为主的杂戏"市人小说"，不需要也不可能产生类似宋代"说话"的长篇故事说唱体制。唐代"市人小说"与"说话"是生存于两种不同生态环境、形态不同的两种伎艺，唐代杂戏"市人小说"不是"说话"，也不是"宋代说话的先声"。可以说，没有以世俗大众为主体的公众娱乐场所的出现就没有说话伎艺，说话伎艺是随着唐代瓦舍（寺院）娱乐场所的出现而兴起，随着宋代瓦舍娱乐场所的繁荣而兴盛。

第二节　宋代都市空间的变革与瓦舍文化的兴盛

唐宋之际，都城制度发生了重大变革，坊市制开始瓦解，都城的空间开始从封闭走向开放，北宋的都城汴梁转型为新型的开放式城市，其结果就如美国汉学家郝若贝所说："北宋时期开封成为多功能的城市中心，19世纪前，全世界可能没有一个大城市超过它。"① 这被史学家们称之为"城市革命"，美国学者施坚雅在提到这场城市革命的时候指出：

> 这个革命的鲜明特点是：(1) 放松了每县一市，市须设在县城的限制；(2) 官市组织衰替，终至瓦解；(3) 坊市分隔制度消灭，而代之以自由得多的街道规划，可在城内或四邻各处进行买卖交易；(4) 有的城市在迅速扩大，城外商业郊区蓬勃发展；(5) 出现具有重要经济职能的大批中小市镇。②

---

① 转引自 [美] 芮沃寿：《中国城市的宇宙论》，[美] 施坚雅主编：《中华帝国晚期的城市》，叶光庭等译，中华书局 2000 年版，第 64—65 页。
② [美] 施坚雅：《导言：中华帝国的城市发展》，[美] 施坚雅主编：《中华帝国晚期的城市》，第 24 页。

其中，"坊市分隔制度消灭，而代之以自由得多的街道规划"，可说是这场城市革命的标志。宋初，随着坊墙的倒塌，先是出现了勾栏，大约到了宋神宗朝，随着坊市制的彻底瓦解以及都城新街市的形成，于勾栏汇聚处，开始出现了瓦舍。北宋勾栏瓦舍的出现，是北宋都市空间变革的产物。

一、坊墙的倒塌与勾栏的出现

从勾栏瓦舍出现的时间看，廖奔《中国古代剧场史》认为勾栏瓦舍出现于北宋仁宗朝之后①，笔者认为，唐代的坊市制度从后周世宗时已开始瓦解，宋初已有勾栏出现的记载，其后，大约到宋神宗朝以勾栏群落为核心形成了瓦舍。

勾栏最早出现的时间是在宋初。杨亿《杨文公谈苑》记载了宋初街头说话艺人在"勾栏"进行说话伎艺表演的情形：

> 党进……微巡京师市井间，……过市，见缚栏为戏者，驻马问："汝所诵何言?"优者曰："说韩信。"进大怒，曰："汝对我说韩信，见韩即当说我。此三面两头之人。"即命杖之。②

党进，北宋初年将领，宋太祖乾德五年（967），领彰信军节度兼侍卫步军都指挥使，"尝受诏巡京师"③。这段记载是党进在宋初东京街头巡视时所见，其中所说的"缚栏"，就是用绳子等物圈出一处空地围成"勾栏"，所谓"缚栏为戏"，是说这位"说韩信"的"优者"即说话艺人正在这处勾栏里表演。这表明，勾栏于宋初东京街头已经出现，这也是坊市制瓦解的历史见证。说话艺人在街头"缚栏为戏"，这在实行坊市制的唐代都市中是不可能出现的。

坊在汉代称"里"，晋代以后或称为"坊"，是居民的居住区。唐代长

---

① 廖奔：《中国古代剧场史》说："宋朝初期仍然沿用了唐代的城坊制度，因而瓦舍勾栏的兴起只能在宋初以后。……汴京的瓦舍勾栏出现于宋仁宗朝以后。"中州古籍出版社1997年版，第42页。
② （宋）杨亿口述，黄鉴笔录，宋庠整理：《杨文公谈苑》，上海古籍出版社1993年版，第155—156页。
③ （元）脱脱等：《宋史》第二六册，卷二百六十"列传"第十九，中华书局1977年版，第9019页。

安城以朱雀大街为中轴线，把所有的"坊"分列在朱雀大街的左右两边，通称为"左街"或"右街"，白居易《登观音台望城》诗描述这种布局是"百千家似围棋局，十二街如种菜畦。"① 这种棋局式的街道布局，其指导思想就是便于对市民的管理："畦分棋布，阆巷皆中绳墨。坊有墉，墉有门，逋亡奸伪无所容足。"② 这是说整齐划一而封闭的坊市建制可以使逃亡的罪犯无处藏身。采取封闭式坊市制度的实质是对人的行动乃至精神的管制，这样可以严格控制城市与农村人口的流动，限制城市居民的日常行为，以便维持治安。统治者极力将人们的行动圈限在坊墙内，坊墙之外是不允许有"聚众"的娱乐场所出现的。

为了强化对居民的管理，唐代法律对违反坊市制的种种行为作出了惩罚的规定。如《唐律疏议》卷八"卫禁"规定翻越坊市垣篱与翻越官府廨垣同罪："越官府廨垣及坊市垣篱者，杖七十。侵坏者，亦如之。从沟渎内出入者，与越罪同。越而未过，减一等。"③ 坊门关闭后，街上断绝行人，违反者就是犯禁，或者叫做"犯夜"，按律要笞二十。只有紧急公事在身以及婚嫁、丧事、病人等，才不算犯夜④。这些规定让居民出入都小心翼翼，这在多篇唐人小说中有描写。如中唐沈既济《任氏传》写郑生等候敲响开启坊门"街鼓"时的情景："既行，及里门，门扃未发。……郑子憩其帘下，坐以候鼓。"白行简《李娃传》写人们担心"犯禁"的情形："日暮，鼓声四动。……姥曰：'鼓已发矣，当速归，无犯禁。'"晚唐皇甫枚《飞烟传》写坊门关闭的"街鼓"敲响以后，再想回家，只能是偷偷"匍伏而归"："迨夜，如常入直，遂潜于里门。街鼓既作，匍伏而归。"⑤ 有无法回家的就只能另寻藏身之处，《太平广记》卷一百"张无是"条记："唐天宝十二载冬，有司戈张无是居在布政坊，因行街中。夜鼓绝门闭。遂趋桥下而跧。"夜禁有

① （唐）白居易：《白居易全集》，丁如明、聂世美校点，上海古籍出版社 1999 年版，第 380 页。

② （宋）吕大防：《长安图题记》，（宋）宋敏求：《长安志附长安图志》，中华书局 1991 年版，第 304 页。

③ （唐）长孙无忌等：《唐律疏义》，刘俊文点校，中华书局 1983 年版，第 170 页。

④ 《唐律疏义》卷二十六"犯夜"条："诸犯夜者，笞二十；有故者，不坐。闭门鼓后、开门鼓前行者，皆为犯夜。故，谓公事急速及吉、凶、疾病之类。"（唐）长孙无忌等：《唐律疏义》，刘俊文点校，中华书局 1983 年版，第 489 页。

⑤ 鲁迅校录：《唐宋传奇集》，文学古籍刊行社 1956 年版，第 34、98—99、164 页。

偶遭破坏的，如唐德宗贞元末年长安城中已经有夜间开放的酒肆，《太平广记》卷八十三引唐代李隐《潇湘录》云："贞元末，有布衣于长安中游酒肆，吟咏以求酒饮。至夜，多酣醉而归。"① 但随之就被禁止，《唐会要》卷八十六"市"记载："开成五年（840）十二月敕：'京夜市宜令禁断。'"② 唐代中后期的坊市制虽有所松弛，但统治者维护执行坊市制的意志并未改变。

街头娱乐场出现的前提是坊墙的倒塌，因为这意味着居民将获得自由行动权，艺人将获得自由经营权。

坊市制的瓦解始于后周世宗。开封，唐时称汴州，五代朱温代唐建梁，开始定都于此，梁、晋、汉、周四代在此建都。后周世宗是一个有为的君主，曾改革政治，奖励生产，他在建都上主要做了两件大事：一是在原有州城的外围，加筑一圈大四倍的外城；二是疏通流经城内的汴河。为建外城，世宗在显德二年四月下诏书具体说明了扩建外城的目的，除了解决军营和官署用地不足，再有就是解决"工商外至，络绎无穷"、"坊市之中，邸店有限"的问题，另外还要解决屋宇交连、街道狭窄、夏天暑湿、居常多火灾等问题。具体的措施是，待官府按计划分划街巷、军营、仓场、官署所用地段以后，"即任百姓营造"③。《资治通鉴》卷二九二"后周纪三"在叙述这一诏书时，也强调待官府分划街衢、仓场、营廨之外，"听民随便筑室"④。后周世宗不再把居民限制在"坊"内，市民面街而居，临街开店，公开合法了，这种全新的城市规划政策，标志着坊市制的瓦解。坊墙的倒塌使市民有了行动和经营的自由，这直接促进了城市经济的发展。

最早的勾栏是汴河经济的产物。北宋初年党进巡视京师时所遇"缚栏

---

① （宋）李昉等编：《太平广记》第二册，中华书局1961年版，第673、536页。

② 王溥：《唐会要》下，上海古籍出版社2006年版，第1875页。

③ 后周世宗"显德二年四月诏曰：惟王建国，实曰京师，度地居民，固有前则。东京华夷辐辏，水陆会通，时向隆平，日增繁盛；而都城因旧，制度未恢。诸卫军营，或多窄狭；百司公署，无处兴修；加以坊市之中，邸店有限；工商外至，络绎无穷；僦赁之资，增添不定；贫乏之户，供办实多。而又屋宇交连，街衢湫隘，入夏有暑湿之苦，居常多烟火之忧。将便公私，须广都邑，宜令所司于京四面，别筑罗城，先立表识，候将来冬末春初，农务闲时，即量差近甸人夫，渐次修筑；春作才动，便令放散；或土功未毕，即次年修筑。今后凡有营葬，及兴窑灶并草市，并须去标识七里外。其标识内候官中劈画，定军营、街巷、仓场、诸司公廨院务了，即任百姓营造。"（宋）王溥：《五代会要》卷二六《城郭》，中华书局1985年版，第320页。

④ （宋）司马光：《资治通鉴》第二十册，中华书局1956年版，第9525页。

为戏"的那处勾栏,虽然具体地点不详,但应该是位于流经东京城内的汴河沿岸,因为汴河经由后周世宗开发,其后便成为北宋经济的发祥地。

后周世宗为适应东京日益增长的经济生活的需求,疏通了汴河,并奖励居民沿汴河建造邸店,以便于接待大量客商运输商品进入新扩建的京城,满足京城众多居民的日用需要。如大将军周景威率先响应临汴河而建的"巨楼十二间",就是外城旧宋门以内临汴水的著名的十三间楼,直到北宋末年尚存①。其后,临汴河所建接待外来客商的"邸店",愈来愈多,这也达到了世宗扩建外城的一个主要目的,即解决由"工商外至,络绎无穷"所导致的"邸店"不足的困难。随之,汴河就成为北宋都城商业经济的发祥地。宋太宗晚年曾说:"东京养甲兵数十万,居人百万,转漕仰给在此一渠水(指汴水),朕安得不顾!"②汴河的疏通以及由此带来的北宋商业的繁荣,使包括演艺娱乐业在内的各种商业新行市出现于汴河沿岸。

北宋初年,在汴河沿岸不仅出现了"缚栏为戏"的演艺勾栏,其他商业经营者无不在汴河沿岸圈地围栏,构建自己的商业新"行市",只不过文献记载中的商业圈地围栏,不叫"缚栏",而称之为"拘栏"罢了。也就是说,用"缚栏"或"拘栏"的方式圈地围栏的,不仅有娱乐戏场,也有商业卖场。

如北宋初期随着汴河一带邸店的大量增设和商业组织"行"的兴起,沿汴河一带的空地上,出现了诸如牛行、马行这些生产、交通工具以及果子行、肉行等日用必需品的新"行市"。随着这些新"行市"的逐步形成和固定,官府便从中抽地税。宋神宗元丰八年七月殿中侍御史黄降,见到官府对这许多新兴行市抽地税为害严重,上奏请求罢免,奏文谈到"沿汴狭河堤岸空地,先有朝旨,许人断赁。"可见这许多新行市原是经朝廷批准后从沿汴河堤岸空地上兴起的。奏文还指出:"沿汴官司,拘拦牛马、果子行,须就官地为市交易。并其余诸色行市,不曾占地,亦纳课钱,以至市桥亦有地税。残民损国,无甚于此!"为此奏请朝廷,诏:"沿汴官司,拘拦牛马、果

---

① (宋)孟元老:《东京梦华录》卷二"宣德楼前省府宫宇":"南门大街以东,南则唐家金银铺、温州漆器什物铺、大相国寺,直至十三间楼、旧宋门。"《东京梦华录》(外四种),古典文学出版社1956年版,第12页。

② (宋)李焘:《续资治通鉴长编》第三册卷三十二"淳化二年六月乙酉",中华书局1990年版,第716页。

子行，并磨团户、斛斗、菜、纸等诸色及市桥地课，并罢。"① 所谓"拘拦牛马、果子行"，是说，官府强制牛、马、果子等交易商加以"拘拦"，并按占地多少抽税。这种商业新行市的占地"拘拦"，实际也是一种"勾栏"。随着流动性人口的汇聚增加，吸引着前来赢利的艺人也在此"拘拦"出一块空地以供演出，这就是最初的"缚栏为戏"的"勾栏"。"拘拦"和"缚栏"都是圈占地盘以经营，只不过"拘拦牛马、果子行"是用于商业经营，"缚栏为戏"是用于娱乐经营，而"勾栏"逐渐成为"缚栏为戏"的代称。《杨文公谈苑》所记宋初将领党进"过市，见缚栏为戏"，以为说话人"对我说韩信，见韩即当说我"而大怒，这被后来人当作笑谈，其实，这段"笑谈"也可理解为，北宋初年在街头集市上"缚栏"圈地以进行"说话"表演还是一种新生事物，对党进这位大官僚来说，不知"缚栏为戏"的"说话"为何物，这在当时或许并不是什么笑话。

在汴河沿岸以"缚栏"或"拘栏"的方式圈地经营，作为宋初各种商业新行市兴起的标志，可以说，宋初东京街头"缚栏为戏"的演艺勾栏的出现，也标志着一种新兴的商业娱乐"行市"——演艺娱乐行业的兴起。

北宋勾栏是伴随各种商业行市一起产生的，南宋也是如此。《都城纪胜》"市井"条所记"路岐人"就是与各种商业行市一起在街头占"空地""作场"：

> 此外如执政府墙下空地（原注：旧名南仓前）诸色路岐人，在此作场，犹为骈阗。又皇城司马道亦然。候潮门外殿司教场，夏月亦有绝伎作场。其他街市，如此空隙地段，多有作场之人，如大瓦肉市、炭桥药市、橘园亭书房、城东菜市、城北米市。②

这里将"诸色路岐人"以及肉市、药市、书房、菜市、米市做买卖之人的经营行为，统统都称之为"作场"，它们都是圈占"空地"以经营。"诸色路岐人"是在"政府墙下空地""作场"，肉市、药市、书房、菜市、米市

---

① （宋）李焘：《续资治通鉴长编》第二十四册卷三百五十八"元丰八年七月庚戌"，中华书局 1990 年版，第 8568 页。

② （宋）灌园耐得翁：《都城纪胜》，《东京梦华录》（外四种），古典文学出版社 1956 年版，第 91 页。

的"作场之人"也是在"如此空隙地段"。可见，占地"作场"，原本并不专属伎艺表演，其他各类商业行市的"作场之人"均可占地"作场"。

随着"缚栏为戏"的"勾栏"逐渐增多，"勾栏"汇聚处就形成了瓦舍，于是，瓦舍勾栏就成为娱乐场所的代称。

二、新街市的形成与瓦舍的出现

随着北宋东京城内汴河经济的发展，汴河沿岸的新"行市"由起初的临时或定期的集市性质，逐渐被固定下来，形成"官地"，集中管理，这种情形就是宋神宗元丰八年殿中侍御史黄降奏文中提到的"拘栏牛马、果子行，须就官地为市交易"。随着牛行、马行这些新兴行市的固定、发展，以这些新行市为中心的街市也随之形成，于是有了牛行街、马行街之称。

马行街是连接几个重要的新行市而形成的，其中勾栏汇聚处形成了瓦舍。

马行街本是卖马的集市，据《东京梦华录》卷二"潘楼东街巷"记，"土市子（潘楼以东的十字街）北去，乃马行街也……东曰庄楼，今改作和乐楼，楼下乃卖马市也。"马行街"庄楼"之下的"卖马市"是看验马并进行交易订约之处。整个马行街各种货行、铺席穿插其间。穿过南北向的马行街的东西两巷，"谓之大小货行，皆工作伎巧所居。小货行通鸡儿巷妓馆，大货行通𫑡纸店白矾楼，后改为丰乐楼。"（《东京梦华录》卷二"酒楼"）"马行北去，乃小货行，……其余香药铺席、官员宅舍，不欲遍记。"（卷三"马行街北诸医药铺"）马行街北去有"北瓦子"，周围"坊巷院落，纵横万数，莫知纪极。处处拥门，各有茶坊酒店，勾肆饮食。……夜市直至三更尽，才五更又复开张。如要闹去处，通晓不绝。"（卷三"马行街铺席"）[1] 由众多行市铺席形成的马行街，是东京四条街中最繁华的。据蔡绦《铁围山丛谈》卷四记，整个东京城内，只有马行街没有蚊子，因为这是"都市之夜市酒楼极繁盛处也。蚊蚋恶油，而马行人物嘈杂，灯火照天，每至四鼓罢，故永绝蚊蚋。"[2] 北宋东京城内规模最大的桑家瓦子就位于繁华的马行街与潘楼街交汇处。桑家瓦子坐落的潘楼街，东去是牛行街，北去是马行街，东京城内最大

---

① （宋）孟元老：《东京梦华录》，《东京梦华录》（外四种），第15、15—16、18、20—21 页。
② （宋）蔡绦：《铁围山丛谈》，冯惠民、沈锡麟点校，中华书局 1983 年版，第 70 页。

的金银交易所和商品交易中心全在这里：

> 东去乃潘楼街，街南曰"鹰店"，只下贩鹰鹘客，余皆真珠匹帛
> 香药铺席。南通一巷，谓之"界身"，并是金银彩帛交易之所，屋宇雄
> 壮，门面广阔，望之森然，每一交易，动即千万，骇人闻见。以东街
> 北曰潘楼酒店，其下每日自五更市合，买卖衣物书画珍玩犀玉。至平
> 明，羊头、肚肺、赤白腰子、奶房、肚胘、鹑兔、鸠鸽、野味、螃蟹、
> 蛤蜊之类讫，方有诸手作人上市买卖零碎作料。饭后饮食上市，如酥
> 蜜食、枣䭅、澄砂团子、香糖果子、蜜煎雕花之类。向晚卖河娄头面、
> 冠梳领抹、珍玩动使之类。东去则徐家瓠羹店。街南桑家瓦子，近北
> 则中瓦，次里瓦。其中大小勾栏五十余座。内，中瓦子：莲花棚、牡丹
> 棚，里瓦子：夜叉棚、象棚最大，可容数千人。①

"桑家瓦子"有"大小勾栏五十余座"。为什么如此多的勾栏会汇聚此
处？其原因是这里是东京城内各大型交易"行市"最集中、流动人口最频繁
之地。这里既有"每一交易，动即千万"的东京最大的"金银彩帛交易之
所"，又有街北潘楼酒店下东京城内最大的商品集市，其"自五更"，"至平
明"，再到"向晚"，一整天要进行衣物书画、海鲜野味、零碎作料、饮食蜜
饯、冠梳领抹等五轮交易。其他瓦舍所处位置也无不如此。皇城西梁门外
的"州西瓦子"同样处于繁华热闹之地且规模不小："出梁门西去，街北建
隆观，观内东廊于道士卖齿药，都人用之。街南蔡太师宅，西去州西瓦子，
南自汴河岸，北抵梁门大街，亚其里瓦，约一里有余，过街北即旧宜城楼。
近西去金梁桥街、西大街、荆筐儿药铺、枣王家金银铺。近北巷口熟药惠民
西局。"②瓦舍的位置大都是像这样处于人口稠密市井繁闹之地。《都城纪胜》
"瓦舍众伎"云："瓦者，野合易散之意也。"③南宋潜说友《咸淳临安志》卷
十九记："瓦子，盖取聚则瓦和散则瓦解之意。"④这是从瓦舍作为人口流动

---

① （宋）孟元老：《东京梦华录》卷二"东角楼街巷"，《东京梦华录》（外四种），第14页。
② （宋）孟元老：《东京梦华录》卷三"大内西右掖门外街市"，《东京梦华录》（外四种），第18页。
③ （宋）灌园耐得翁：《都城纪胜》，《东京梦华录》（外四种），第95页。
④ 中华书局编辑部编：《宋元方志丛刊》第四册，中华书局1990年版，第3549页。

聚散之地的特征来予以说明，易聚易散，瓦舍就是人口流动聚散迅捷的集市。瓦舍周边的热闹繁华使得瓦舍中的流动人口源源不断，这是瓦舍得以生存发展的基础。

北宋时汴京瓦舍的数量，《东京梦华录》提到七座，计有：新民瓦子、桑家瓦子（包括中瓦和里瓦）、朱家桥瓦子、保康门瓦子、梁门外州西瓦子、州北瓦子、宋门外瓦子[①]。其中除桑家瓦子位于繁华的街区，其他几处瓦子都设在里城城门外：新民瓦子位于新门外，朱家桥瓦子位于旧曹门外，保康门瓦子位于保康门外，州西瓦子位于梁门外，州北瓦子位于景隆门外，还有就是宋门外瓦子。这些瓦子之所以位于里城城门之处，是因为这些地方在未筑新城前，就是外来人口、工商贾贩、流动艺人聚集活动出入频繁的地方。

南宋临安瓦舍也大都建在流动人口最多的繁华街市和交通要道之处。

临安城内地方拥挤，瓦舍的数量不多，据《咸淳临安志》卷十九"瓦子"、《梦粱录》卷十九"瓦舍"等记载，临安城内瓦舍有五处，其中的南瓦在清冷桥熙春楼附近，中瓦、上瓦（大瓦）、下瓦（北瓦）都在御街上，这四座瓦舍，《西湖老人繁盛录》将其称之为"四山四海"："（南瓦）衣山衣海，（中瓦）卦山卦海，（上瓦）南山南海，（下瓦）人山人海。"[②]

临安外城地方开阔，多数瓦舍都设在城门要道附近，据《咸淳临安志》卷十九"瓦子"、《西湖老人繁胜录》"瓦市"、《梦粱录》卷十九"瓦舍"、《武林旧事》卷六"瓦子勾栏"记载，主要有：

便门外北——便门瓦。

候潮门外北——候潮瓦。

保安门外东——小堰门瓦。

新开门外南——新门瓦，又名四通馆瓦。

---

① 很多学者将中瓦和里瓦分作两个瓦子，总数算作九个，而《东京梦华录》卷二"东角楼街巷"条记"桑家瓦子"说得很清楚："街南桑家瓦子，近北则中瓦，次里瓦。其中大小勾栏五十余座。内中瓦子……，里瓦子……"这是说桑家瓦子"内"划分为中瓦子和里瓦子，靠近北边的是中瓦子，紧接着的是里瓦子。中瓦、里瓦都属于桑家瓦子。七座勾栏的记载依次见于《东京梦华录》卷二"朱雀门外街巷"（新门瓦子）、"东角楼街巷"（桑家瓦子）、"潘楼东街巷"（朱家桥瓦子）、卷三"大内西右掖门外街巷"（州西瓦子）、"大内前州桥东街巷"（保康门瓦子）、"马行街铺席"（州北瓦子）、卷八"七夕"（宋门外瓦子）。

② （宋）西湖老人：《西湖老人繁胜录》，《东京梦华录》（外四种），古典文学出版社 1956 年版，第 126 页。

崇新门外章家桥南——荐桥门瓦。

东青门外菜市桥南——菜市瓦。

钱湖门外——钱湖门瓦。

嘉会门外——嘉会门瓦。

艮山门内——艮山门瓦。

余杭门外——北关门瓦，沿运河北上又有北郭瓦、旧瓦、米市桥瓦。

钱塘门外——羊坊桥瓦、王家桥瓦、行春桥瓦、赤山瓦、龙山瓦。

南宋的这些城关之处，是各类新兴的商业行市的集中之地①，即大宗日用商品的集散地，也是人口流动频率最高、流动人口数量最多的地区。人口稠密，流动频繁，艺人商贩汇聚一处，使瓦舍成为集娱乐、文化、经济功能于一体的综合性娱乐消费场所。

宋代的勾栏瓦舍，作为面向世俗大众开放的独立的娱乐空间的出现，这在历史上还是第一次，仅就这一点而言，它就具有文化史上的开创意义。

宋代坊市分割制度的瓦解，不仅使人有了更多的行动自由，"可在城内或四邻各处进行买卖交易"，而且也使人有了更多的精神自由，在宋代都城的街市以及勾栏瓦舍里聚众演出，不再像唐代那样被视为"左道不常，异端斯起"，以致被"禁断"，世俗娱乐场所——瓦舍勾栏的出现，使市民大众拥有了属于自己的自由的娱乐空间。"瓦舍"作为独立的公共娱乐场所之所以会出现于北宋，是中国古代城市空间的生态进化以及北宋城市空间走向全面开放的结果。

三、瓦舍文化的生态构成

瓦舍是由艺人表演、饮食货卖汇聚而成并以流动人口为消费主体的开放性的集市，瓦舍构成的多样综合性使瓦舍成为具有自我维持、自我调控能力的生态系统。流动人口是瓦舍的消费主体，其消费对象可分为两大类，一是各类伎艺表演的娱乐消费，二是各种饮食休闲商品的日用消费。《东京梦华录》卷二"东角楼街巷"条记"桑家瓦子"的构成就包含这两大消费类别：

---

① 关于南宋新兴的商业行、市的分布及作用，参见杨宽：《中国古代都城制度史研究》，上海人民出版社 2003 年版，第 395—401 页。

街南桑家瓦子，近北则中瓦，次里瓦。其中大小勾栏五十余座。内，中瓦子：莲花棚、牡丹棚；里瓦子：夜叉棚、象棚最大，可容数千人。自丁先现、王团子、张七圣辈，后来可有人于此作场。瓦中多有货药、卖卦、喝故衣、探搏、饮食、剃剪、纸画、令曲之类。终日居此，不觉抵暮。①

桑家瓦子中"大小勾栏五十余座"构成了瓦舍内的伎艺娱乐消费群落，勾栏的伎艺表演构成了瓦舍的主体，是瓦舍消费的主要对象。但是，由"货药、卖卦、喝故衣、探搏、饮食、剃剪、纸画、令曲之类"构成的瓦舍饮食休闲货卖的日用消费群落，也是保持瓦舍兴旺的必要因素。瓦舍内丰富多样的饮食休闲货卖消费，满足了瓦舍内各类人群的多方面的需求，与观众的伎艺娱乐消费形成生态循环，保持着瓦舍的生命活力。下面以"饮食"和卖"令曲之类"为例，说明饮食休闲货卖与伎艺表演之间的协同互补的生态关系。

"饮食"是瓦舍中各类人必需的生理消费，瓦舍里的饮食店铺为终日演出的艺人和长时间逗留于此的观众提供了吃喝所需。《武林旧事》卷六"瓦子勾栏"条记瓦舍中的大酒楼，南瓦中有熙春楼，中瓦内有三元楼②。《西湖老人繁盛录》"瓦市"条，记这些大酒楼的饭菜也十分便宜，如北瓦"内有起店数家，大店每日使猪十口，只不用头蹄血脏。遇晚烧晃灯拨刀，饶皮骨，壮汉只吃得三十八钱，起吃不了，皮骨饶荷叶裹归，缘物贱之故。""大酒店用银器，……两人入店买五十二钱酒，也用两只银盏，亦有数般菜。""大店每日使猪十口"，可知其规模不小，而"两人入店买五十二钱酒"，还有"数般菜"，一般人即可消费。此外，瓦舍内也有卖各色小吃的，如有"炸藕、红边糍、蜂糖饼"③ 等，以致出现了以瓦舍命名的特色小吃，《都城纪胜》"市井"条记有"南瓦子张家糰子"，"诸行"条记有"中瓦前职家羊饭"④。

---

① （宋）孟元老：《东京梦华录》，《东京梦华录》（外四种），古典文学出版社1956年版，第14页。

② 参见（宋）周密：《武林旧事》，《东京梦华录》（外四种），古典文学出版社1956年版，第440页。

③ （宋）西湖老人：《西湖老人繁盛录》，《东京梦华录》（外四种），古典文学出版社1956年版，第124页。

④ （宋）灌园耐得翁：《都城纪胜》，《东京梦华录》（外四种），古典文学出版社1956年版，第91—92页。

　　"饮食"除了供人们吃喝所需外，瓦舍里的酒店、茶肆也成为瓦舍伎艺的传播之地，为瓦舍的伎艺表演带来更多的观众。如有的茶肆就是"说话"伎艺的表演场所，《西湖老人繁盛录》记载有瓦舍茶肆进行夜场"说话"表演："余外尚有独勾栏瓦市，稍远，于茶（此处疑脱"肆"字）中作夜场。"①有的瓦舍茶肆成为人们在演出前后聚会聊天之所，宋人郭彖《睽车志》卷五记瓦舍中人喜欢到茶肆酒楼去聊天："士人便服，日至瓦市观优，有邻坐者，士人与语颇狎，……适优者散场，观者哄然而出，士人与邻坐者亦起，出门，将邀就茶肆与语。"②人们"瓦市观优"散场之后，"就茶肆与语"，影响所及，瓦舍内的茶肆甚至有以话本故事命名的，宋话本有《西山一窟鬼》，《梦粱录》卷十六"茶肆"条记"中瓦内王妈妈家茶肆名一窟鬼茶坊"③。瓦舍中的酒楼茶肆既为人们提供了吃喝，也成为人们聚会交流的场所，这无形中扩大了瓦舍众伎的影响，招引着各色人等涌向瓦舍勾栏，并不时地将其转化为新的观众。宋话本《宋四公大闹禁魂张》写到闲汉赵正骗到衣服后，"再入城里，去桑家瓦里闲走一回，买酒买点心吃了，走出瓦子外面来。"④赵正来瓦舍不过是为"闲走一回，买酒买点心吃"，不过，这些闲人有的就转化为观众而停留下来。如《水浒传》第五十一回写雷横本无意去勾栏，就是因为碰上了酒店的李小二告诉他勾栏里来了位东京的艺人白秀英，于是就来到勾栏观听话本说唱。瓦舍中的饮食吃喝及酒店、茶肆，维系着勾栏中艺人和观众的基本需求，也相互依存协同发展。

　　卖"令曲之类"的，更是直接为伎艺表演服务，是伎艺表演的补充。因宋代瓦舍伎艺的兴盛，以致卖"令曲之类"的，还发展为专门的一种"行市"。《西湖老人繁盛录》"诸行市"记南宋临安行市有"四百四十行"，其中即有专卖"诸般缠令"、"诸般耍曲"的⑤。《武林旧事》卷六"小经纪——他处所无者"记做各类小买卖的，内有专卖"掌记册儿"、"缠令"、"耍令"

① （宋）西湖老人：《西湖老人繁盛录》，《东京梦华录》（外四种），古典文学出版社1956年版，第124页。
② （宋）郭彖：《睽车志》，中华书局1985年版，第46页。
③ （宋）吴自牧：《梦粱录》，《东京梦华录》（外四种），古典文学出版社1956年版，第262页。
④ 程毅中辑注：《宋元小说家话本集》，齐鲁书社2000年版，第163页。
⑤ （宋）西湖老人：《西湖老人繁盛录》，《东京梦华录》（外四种），古典文学出版社1956年版，第125页。

的①。这些"令曲之类",是艺人温习演唱所需。如《宦门子弟错立身》第五出中延寿马学戏就要"看掌记",《水浒传》第二十、第二十一回写阎婆惜"会唱诸般耍令","又会唱曲儿",宋江就说:"我时常见这婆娘看些曲本,颇识几字。"演员唱曲需要曲本,观众看演出同样需要曲本对照参考。元代长谷真逸《农田余话》卷上说,在元代时宋"临安府瓦子印行小令人家尚存"②。可见,宋代"瓦子印行小令",已成许多家庭的必备。瓦舍中卖"掌记册儿"、"令曲之类"的"行市",是衍生自瓦舍伎艺,反之,又促进瓦舍伎艺的发展。这种瓦舍内"诸行市"之间的互补交流以及由此招引而来的川流不息的流动人口,构成了瓦舍"衣山衣海,卦山卦海,南山南海,人山人海"的生态环境,瓦舍不只有勾栏演出。

正是有了瓦舍娱乐与消费的综合多样性,才使各色人等,"终日居此,不觉抵暮"③。瓦舍综合多样的生态环境为瓦舍勾栏招来源源不断的观众,这是瓦舍得以持续生存的基础。

瓦舍勾栏中的伎艺表演是瓦舍构成的主体,瓦舍中的伎艺表演可分为两大类,即叙事的和非叙事的表演伎艺。

瓦舍叙事伎艺主要有说话、诸宫调、傀儡戏、影戏、杂剧等,它们都以敷演故事为主。

瓦舍非叙事伎艺种类繁多,《东京梦华录》卷五"京瓦伎艺"、《梦粱录》卷二十"百戏伎艺"、《都城纪胜》"瓦舍众伎"等都有具体记载。以《都城纪胜》"瓦舍众伎"的记载为例,宋代都城临安瓦舍中的非叙事伎艺可以分两类,即器乐演唱类和百戏表演类。

器乐演唱伎艺主要有:细乐、荒鼓板、清乐、唱叫、小唱、嘌唱、叫果子、唱耍曲儿、叫声、下影带、散叫、打拍、唱赚、覆赚。

百戏表演伎艺主要有:角抵之戏、踢弄、上竿、打筋斗、踏跷、打交辊、脱索、装神鬼、抱锣、舞判、舞砑刀、舞蛮牌、舞剑、踢瓶、弄碗、踢

---

① (宋)灌园耐得翁:《都城纪胜》,《东京梦华录》(外四种),古典文学出版社1956年版,第450页。

② (元)长谷真逸:《农田余话》卷上,四库全书存目丛书编纂委员会编:《四库全书存目丛书·子部》,第二三九册,齐鲁书社1995年版,第315页。

③ (宋)孟元老:《东京梦华录》卷二"东角楼街巷",《东京梦华录》(外四种),第14—15页。

磬、弄花鼓槌、踢墨笔、弄球子、枢筑球、弄斗、打硬、教虫蚁、及鱼弄熊、烧烟火、放爆仗、火戏儿、水戏儿、圣花、撮药、藏压药、法傀儡、壁上睡，小则剧术射穿、弩子打弹、攒壶瓶、手影戏、弄头钱、变线儿、写沙书、改字等①。

瓦舍叙事伎艺和非叙事伎艺之间也构成互补交融、协同进化的关系。如叙事伎艺诸宫调与非叙事伎艺中的小唱和嘌唱的关系，诸宫调就是将本来是由小唱和嘌唱伎艺表演的单首曲子词按宫调组合起来，构成一个庞大的艺术体制来敷演一个长篇故事。小唱、嘌唱靠诸宫调而发展，诸宫调借小唱、嘌唱而进化，二者是彼此互利地生存在一起。再如，叙事性表演伎艺元杂剧与非叙事伎艺中的"百戏"关系，明初朱权称："杂剧者，杂戏也。"②强调了杂剧之"杂"，体现在元杂剧的表演上，"百戏"成为元杂剧每折之间插演的"杂戏"，明人臧晋叔改订《玉茗堂四种传奇》之《还魂记》第二十五折有眉批云："北戏四折，止旦末供唱，故临川于生旦□曲□□接踵□□，不知北剧每折间以爨弄、队舞、吹打，故旦末当有余力。"③元杂剧在唱演故事之中穿插以各类"杂戏"表演，使旦末"有余力"，不至于太过劳累，这使元杂剧与各类非叙事性"杂戏"表演之间构成了互利共生的关系。

各类瓦舍叙事伎艺和非叙事伎艺在瓦舍中所占空间位置的消长，使瓦舍勾栏由宋代的综合的伎艺表演场所逐渐演变为元代的单一的剧场。

瓦舍是以勾栏为中心而形成，而勾栏的空间和资源，主要被瓦舍叙事伎艺所占据。如《东京梦华录》卷二"东角楼街巷"记北宋东京桑家瓦子中最大的一些勾栏主要用于杂剧、说话等叙事伎艺的表演："其中大小勾栏五十余座。内，中瓦子：莲花棚、牡丹棚；里瓦子：夜叉棚、象棚最大，可容数千人。自丁先现、王团子、张七圣辈，后来可有人于此作场。"④丁先现，据宋蔡绦《铁围山丛谈》卷三记，教坊使丁先现（原文写作丁仙现）诮难王安石，"于戏场中乃便作为嘲诨"⑤，可知丁先现是北宋著名的杂剧艺人，

---

① 参见（宋）灌园耐得翁：《都城纪胜》，《东京梦华录》（外四种），古典文学出版社1956年版，第96—97页。
② （明）朱权：《太和正音谱》，《中国古典戏曲论著集成》三，中国戏剧出版社1959年版，第53页。
③ （明）汤显祖：《玉茗堂四种传奇》，国家图书馆善本部藏明刻本。
④ （宋）孟元老：《东京梦华录》卷二"东角楼街巷"，《东京梦华录》（外四种），第14页。
⑤ （宋）蔡绦：《铁围山丛谈》，中华书局1983年版，第59页。

他曾在桑家瓦子勾栏中演出杂剧。《东京梦华录》卷五"京瓦伎艺"中又记有"霍四究，说《三分》；尹常卖，《五代史》。"这些著名的"说话"艺人也应是在勾栏中表演，因为据《武林旧事》卷六"瓦子勾栏"条说，能在勾栏里表演的都是伎艺高超的艺人："北瓦内勾栏十三座最盛。或有路岐，不入勾栏，只在要闹宽阔之处做场者，谓之'打野呵'，此又艺之次者。"①也就是说，那些"艺之次者"只能在瓦舍内勾栏之外的"要闹宽阔之处做场"。《西湖老人繁盛录》"瓦市"条还记载了著名的"说话"艺人在勾栏里演出的情形，"南瓦、中瓦、大瓦、北瓦、浦桥瓦。惟北瓦大，有勾栏一十三座。"其中"常是两座勾栏，专说史书，乔万卷、许贡士、张解元。""小张四郎，一世只在北瓦，占一座勾栏说话，不曾去别瓦作场，人称小张四郎勾栏。"勾栏里也有杂剧演出："莲花棚，常是御前杂剧。"②

宋代的勾栏，说话、杂剧等叙事伎艺占据了勾栏的主要空间，但也有其他一些伎艺在勾栏内演出。据《武林旧事》卷六"诸色伎艺人"记载，"丁未年拨入勾栏子弟嘌唱赚色"，有"施二娘、时春春、时佳佳……"③等十四人，也就是说，勾栏里也有"嘌唱"、唱"赚"表演。再如《水浒传》第五十一回提到白秀英在勾栏里"说唱诸般品调"。可见，宋代专在勾栏表演的艺人，就有说话、杂剧、嘌唱、唱赚、诸宫调等。临时在勾栏表演而非单独"占一座勾栏"的伎艺就更多了，据《西湖老人繁盛录》"瓦市"条所记，除了"说话"和杂剧之外，还有合生、覆射、踢瓶弄碗、杖头傀儡、使棒、杂班、教飞禽、装神鬼、舞番弄、影戏、卖嘌唱、唱赚、说唱诸宫调、乔相扑、踢弄、谈诨话、散耍、学乡谈等，因为有这众多伎艺在勾栏内表演，于是才有了："分数甚多，十三座勾栏不闲，终日团圆。"④从上下文意看，使"十三座勾栏不闲，终日团圆"的前提，是由于各种勾栏内伎艺"分数甚多"（分别数说就更多了）。孟元老《东京梦华录》卷五"京瓦伎艺"条也是强调瓦舍伎艺的多样性，其中不仅有：小唱、嘌唱、杂剧、傀儡、杂手

---

① （宋）周密：《武林旧事》，《东京梦华录》（外四种），古典文学出版社1956年版，第441页。
② （宋）西湖老人：《西湖老人繁盛录》，《东京梦华录》（外四种），古典文学出版社1956年版，第123页。
③ （宋）周密：《武林旧事》，《东京梦华录》（外四种），古典文学出版社1956年版，第457页。
④ （宋）西湖老人：《西湖老人繁盛录》，《东京梦华录》（外四种），古典文学出版社1956年版，第124页。

伎、球仗踢弄、讲史、小说、散乐、舞旋、相扑、倬刀蛮牌、影戏、诸宫调、商迷、合生、说诨话、叫果子等，而且"其余不可胜数"，于是，才有了"不以风雨寒暑，诸棚看人，日日如是"①的瓦舍盛况。

到了元代，勾栏主要用于北曲杂剧的演出，如杜仁杰《庄家不识构阑》套曲所描述，勾栏就是剧场。当北曲杂剧一统勾栏的空间和资源，元代勾栏就成了剧场的代名词。

瓦舍本是由勾栏内外"不可胜数"的各类伎艺与"人山人海"的"诸行市"而构成。瓦舍的多要素、多层次、多功能的生态构成，使瓦舍生态系统有了自我调控机能，这是瓦舍存在的基础。瓦舍一旦失去了它赖以生存的生态循环系统，如元代那样勾栏变成了单一的剧场，瓦舍也就不复存在（详第四章第三节）。

第三节　瓦舍文化的基本特征

宋代瓦舍勾栏的出现，不仅使市民大众拥有了自己的娱乐空间，同时也改变了统治者的观念，勾栏、瓦舍这个面向全社会开放的独立的娱乐空间，被统治者认同为合理的存在，瓦舍里的演出被认同为只为娱乐，随着宋代经济的空前繁荣，统治者对享乐的追求也达到空前境地，勾栏艺人也被请进了宫廷演出，宫廷娱乐走向世俗，贵族文人也出入于瓦舍之中，瓦舍成为大众狂欢的广场。

一、瓦舍文化是全民性的娱乐文化

唐代贵族的教坊文化与世俗的瓦舍文化是界限分明的。唐代设教坊职掌宫廷散乐百戏等俗乐，唐代宫廷娱乐主要依靠教坊演出。其他贵族官僚的娱乐也都是雇佣教坊艺人，如《唐会要》卷三十四"杂录"记宝历二年九月京兆府的奏章就提到，"诸道方镇，下至州县军镇，皆置音乐以为欢娱"，且"每年重阳上已两度宴游，及大臣出领藩镇，皆须求雇教坊音声"②。虽然，诸如唐敬宗、宣宗女儿万寿公主等也曾去寺院听俗讲、"看戏场"，但寺院终

---

① （宋）孟元老：《东京梦华录》，《东京梦华录》（外四种），第 29—30 页。
② （宋）王溥：《唐会要》上，上海古籍出版社 2006 年版，第 736 页。

究是宗教之地，寺院的俗讲、戏场是附属于宗教的，名义上，并非是统治者认可的娱乐场所。只不过是在宗教名义下，在事实上，寺院戏场成了世俗大众的娱乐之地。唐代贵族的教坊文化与世俗文化界限分明，形成了唐代社会的等级文化。

到了宋代，瓦舍文化成为全民性的娱乐文化。瓦舍作为独立的公众娱乐场所被管理者认可并将其作为宋代都城规划中的一部分，由朝廷统一管理。《东京梦华录》卷五"京瓦伎艺"条云："崇、观以来，在京瓦肆伎艺，张廷叟、孟子书主张。"① 廖奔认为，"主张"即"安排"之意，因此，"张廷叟、孟子书两人可能就是汴京瓦舍的总管理人。孟子书在宫廷里担任教坊乐官（见宋王明清《挥麈后录》卷四），张廷叟身份不明，可能也是官府中人物，大概两人受官府委派管理汴京的众多瓦舍勾栏事宜。"②

南宋定都临安重设瓦舍，也是由官府规划营建的。南宋潜说友《咸淳临安志》卷十九"瓦子"，列举临安城内外瓦舍十七处，并附说明：

> 故老云：绍兴和议后，杨和王为殿前都指挥使，以军士多西北人，故于诸军寨左右，营创瓦舍，招集伎乐，以为暇日娱戏之地。其后修内司又于城中建五瓦以处游艺。今其屋在城外者多隶殿前司，城中者隶修内司。③

这里说瓦舍"在城外者多隶殿前司，城中者隶修内司"，《武林旧事》卷六"瓦子勾栏"下也注明："城内隶修内司城外隶殿前司"④。修内司所设的教乐所承担了此前宫廷教坊的职能，负责在内廷大宴时组织艺人进行演出活动，宫廷常召瓦舍艺人进宫演出，所以由修内司管理城内瓦舍。殿前司主管禁军，驻军大都在城外和城内靠近城墙的地方，所以城外供军士娱乐的瓦舍由殿前司管理，也就是说，城内外的瓦舍都由官府统一营建和管理。

南宋的瓦舍起初是为大量的驻军而规划营建的，但不久也成为市民的

---

① （宋）孟元老：《东京梦华录》，《东京梦华录》（外四种），古典文学出版社 1956 年版，第 29 页。

② 廖奔：《中国古代剧场史》，中州古籍出版社 1997 年版，第 54 页。

③ 中华书局编辑部编：《宋元方志丛刊》第四册，中华书局 1990 年版，第 3549 页。

④ （宋）周密：《武林旧事》，《东京梦华录》（外四种），古典文学出版社 1956 年版，第 440 页。

娱乐场所。《梦粱录》卷十九"瓦舍"条说:

> 殿岩杨和王因军士多西北人,是以城内外创立瓦舍,招集妓乐,
> 以为军卒暇日娱戏之地。今贵家子弟郎君,因此荡游,破坏尤甚于汴
> 都也。其杭之瓦舍,城内外合计有十七处。①

据此,来瓦舍"娱戏"、"游荡"的有军士,也有市民,包括"贵家子弟郎君"。

宋代朝廷对瓦舍的营建管理,意味着对瓦舍娱乐伎艺的认同。宋代瓦舍勾栏不仅成为市民大众的娱乐空间,瓦舍艺人和瓦舍伎艺也不断地被调入宫廷。尤其是到了南宋绍兴三十一年以后,宫廷教坊被取消②,宫廷伎艺演出更是全仰仗民间瓦舍艺人。如南宋赵升《朝野类要》卷一"教坊"条就说,教坊废止后,"近年衙前乐已无教坊旧人,多是市井路岐之辈。"③与唐代宫廷教坊几乎与民间伎艺隔绝不同,可以说,宋代瓦舍已成为平民与皇帝贵族共享的娱乐空间。对于这一变化,张发颖比喻说:"宋代皇帝,如与玄宗相较,在对待歌舞百戏之态度上,仿佛一在天上,只可仰望,而不得其详;一在人间,只一富贵人家,羼杂于寻常百姓之中。"④

皇帝显贵们当然不便亲临瓦舍"羼杂于寻常百姓之中"去看演出,于是朝廷便征召各类瓦舍艺人和瓦舍伎艺入宫演出。如《武林旧事》卷六中的"诸色伎艺人"记瓦舍中的"小说"艺人有多人曾进宫表演:

> 小说:蔡和 李公佐 张小四郎(陈刻"小张") 朱脩(德寿宫) 孙奇(德寿宫) 任辩(御前) 施珏(御前) 叶茂(御前) 方瑞(御前、陈刻"方端") 刘和(御前)……⑤

---

① (宋)吴自牧:《梦粱录》,《东京梦华录》(外四种),古典文学出版社1956年版,第298页。
② (宋)灌园耐得翁:《都城纪胜》"瓦舍众伎"条:"绍兴三十一年,省废教坊之后,每遇大宴,则拨差临安府前乐等人充应,属修内司教乐所掌管。"《东京梦华录》(外四种),古典文学出版社1956年版,第84页。
③ (宋)赵升:《朝野类要》,王瑞来点校,中华书局2007年版,第30—31页。
④ 张发颖:《中国戏班史》(增订本),学苑出版社2003年版,第52页。
⑤ (宋)周密:《武林旧事》,《东京梦华录》(外四种),古典文学出版社1956年版,第455页。

德寿宫是宋高宗赵构退位后所居之宫，瓦舍中的"说话"艺人如朱脩、孙奇在德寿宫为宋高宗演"小说"，任辩、施珪、叶茂、方瑞、刘和在宋孝宗"御前"演"小说"。再有，《武林旧事》同条下记"杂剧"伎艺人名单有41人，其中，时和、吴师贤、金宝、何晏喜等人还在宋理宗圣节时入内廷演出杂剧，《武林旧事》卷一"圣节"条记宋理宗"天基圣节排当乐次"，就有这几位伎艺人：

> （初坐）第四盏，……进念致语等，时和。……杂剧，吴师贤已下，做《君圣臣贤囊》，断送《万岁声》。……第六盏，……圣花，金宝。……（再坐）第四盏，……何晏喜已下，做《杨饭》，断送《四时欢》。①

该书还列出了参加此次演出的"杂剧色"的祗应人名单有15人，这个名单中的吴师贤、赵恩、时和、金宝、何晏喜、吴国贤等人，正是来自《武林旧事》卷六所记瓦舍中的"诸色伎艺人"。

这些瓦舍伎艺人除进宫演出外，平时也在瓦舍勾栏中演出，如《西湖老人繁胜录》"瓦市"记临安瓦舍"背做莲花棚，常是御前杂剧：赵泰、王荚喜……"②这是说赵泰等伎艺人经常在临安瓦舍中的莲花棚上演宫中的"御前杂剧"；《梦粱录》卷二十"小说讲经史"条记载，南宋时有一个叫王六大夫的说话艺人曾在宫中演出，"元系御前供话"，他"诸史俱通"，在瓦舍勾栏中"于咸淳年间，敷演《复华篇》及《中兴名将传》"③，这里提到的《中兴名将传》应该就是《醉翁谈录》"小说开辟"所说的"新话说张（俊）、韩（世忠）、刘（锜）、岳（飞）"的内容，因为王六大夫讲的是眼下的军政时事，再加上他"讲得字真不俗，记问渊源甚广"，所以"听者纷纷"，他不仅在宫廷讲，也在瓦舍讲，并受到广大市民听众的欢迎。

据元代杨维桢《送朱女士桂英演史序》所记，在南宋高宗、孝宗之际，还有众多的瓦舍勾栏中的各类女艺人入宫表演：

---

① （宋）周密：《武林旧事》，《东京梦华录》（外四种），古典文学出版社1956年版，第350—352页。

② （宋）西湖老人：《西湖老人繁盛录》，《东京梦华录》（外四种），古典文学出版社1956年版，第123页。

③ （宋）吴自牧：《梦粱录》，《东京梦华录》（外四种），古典文学出版社1956年版，第313页。

当思陵上大皇号，孝宗奉太皇寿，一时御前应制多女流也。若棋待诏为沈姑姑，演史为张氏、宋氏、陈氏，说经为陆妙慧、妙静，小说为史惠英，队戏为李瑞娘，影戏为王润卿，皆申二时慧黠之选也。①

"思陵"是南宋高宗赵构的庙号，赵构（1107—1187）于绍兴三十二年（1162）传位于其子孝宗赵眘，孝宗尊其父为太上皇，开头一句是说孝宗为侍奉其父颐养天年，选派了一批擅长各项伎艺的艺人进宫陪侍娱乐，其中多为女流。文中所谓"棋待召为沈姑姑"，"待召"，亦作待诏，是指有伎艺待命供奉内廷的艺人，"沈姑姑"名见《武林旧事》"诸色伎艺人"中的"棋待诏"条，此条下列棋待诏共十五人；文中又说"演史为张氏、宋氏、陈氏"，当即《武林旧事》卷六"诸色伎艺人"中"演史"的"张小娘子"、"宋小娘子"和"陈小娘子"，此条下列"演史"伎艺人共二十三人；文中提到"说经为陆妙慧、妙静"，此二人名见《西湖老人繁胜录》"瓦市"条中的"说经"伎艺人，此条共四人；至于"小说为史惠英"，史惠英名见《武林旧事》"诸色伎艺人"中的"小说"伎艺人，此条记"小说"艺人共五十二人；又有"队戏"的李瑞娘，未见他书记载；"影戏"的王润卿，名见于《武林旧事》"诸色伎艺人"中的"影戏"条，此条记影戏艺人共十八人。可见，除宋代宫廷民间普遍上演的杂剧外，瓦舍勾栏中的各类主要伎艺如棋艺、演史、说经、小说、队戏、影戏等，在宫廷中均有上演。

瓦舍众伎进入宫廷，使宫廷教坊文化开始走向世俗化，并与民间瓦舍文化逐渐融合，瓦舍文化在宋代已然成为全民文化。例如，每逢重大节日，皇帝贵族也走上街头，招集瓦舍众伎，搞起了"与民同乐"。《东京梦华录》卷六"元宵"条就记述了正月十五元宵节，皇帝贵族在御街与市民百姓共赏瓦舍众伎的情景：

正月十五日元宵，大内前自岁前冬至后，开封府绞缚山棚，立木正对宣德楼，游人已集御街两廊下。奇术异能，歌舞百戏，鳞鳞相切，乐声嘈杂十余里，击丸蹴踘，踏索上竿。赵野人，倒吃冷淘。张九哥，

---

① （元）杨维桢：《送朱女士桂英演史序》，吴毓华编：《中国古代戏曲序跋集》，中国戏剧出版社 1990 年版，第 24 页。

吞铁剑。李外宁，药法傀儡。小健儿，吐五色水、旋烧泥丸子。大特落，灰药。榾柮儿，杂剧。温大头、小曹，嵇琴。党千，箫管。孙四，烧炼药方。王十二，作剧术。邹遇、田地广，杂扮。苏十、孟宣，筑球。尹常卖，《五代史》。刘百禽，虫蚁。杨文秀，鼓笛。更有猴呈百戏，鱼跳刀门，使唤蜂蝶，追呼蝼蚁。其余卖药、卖卦，沙书地谜，奇巧百端，日新耳目。至正月七日，人使朝辞出门，灯山上彩，金碧相射，锦绣交辉。面北悉以彩结，山沓上皆画神仙故事。或坊市卖药卖卦之人，横列三门，各有彩结金书大牌，中曰"都门道"，左右曰"左右禁卫之门"，上有大牌曰"宣和与民同乐"。……宣德楼上，皆垂黄缘，帘中一位，乃御座。用黄罗设一彩棚，御龙直执黄盖掌扇，列于帘外。两朵楼各挂灯球一枚，约方圆丈余，内燃椽烛，帘内亦作乐。宫嫔嬉笑之声，下闻于外。楼下用枋木垒成露台一所，彩结栏槛，两边皆禁卫排立，锦袍，幞头簪赐花，执骨朵子，面此乐棚。教坊钧容直、露台弟子，更互杂剧。近门亦有内等子班直排立。万姓皆在露台下观看，乐人时引万姓山呼。[1]

瓦舍众伎搬到御街上表演，"乐声嘈杂十余里"，宣德楼上是皇上，楼下是戏台，教坊伎艺人与民间伎艺人同台献艺，"万姓皆在露台下观看，乐人时引万姓山呼。"瓦舍众伎的表演之地成为全民狂欢的广场。

宋代的瓦舍文化作为全民性的娱乐文化，来瓦舍娱乐的人是不分等级、身份、性别的。在瓦舍川流不息的人海之中，有各类人员，如：

官吏、商人、士兵。《东京梦华录》卷三"大内前州桥东街巷"条载，街西保康门瓦子周围住的大都是官吏、商人、军士，"东去沿城皆客店，南方官员商贾兵级，皆于此安泊"；"马行街铺席"条记州北瓦子附近除了民户商铺就是军营："州北瓦子，新封丘门大街两边民户铺席外，余诸班直军营相对，至门约十里余。……夜市直至三更尽，才五更又复开张。如要闹去处，通晓不绝。……至三更方有提瓶卖茶者，盖都人公私荣干，夜深方归也。"[2]

---

[1]　（宋）孟元老：《东京梦华录》，《东京梦华录》（外四种），古典文学出版社 1956 年版，第 34—35 页。

[2]　（宋）孟元老：《东京梦华录》，《东京梦华录》（外四种），古典文学出版社 1956 年版，第 19、20—21 页。

据《梦粱录》卷十九"瓦舍"条记，南宋还专为军士营建瓦舍，"以为军卒暇日娱戏之地"，无名氏《钟离权度脱蓝采和》杂剧第二折蓝采和许坚对道士钟离权说："则许官员上户财主看勾栏散闷"①，官员、商贾、军士是瓦舍的常客。

文人士大夫。宋人郭彖《睽车志》卷五所载"士人便服，日至瓦市观优。"② 宋人张端义《贵耳集》卷下云："临安中瓦在御街中，士大夫必游之地，天下术士皆聚焉。"③ 瓦舍成为文人士大夫的必游之地。

贵家子弟。《梦粱录》卷十九"瓦舍"条说，瓦舍"顷者京师甚为士庶放荡不羁之所，亦为子弟流连破坏之门。……今贵家子弟郎君，因此荡游，破坏尤甚于汴都也。"④ 贵家子弟成为瓦舍常客。

农民。洪迈《容斋三笔》卷二记载，北宋开封府有个淳泽村民"尝入戏场观优"⑤，《庄家不识构阑》描写一位村民进城，"花了二百钱"，入勾栏看戏。

各种闲杂人员。《宋四公大闹禁魂张》写闲汉赵正"去桑家瓦里闲走一回"，《闹樊楼多情周胜仙》写盗墓贼朱真"却在桑家瓦看耍"⑥，《水浒传》第五十一回写帮闲李小二"到勾栏里来看"，等等。

瓦舍文化生活在某种程度上已成为巴赫金所描述的那种"脱离了常轨的生活"，这是一种"狂欢广场式的自由自在的生活，充满了两重性的笑，充满了对一切神圣物的亵渎和歪曲，充满了不敬和猥亵，充满了同一切人一切事的随意不拘的交往"⑦。在瓦舍中的许多伎艺表演可以不合传统、不合礼法。

如瓦舍中的女子"相扑"表演，曾被士大夫们认为是有违传统道德礼法而严加谴责，但依然流行不已，甚至连皇上也喜欢看。

---

① 王季思主编：《全元戏曲》第七卷，人民文学出版社 1999 年版，第 119 页。
② （宋）郭彖：《睽车志》，中华书局 1985 年版，第 46 页。
③ （宋）张端义：《贵耳集》，中华书局 1985 年版，第 59 页。
④ （宋）吴自牧：《梦粱录》，《东京梦华录》（外四种），古典文学出版社 1956 年版，第 298 页。
⑤ （宋）洪迈：《容斋随笔》下，上海古籍出版社 1978 年版，第 435 页。
⑥ 程毅中辑注：《宋元小说家话本集》，齐鲁书社 2000 年版，第 163、800 页。
⑦ ［苏联］巴赫金：《陀思妥耶夫斯基诗学问题》，白春仁、顾亚铃译，生活·读书·新知三联书店 1988 年版，第 176、184 页。

现有文献关涉瓦舍的专项记载几乎都提到了相扑伎艺①。据《梦粱录》卷二十"角觝"条的记载："角觝者，相扑之异名也，又谓之'争交'。……瓦市相扑者，乃路岐人聚集一等伴侣，以图摽手之资。先以女颭数对打套子，令人观睹，然后以膂力者争交。"看来，"瓦市相扑"都是先有一段"女颭"的"打套子"表演，然后是"以膂力"争胜。因"瓦市诸郡争胜"而得名的"女颭"有"赛关索、嚣三娘、黑四姐女众"②。《武林旧事》卷六"诸色伎艺人"条记载瓦舍中著名的"女颭"有"韩春春、绣勒帛、锦勒帛、赛貌多、侥六娘、后辈侥、女急快"③等。

这种女子相扑不仅为市民大众喜闻乐见，连宋仁宗在上元节也要与市民共同观看，甚至还对"妇人相扑者"加以"赏赍"。也正因此，招致了一些士大夫的激烈反对。宋仁宗嘉祐七年正月二十八日司马光上疏《论上元令妇人相扑状》，批评这种着装不多的"妇人相扑"有违传统道德礼法："臣窃闻今月十八日，圣驾御宣德门，召诸色艺人，各进技艺，赐与银绢。内有妇人相扑者，亦被赏赍。臣愚窃以宣德门者，国家之象魏，所以垂宪度、布号令也。今上有天子之尊，下有万民之众，后妃侍旁，命妇纵观，而使妇人赢戏于前，殆非所以隆礼法、示四方也。"进而要求"诏有司严加禁约，今后妇人不得于街市以此聚众为戏。"还要求问责有关的官员"并重行遣责，庶使巧佞之臣，有所戒惧，不为导上为非礼也。"④被司马光认为是应该"严加禁约"的"妇人相扑"，在各处瓦舍中却可以畅演无阻，还产生了著名的"瓦市相扑"的"女颭"，这说明瓦舍的文化娱乐已经"脱离了常轨的生活"，没有了常轨的"禁约"，已然成为全民共享的广场上的狂欢。

这种打破了日常生活中的禁令、秩序、规矩、男女之别的广场上的狂欢，在瓦舍出现以前也曾出现于节日民俗中。唐魏征《隋书》卷六十二《柳彧》记柳彧曾上疏隋文帝禁绝这种有违日常礼法秩序的节日的狂欢，他在上疏中描述正月十五的狂欢场面是"人戴兽面，男为女服，倡优杂技，诡状异

---

① 《东京梦华录》卷五"京瓦伎艺"条、《都城纪胜》"瓦舍众伎"条、《西湖老人繁胜录》"瓦市"条、卷二十"角觝"条、《武林旧事》卷六"诸色伎艺人"条，对瓦舍中的相扑伎艺都有记载，可见相扑在当时是一种相当流行的瓦舍伎艺。
② （宋）吴自牧：《梦粱录》，《东京梦华录》（外四种），古典文学出版社1956年版，第312页。
③ （宋）周密：《武林旧事》，《东京梦华录》（外四种），古典文学出版社1956年版，第463页。
④ （宋）司马光：《司马温公文集》，中华书局1985年版，第61页。

形，以秽嫚为欢娱，用鄙亵为笑乐，内外共观，曾不相避，……无问贵贱，男女混杂，缁素不分。"并认为这是"非益于化，有损于民"，要求"并即禁断"①。这种"无问贵贱，男女混杂，缁素不分"的情况，到了宋代的瓦舍勾栏里，已经成为被统治者认可的一种常态，瓦舍娱乐文化已经成为不讲身份等级的全民性的娱乐文化。

造成宋代瓦舍文化具有全民性特征的主要原因，是宋代社会弥漫着的享乐意识和娱乐风尚。随着坊市制的瓦解和都市经济的繁荣，人不仅有了行动和精神上的自由，也有了进行娱乐消费的资本，整个社会享乐意识的空前高涨，使追求世俗之乐，成为时代风尚。孟元老《东京梦华录序》描述了东京街市触目皆在的享乐景象：

> 太平日久，人物繁阜，垂髫之童，但习鼓舞；班白之老，不识干戈。时节相次，各有观赏。灯宵月夕，雪际花时，乞巧登高，教池游苑。举目则青楼画阁，绣户珠帘，雕车竞驻于天街，宝马争驰于御路。金翠耀目，罗绮飘香。新声巧笑于柳陌花衢，按管调弦于茶坊酒肆。八荒争凑，万国咸通。集四海之珍奇，皆归市易；会寰区之异味，悉在庖厨。花光满路，何限春游；箫鼓喧空，几家夜宴。伎巧则惊人耳目，侈奢则长人精神。②

孟元老将整个社会追求享乐的情景概括为"伎巧则惊人耳目，侈奢则长人精神"，"惊人耳目"的瓦舍"伎巧"，成为人们最主要的娱乐追求。瓦舍伎艺表演，不仅吸引市民大众，而且也进入宫廷，新兴的瓦舍伎艺以其"惊人耳目"的"伎巧"，成为全民的娱乐方式。

二、瓦舍文化是世俗文化

宋代以前，以诗词散文为主要载体的雅正文化，几乎形成一统天下的局面。诗词散文是文人士大夫自我抒情的主要方式，它以"雅正"为旨归，体现着文人士大夫的审美情趣而成为正统文学。与"雅正"文学相对，宋以

---

① （唐）魏征等：《隋书》第五册，中华书局 1973 年版，第 1483—1484 页。
② （宋）孟元老：《东京梦华录》，《东京梦华录》（外四种），古典文学出版社 1956 年版，第1 页。

前的世俗民众虽也有自己的民歌、音乐等文艺形式，但并未能够真正拥有一种能够进行自我抒写并形成强大社会音声的有效的文学形式。肇始于唐代寺院中的俗讲、转变、说话，兴盛于宋代瓦舍中的说话、杂剧、诸宫调等通俗叙事伎艺开始成为世俗大众进行自我叙事的主要方式。瓦舍使世俗大众第一次拥有了自己的公共娱乐空间，以瓦舍叙事伎艺为主要载体而形成的世俗娱乐文化，打破了雅正文化的一统天下，使世俗大众开始拥有了可以自由进行自我抒写的世俗文化。

瓦舍叙事伎艺即使是承应宫廷演出，其内容也充满了世俗趣味。宋"官本杂剧"，就是承应宫廷贵邸时所用的杂剧，《武林旧事》所载《官本杂剧段数》有宋代官本杂剧剧目二百八十余种，其中不少剧目内容失考，在可考剧目中多为反映市井生活，表现世俗趣味之作。如其中有表现男女风情猥语的"淡剧"，《论淡》《医淡》，此外，元陶宗仪《南村辍耕录》所记金元《院本名目·冲撞引首》中有《打淡的》《照淡》，《院本名目·诸杂院爨》中有《下角瓶大医淡》。"淡"为男女风情之语。明代俗曲《挂枝儿》卷一"私部"《佳期》一篇，描绘两位将要上床的情侣的欢情，有许多猥词浪语："灯儿下，细把娇姿来觑。脸儿红，默不语，只把头低，怎当得会温存风流佳婿。金扣含羞解，银灯带笑吹。我与你受尽了无限的风波也，今夜谐鱼水。"冯梦龙批曰："到此一杯淡话，却是少不得。"① 可见，直到明代，仍把男女间的猥词浪语称作"淡"话。把这些世俗之欢的内容搬进宫廷演出迎合了皇帝贵族们的世俗之欲。宋徽宗靖康年间，一些佞臣为取媚皇上，就曾在皇上面前搬演市井欢情戏，"涂抹粉墨作优戏，多道市井淫言媟语，以媚惑上。"② 至于官本杂剧剧目中的《王子高六幺》《崔护六幺》《莺莺六幺》《王宗道休妻》《郑生遇龙女薄媚》《裴少俊伊州》《相如文君》《李勉负心》等，敷演的则是市井流行的家庭婚姻故事。据《西湖老人繁胜录》"瓦市"条所记，临安瓦舍中有"莲花棚"专演"御前杂剧"，可见，所谓"御前杂剧"已经世俗化。贵族雅士开始认同并追求世俗趣味，瓦舍文化使宫廷贵族文化走向世俗。

那些直接反映世俗生活和市民梦想的瓦舍叙事伎艺如"说话"，成为市

---

① （明）冯梦龙编纂，刘瑞明注解：《冯梦龙民歌集三种注解》上，中华书局 2005 年版，第 21 页。
② （宋）徐梦莘：《三朝北盟会编》上，上海古籍出版社 1987 年版，第 233 页。

民大众自我叙事的有效形式。程毅中《宋元小说家话本集》收有宋元话本四十篇,除几篇以历史故事为题材的话本外,多数作品是以北宋东京、南宋临安(杭州)以及洛阳等都市市民生活为故事背景,如发生在北宋都城东京开封府的故事就有《红白蜘蛛》《宋四公大闹禁魂张》《简帖和尚》《合同文字记》《快嘴李翠莲记》《陈巡检梅岭失妻记》《赵旭遇仁宗传》《金鳗记》《勘靴儿》《张主管志诚脱奇祸》《闹樊楼多情周胜仙》等,发生在临安(杭州)的故事有《山亭儿》《碾玉观音》《西山一窟鬼》《错斩崔宁》《西湖三塔记》《五戒禅师私红莲记》《刎颈鸳鸯会》《张生彩鸾灯传》《苏长公章台柳传》《俞仲举题诗遇上皇》等,还有洛阳的故事《洛阳三怪记》,建康(南京)的故事《三现身》等①。这些故事以城市的风俗人情作为人文标志,以城市的街巷景观作为地理标志,从而绘制了一幅城市世俗生活画卷,反映了城市市民的世俗生活和市民欲望。

让故事穿越市井街巷景观之中,是说话艺人吸引市民听众的主要手法之一。《简帖和尚》的故事路径,涉及北宋东京的枣槊巷、天汉州桥、汴河、大相国寺、墦台寺等;《张主管志诚脱奇祸》的故事路径涉及东京的界身子、端门、金明池、万胜门、天庆观等,并关涉东京元宵节、清明节等风俗;《闹樊楼多情周胜仙》的故事路径,涉及东京的金明池、樊楼、曹门并关涉东京的游春、元宵节等风俗。故事中城市地理风俗的描述使市民听众感觉到这就是自己身边的故事,这就是自己的生活。

宋代瓦舍"说话"还以各类充满世俗趣味的故事吸引着世俗大众。《醉翁谈录》记"说话"的题材内容有:"说重门不掩底相思,谈闺阁难藏底密恨。辨草木山川之物类,分州军县镇之程途。讲历代年载废兴,记岁月英雄文武。有灵怪、烟粉、传奇、公案,兼朴刀、捍棒、妖术、神仙。"②在这些世俗故事中,与唐代小说以文人士大夫为故事主体不同,在宋元话本中展现了现实社会的各色人物,包括了皇帝、宰辅、使臣、府尹、武将、押司、押番、待诏、主管、教书先生、小生意人、庙官、和尚、道士、夫人、小姐、妓女、泼皮、山大王、强盗等,其中不仅市井细民占了故事人物的绝大多数,成为话本中的人物主体,而且在这些人物身上都是以世俗的眼光,表现

---

① 同一篇话本题目的写法有不同,本书均据程毅中辑注:《宋元小说家话本集》,齐鲁书社2000年版。

② (宋)罗烨:《新编醉翁谈录》,周晓薇校点,辽宁教育出版社1998年版,第3页。

了市民的欲望、梦想，体现了市民意识。

贫寒文士中举发迹，是小市民的梦想。宋话本《俞仲举题诗遇上皇》写一介贫士俞仲举科考不第，流落京师，以致"身边无银子还酒钱，便放无赖，寻死觅活，自割自吊。"[①]这活画出一副小市民像，后来这位落第文士因遇高宗皇帝赏识其才，直接委以高官，终于紫袍金带，荣归故里，话本以这种意外惊喜的方式圆了这个小市民的做官梦。故事中的"遇上皇"是中心情节，这种"遇上皇"的故事，在文人笔记中亦有记载，《武林旧事》卷三"西湖游幸"条记有宋五嫂鱼羹"遇上皇"和太学生俞国宝醉笔"遇上皇"，但其中的上皇形象与话本截然不同，此条记宋高宗退居德寿宫后不改皇上风范，出行场面浩大：

> 淳熙间，寿皇以天下养，每奉德寿三殿，游幸湖山，御大龙舟。宰执从官，以至大珰应奉诸司，及京府弹压等，各乘大舫，无虑数百。时承平日久，乐与民同，凡游观买卖，皆无所禁。……小舟时有宣唤赐予，如宋五嫂鱼羹，尝经御赏，人所共趋，遂成富媪。[②]

在这些文人写实的"遇上皇"的叙述中，高宗都是一副皇上气派，不改"上皇"身份。但是，在市民的想象中，话本《俞仲举题诗遇上皇》中的宋高宗却化身作"文人秀才"，来到丰乐楼酒肆，穿过坐满人的楼阁，也不顾俞仲举曾寻死的"不顺溜"，一边和酒保说着"不妨，我们是秀才，不惧此事。"一边走进那间题字楼阁，看到了壁上俞仲举的题词，相中了俞仲举的才学。市民想象中的"遇上皇"就是这样一个世俗场面。另一篇同题材的话本《赵旭遇仁宗传》中赵旭遇到的宋仁宗同样是个"白衣秀士"的形象。小市民以自己的中举梦改造了皇帝的形象。

发迹变泰是小市民的欲望。瓦舍勾栏里的说话艺人总是将这类故事赋予世俗趣味。宋话本《郑节使立功神臂弓》（《红白蜘蛛》）中的郑信本是个沦落到以乞讨度日的流浪汉，被东京张员外收留作主管，后从军投靠太原府主种师道，因献神臂弓，累获战功，官至镇节度使。就是这样一个发迹变泰

---

① 程毅中辑注：《宋元小说家话本集》，齐鲁书社2000年版，第754页。
② （宋）周密：《武林旧事》，《东京梦华录》（外四种），古典文学出版社1956年版，第375页。

的故事，说话艺人却又将其编成一个灵怪传奇故事，让郑信与红白蜘蛛精两个女子展开一场爱情纠葛。宋代说话艺人总是将小市民的思想、欲望，借助鸡精、兔精、骷髅鬼、蜘蛛仙女之类的作料，将其化作灵怪、烟粉、神仙、妖术之类的故事，这与同样是表达市民思想的明代拟话本常穿插以说教不同，宋话本将市民思想赋予世俗趣味，让市井细民津津乐道。

瓦舍勾栏里的说话艺人总是以小市民的心智经验去再现世俗生活，以小市民的视角去观察品评人物。例如，在说话艺人的故事里，那些由小市民发迹变泰而成就一代伟业的大人物，原来微贱时不过就是些里巷中的无赖。话本《史弘肇传》讲的是五代时期周高祖郭威和后来追封为郑王的史弘肇，两人微贱时就是一对市井无赖。其中话本说到史弘肇赌输了钱，没的还东道，竟然找到邻居明告人家晚上要来偷锅去抵债："这史弘肇却走去营门前卖糕糜王公处，说道：'大伯，我欠了店上酒钱，没得还。你今夜留门，我来偷你锅子。'"卖糕糜的王公还以为他是在说笑话，不料夜晚他还真的来偷锅了。说话人在描画他这种无赖相的同时，不忘加点世俗笑料，说到他将锅拿走时的情形，煞是有趣："史弘肇大惊小怪，走出灶前，掇那锅子在地上，道：'若还破后，难折还他酒钱。'拿条棒敲得当当响。掇将起来，翻转覆在头上。不知那锅底里有些水，浇了一头一脸，和身上都湿了。史弘肇那里顾得干湿，戴着锅儿便走。"① 微贱时的史弘肇简直就是一个小丑式的人物。郭威也不例外，话本写郭威和史弘肇偷狗卖钱买酒吃，明明是去偷人家的狗，待人家发现了想拿钱讨饶，还不干，露出一副无赖相：

> 郭大郎兄弟两人听得说，商量道："我们何自撰几钱买酒吃？明朝卖甚的好？"史弘肇道："只是卖狗肉。问人借个盘子和架子、砧刀，那里去偷只狗子，把来打杀了，煮熟去卖，却不须去上行。"郭大郎道："只是坊佐人家，没这狗子。寻常被我们偷去煮吃尽了，近来都不养狗了。"史弘肇道："村东王保正家，有只好大狗子，我们便去对付休。"两个径来王保正门首。一个引那狗子，一个把条棒，等他出来，要一棒捍杀，打将去。王保正看见了，便把三百钱出来道："且饶我这狗子，

---

① 程毅中辑注：《宋元小说家话本集》，齐鲁书社 2000 年版，第 610 页。

二位自去买碗酒吃。"史弘肇道:"王保正,你好不近道理!偌大一只狗子,怎地只把三百钱出来?须亏我。"郭大郎道:"看老人家面上,胡乱拿去罢。"两个连夜又去别处偷得一只狗子,剥干净了,煮得稀烂。

明日,史弘肇顶着盘子,郭大郎驼着架子,走来柴夫人幕次前,叫声:"卖肉。"放下架子,阁那盘子在上。①

瓦舍艺人以世俗眼光将这些飞扬跋扈、不可一世的王侯将相还其本来面目。同样的世俗视角,元代睢景臣的套曲《高祖还乡》以一位乡民的眼中所见,揭刘邦未做皇帝前的老底:"春采了桑,冬借了俺粟,零支了米麦无重数。换田契强秤了麻三秤,还酒债偷量了豆几斛。"刘邦微贱时原来也是一个流氓无赖。

瓦舍文化不仅将帝王将相,还其俗人的一面,而且也颠覆了传统的文人士大夫形象。在瓦舍说话艺人那里,历史上以随缘旷放、乐天达观而著称的苏东坡在《五戒禅师私红莲记》中,成了一个哀叹于命运不济的凡庸文人;才子柳耆卿在《柳耆卿诗酒玩江楼记》中被描画成一个设计骗奸周月仙的流氓。《武林旧事》卷十"官本杂剧段数",有嘲弄腐儒文人的"酸"剧五种:《衠哮负酸》《秀才下酸擂》《急慢酸》《眼药酸》《食药酸》。《行院声嗽》谓:"秀才,酸丁。"②"酸"是民间对穷秀才和落魄文人的称谓。又有以秀才为嘲弄对象的"哮"剧十四种:《扯拦六幺》(原注:三哮)《双拦哮六幺》《四哮梁州》《双哮新水》《双哮采莲》《三哮挂铺儿》《三哮揭榜》《三哮上小楼》《三哮文字儿》《三哮好女儿》《三哮一檐脚》《衠哮合房》《衠哮店休姐》《衠哮负酸》。《行院声嗽》中有:"醋,哮老。""哮老"即"醋","醋"即"酸","酸"即"秀才"。可知,"哮"是市井江湖对秀才一类读书人的俗称③。《武林旧事》卷六"诸色伎艺人"条有专门扮演"装秀才"的演员:花花帽孙秀、陈斋郎④。"酸"剧、"哮"剧是以文人酸态为内容,雅正文学中的文人秀才以诗呈才、自我陶醉的神态,到了世俗大众的眼里,成了酸态十

① 程毅中辑注:《宋元小说家话本集》,齐鲁书社 2000 年版,第 613—614 页。
② 无名氏:《墨娥小传》卷十四,明隆庆五年吴继聚好堂本。
③ 参见景李虎:《宋金杂剧概论》,广东高等教育出版社 1996 年版,第 104—105 页。
④ 参见(宋)周密:《武林旧事》,《东京梦华录》(外四种),古典文学出版社 1956 年版,第 464 页。

足的笑料。

城市犯罪是开放的城市世俗生活的另一面,这在市民文学中得到真实反映。

唐代文人小说反映了唐代城市生活的循规蹈矩。在唐传奇中,我们曾看到在严厉的坊市制的管治下,人们的生活变得小心翼翼。沈既济《任氏传》写郑子早晨将出里门,但"门扃未发",只能"坐以候鼓。"白行简的《李娃传》写"日暮,鼓声四动",夜禁即将开始,人们忙于规避,"姥曰:'鼓已发矣,当速归,无犯禁。'"夜禁开始,怕"犯禁"的人,只能潜回家中:"街鼓既作,匍伏而归。"(皇甫枚《飞烟传》)唐代夜禁的街鼓一响,人们都得规避,城市随之归于安寂,所谓"六街鼓歇行人绝,九衢茫茫空有月"①。

宋代市民小说反映了城市生活的喧嚣。坊市制的瓦解,使城市世俗生活变得喧闹而复杂,人的行动自由带来了都市的繁华,也滋生了都市的犯罪。话本《宋四公大闹禁魂张》说大盗宋四公"夜至三更前后,向金梁桥上四文钱买两只焦酸馅,揣在怀里,走到禁魂张员外门前。路上没一个人行,月又黑。宋四公取出蹊跷作怪的动使,一挂挂在屋檐上,从上面打一盘盘在屋上,从天井里一跳跳将下去。"金梁桥是北宋东京城内汴河上的著名桥梁,宋四公夜至三更到桥上买东京有名的小吃"焦酸馅"包子,反映了宋代坊市制瓦解后夜市的繁华。结果,宋四公翻墙入户,到了张员外府内,用带药的"焦酸馅"包子药死两只狗,杀了一个妇人,迷倒了五个男女,盗得许多金珠银两,临走还在墙上题了四句藏头诗,就"出那张员外门前去","连更彻夜"地走了。没有了坊市制的夜禁,为宋四公的入户抢劫提供了许多便利。瓦舍也成为这些罪犯的娱乐藏身之地,《宋四公大闹禁魂张》写另一个大盗赵正骗到王秀的衣服以后,"便把王秀许多衣裳着了,再入城里,去桑家瓦里闲走一回,买酒买点心吃了,走出瓦子外面来。"而在《闹樊楼多情周胜仙》中,包大尹差人捉盗墓贼朱真,"当时搜捉朱真不见,却在桑家瓦里看耍。"②市民文学全方位地再现了城市世俗生活的真面目。

---

① (宋)宋敏求《长安志附长安图志》,中华书局 1991 年版,第 89 页。
② 程毅中辑注:《宋元小说家话本集》,齐鲁书社 2000 年版,第 149、163、800 页。

作为雅正文学主要形式的诗词散文，可以抒情、记事、议论，却难以具体描摹世俗生活，难以深入不识字的市井细民中间，难于为世俗大众所掌握。而以口头叙事为主要特征的说话、诸宫调等瓦舍通俗叙事伎艺，以世俗的语言、市民大众的眼光来再现世俗生活，从而成为市民自我叙事的有效方式，构成了世俗文化的主要载体，从这个意义上说，瓦舍文化就是世俗文化。

三、瓦舍文化是现场互动文化

瓦舍中的说话、诸宫调、杂剧等口头叙事伎艺不同于书面叙事："写作和阅读与口头交流大不相同，从缺席的角度看：作者写作时读者一般不在场，读者阅读时作者一般不在场；与此相反，在口头交流中，听说双方同时在场。"① 作家进行书面创作时，可以设想出拟想读者，也可以设想出种种读者的反应，但现实中的读者反应是发生于作家写作的完成之后，无论读者有多少反响，都无法改变作家已完成的作品。但对口头表演者来说，"听众在整个演唱活动中，……会对演唱者施加直接的影响。他们的态度和反应，会直接作用于歌手，使得歌手有意无意地顺应着现场的情况而随时作出调整。"② 这种听众对表演者直接发生影响的例证，由于古代瓦舍中说听互动的现场资料几乎是空白，难于找到，我们可以从口头说唱的相关例证中得到佐证。

例如，我国少数民族著名的三大口传史诗之一的蒙古史诗《江格尔》，至少在清代中叶已流行③。《江格尔》说唱情况的有关记载，就很能说明听众对口头故事说唱者施加的直接影响。加·巴图那生《〈江格尔〉在和布克赛

---

① ［美］沃尔特·翁：《口语文化与书面文化》，何道宽译，北京大学出版社2008年版，第132页。

② 朝戈金：《口传史诗诗学：冉皮勒〈江格尔〉程式句法研究》，广西人民出版社2000年版，第100页。

③ 《江格尔》最初为外界所知，当归功于德国旅行家贝格曼（Ben-jarnin von Bergmann，1772—1856）。在他最初以德文发表的笔记《本亚明·贝格曼卡尔梅克游牧记（1802—1803年）》中，为我们保留了在阿斯特拉罕地区（Astraxan gouvernement）游牧的蒙古卡尔梅克人中流传的《江格尔》的两个片断。贝格曼可谓是把自己听到的卡尔梅克人当中的史诗《江格尔》演唱记载下来并向外界刊布的第一个人。参见朝戈金：《口传史诗诗学：冉皮勒〈江格尔〉程式句法研究》，第22页。《本亚明·贝格曼卡尔梅克游牧记（1802—1803年）》的年代相当于清代嘉庆初年。——笔者注

尔流传情况调查》一文，有这样的例子：有一次讲述者说唱《江格尔》已接连说了几个小时，听者就打断他问："江格尔这伙人打了这么多仗，难道不吃饭吗？"讲述者说了声："他们吃饭的时间还没到。"就接着说了下去，又说了一阵子，讲述者插进了这样几句："多多地煮上鹿肉，白面和得堆成山，做好长长的拉面，现在江格尔一伙要进餐。"听者拍着大腿叫好说："对呀，这些勇士们该吃这样的饭。"在另一次讲唱中，听者想难为讲述者，插言道："江格尔一伙不抽烟？"讲述者在一处"恰当的地方"插了一段"在百灵那样漂亮的烟斗里，装上了无数包磨碎的烟，在他们喷出的烟雾里，水鸟找不到沼泽，山鸟找不到食。"当刁难者继续问江格尔他们念不念经时，讲述者又从容地编了一段诗句应对过去。他因此在当地赢得了名声①。

　　这是"田野调查"记录下来的听众一方对表演者直接施加影响的实例，在宋元文献中没有或者说也不会有这种口头表演的田野调查资料。这种现场观众或听众与表演者的互动交流，进入作品文本后，现场观众就转化为"拟想观众（听众）"，表演者与"拟想观众（听众）"的互动交流，在宋元话本中有"看官听说"之类的插话，戏曲中则有更为直接的实例，如多个元杂剧中都有戏台之外的"外呈答云"、"内云"与剧中人的对话。刘唐卿《降桑椹蔡顺奉母》杂剧反复出现"外呈答云"与剧中人的互动交流，如其中第一折有"外呈答云"对王伴哥和白厮赖"两个馋弟子孩儿"的嘲笑：

　　　　（蔡员外云）再将酒来。仇长者满饮一杯！（仇彦达云）不敢！老夫饮。（做饮科）（王伴哥云）我说老蔡，你把我们两个，也不看在眼里。好酒好肉，则与别人吃，不睬我两个。你有手，我没手？你不与我递酒，我自家不会吃？（王伴哥拿酒壶科，云）众位长者请酒了。罢罢罢，我嘴对嘴吃罢。（外呈答云）不像样！得也么。（白厮赖云）哥吃酒，我播菜儿。（做拿下饭与王伴哥递科）（王伴哥张口科）（白厮赖自吃科，云）香喷喷的米罕。（外呈答云）两个馋弟子孩儿，得也么！②

第二折有"外呈答云"与两个害人太医（"糊突虫"也是太医）的对话：

---

① 　参见加·巴图那生：《〈江格尔〉在和布克赛尔流传情况调查》，中国民间文艺家协会新疆维吾尔自治区分会编：《〈江格尔〉论文集》，新疆人民出版社 1988 年版，第 59—60 页。
② 　王季思主编：《全元戏曲》第二卷，人民文学出版社 1990 年版，第 563—564 页。

（太医云）你还说嘴哩。你平常派赖，冬寒天道，着我在这里久等，险些儿冻的我腿转筋。

（糊突虫云）哥也，休怪您兄弟来迟，我有些心气疼的病，今日起的早了些儿，感了些寒气，把你兄弟争些儿不疼死了。你兄弟媳妇儿慌了，请了太医来，与了我一服药吃，我才不疼了。

（外呈答云）你是个太医，怎么又吃别人的药？

（糊突虫云）我的药中吃，是我也吃了。

（外呈答云）可怎么不中吃？

（糊突虫云）我若吃了我自家的药呵，我这早晚死了有两个时辰也。

（外呈答云）你可是卢医不自医，得也么。

（太医云）兄弟，自从俺打官司出来，一向无买卖。

（外呈答云）为甚么打官司来？

（太医云）俺两个为医杀了人来。

（外呈答云）两个一对儿油嘴，得也么。①

胡忌指出："最值得注意者，却是其中'外呈答云'的'外'，它并不是和蔡员外是同一的人，担任的任务是：本身为剧外人而与剧中人呈答、呈打，以便于演出中的对话需要或加以批判的语言。"②与之相类的还有剧作表演中穿插的"内云"。吴昌龄《花间四友东坡梦》杂剧第一折说到佛印派行者下山去俗人家沽酒买肉款待东坡，行者欲沾光解馋，有"内云"与行者的调侃：

（行者向古门云）山下俗道人家，有一百八十多斤的猪宰一口儿。（内云）忒大没有。（行者云）这等有八九两的小猪儿宰一口。（内云）忒小，没有。（行者云）随意增减些罢。只要先把血脏汤做一碗来与我尝一尝。③

---

① 王季思主编：《全元戏曲》第二卷，人民文学出版社 1990 年版，第 578 页。
② 胡忌：《宋金杂剧考》，古典文学出版社 1957 年版，第 88 页。
③ 王季思主编：《全元戏曲》第三卷，人民文学出版社 1999 年版，第 355 页。

这里的"外"和"内"都不是剧中脚色，而是剧情之外"戏班内"的人，他们在剧本中是"拟想观众"，在现实表演中是代表观众直接参与剧情，与剧中人对话交流。

在说话伎艺中，表演者与听众间的互动交流，体现在表演者不时地揣摩听众的心理，照顾听众的情绪，施展种种手段以迎合听众的需求，表演中还不时地为听众答疑解惑。

罗烨《醉翁谈录·小说开辟》就强调说话艺人十分重视"看官"的反应，所谓"举断模按，师表规模，靠敷演令看官清耳。"《水浒传》第五十一回白秀英说唱表演时其父白玉乔云："普天下伏侍看官"。"看官"是说话人直接的交流对象，所以，说话人总是按"看官"的心理需求施展其伎艺家数："讲论处不滞搭、不絮烦；敷演处有规模，有收拾。冷淡处提掇得有家数，热闹处敷演得越久长。曰得词，念得诗，说得话，使得砌。言无讹舛，遣高士善口赞扬，事有源流，使才人怡神嗟讶。"①

为了赢得"看官"的喝彩，说话人总是选取新鲜时兴、为世俗大众喜闻乐见的故事题材。《醉翁谈录·小说开辟》记"小说"题材，或揭闺阁密事："说重门不掩底相思，谈闺阁难藏底密恨"；或掇拾街巷奇事异闻："有灵怪、烟粉、传奇、公案，兼朴刀、捍棒、妖术、神仙"；或讲说时尚英雄："也说黄巢拨乱天下，也说赵正激恼京师；说征战有刘、项争雄，论机谋有孙、庞斗智，新话说张、韩、刘、岳"；或讲朝代兴废、史传传奇："史书讲晋、宋、齐、梁；《三国志》诸葛亮雄材，收西夏说狄青大略"。这些题材及时地投其所好，迎合时尚，"自然使席上生风，不枉教坐间星拱"②，只有设法唤起听众的兴趣，才能获得听众的热烈反响。

"说话"是现场的口头创编，要依据不同时地的"看官"需求，因时因地进行编创。南宋人郑樵《通志》"乐略"说："稗官之流，其理只在唇舌间，而其事亦有记载。虞舜之父、杞梁之妻，于经传所言者数十言耳，彼则演成万千言。东方朔三山之求，诸葛亮九曲之势，于史籍无其事，彼则肆为出入。"③对于说话艺人来说，故事的创编全"在唇舌间"，记载中的"数十言"口头可以"演成万千言"，"于史籍无其事"可以"肆为出入"，这就是

---

① （宋）罗烨：《新编醉翁谈录》，周晓薇校点，辽宁教育出版社1998年版，第4页。
② （宋）罗烨：《新编醉翁谈录》，周晓薇校点，辽宁教育出版社1998年版，第3页。
③ （宋）郑樵：《通志二十略》，王树民点校，中华书局1995年版，第911页。

《醉翁谈录》所谓"如有小说者，随意据事演说"，"烟粉奇传，素蕴胸次之间；风月须知，只在唇吻之上"①。具备口头临场创编才能，是"说话"等口头表演艺术家生存的必备条件，那些照本宣科的艺人不算真正的口头表演艺术家，"一旦史诗歌被记录下来之后，就有一些歌手记住了书面文本，在节日上加以表演。但这些人并不算口头诗人。"②口头创编要依据不同时地的听众需求，随时进行编创，这从一些话本的创作实例中可以看出。例如，《西湖三塔记》与《洛阳三怪记》讲的几乎是同一个"三怪"故事，情节大体相同，都讲清明郊外，一个青年男子遇见三个精怪，其中，婆婆精怪相邀引路，美妇精怪贪淫加害，少女精怪从中施救，最后结局是由真人降服三怪。但是，说话人面对不同时地的听众，并非原样照搬，而是当说话人面对杭州听众时，就给故事注入杭州西湖的地理民俗，将其变成《西湖三塔记》，当说话人面对洛阳听众时，就给故事注入洛阳的地理民俗，将其变为《洛阳三怪记》。再如，话本《山亭儿》，又名《十条龙》《陶铁僧》《孝义尹宗事迹》，而《醉翁谈录》"小说开辟"记话本名目，就将《十条龙》《陶铁僧》记做两个话本，这显然也是说话人依据不同时地的听众对同一故事所作的改编（详论见第二章"话本词义的口头属性"）。

"说话"、戏曲等瓦舍叙事伎艺的现场互动，形成了故事说唱中的"说听互动"的交流机制。话本中有说话人常于故事进行中，跳出故事之外，设身处地为听众答疑解惑、感叹议论，对听众加以引导。元杂剧有剧中人以"打背躬"等形式与观众的直接交流，有时则干脆现身故事之外，直接对剧情发表评论，这类说听互动的例证，在第三章"说—听互动的交流机制"一节详论。

针对不同听众，现场互动，适时进行临场发挥，是优秀的口头叙事表演者遵循的普遍原则。

佛教"唱导"就要求唱导僧能临场创编，《高僧传》卷十三《唱导论》记唱导僧慧璩"尤善唱导，出语成章"，昙宗"辩口适时，应变无尽"，道儒"言无予撰，发向成制"，慧重"言不经营，应时若泻"③等。《高僧传》卷十三《唱导论》提出唱导高僧的必备条件有"声辩才博"四个方面，其中，

① （宋）罗烨：《新编醉翁谈录》，周晓薇校点，辽宁教育出版社1998年版，第2—3页。
② ［美］阿尔伯特·贝茨·洛德：《故事的歌手》，尹虎彬译，中华书局2004年版，第220页。
③ （梁）释慧皎：《高僧传》，汤用彤校注，中华书局1992年版，第512、513、516、516页。

所谓"非辩则无以适时",强调的就是以"辩才"去"适时"的临场创编才能。具体说,就是要时时注意针对不同的听众,采取不同的互动策略:"如为出家五众,则须切语无常,苦陈忏悔。若为君王长者,则须兼引俗典,绮综成辞。若为悠悠凡庶,则须指事造形,直谈闻见。若为山民野处,则须近局言辞,陈斥罪目。凡此变态,与事而兴,可谓知时知众,又能善说。"表演者有针对性地顺应听众心理,调动听众情绪,才能产生强烈的心理效果:

> 谈无常,则令心形战栗;语地狱,则使怖泪交零。征昔因,则如见往业;核当果,则已示来报。谈怡乐,则情抱畅悦;叙哀戚,则洒泪含酸。于是阖众倾心,举堂恻怆。五体输席,碎首陈哀。各各弹指,人人唱佛。①

所谓:"五体输席,碎首陈哀。各各弹指,人人唱佛。"是说听众随着讲说者的说唱一齐动作起来,现场祈祷,拜佛唱佛,达到了全身心投入的境地。唐代变文《八相变》开篇叙佛本生后,下有小字注"佛子"②,《破魔变押座文》和《频婆娑罗王后宫彩女功德意供养塔生天因缘变》卷首押座文下都有小字注"观世音菩萨"③,这些小字标注就是表明,在故事讲述过程中,说听互动,讲述者正在与听众共同祷念佛菩萨,听众已把讲说活动当成了亲自参与的一次生活事件。

《醉翁谈录·小说开辟》描述"说话"伎艺的要求和艺术效果与"唱导"伎艺如出一辙:

> 说国贼怀奸从佞,遣愚夫等辈生嗔;说忠臣负屈衔冤,铁心肠也须下泪。讲鬼怪,令羽士心寒胆战;论闺怨,遣佳人绿惨红愁。说人头厮挺,令羽士快心;言两阵对圆,使雄夫壮志。谈吕相青云得路,遣才人着意群书;演霜林白日升天,教隐士如初学道。噇发迹话,使寒门发愤;讲负心底,令奸汉包羞。④

---

① (梁)释慧皎:《高僧传》,汤用彤校注,中华书局1992年版,第521—522页。
② 黄征、张涌泉校注:《敦煌变文校注》,中华书局1997年版,第507页。
③ 黄征、张涌泉校注:《敦煌变文校注》,中华书局1997年版,第531、1081页。
④ (宋)罗烨:《新编醉翁谈录》,周晓薇校点,辽宁教育出版社1998年版,第4页。

"唱导"可令现场听众："心形战栗"、"怖泪交零"、"情抱畅悦"、"洒泪含酸"，致使"阖众倾心，举堂侧怆。五体输席，碎首陈哀。各各弹指，人人唱佛。"同样，"说话"也令现场听众："生嗔"、"下泪"、"心寒胆战"、"绿惨红愁"，致使"羽士快心"、"雄夫壮志"、"寒门发愤"、"奸汉包羞"等，这正是现场"说—听"互动达到的最高境界。

瓦舍叙事伎艺的口头性，使瓦舍叙事伎艺成为听众亲临现场参与的伎艺，听众的现场参与互动，是瓦舍叙事伎艺存在的基本特征。从这个意义上说，瓦舍文化是口头文化，是"说—听"互动文化，有了"说—听"的现场互动，才会有瓦舍"不以风雨寒暑，诸棚看人，日日如是"（《东京梦华录》）的兴盛。当瓦舍口头叙事伎艺文本化以后，书面编创替代了口头编创，"说话"变成了"说书"，虽然还是口头叙事表演，但却失去了瓦舍叙事伎艺现场编创的即时性和新鲜感，失去了现场听众参与互动的吸引力，那么，"十三座勾栏不闲，终日团圆"（《西湖老人繁盛录》）的场面也就不复存在，瓦舍也就走向消亡（"瓦舍的消亡"，详论见第四章第三节）。

口头叙事伎艺的口头程式与创编方式

——表演中的创作

与文人作家的书面创作方式不同，"说话"、诸宫调以及元杂剧等表演伎艺是口头叙事伎艺，是表演中的创作，在它们的文本中，有着大量雷同、重复的语句和情节。如果按照书面文学的评价标准去看，这些程式化的语句、情节，往往被批评为套语滥调，但如果从口头叙事的角度去看，这些程式套语，正是口头创编必需的手法，它们有着口头叙事艺术特有的效果。这就需要依照口头叙事伎艺本身的口头属性，运用口头程式理论去分析研究它们，这样才能给它们以切合实际的评价。

第一节　口头程式的表现、意义及特点

口头叙事伎艺的种类不同，口头创编的方式就有所不同，口头程式的表现形式也不尽相同，但程式作为口头叙事伎艺共同的一种创编方式，其作用或意义基本上是相同的。

一、口头程式的表现及意义

程式是什么？简单说，"程式的基本属性就是重复"①，"程式"与我们常说的"套语"意思基本相同，它是指口头性作品中反复出现的一些相同或相似的语句、情节和表现手段。程式是口头表演的产物："程式是由于表演的

---

① 朝戈金：《口传史诗诗学：冉皮勒〈江格尔〉程式句法研究》，广西人民出版社 2000 年版，第 232 页。

急迫需要而出现的一种形式,只有在表演中程式才存在,才有关于程式的清楚的界定。"① 在宋元话本、诸宫调、元杂剧等口头叙事作品中有大量的程式或套语,这些套语一向被讥为"陈词滥调",明末冯梦龙在《双雄记叙》中谈到"南曲之弊"时就指责为"但取口内连罗"、"只用本头活套"②。元杂剧的"定场诗",有学者认为它"可谓之中国文学中'烂语'最多一种",以至"到后来'曲词'也是满目陈套滥语,粗制滥造也是大众文化一贯的作风。"③

如果单从文字叙事的角度看,这种批评似有道理,因为文字语言的意义是确定的,一个意思的反复使用,自然就成为"陈套滥语"。但是,话本、杂剧的文本是口头表演的产物,从口头表演的角度看,程式或套语却是口头故事在创编、传承、接受各个环节都必需的。

口头创编需要程式。口头故事的创编本来就要求艺人运用程式,《醉翁谈录·舌耕叙引》中很多地方都强调"说话"须用程式,如"小说引子"下面就注明"演史讲经并可通用",所谓"通用"就是程式,其中的引子诗"春浓花艳佳人胆,月黑风寒壮士心,讲论只凭三寸舌,秤评天下浅和深。"④ 就见于小说话本《山亭儿》篇首,这类引首诗就是一种"通用"的程式。再如,《醉翁谈录·舌耕叙引》"小说开辟"中说"论才词有欧、苏、黄、陈佳句;说古诗是李、杜、韩、柳篇章。"故事中这些随手套用的诗词佳句也是程式。又有所谓"说收拾寻常有百万套"⑤,这是说,故事的起承转合都需借用不同的程式加以"收拾"。正是有了这些程式,口头艺人才能在现场自如地"随意据事演说"。

程式在艺人那里也称"留文",意指留存于艺人口头传统中的套语。关汉卿《救风尘》杂剧第三折【滚绣球】【幺篇】曲云:"那唱词话的有两句留文,咱也曾武陵溪畔曾相识,今日佯推不认人。"这两句"留文"又见于戴善甫《陶学士醉写风光好》第三折【滚绣球】曲:"咱正是武陵溪畔曾相识,今日佯推不认人。"吴昌龄《花间四友东坡梦》第二折【乌夜啼】曲:"你

---

① 〔美〕阿尔伯特·贝茨·洛德:《故事的歌手》,尹虎彬译,中华书局 2004 年版,第 44 页。
② 吴毓华编:《中国古代戏曲序跋集》,中国戏剧出版社 1990 年版,第 271 页。
③ 唐文标:《中国戏剧史》,中国戏剧出版社 1985 年版,第 194 页。
④ (宋)罗烨:《新编醉翁谈录》,周晓薇校点,辽宁教育出版社 1998 年版,第 2 页。
⑤ (宋)罗烨:《新编醉翁谈录》,周晓薇校点,辽宁教育出版社 1998 年版,第 3 页。

与我武陵溪畔曾相识"，又第四折白云："武陵溪畔曾相识，今日佯推不认人"①。王利器对"留文"在口头创编中的作用和意义有一段很好的总结："最能显示出这种留文所具有充沛活力的，如或用之于烘托环境气氛，则可以刻画人物的内心活动，用之于描绘山川景致，则可以突出本地的特有风光。通过这样权宜点染的处理，加强了如见其人、如临其境之感，从而获得普天下看官对于这种艺术形式的喜闻乐见的效果。……这种留文是书会积古师师相传的枕中秘本，是书会才人们'馈贫之粮'的随身宝，《醉翁谈录·小说开辟》所说的'说收拾寻常有百万套'，就是指的这种留文，'有百万套'，可能夸大一些，但充分说明这种资料之丰富。因而大家都在其中讨生活，你在用，我也在用，这里可以用，那里也可以用。"②

口头程式有如"流水线"，艺人添加进不同的素材，就可以很快组合成不同的故事，"对于歌手而言，程式是他构筑诗句或者故事的'建筑用砖块'。他的史诗的大厦就是这样一块一块垒搭而成的。他不能去斟酌每一个字眼，他需要的是整块的砖头，拿来就用，不能在表演现场现加工材料。"③

口头传承也需要程式。口头故事不是讲完一遍就弃之一旁的，一个经典的故事成为口头传统以后，听众喜欢反复地听，艺人就要不止一遍地讲，师徒之间还要代代传承。如北宋中期苏轼《志林》记有"说三国"，《东京梦华录》记北宋末有"说三分"，至南宋末的《醉翁谈录》还记有讲说"《三国志》诸葛亮雄材"，在长篇小说《三国演义》成书以前，三国故事在宋元说话艺人的口头上传承了有几百年的时间。这种传承不是靠文本，而主要是靠师徒间的口耳相传，这是口头故事传承的主要方式，如话本《史弘肇传》就说："这话本是京师老郎流传"，《勘靴儿》说："原系京师老郎传流"④，无名氏《呈风流王焕百花亭》杂剧第三折王焕白："须记得京师古本老郎传流"⑤。这种师徒间的口耳相传，一般都不止一两段故事，艺人们往往需要记忆大量

---

① 王季思主编：《全元戏曲》第一卷，第 100 页；第三卷，第 829 页；第三卷，第 362—363、370 页。

② 王利器：《〈水浒〉留文索隐》，王利器：《耐学堂集》，中国社会科学出版社 1986 年版，第 269 页。

③ 朝戈金：《口传史诗诗学：冉皮勒〈江格尔〉程式句法研究》，广西人民出版社 2000 年版，第 233 页。

④ 程毅中辑注：《宋元小说家话本集》，齐鲁书社 2000 年版，第 627、706 页。

⑤ 王季思主编：《全元戏曲》第六卷，人民文学出版社 1999 年版，第 519 页。

的作品，《醉翁谈录》所谓"谈话头动辄是数千回"，《青楼集》记李芝秀"记杂剧三百余段"①，这种故事的记忆就需要依靠程式，"一个优秀的传统中的歌手，是那种要在记忆中储存大量作品的人。这些作品是依据着某些模式化的格式而被存储起来的。它们不是被逐字逐句地背诵下来的。歌手的每一次表演，都是一次现场的'创编'。这种创编活动所运用的最基本的材料，就是音韵优美、韵式繁复、含义凝练的固定表达程式。"②师徒间虽然也会有些简要的底本传留，但依靠文字提纲的简要提示远远不够，因为口头故事是一种表演，这就是《醉翁谈录·小说开辟》所说的"举断模按，师表规模，靠敷演令看官清耳"③，艺人们是在口头表演中学习、记忆，在口头表演中创作、传承，这些都要借助程式去完成。"借助这些访谈和直接的观察，我们了解到吟游诗人是如何学艺的：他们成年累月地听别人演唱，这些演唱绝不会有两次相同的情况，但它们反复在标准的主题下使用标准的套语。……这些吟游诗人非凡的记忆力令人惊叹，但这样的功夫和背课文那种本事不一样。让读书人感到惊讶的是，吟游诗人听别人吟诵一遍故事并准备自己重讲的时候，常常在一两天之后才会出面。一般人记忆文章的时候，如果推迟了背诵的时间，他们回忆的能力就会被削弱。口头诗人没有书面文本依傍，也不是在一个文本框架里记诵。他需要时间让故事渗透到他储备的主题和套语中，需要时间与故事'磨合'。在回忆和重述故事时，他绝对没有从字面意思上'记住'别人的版本的韵律——这是因为当他默默地为自己的表演准备时，别人那个版本早已消失得无影无踪了。吟游诗人记忆里固化的素材是一套流动的主题和套语，一切故事都是在这一套素材的基础上建立起来的。"④

口头表演的接受同样需要程式。口头故事的听觉接受不同于书面文字的阅读，阅读可以反复进行，细细地品味文字的含义，而口头表演是一次性的，口头声音转瞬即逝。在故事的口头表演中运用听众熟悉的套语或程式，就可以减缓听众接受的压力，"口头表演，词语在时间轴上线性排列，并随时立

① （元）夏庭芝：《青楼集》，《中国古典戏曲论著集成》二，中国戏剧出版社 1959 年版，第 29 页。

② 朝戈金：《口传史诗诗学：冉皮勒〈江格尔〉程式句法研究》，广西人民出版社 2000 年版，第 217 页。

③ （宋）罗烨：《新编醉翁谈录》，周晓薇校点，辽宁教育出版社 1998 年版，第 3 页。

④ ［美］沃尔特·翁：《口语文化与书面文化》，何道宽译，北京大学出版社 2008 年版，第 45—46 页。

即消失在空气中；在语速比较快的情况下，听众是难以紧跟着诗句走的。这时候反复出现一些固定的话，就会在欣赏者一方形成放慢了节奏的感觉。这些重复也在客观上形成某种间隔，起到'休止符'的作用。从另一个方面说，程式的高度固定的格式和含义，为方便听众接受信息起到了很大的作用。某个程式片断一提头，听众就知道要说的是什么，接受的过程就变得轻松起来，传通的渠道就变得顺畅起来。前面讲过的转瞬即逝的事件，就是在这样的反反复复的数叨中得到了温习，也为理解下面的事件做了很好的铺垫。"①

这种故事在口头创编、传承和接受中的套语程式，以书面文学的评判标准看，是缺少独创性的。但是，从口头文学的传统看，"口头诗人并不追求我们通常认为是文艺作品的必要属性的所谓的'独创性'或是'创新性'，而观众也并不作这样的要求。一个经历了若干代民间艺人千锤百炼的口头表演艺术传统，它一定是在多个层面上都高度程式化了的。而且这种传统，是既塑造了表演者，也塑造了观众。属于艺人个人的临场创新和更动是有的，但也一定是在该传统能够包容和允许的范围之内，是'在限度之内的变化'。"② 这种"限度之内的变化"是为适应接受对象而给老故事引入新成分，是重复中的变异，"口语文化并不乏自己特有的创新。其叙事创新并不表现为编造新故事，而是表现为叙事者确保此时此刻与听众的互动——每一次讲故事的时候，讲故事的人都必须因时制宜、因地制宜、因人制宜。……古老的套语和主题必须在新鲜和复杂的政治环境中得到更新。不过，这些套语和主题往往是在新情况下重新洗牌，而不是被新材料取代。"③

宋元话本与元杂剧是带有口头属性的文学作品，对它们进行程式分析，可以消除以传统书面文学评价标准进行研究所带来的误读，以便重新认识其程式的意义及文本价值。

二、口头程式的特点

口头程式理论的创立本来是以韵文的口传史诗为对象，说话伎艺虽说也是

---

① 朝戈金：《口传史诗诗学：冉皮勒〈江格尔〉程式句法研究》，第 232—233 页。
② 朝戈金：《口传史诗诗学：冉皮勒〈江格尔〉程式句法研究》，广西人民出版社 2000 年版，第 239 页。
③ [美] 沃尔特·翁：《口语文化与书面文化》，何道宽译，北京大学出版社 2008 年版，第 31 页。

韵散相间，但主要以散文叙事为主，散文叙事的程式不同于诗歌韵文的程式。

美国学者帕里和洛德创立"口头程式理论"的主要分析对象是荷马史诗和由田野调查获得的南斯拉夫口传史诗。帕里和洛德通过分析荷马史诗文本并与南斯拉夫活态的口头史诗相类比，发现《伊利亚特》和《奥德赛》虽以书面形式保留至今，但史诗文本保留了口头表演的创作模式，荷马史诗是高度程式化的，而这种程式化的诗句来自悠久的口头传统，荷马史诗是口头传统而非书面文学的产物。他们所揭示的荷马史诗的口头传统特质，证明了荷马史诗原本就是口头诗歌①。史诗属于口头叙事诗，帕里给口传史诗程式所下的定义是："在相同的格律条件下为表达一种特定的基本观念而经常使用的一组词。"② 这个定义强调了诗歌的格律程式问题，我国学者朝戈金在将口头程式理论运用于民族史诗研究时，除了研究其语词程式外，也大量研究了民族史诗的格律、韵调、句法等方面的程式③。美籍华裔学者王靖献将口头程式理论应用于《诗经》研究，他认为，《诗经》也是口传诗歌，尽管其中绝大多数是抒情诗，但仍然可以用口头程式理论来做形式上的分析。他引用了帕里在《口述史诗创作技艺之研究》中给套语系统所下的定义："一组具有相同韵律作用的短语，其意义与文字非常相似，诗人不仅知道它们是单一的套语，而且把它们当作某一类型的套语来运用"④。借此他分析了《诗经》中构成某种替换模式的"套语系统"，如：

---

① 参见［美］约翰·迈尔斯·弗里：《口头诗学：帕里—洛德理论》，朝戈金译，科学文献出版社 2000 年版。

② ［美］米尔曼·帕里：《荷马与荷马史诗文体》，转引自［美］阿尔伯特·贝茨·洛德：《故事的歌手》，尹虎彬译，中华书局 2004 年版，第 40 页。

③ 参见朝戈金：《口传史诗诗学：冉皮勒〈江格尔〉程式句法研究》，广西人民出版社 2000 年版。

④ 转引自［美］王靖献：《钟与鼓——〈诗经〉的套语及其创作方式》，谢濂译，四川人民出版社 1990 年版，第 18 页。

由这样类似的一组组可以替换的套语，构成了《诗经》的程式系统①。

以上这些是对诗歌的程式研究，这对研究瓦舍叙事伎艺的程式有着启示意义，但又难于直接套用。如宋元话本主要是散文叙事兼有韵文套语穿插其间，与诗歌的句法整齐、韵调有规律相比，散文的叙事形式是随意的，正如俄国学者李福清在论述《三国志平话》的程式时所说："与其他民族的史诗不同，中国史诗型作品中的公式本身并不是那么一成不变，它几乎一直就有着多种异文。这多半是与叙述的散文形式有关，与诗相比较，散文要自由得多。"② 不过，宋元"小说"话本作为口头创编的故事，依然有着大量的程式运用，例如，同一题材故事的系列变异，构成了故事的主题结构程式；在时间、情感、场景的描写上，常使用相应的套语，构成了故事的描写程式；在故事开头、情节过渡、结尾方式上也有相应的套路，这就是《醉翁谈录·小说开辟》所谓的"说收拾寻常有百万套"，由此构成了故事情节的"收拾"程式。这些正是"小说"话本程式研究的内容。

同为"说话"伎艺，"家数"不同，程式的表现也不同。吴自牧《梦粱录》卷二十"小说讲经史"云："说话者谓之'舌辩'，虽有四家数，各有门庭。"③ 同为宋元说话，"小说"话本与讲史平话题材不同，有些程式的表现也不同。"小说"话本表现生活故事，"随意据事演说"，内容多变，所谓"有灵怪、烟粉、传奇、公案，兼朴刀、捍棒、妖术、神仙。"④（《醉翁谈录·小说开辟》）这些话本的内容各异，故事形态也就各有不同，除了那些同一题材的变异故事，话本的故事情节一般没有固定的模式，"小说"话本的程式更多地表现在韵文程式的运用上，如一些场景描写和情节"收拾"处，经常用一些相同的韵文套语。而讲史话本，或说征战，或论机谋，较少生活场景和人物情感的细节描写，内容相对单一，所以，在故事情节、人物描写方面的程式化倾向更明显。例如，讲史平话中两军对阵、二马相交的情节一般大都由套语构成，李福清在谈到讲史平话与后来更多细节描写的评书的差异时

---

① 参见 [美] 王靖献：《钟与鼓——〈诗经〉的套语及其创作方式》，谢濂译，四川人民出版社 1990 年版。

② [俄] 李福清：《三国演义与民间文学传统》，尹锡康、田大畏译，上海古籍出版社 1997 年版，第 101 页。

③ （宋）吴自牧：《梦粱录》，《东京梦华录》（外四种），古典文学出版社 1956 年版，第 312 页。

④ （宋）罗烨：《新编醉翁谈录》，周晓薇校点，辽宁教育出版社 1998 年版，第 3 页。

说："看来关于对打的描写，《平话》与评书的主要差异在于：《平话》关于战斗没有任何细节描写（如刀矛的砍杀、敌方的袭击等），取而代之的总是为'相战数十回合'这种套语。"如"二马相交"、"三十回合"、"不分胜败"等，这些"基本上是借助于平话特有的套语的运用而构建的"①。注意区分讲史平话与"小说"话本这种因题材"家数"不同而出现的不同的程式，可以使我们对话本的程式分析更深入。

三、"话本"词义的口头属性——"话本"的口头创编特性

"话本"一词指的是什么？目前学术界主要有两种观点相持不下：一是由鲁迅提出，"话本"就是说话人的"底本"："说话之事，虽在说话人各运匠心，随时生发，而仍有底本以作凭依，是为'话本。'"并认为"今存之《五代史平话》及《通俗小说》残本，盖此二科话本之流，其体式正如此。"②与此相对，日本学者增田涉认为"话本"应作"故事"解，虽然他也承认说话人可能有"底本"，但"是否此种底本就叫做'话本'，却令人怀疑。"他提出："'话本'有'故事'，但是却没有'说话（人）的底本'的意思。""如把'话本说彻'解释为'据底本全部讲完'未免不通，如把'话本'解释为故事，这句话的意思就是'故事说到此为止'，这不但容易了解，而且可以接受。"③这里不拟对两种观点做孰是孰非的判断与讨论④，笔者只想说二者都存在着一个共同的倾向性问题，即二者都是从书面文字的角度解释"话本"的含义，致使这两种说法都有可商榷之处。

---

① [俄]李福清：《三国演义与民间文学传统》，尹锡康、田大畏译，上海古籍出版社1997年版，第93页。
② 鲁迅：《中国小说史略》，人民文学出版社1973年版，第90页。
③ [日]增田涉：《论"话本"一词的定义》，静宜文理学院中国古典小说研究中心主编：《中国古典小说研究专集3》，（台北）连经出版事业公司1981年版，第49—52页。
④ 坚持鲁迅"底本说"的主要有：施蛰存：《说"话本"》，《文史知识》1988年第10期；萧欣桥：《关于"话本"定义的思考——评增田涉〈论"话本"的定义〉》，《明清小说研究》1990年第1期；张兵：《话本小说史话》，辽宁教育出版社1992年版；欧阳代发：《话本小说史》，武汉出版社1994年版；程毅中：《宋元小说研究》，江苏古籍出版社1998年版，等等。反对鲁迅"底本说"，支持增田涉"故事说"的主要有：周兆新：《"话本"释义》，袁行霈主编：《国学研究》第二卷，北京大学出版社1994年版；石昌瑜：《中国小说源流论》，生活·读书·新知三联书店1994年版，胡莲玉：《再辨"话本"非"说话人底本"》，《南京大学学报》2003年第5期。

　　鲁迅是把印成文本的作品《五代史平话》《京本通俗小说》（且不论其真伪问题）等看作说话人的"底本"，这不禁使人们生出疑问：说话人的"底本"都是这种文字完整、体制完备的样子吗？甚至连"话本说彻，权作散场"之类套语说话人也怕忘记而要写入底本吗？这种形式整齐、体制完备的刻本，显然是为读者而不是为"说话人"编写的。增田涉是从书面的上下文语境中解释"话本"一词，所以，有些地方，增田涉的解释也难于说通。例如，他说："有关'话本'一词，从字面来看是'说话之本'或者是'说话人之本'的意思，这个是很容易被接受的解释，谁也不至于怀疑。但是再详细考察它的惯例用法时，我们发现'话本'有'故事'，但是却没有'说话（人）的底本'的意思。"① 照此说法，"话本"一词从字面看有"说话人之本"的意思，且"谁也不至于怀疑"，但"事实上'话本'一词根本没有'说话人的底本'的意思。"② 字面意思和"事实上"的意思竟如此南辕北辙，为什么会如此？增田涉没有解释。总之，无论是把"话本"一词看作用文字书写的作品，还是将"话本"一词看作一个抽象的词语，都无法解释通。

　　细辨"话本"一词在宋元话本及宋元文献中的使用，笔者发现，"话本"一词只用于艺人口头表演语境之中，是艺人口头表演语境中的专用术语。具体说，"话本"之"话"，是"故事"的意思，但不是增田涉所说的"抽象语"的"故事"，而是专指"口头传承"或"口头表演"的"故事"；"话本"之"本"有"底本"之义，但不是指鲁迅所说的《五代史平话》等现存的宋元话本作品，或者说，不是指这种用文字写成的"底本"，而主要是指师徒传承的"口头底本"。也就是说，"话本"是本之于"口头底本"的"口传"、"口演"的"故事"。在艺人口头表演语境之外的书面语境中，宋元文献从不使用"话本"一词。这可以从三方面予以说明。

　　其一，"话本"一词在宋元时期，只见于现存的宋元话本作品及《武林旧事》和《梦粱录》的相关记载，考察其中"话本"一词的使用情况，我们发现，"话本"一词只用于艺人的口头表演，是艺人口头表演的专用术语，一旦退出口头表演语境，无论是宋元话本作品，还是相关文献记载，都不再

---

① [日] 增田涉：《论"话本"一词的定义》，静宜文理学院中国古典小说研究中心主编：《中国古典小说研究专集3》，第51页。
② [日] 增田涉：《论"话本"一词的定义》，静宜文理学院中国古典小说研究中心主编：《中国古典小说研究专集3》，第50页。

使用"话本"一词。

"话本"作为"说话"表演场上的专用术语，从现存的宋元话本看，"话本"一词都是说话人在口头表演进行中使用的，说话人在故事快结束做交代时用"话本"指称刚刚讲过的这段故事，如《定山三怪》结尾，说话人交代故事的题目："这段话本，则唤做《新罗白鹞》、《定山三怪》。"①《史弘肇传》结尾交代故事的传承："这话本是京师老郎流传。"这二例中说到的"这段话本"、"这话本"都是在故事表演进行之中使用到的，指的是正在表演的这段"故事"。再有就是用于故事散场时的套语："话本说彻，权作散场"，现存的宋元话本中带有这句套语的有五种，计有《红白蜘蛛》（残页）《简帖和尚》《合同文字记》《陈巡检梅岭失妻记》和《张生彩鸾灯传》。"话本说彻"中"说彻"这个动作表明，"话本"一词是使用于正在讲说的故事表演中。

当退出说话人的表演语境，进入文本的书写刊刻时，就不再使用"话本"一词。如元刊《红白蜘蛛》（残页）或《清平山堂话本》中的相关作品，紧接"话本说彻，权作散场"一语之后，均有编刊者的说明："新编……小说"或"新编小说……终"的字样。元刊《红白蜘蛛》残页结尾在"话本说彻，权作散场"之后有"新编红白蜘蛛小说"的编刊说明，《清平山堂话本》中的《陈巡检梅岭失妻记》结尾在"话本说彻，权作散场"之后也有"新编小说陈巡检梅岭失妻记终"的编刊说明，其他作品结尾也都如此。从这些宋元话本作品的编刊方式看，凡在说话人的表演语境中，用以指代全篇故事时就用"话本"一词，如"话本说彻"，但紧接其后出自书面编刊者的按语，用以指代全篇故事时，就不再沿用说话人表演场上的"话本"一词，而另用书面语中的"小说"一词，编刊者不说"新编话本……终"，而说"新编小说……终"。反之，书面语词"小说"也不进入说话人的表演语境，但凡场上表演时不说"这'小说'是京师老郎流传"，不说"这段'小说'，则唤做《新罗白鹞》、《定山三怪》"，也不说"'小说'说彻，权作散场"。

由上可见，出现于现存宋元话本刻本末尾的"话本"与"小说"两个概念所指相同，指的都是同一篇故事，但在使用上却严格区分，"话本"一词是艺人表演时的专门术语，只用于艺人的表演语境，而具有同一所指的

---

① 程毅中辑注：《宋元小说家话本集》，齐鲁书社 2000 年版，第 242 页。

"小说"一词是书面的说明语，在运用文字进行某种叙述与说明时使用，用于编刊者的书面语境。宋元人对"话本"与"小说"一词的区别使用，表明"话本"一词在宋元时代只用于艺人的口头表演语境中。

明代人有将"话本"一词用于书面语境的。冯梦龙《古今小说叙》将"话本"说成是阅读性的书面作品："泥马（指宋高宗）倦勤，以太上享天下之养，仁寿清暇，喜阅话本，命内珰日进一帙"①，说太上皇"喜阅话本"，"话本"已成为可阅读的文本，这是冯梦龙对宋元"话本"词义的引申或误读。再有"叙"作为一种说明性文体，冯梦龙借宋高宗读"话本"这一行为的描述来说明"话本"的通俗性，这里的"话本"一词已成为文人笔下的"书面语"，这已经不是宋元时期艺人口头伎艺表演中的"话本"用法。叶德均《读明代传奇文七种》引《刘生觅莲记》篇中语："因至书坊，觅得话本，特与生观之。见《天缘奇遇》鄙之，……见《荔枝奇逢》、《怀春雅集》留之。"②从这段引文中可知，明代人将"书坊"刻印的传奇小说《天缘奇遇》《荔枝奇逢》《怀春雅集》等作品文本也称之为"话本"，这也是明代人对宋元时期"话本"词义的引申或误读。

延续着明代人对"话本"一词的理解，石昌渝《中国小说源流论》总结今人研究成果，概括出"话本"所指有三种：一是"传奇小说"，以叶德均所举明代人称《天缘奇遇》等传奇小说为据；二是"抽象语"的故事，以增田涉所举明代话本某些例证为据；三是"白话故事本子"，以冯梦龙《古今小说叙》称宋高宗"喜阅话本"为据。并说："第一种指文言的故事书，第三种指白话的故事本子，它们都是指供人阅读的故事本子，已接近今天指称的'小说'。'话本'不是'说话人的底本'，但据第三种含义，它毕竟与'说话'有关。"③这段总结，无论是被否定的鲁迅关于"话本"即"说话人的底本"之说，还是被肯定的说法，都未离开"话本"或是指书面文字的抽象"语词"或是指书面文字的具象"读本"这一传统思维。

事实上，如上所论，"话本"一词原本只在宋元口头伎艺表演中使用，明代文人开始整理"话本"，阅读"话本"，于是，就开始把"话本"一词用

① （明）绿天馆主人：《古今小说叙》，丁锡根编著：《中国历代小说序跋集》中，人民文学出版社 1996 年版，第 773 页。
② 叶德均：《戏曲小说丛考》下，中华书局 1979 年版，第 539 页。
③ 石昌渝：《中国小说源流论》，生活·读书·新知三联书店 1994 年版，第 223—224 页。

于指代可供阅读的书本了。我们要搞清"话本"一词的本来意义，就必须将宋元人、明人、今人在"话本"一词上的不同用法、不同含义区分清楚。

其二，"话本"之"话"专指"口传"、"口演"的"故事"。

"话本"之"话"即宋元口头表演伎艺中的"说话"之"话"，是"故事"的意思，但与增田涉所说的作为一般"抽象语"的故事不同，"话本"之"话"是口头伎艺中的术语，专指艺人"口传"、"口演"的"故事"。

关于"话"，唐释慧琳《一切经音义》卷第七十注解《俱舍论》第十二卷"俗话"云："《广雅》：话，调也，谓调戏也。《声类》：话，讹言也。"[1]孙楷第据此解释"说话"之"话"谓："凡事之属于传说不尽可信，或寓言譬况以资戏谑者，谓之话。取此流传故事敷衍说唱之，则谓之说话。业此者谓之说话人"[2]。这表明，"话"的原义就是指"传说不尽可信"的"流传故事"，"说话"就是"取此流传故事敷衍说唱之"，换言之，"话"是专指"口传"、"口演"的"故事"。孙楷第所据是《一切经音义》对"俗话"之"话"的解释，"俗话"一词本身确如孙先生所言是属于"传说不尽可信，或寓言譬况以资戏谑者"，但"俗话"还不是"说话"，"说话"是一种伎艺表演。值得注意的是，与《一切经音义》对"俗话"之"话"有着相同解释的还有卷第七十一对《阿毗达磨顺正理论》第五十四卷"耽话"一词的解释："《声类》云：话，讹言也。《广雅》：话，调也，调谓戏也。"[3]《阿毗达磨顺正理论》第五十四卷"耽话"一词的原句是"耽话，乐诗，爱歌，著舞。"[4]"耽话"之"话"与"歌"、"舞"并列，可见"话"是用于口头表演的，是一种口头表演伎艺。《一切经音义》将口头表演伎艺"耽话"之"话"，也解释成是"口传"的"讹言"，是口演之"戏"，可知，"说话"之"话"，确如孙楷第所言，是指"口传"、"口演"的"故事"。沿用此意，唐郭湜《高力士外传》记玄宗退位后听"讲经、论议、转变、说话"[5]，就是将四种口说伎艺并举。《梦粱录》卷二十"小说讲经史"条云："说话者谓之'舌辩'"，元夏庭芝《青楼集》记"时小童"条则云："女童亦有舌辩，不

---

[1]　《大正新修大藏经》第 54 册，（台北）佛陀教育基金会出版部 1990 年版，第 762 页。
[2]　孙楷第：《"说话"考》，《沧州集》上，中华书局 1965 年版，第 92 页。
[3]　《大正新修大藏经》第 54 册，（台北）佛陀教育基金会出版部 1990 年版，第 772 页。
[4]　《大正新修大藏经》第 29 册，（台北）佛陀教育基金会出版部 1990 年版，第 644 页。
[5]　丁如明辑校：《开元天宝遗事十种》，上海古籍出版社 1985 年版，第 120 页。

能尽母之伎"①，明确将"说话"（"舌辩"）称之为"伎"。作为一种伎艺表演的命名，称"说话"而不称"说故事"，就是因为"说话"之"话"作"调戏"、"讹言"解，"调戏"已含表演之意，"讹言"是指传说的故事，"话"字的本义指的就是一种带有表演性的"口传故事"。

"话"指"口传故事"而不是指"书面故事"，这从"话"与"故事"二词使用上的区别也可看出。

文献中，但凡用"话"字处，总是和表演动作"说"相连，"话"离不开"说"。

《启颜录》记隋杨素之子杨玄感要求侯白"说一个好话"，即"说一个好听的故事"，因为是"说"，所以这里用"话"字不用"故事"一词；元稹在白居易新昌里住宅听"说一枝花话"，意思虽然是"说《一枝花》的故事"，但"说"的后面用"话"却不用"故事"一词。既然"话"离不开"说"，所以，元稹有"光阴听话移"（《酬翰林白学士代书一百韵并序》）的诗句，这是与"说……话"对应，诗句就写成"听话"；南宋罗烨《醉翁谈录》云："说得话，使得砌"②，这是在强调"话"要会"说"，要穿插有"使砌"表演等；《刘知远诸宫调》中有"话中只说应州路"，"话"字虽置前，但仍离不开"说"；《董西厢》中有"话儿不提朴刀杆棒，长枪大马"，"提"即为"说"，"唱一本儿倚翠偷期话"，"唱"与"说"都指"口演"，"话"还是指"口演的故事"，等等。总之，"话"是指"口传"、"口演"的故事。

离开了"说"的表演，宋人就不用"话"而用"故事"一词。

在探讨"话本"一词的含义时，研究者几乎无不引用《都城纪胜》及《梦粱录》中提及"话本"的一段文字，这也是除现存宋元话本作品之外，"话本"一词在宋人文献中的唯一记录。但就是这样一段为研究者熟知的资料，人们却未能注意到宋人在"故事"与"话本"两个概念使用上的区别。南宋灌园耐得翁《都城纪胜》"瓦舍众伎"云：

> 凡傀儡，敷演烟粉、灵怪故事，铁骑、公案之类。其话本或如杂

---

① （元）夏庭芝：《青楼集》，《中国古典戏曲论著集成》二，中国戏剧出版社 1959 年版，第27—28 页。

② （宋）罗烨：《新编醉翁谈录》，周晓薇校点，辽宁教育出版社 1998 年版，第4 页。

剧，或如崖词，大抵多虚少实，……凡影戏，……其话本与讲史书者颇同，大抵真假相半。①

吴自牧《梦粱录》"百戏伎艺"云：

> 凡傀儡，敷演烟粉、灵怪、铁骑、公案、史书、历代君臣将相故事。话本或讲史，或作杂剧，或如崖词。……更有弄影戏者，……其话本与讲史书者颇同，大抵真假参半。②

我们注意到，二书在介绍傀儡戏"敷演"什么内容时，就用一般书面语"故事"一词，如说傀儡"敷演烟粉、灵怪故事"，或"敷演烟粉、灵怪、铁骑、公案、史书、历代君臣将相故事"。这里的"故事"一词是用来说明题材内容的，与场上表演无关，所以只是一种用于书面叙述的抽象意义上的"故事"。但一涉及伎艺表演，书面上的"故事"就转换成了伎艺上的"话本"，如《梦粱录》记傀儡戏，其"话本或讲史，或作杂剧，或如崖词"，影戏"其话本与讲史书者颇同"。"讲史"、"杂剧"、"崖词"都是当时流行的表演伎艺，这是说傀儡戏、影戏"话本"的表演与讲史、杂剧、崖词的表演相通，这是谈表演，所以用"话本"，而不用"故事"。不说"其'故事'或如杂剧，或如崖词"，"其'故事'与讲史书者颇同"。这说明，宋人对指代口头故事的"话"字与作为书面语中的"故事"，在使用上有区别。单独的"故事"一词用于书面上的叙述与说明，而"话"字总是与口头表演相联系。

其三，"话本"之"本"指师徒传承的"口传之本"。

"话本"之"本"，不是指用文字写成的"底本"，具体说，既不是指现存的用书面文字写成的宋元话本，也不是指《醉翁谈录》等故事的文字资料本，而是指说话艺人代代相传的"口传之本"。

对此问题，任半塘对"剧本"之"本"的解释，颇具启发意义。他在《唐戏弄》第五章"伎艺·剧本"中探讨"剧本存在之方式"时说：

---

① （宋）灌园耐得翁：《都城纪胜》，《东京梦华录》（外四种），古典文学出版社1956年版，第97—98页。

② （宋）吴自牧：《梦粱录》，《东京梦华录》（外四种），古典文学出版社1956年版，第311页。

剧本者，演出以前，对于情节、场面、科白、歌唱之具体决定也。其存在方式，有口传、笔写、印行三种。虽未印行，而经笔写；虽未笔写，而经口传；皆不得谓之无本。至于有本而不传于今日，有作而不著于今时，更不得谓之当日无本、或当时无作，益无待言。①

任半塘提出了"口传之本"的概念，所谓"虽未笔写，而经口传，皆不得谓之无本。"如果说，戏曲还有所谓"作家作曲伶人作白"之说，还需借助文人作曲以提高曲词水平，要有"曲本"以作"底本"，所谓"依着这书会社恩官求些好本令"（杂剧《蓝采和》第二折），那么，说话伎艺则主要依靠口头创编。尽管，说话艺人也要"幼习《太平广记》，长攻历代史书"，但最终还要"素蕴胸次之间"，"只在唇吻之上"，尤其是"小说"艺人更是"随意据事演说"②，这就形成了民间文学研究中所说的"口头文本"：

　　口头文本是一次又一次的表演，它不但没有最初的文本，也没有最终的文本和"权威"的文本，它的文本是无数的，每讲唱一次，就是一个口头文本，而文字文本所记录的只能是其中的"这一个"。③

师徒间"一次又一次的表演"靠的主要是这种"口头文本"、"口传之本"或曰"口头底本"。其间，或许也会融进提纲式的"文字之本"以助记忆，但这种提纲式的"文字之本"是附属于"口传之本"的，师徒间传承与表演的完成时态是"口头文本"。

"话本"词义的口头属性是由"话本"的口头创编、口头传承的特性决定的。

当说话艺人声称"这话本是京师老郎流传"（话本《史弘肇传》）、"原系京师老郎传流"（话本《勘靴儿》），"须记的京城古本老郎传流"（元杂剧《百花亭》第三折正末白），这"话本"之"本"指的就是这种"口传之本"，它没有"最终的文本"，"每讲唱一次，就是一个口头文本，而文字文本所记录

① 任半塘：《唐戏弄》下册，上海古籍出版社 1984 年版，第 892 页。
② （宋）罗烨：《新编醉翁谈录》，周晓薇校点，辽宁教育出版社 1998 年版，第 2、3 页。
③ 毕桪主编：《民间文学教程》，中央民族大学出版社 2009 年版，第 27 页。

的只能是其中的'这一个'。"

如《清平山堂话本》中的《简帖和尚》，从结尾"话本说彻，权作散场"一语看，这是一个曾用于场上表演的"话本"。有证据表明，《简帖和尚》在口头传承过程中还有过其他的"口传之本"存在过。

《清平山堂话本》中的《简帖和尚》，题下有原注云："亦名《胡姑姑》，又名《错下书》。"研究者都将这些题名看作是同篇异名，从未有过异议。笔者却以为，这很可能是说话艺人将《简帖和尚》变异改造后的另"一本"故事，另一个"口头文本"。证据是，明代晁瑮《宝文堂书目》著录有宋话本《燕山逢故人郑意娘传》，但同时还著录有另一相近题目的《燕山逢故人》，其下注有"一"字①，这"一"字是表明后者是前者的另"一本"，即改编本。这有如元杂剧中的所谓"次本"，孙楷第将元杂剧中的"次本"称之为"摹本"，康保成进一步将其引申为"改编本"。孙楷第说："次本是对于原本说的，就是摹本。以戏曲言，一个故事，最初有人拈此事为剧，这本戏是原本。同时或后人，于原本之外，又拈此一事为剧，这本戏便是次本。"②康保成说，由于"'次本'是作家或艺人有意地对'的本'（即"原本"或"旧本"之意。——笔者注）进行改编，其中必然包含着一些（甚至很多）创造性劳动，故即使可能对已有的旧作有所因袭，但与同一剧目的不同版本仍有区别。"③这种由"原本"次生出来的改编本，再如宋话本《山亭儿》，其篇末云："话名只唤作《山亭儿》，亦名《十条龙》《陶铁僧》《孝义尹宗事迹》。"④"十条龙苗忠"、"陶铁僧"、"尹宗"是《山亭儿》话本中的三个人物，《醉翁谈录·小说开辟》记话本名目"朴刀"类中有"《十条龙》、《青面兽》、《季铁铃》、《陶铁僧》"⑤等，《十条龙》与《陶铁僧》如果是内容完全一样的同一个故事，《醉翁谈录》何必将它们再重复记录一遍？这应是流行于瓦舍勾栏中的同一"话本"的"原本"与"次本"的关系。也就是说，《十条龙》的中心人物应是"十条龙苗忠"，而《陶铁僧》的中心人物是陶铁僧，这属于同一故事的主题变奏，题目不同，叙述的中心人物亦应有所不同，以此推

---

① 参见（明）晁瑮：《晁氏宝文堂书目》，古典文学出版社 1957 年版，第 118、119 页。

② 孙楷第：《释〈录鬼簿〉所谓"次本"》，《沧州集》下册，中华书局 1965 年版，第 402 页。

③ 康保成：《中国古代戏剧形态与佛教》，东方出版中心 2004 年版，第 174—175 页。

④ 程毅中辑注：《宋元小说家话本集》，齐鲁书社 2000 年版，第 99 页。

⑤ （宋）罗烨：《新编醉翁谈录》，周晓薇校点，辽宁教育出版社 1998 年版，第 3 页。

论，这个故事还应有一本《孝义尹宗事迹》，故事以尹宗为中心人物。当然，"话本"不像元杂剧有"旦本"、"末本"之分，杂剧为照顾不同脚色，"原本"之外，一般只有一个"次本"，而"话本"却可以由任意一个说话艺人"随意据事演说"，故同一个"话本"于"次本"之外还可以出现"三本"等比杂剧更多的改编本。这正说明了"话本""没有最终的文本和'权威'的文本，它的文本是无数的，每讲唱一次，就是一个口头文本"。

综上所述，宋元时期的"话本"一词，原本只在艺人的伎艺表演语境中使用。"话本"之"话"在表演语境中不离"说"字并和"说"字连用构成"说话"伎艺的专名，"话"指的是"口传的故事"、"口演的故事"，"话本"之"本"指的是师徒传承的"口传之本"，它"每讲唱一次，就是一个口头文本"。离开伎艺表演语境而进入书面语境，相同的意思宋元人就不用"话"或"话本"而用"故事"或"小说"等书面语以代之。"话本"一词只限用于口头表演之中，我们研究"话本"，首先要搞清"话本"词义的口头属性，要分清宋元时期艺人口头表演语境中的"话本"一词与明人笔下的"话本"一词的不同用法和不同所指。

"话本"的口头性决定了"话本"有一套口头创编方式，这就是大量使用口头程式，下面我们来分析宋元话本中的各种口头程式。

四、话本口头程式分析的样例选取

在对话本进行口头程式的分析时，首先有一个如何选取样例的问题。

已有的口头程式理论的应用研究，其研究的作品大都是诗歌，如帕里和洛德对荷马史诗、南斯拉夫口头史诗的研究，我国学者朝戈金对民族史诗《江格尔》的研究以及美籍华裔学者王靖献对《诗经》的研究等，这些诗歌本身所具有的句式韵律的反复、章节的复沓等，使程式分析有着显而易见的适用性。也有学者运用口头程式理论对韵散相间的敦煌变文进行了程式研究①，以原生态的写卷形式保存下来的敦煌变文，大量地保存了口头说唱的特性，也保证了口头程式理论的适用性。而对宋元话本作程式分析的困难在于，散文化的宋元话本一律都是经过编辑的刻印本，加工的痕迹较多，已非真实反映宋元"说话"面貌的记录本。但是，话本中大量程式化的表达痕迹

---

① 参见富世平：《敦煌变文的口头传统研究》，中华书局 2009 年版。

表明，现存的宋元话本是来源于口头传统①：

> 在口述文本中可以发现一些非程式化的表达，这一事实表明在口述文体中已经出现了"书面"文体的萌芽；同样地，"书面"文体中"程式"的存在表明，这种文体起源于口述文体。②

现存的宋元话本中，有的还比较接近"说话"原貌，口头程式特征表现得比较明显，有的则依据修改加工的程度，口头程式的表现多少不一，或几至全无。所以，对现存的宋元话本，依据程式化表现的程度，说明程式分析的取样原则，选取适当的样例，这也是对宋元话本进行程式分析的一个首要问题。

口头诗学提出的"程式频密度"原则，是确认一个文本是否具有口头传统，是否具有口头程式特征的重要方法。口头程式理论提出的"程式频密度"是指："程式在某个给定的单元中反复出现的频度。口头程式理论学派的学者们，往往用它来衡量一个面目不清的或者是有争议的作品，判定它是否具有口头的起源。他们认为在程式频密度与作品的口头属性之间有着意义重大的关联。"③ 有的口头程式理论的研究者甚至针对古法语叙事诗这种特定的文体，还给出了一个百分比以衡量其是否是口头作品："我想作这样的具体限定：总的说来，如果纯粹的重复少于 20%，那么它就可能是来源于书面的或书写的创作，而当套语分布密度超过了 20%，即可证明它是口述创作。"④

---

① 口传故事经由整理出版，以供阅读，但它们仍属于口头文化世界，这应是中外口传故事传播过程中的共同现象。美国学者洛德对南斯拉夫口传史诗进行田野调查时，就对"出版商出版的"口传史诗的小册子，做过这样的分析说明："平装本小册子只有几部歌，没有说明，很便宜，……因为歌本身来自于口头文化的世界，它们在民众中很普及，民众创造了它们。尽管它们被记录下来，可以阅读，但它们属于口头文化的世界。……口头文化的世界对文字文化的世界之影响，这是一个重要的课题。上述故事书是为萨拉热窝小商店的商人们准备的，……"［美］斯蒂芬·米切尔、戈雷格里·纳吉：《〈故事的歌手〉再版序言》，［美］阿尔伯特·贝茨·洛德：《故事的歌手》，尹虎彬译，中华书局 2004 年版，第 19 页。
② ［美］阿尔伯特·贝茨·洛德：《故事的歌手》，尹虎彬译，中华书局 2004 年版，第 188 页。
③ 朝戈金：《口传史诗诗学：冉皮勒〈江格尔〉程式句法研究》，广西人民出版社 2000 年版，第 17 页。
④ ［美］杜根：《〈罗兰之歌〉的套语风格与诗歌技巧》，转引自王靖献：《钟与鼓——〈诗经〉的套语及其创作方式》，谢濂译，四川人民出版社 1990 年版，第 55—56 页。

与叙事诗句法固定相比，话本是以散文叙事为主，散文句法灵活多变，很难像叙事诗那样给出一个判定"程式频密度"的百分比，但是，我们也可以把话本特有的某些程式留存下来的多少，作为判定话本是否更接近口头表演的一个重要依据。如下面分析举例中的元刻《红白蜘蛛》残页，它的场景描写，几乎句句都是程式化的，由此可以看出它是来自于口头传统。再如《七国春秋平话后集》中超乎寻常的频繁出现的"言者是谁"一类的说话人的套语，就绝非是后来编刻者的书面拟作。这些都成为我们分析口头程式的典型例证。

此外，话本中大量民间口语的运用和刊刻中大量同音字的使用，也可看出它们是源自口头传统。元刊《三国志平话》（《三分事略》）的语言与改编自史书的《五代史平话》明显不同，《三国志平话》的故事多取民间传说，语言简率朴质，更多民间口语，尤其是刻本中大量同音字的使用，可以看出是来自记录手稿所致，明显体现出口头表演的特征。姜殿扬《三国志平话跋》说："书中如诸葛之作朱葛、糜竺之作梅竹、新野之作辛冶、辛治，讨虏之作托虏、托肤，人名、地名、官职，往往多非本字。作者师承白话，未见史传正文，每以同音习见之字通用之，省俗形近，传录讹讹，又复杂出其间，坊贾据以入梓，难可校订，盖出自江湖小说人（小说人见宋吴自牧《梦粱录》即今之说书者。）师徒相传之脚本，开卷则市井能谐，入耳则妇竖咸晓，乃后世通俗演义之嚆矢，当日士夫所不屑寓目者也。"① 讲史艺人师徒之间，口耳相传，形诸底本上的文字，简化字形，偏重记音，他们只求音声相同，书写便利，可读可认，于是就有了这些"同音习见之字"。这些"同音习见之字"的创制与使用，说明《三国志平话》有大量的"说话"记录在其中。

与《五代史平话》等主要改编自史书的拟作改编本不同，《红白蜘蛛》残页、《三国志平话》《七国春秋平话后集》更多地带有记录加工的痕迹，我们可以将其称之为记录加工本（关于记录加工本和拟作改编本的论述，详见第四章中"话本文本的生成方式与文体特征"一节）。下面的程式分析举例，散文叙事例证就主要取自记录加工本的《红白蜘蛛》残页、《三国志平话》《七国春秋平话后集》，而话本、杂剧中的韵文程式，则遍布现存的宋元话本

---

① 丁锡根点校：《宋元平话集》下，上海古籍出版社 1990 年版，第 895 页。

和元杂剧之中，有则用之。

第二节　宋元话本的口头创编方式与口头程式

程式是口头传承积累的结果，"程式是在漫长的口头表演和流布的历史发展过程中形成的，用于表述某种反复出现的基本观念的相对固定的句法和词语模式。"① 现存的宋元话本是口头叙事的文本化，尽管经过了书面加工，但还是留有不少口头叙事中程式化的描写语句。下面我们就选取现存宋元话本中表现较为明显的场面描写、人物外貌描写和情感描写程式以及情节收拾程式，来分析话本口头程式的主要特征及意义。

一、话本中的场面描写程式

与"小说"话本更多生活场面的描写不同，讲史话本的情节大都是由君臣议事、两军对阵、二将交战等几个场面组成，所以讲史话本中程式化的场面描写更多一些。如一场征战的开始阶段，其程序大都是"君王授命——以谁为元帅——以谁为先锋"这样一种程式。《七国春秋平话后集》写"齐兵伐燕"征战开始：

> 孙子蒙圣旨，乞兵二十万，章子为元帅，袁达为先锋，李牧、独孤陈为殿后使。王依奏，令孙子为军师。

写"燕国伐齐"征战开始，"燕王大喜"：

> 遂封乐毅为破齐大元帅，剧辛为副元帅，石丙、许贵为先锋，黄贵为合后粮料使，邹衍为参谋使，孙龙都救应使。②

仿照这种模式，拟作改编的《秦并六国平话》，写征战开始，也是如此这般：

---

① 朝戈金：《口传史诗诗学：冉皮勒〈江格尔〉程式句法研究》，广西人民出版社 2000 年版，第 173 页。
② 丁锡根点校：《宋元平话集》下，上海古籍出版社 1990 年版，第 492、509 页。

王翦蒙圣旨，领兵二十万，乞辛胜为先锋，上将董翳为副将，甘宁为末将。①

紧接征战开始之后的军兵阵势，也是程式化的。《七国春秋平话后集》说"齐兵伐燕"军队阵势：

但见前排甲马，后列军兵，遥闻金鼓震天，远望旌旗蔽日。刀枪如霜凛凛，衣甲曜日辉辉；端的枪刀如芦苇，人马撮风行。不旬日，早至燕邦易水下寨。②

描述"四国困齐"军队阵势：

只见四方排阵，团团旋转。两刃刀枪，密密环围；长枪密布等兵来，弓弩连排防阵后；远看旗号似团花，近睹剑锋如雪白。

描述"燕国伐齐"的军队阵势：

兵及百万，将有千员。门旗闪闪，剑戟层层，前面军，青毡笠似千池荷叶迎风；背后军，铁兜牟如万顷琉璃浸水。个个悬刀似雪，人人担戟如霜。不旬日，兵临齐国。

描述"乐毅图齐"军队阵势：

只见旌旗蔽日，刀戟遮天；兵及百万，将有千员。端的人如铁鹞子，马赛玉麒麟。不旬日，早至临淄界下寨。③

这是一个随阵势不同而可以有所变化的程式系统，只要记住常用程式语词，便可依阵势不同而随手套用。

---

① 丁锡根点校：《宋元平话集》下，上海古籍出版社1990年版，第609页。
② 丁锡根点校：《宋元平话集》下，上海古籍出版社1990年版，第492页。
③ 丁锡根点校：《宋元平话集》下，上海古籍出版社1990年版，第500、509、529页。

摆列阵势之后将帅出马的程式，总是先说装束打扮，使什么兵器，再报姓名，然后交战。《七国春秋平话后集》"齐兵伐燕"中说到"孙子命章子拽兵与燕兵对阵"：

> 两阵俱圆，撞出一员猛将，怎生打扮？黄金盔上偏宜烂熳红缨，白锦袍中最称光明铜铠；手搭宣花月斧，腰悬打将铁鞭；乃齐将袁达，厉声高叫索战。
>
> 燕阵撞出一将，绛袍朱发，赤马红缨，手把三尖两刃刀，腰上双悬水磨简，乃燕将市被。二将打话不定，约斗五十余合，并无胜负，各归本阵。

"四国困齐"中的韩将：

> 门旗下一员猛将出马，头顶凤翅金盔，身披柳叶甲，但见其人长赳赳身材七尺，气昂昂手持一柄大杆刀，厉声高叫："齐将出马！"乃是张奢。①

《秦并六国平话》写燕将和秦将分别是：

> 二阵俱圆，撞出一员猛将，牙齿如钻如凿，背略绰如虎如狼；因餐虎肉面皮青，好吃人睛双目赤；肩担金花月斧出阵，乃是燕将石凯，厉声高叫索战。
>
> 阵中撞出一将，绛袍朱发，赤马红缨，担一柄三尖两刃四窍八环刀，北海虬龙战马出阵，乃是辛胜先锋。与燕将石凯二人打话不同，二马交战。石凯败走，辛胜赶上。石凯勒马再战三十合。②

李福清在总结讲史平话将帅军阵的公式化描写时说："《平话》对将领的外貌和他们的衣着及武器的描写也无疑值得注意。……这里也一一分别

---

① 丁锡根点校：《宋元平话集》下，上海古籍出版社1990年版，第492、500页。
② 丁锡根点校：《宋元平话集》下，上海古籍出版社1990年版，第610页。

列出军人的衣装和他的盔甲以代替外貌描写。甚至一些细节和描写规则都相同，……继衣着描写（其顺序照例有多种写法）之后，一般是武器的描写，必需指明武器的长度或重量。对军人的描写虽然写法几乎不计其数，但实质却是个固定的公式，这就是中世纪文学和民间文学基本的艺术原则之一的传统与即兴发挥相结合。同时，将军士描写的这些刻板公式与其他民族史诗中相类似的段落加以对比，我们认为，恰恰证明这些描写是来源于民间文学。"①

交战场面的程式往往都是"二将打话不定，约斗五十余合"之类。《七国春秋平话后集》记"四国困齐"中韩将张奢与齐将邹坚交战"二人打话不定，二骑马交"、"不上十合，齐将邹坚大败"。记"燕国伐齐"中齐国仓州节度使柳金龙与燕将石丙交战："二将打话不定，二骑马交"，"约战三十余合，柳金龙败走。"②等等。正如李福清所说："《平话》关于战斗没有任何细节描写（如刀矛的砍杀、敌方的袭击等），取而代之的总是为'相战数十回合'这种套语。"③。

战阵描写中还常穿插以"诗曰"之类的韵文用来形容交战场面，这也构成一种程式，如"齐兵伐燕"中形容燕将市被与齐将袁达交战场面有"诗曰"一首：

> 二将逞英雄，盘桓两阵前；征云笼日月，杀气罩山川。
> 斧研分毫中，枪争半点偏；些儿心意失，目下丧黄泉。

记"燕国伐齐"中齐国景州太守刘元献与燕将石丙交战，有"诗曰"一首：

> 二将逞英豪，凌空杀气高；非但智斗智，全凭刀斗刀。④

这些程式化场面过渡衔接中的时间描写也是程式化的。如《七国春秋

---

① [俄]李福清：《三国演义与民间文学传统》，尹锡康、田大畏译，上海古籍出版社1997年版，第110—111页。
② 丁锡根点校：《宋元平话集》下，上海古籍出版社1990年版，第500、510页。
③ [俄]李福清：《三国演义与民间文学传统》，尹锡康、田大畏译，上海古籍出版社1997年版，第93页。
④ 丁锡根点校：《宋元平话集》下，上海古籍出版社1990年版，第492、510页。

平话后集》常用"不旬日"（不到十天）将无须细说的时间历程一带而过：

> 不旬日，早至燕邦易水下寨。
>
> 不旬日，兵临齐国，会合秦、赵、韩、魏四国兵。
>
> 不旬日，早至临淄界下寨。①

这就是《醉翁谈录》所说的"冷淡处提掇的有家数"，这种表示时间的"家数"是在口头表演的传统中形成的。如元杂剧中也有，元刊本《东窗事犯》楔子：

> 不经旬日，有大金国四太子追袭。②

这种表示时间的程式套语在唐代变文中已大量出现。略举几例如：

> 不经旬日，便到绥州茶城村。
>
> 不经旬日，便到楚国。
>
> 不经旬日，便到楚家界首。
>
> 不经旬日，便到汉国。（《汉将王陵变》）
>
> 不经旬日，直至锅口下营憩息。（《韩擒虎话本》）
>
> 不经旬日，便至长安。（《叶净能诗》）
>
> 不经旬日，至舍卫之城。（《降魔变文》）③

　　用这些传统的时间程式、"诗曰"之类的韵文程式将君臣议事、两军对阵、二将交战等一些模块化的场面加以衔接组合，由此构成了讲史话本的主要情节程式。有了这些程式，对"说话人"来说，"谈话头动辄是数千回"（罗烨：《醉翁谈录·小说开辟》）也就并非难事了。

　　与讲史话本的主要情节由君臣议事、两军对阵、二将交战等一些模块

---

① 丁锡根点校：《宋元平话集》下，上海古籍出版社 1990 年版，第 492、509、529 页。

② 徐沁君校点：《新校元刊杂剧三十种》下，中华书局 1980 年版，第 531—532 页。

③ 黄征、张涌泉校注：《敦煌变文校注》，中华书局 1997 年版，第 69、69、70、71、300、335、554 页。

化的场面组成不同，小说家话本"随意据事演说"，细节多变，其程式化的描写更多地体现在类型化的人物外貌描写、情感描写以及情节"收拾"等处。

二、话本的人物描写程式

小说家话本中程式化人物描写较多地体现在人物外貌描写和人物情感描写上，下面我们通过具体例证，来看其程式化特征。

（一）人物外貌描写程式

宋元话本大都运用韵文形式对各色人物的容貌加以描写，如对美女、老姬、媒婆、好汉、强盗、山大王、和尚、道士、神仙、真人、将帅、官吏、士兵等，错综以三言、四言、五言、六言、七言、八言等不同的句式组合，构成类似"歌词"式的人物容貌描写套语。常见的几类人物容貌描写套语有：

美女。如《杨温拦路虎传》杨温妻冷氏容貌：

> 云鬓轻梳蝉远，翠眉淡拂春山。朱唇缀一颗樱桃，皓齿排两行碎玉。花生丹脸，水剪双眸。意态自然，精神更好。

《碾玉观音》裱褙匠女儿璩秀秀容貌：

> 云鬓轻笼蝉翼，蛾眉淡拂春山。朱唇缀一颗樱桃，皓齿排两行碎玉。莲步半折小弓弓，莺啭一声娇滴滴。

《柳耆卿诗酒玩江楼记》名妓周月仙容貌：

> 云鬓轻梳蝉翼，蛾眉巧画春山。朱唇注一颗天桃，皓齿排两行碎玉。花生媚脸，冰剪明眸；意态妖娆，精神艳冶。岂特余杭之绝色，尤胜都下之名花。①

《西山一窟鬼》李乐娘容貌：

---

① 程毅中辑注：《宋元小说家话本集》，齐鲁书社 2000 年版，第 126、187、338 页。

　　　　水剪双眸，花生丹脸。云鬟轻梳蝉翼，翠眉淡拂春山。朱唇缀一
　　颗夭桃，皓齿排两行碎玉。意态自然，回出伦辈，有如织女下瑶台，
　　浑似嫦娥离月殿。①

又有《杨温拦路虎传》杨温妻冷氏相貌：

　　　　体态轻盈，俊雅仪容。楚岫云料凤髻，上峡岫扫娥眉。刘源桃凝
　　作香腮，庾岭梅印成粉额。朱唇破一点樱桃，皓齿排两行碎玉。弓鞋
　　窄小，浑如衬水金莲；腰体纤长，悄似摇风细柳。想是嫦娥离月殿，由
　　如仙女下瑶台。

《花灯轿莲女成佛记》小商人之女莲女容貌：

　　　　精神潇洒，容颜方二八之期；体态妖娆，娇艳有十分之美。凤鞋稳
　　步，行苔径衬双足金莲；玉腕轻抬，分花阴露十枝春笋。胜如仙子下凡
　　间，不若嫦娥离月殿。②

《西湖三塔记》中蛇精"白衣娘子"：

　　　　绿云堆发，白雪凝肤。眼横秋水之波，眉插春山之黛。桃萼淡妆
　　红脸，樱珠轻点绛唇。步鞋衬小小金莲，玉指露纤纤春笋。

《洛阳三怪记》中白猫精"玉蕊娘娘"：

　　　　绿云堆鬓，白雪凝肤。眼描秋水之□，眉拂青山之黛。桃萼淡妆
　　红脸，樱珠轻点绛唇。步鞋衬小小金莲，十指露尖尖春笋。若非洛浦
　　神仙女，必是蓬莱阆苑人。③

---

①　程毅中辑注：《宋元小说家话本集》，齐鲁书社 2000 年版，第 214 页。
②　程毅中辑注：《宋元小说家话本集》，齐鲁书社 2000 年版，第 112、489 页。
③　程毅中辑注：《宋元小说家话本集》，齐鲁书社 2000 年版，第 301、392 页。

老妪。如《西湖三塔记》中的獭精"婆婆"：

> 鸡肤满体，鹤发如银。眼昏如秋水微浑，发白似楚山云淡。形如
> 三月尽头花，命似九秋霜后菊。

《洛阳三怪记》中白圣母精"婆婆"：

> 鸡皮满体，鹤发盈头。眼昏似秋水微浑，体弱如九秋霜后菊。浑
> 如三月尽头花，好似五更风里烛。①

媒婆。如《种瓜张老》中的张媒、李媒：

> 开言成匹配，举口合和谐。掌人间凤只鸾孤，管宇宙孤眠独宿。
> 折莫三重门户，选甚十二楼中？男儿下惠也生心，女子麻姑须动意。
> 传言玉女，用机关把手拖来；侍香金童，下说词拦腰抱住。引得巫山偷
> 汉子，唆教织女害相思。

《张主管志诚脱奇祸》中的张媒、李媒：

> 开言成匹配，举口合姻缘。医世上凤只鸾孤，管宇宙单眠独宿。
> 传言玉女，用机关把臂拖来；侍案金童，下说词拦腰抱住。调唆织女害
> 相思，引得嫦娥离月殿。②

高僧，如《郑节使立功神臂弓》中的和尚：

> 双眉垂雪，横眼碧波。衣披烈火七幅鲛绡；杖挂降魔九环锡杖。若
> 非圆寂光中客，定是楞严峰顶人。

---

① 程毅中辑注：《宋元小说家话本集》，齐鲁书社 2000 年版，第 300、389—390 页。
② 程毅中辑注：《宋元小说家话本集》，齐鲁书社 2000 年版，第 278、726—727 页。

《花灯轿莲女成佛记》中的惠光禅师：

> 双眉垂雪，碧眼横波。衣披六幅烈火鲛绡，柱杖九环锡杖。霜姿古貌，有如南极老人星；鹤骨松形，好似西方长寿佛。料应圆寂光中客，定是楞严会上人。①

这类人物描写程式，在现存宋元话本中，有的缺少重复例证，如：

神人。《郑节使立功神臂弓》中的神道炳灵公：

> 眉单眼细，貌美神清。身披红锦衮龙袍，腰系蓝田白玉带。裹簇金帽子，着侧面丝鞋。

道士。《西湖三塔记》中奚真人：

> 顶分两个牧骨髻，身穿巴山短褐袍。道貌堂堂，威仪凛凛。料为上界三清客，多是蓬莱物外人。②

神将。《西湖三塔记》中神将：

> 面色深如重枣，眼中光射流星。皂罗袍打嵌团花，红抹额销金蚩虎。手持六宝镶装剑，腰系蓝天碧玉带。

强盗。《山亭儿》中的强盗焦吉：

> 人才凛凛，掀翻地轴鬼魔王；容貌堂堂，撼动天关夜叉将。

好汉。《杨温拦路虎传》"山东夜叉"李贵：

---

① 程毅中辑注：《宋元小说家话本集》，齐鲁书社 2000 年版，第 4、487 页。
② 程毅中辑注：《宋元小说家话本集》，齐鲁书社 2000 年版，第 7、305 页。

> 身长丈二，腰阔数围，青纱巾四结带垂，金帽环两边耀日。绛丝
> 袍束腰衬体；鼠腰儿奈口慢裆。锦搭膊上尽藏雪雁，玉腰带柳串金鱼。
> 有如五通菩萨下天堂，好似那灌口二郎离宝殿。①

家妇。《宋四公大闹禁魂张》张员外家中的一个妇女：

> 黑丝丝的发儿，白莹莹的额儿，翠弯弯的眉儿，溜度度的眼儿，
> 正隆隆的鼻儿，红艳艳的腮儿，香喷喷的口儿，平坦坦的胸儿，白堆
> 堆的奶儿，玉纤纤的手儿，细袅袅的腰儿，弓弯弯的脚儿。②

上述人物描写程式，互相之间有的词句重复的多，有的重复的少，有的在不同故事中被多次使用，也有只在一个故事中出现而缺少重复例证的，这固然与现存话本数量少难于找到更多例证有关，但更主要的是，程式重复的多寡不一，说明了"虽然在歌手积累的全部程式中，有些程式可能在其他歌手的程式积累中找到，但是，如果因此而认为，传统中的程式完全地被所有的歌手所共知，那就错了。并不存在一种所有的歌手都要遵从的程式'清单'或'手册'。程式最终是表达主题的手段，因此，一位歌手的程式积累将与他所熟悉的一系列的不同的主题直接相联系。……即使就具体的个人而言，歌手使用的每一个程式都能在传统中找到，但没有哪两位歌手的程式积累无论何时都一模一样的。事实上，任何一位歌手的程式积累都不会是一成不变的，而是随主题材料而变动的。"③

对于这类人物描写的熟套，郑振铎说："他们式虽不同，至少有两个特色是共同具有的；第一，词是由简而繁，调是由疏而密；第二，往多钞袭雷同之句；他们仿佛有一套谱子在，咏少妇用什么，咏老太婆用什么，咏婚夕用什么，似乎都有规定的格式。"④ 这"一套谱子"是现成的，可以随手拿来

---

① 程毅中辑注：《宋元小说家话本集》，齐鲁书社 2000 年版，第 306、86、116 页。
② 程毅中辑注：《宋元小说家话本集》，齐鲁书社 2000 年版，第 149 页。
③ [美] 阿尔伯特·贝茨·洛德：《故事的歌手》，尹虎彬译，中华书局 2004 年版，第 66—67 页。
④ 郑振铎：《宋元明小说的演进》，《郑振铎全集》第六卷，花山文艺出版社 1998 年版，第 279 页。

就用，有的话本对此有明确的说明，如形容人的相思病，在引用相关套语前，《种瓜张老》就标明它是"曾有"的：

> 见大伯一行说话，一行咳嗽，一似害痨病相思，气丝丝地。怎见得？曾有一《夜游宫》词：
> 四百四病人皆有，只有相思难受。不疼不痛在心头，魆魆地教人瘦。　愁逢花前月下，最怕黄昏时候。心头一阵痒将来，一两声咳嗽咳嗽。

《花灯轿莲女成佛记》引用这段套语时也标明这是"曾有"的：

> 如何见得这病怕人？曾有一只词儿说得好。正是：
> 四百四病人可守，惟有相思难受。不疼不痛恼人肠，渐渐的交人瘦。　愁怕花前月下，最苦是黄昏时候。心头一阵痒将来，便添得几声咳嗽。①

这些套语文字大体相同，又稍有变异，正说明说话艺人依据不同的主题和使用习惯会反复润改，但它们的很多语词并不通俗，如"云鬓轻舒蝉远，翠眉淡拂春山。""楚鸣云料凤髻，上峡岫扫娥眉。""刘源桃凝作香腮，庚岭梅印成粉额。"之类，这些语句显然是由书面的诗词语汇构成，应是先有书面编创，然后转为说话艺人的口头表演。对于这些雅化的人物容貌描写程式的作用，郑振铎认为这是一些用来弹唱的"插词"："其作用似在于干说口演之外，再于中间插入一二段弹唱，以变换听者趣味的。否则，演说着这些难懂的'插词'，在'说话人'方面，简直是一种无意识的举动，在听众的一边也成了一幕难堪的茫然莫解的场面。"② 其实，这类程式不单是为了调节"趣味"，这些类似诗词的语句内容，听众不见得都听得懂，但久而久之，听众听惯了，这些程式就成为某一类型人物的标签，只要一出现相关的程式，听众马上就能明白并识记这些人物的特征类型，加深印象。

---

① 程毅中辑注：《宋元小说家话本集》，齐鲁书社 2000 年版，第 277—278、490 页。

② 郑振铎：《宋元明小说的演进》，《郑振铎全集》第六卷，花山文艺出版社 1998 年版，第 279 页。

（二）人物情感程式

宋元话本对人物的情感描写也是程式化的，这些描写人物情感的语词程式有两种来源：一是书面语词传统，二是生活中的口语俗语。

俄国学者李福清曾对《三国志平话》中人物情感的程式化描写做过分析，他指出，在《三国志平话》中，"情感描绘大多都是借助于一个修饰语'大'字，这种情况可说比比皆是。"他指出，在《三国志平话》中，最常描绘的是喜、怒、惊三种情感，描写人物的喜悦之情时，在"大喜"之外，少数地方有时还用"甚"、"深"等词语，代替"大"字，但是，对于"怒"和"惊"几乎都是用"大"来修饰："这不仅体现出中世纪文学描写的'公式化'特点，而且体现出中世纪艺术思维中同样常见的抽象化，它表现为专门选用不反映精神状态细微差别的最中性的修饰词。"① 这种"公式化"即"程式化"的人物情感的描写方法，不仅限于《三国志平话》，在现存所有讲史平话以及一些宋元小说家话本中，也都是如此。例如《七国春秋平话后集》记"大怒"：

> 燕王大怒，把太子赶出燕国。
> 邹皇后闻之大怒，令宫奴宣孙子入宫。
> 白起不得印，大怒，令兵攻城。②

记"大喜"：

> 齐王见之大喜，便纳为后。
> 帝大喜道："是好计。若圣旨到日，二公便来。"
> 燕王闻之大喜，遂问乐毅曰："……"。③

记"大惊"：

---

① ［俄］李福清：《三国演义与民间文学传统》，尹锡康、田大畏译，上海古籍出版社 1997 年版，第 114—115 页。
② 丁锡根点校：《宋元平话集》下，上海古籍出版社 2000 年版，第 490、496、499 页。
③ 丁锡根点校：《宋元平话集》下，上海古籍出版社 2000 年版，第 496、501、508 页。

燕王子之大惊，宣召诸将行兵。

帝大惊："休、休！看先皇面不斩，赦之。"

孙子觑了大惊，上写着"失国臣苏代"。①

据笔者统计，宋元讲史平话中的《三国志平话》和《七国春秋平话后集》以及程毅中编《宋元小说家话本集》40 篇话本中，"大怒"、"大喜"、"大惊"出现的次数分别为：

大怒：《三国志平话》29 次，《七国春秋平话后集》37 次，宋元话本有16 篇 26 次。

大喜：《三国志平话》38 次，《七国春秋平话后集》31 次，宋元话本有21 篇 45 次。

大惊：《三国志平话》38 次，《七国春秋平话后集》11 次，宋元话本有16 篇 30 次。

宋元说话艺人所用的"大怒"、"大喜"、"大惊"等描写人物情感程式的形成，应是由书面语的传统转为口头传统的。

用一"大"字形容人物情感的程度，早在先秦时期已有，吕不韦《吕氏春秋》卷第三"季春纪第三"云：

天生阴阳，寒暑燥湿，四时之化，万物之变，莫不为利，莫不为害。圣人察阴阳之宜，辨万物之利，以便生，故精神安乎形，而年寿得长焉。长也者，非短而续之也，毕其数也。毕数之务，在乎去害。何谓去害？大甘、大酸、大苦、大辛、大咸，五者充形则生害矣；大喜、大怒、大忧、大恐、大哀，五者接神则生害矣；大寒、大热、大燥、大湿、大风、大霖、大雾，七者动精则生害矣。故凡养生，莫若知本，知本则疾无由至矣。②

这里将与人有关的甘、酸、苦、辛、咸、喜、怒、忧、恐、哀、寒、热、燥、湿、风、霖、雾，无不以"大"来形容之。而"大怒"、"大喜"、

---

① 丁锡根点校：《宋元平话集》下，上海古籍出版社 2000 年版，第 492、498、502 页。

② （战国）吕不韦：《吕氏春秋》，高诱注，《诸子集成》第六册，中华书局 1954 年版，第25—26 页。

"大惊"等词语，也成为历代史传描写人物情感的主要用语。

笔者在史传中挑选出与《三国志平话》有直接关系的陈寿《三国志》和有代表性的史书司马迁的《史记》，统计它们使用"大怒"、"大喜"、"大惊"描写人物情感的次数分别为：

大怒：《史记》70 次，《三国志》45 次。

大惊：《史记》23 次，《三国志》11 次。

大喜：《史记》21 次，《三国志》11 次。

由此形成的书面语词传统又转化为口头传统，如"大怒"，在唐代变文讲唱中已频繁出现：

> 霸王闻语，转加大怒。
> 霸王非常大怒。（《汉将王陵变》）
> 武帝闻之，忽然大怒。（《李陵变文》）
> 仆射闻言，心生大怒。（《张义潮变文》）
> 白庄闻语，懔然大怒。（《庐山远公话》）
> 蛮奴闻言，知子无礼，忽然大怒。（《韩擒虎话（画）本》）
> 父王闻之，拍案大怒。（《太子成道经》）①

说话艺人的口头程式传统，有一部分是来自书面语词，另一部分则是来自民间的口语、俗语。如表示烦躁、恼怒情绪的"焦躁"一词，在宋元话本中反复出现：

> 宇文绶焦躁，抬起头来看时，见浑家王氏把着蜡烛，入去房里。
> 到如今没这钱还他，怪他焦躁不得。（《简帖和尚》）
> 将军便只管焦躁，女孩儿只管劝。
> 相公焦躁："小后生乱道胡说！且罚在书院里，教院子看着，不得出离！"
> 相公焦躁做一片，仗剑入书院里来。

---

① 黄征、张涌泉校注：《敦煌变文校注》，中华书局 1997 年版，第 68、70、132、181、257、301、440 页。

相公见了，越添焦躁，仗手中宝剑，移步向前，喝一声道："著!"（《定山三怪》）①

史弘肇焦躁，走将起来，问："兀谁来寻我?"

贵人一分焦躁变做十分焦躁。在酒店门前，看着李霸遇道："你如何拿了我的鱼?"

衙内焦躁道："你是何人?"

令公焦躁，遂转屏风入府堂去。

至晚，刘太尉只得且归，到衙内焦躁道："……"（《史弘肇传》）②

元杂剧中亦有"焦躁"一词：

一会家心焦燥，四壁厢秋虫闹。（白朴《梧桐雨》第四折【伴读书】）③

笔者统计程毅中辑《宋元小说家话本集》40篇话本，"焦躁"一词出现于其中的16篇作品中共31次。这样一个被说话艺人频繁使用的词语，未在宋以前书史文传中出现过，大都见于宋元小说、戏曲等通俗文学作品中，这说明它是流行于民间的口语。这个词也见于朱熹《答黄子耕书》："随处操存，随处玩索，不妨自有娱乐，何至如此焦躁耶?"④ 这种书信用语，也应来自口语。

再如上面已分析过的喜、怒、惊三种情绪，宋元小说家话本中有很多地方就不用"大"作修饰语，而是用不见于书史文传的民间口语、俗语去描述。如表示"喜"或高兴，用"喜不自胜"：

员外观看之间，喜不自胜，便问和尚："此处峭壁，直恁险峻。"

---

① 程毅中辑注：《宋元小说家话本集》，齐鲁书社2000年版，第315、324、239、239、241、241页。

② 程毅中辑注：《宋元小说家话本集》，齐鲁书社2000年版，第613、619、622、623、625页。

③ 王季思主编：《全元戏曲》第一卷，人民文学出版社1990年版，第509页。

④ 曾枣庄、刘琳主编：《全宋文》第二四七册，上海辞书出版社、安徽教育出版社2006年版，第290页。

郑信见了，喜不自胜。只见那女子便道："好也。何处不寻，甚处不觅，元来我丈夫只在此间。"（《郑节使立功神臂弓》）

说话之间，忽然一声响亮，夜来二郎神又立在面前。韩夫人喜不自胜，将一天愁闷已冰消瓦解了。

冉贵暗暗喜不自胜，便告小娘子："……"。（《勘靴儿》）①

"喜不自胜"一词，不见于书史文传等书面作品，但在唐代变文中已有，这说明它是来自口头传统。如：

王闻魏陵之语，喜不自升（胜），即纳秦女为妃，在内不朝三日。（《伍子胥变文》）

忽闻夫至，喜不自胜。喜在心中，面含笑色。（《秋胡变文》）

惠远闻语，喜不自胜，既蒙师处分，而已丁宁，岂敢有违？（《庐山远公话》）

皇帝闻语，喜不自身（胜）："皇后上（尚）自贮（驻）颜，寡人饮了，也莫端正？"

蕃人已（一）见，喜不自升（胜），拜谢皇帝，当时便射。

衾虎亦（一）见，喜不自胜，祗揖蕃王，当时来射。（《韩擒虎话本》）②

有时同样的高兴情绪，还用形象化的"喜从天降，笑逐颜开"，如：

那杨温听得，喜从天降，笑逐颜开，道："……"。（《杨温拦路虎传》）

教授听得说罢，喜从天降，笑逐颜开，道："……"。（《西山一窟鬼》）

那王观察一见，也便喜从天降，笑逐颜开。（《勘靴儿》）③

---

① 程毅中辑注：《宋元小说家话本集》，齐鲁书社 2000 年版，第 8、16、690、703 页。

② 黄征、张涌泉校注：《敦煌变文校注》，中华书局 1997 年版，第 2、235、252、299、303、304 页。

③ 程毅中辑注：《宋元小说家话本集》，齐鲁书社 2000 年版，第 125、213、697 页。

运用形象化的俗语描述人物的情感，也是宋元话本常用的一种口头程式。例如表示异常愤怒的情感就常用民间俗语"怒从心上起，恶向胆边生"：

> 侯兴看罢，怒从心上起，恶向胆边生，道："师父兀自三次无礼，今夜定是坏他性命！"（《宋四公大闹禁魂张》）
>
> 韦谏议当时听得说，怒从心上起，恶向胆边生，却不听他说话，叫那当直的都来，要打那大伯。（《种瓜张老》）
>
> 贵人听得说，怒从心上起，恶向胆边生："元来这贼却是如此！"（《史弘肇传》）
>
> 那计安不听得说万事全休；听得说时，怒从心上起，恶向胆边生，便要去打那周三。（《金鳗记》）
>
> 白起怒从心上起，恶向胆边生，叫曰："何忧此阵！叫俺孩儿每都来！"（《七国春秋平话后集》）①

这种形象化的俗语程式强调了情感的深重，比如话本中表示吃惊，一般程度是用"吃一惊"这样的口语，如：

> 员外低头看时，被和尚推下去。员外吃一惊，却在亭子上睡觉来。
>
> 员外仔细看时，吃一惊，这人正是亭子上梦中见的，却恁地模样。（《郑节使立功神臂弓》）
>
> 宋四公和侯兴看了，吃一惊。（《宋四公大闹禁魂张》）
>
> 阁待诏吃一惊，猛闪开眼，却在屋里床上，浑家和儿女都在身边。
>
> 阁行首见了，吃一惊。定睛再看时，却是史大汉，弯跧蹲在东司边。（《史弘肇传》）
>
> 二人吃一惊，问："韩夫人何在？"（《燕山逢故人郑意娘传》）②

如果是表达更为强烈的惊吓，就用形象化的俗语，如形容丢魂落魄的惊吓，有的用"顶门上不见三魂，脚底下荡散七魄"：

---

① 丁锡根点校：《宋元平话集》下，上海古籍出版社1990年版，第160、277、618、667、557页。

② 程毅中辑注：《宋元小说家话本集》，齐鲁书社2000年版，第8、9、163、608、611、646页。

唬得五个人顶门上荡了三魂，脚板下走了七魄。

大官人乘着酒兴，就身上指出一件物事来，道是："我是襄阳府上一个好汉。不认得时，我说与你道，教你：顶门上走了三魂，脚板下荡散七魄！"（《山亭儿》）

吓得衙内：顶门上不见三魂，脚底下荡散七魄。（《定山三怪》）①

形容极度惊吓，还有用"分开八片顶阳骨，倾下半桶冰雪水"：

唬得合哥一似：

分开八片顶阳骨，倾下半桶冰雪水。（《山亭儿》）

当时，潘松吓得一似：

分开八片顶阳骨，倾下半桶冰雪水。（《洛阳三怪记》）

清一不敢隐匿，引长老到房中，一见，吃了一惊，却是：

分开八块顶阳骨，倾下半桶冰雪来！（《五戒禅师私红莲记》）

乔俊听罢，却似：

分开八片顶阳骨，倾下半桶冰雪来！（《错认尸》）②

宋元话本还有在表达情感的语词后面加上"不知高低"这一俗语，形容其强烈程度达到了无法言说的地步。如：

妇人听得说，捽住那汉，叫声屈，不知高低。（《简帖和尚》）

计安道声好，不知高低："只有钱那里讨！"

押番见了，吃了一惊，叫声苦，不知高低："我这性命休了！"

那张彬听说，叫声苦，不知高低，道："姐姐，我家有老娘，却如何出豁？"（《金鳗记》）

到这缆船岸边，却待下船去，本道叫声苦，不知高低，去江岸边不见了船。"不知甚人偷了我的船去？"

只听得有人走得荒速，高声大叫："刘本道休走，我来赶你。"本

---

① 程毅中辑注：《宋元小说家话本集》，齐鲁书社 2000 年版，第 88、89、233 页。

② 程毅中辑注：《宋元小说家话本集》，齐鲁书社 2000 年版，第 97、390、450、524 页。

道叫声苦，不知高低，"莫是那汉赶来，报那一棹竿的冤仇？"（《福禄寿三星度世》)①

以上分析的这些人物描写程式，或是来自书面传统，或是源自生活中的口语、俗语，它们一旦约定俗成，就被说话艺人反复使用，成为口头传统。这不仅使"说"者更方便，减轻了说话艺人现场创编的压力，也使"听"者更省力，听惯了这些熟悉的程式，不用辨析它们的词义，就能马上明白其意所指。程式化的口头传统拉近了说者和听者的距离，也使故事叠加进更丰富的传统内涵。

三、话本的情节"收拾"程式

"说收拾寻常有百万套，谈话头动辄是数千回。"《醉翁谈录》中的这句话说明，说话艺人有"数千回"的"话头"，就必有"百万套"的"收拾"方法。话本的故事情节从开头、展开到收尾，各有"收拾"套路，从而形成话本的情节"收拾"程式。这里主要分析话本开场程式和情节导引程式。

（一）开场程式

入话诗词是故事说唱开始前所念的诗词，这是说唱话本开首必不可少的一道程序，每篇话本都有。入话诗词的程式化特征主要有以下两方面：

一是同一首入话诗词在同类故事开头可以通用。《醉翁谈录·舌耕叙引》在"小说引子"下注明"演史讲经并可通用"，"小说引子"主要包括入话诗及其与正话之间的衔接语，这类"引子"在各类话本间是可以通用的，如《醉翁谈录》"小说引子"中的"春浓花艳佳人胆，月黑风寒壮士心。讲论只凭三寸舌，秤评天下浅和深。"② 这首诗就见于宋元话本《山亭儿》的开头，这应该是说话人讲说"佳人胆"、"壮士心"一类话本通用的入话诗。再如讲史话本《武王伐纣平话》开首入话诗："三皇五帝夏商周，秦汉三分吴魏刘，晋宋齐梁南北史，隋唐五代宋金收。"③ 这首入话诗也见于另一部讲史话

---

① 程毅中辑注：《宋元小说家话本集》，齐鲁书社 2000 年版，第 326、664、665、672、776、778 页。

② （宋）罗烨：《新编醉翁谈录》，周晓薇校点，辽宁教育出版社 1998 年版，第 2 页。

③ 丁锡根点校：《宋元平话集》上，上海古籍出版社 1990 年版，第 405 页。

本《薛仁贵征辽事略》的开头，这也应该是说话人讲说同类讲史话本通用的入话诗。

二是入话诗词套用组合名篇佳句时，不求字句准确，多有张冠李戴。《醉翁谈录》所谓"论才词有欧、苏、黄、陈佳句，说古诗是李、杜、韩、柳篇章。"说话人记忆或套用中的错误，对听众来说，并不重要，因为这些诗词用于"说—听"表演，听众本来就是似懂非懂，听众欣赏的是这些入话诗词念诵显示出来的说话人的才情和技巧，也就是《醉翁谈录》对说话人所要求的："曰得词，念得诗"。金末元初的杜仁杰有《庄家不识构阑》套曲，其中记一个庄稼汉看正杂剧前插演的"艳段"诗词，就相当于话本的入话诗词，他的观感是，只见"念了会诗共词，说了会赋与歌，无差错。唇天口地无高下，巧语花言记许多。"① 其意是说，这位庄稼汉听这些诗词念诵，内容没听懂，感知到的只有这位杂剧艺人诗、词、赋、歌"记许多"，念唱熟练"无差错"，见到的只有"唇天口地"，"巧语花言"，口才出众，这正是入话诗词程式表演要达到的效果。有的话本在引用名篇佳句时，还多张冠李戴，如《西山一窟鬼》十五首入话词的作者署名及词句文字就错误频出。开始引一首"杏花过雨"词后，说"这只词名唤做《念奴娇》，是一个赴省士人姓沈名文述所作，元来皆是集古人词章之句。"② 既然"皆是集古人词章之句"，以下就对集句的出处分别做了说明，说这十四首词的作者分别是宋人陈子高、李易安、延安李氏、宝月禅师、欧阳永叔、晁无咎、柳耆卿、晏叔原、魏夫人、康伯可、秦少游、黄鲁直、周美成、欧阳永叔，但所引宋人词不仅文字与各家词集有很多出入，而且关于作者的说明也不准确，其中李易安当为曾纡、宝月禅师当为僧仲殊、欧阳永叔当为晁端礼、柳耆卿当为贺铸、周美成当为晏殊③。这说明这类入话诗词，全是说话人凭记忆临时套用，只求可用，不求准确，听众也不做追究，只听个热闹。

（二）情节导引程式

在话本情节的进展中，说话人常常导入一些固定套路的描写、议论和设问，用以铺叙场景、渲染气氛、延宕节奏、加强悬念、制造波澜，其中的

---

① 隋树森编：《全元散曲》，中华书局 1964 年版，第 31 页。

② 程毅中辑注：《宋元小说家话本集》，齐鲁书社 2000 年版，第 209 页。

③ 参见《西山一窟鬼》相关注释，程毅中辑注：《宋元小说家话本集》，齐鲁书社 2000 年版，第 221—222 页。

描写常用韵文形式，议论多用民间谚语俗语，且用一些固定的引导词提起，如"但见"、"正是"、"真个是"、"诗曰"、"有诗为证"，或直接说"生得"如何如何，"一似"什么什么，有时也用设问句"怎见得？"等，情节中这些可以相互挪用的韵文描写、民谚俗语、设问句式等，就成为串联情节的导引程式。所谓"导引程式"，是说这些程式化的语句，其作用是导引听众：或登堂入室、跋山涉水，或领略风花雪月、四季风光、黎明傍晚、村寨酒店，或干脆直接激起情感的惊疑、恐惧、愤怒、喜乐等。话本情节导引程式常见的主要有三类，即程式化的韵文景致描写、民谚俗语以及程式化的导引句。

1. 程式化的韵文景致描写

话本叙述到节气、时辰、花草、树木、楼阁、殿宇、村寨、酒肆、险山、恶水等，常用程式化的韵文形式描写这些景致。

《西湖三塔记》和《洛阳三怪记》是同一个故事在不同时地的变异，它们有着相同的故事模式，都讲一个青年男子遇到三个精怪，中间被一少女精怪救出，最后由真人收伏三怪。其中描写各类景致的韵文也大多相同。如两个故事发生的时间都在清明节这一天，《西湖三塔记》的描述是：

> 乍雨乍晴天气，不寒不暖风光。盈盈嫩绿，有如剪就薄薄轻罗；袅袅轻红，不若裁成鲜鲜丽锦。弄舌黄莺啼别院，寻香粉蝶绕雕栏。

《洛阳三怪记》亦然：

> 乍雨乍晴天气，不寒不暖风和。盈盈嫩绿，有如剪就薄薄香罗；袅袅轻红，不若裁成鲜鲜蜀锦。弄舌黄鹂穿透奔，寻香粉蝶绕雕栏。

地点都是精怪洞府。《西湖三塔记》的男主人公被带入的精怪洞府：

> 金钉珠户，碧瓦盈檐。四边红粉泥墙，两下雕栏玉砌。即如神仙洞府，王者之宫。

《洛阳三怪记》的男主人公被带入同样的精怪洞府：

金钉朱户，碧瓦盈檐。四边红粉泥墙，两下雕栏玉砌。宛若神仙之府，有如王者之宫。①

男主人公与妖精美妇同房共枕，《洛阳三怪记》的描述是：

共入兰房，同归鸳帐。宝香消绣幕低垂，玉体共香衾偎暖。揭起红绫被，一阵粉花香；掇起琵琶腿，慢慢结鸳鸯。三次亲唇情越盛，一阵酥麻体觉寒。②

《西湖三塔记》只有一句"当夜，二人携手，共入兰房"，这应是文本的整理者或刊刻者将"共入兰房"一段韵语省略了。

也有对同样的场景内容，换用不同韵文的。如男主人公与年轻美妇对饮场景，《西湖三塔记》的描述是：

分宾主而坐。两个青衣女童，安排酒来。少顷，水陆毕陈。怎见得？
琉璃钟内珍珠滴，烹龙炮凤玉脂泣。罗帏绣幕生香风，击起鼍鼓吹龙笛。　当筵尽劝醉扶归，皓齿歌兮细腰舞。正是青春白日暮，桃花乱落如红雨。

《洛阳三怪记》同样的场面用的是另一段韵文：

分宾主坐定，交两个青衣安排酒来，但见：
广设金盘雕俎，铺陈玉盏金瓯。兽炉内高爇龙涎，盏面上波浮绿蚁。筵间摆列，无非是异果蟠桃；席上珍羞，尽总是龙肝凤髓。③

《西湖三塔记》的道士降妖，作法生风，描写"风"的韵文是：

风，风。荡翠，飘红。忽南北，忽西东。春开杨柳，秋卸梧桐。

---

① 程毅中辑注：《宋元小说家话本集》，齐鲁书社 2000 年版，第 299、389、300、392 页。
② 程毅中辑注：《宋元小说家话本集》，齐鲁书社 2000 年版，第 393 页。
③ 程毅中辑注：《宋元小说家话本集》，齐鲁书社 2000 年版，第 301、392 页。

凉入朱门户，寒穿陋巷中。

嫦娥急把蟾宫闭，列子登仙叫救人。

《洛阳三怪记》同样是道士降妖，作法生风，用另一段韵文写"风"：

> 风来穿陋巷、透玉宫。喜则吹花谢柳，怒则折木摧松。春来解冻，秋谢梧桐。睢河逃汉主，赤壁走曹公。解得南华天意满，何劳宋玉辨雌雄！①

同样的情景，用以描写的韵文字句不同，这恰好说明这类收拾程式不仅可用的数量多，而且说话人也并不完全照搬硬套，而是因时因地，予以调整换用，一段程式化的描写韵文往往可用于多个话本。如《洛阳三怪记》描述真人二次作法风起时所用韵文，《西湖三塔记》中没有，却多次出现在其他话本中：

> 无形无影透人怀，二月桃花被绰开。
> 就地撮将黄叶去，入山推出白云来。（《西山一窟鬼》）
> 无形无影透人怀，四季能吹万物开。
> 就地撮将黄叶去，入山推出白云来。（《洛阳三怪记》）
> 无形无影透人怀，二月桃花被绰开。
> 就地撮将黄叶去，入山推出白云来。（《陈巡检梅岭失妻记》）②

再如《洛阳三怪记》描写晚景的韵文，也多次出现在其他话本中：

> 红轮西坠，玉兔东生。佳人秉烛归房，江上渔翁罢钓。萤火点开青草面，蟾光穿破碧云头。（《山亭儿》）
> 红轮西坠，玉兔东生。佳人秉烛归房，江上渔人罢钓。渔父卖鱼归竹径，牧童骑犊入花村。（《西山一窟鬼》）

---

① 程毅中辑注：《宋元小说家话本集》，齐鲁书社 2000 年版，第 305、395 页。
② 程毅中辑注：《宋元小说家话本集》，齐鲁书社 2000 年版，第 220、397、440 页。

金乌西坠，玉兔东生。满空□雾照平川，几缕残霞生远汉。渔父负鱼归竹径，牧童同犊返孤村。(《洛阳三怪记》)①

这几段描写晚景的韵文，由"金乌西坠，玉兔东生"领起，其后字句略有不同，也说明艺人对这类程式化韵文，凭记忆随时调用，可以临时组合。由此可知，现存宋元话本作品中这种程式化的韵文描写，都是可以随时挪用的程式，而且各类景致，都有可用程式。如《杨温拦路虎传》描述透出杀气的恶人庄院：

看那庄时：

青烟渐散，薄雾初收。远观一座苔山，近睹千行围宝盖。团团老桧若龙形，郁郁青松如虎迹。三冬无客过，四季少人行。蓦闻一阵血腥来，元是强人居止处。盆盛人鲊酱，私盖铸香炉，小儿做戏弄人头，媳妇拜婆学劫墓。

见一所庄院，但见：

冷气侵人，寒风扑面。几手席屋，门前炉灶造馒头；无限作□，后厦常存刀共斧。清晨日出，油然死火荧荧；未到黄昏，古涧悲风悄悄。路僻何曾人客到，山深时听杀人声。②

描述温馨静谧的好汉庄院：

远远地前去一个庄所。这座庄：

园林掩映，茅舍周回，地肥桑枣绕篱栽，嫩草牛羊连野牧。桥下碧流寒水，门前青列奇峰。耕锄人满溪边，春播声喧屋下。

也有不露声色的描写，为的是留有悬念。《定山三怪》描述赏心悦目的

_____

① 程毅中辑注：《宋元小说家话本集》，齐鲁书社 2000 年版，第 91、216、397 页。
② 程毅中辑注：《宋元小说家话本集》，齐鲁书社 2000 年版，第 123、125—126 页。

骷髅精庄院：

> 庄，庄。临堤，傍冈。青瓦屋，白泥墙。桑麻映日，榆柳成行。山鸡鸣竹坞，野犬吠村坊。淡荡烟笼草舍，轻盈雾罩田桑，家有余粮鸡犬饱，户无徭役子孙康。①

描写时间景致的程式。如《郑节使立功神臂弓》描述黎明：

> 玉漏声残，金乌影吐。邻鸡三唱，唤佳人傅粉施珠；宝马频嘶，催行客争名夺利。几片晓霞飞海峤，一轮红日上扶桑。

《西湖三塔记》描述黎明：

> 北斗斜倾，东方渐白。邻鸡三唱，唤美人傅粉施妆；宝马频嘶，催人争赴利名场。几片晓霞连碧汉，一轮红日上扶桑。②

《洛阳三怪记》描述黎明：

> 薄雾朦胧四野，残云掩映荒郊。江天晓色微分，海角残星尚照。牧牛儿未起，采桑女由眠。小寺内钟鼓初敲，高荫外猿声怎息。

《阴骘积善》描述黎明：

> 晓雾装成野外，残霞染就荒郊。耕夫陇上，朦胧月色时沉；织女机边，恍荡金乌欲出。牧牛儿尚睡，养蚕女由眠。樵舍外犬吠，岭边山寺犹未起。③

描述酒肆景象。《宋四公大闹禁魂张》中有：

---

① 程毅中辑注：《宋元小说家话本集》，齐鲁书社 2000 年版，第 127、236 页。
② 程毅中辑注：《宋元小说家话本集》，齐鲁书社 2000 年版，第 4—5、302 页。
③ 程毅中辑注：《宋元小说家话本集》，齐鲁书社 2000 年版，第 394、420 页。

柴门半掩，破筛低垂。村童量酒，岂知有涤器相如？陋质蚕姑，难效彼当炉卓氏。壁间大字，村中学究醉时题；架上麻衣，好饮芒郎留下当。酸醨破瓮土床排，彩画醉仙尘土暗。

《洛阳三怪记》中有：

> 傍村酒店已多年，遍野桑麻在地边。
> 白板凳铺邀客坐，柴门多用棘针编。
> 暖烟灶前煨麦蜀，牛屎泥墙画醉仙。

《陈巡检梅岭失妻记》中有：

> 村前茅舍，庄后竹篱。村醪香透磁缸，浊酒满盛瓦瓮。架上麻衣，昨日芒郎留下当；酒帘大字，乡中学究醉时书。李白闻言休驻马，刘伶知味且停舟。小桥曲涧野梅芳，茅舍竹篱村犬吠。①

写景之外，也有写人，如说享受荣华富贵情景：

> 冬眠红锦帐，夏卧碧纱厨。两行珠翠引，一对美人扶。(《郑节使立功神臂功》)
> 春眠红锦帐，夏卧碧纱厨。两双红烛引，一对美人扶。(《张子房慕道记》)
> 碧油簧拥，皂纛旗开。壮士携鞭，佳人捧扇。冬眠红锦帐，夏卧碧纱厨。两行红袖引，一对美人扶。(《史弘肇传》)②

这些景致韵文的念诵，相对散文叙述是一种形式上的趣味调换，让听众更多地去品味其形式韵律之美，其内容上的场景铺陈，又使叙述节奏放缓，能让听众得以沉吟回味相关的情节内容。而民谚俗语程式的运用则恰

---

① 程毅中辑注：《宋元小说家话本集》，齐鲁书社 2000 年版，第 157、391、429—430 页。
② 程毅中辑注：《宋元小说家话本集》，齐鲁书社 2000 年版，第 3、410、626 页。

恰相反，它推进情节节奏，促成情节的起承转合，能令听众情感随之抑扬顿挫。

2. 民谚俗语程式的运用

与程式化的描写景致的韵文铺叙景致、多用书面语、讲求韵律美不同，俗语谚语大都运用于情节进展之中，承上启下，推波助澜，明白如话，讲求一语破的。这些俗语谚语为听众所熟悉，它导引听众作一种经验性的认同，进而推动并深化情节。

《山亭儿》讲述万员外家中茶博士陶铁僧因偷钱被逐，女儿万秀娘夫亡携财回娘家，被陶铁僧伙同贼人苗忠、焦吉一路劫杀，曾被好汉孝义尹宗救下，但尹宗被害，万秀娘又落贼手，后因邻人之子合哥到焦吉家卖山亭儿，得信儿报案，万秀娘最终获救。整个故事跌宕起伏，谚语型程式为之推波助澜。例如，故事讲到陶铁僧被逐，偶遇贼人"大官人"苗忠，就向其讨求办法，苗忠听说万秀娘携"数万贯财物"回娘家时，故事说：

> 大官人听得，道是：
> 入山擒虎易，开口告人难。①

这两句谚语以"大官人"苗忠的口吻，既收束上文，说陶铁僧准备向万秀娘状告万员外是"开口告人难"，又开启下文说苗忠不露声色准备擒万秀娘是"入山擒虎易"。这就给听众留下期待。其后有一小段情节，叙述苗忠等人劫财劫色，苗忠留下万秀娘作"扎寨夫人"，与万秀娘对饮，万秀娘借机问其姓名，苗忠酒醉报出姓名，被窗外焦吉听到，欲杀万秀娘。这一段情节，叙述和对话加在一起也就一百多字，说话人却一口气连用了五种谚语，让情节顿挫转折，一步紧似一步。当苗忠与万秀娘对饮时，插入的两句是：

> 三杯竹叶穿心过，两朵桃花上脸来。②

紧接着万秀娘问其姓名，道是：

---

① 程毅中辑注：《宋元小说家话本集》，齐鲁书社2000年版，第87页。
② 程毅中辑注：《宋元小说家话本集》，齐鲁书社2000年版，第89页。

> 犬马尚分毛色，为人岂无姓名？①

这是说万秀娘问得有理，而接下来苗忠的答话更是惊人：

> 我是襄阳府上一个好汉。不认得时，我说与你道，教你
> 顶门上走了三魂，脚板下荡散七魄！②

不料：

> 壁间犹有耳，窗外岂无人。

二人对话被窗外焦吉听到，顿起杀机：

> 焦吉便要教这十条龙苗忠杀了万秀娘，唤做：
> 斩草除根，萌芽不发；斩草若不除根，春至萌芽再发。③

后面，孝义尹宗前来相救，追杀苗忠，不知后有焦吉追杀自己，说话
人道：

> 螳螂正是遭黄雀，岂解隄防挟弹人！

苗忠又举刀欲杀万秀娘，正是：

> 故将挫玉摧花手，来折江梅第一枝。④

万秀娘急中生智，骗过苗忠，又遇邻人合哥前来卖山亭儿，搭话求助。焦吉
遇合哥诈问其与谁说话，此时，"吓得合哥一似：

---

① 程毅中辑注：《宋元小说家话本集》，齐鲁书社 2000 年版，第 89 页。
② 程毅中辑注：《宋元小说家话本集》，齐鲁书社 2000 年版，第 89 页。
③ 程毅中辑注：《宋元小说家话本集》，齐鲁书社 2000 年版，第 90 页。
④ 程毅中辑注：《宋元小说家话本集》，齐鲁书社 2000 年版，第 95 页。

分开八面顶阳骨，倾下半桶冰雪水。"①

这些俗语谚语，一听就明白，叙述一句情节，就来上两句民谚俗语，推波助澜，使情节急促，气氛紧张。《山亭儿》里的这些民谚俗语也多见于其他话本，如其中形容求人难的"入山擒虎易，开口告人难"，也见于《杨温拦路虎传》和《错斩崔宁》；描述男女对饮的"三杯竹叶穿心过，两朵桃花上脸来"，也见于《碾玉观音》；形容受到极度惊吓的"分开八面顶阳骨，倾下半桶冰雪水"，又见于《洛阳三怪记》《五戒禅师私红莲记》《错认尸》，等等。

在宋元话本中还有其他多种类型的谚语俗语程式。如说好事在即：

眼望旌节旗，耳听好消息。(《风月瑞仙亭》)
端的眼观旌节旗，分明耳听好消息。(《陈巡检梅岭失妻记》)②

说祸福难料：

青龙与白虎同行，吉凶事全然未保。(《陈巡检梅岭失妻记》)
乌鸦与喜鹊同行，吉凶事全然未保。(《金鳗记》)③

说祸事临头：

金风吹树蝉先觉，暗送无常死不知。(《三现身》)
金风未动蝉先觉，暗送无常死不知。(《曹伯明错勘脏记》)④

说自寻死路：

猪羊走入屠宰家，一脚脚来寻死路。(《西山一窟鬼》)

---

① 程毅中辑注：《宋元小说家话本集》，齐鲁书社2000年版，第97页。
② 程毅中辑注：《宋元小说家话本集》，齐鲁书社2000年版，第357、437页。
③ 程毅中辑注：《宋元小说家话本集》，齐鲁书社2000年版，第428、668页。
④ 程毅中辑注：《宋元小说家话本集》，齐鲁书社2000年版，第57、500页。

猪羊入屠宰之家，一脚脚来寻死路。（《错斩崔宁》）

猪羊奔屠宰之家，一步步来寻死路。（《刎颈鸳鸯会》）

猪羊入屠宰之家，一脚脚来寻死路。（《福禄寿三星度世》）①

说脱身：

鳌鱼脱却金钩去，摆尾摇头再不回。（《错斩崔宁》）

鳌鱼脱却金钩去，摆尾摇头更不回。（《风月瑞仙亭》）

鳌鱼脱却金钩去，摆尾摇头更不回。（《俞仲举题诗遇上皇》）②

说男女饮酒作乐：

春为花博士，酒是色媒人（《碾玉观音》）

春为花博士，酒是色媒人。（《西湖三塔记》）

春为茶博士，酒是色媒人。（《勘靴儿》）③

说时过境迁：

时间风火性，烧了岁寒心。（《简帖和尚》）

时间风火性，烧却岁寒心。（《金鳗记》）④

说意外机遇：

着意种花花不活，等闲插柳柳成阴。（《三现身》）

着意栽花栽不活，等闲插柳却成荫。（《杨温拦路虎传》）⑤

---

① 程毅中辑注：《宋元小说家话本集》，齐鲁书社 2000 年版，第 217、262、468、777 页。

② 程毅中辑注：《宋元小说家话本集》，齐鲁书社 2000 年版，第 254、355、743 页。

③ 程毅中辑注：《宋元小说家话本集》，齐鲁书社 2000 年版，第 190、301、690 页。

④ 程毅中辑注：《宋元小说家话本集》，齐鲁书社 2000 年版，第 324、672 页。

⑤ 程毅中辑注：《宋元小说家话本集》，齐鲁书社 2000 年版，63、115 页。

有些民谚俗语在现存话本中虽较少有重复例证，但一看就知是民间广为流传的。如《勘靴儿》中："屋漏更遭连夜雨，船迟更遇打头风"、"火到猪头烂，钱到公事办"、"若要人不知，除非己莫为"、"踏破铁鞋无觅处，得来全不费工夫"、"日前不做亏心事，半夜敲门不吃惊"①，等等。这些程式化的俗语谚语，本身包含着丰富的社会人生经验，既容易为听众接受，又加深了情节内涵。

3. 程式引导句

上述情景描写、人物描写、民谚俗语等程式的引入，大都由一些引导句提起，如话说、且说、但见、正是、所谓是、有诗为证、怎生打扮、怎见得等，这些程式引导句的运用，论者虽已多有提及，因是题中应有之义，故仍略述如下。

如果是描述一个人物的外貌装束，就以"怎生打扮？"引起，且在一个话本中会频繁使用，如《西湖三塔记》："宣赞分开人，看见一个女儿。如何打扮？头绾三角儿，三条红罗头须，……""只见帘子卷起，一个先生入来。怎的打扮？顶分两个牧骨髻，身穿巴山短褐袍。……""风过处，一员神将，怎生打扮？面色深如重枣，眼中光射流星。……"②其他如讲史话本《七国春秋平话后集》卷上有："两阵俱圆，撞出一员猛将，怎生打扮？黄金盔上偏宜烂熳红缨……"③，等等。

如果是引出韵文的景物或场面描述，宋元话本常用"怎见得？"如《杨温拦路虎传》引入拂晓景致："等到次日天晓。怎见得？残灯半灭，海水初潮，窗外曙色才分，人间仪容可辨。"《西湖三塔记》引入清明景致："当日是清明。怎见得？乍雨乍晴天气，不寒不暖风光。……"引入风的描写："只见起一阵风。怎见得？风，风。荡翠，飘红。……"④引入交战场面，如《七国春秋平话后集》卷上："却有石丁肩担清风利枪，出阵与袁达交战。怎见得？诗曰：二将逞英雄，盘桓两阵前；……"⑤，等等。

就整个故事线索的展开转换看，话本开头，多用"话说……"交待故

---

① 程毅中辑注：《宋元小说家话本集》，齐鲁书社 2000 年版，第 685、687、691、699、701 页。
② 程毅中辑注：《宋元小说家话本集》，齐鲁书社 2000 年版，第 299、305、306 页。
③ 丁锡根点校：《宋元平话集》下，上海古籍出版社 1990 年版，第 492 页。
④ 程毅中辑注：《宋元小说家话本集》，齐鲁书社 2000 年版，第 125、299、305 页。
⑤ 丁锡根点校：《宋元平话集》下，上海古籍出版社 1990 年版，第 492 页。

事缘起，如《郑节使立功神臂弓》："话说东京汴梁城开封府有个万万贯的财主员外，……"《三现身》："话说大宋元祐年间，一个太常大卿，姓陈，名亚，……"《杨温拦路虎传》："话说杨令公之孙重立之子，名温，……"①，等等。

情节进行中，多用"且说"、"却说"转换故事头绪。如《陈巡检梅岭失妻记》情节展开依次有"却说陈巡检分付厨下使唤的"，"不说这东斋主备办。且说大罗仙界有一真人"，"且说陈巡检夫妻二人"，"且说申阳公摄了张如春"，"不说张氏如春在洞中受苦。且说陈巡检与同王吉自离东京"，等等。

较大的时空转换就用"话分两头"。如《郑节使立功神臂弓》话题由郑信转到张俊卿员外处，有"话分两头。再说张俊卿员外……"。《史弘肇传》当话题从史弘肇、郭威转至后唐明宗宫中柴夫人处，有"话分两头。却说后唐明宗……"。《俞仲举题诗遇上皇》情节由俞仲举转到上皇孝宗一边时，有"话分两头。却说南宋高宗天子传位孝宗……"。"话分两头"有时也用以分述同时发生的两件事。如《简帖和尚》一边叙说皇甫殿直见妻子与和尚进了大相国寺，一边叙说妻子那边被胁迫的情状，便说道"话分两头。且说那妇人……"。《错斩崔宁》一边叙小娘子听说刘官人将自己卖了十五贯钱就投奔娘家去了，一边回过头来叙刘官人醒后不见了小娘子，便说道："放下一头。却说这里刘官人一觉直至三更方醒，见桌上灯尤未灭，小娘子不在身边。……"②

如果是情节紧要转折处，就以设问加"且听下回分解"，留住悬念。《碾玉观音》说到崔宁与秀秀逃到潭州同住，崔宁遇到一个汉子"从后大踏步尾着崔宁来"，说话人收住话头，说道："这汉子毕竟是何人？且听下回分解。"《张生彩鸾灯传》开头即提出悬念："未知久后成得夫妇也不？且听下回分解。"③

这些程式引导句成为听众熟悉的标志性话语，此类句子一出，听众便知说话人或准备进行情节转换，或准备插入诗词韵语、民谚俗语，头绪分明。在讲说过程中，它使快速进展的情节，或转折起落，或顿挫延宕，在这

---

① 程毅中辑注：《宋元小说家话本集》，齐鲁书社 2000 年版，第 3、53、112 页。
② 程毅中辑注：《宋元小说家话本集》，齐鲁书社 2000 年版，第 19、613、752、326、254 页。
③ 程毅中辑注：《宋元小说家话本集》，齐鲁书社 2000 年版，第 191、563 页。

种节奏的变化中，听众听到某一类引导句，就可以产生出相应的期待。

四、话本程式评价

现存的宋元话本，元刊讲史话本除《三国志平话》可视为记录加工本，其余多为据史拟作，已较少场上表演特征。至于小说话本一般都是明刊本，大都经过明人或多或少的整理加工，仅有元刊《红白蜘蛛》（残页）是现在仅存的元代刊刻的小说话本。比起明代编刊的小说话本如《清平山堂话本》等，元刊《红白蜘蛛》尽管只剩一残页，但仍可看出它较多地保留了说话表演的特征。这里以元刊《红白蜘蛛》（残页）探讨话本的评价问题。

元刊《红白蜘蛛》残页是故事的结尾部分，其中郑信与红蜘蛛离别场面的对话描写，正是"说话"中"小说"家门所长，残页不算结尾诗及说话人的散场语，还存有三百三十余字，而这段夫妻离别的对话描写却用了三分之一多的篇幅：

> 临行，妇女再三嘱咐道："你去争名夺利，千里送君，终有一别。"便分付两个孩儿与这郑信道："看妾今日之面，切勿嗔骂。"这郑信去背脊上背了一张弓，两只手抱了一儿一女。妇女送着离了宫殿，迤逦地去到路口，不忍相别，便道："丈夫保重将息。"郑信道："我妻宽心，省可烦恼。"言罢，雨泪如倾，大恸而别。妇女自去，郑信将着孩儿，一路地哭，回头看时，杳无踪迹。①

章培恒以这段文字为例，认为《红白蜘蛛》"描写很稚拙"：

> 这是两人的永别，而表现其感情的，只有"不忍相别"、"雨泪如倾，大恸而别"、"一路地哭"这样一般性的描写。对话尤为稚拙，"保重将息"、"宽心，省可烦恼"之类的话语，远不足以表达夫妇在永别时的深情叮咛。至于开头所说的"你去争名夺利。千里送君，终有一别"，则当是为了表明她何以在宫中"便分付（这里是"交付"的意

---

① 程毅中辑注：《宋元小说家话本集》，齐鲁书社 2000 年版，第 2 页。

思。——引者）两个孩儿与郑信"的原因，意为"我虽还要送你，但今
天总是要分别了。所以我现在就把孩子给你"。但"千里送君，终有一
别"的话，并不足以表现上述内涵。从这些方面都可看出话本在写对
话方面还只处于勉强达意、有时甚或词不达意的水平。①

这是拿书面创作的标准去衡量话本的叙事描写了。其实，元刊《红白
蜘蛛》是"说话"的记录加工本，所谓"稚拙"、"词不达意"，正是口头程
式书面化的表现。如，被批评为"稚拙"、"词不达意"的"千里送君，终有
一别"、"不忍相别"、"雨泪如倾，大恸而别"等词语，正是宋元口头叙事伎
艺中常用的程式，略举例说明如下。

"千里送君，终有一别"，是常用的送别套语。董解元《西厢记诸宫
调》："生与莺难别。夫人劝曰：'送君千里，终有一别。'"② 元杂剧无名氏
《庞涓夜走马陵道》楔子："哥哥，送君千里，终有一别。哥哥你回去。"③

"不忍相别"：宋元话本中常用于夫妻分手，《风月瑞仙亭》（又见《俞仲
举题诗遇上皇》头回）说相如文君分手时，"夫妻二人不忍相别。"《错认尸》
记乔俊与妓女沈瑞莲分手时，说"两个不忍分别。"④

"雨泪如倾"：常用于表示情感极度悲伤，元散曲曾瑞【商调·集贤宾】
"宫词"中【逍遥乐】曲："痛伤悲雨泪如倾"⑤，宋元戏文《郑孔目风雪酷寒
亭》中【正宫过曲·普天乐】曲："悠悠的丧却魂灵，簌簌雨泪如倾"⑥，元
杂剧无名氏《神奴儿大闹开封府》第二折【梁州第七】曲："告嫂嫂休忙且
暂停，省可里两泪如倾。"⑦ 其他如宋元话本《错认尸》中王将仕向乔俊讲述
其家中灾祸，说"乔俊听罢，两泪如倾"，《燕山逢故人郑意娘传》说"思
厚当灵筵下披读祭文，读罢，流泪如倾。"⑧ 元刊杂剧高文秀《好酒赵元遇
上皇》第二折【菩萨梁州】："衔冤负屈，因此上气填胸雨泪如珠。"岳伯川

---

① 章培恒：《关于现存的所谓"宋话本"》，《上海大学学报》1996 年第 1 期。
② 凌景埏校注：《董解元西厢记》，人民文学出版社 1962 年版，第 127 页。
③ 王季思主编：《全元戏曲》第六卷，人民文学出版社 1999 年版，第 346 页。
④ 程毅中辑注：《宋元小说家话本集》，齐鲁书社 2000 年版，第 357、523 页。
⑤ 隋树森编：《全元散曲》，中华书局 1964 年版，第 523 页。
⑥ 钱南扬辑：《宋元戏文辑佚》，古典文学出版社 1956 年版，第 237 页。
⑦ 王季思主编：《全元戏曲》第六卷，人民文学出版社 1999 年版，第 300 页。
⑧ 程毅中辑注：《宋元小说家话本集》，齐鲁书社 2000 年版，第 524、649 页。

《岳孔目借铁拐李还魂》第二折【小梁州】曲有："浇奠罢守定灵床哭少年，则落的雨泪涟涟。"孔文卿《东窗事犯》第三折【紫花儿序】："不想臣扶侍君王不到头，提起来雨泪交流。"①个别用字虽略有区别，但可以看出用"雨泪"再加"如倾"、"涟涟"等形容词是宋元口头叙事中反复出现的一个程式化的情感用词。

"大恸而别"："大恸"是表达情感十分痛苦的一种程式化语言，可以用在各类"大恸"场合，讲史平话《七国春秋平话后集》卷上有"孙子看毕，大恸。"②《三国志平话》卷上说"救出学究，来到穴上，父子相见，大恸。"卷中说"糜氏抱阿斗，仰面大恸。"卷下说马超"一人仰天大恸：'吾父母皆死贼将之手！'军师认得是马超，受了诸葛计。"③在表示情感的词语"恸"之前加一"大"字，如前面分析过的"大怒"、"大惊"、"大喜"等，是宋元说话人常用的表现情感的程式化表达法。

"保重将息"：元杂剧无名氏《包龙图智赚合同文字》第一折刘天瑞的妻子向刘天瑞说，"二哥，我这穷命，只在早晚了也。你收拾这文书，保重将息者。"④关汉卿散曲【双调·沉醉东风】："手执着饯行杯，眼阁着别离泪。刚道得声'保重将息'，痛煞煞教人舍不得。好去者望前程万里！"⑤作为一种程式用语，"保重将息"常用作临别时的嘱咐语。

"宽心，省可烦恼"：《西厢记诸宫调》卷六【双调·豆叶黄】："我孩儿安心，省可烦恼。"⑥刘唐卿《降桑椹蔡顺奉母》第二折蔡员外说："婆婆，将息病体，省可里烦恼也。"元杂剧《合同文字》第三折"（社长云）刘安住，你且省烦恼，你是我的女婿，我与你做主。"⑦郑德辉《迷青琐倩女离魂》第一折，梅香对倩女说，"姐姐，你省可里烦恼。"又说，"姐姐，且宽心，省烦恼。"⑧话本《陈巡检梅岭失妻记》有"杨殿干断曰：'官人且省烦恼，孺

① 徐沁君校点：《新校元刊杂剧三十种》，中华书局1980年版，第131、477、548页。
② 丁锡根点校：《宋元平话集》下，上海古籍出版社1990年版，第491页。
③ 丁锡根点校：《宋元平话集》下，上海古籍出版社1990年版，第754、795、856页。
④ 王季思主编：《全元戏曲》第六卷，人民文学出版社1999年版，第221页。
⑤ 隋树森编：《全元散曲》上，中华书局1964年版，第163页。
⑥ 凌景埏校注：《董解元西厢记》，人民文学出版社1962年版，第123页。
⑦ 王季思主编：《全元戏曲》第六卷，人民文学出版社1999年版，第575、233页。
⑧ 王季思主编：《全元戏曲》第四卷，人民文学出版社1999年版，第584、585页。

人有千日之灾，三年之后，再遇紫阳，夫妇团圆。'"① 在话本、诸宫调、元杂剧中，"省可烦恼"是劝慰对方"宽心"的程式化用语。

由上可见，元刊话本《红白蜘蛛》离别场面的对话描写，除了故事情节本身必需的交代性叙事之外，基本上都是程式化语言。这些程式套语，从文字书写角度看确实显得"描写很稚拙"，"有时甚或词不达意"，但从口头表演角度看，却有着文字无法传达的丰富内涵。在表演场上，口头程式的意义要比它在文本形态中的意义丰富得多。文本形态是损失了许多表演意义的文字的固化，文本中一个语词传达出的意义是固定的，读者将这些固定含义的词语串联起来通过语义辨析，构建起作品所传达的形象。而艺人的说唱表演直接发出的是语音，同一个语词，在文本中的无声语言的语义是固定的，而在有声语言中却可以通过声调、节奏、表情等传达出更为丰富的甚或是不同的意义，语音所展现的语言信息并不是都能够用文字记录的，语音"是一套发音的风俗及精神文化的一部分"②。语音是语言的物质外壳、现实表象，是实在的可以直接感知的，艺人在现场说唱表演中借助语言的和非语言的表达手段，使"说—听"交流互动，"在表演过程中，艺人会大量运用身体语言，表情、动作、姿势、讲话的声调，都大量地传达着重要的信息，而这些在记录文本中是找不到的。"③ 艺人们的说唱表演离不开有声语言所营造的情感文化现场，表演的临场性使得讲唱者的思维活动与语言表达是同步进行的，"说—听"互动的推动力或者说故事表演的生命力在于"临场"和"即兴"，这就要借助故事说唱传统中累积起来的"寻常有百万套"的故事程式构件。故事说唱者运用早已烂熟于心的程式时，信手拈来，即兴发挥，口随心动，边说边创。当说话艺人运用"不忍相别"、"雨泪如倾"、"大恸而别"、"保重将息"、"省可烦恼"之类的程式用语时，置身现场的听众，会耳听眼看，语音辅以艺人表情动作的表演，会直接唤起类似的现实情感的体验，仿佛置身于特定的文化风俗、社会生活之中，听众从这些程式语言直接感知到的情感生活、风俗文化，不是词典中的语义所能涵盖的。

元刊《红白蜘蛛》残页的文字描写并不是作家的书面创作，所以不能

---

① 程毅中辑注：《宋元小说家话本集》，齐鲁书社 2000 年版，第 435 页。
② [英] 马林诺夫斯基：《文化论》，费孝通等译，中国民间文艺出版社 1987 年版，第 7 页。
③ 朝戈金：《口传史诗诗学：冉皮勒〈江格尔〉程式句法研究》，广西人民出版社 2000 年版，第 100 页。

完全用书面文学的标准去衡量它的艺术水平，它是口头叙事的记录整理，它在文字表达上的"稚拙"，正体现出从成熟的"口头文体"走向"蹒跚学步的童年"期的小说"书面文体"的特征：

> 在理解由口头到书面文体的演变时，难就难在我们总觉得书写有其优越性。我们不假思索地认为，书面文体总是高于口头文体，而且亘古如此。其实这是肤浅的，是谬见，是那些理论脱离实际的学者的故弄玄虚。高超的书面文体是经由多少代人方才发展起来的。当某种传统或某一个人从口头走向书面时，他或它便从成年或成熟的文体，走向蹒跚学步的童年和另一种文体样式的初期。①

当话本开始"从口头走向书面"开始走向"蹒跚学步的"书面叙事的初期，这些被记录下来的口头说唱故事，"本身来自于口头文化的世界，它们在民众中很普及，民众创造了它们。尽管它们被记录下来，可以阅读，但它们属于口头文化的世界。"②对这些话本故事的理解，离不开文本背后的口头表演的语境意义。表演的过程是临场"说—听"互动的过程，话本的含义和艺术效果是依靠"说—听"双方在表演语境中的"共享知识"完成的。

第三节 话本表演语境中的"共享知识"

表演语境中的"共享知识"，是指在表演中"说—听"双方默契认同的不言自明的故事含义。关注表演中的故事含义，强调表演的意义大于记录文本的意义，这一表演理论是 20 世纪 60 年代末由美国表演学派提出的③，我国学者又将其具体应用于中国口传史诗的研究，证明了它是分析口头叙事文本必需且行之有效的理论方法。

---

① ［美］阿尔伯特·贝茨·洛德：《故事的歌手》，尹虎彬译，中华书局 2004 年版，第 194 页。
② ［美］斯蒂芬·米切尔、戈雷格里·纳吉：《〈故事的歌手〉再版序言》，［美］阿尔伯特·贝茨·洛德：《故事的歌手》，尹虎彬译，中华书局 2004 年版，第 19 页。
③ 参见杨利慧：《表演理论与民间叙事研究》，《民俗研究》2004 年第 1 期。

一、表演语境中的"共享知识"

如何结合表演语境去分析文本的意义，表演理论代表人物之一的美国学者理查德·褒曼在《故事、表演和事件》一书中运用了三个术语：被叙述事件、叙述事件和叙述文本。被叙述事件，即故事中详细讲述的事件，是讲述人着意传达给听众的东西。叙述事件，则是指当时特定的社会文化氛围，是讲述人和听众都曾经历过的事件，以及双方共享（认同）的一些观念知识和象征符号。讲述者要使听众顺利接受故事中详细讲述的事件（被叙述事件），就要依赖叙述事件中的共享知识，以及相应的表现手段如声调、表情、手势等。叙述事件中的共享知识等，不会全部出现在叙述文本中，要理解故事中详细讲述的事件含义，就必须到文本之外的"表演语境"中去寻觅线索①。

我国学者通过对中国民族史诗的研究，证明"在口头史诗的传播过程中，是艺人演唱的文本和文本以外的语境共同创造了史诗的意义。听众与艺人的互动作用，是在共时态里发生的。艺人与听众，共同生活在特定的传统之中，共享着特定的知识，以使传播能够顺利地完成。特定的演唱传统，赋予了演唱以特定的意义。演唱之前的仪式，演唱之中的各种禁忌，演唱活动本身所蕴含的特殊意义和特定社会文化功能，都不是仅仅通过解读语言文本就能全面把握的。所以，如果说书面文学的文本还可以认为在某种程度上是'独立自足'的话，口头史诗表演中的文本，则尤其不能在解读它时不顾它的语境。"②

其实，话本的研究也是如此。传统的研究也意识到了宋元"说话"的文本与"说话"表演之间的区别，认为文本并不等同于场上表演，不过这种认识还仅仅停留于表演与文本之间的繁简之别上。例如鲁迅论元刊《三国志平话》说："惟文笔则远不逮，词不达意，粗具梗概而已，……观其简率之处，颇足疑说话人所用之话本，由此推演，大加波澜，即可以愉悦听者，然页必有图，则仍亦供人阅览之书也。"③鲁迅认为《三国志平话》比之说话人场上表演的"大加波澜"，其文字是"简率"的，是"词不达意，粗具梗

---

① 参见周福岩：《表演理论与民间故事研究》，《鞍山师范学院学报》2001 年第 1 期。

② 朝戈金：《口传史诗诗学：冉皮勒〈江格尔〉程式句法研究》，广西人民出版社 2000 年版，第 238 页。

③ 鲁迅：《中国小说史略》，人民文学出版社 1973 年版，第 104—106 页。

概而已"。程毅中《从〈三分事略〉谈话本的繁简》一文也有类似看法，他说："《三分事略》里有许多故事，只有几句话一带而过，往往情节不完整，语言不连贯，使读者莫名其妙。如果不和《三国志演义》对照参看，真不明白它讲的是怎么回事。……元代以至更早一些的《三国志》话本，不可能简略到如此地步。元刻本的五种'全相平话'虽然是供人阅读的，实际上只能说是仅供说话人参考的一个提纲。"① 这里且不论现存宋元话本是否就是"底本"或"提纲"的问题，单说认为说话人的表演"不可能简略到如此地步"，说话人还要"大加波澜"，这都是在强调场上表演的故事情节要远比现存的文本更繁、更细、更全，这种看法似已成学界共识。但目前对话本表演的认识也仅止于此，这显然是远远不够的，因为，假使真有一字不漏的场上表演的录音全本存在，也并不就是完整意义上的"话本"。因为按照口头表演理论，是艺人演唱的文本和文本以外的语境共同创造了故事的意义，理解一个话本的意义，还要结合文本，从文本之外的表演语境中去寻找。

对于表演语境中的"共享知识"，刘锡诚《整体研究要义》一文引用了马林诺夫斯基在《巫术科学宗教与神话》一书中的相关解释："我们在这里关心的，不是每个故事怎样一套一套地说，乃是社会的关系。说法本身自然十分要紧，但若没有社会关系作上下文，作布景，便是死的东西。……要在故事底本以外加以研究。故事乃是活在土人生活里面，而不是活在纸上的；一个将它写在纸上而不能使人明了故事所流行的生命围氛，便只是将实体割裂了一小块给我们。"② 由此，刘锡城进一步解释说：

　　研究老百姓讲述的故事必须将在什么场合、什么季节（时刻）、当着什么听众（男、女、老、少）、听众反应情况、有无巫力、当地风俗习惯与文化传统等多种因素综合考虑，进行整体研究。如果置上述诸文化因素于不顾，只将记录下来的故事本文进行一般文艺学的研究，那就会使人无法了解故事文本背后的深层意义，甚至带来错误的印象，

---

① 程毅中：《程毅中文存》，中华书局 2006 年版，第 312—313 页。
② ［英］马林诺夫斯基：《巫术科学宗教与神话》，李安宅译，中国民间文艺出版社 1986 年版，第 89 页。

因此是绝对不可取的。①

这里说的"故事文本背后的深层意义",即表演语境中的"共享知识"。

利用"共享知识"引导听众参与并共同完成故事的表演,可以说,就是说话艺人的"秘笈"。说话艺人在故事的讲述中尤其注重表演语境中的"社会文化共享"和"地理民俗共享"。以下结合作品做具体分析。

二、表演语境中的社会文化共享

话本的内容意义不仅止于我们见到的写在文本上的文字的意义,在说话表演中,说话艺人之所以能令听众不以风雨寒暑,如醉如痴,日日如是,除了表演伎艺高超,在内容上,说话人总是用听众熟悉的语言,讲听众熟悉的生活,令听众如置身其中,听一次说话表演,如同经历一次生活事件。从这个意义上说,每一次表演的意义,"不仅是指一位歌手在一次表演中的所有内容,或者是他的所有表演的内容,而且还包括那些没有叙述出来的由歌手和听众共享的知识。例如当歌手运用了一个程式的时候,该程式所隐含的意义往往多于我们从词典中所能得到的含义。即使这仅是某个英雄的名字,或他的特性修饰语,也会唤起特定听众对英雄的业绩、他的家庭或是关于他的其他方面情况和特征的回忆,所有这些附加的含义也包括在传统之中。"②

话本在表演语境中,人物的穿戴打扮,某一个小小器物,以致某一类人物或整个故事,都包含着丰富的民俗风习、民间信仰、民众心理等社会文化内涵。说话人的讲述,如引子,如向导,将听众领入生活现实,导向某些社会事件,激发听众的情绪反响,这些都要结合文本从文本以外的表演语境中去寻找线索。下面我们从话本中的某些细节到整体故事,举数例以作分析。

(一)穿戴描写中的民俗情结

在宋元话本中,有时一个小小的程式描写,在今人看来,似乎不过是

---

① 刘锡诚:《整体研究要义》,《民间文学论坛》1988 年第 1 期。
② 朝戈金:《口传史诗诗学:冉皮勒〈江格尔〉程式句法研究》,广西人民出版社 2000 年版,第 14—15 页。

一些俗套，千篇一律，令人厌倦，但将其放入当时的社会文化生活或置入说话传统，对当时的听众来说却有着丰厚的生活内涵。程式有如一种象征符号，说话人无须多说，其中蕴涵的"共享知识"，听众自可心领神会。

如话本对一般书生、官人等戴"头巾"、穿"丝鞋"的描述，总是如出一辙，成为一种程式。《山亭儿》描述官人：

> 那庄中一个官人出来。怎地打扮？且看那官人：
> 背系带砖顶头巾，着斗花青罗褙子，腰系袜头裆袴，脚穿时样丝鞋。

《宋四公大闹禁魂张》描述书生：

> 只见一个精精致致的后生，走入酒店来。看那人时，却是如何打扮？
> 砖顶背系带头巾，皂罗文武带背儿，下面宽口袴，侧面丝鞋。

《俞仲举题诗遇上皇》描述两个酒保：

> 俞良立定脚打一看时，只见门前上下首立着两个人，头戴方顶样头巾，身穿紫衫，脚下丝鞋净袜。①

这类戴头巾、穿丝鞋的人物外貌描写，实际是源自当时的民俗生活。对当时的听众来说，应该是既亲切又熟悉。戴头巾、穿丝鞋本是宋代男子特有的装束，《宣和遗事》记："男子汉都是子顶背带头巾，窄地长背子，宽口裤，侧面丝鞋，吴绫袜，绡金裹肚，妆著神仙；佳人却是戴嚲肩冠儿……。"② 皇帝的仪仗队也都是戴头巾、穿丝鞋，《东京梦华录》卷十"驾行仪卫"条记仪仗队："御龙直皆真珠结络、短顶头巾、紫上杂色小花绣衫、金束带、看带、丝鞋。"③ 因此，戴头巾就成为男子汉的标志性特征。李文

---

① 程毅中辑注：《宋元小说家话本集》，齐鲁书社 2000 年版，第 91、153、749 页。
② 丁锡根点校：《宋元平话集》上，上海古籍出版社 1990 年版，第 332 页。
③ （宋）孟元老：《东京梦华录》，《东京梦华录》（外四种），古典文学出版社 1956 年版，第 58 页。

蔚《燕青博鱼》第三折，燕大妻王腊梅与杨衙内私会，被燕大发现，衙内逃走，王腊梅强辩："我是个拳头上站的人，胳膊上走的马，不带头巾的男子汉，丁丁当当响的老婆。燕大，我与你要见个明白！"①《水浒传》第二十四回"王婆贪贿说风情　郓哥不忿闹茶肆"中潘金莲就说："我是一个不带头巾男子汉，叮叮当当响的婆娘"②，《隋唐演义》第五十六回"啖活人朱灿兽心　代从军木兰孝父"中，木兰说："难道忠臣孝子，偏是带头巾的做得来？有志者事竟成，儿此去管教胜过那些脓包男子。"③作为一种民俗穿戴，宋代有不少专营头巾、丝鞋的专卖店，《梦粱录》卷十三"铺席"条记有：保佑坊前孔家头巾铺、沙皮巷孔八郎头巾铺、三桥河下杨三郎头巾铺，还有季家云梯丝鞋铺、李家丝鞋铺。卷十五"僧塔寺塔"条也记有：三桥北杨三郎头巾铺④。

不仅如此，据《梦粱录》卷十八"民俗"条记，依据不同的头巾、穿戴还可分出人的"等差"、"辨认是何名目人"，以致体现某种社会风尚：

> 且如士农工商诸行百户衣巾装著，皆有等差。香铺人顶帽披背子。质库掌事，裹巾著皂衫角带。街市买卖人，各有服色头巾，各可辨认是何名目人。自淳祐年来，衣冠更易，有一等晚年后生，不体旧规，裹奇巾异服，三五为群，斗美夸丽，殊令人厌见，非复旧时淳朴矣。⑤

如《简帖和尚》写简帖和尚是头戴"高样大桶子头巾"脚穿"甜鞋"：

> 浓眉毛，大眼睛，蹶鼻子，略绰口。头上裹一顶高样大桶子头巾，着一领大宽袖斜襟褶子，下面衬贴衣裳，甜鞋净袜。⑥

---

① 王季思主编：《全元戏曲》第三卷，人民文学出版社1999年版，第126页。
② （明）施耐庵：《水浒全传》，上海古籍出版社1999年版，第206页。
③ （清）褚人获：《隋唐演义》，中国文史出版社2003年版，第430页。
④ （宋）吴自牧：《梦粱录》，《东京梦华录》（外四种），古典文学出版社1956年版，第240—241、259页。
⑤ （宋）吴自牧：《梦粱录》，《东京梦华录》（外四种），古典文学出版社1956年版，第281页。
⑥ 程毅中辑注：《宋元小说家话本集》，齐鲁书社2000年版，第317页。

"高样大桶子头巾"是宋代一般文士的装束，出现于北宋苏轼之时，流行于南宋元初。《师友谈记》："士大夫近年效东坡桶高簷短，名帽曰子瞻样。"① 《王直方诗话》："元祐之初，士大夫效东坡顶短簷高桶帽，谓之'子瞻样'。"② 南戏《张协状元》二十一出："秀才家须看读书，识之乎者也，裹高桶头巾，着皮靴，劈劈朴朴。"③ 简帖和尚刚出场时还未露出淫邪真面目，说话人将其打扮成文人模样，因而后面方能骗得皇甫妻。

不同于一般戴头巾、穿丝鞋的男子，有些话本对头巾和鞋的描写，有些另类，显示出这是非同一般之人，如《西山一窟鬼》中描写鬼变作的酒保就是头戴"牛胆青头巾"，脚穿"草鞋"：

　　　　恰待奔入这店里来，见个男女：头上裹一顶牛胆青头巾，身上裹一条猪肝赤肚带，旧瞒裆袴，脚下草鞋。④

这些从生活中提炼出来的外貌描写，今人看似程式，但对当时的听众来说，既熟悉又亲切，不同式样的头巾鞋袜的穿戴描写，成为艺人与听众间共享的一种象征符号。借助于此，说话人想表述怎样一种人，只要短短的几句描述，就可以令听众心领神会，不仅轻松地记住了故事人物，而且几句程式，言近旨远，引发出更多的情节期待。

（二）人物崇拜

如果说，头巾、丝鞋等人物穿戴描写是来自生活，话本中还有一类程式化的人物描写则是来自口头传统，其中，"甚至于每一个程式，都充满了意义的光环，这是它们过去产生的语境所赋予的。"⑤ 如《西湖三塔记》描写白蛇精娘娘新得到一壮美男子：

　　　　娘娘道："请来！"有数个力士拥一人至面前，那人如何打扮？
　　　　眉疏目秀，气爽神清，如三国内马超，似淮甸内关索，似西川活

---

① （宋）李廌：《师友谈记》，中华书局2002年版，第11页。
② （宋）王直方：《王直方诗话》，郭绍虞辑：《宋诗话辑佚》，中华书局1980年版，第93页。
③ 钱南扬校注：《永乐大典戏文三种校注》，中华书局1979年版，第112页。
④ 程毅中辑注：《宋元小说家话本集》，齐鲁书社2000年版，第219页。
⑤ ［美］阿尔伯特·贝茨·洛德：《故事的歌手》，尹虎彬译，中华书局2004年版，第213页。

观音，岳殿上炳灵公。①

《西湖三塔记》，钱曾《也是园书目》著录为"宋人词话"，宋代说话人为了强调这个男子的壮与美，用了马超、关索、观音、炳灵公来做比喻，而这些人物都是宋代民间极为熟悉的。

马超是宋代"说三分"中的英雄，元刊《三国志平话》说其长相是"面如活蟹，目若朗星"②，这是民间说话人的描述，是一表人才之意，所以《三国演义》第六十五回写马超的装扮是"狮盔兽带，银甲白袍；一来结束非凡，二者人才出众。玄德叹曰：'人言马超，名不虚传！'"③马超在民间一直被看成是英雄才俊，《荡寇志》第八十八回就提到关于马超的民间"老话"："古人说得好：四两能拨千斤重。当年吕布何等了得！有句老话：三国英雄算马超，马超还是吕布高。"④清代刊本《木兰奇女传》第二十八回写唐太宗称伍登的俊秀时，就是用马超来比喻："（太宗）心中想道：三国时有一锦马超，膊阔腰细，眉弯目秀，俊丽非常，伍登可以当之。怪不得人称伍娘子。"⑤可见马超已成为民间勇武俊美男子的代称。

关索是宋代民间盛传的勇武之神。元刊《三国志平话》是源自北宋以来就流行的"说三分"，其中提到关索随诸葛亮征云南，诸葛亮"引三万军出战，关索诈败"⑥，可见关索在说话表演场上已为听众所熟知。不仅止于此，关索还是宋代民间崇拜的人物，民间多有以关索为号者，据余嘉锡考证："宋人之以关索为名号者，凡十余人，不惟有男而且有女矣。其不可考者，尚当有之。盖凡绰号皆取之街谈巷语，此必宋时民间盛传关索之武勇，为武夫健儿所忻慕，故纷纷取之以为号。"⑦举例说，《宣和遗事》中的水浒英雄有"赛关索王雄"⑧，南宋许多相扑艺人也多有以"关索"为号的，吴自牧《梦粱录》卷二十"角觚"条记有一男一女两位相扑手都自号"赛关索"，

① 程毅中辑注：《宋元小说家话本集》，齐鲁书社2000年版，第302页。
② 丁锡根点校：《宋元平话集》下，上海古籍出版社2000年版，第844页。
③ （明）罗贯中：《三国志通俗演义》，上海古籍出版社1980年版，第624页。
④ 俞万春：《荡寇志》，中华书局2004年版，第213页。
⑤ 傅璇琮主编：《中国古代小说珍秘本文库》卷二，三秦出版社1998年版，第446页。
⑥ 丁锡根点校：《宋元平话集》下，上海古籍出版社2000年版，第865—866页。
⑦ 余嘉锡：《宋江三十六人考实》，作家出版社1955年版，第49—50页。
⑧ 丁锡根点校：《宋元平话集》上，上海古籍出版社2000年版，第304页。

并说这些相扑手"俱瓦市诸郡争胜，以为雄伟耳。"① 以"赛关索"为号，显然是为了夸其"雄伟"。周密《武林旧事》卷六"诸色伎艺人·角觝"，又记有"张关索"、"赛关索"、"严关索"、"小关索"② 四人。周密《癸辛杂识》所载龚开《宋江三十六赞》中有"赛关索杨雄"，其赞曰："关索之雄，超之亦贤；能持义勇，自命何全。"③ 可知在南宋时，关索是尽人皆知的"雄"、"勇"之人。康保成以傩戏中有关索戏为据，证实关索是民间崇拜的傩神，傩神是驱逐疫鬼的，当然勇武而有神力，这也是为什么宋代一些武夫、角抵演员及女优常以"关索"为号的原因④。由此可见，关索在宋代民间被传为雄伟勇武的神人。

　　观音、炳灵公都是民间崇奉的神灵。观音家喻户晓不需细说，炳灵公是东岳神道，相传为东岳神的第三子，后唐长兴四年（933），唐明宗封泰山三郎为威雄大将军，宋真宗时加封炳灵公⑤。既被称之为"威雄大将军"，炳灵公在民间自然也是个威雄神武的形象，炳灵公常出现于宋人"说话"中，宋代话本《郑节使立功神臂弓》《史弘肇传》都说到凡是到东岳庙的人都要到炳灵公前烧香还愿，这也是在"说话"表演场上为听众熟知的神灵。

　　说话人在《西湖三塔记》中为了形容一个壮美男子的"眉疏目秀，气爽神清"，在这个人物描写的程式中用了马超、关索、观音、炳灵公这些一直活在口头传统中的英雄和神灵，由于听众对他们太熟悉了，说话人的列举，立即就可以在听众心目中引发出相应的传说和形象，由这些口头传统意象的叠加比对，所传达出的信息，已经远远超出我们在阅读时所看到的字面意义。

　　一些话本中具体的人物形象，在特定时代也是一种"共享知识"的符号，其形象背后蕴含的丰富的时代信息，只是被文本尘封，今人有所不知罢

---

① （宋）吴自牧：《梦粱录》，《东京梦华录》（外四种），古典文学出版社1956年版，第312页。
② （宋）周密：《武林旧事》，《东京梦华录》（外四种），古典文学出版社1956年版，第462—463页。
③ （宋）周密：《癸辛杂识》，吴企明点校，中华书局1988年版，第149页。
④ 参见康保成：《"花关索"是谁？》，《民间文化》1999年第1期。
⑤ 参见程毅中辑注：《宋元小说家话本集》中《红白蜘蛛》"注释四十"，齐鲁书社2000年版，第32页。

了。如《大唐三藏取经诗话》第八节写到的深沙神，文字很简略，除去第八节开头缺损的文字，如果将深沙神、唐僧和猴行者的吟诗都算上，不过三百余字，内容是叙述玄奘前身两世取经，中途都被深沙神吃了，此次深沙神化了一道金桥，使玄奘一行七人从金桥上过了深沙："深沙衮衮，雷声喊喊，遥望一道金桥，两边银线，尽是深沙神，身长三丈，将两手托定，师行七人，便从金桥上过了。深沙神合掌相送。"猴行者还以诗赞曰："谢汝回心意不偏，金桥银线步平安。回归东土修功德，荐拔深沙向佛前。"① 单依据文本的简略叙述，今天的读者对深沙神不会有很深印象。这位深沙神在"诗话"中是沙漠里的大神，但是，在唐代人的生活中深沙神却是几至人人膜拜、家家顶礼的一位神灵。笔者发现，《大正新修大藏经图像》第 10 册中有一篇《深沙神杂集》汇集了有关深沙神的种种传说。

深沙神本是"西方自在天神所化"，因助唐三藏取经，唐三藏将其呼为"深沙神"。《深沙神杂集》引《大圣深沙神记》云：

> 深沙神者，浮丘神也。按《大集经》云：是西方自在天神所化，亦多闻天王为降伏四天下行毒气鬼神。又《唐三藏记》云：往西国取经，回至流沙碛中无人之处，每至斋时于路侧有新穿池，水美如甘露。有一分饭食，异种馨香，唯不见人。三藏怪而启念言："此处长沙碛回绝人烟，置此池及食者是何人哉？愿知所来。"乃闻空中有声，声启三藏法师曰："我天神也。缘和上（尚）取经远来，弟子是护法神，此处无水绝人，特为和上（尚）置水及食。"三藏斋讫，其水却无，但见流沙浩渺。爰独无人，因此呼为深沙神也。

深沙神有种种灵验。如助僧人圆愿：

> 旧因蜀川浮岳寺有一僧，发愿十年不出寺。持《华严经》，其志弥于坚，感得此神，化为行者供侍给使，扫洒焚香。其僧愿满经数已终。早朝忽不见行者，连唤不应。其僧遂出门高声再唤，但闻空中云："昔时行者非是常人，是北方神佐主领夜叉。和尚行高感得弟子供给。"僧

---

① 《大唐三藏取经诗话》，中国古典文学出版社 1954 年版，第 16—17 页。

曰："贫道凡僧肉眼不识大圣，罪过罪过！十年供养，何者不见本身相别？"神曰："不辞现本身，恐惊和上。若愿相见，幸请作意莫怕。"遂即现本夜叉身，并口授陀罗尼一反心真言一颂，更却没。其僧召得工人，塑形在寺供养，守护伽蓝，甚有灵验。西蜀之人皆敬事也。

助人消灾：

大和三年有一女，商蜀，画得形影船中供养。其船欲到江陵，六月十六日忽遭风，其船欲没。女商怕，忽念大圣深沙神王，兼启告发愿。乃于水见此神，以手拓船直至岸。女商到江陵开元寺塑形供养，人竞瞻敬。若有人致精魅冤家处魍魉所缠者，但于此神前志心发愿，悉得除灭。

助人除病。《深沙神杂集》引《深沙大将仪轨要一首》云：

其国采女王子伏病苦痛，有缘请此师，即口诵深沙大将菩萨名字。病苦即除差，即彼国王大悦，问云："我师修持何法，若干病苦一时除差云。"答云："深沙大将御名一称，救万病苦。"

《大圣深沙神记》还记载了人们如何虔心敬奉深沙神：

取月三九日，以乳粥、果子、荆州团、枣糕饼供养。功须护净，勿令秽浊。①

《深沙神杂集》引《归命颂》颂深沙神云：

归命稽首深沙神，遍满沙界度有情。
水陆厄难救护者，犹如世间慈父母。
或观音童奉妙法，或现沙中承事项。

---

① 《大正新修大藏经图像》第 10 册，（台北）佛陀教育基金会 1990 年版，第 1155 页。

海中地上护男女，商人田蚕德利益。

三密五智加持故，证知证诚我所愿。

如法持念有八遍：

娜莫三麼他勃陀南唵咊咊咊。①

文中助女商消灾一条，注明时间是唐文宗大和三年（829），也就是说，有关深沙神的信仰主要盛行于中晚唐，深沙神于沙漠、水中、陆地无处不在，当时人们"塑形供养，人竞瞻敬"，"深沙大将御名一称，救万病苦"，可见深沙神在唐代深入人心。《大唐三藏取经诗话》中的这位深沙神，就是《西游记》中沙和尚的雏形。沙和尚的形象，是依靠小说的文字描写出来的，是活在纸上的，而说话表演中的深沙神是活在百姓生活里的，每位听众家家供奉"深沙神"，人人心念"深沙神"，说话人不必细描，即可唤起全场听众的共鸣，或许还要随之作现场祈祷。这样的"说话"表演就犹如身经一次生活事件，故事背后的这些社会文化"共享知识"，文字是无法复制的。

（三）器物崇拜

话本《红白蜘蛛》是讲郑信与红白蜘蛛精二女子间的情爱纠葛以及后来从军发迹的故事。郑信因献神臂弓而封官立功，神臂弓是构建故事的中心物件。以致后来冯梦龙据此改编就直接以"神臂弓"命题，将题目换成《郑节使立功神臂弓》。这个故事在南宋时期十分流行，元刻《红白蜘蛛》，应即《醉翁谈录》"小说开辟"中的《红蜘蛛》（大概脱一"白"字），属"灵怪之门庭"。此故事编创时间应在南宋②，神臂弓是南宋人崇奉的抗金克敌的神器。

据黄永年考证，元刻《红白蜘蛛》说郑信"官至皮场明灵昭惠大王"，"皮场明灵昭惠大王"本为北宋末年所封医药之神，在传说中与能治蝎螫的蜘蛛相牵合，于是，在临安瓦舍的说话人口里就编出了皮场神和蜘蛛夫人悲欢离合的故事。至于蜘蛛夫人不止一位，而有红、白两位，则唐代民间已有

---

① 《大正新修大藏经图像》第 10 册，（台北）佛陀教育基金会 1990 年版，第 1154 页。
② 参见黄永年：《记元刻〈新编红白蜘蛛小说〉残页》，黄永年：《文史探微》，中华书局2000 年版，第 540 页。

此传说①，那么，既然是医药之神和治蝎螫之药的故事，何以话本不讲医药而大讲神臂弓、跳镫弩？这一方面应是讲医药故事太平淡，不如讲发迹变泰、土马金鼓之易于吸引听众，另一方面编造神道护国退敌之事本也是说话人惯用之伎。由于皮场神早在汴京时已有东汉末"杀贼定乱，护国显灵"、五代朝"奸寇助顺，具有灵迹"之说，而南宋时抗金杀番人又是受人欢迎的题目，神臂弓、克敌弓之类也是当时抗金常用的武器。于是，说话人便把皮场神说成"收番累获战功"、身后"阴功护国"的英雄，把治溃攻蝎毒的蜘蛛夫人说成传授收番法宝神臂弓的日霞仙子②。这样，本来风马牛不相及的人和物便被融合成一个集人神相恋、发迹变泰、抗金杀番、神道护国等热门题材于一身的流行故事。

《红白蜘蛛》话本中最引人注目的当属带有神秘色彩的神臂弓了，故事结尾就落在只因郑信献了神臂弓，才"累获战功，百姓皆感大恩，兼立生祠"，后又升转"镇节度使"，阴功护国，"敕封官至皮场明灵昭惠大王"。说话人于此处还特意强调一句"直到如今，留下这跳镫弩儿"③，让听众对这神臂弓顿生崇敬之意而念念不忘。神臂弓何以有此感召力？考察神臂弓的来历及影响，可知，神臂弓的背后有着南宋人的特殊情感。

黄永年考证，历史上查无郑信其人，"神臂弓"也并非出于郑信所进献或其创造发明。元刻《红白蜘蛛》除说郑信"献神臂弓"外，还说"如今留下这跳镫弩儿"。《醒世恒言》本则说日霞仙子叫青衣取那张"神臂克敌弓，便是今时踏（当如元刻作跳）镫弩"，又将其说成"克敌神臂弓"。其实这"跳镫弩"、"神臂弓"和"克敌弓"性能虽然相近，却并非一物，据北宋仁宗时曾公亮、丁度奉敕撰《武经总要》前集卷一三"器图"、北宋沈括《梦溪笔谈》卷一九"器用"、南宋初朱弁《曲洧旧闻》卷九以及《文献通考》卷一六一"军器"等文献记载，可知，"神臂弓"是北宋神宗熙宁时投归朝廷的党项族李定或李宏通过大宦官张若水进献而广为使用的，"跳镫弩"则仁宗前就有了。这都早在《红白蜘蛛》所说北宋末郑信之先。至于"克敌弓"，

---

① 有关红白蜘蛛幻化为人的传说，唐代已有，相关考证参见夏慧勤：《元刻〈新编红白蜘蛛小说〉残页浅探》，《上海师范大学学报》2001年第3期。

② 参见黄永年：《记元刻〈新编红白蜘蛛小说〉残页》，黄永年：《文史探微》，第540页。

③ 程毅中辑注：《宋元小说家话本集》，齐鲁书社2000年版，第2—3页。

倒确是南北宋之间的产物，据《文献通考》卷一六一"绍兴十九年"条原注，其创制人应是韩世忠①。说话人没有区分也不必区分三种利器，之所以要把它们混为一谈，统统归之于神臂弓名下，是因为神臂弓已成为当时人耳熟能详并传为美谈的克敌法宝。

神臂弓的故事在宋代"说话"场上是十分流行并为听众所熟悉的，《醉翁谈录》"小说开辟"谓："新话说张、韩、刘、岳"，指的是讲说宋代抗金名将张俊、韩世忠、刘锜、岳飞的故事。据当时的正史、野史、笔记等，有多处都提到了"张、韩、刘、岳"用神臂弓事，可见但凡讲说"张、韩、刘、岳"的新话，就离不开神臂弓。如洪迈《容斋三笔》卷第十六"神臂弓"条说韩世忠改制"神臂弓"并更名为"克敌弓"："绍兴五年，韩世忠又侈大其制，更名'克敌弓'，以与金虏战，大获胜捷。"②《宋史》卷三百七十七《陈规传》提到陈规和刘锜用神臂弓退金兵："金龙虎大王者提重兵踵至，规躬擐甲胄，与锜巡城督战，用神臂弓射之，稍引退，复以步兵邀击，溺于河者甚众。"③明代说岳系列代表作熊大木的《大宋中兴通俗演义》又名《武穆精忠传》，继承了宋元说话传统，汇聚了正史、野史、笔记以及民间说唱中的岳飞故事，其中第二回、第六十一回等多处提到"神臂弓"，第三十二回说到有一次岳飞与张俊联合作战时，岳飞亲自使用神臂弓："岳飞大怒，拽满神臂弓，指定尽命处矢来，马进翻身落马，死于桥侧。贼兵大败。招讨使张俊统领大兵后来策应。"④李纲《靖康传信录》中，还提到《红白蜘蛛》中的种师道以神臂弓退金兵事，那是在靖康元年二月，李纲和种师道、姚平仲等将领合兵在幕天坡与金兵鏖战时，就曾"以神臂弓射却之"⑤。

神臂弓成了金兵的克星，据徐梦莘《三朝北盟会编》卷二百十五引李大谅《征蒙记》，金兀术深畏此弓，临死时遗笔云："何为难耳？尔等切记吾嘱，吾昔南征，目见宋用军器，大妙者不过神臂弓，次者重斧，外无所

---

① 参见黄永年：《记元刻〈新编红白蜘蛛小说〉残页》，黄永年：《文史探微》，第536—537页。

② （宋）洪迈：《容斋随笔》下，上海古籍出版社1978年版，第600页。

③ （元）脱脱等：《宋史》第三三册，中华书局1977年版，第11644页。

④ （明）熊大木：《武穆精忠传》，吉林文史出版社1998年版，第140页。

⑤ （宋）李纲：《靖康传信录》，中华书局1985年版，第11页。

畏。"① 神臂弓在老百姓的心目中就是护国护身的神符，郑信因献神臂弓而收番立功，自然也就成了"阴功护国"的英雄，如果不了解神臂弓背后的老百姓的那番情感，你就很难理解说话人讲神臂弓时，现场听众的那种激情和反响以及对神臂弓的崇拜之情。

（四）故事中的民众情绪

许多宋元话本之所以能自"京师老郎"代代传承，人们百听不厌，其奥秘就在于，表演语境中的故事含义直接指向了百姓的生活，指向围绕故事发生的一系列事件，也就是说，这些话本总是能唤起听众对曾经历过的一系列事件的记忆而引起强烈反响。

以宋元话本《简帖和尚》为例，这个故事在宋元二三百年间② 广为流传，社会反响强烈。《简帖和尚》清平山堂刻本题下原注"亦名《胡姑姑》，又名《错下书》。"说明它曾在不同地区以不同题目流传。甚至书会先生还把这个故事编成小曲在民间传唱。《简帖和尚》结尾说道，"当日推出这和尚来，一个书会先生看见，就法场上做了一只曲儿，唤做《南乡子》：怎见一僧人，犯滥铺模受典刑。案款已成招状了，遭刑，棒杀髡囚示万民。沿路众人听，犹念高王观世音。护法喜种齐合掌，低声，果谓金刚不坏身。"③ 可见其在民间，流传之广，影响之大。除"说话"外，这个故事还不断被改编为戏曲上演，宋官本杂剧有《简帖薄媚》（《武林旧事》），金院本有《错寄书》（《南村辍耕录》），宋元戏文有《洪和尚错下书》（《宦门子弟错立身》戏文曲中引）等。

为什么《简帖和尚》在民间会被反复讲述，有着如此深远的影响？

以往的研究，人们大都按原题下注"公案传奇"，将其归入"公案"类小说，在对其进行艺术分析时，多是欣赏它作为公案小说的书面叙事艺术，如《中国古代小说百科全书》就说"这个故事情节曲折，引人入胜，生活气息浓厚，语言通俗易懂，表现手法很巧妙。"④ 实际上，话本《简帖和尚》在宋元时期流传的主要形态是口头表演，而非书面读物，说这个话本文字叙事

---

① （宋）徐梦莘：《三朝北盟会编》下，上海古籍出版社 1987 年版，第 1551 页。
② 《简帖和尚》中有北宋政和二年（1112）以前的旧官名"左班殿直"，又有元代语言"巡军"。说明这个话本从北宋至元代一直流行。
③ 程毅中辑注：《宋元小说家话本集》，齐鲁书社 2000 年版，第 327 页。
④ 《中国古代小说百科全书》，中国大百科全书出版社 1993 年版，第 206 页。

曲折等，那是文字加工的结果，并不能说明《简帖和尚》在宋元时期口头传承中的主要意义和价值。《简帖和尚》在表演场上的艺术魅力，主要来自表演语境中的说听双方的"共享知识"，即故事背后的特定的社会语境，具体说，是故事背后的社会事件和民众情绪，创造了话本的意义和价值。具体考察《简帖和尚》故事背后的社会语境，可知，由宋至元，僧人谋色害命已成为社会的普遍现象，这是《简帖和尚》故事背后不言自明的说听双方的"共享知识"，现实生活中的此类奇情公案，五花八门，接二连三，老百姓对此有话要说，于是，传达着这种社会心理需求的《简帖和尚》，自然会受听众欢迎而不断上演。

宋代佛教的发展有一个触目的现象——僧侣队伍的无限制膨胀。宋初，全国僧尼六万多人，每年度僧尼不过千人，天禧三年下诏普度僧尼及道士，一次便度了二十六万余人，至天禧末暴增至四十余万人[1]。据宋王栐《燕翼贻谋录》卷五载，通过出卖僧道度牒，到宣和七年，僧道总数已超过了百万人[2]。僧侣人数暴增的主要原因是宋代政府把卖度牒视为生财之道，南宋时甚至将其充作政府经费来源，出家必须交钱，以致只要交钱就可以出家。于是社会上的流氓、恶棍、盗贼、杀人犯花钱买一领袈裟就可以摇身变做"吃斋念佛"的和尚。司马光《涑水记闻》卷第七就载有一杀人犯"自披剃为僧"[3]，宋仁宗天圣三年，马亮上言："天下僧以数十万计，间或为盗，而民颇患之。"[4]这些披着袈裟的各类罪犯不但抢劫、杀人，而且道德败坏，和尚宿娼、纳妾、姘居、诱骗良家妇女的丑闻秽事层出不穷。

北宋陶穀《清异录》"释族"记，"相国寺星辰院比丘澄晖，以艳倡为妻"，自称是"没头发浪子，有房室如来"，人称其妻为"梵嫂"[5]。明代田汝成《西湖游览志余》卷二十五说宋时临安九里松一街人家妇女大多是灵隐寺和尚的"外宅"："宋时，灵隐寺缁徒甚众，九里松一街，多素食、香纸、杂

---

① 参见（宋）李攸：《宋朝事实》，中华书局1985年版，第123—124页。此部分论述参见许政扬：《许政扬文存·话本征时》，中华书局1984年版。
② 参见（宋）王栐：《燕翼贻谋录》，中华书局1981年版，第50页。
③ （宋）司马光：《涑水记闻》，邓广铭、张希清点校，中华书局1989年版，第127页。
④ （宋）李攸：《宋朝事实》，中华书局1985年版，第124页。
⑤ （宋）陶穀：《清异录》，中华书局1991年版，第64页。

卖铺店，人家妇女，往往皆僧外宅也。"这些淫僧为达目的不择手段，如果女子不从也常遭杀害：

> 灵隐寺僧明了然，恋妓李秀奴，往来日久，衣钵荡尽，秀奴绝之，僧迷恋不已。一夕，了然乘醉而往，秀奴弗纳，了然怒击之，随手而毙。①

南宋赵葵《行营杂录》引《苇航纪谈》记南宋临安鹿花寺一伙和尚对妇女是杀老的，只留年轻的：

> 行都崇新门外鹿花寺，乃殿帅杨存中郡王特建，以处北地流寓僧。一岁元宵，则近营妇连夜入寺观灯，有殿司将官妻同一女往观，乃为数僧引入房中，置酒盛馔，逼令其醉，遂留宿于幽室。遽杀母而留女，女不敢哀。②

和尚骗奸妇女的手法可说是无奇不有，《行营杂录》引《行都纪事》记嘉兴精严寺和尚竟然编造出无子妇女与显灵的佛像独宿一夜即可有子的谣言，然后藏入佛像腹中令妇人受精有子：

> 嘉兴精严寺，大刹也。僧造一殿，中塑大佛，诡言妇人无子者祈祷于此，独寝一宵，即有子。殿门令其家人自封锁。盖僧于房中穴地道，直透佛腹，穿顶而出。夜与妇人合，妇人惊问，则云我是佛。州人之妇，多陷其术，次日不敢言。③

宋代谢采伯《密斋笔记》卷五记，时任华州知州的韩建感叹说："僧杂犯者众"④，僧人中"杂犯者"很多，已成为宋代市民百姓疾首的现实问题。

---

① （明）田汝成：《西湖游览志余》，上海古籍出版社1958年版，第458页。
② （宋）赵葵：《行营杂录》，中华书局1991年版，第10页。
③ （宋）赵葵：《行营杂录》，中华书局1991年版，第7页。
④ （宋）谢采伯：《密斋笔记》，中华书局1985年版，第49页。

宋代寺僧的肮脏无耻,至元代更为变本加厉。元代的宗教与政治进一步勾结,僧侣们取得了无上的权力。据《元史》卷二百二"释老"记载,"朝廷所以敬礼而尊信之者,无所不用其至。虽帝后妃主,皆因受戒而为之膜拜。"剃光了头的权贵们,"气焰熏灼,延于四方,为害不可胜言":

> 有杨琏真加者,世祖用为江南释教总统,发掘故宋赵氏诸陵之在钱唐、绍兴者及其大臣冢墓凡一百一所;戕杀平民四人;受人献美女宝物无算;且攘夺盗取财物,计金一千七百两、银六千八百两、玉带九、玉器大小百一十有一、杂宝贝百五十有二、大珠五十两、钞一十一万六千二百锭、田二万三千亩;私庇平民不输公赋者二万三千户。他所藏匿未露者不论也。①

元代尤其是对西番僧更加放纵,对他们的恣意妄为甚至以皇法予以保护,"宣政院臣方奏取旨:凡民殴西僧者,截其手;詈之者,断其舌。"于是这些西番僧佩戴金字园符,络绎道路,到处强占民舍,"迫逐男子,奸污女妇"(《元史》"释老")②。元代僧人奸污妇女已成为光天化日下的合法行为。叶子奇《草木子》卷四下记,妇女受戒,都要供和尚"恣其淫泆",并将其名之曰"以身布施":

> 都下受戒,自妃子以下至大臣妻室,时时延帝师堂下戒师,於帐中受戒,诵咒作法。凡受戒时,其夫自外归,合娘子受戒,则至房不入。妃主之寡者,间数日则亲自赴堂受戒,恣其淫泆,名曰"大布施",又曰"以身布施"。其流风之行,中原河北,僧皆有妻,公然居佛殿两庑。赴斋称师娘,病则於佛前首鞠,许披袈裟三日。殆与常人无异,特无发耳。③

有些地区,年轻貌美的女子全被和尚霸占,据陶宗仪《南村辍耕录》卷二十八"白县尹诗"条记:

---

① (明)宋濂等:《元史》第十五册,中华书局1976年版,第4521页。
② (明)宋濂等:《元史》第十五册,中华书局1976年版,第4522页。
③ (明)叶子奇:《草木子》,中华书局1959年版,第84页。

嘉兴白县尹得代，过姚庄访僧胜福林，间游市井间，见妇人女子皆浓妆艳饰，因问从行者，或答云："风俗使然。少艾者，僧之宠；下此，则皆道人所有。"白遂戏题一绝于壁云："红红白白好花枝，尽被山僧折取归。只有野薔颜色浅，也来钩惹道人衣。"胜见，亟命去之，然已盛传矣。①

为了照顾外出的僧官，政府还特地设立了官立妓院，以供他们玩弄：

临平明因尼寺，大刹也，往来僧官每至，必呼尼之少艾者供寝，于是寺中专作一寮，储尼之常有淫滥者，以供不时之需，名曰因明尼站。②

佛教史上这些耸人听闻的咄咄怪事，在元代却是既普遍又公开，因为他们得到了统治者的庇护，元代虽多次下令，使有妻者还俗，但并未严格执行。《元史》卷三十八本纪第三十八《顺帝一》记："凡有妻室之僧，令还俗为民，既而复听为僧。"③无奈的百姓只能用顺口溜来发泄自己的不满："近寺人家不重僧，远来和尚好看经。莫道出家便受戒，那个猫儿不吃腥。"④

对宋元时期僧人们的这些禽兽行为，普通百姓亲睹亲闻，亲受其害，话本《简帖和尚》故事的背后，不知融进了普通人家多少伤痛和血泪，话本一次次的说唱都在倾诉着他们的悲愤，每一次说唱都能引起听众强烈的共鸣，这才是表演场上《简帖和尚》的价值与魅力所在，也正是故事背后的这些社会事件，故事中浓缩着的民众情绪，使《简帖和尚》在宋元表演场上长演不衰。表演者与听众这种现场的亲密对话、交流乃至共鸣，表明了"史诗不仅是一种体裁，也是一种生活方式。"⑤

---

① （元）陶宗仪：《南村辍耕录》，文灏点校，文化艺术出版社 1998 年版，第 387 页。
② （宋）周密：《志雅堂杂钞》，中华书局 1991 年版，第 34 页。
③ （明）宋濂等：《元史》第三册，中华书局 1976 年版，第 831 页。
④ （元）张国宾：《相国寺公孙合汗衫》第三折，王季思主编：《全元戏曲》第四卷，第 233 页。
⑤ ［美］哈里·列文：《〈故事的歌手〉序》，［美］阿尔伯特·贝茨·洛德：《故事的歌手》，尹虎彬译，中华书局 2004 年版，第 35 页。

三、表演语境中的地理民俗共享

如果说，表演语境中的社会文化共享，是指说话人浓缩进故事中的说听双方共同经历的一些生活事件，它可以直接触动听众的情感，增强故事的感染力，那么，在表演中被融入故事的地理民俗，则可以拉近故事与听众的距离，增强故事的真实感，让听众以为故事就发生在身边。

说话人要想让故事打动听众，就要让听众信以为真，哪怕是灵怪之类的虚幻故事，也要让故事因虚入实，由幻返真，做到这一点的最好办法，就是给故事注入听众熟悉的地理风俗，将故事变为百姓身边事。

讲同一个"三怪"故事的《西湖三塔记》和《洛阳三怪记》，杭州的说话人要取信于杭州听众，就给故事注入杭州西湖的地理民俗，如《西湖三塔记》开头说明故事的地点是"临安府涌金门"，接着就说奚宣赞要去游西湖，"离家一直径出钱塘门，过昭庆寺，往水磨头来，行过断桥、四圣观前"，这都是南宋时的杭州西湖真实的地理环境。而洛阳的说话人要取信于洛阳听众，就给故事注入洛阳的地理民俗，如《洛阳三怪记》故事的地点就改在了"西京河南府又名洛阳"，主人公潘松要去游玩的地方是洛阳定鼎门（洛阳东门）外的"会节园"，而遇三怪的地方是"刘平事花园"。据宋代李格非《洛阳名园记》载，会节园和刘平事花园都是洛阳名园①。除了这些地理环境的逼真设置，说话人还让两个故事都发生在清明节之际。清明节的风俗活动主要内容是上坟祭祀和踏青游春。宋代，扫墓之外，游春也同样是清明节一项重要内容，北宋晚期张择端《清明上河图》之所谓"上河"，就是前往汴河的意思，描绘的就是清明节日前往汴河一带游览所见到的景象。当时东京风俗，清明节日要出城上坟祭扫，同时也是群众性郊游的日子，据孟元老《东京梦华录》卷七"清明节"记，这一天"四野如市，往往就芳树之下，或园囿之间，罗列杯盘，互相劝酬。都城之歌儿舞女，遍满园亭，抵暮而归。"②《西湖三塔记》和《洛阳三怪记》都是以主人公踏青游春的行踪引领故事的发展，让"三怪"出现于清明节游春过程中的某个僻静之处，就显得十分真

---

① （宋）李格非：《洛阳名园记》提到"刘给事园"，应即话本中的"刘平事花园"，又在"吕文穆园"一节中提到"会节园"。参见（宋）李格非：《洛阳名园记》，文学古籍刊行社1955年版，第4、12页。

② （宋）孟元老：《东京梦华录》，《东京梦华录》（外四种），古典文学出版社1956年版，第39页。

实自然。

话本《西山一窟鬼》有所不同，故事也是发生在清明节，但主人公吴秀才所遇之人，除了引领他到郊外西山的王七不是鬼，其余所遇一干人：妻李乐娘、从嫁锦儿、说媒的王婆、保媒的陈干娘、朱小四、酒保等，统统都是鬼，如果让这么多的鬼都现身于"游春"活动中，就显得不协调。于是，故事重点讲清明"上坟"，将主要场所落在王七家的坟地。不过故事又采取曲径通幽之法，让听众在不知不觉中渐入鬼窟。故事先讲吴秀才在州桥下开学堂度日娶妻的日常生活，然后逐渐将吴秀才引入王七家的坟地，你看吴秀才的行踪是：州桥、钱塘门、白雁池、梅家桥、万松岭、净慈寺、苏公堤、南新路口、毛家步、龙井、驼献岭，至此，王七家的坟头，还要"下那岭去，行过一里"。在此处坟地里，二人喝得大醉，正值天色已晚，又遇倾盆大雨，躲雨至一个"野墓园"，就在这个"野墓园"里，一个个的鬼都现身了。地理、风俗、场景如此真切，这令听得入迷的杭州听众仿佛亲历了一番。《梦粱录》卷十六"茶肆"记，当时临安瓦舍内有个王妈妈茶肆就起名叫做"一窟鬼茶坊"，可见这个故事的深入人心。

宋元话本中另一个常见的地理风俗是北宋的都城东京和元宵节。据程毅中《宋元小说话本集》所收四十篇话本统计，故事地点在东京的就多达十一篇，而元宵节也成为一些故事的重要背景。北宋，尤其是到了宋徽宗时期，随着经济的繁荣和统治者享乐精神的膨胀，元宵节已成为举国欢腾的盛大节日。孟元老《东京梦华录》卷六"元宵"具体描述了宋徽宗宣和年间东京元宵节的狂欢场面：御街两廊下，"奇术异能，歌舞百戏，鳞鳞相切，乐声嘈杂十余里"，各种杂戏说唱，"奇巧百端，日新耳目"，"灯山上彩，金碧相射，锦绣交辉"，坊市门上有彩结金书大牌曰"宣和与民同乐"，彩山上下有彩结仙人、绞水瀑布、万盏灯烛、百戏人物，徽宗皇帝在宣德楼上，观"露台弟子，更互杂剧"，"万姓皆在露台下观看，乐人时引万姓山呼。"[1]据周密《武林旧事》卷二"元夕"记载，南渡以后临安的元宵节虽不亚于此，甚至还"愈加精妙"，但也不过是"效宣和盛际"乃"东都遗风也"[2]。可见，东京汴梁的元宵节已成难以忘怀的盛世情结与繁华记忆。由此可以

---

① （宋）《东京梦华录》，《东京梦华录》（外四种），古典文学出版社 1956 年版，第 34—35 页。
② （宋）周密：《武林旧事》，《东京梦华录》（外四种），古典文学出版社 1956 年版，第 369、371 页。

理解,《燕山逢故人郑意娘传》中流落燕山的杨思温面对黯然失色的燕山元宵,遥想当年东京元宵盛况时的那份心酸,那种故国之情,会有多么沉重。又恰在这元宵日,杨思温在昊天寺先是遇见东京大相国寺行者,又见到一位"好似东京人"的妇人(后知是郑意娘),再读到这位"故乡之人"的忆东京元宵词:"暗想南园,与民同乐午门前。僧院犹存宣政字,不见鳌山。"接着就在"便似东京白樊楼一般"的秦楼,在原樊楼过卖陈三儿的帮助下,与郑意娘见了面。眼前浮现出的东京的元宵场面、著名的酒楼以及遇到的东京人,这一切让杨思温怎不思念东京。说话人正是用东京的地理民俗的再现,传达出浓重的故国之情。

此外,宋元话本中一些青年男女的情爱故事,也常有以元宵节为背景的。如《张生彩鸾灯传》就是从主人公元宵赏灯引出一段姻缘佳话,《张主管志诚脱奇祸》写张胜与小夫人"鬼魂"遇合,也发生在元宵夜,《戒指儿记》中的陈玉兰也是在元宵灯夜听到阮华的箫声,于是叫丫环送戒指约阮华幽会的。这些故事都发生在元宵节日是有着现实必然性的。因为现实生活中正是在元宵夜的节日民俗中,各类游人混杂,贵贱、男女之间才有了更多的接触机会。唐魏征《隋书》卷六十二《柳彧传》就说,在正月十五元宵节这一天,人们"充街塞陌,聚戏朋游","无问贵贱,男女混杂,缁素不分"①。《武林旧事》卷二"元夕"说这一天"终夕天街鼓吹不绝,都民士女,罗绮如云。"②《梦粱录》卷一"元宵"说这一天"游人玩赏,不忍舍去",其中既有"妓女群坐喧哗,勾引风流子弟买笑追欢。"又有"公子王孙,五陵年少,更以纱笼喝道,将带佳人美女,遍地游赏。"③北宋末李邴的《女冠子·上元》词,生动地描写了元宵节日熙攘人群中青年男女间的情意交流:

> 帝城三五。灯光花市盈路。天街游处。……见许多、才子艳质,携手并肩低语。 东来西往谁家女。买玉梅争戴,缓步香风度。北观南顾。见画烛影里,神仙无数。引人魂似醉,不如趁早,步月归去。这一双情眼,怎生禁得,许多胡觑。④

① (唐)魏征等:《隋书》第五册,中华书局 1973 年版,第 1483—1484 页。
② (宋)周密:《武林旧事》,《东京梦华录》(外四种),古典文学出版社 1956 年版,第 369 页。
③ (宋)吴自牧:《梦粱录》,《东京梦华录》(外四种),古典文学出版社 1956 年版,第 141 页。
④ 朱德才主编:《增订注释全宋词》第一卷,文化艺术出版社 1997 年版,第 888 页。

"这一双情眼，怎生禁得，许多胡觑。"这几句的背后不知包含着现实中多少青年男女的爱情故事。话本中的元宵佳话不过是现实的反映而已。

宋元话本在设置地理环境时，大多采用那些知名度高的著名建筑和街市，从情理上说，这些地方繁华热闹，南来北往的人多，自然轶闻传说多，让故事发生在这里，就显得很自然。另外，从故事传播上说，这些有名的建筑和街市，各有其特定的社会、经济、文化背景，它们已成为都市的标识和名片，认知度高，也便于说听双方的记忆与交流。略举几例如下。

樊楼，正名叫白樊楼，是宋代东京第一大酒楼。南宋吴曾《能改斋漫录》卷九"地理"说它的位置在"京师东华门外景明坊"①。据《东京梦华录》卷二"酒楼"记，白樊楼"后改为丰乐楼。宣和间，更修三层相高。五楼相向，各有飞桥栏槛，明暗相通，珠帘绣额，灯烛晃耀。"②这应是东京第一大酒楼了，南宋临安也有"丰乐楼"，应是对樊楼的仿建。《燕山逢故人郑意娘传》讲杨思温遇郑意娘的秦楼，"便似东京白樊楼一般"，这家酒楼跑堂的过卖，"却是白樊楼过卖陈三儿"，说到这白樊楼也就会让杨思温想起昔日东京的辉煌。《闹樊楼多情周胜仙》故事开头就介绍："东京金明池边，有座酒楼，唤做樊楼。这酒楼有个开酒肆的范大郎，兄弟范二郎，未曾有妻室。"樊楼地处闹市，无人不知，所以当周胜仙提起范二郎，替周胜仙说媒的王婆就问道："莫不是樊楼开酒店的范二郎？"又说："小娘子休要烦恼。别人时，老身便不认得。若说范二郎，老身认得他的哥哥、嫂嫂，不可得的好人。"③后来，因爹妈反对，周胜仙气闷而死，死而复活后很快找到樊楼酒店并"闹樊楼"，以致引得"哄动有二三十人看"，这些情节围绕樊楼展开，能获得更广泛的认知。《赵旭遇仁宗传》中，赵旭遇仁宗发迹的地点就在东京的樊楼上，而《俞仲举题诗遇上皇》中，俞良题诗而被上皇高宗赏识的地点也是在临安丰乐楼上。《武林旧事》卷三记有俞国宝题词遇上皇的传说故事，其地点在断桥旁的一个不知名的小酒肆："御舟经断桥，桥旁有小酒肆，颇雅洁，中饰素屏，书《风入松》一词于上，光尧驻目称赏久之，宣问何人所作，乃

---

① （宋）吴曾：《能改斋漫录》，中华书局1985年版，第236页。
② （宋）孟元老：《东京梦华录》，《东京梦华录》（外四种），古典文学出版社1956年版，第15—16页。
③ 程毅中辑注：《宋元小说家话本集》，齐鲁书社2000年版，第786、790页。

太学生俞国宝醉笔也。其词云……"① 这类传说应是《俞仲举题诗遇上皇》的素材来源，但说话人却将故事地点编成临安最著名的酒楼"丰乐楼"，这显然提高了故事的认知度，使之更易于传播。

金明池，是东京城最著名的皇家园林，据《东京梦华录》卷七"三月一日开金明池琼林苑"记载，其地理位置："池在顺天门外街北，周围约九里三十步，池西直径七里许。"这里，"游人还往，荷盖相望"，店铺林立，"街东皆酒食店舍，博易场户，艺人勾肆。"《东京梦华录》卷七"驾幸临水殿观争标锡宴"更是详细记述了御驾亲临金明池，百戏竞演，与民同乐的热闹场面②。《闹樊楼多情周胜仙》开头说："从来天子建都之处，人杰地灵，自然名山胜水，凑着赏心乐事。如唐朝便有个曲江池，宋朝便有个金明池，都有四时美景，倾城士女王孙，佳人才子，往来游玩，天子也不时驾临，与民同乐。"不必细加描写，这简短的几句概述，对东京听众来说，金明池的热闹场景已然历历在目。正是在这里，接下来展开了一段市井爱情故事："时值春末夏初，金明池游人赏玩作乐。那范二郎因去游赏，见佳人才子如蚁。行到了茶坊里来，看见一个女孩儿，方年二九，生得花容月貌。这范二郎立地多时，细看那女子，……那女子在茶坊里，四目相视，俱各有情。"③ 让范二郎与周胜仙在游人如织的金明池相遇，显得真实而自然。《金鳗记》讲一个灭门惨案，却是由计押番在金明池钓上一条金鳗作为故事的引子，而现实生活中，金明池垂钓，也是金明池一景，据《东京梦华录》卷七"三月一日开金明池琼林苑"记："其池之西岸，亦无屋宇，但垂杨蘸水，烟草铺堤，游人稀少，多垂钓之士。"④ 现实中的金明池垂钓处，本来就是"烟草铺堤，游人稀少"的幽静之地，在这里展开一段灵怪故事，将垂钓上来的金鳗说成是金明池主被杀而显灵，以印证所谓"大凡物之异常者，便不可加害。"⑤ 表现了市井细民对金明池这个皇家园林胜地的敬畏之心。

---

① （宋）周密：《武林旧事》，《东京梦华录》（外四种），古典文学出版社1956年版，第375—376页。
② （宋）孟元老：《东京梦华录》，《东京梦华录》（外四种），古典文学出版社1956年版，第39—40页。
③ 程毅中辑注：《宋元小说家话本集》，齐鲁书社2000年版，第786—787页。
④ （宋）孟元老：《东京梦华录》，《东京梦华录》（外四种），古典文学出版社1956年版，第40页。
⑤ 程毅中辑注：《宋元小说家话本集》，齐鲁书社2000年版，第678页。

界身子，是东京城里有名的金融商业一条街。《东京梦华录》卷二"东角楼街巷"云："自宣德东去东角楼，乃皇城东南角也。……南通一巷，谓之'界身'，并是金银彩帛交易之所，屋宇雄壮，门面广阔，望之森然，每一交易，动即千万，骇人闻见。"在这条街上，金银彩帛"每一交易，动即千万，骇人闻见。"① 不用说，能在这里开店的，必是有钱人家。《张主管志诚脱奇祸》中的张员外就在这里有店铺："话说东京汴州开封府界身子里，一个开线铺的员外张士廉，……家有十万赀财，用两个主管营运。"② 话本开头把张员外的店铺说成是在"界身子"里，这实际上就是说话人巧借说听双方有关"界身子"的共享知识，用简洁的交待，就可以增厚故事的内涵，使听众易懂易记，提高了故事的认知度。

大相国寺，东京最著名的佛寺。《东京梦华录》卷三"大内前州桥东街巷"："大内前州桥之东，临汴河大街，曰相国寺。"同卷"相国寺内万姓交易"云："相国寺每月五次开放万姓交易。……寺内有智海、惠林、宝梵、河沙东西塔院，乃出角院舍，各有住持僧官。……大殿两廊，皆国朝名公笔迹。"③ 可见，大相国寺除住持僧官，其他如国朝名公、市民百姓，无有不到。而关涉到大相国寺的宋元话本就有《宋四公大闹禁魂张》《简帖和尚》《五戒禅师私红莲记》《燕山逢故人郑意娘传》等多篇。用听众熟悉的这些著名建筑编织故事，增强认同感，成了话本编创的常用手法。

不仅是上述这些地标性建筑场所，其他一些街巷路桥描写，也无不是选取市井百姓所熟悉的。《西湖三塔记》、《西山一窟鬼》中西湖周边的街巷，《简帖和尚》说到的东京开封府中的枣槊巷、天汉州桥等，都是很有名的街巷路桥，在《东京梦华录》等笔记中都有具体记载。

话本还融入百姓熟悉的民俗、小吃等，将故事化作百姓的生活。

东岳庙会，常出现于话本中。宋代人信奉东岳神，宋真宗封东岳神为天齐仁圣帝，到了三月二十八日东岳神诞辰的庙会，平民百姓往往要上东岳庙烧香还愿。《郑节使立功神臂弓》《三现身》《杨温拦路虎传》《史弘肇传》

---

① （宋）孟元老：《东京梦华录》，《东京梦华录》（外四种），古典文学出版社 1956 年版，第 14 页。

② 程毅中辑注：《宋元小说家话本集》，齐鲁书社 2000 年版，第 726 页。

③ （宋）孟元老：《东京梦华录》，《东京梦华录》（外四种），古典文学出版社 1956 年版，第 19 页。

等话本都有这种民俗的描述。《史弘肇传》："自家今日不说别的，说两个客人，将一对龙笛蕲材，来东峰东岱岳烧献。"下文又说："特地将来兖州奉符县东峰东岱岳殿下火池内烧献。"①泰山在宋代属奉符县即今山东省泰安县治地。《三现身》："押司娘对着迎儿道：'我有一柱东峰岱岳愿香要还，我明日同你去则个。'"②也指奉符县的东岳庙。但东岳庙不止一处，《杨温拦路虎传》杨温妻子说："这先生既说卦象不好，我丈夫不须烦恼，我同你去东岳还个香愿，祈禳此灾，便不妨。"这里的"东岳"指泰山，山上山下都有东岳庙。下面还说到东岳神诞辰庙会上的娱乐节目——使棒打擂的"杂手艺"："那杨员外对着杨三官人说不上数句，道是：'明日是岳帝生辰，你每是东京人，何不去做些杂手艺？明日也去朝神，也叫我那相识们大家周全你，撰二三十贯钱归去。'"③

社头，是民间各类伎艺娱乐组织"社"的头目。《杨温拦路虎传》说到李贵使棒无对手时提到"社头"："那杨温道：'复员外，温在家世事不会，只会使棒；告员外，周全杨温则个，肯共社头说了，交杨温与他使棒，赢得他后，这一千贯钱，出赐员外。'"④这里提到打擂要先找"社头"入"社"，这也是宋代的民俗风习。吴自牧《梦粱录》卷一九"社会"条载："武士有射弓踏弩社，皆能攀弓射弩，武艺精熟。射放娴习，方可入此社耳。"⑤话本中的这种民俗故事，实际就是对生活的描述，听者自是倍感亲切。

特色小吃如《简帖和尚》中讲到的"鹌鹑馉饳儿"："僧儿见叫，托盘儿入茶房内，放在桌上，将条篾箠穿那馉饳儿，捏些盐，放在官人面前。"⑥这种小吃也是宋代街市常见的，《都城纪胜》"食店"条记："夜间顶盘挑架者，如鹌鹑馉饳儿、焦锤、羊脂蒸饼……之类，遍路歌叫，都人固自为常。"⑦对这类"都人"自以为很平常的民俗小吃之类的描述，对说话人来说，完全可以依据现场讲说的需要，信手拈来，随意穿插，而不必提前准备，讲这类细

---

① 程毅中辑注：《宋元小说家话本集》，齐鲁书社 2000 年版，第 606 页。

② 程毅中辑注：《宋元小说家话本集》，齐鲁书社 2000 年版，第 63 页。

③ 程毅中辑注：《宋元小说家话本集》，齐鲁书社 2000 年版，第 113、116 页。

④ 程毅中辑注：《宋元小说家话本集》，齐鲁书社 2000 年版，第 116 页。

⑤ （宋）吴自牧：《梦粱录》，《东京梦华录》（外四种），古典文学出版社 1956 年版，第 299 页。

⑥ 程毅中辑注：《宋元小说家话本集》，齐鲁书社 2000 年版，第 317 页。

⑦ （宋）灌园耐得翁：《都城纪胜》，《东京梦华录》（外四种），古典文学出版社 1956 年版，第 94 页。

节，就如同讲生活，话家常，拉近了故事与听众的距离。

我们今天读到的话本文本仅只是"说话"故事的骨架，如果说表演语境中共享的社会文化知识为故事增厚了血肉，那么，其中共享的地理民俗，就为故事增添了眉眼，这样，故事才被说得有鼻子有眼，就像真的。

第四节　元杂剧的编创方式与口头程式

元杂剧是"以歌舞演故事"①，单就其中的"演故事"而言，与说话伎艺一样，都属于口头叙事，何况处于口头传统中的元杂剧的叙事实际就是从说话伎艺衍化而来（详见第三章第一节）。所以，元杂剧的"演故事"也同样需要借助口头程式来编创、记忆和表演。不过，杂剧的编创、表演的方式与说话伎艺有所不同，所以，其程式的表现形式也有不同，本节探讨元杂剧的创编方式与口头程式特征。

一、"作家作曲伶人作白说"辨析

话本的创编方式如《醉翁谈录》所言，一般是"随意据事演说"，说话艺人虽也要参考一些书面材料，所谓"幼习《太平广记》，长攻历代史书"，但说话人只是从中获取一些素材，并不需要把要讲说的内容写出来。北曲杂剧有所不同，其中的曲词创作要审音协律，需借助书会才人的预撰。无名氏《汉钟离度脱蓝采和》杂剧第一折【油葫芦】曲中蓝采和就说："俺路歧每怎敢自专，这的是才人书会划新编。"第二折【梁州第七】亦云："若逢，对棚，怎生来妆点的排场盛？倚仗着粉鼻凹五七并，依着这书会社恩官求些好本令。"②"才人书会"编创的这些"好本令"，主要是曲本。演员唱曲是要预先演练的，《宦门子弟错立身》里的延寿马学习演唱杂剧就要"看掌记"，山西运城西里庄 1986 年出土元墓杂剧壁画里还有艺人在演出过程中观看掌记的实物图像③，这种掌记主要应是杂剧的曲本。《东京梦华录》卷二"东角楼街巷"条提到瓦舍里卖"令曲之类"，《水浒传》第二十、第二十一回写阎婆惜"会唱诸般耍令"，"又会唱曲儿"，宋江曾说："我时常看这婆娘看些曲

---

①　王国维：《戏曲考原》，《王国维戏曲论文集》，中国戏剧出版社 1984 年版，第 163 页。

②　王季思主编：《全元戏曲》第七卷，人民文学出版社 1999 年版，第 118、121 页。

③　参见山西省考古研究所：《山西运城西里庄元代壁画墓》，《文物》1988 年第 4 期。

本"，可见"唱曲儿"，要有"曲本"。

明清曲论家和现代研究者对作家作曲这一点看法比较一致，至于宾白为何人所作，则有不同看法，有认为作家作曲、伶人作白的，有认为作家曲白兼作的，二者看法不同，理由却一致，即曲白的分作或兼作都与伶人的创作水平低下有关。

持"作家作曲伶人作白说"的，认为由于元杂剧的宾白大多"鄙俚蹈袭"，所以一定是水平低下的伶人所为。明人臧懋循《元曲选序》提到这种说法时还是比较谨慎的，他说："或谓元取士有填词科……主司所定题目外，止曲名及韵耳。宾白则演剧时伶人自为之，故多鄙俚蹈袭之语。……此皆予所不辨。"①"或谓"云云，表明臧懋循只是转述他人的说法，"此皆予所不辨"，说明臧懋循采取"不辨"，即不加辨析评判的谨慎态度。与臧懋循同时代的王骥德则明确支持此一说法："元人诸剧，为曲皆佳，而白则猥鄙俚亵，不似文人口吻。盖由当时皆教坊乐工先撰成间架说白，却命供奉词臣作曲，谓之'填词'。"②也就是说，王骥德认为，因为"白则猥鄙俚亵，不似文人口吻"，所以必定是"教坊乐工先撰成间架说白"。这种看法，影响到后人，郑振铎也说："元曲一般有一个特点，即曲子极好，而说白极其庸俗、重复。这是因为原来只有曲子，而说白是明人后加的。《元刊杂剧三十种》中就只有曲无白，白只是'云云了'，这是让演员自己根据当时的情节自由发挥的。"③与王骥德的观点一致，郑振铎认为"说白极其庸俗、重复"的原因是因为说白"是让演员自己根据当时的情节自由发挥的"结果。

持"作家曲白兼作说"的，则以元杂剧中曲白俱佳的剧作为例，认为伶人创作水平低下，好的宾白不可能是伶人自为之，必定是作家所为。如王国维说："至谓宾白为伶人自为，其说亦颇难通。元剧之词，大抵曲白相生；苟不兼作白，则曲亦无从作，此最易明之理也。今就其存者言之，则《元曲选》中百种，无不有白，……且元剧中宾白，鄙俚蹈袭者固多；然其杰作如《老生儿》等，其妙处全在于白。苟去其白，则其曲全无意味。欲强分为二

---

① 吴毓华编：《中国古代戏曲序跋集》，中国戏剧出版社 1990 年版，第 148 页。

② （明）王骥德：《曲律》，《中国古典戏曲论著集成》四，中国戏剧出版社 1959 年版，第 148 页。

③ 郑振铎：《中国古典文学中的戏曲传统》，《郑振铎全集》第六卷，花山文艺出版社 1998 年版，第 378 页。

人之作，安可得也。"① 也就是说，王国维认为，伶人的宾白，都是"鄙俚蹈袭者"，把"妙处全在于白"的《老生儿》等剧，说成是"伶人自为"难于说通，故必定是由作家曲白"兼作"。徐朔方发挥王国维的观点说："创作杂剧而又不撰写科白完全不符合当时实际：……把现存杂剧如《争报恩》《东堂老》《冤家债主》《盆儿鬼》《老生儿》《渔樵记》中的大段科白归之于演员的即兴之作，人人得以自由增减，不是一时失言就是正统文学观点在作祟。像《老生儿》《渔樵记》中对话的生动逼真、机智泼辣，理合和全部元代杂剧中那些最精彩的曲句一样受到同等的重视。"② 徐朔方直言，《老生儿》等剧"对话的生动逼真、机智泼辣"，不可能是"演员的即兴之作"，而是剧作家作曲的同时又"撰写科白"的结果。

这里，需要辨明的是，在肯定作家作曲的同时，伶人在元杂剧创作中到底起了哪些作用？伶人作白都是"鄙俚蹈袭之语"、"极其庸俗、重复"的吗？宾白都是如王骥德、徐朔方等言，是作家"撰成"、"撰写"的吗？事实上，伶人不仅作白，而且，也作曲，并因时因地，删改曲词、修正全剧，在表演中不断地进行着新的创作，伶人在表演中展示了全面的创作才能。如：

（一）伶人作曲

有的演员兼作家，可以创作出高水平的曲词。如《黄粱梦》杂剧并非作家一人所作，而是作家和伶人的集体创作，贾仲明吊李时中【凌波仙】词云："元贞书会李时中，马致远、花李郎、红字公，四高贤合捻《黄粱梦》。东篱翁头折冤，第二折商调相从，第三折大石调，第四折是正宫，都一般愁雾悲风。"③ 四人同是元贞书会中人，马致远、李时中是剧作家，而花李郎和红字李二都是伶人，同一个剧作，作家和伶人唱和相从，合作的亲密无间，不分彼此，难分伯仲。甚至，邵曾祺认为："花李郎和红字李二都是艺人，但实际上此剧的第三折、第四折的意境和文词都较前两折优美，证明了他们是有才华的。这是元代戏曲艺人的特点之一。"④

---

① 王国维：《宋元戏曲考》，《王国维戏曲论文集》，中国戏剧出版社1984年版，第82页。
② 徐朔方：《元曲选家臧懋循》，中国戏剧出版社1985年版，第15页。
③ （元）钟嗣成：《录鬼簿》，《中国古典论著集成》二，中国戏剧出版社1959年版，第204页。
④ 邵曾祺：《元明北杂剧总目考略》，中州古籍出版社1985年版，第101页。

（二）伶人在表演中对曲词的删改

元杂剧的元刊本与明刊本间有许多异文，这不是版本问题，剧本是舞台演出的台本或记录本，元明刊本间的异文反映了元杂剧从元代到明代舞台演出上的变异，这种变异是伶人在表演中完成的。

如元刊本武汉臣《散家财天赐老生儿》第三折，刘禹同妻子清明上坟，用【寨儿令】一曲描述女儿引璋、女婿张郎在张家上坟的热闹：

> 【寨儿令】是谁家些贤妇女，孝儿郎？准备的整齐拖拽着慌。糖饼儿香，酸馅儿光，村酒透瓶香。动鼓板的非常，做杂剧的委实长，妆俫歌呆木大，长打手浪猪娘。这一场，更强似赛牛王。①

这段曲词描述上坟不仅有吃喝，还有歌舞，这是典型的宋代清明风俗的写照。《东京梦华录》卷七"清明节"记上坟情景，除了携带有炊饼等吃喝之外，也有"都城之歌儿舞女，遍满园亭"的记载。可知，宋代清明上坟有表演各类歌舞的风俗。曲词中提到的"糖饼儿"、"酸馅儿"就是宋代流行的吃食。《东京梦华录》卷四"饼店"条中记有"糖饼儿"，《东京梦华录》卷三"马行街铺席"、《梦粱录》卷十三"夜市"都记载有"酸馅儿"，另外，宋代话本《宋四公大闹禁魂张》中还记宋四公"向金梁桥上四文钱买两支焦酸馅"。这段曲词描述上坟时有"妆俫歌呆木大，长打手浪猪娘"的表演。所谓"呆木大"，《南村辍耕录·院本名目》"冲撞引首"中有"呆木大"，是演呆头呆脑人物以资要笑；"浪猪娘"是当时对年轻妇女的一种称呼，《白兔记》第三出表现农村节日社火的歌舞场面中有"浪猪娘先呈百戏，驷马勒妆神跳鬼"，可知，"浪猪娘"是一种装扮性的"百戏"表演。《白兔记》所演刘知远故事，北宋有说《五代史》和《刘知远诸宫调》，《九宫正始》引有元传奇《刘知远》，徐渭《南词叙录》著录《刘知远白兔记》，将其列入"宋元旧篇"，可见"浪猪娘"之类的"百戏"表演，宋元以来一直流行于民间。清明节上坟，人们饮酒吃喝，还有"动鼓板"、"做杂剧"的表演，这些宋元间的民间风俗，对早期的元代观众来说，应是熟悉的，所以元刊本《老生儿》会有描述清明上坟歌舞表演的场面。但就是这样一段很有生活气息和时

---

① 徐沁君校点：《新校元刊杂剧三十种》上，中华书局 1980 年版，第 258 页。

代特色的曲词，到了明代，时代变迁，风俗已变，清明上坟吃的不再是"糖饼儿"、"酸馅儿"，而代之以《元曲选》本《老生儿》第三折所说的"宰下羊，漏下粉，蒸下馒头，烫下酒，红干腊肉"①。至于元刊本中描述上坟表演歌舞的那段【寨儿令】曲词，《元曲选》本将其全部删除，而代之以一句泛泛的说白"是谁家这般热闹上坟"②，一带而过。这些内容上的修改，应该不是臧懋循所为，面对明代观众，舞台上的伶人只能这么去改，否则，观众就会觉得隔膜而看不懂。

邵曾祺在"考释"李文蔚《张子房圯桥进履》时，依据其中的曲牌指出，明代伶人已对此剧做了较大的改动，其"考释"云："……第二折【鹌鹑儿】、第三折的【转调货郎儿】（即原题为【货郎儿】【脱布衫】【醉太平】三曲者），都不是明中叶以后一般剧本所常用的曲牌，或此剧原是李文蔚旧本，历经排演改编，已与原作距离较大。"③

可见，伶人是曲白变异的主体，曲白相生，是伶人在长期表演中不断磨合的结果。

（三）伶人在表演中对全剧的改造

郑振铎在说到《脉望馆钞校本古今杂剧》与臧懋循《元曲选》本及他本杂剧的"异文"时指出："即在与臧选及他选名目相同的剧本里，其'异文'也是触目皆是；有的简直是成为另一个本子；其重要实不下于'孤本'的被发现。"④同一个剧作为什么会有这么多异文，甚至"有的简直是成为另一个本子"？其主要原因，应是同一个剧作在长期流传过程中，不同时地的伶人对它不断地进行改编加工而产生了变异。

有的同一剧作的两种本子，小的变动随处可见。例如《脉望馆钞校本古今杂剧》中两本《存孝打虎》都是抄本，一剧复见两个抄本，这在《脉望馆钞校本古今杂剧》中仅此一例，其他一剧复见两本的，都是一刊本、一抄本。《存孝打虎》的两个抄本，一为于小谷本，题《雁门关存孝打虎》，一为内府本，题《飞虎峪存孝打虎》，两个抄本均为四折一楔子，楔子及每折的

---

① 王季思主编：《全元戏曲》第二卷，人民文学出版社 1990 年版，第 631 页。
② 王季思主编：《全元戏曲》第二卷，人民文学出版社 1990 年版，第 636 页。
③ 邵曾祺：《元明北杂剧总目考略》，中州古籍出版社 1985 年版，第 119 页。
④ 郑振铎：《跋脉望馆钞校本古今杂剧》，《郑振铎全集》第六卷，花山文艺出版社 1998 年版，第 915 页。

主唱角色相同，情节互有参差，并无大的不同。两本应是都经过了伶人润色，不过内府本《飞虎峪存孝打虎》较之于小谷本，人物繁多，情节宾白多有增添，如楔子增入黄巢遣张归霸兴兵一段，第一折增入李克用点将的铺叙，第二折增入箭射双雕收复周德威的关目等。也有删减，如第三折存孝仅与张归霸战于华严川，无张归厚，更无战御弟黄圭一节，等等。对于这两个抄本的特点，严敦易认为："后一本伶工润色的情形，比上一本似乎更为显著一点，但两者实同出一个祖本，并不能云有较大的出入，只是搬演按行时的小小变动而已，亦无关紧要。"① 两个抄本情节上的参差互见，说明伶人的每一次表演都不会完全相同，每一次表演都是一次新的创作。

有的剧作两种本子之间，差异较大。例如元杂剧无名氏《二郎神醉射锁魔镜》现存二本，均为四折，一为《古名家杂剧》刻本，一为脉望馆抄本，两本第四折差异很大，王季烈将抄本第四折附在刻本第四折后录为第五折，至于抄本第四折的特点，王季烈指出："抄本白至拖沓，曲中多无谓之衬字。上场人物亦比刻本为繁，乃伶工搬演时所增加，以延长时刻。伶人传抄，遂相沿不改也。"② 具体说，抄本第四折是将刻本的探子以旁观者的身份叙述，改为哪吒到驱邪院主献囚，并述说战争经过，让主要人物再次登场，这是出于舞台效果所需，将抄本的述说成分减少，增加表演成分，这就使舞台表演更热闹，抄本显然是伶人改编的演出本。

这种为增强舞台效果，对剧作某部分做较大改动的情况很普遍，甚至成为某一特定时地伶人表演的套路与程式。如高文秀《刘玄德独赴襄阳会》，就全剧情节结构看，剧名为《襄阳会》，自应以"襄阳会"为主，但此剧前两折叙"襄阳会"，后二折则转入叙徐庶破曹兵事，虽说徐庶破曹也是"襄阳会"的余绪，但未免所占篇幅过多，显得前后两截叙的是两件事两个主题。对此，严敦易说："现在徐庶、曹仁的戏，占去一半以上，那这本《襄阳会》就难免曾由伶工们参与其间，牵连补缀。"③ 邵曾祺也说："剧本前半写襄阳会，后半写徐庶破曹兵，使情节不统一，而后半结构与脉望馆抄本其他明人所作历史剧相近似，颇疑此本后半或已经'内府'演员改编，重在热

---

① 严敦易：《元剧斟疑》上，中华书局 1960 年版，第 107 页。
② 王季烈：《孤本元明杂剧提要》，王季烈编：《孤本元明杂剧》一，中国戏剧出版社 1958 年版，第 13 页。
③ 严敦易：《元剧斟疑》上，中华书局 1960 年版，第 109 页。

闹的战争场面了。"①

脉望馆抄校的内府本历史剧为什么后两折常改编为"热闹的战争场面"？严敦易分析其原因时说："内府本的历史剧，是最注重战争杀伐场面的，因为武将对阵厮杀，紧张而热闹，可以同时有二三十人以上的出场，这在按行演出上，是有其需要的，也是园所存诸剧中，例子极多，不难一一按查。"②

内府本历史剧如此，其他剧作亦应如是。伶人的表演总是要随时代、地域和观众的改变而对剧作加以适当改动，以适应不同观众不同的审美趣味，这应是伶人演剧的普遍程式。

（四）许多好的宾白是伶人在表演中创作出来的

那些曲白相生、富有生活气息的宾白，不一定都是作家写出来的。王骥德《曲律》就指出好的"科诨"不是来自剧本而是来自于"优人穿插"表演："古戏科诨，皆优人穿插，传授为之，本子上无甚佳者。"③科诨是师徒传授，伶人独擅，依科添白，许多好的宾白也是伶人在表演中创作出来的。文本化的元刊杂剧缺少宾白，但舞台上的宾白是必不可少的，好的宾白存在于舞台之上，存在于元杂剧的师徒传承之中。

为什么明清以来直至现当代的戏曲评论家一提到"伶人作白"就认为是"鄙俚蹈袭之语"呢？其主要原因是，他们评价的依据是剧作文本，而未考虑到舞台演出，未考虑到伶人表演中的创作。王骥德《曲律》卷三"杂论第三十九上"云：

> 元人诸剧，为曲皆佳，而白则猥鄙俚亵，不似文人口吻。盖由当时皆教坊乐工先撰成间架说白，却命供奉词臣作曲，谓之"填词"。凡乐工所撰，士流耻为更改，故事款多悖理，辞句多不通。不似今作南曲者尽出一手，要不得为诸君子疵也。④

---

① 邵曾祺：《元明北杂剧总目考略》，中州古籍出版社 1985 年版，第 41 页。
② 严敦易：《元剧斟疑》上，中华书局 1960 年版，第 3 页。
③ （明）王骥德：《曲律》，《中国古典戏曲论著集成》四，中国戏剧出版社 1959 年版，第 141 页。
④ （明）王骥德：《曲律》，《中国古典戏曲论著集成》四，中国戏剧出版社 1959 年版，第 148 页。

王骥德认为"白则猥鄙俚亵"是指"事款多悖理，辞句多不通"，造成的原因是因为白是由"乐工所撰"，以致"士流耻为更改"。显然，王骥德说的这种情况指的是剧本宾白的"撰"写。证之元刊杂剧以及那些"士流耻为更改"的刊本、抄本，确实如此，辞句不通，颠倒错乱，文字讹误，致使事款悖理，比比皆是。这似乎是不容否认的事实。但是，我们要提出的质疑是，伶人场上的表演也是这样吗？肯定不是。如果伶人的表演也是"事款多悖理，辞句多不通"，观众早就跑光了。

现存文献对伶人如何编演杂剧的宾白，很少直接提及，但对他们的口头编创能力却多有记载。元代夏庭芝的《青楼集》是一部专记元代伶人演艺生活的专著，其中记载的很多伶人都是才艺双绝、口才出众，具有现场口头创编的能力。如《青楼集》开篇所记的第一位伶人梁园秀：

> 歌舞谈谑，为当代称首。喜亲文墨，作字楷媚；间吟小诗，亦佳。所制乐府，如【小梁州】、【青歌儿】、【红衫儿】、【捉搦儿】、【寨儿令】等，世所共唱之。又善隐语。①

"谈谑"，说集本《青楼集》作"诙谐"。诙谐的"谈谑"，就是一种传统的现场口头创编伎艺。《洛阳搢绅旧闻记》卷一"少师佯狂"条，记"有谈歌妇人杨苎罗，善合生杂嘲，辨慧有才思，当时罕与比者。"②"谈歌"即"谈谑"，"合生杂嘲"是"谈谑"伎艺之一种。这位"谈歌妇人"，"每令讴唱，言词捷给"，当场出题，则"歌者更不待思虑，应声嘲之"。《夷坚志支乙》卷六"合生诗词"条记，"江浙间路岐伶女，有慧黠、知文墨，能于席上指物题咏，应命辄成"③，都说的是这些"伶女"有现场创编才能。梁园秀还会吟诗作曲，善隐语，这些广博的才华，使她的现场创编更富有文采。《青楼集》所记善"谈谑"的伶人不在少数：国玉第"长于绿林杂剧，尤善谈谑，得名京师"；玉莲儿"端丽巧慧，歌舞谈谐，悉造其妙，……由是名冠京师"；樊香歌"金陵名姝也。妙歌舞，善谈谑，亦颇涉猎书史"；陈婆惜

---

① （元）夏庭芝：《青楼集》，《中国古典戏曲论著集成》二，中国戏剧出版社 1959 年版，第 17 页。
② （宋）张齐贤：《洛阳搢绅旧闻记》，中华书局 1985 年版，第 4 页。
③ （宋）洪迈：《夷坚志》第二册，中华书局 1981 年版，第 841 页。

"谈笑风生，应对如响，省宪大官皆爱重之"；号"一分儿"的女伶人，因即席应对诗词，绝妙得体，"一座叹赏，由是声价愈重焉"。尤其值得一提的是那位号"般般丑"的伶人马素卿，"工于笑谈，天性聪慧，至于词章，信口成句，而街市俚近之谈，变用新奇，能道人所不能道者。"① 这位伶人不仅"工于笑谈"，"信口成句"，而且"街市俚近之谈，变用新奇"，也就是说，这位伶人有把生活语言化作艺术语言的能力，这不正是"伶人作白"所必备的能力吗？他们能接续诗词，信口成句，就不能依剧情，接续曲词，编出几句宾白来吗？何况杂剧又是他们的擅长：珠帘秀"杂剧为当今独步，驾头、花旦、软末泥等，悉造其妙"；顺时秀"杂剧为闺怨最高，驾头、诸旦本亦得体"；国玉第"长于绿林杂剧"；翠荷秀"杂剧为当时所推"②，等等。就是这样一些因信口成句、应对如流而"名冠京师"、"名重京师"的杂剧专业艺人，他们口头编创出的杂剧宾白会是"事款多悖理，辞句多不通"吗？王骥德搞错了，那些"撰"写出来的辞句不通的宾白，是剧本的抄录者、刊刻者所为，与伶人在表演中编创的宾白无关。

要想把伶人在表演中编创的宾白，化作符合情理、辞句通顺的文字，有待于那些有文才的"好事通人"的整理加工。清代何煌在他据李开先藏元刊本校注的《王粲登楼》写的跋文中，记录了他校注此本的经历：

> 雍正三年乙巳八月十八日，用李中麓钞本校，改正数百字。此又脱曲二十二，倒曲二，悉据钞本改正补录。钞本不具全白。白之缪陋不堪，更倍于曲，无从勘正。冀世有好事通人，为之依科添白。更有真知真好之客，力足致名优演唱之，亦一快事。书以俟之。小山何仲子记。③

这段跋文提出的问题，值得我们思考。现今我们见到的《元刊杂剧三十种》中并没有这本元刊《王粲登楼》，它是李开先所藏，它同样是"不具全白"，而且"白之缪陋不堪，更倍于曲"，所以他希望"世有好事通人，为之依科添白"。所谓"通人"，应是精"通"表演之"人"，或是懂戏

① （元）夏庭芝：《青楼集》，《中国古典戏曲论著集成》二，第 17、24、25、30、33、37 页。
② （元）夏庭芝：《青楼集》，《中国古典戏曲论著集成》二，第 19、20、24、33 页。
③ 蔡毅编：《中国古典戏曲序跋汇编》二，齐鲁书社 1989 年版，第 793 页。

的书会才人，或干脆就是有一定文化水平的伶人，只有他们才能"依科添白"——将舞台上的宾白记录写入文本中。如王骥德所言，科诨"皆优人穿插，传授为之，本子上无甚佳者"，科诨是伶人独擅，科白不分，"依科添白"，灵光闪现，顺势发挥，好的科白，本来最初诞生于舞台之上。那些曲白俱全的剧本，应是"好事通人"不断地"为之依科添白"的结果。

这也给我们提出一个值得思考的现象，一个剧作的表演和剧本的传承，并不是同步对应的。一个简单的道理，场上伶人表演的说白，无论何时，都不会是"缪陋不堪"的，它一定是能让听众喜欢听、听得明白的。剧本就不同了，后来传承下来的各种版本，只是场上表演的记录，或为师徒传承，或为观演参考。有些伶人在表演中随时编创的宾白，少记或省略不记，或许就是记录整理者的通常行为。再加之记录者和刊刻者有些都是文字水平不高的伶人或书坊主，所以，一些剧本，文字低劣，"钞本不具全白，白之缪陋不堪，更倍于曲"，就不足为奇了。

认为伶人作白"多鄙俚蹈袭之语"的人，问题就出在，他们都未注意到或是忘记了伶人在表演中的创编才能，而仅仅依靠剧作文本，去评价"伶人作白"的优劣。如清代何煌依据李开先抄本《王粲登楼》，得出的结论是"白之缪陋不堪"，而晚明孟称舜评武汉臣《散家财天赐老生儿》杂剧依据的是《元曲选》本，就得出"如此剧与《赵氏孤儿》等白，直欲与太史公《史记》列传同工矣。"① 王国维也是据《元曲选》本，认为"其杰作如《老生儿》等，其妙处全在于白"。这有如与臧懋循同时代的冯梦龙，他在《古今小说叙》中认为，宋元话本"如《玩江楼》《双鱼坠记》等类，又皆鄙俚浅薄，齿牙弗馨焉。"② 说宋元话本的语言是"鄙俚浅薄"，就如同说元刊杂剧的宾白是"鄙俚蹈袭"一样，这也是从文字刊刻与阅读的角度去看问题。"说话"艺人口头表演中的《玩江楼》《双鱼坠记》，绝非是"鄙俚浅薄，齿牙弗

① 孟称舜"天赐老生儿总评"："此剧之妙，在宛畅入情，而宾白点化处更好。或云元曲填词皆出辞人手，而宾白则演剧时伶人自为之，故多鄙俚蹈袭之语。予谓元曲固不可及，其宾白妙处更不可及。如此剧与《赵氏孤儿》等白，直欲与太史公《史记》列传同工矣。盖曲体似诗似词，而白则可与小说演义同观。元人之《水浒传》是《史记》后第一部小说，而白中佳处直相颉颃，故当让之独步耳。"（明）孟称舜：《孟称舜集》，朱颖辉辑校，中华书局2005年版，第586页。

② （明）绿天馆主人：《古今小说叙》，丁锡根编著：《中国历代小说序跋集》中，人民文学出版社1996年版，第774页。

馨"的，而一定是"如丸走坂，如水建瓴"①，滔滔不绝，令听众如痴如醉的，不然的话，说话艺人何以生存！口头表演的"文本"绝非等同于口头表演。

说到这里，还要对伶人作白"多鄙俚蹈袭"之"蹈袭"语，做一点翻案文章。所谓"蹈袭"就是因袭，重复的意思，从写作或阅读的角度说，文字的"蹈袭"、重复确实是一种缺陷，但从口头表演角度看，"蹈袭"、重复就是口头创编的套语、程式，它是艺人口头创编的砖瓦，是师徒传承的秘笈。如同话本的口头创编，这些"蹈袭之语"也是元杂剧口头创编的程式手法。下面两节就来探讨元杂剧的"蹈袭"之语——宾白程式与情节程式。

二、元杂剧的宾白程式

元杂剧的宾白程式主要包括人物的上场诗、自报家门、情节交代、下场诗以及剧末判词等。

下面以高文秀《刘玄德独赴襄阳会》第一折开头刘备召集关羽、张飞、简雍三人商议找刘表借荆州一段宾白为例，来看宾白的程式化特征。原文如下：

> （冲末刘备同赵云上，云）叠盖层层彻碧霞，织席编履作生涯。有人来问宗和祖，四百年前将相家。某姓刘名备，字玄德，乃大树娄桑人也。某在桃园结义了两个兄弟，二兄弟蒲州解良人也，姓关名羽，字云长；三兄弟涿州范阳人也，姓张名飞，字翼德。俺弟兄三人在徐州失散，三载有余，不想今日在这古城聚会。某今要与曹操仇杀，无有城池，俺在这古城住月余也。今日与两个兄弟众将商议，与我唤将云长、张飞来者。（关末同张飞上）（关末云）帅鼓铜锣一两声，辕门里外列英雄。一寸笔尖三尺铁，同扶社稷保乾坤。某姓关名羽，字云长，蒲州解良人也。三兄弟乃涿州范阳人也，姓张名飞，字翼德。有俺哥哥大树娄桑人也，姓刘名备，字玄德。自徐州失散，在于古城聚会。今日哥哥呼唤，不知有甚事，须索走一遭去。可早来到也。小校报复去，有关羽、张飞来了也。（卒子云）理会的。喏，报的元帅得知，有关羽、张飞来了也。（刘备云）着他过来。（卒子云）着过去。（做见科）

---

① （元）夏庭芝：《青楼集》"时小童"："善调话，即世所谓小说者。如丸走坂，如水建瓴。"《中国古典戏曲论著集成》二，中国戏剧出版社1959年版，第27页。

（关末云）哥哥呼唤俺二人，有何商议的事？（刘备云）二位兄弟，唤您来别无甚事，只因曹操在徐州与俺交锋，俺兄弟每失散，今在古城，不为长计。倘曹操又领将兵来征伐俺，争奈此城地方窄狭，亦无粮草，怎生与他拒敌？（张飞云）哥哥，依着您兄弟，则在古城积草屯粮，招军买马。哥哥意下若何？（关末云）兄弟，不中。想着曹操手下，雄兵百万，战将千员，他若领兵来时，将古城踏为平地，那其间悔之晚矣！（刘备云）兄弟言者当也。我有一计，和您商议。我如今要差一人，持着我的书呈，直至荆州牧。刘表是吾之宗亲，镇守荆襄九郡，我问他但借城池暂用，咱且屯军居止。若聚集的些人马呵，那其间可与曹操仇杀，未为晚矣。您意下若何？（关末云）哥哥言者当也，可着谁去？（刘备云）与我唤的简宪和来者。（卒子云）理会的。（简雍上，云）幼小曾将武艺攻，南征北讨显英雄。临军望尘知敌数，四海英雄第一名。某姓简名雍，字宪和，文通三略，武解六韬，今佐于玄德公麾下为将。今玄德公呼唤，不知有甚事，须索走一遭去。可早来到也。小校报复去，道有简雍在于门首。（卒子云）喏，报的元帅得知，有简雍在于门首。（刘备云）着他过来。（卒子云）着你过去。（简雍见科，云）呼唤小官有何事？（刘备云）唤你来别无他事，我今要与曹操仇杀，争奈这古城无粮草。我如今修一封书，你直至荆州牧，他见了我的书，他自有个主意。你则今日便索长行。（简雍云）理会的。某不敢久停久住，奉玄德的将令，持着书呈直至荆州，走一遭去。奉命亲差不自由，谨驰驿马骤骅骝。舌剑唇枪成功干，不分星夜到荆州。（下）（刘备云）简雍去了也。若借得城池，那其间再与曹操仇杀。若简雍回来时，报复我知道。（下）①

全剧开头这段宾白，依次由人物的上场诗、自报家门、商议公事以及人物下场诗四步程序组合而成，其中每项程序动作，都是此类剧作通用的程式。这段宾白情节中，上场人物有刘备、关羽、张飞、简雍四人，因关、张一同上场，共用一首上场诗、一段家门大意，所以实际有三首上场诗（刘备、关张、简雍）、三段自报家门（刘备、关张、简雍），家门大意至人物下

___
① 王季思主编：《全元戏曲》第一卷，人民文学出版社1990年版，第581—583页。

场之间是一段公事商议的情节程式，人物下场诗只简雍一人有。下面按四步程序依次分析人物上场诗、自报家门、公事商议及下场诗的程式化运用。

（一）上场诗程式

1.《襄阳会》首先出场的刘备的上场诗为：

> 叠盖层层彻碧霞，织席编履作生涯。有人来问宗和祖，四百年前将相家。

其他元杂剧三国戏刘备的上场诗，基本相同，只有个别字句出入。如郑德辉《虎牢关三战吕布》第一折和无名氏《诸葛亮博望烧屯》第一折中刘备的上场诗仅将末句"将相家"改为"旺气家"：

> 桑盖层层彻碧霞，织席编履作生涯。有人来问宗和祖，四百年前旺气家。①

无名氏《关云长千里独行》楔子中刘备的上场诗末句又改为"王气家"：

> 桑盖层层彻碧霞，织席编履作生涯。有人来问宗和祖，四百年前王气家。②

朱凯《刘玄德醉走黄鹤楼》中刘备的上场诗用的是另一种：

> 骏马雕鞍紫锦袍，胸襟压尽五陵豪。有人来问宗和祖，附凤攀龙是故交。③

这首上场诗第三句略作更改又用于其他主帅。如《襄阳会》第一折中的刘表：

---

① 王季思主编：《全元戏曲》第四卷，第406页；第六卷，第2页。
② 王季思主编：《全元戏曲》第六卷，第708页。
③ 王季思主编：《全元戏曲》第五卷，第204页。

骏马雕鞍紫锦袍，胸中压尽五陵豪。有人要知吾名姓，附凤攀龙是故交。①

《襄阳会》第三折主帅曹操的上场诗又可以是：

善变风云晓六韬，率师选将用英豪。旗旛轻卷征尘退，马到时间胜鼓敲。②

借用首句"善变风云晓六韬"为基本单元，朱凯《刘玄德醉走黄鹤楼》又将其变化为关平的上场诗：

善变风云晓六韬，将门累世显英豪。能征惯战施勇猛，父子坚心辅圣朝。③

2.《襄阳会》关羽、张飞的上场诗为：

帅鼓铜锣一两声，辕门里外列英雄。一寸笔尖三尺铁，同扶社稷保乾坤。

这首上场诗也用于其他武将。无名氏《长安城四马投唐》第二折李靖上场诗仅将"三尺铁"改为"三尺剑"：

帅鼓铜锣一两声，辕门里外列英雄。一寸笔尖三尺剑，同扶社稷保乾坤。④

有的则改动后两句，如关汉卿《邓夫人苦痛哭存孝》第一折周德威、无名氏《昊天塔孟良盗骨》第二折岳胜、无名氏《小尉迟将斗将认父归朝》

---

① 王季思主编：《全元戏曲》第一卷，第584页。
② 王季思主编：《全元戏曲》第一卷，第597页。
③ 王季思主编：《全元戏曲》第五卷，第210—211页。
④ 王季思主编：《全元戏曲》第八卷，第103页。

第一折北番刘季真上场诗：

> 帅鼓铜锣一两敲，辕门里外列英豪。三军唱罢平安塔，紧卷旗幡
> 不动摇。①

　　显然，这是武将通用的上场诗，"帅鼓铜锣"、"辕门里外"二句最能说明武将特征，是此类上场诗的稳定句型，后二句则依不同剧情稍有变化，这种稳定中的变异，说明了程式可以依据剧情变化组合。如元杂剧中的庸将用这首上场诗时，就加入了嘲谑的成分，杨梓《功臣宴敬德不伏老》第三折高丽国大将铁肋金牙与尉迟恭还未对阵就先令部下"中间留一条走路，待我输了好走"，无名氏《诸葛亮博望烧屯》第二折夏侯惇一上场"自报家门"云："某文通三略，武解六韬。上的马去，番番不济；到的阵前，则是盹睡。若遇敌将，做不的本对；他轮刀便砍，慌的跳下马来膝跪。"② 这类庸将的上场诗云：

> 阵鼓铜锣一两敲，辕门里外列英雄。三军报道平安否，买卖归来
> 汗未消。③

　　这首上场诗的最后一句常用于店小二的上场诗，如高文秀《黑旋风双献功》第一折后楔子有店小二上场诗："买卖归来汗未消，上床犹自想来朝。为甚当家先白头，一夜起来七八遭。"其中"买卖归来汗未消"一句，又见于高文秀《好酒赵元遇上皇》第一折店小二、张国宾《相国寺公孙合汗衫》第一折店小二、宫大用《死生交范张鸡黍》第一折卖酒的、无名氏《狄青复夺衣袄车》第二折店小二等上场诗④。本是上阵冲杀的大将，其上场诗的最后一句却用店小二的套语"买卖归来汗未消"，未免滑稽可笑，令人忍俊不禁。

---

① 王季思主编：《全元戏曲》第一卷，第 5 页；第五卷，第 187 页；第六卷，第 269 页。
② 王季思主编：《全元戏曲》第四卷，第 782 页；第六卷，第 9 页。
③ 王季思主编：《全元戏曲》第四卷，第 773 页；第五卷，第 226 页；第六卷，第 9 页。
④ 王季思主编：《全元戏曲》第一卷，第 560 页；第一卷，第 677 页；第四卷，第 216 页；第四卷，第 347 页；第六卷，第 838 页。

3.《襄阳会》简雍的上场诗为:

> 幼小曾将武艺攻,南征北讨显英雄。临军望尘知敌数,四海英雄
> 第一名。

这种类型的上场诗常以第一句作基本句式,后三句加以变化,用以表现不同的人物特征。如《襄阳会》第三折曹仁的上场诗:

> 幼小曾将武艺习,南征北讨要相持。临军望尘知地数,对垒嗅土
> 识兵机。①

关汉卿《尉迟恭单鞭夺槊》楔子中尉迟恭的上场诗将后两句改为直接的自夸:

> 幼小曾将武艺攻,钢鞭乌马显英雄。到处争锋多得胜,则我万人
> 无敌尉迟恭。②

无名氏《十样锦诸葛论功》第二折中张士贵则改后三句为自我调侃:

> 幼小曾将武艺攻,南征北讨不曾赢。英雄赳赳无人赛,柴米油盐
> 酱醋葱。③

无名氏《关云长千里独行》楔子变化后三句改为曹操的上场诗:

> 幼小曾将武艺攻,驰驱四海结英雄。自从扫灭风尘息,身居宰相
> 禄千锺。④

---

① 王季思主编:《全元戏曲》第一卷,第598页。
② 王季思主编:《全元戏曲》第一卷,第384页。
③ 王季思主编:《全元戏曲》第七卷,第800页。
④ 王季思主编:《全元戏曲》第六卷,第707页。

可见，某一个人物可以有多种不同的上场诗，如曹操的上场诗既可以用"幼小曾将武艺攻"起句组合，也可以用"善变风云晓六韬"起句组合，而其中某一个基本单元，又可以衍化出多个人物的上场诗，如用"幼小曾将武艺攻"起句可以变换出简雍、曹仁、尉迟恭、张士贵、曹操等不同人物的上场诗，而用"善变风云晓六韬"起句，可以用于曹操，也可以用于关平，上场诗这些基本单元的通用性，是因为它们反映了这一类型人物的共性，从而使得程式在稳定性中具有灵活性。

还有一类上场诗，并不反映某些人物特征，与剧情也无关，只是为了调侃人物，他们的上场诗滑稽可笑，带有插科打诨性质，不过却表明了作家对人物的态度。这些打诨的上场诗多用"熟诨"程式，目的是增强舞台效果，又不致分散观众对剧情的注意力。如《襄阳会》第一折中刘琮的出场，作为剧中被调侃的人物，他的上场诗是：

河里一只船，岸上八个拽。若还断了篷，八个都吃跌。①

这四句诗又见于无名氏《施仁义刘弘嫁婢》第四折，说刘弘的儿子刘奇童到贡院中考试作诗，被试官赏识的诗句也是这四句：

河里一只船，岸上八个拽；若还断了索，八个都吃跌。②

这首打诨诗，用以调侃取笑刘奇童。这四句还见于杨显之《临江驿潇湘秋夜雨》第二折，主考官赵钱考崔甸士：

（试官云）河里一只船，岸上八个拽。你联将来。
（崔甸士云）若还断了弹，八个都吃跌。
（试官云）好好。待我再试一首。一个大青碗，盛的饭又满。
（崔甸士云）相公吃一顿，清晨饱到晚。
（试官云）好秀才，好秀才，看了他这等文章，还做我的师父哩。③

---

① 王季思主编：《全元戏曲》第一卷，第 583 页。
② 王季思主编：《全元戏曲》第六卷，第 830 页。
③ 王季思主编：《全元戏曲》第二卷，第 386 页。

崔甸士因作这类诗就被取了头名状元，令人觉得十分好笑。就是这类通用的打诨诗被用作高文秀《襄阳会》刘琮的上场诗，可见是伶人的信手拈来之作。

以打诨诗作人物上场诗有多种，如店小二的上场诗，常以自家酒质低劣味如醋来自嘲。郑德辉《醉思乡王粲登楼》第一折店小二上场诗：

> 酒店门前三尺布，人来人往图主顾。好酒做了一百缸，倒有九十九缸似滴醋。

郑廷玉《看钱奴买冤家债主》第二折店小二上场诗：

> 酒店门前三尺布，人来人往图主顾。做下好酒一百缸，倒有九十九缸似头醋。①

这首上场诗还见于郑廷玉《包待制智勘后庭花》第三折店小二、贾仲明《吕洞宾桃柳升仙梦》第一折酒保等②，大都是只有个别字句的变化而已。

元杂剧各类人物几乎都有表明各自身份的上场诗，如宰相、钦差、殿头官、府尹、审判官、奸臣、贪官、武将、番将、庸将、贵胄公子、义士、衙内、浪子、秀才、员外、太公、老汉、老太、鸨母、家童、店小二、酒保、小酒店主人、社长、银匠、厨子、媒婆、太医、强盗、无赖、长老、和尚、庙官、神仙等，各有其固定的上场诗，此处不一一列举③。

（二）自报家门程式

承接上场诗之后自报家门的程式，大都是"某姓甚名谁，何处人氏，……"之类的自我介绍。这种自报家门的程式，可以随处套用。如果是出现于不同剧作中的同一个人物，自报家门的内容都大体相同，如果套用在别的人物身上，只须替换一下人名和相关内容即可。

---

① 王季思主编：《全元戏曲》第四卷，第488—489页；第四卷，第139页。
② 王季思主编：《全元戏曲》第四卷，第41页；第五卷，第514页。
③ 举例可参见范丽敏：《互通·因袭·衍化——宋元小说、讲唱与戏曲关系研究》，齐鲁书社2009年版，第94—114页。

《襄阳会》首先出场的刘备的自报家门是：

> 某姓刘名备，字玄德，乃大树娄桑人也。某在桃园结义了两个兄弟，二兄弟蒲州解良人也，姓关名羽，字云长；三兄弟涿州范阳人也，姓张名飞，字翼德。俺弟兄三人在徐州失散，三载有余，不想今日在这古城聚会。

大致相同的内容，也见于无名氏《诸葛亮博望烧屯》第一折刘备的自报家门：

> 某姓刘名备，字玄德。大树楼桑人也。某有两个兄弟。二兄弟蒲州解良人也，姓关名羽，字云长。三兄弟涿州范阳人也，姓张名飞，字翼德。俺三人结义在桃园，宰白马祭天，杀乌牛祭地；不求同日生，只愿当日死。俺自破黄巾贼诛吕布之后，英雄各占一方。①

还有无名氏《关云长千里独行》楔子中刘备的自报家门也是如此：

> 某姓刘名备，字玄德。二兄弟姓关名羽，字云长。三兄弟姓张名飞，字翼德。俺三人在桃园结义，曾对天盟誓：不求同日生，只愿当日死。俺弟兄三人，自破黄巾贼之后，某在德州平原县为理。不期有这徐州太守陶谦，请将俺弟兄三人到此，三让徐州。②

三个不同剧作，刘备的自报家门大体相同，只是最后几句为衔接各自不同的剧情有所变化。

其他人物的自报家门也是套用这一程式，如同为《襄阳会》中关羽的自报家门：

> 某姓关名羽，字云长，蒲州解良人也。三兄弟乃涿州范阳人也，

---

①　王季思主编：《全元戏曲》第六卷，第 2 页。
②　王季思主编：《全元戏曲》第六卷，第 708 页。

姓张名飞,字翼德。有俺哥哥大树娄桑人也,姓刘名备,字玄德。自徐州失散,在于古城聚会。今日哥哥呼唤,不知有甚事,须索走一遭去。

简雍的自报家门:

某姓简名雍,字宪和,文通三略,武解六韬,今佐于玄德公麾下为将。今玄德公呼唤,不知有甚事,须索走一遭去。

自报家门的句式都是公式化的,不同人物的自报家门只须更换不同内容即可。

(三)公事商议程式

自报家门后公事商议的场景也有固定的程式,在《襄阳会》这类忠智豪杰剧中,凡是公事商议,主持者(元帅、丞相、相公)自报家门时说明商议何事后必云:"与我唤将 XX 来。"被唤者必回复云:"不知有甚事,须索走一遭去。可早来到也。小校报复去,有 XX 来了也。"卒子(或祗候)必云:"理会的。喏,报的元帅(或丞相、相公等)得知,有 XX 来了也。"主持者必云:"着他过来。"被唤者必云:"有何事商议。"主持者在正式说明商议何事开始前必云:"唤您来别无甚事,只因……"

如《襄阳会》第一折刘备自报家门中提出"无有城池"问题,欲召集关羽、张飞两人商议,于是说"今日与两个兄弟众将商议,与我唤将云长、张飞来者。"关羽、张飞上场诗、自报家门后说:

今日哥哥呼唤,不知有甚事,须索走一遭去。可早来到也。小校报复去,有关羽、张飞来了也。(卒子云)理会的。喏,报的元帅得知,有关羽、张飞来了也。(刘备云)着他过来。(卒子云)着过去。(做见科)(关末云)哥哥呼唤俺二人,有何商议的事?(刘备云)二位兄弟,唤您来别无甚事,只因曹操在徐州与俺交锋……①

----

① 王季思主编:《全元戏曲》第一卷,第581—582页。

又如《诸葛亮博望烧屯》第二折曹操自报家门中提出要与张辽商议与刘备、诸葛亮交兵事，于是说："我手下有一员上将，乃是百计张辽，唤此人来商议，有何不可。小校唤的张辽来者。（卒子云）理会的。"张辽上场诗、自报家门后说：

> 有丞相呼唤，不知有甚事，须索走一遭去。可早来到也，小校报复去，道有张辽来了也。（卒子云）理会的。（报科，云）喏，报的丞相得知，有张辽来了也。（曹操云）着他过来。（卒子云）理会的。过去。（张辽做见科，云）丞相呼唤张辽，那厢使用？（曹操云）张辽，唤你来别无甚事。为因刘关张请诸葛亮下山……①

再如无名氏《包待制陈州粜米》楔子中范仲淹欲召集韩琦等三人商议陈州旱灾开仓粜米事，自报家门后说："老夫早间已曾遣人，将众公卿都请过了。令人，你在门外觑者，看有那一位老爷下马，便来报咱知道。（祗候云）理会的。"以下先是韩琦上场自报家门后说：

> 有范学士令人来请，不知有甚事。须索走一遭去。可早来到也。令人，报复去，道有韩魏公在于门首。（祗候做报科，云）报的相公得知，有韩魏公来了也。（范学士云）道有请。（见科）（范学士云）老丞相请坐。（韩魏公云）学士请老夫来，有何公事？②

接着吕夷简上场自报家门后说：

> 今早有范天章学士令人来请，不知有甚事，须索走一遭去。可早来到也。令人，报复去，道有吕夷简下马也。（祗候报科，云）报的相公得知，有吕平章来了也。（范学士云）道有请。（见科）（吕夷简云）呀，老丞相先在此了。学士今日请小官来，有何事商议？③

---

① 王季思主编：《全元戏曲》第六卷，第9页。
② 王季思主编：《全元戏曲》第六卷，第88页。
③ 王季思主编：《全元戏曲》第六卷，第88页。

最后刘衙内上场自报家门后说：

> 有范天章学士令人来请，不知有甚事，须索走一遭去。说话中间，
> 可早来到也。令人，报复去，说小官来了也。（祗候报科，云）报的相
> 公得知，有刘衙内在于门首。（范学士云）道有请。（见科）（刘衙内云）
> 众老丞相都在此。学士唤俺众官人每来，有何事商议？①

人都到齐了，范仲淹说：

> 小官请众位大人，别无甚事。今有陈州官员申将文书来，说陈州
> 亢旱不收，黎民苦楚……②

这种主持者召集数人商议公事的情节程式，还见于关汉卿《邓夫人苦
痛哭存孝》、关汉卿《关大王独赴单刀会》、关汉卿《刘夫人庆赏五侯宴》、
高文秀《保成功径赴渑池会》、李文蔚《破苻坚蒋神灵应》、李文蔚《张子房
圯桥进履》、费唐臣《苏子瞻风雪贬黄州》、张国宾《薛仁贵荣归故里》、郑
德辉《虎牢关三战吕布》、郑德辉《钟离春智勇定齐》、郑德辉《立成汤伊尹
耕莘》、陈以仁《雁门关存孝打虎》、杨梓《功德宴敬德不伏老》、朱凯《刘
玄德醉走黄鹤楼》、无名氏《小尉迟将斗将认父归朝》、无名氏《庞涓夜走马
陵道》、无名氏《两军师隔江斗智》、无名氏《锦云堂暗定连环计》、无名氏
《关云长千里独行》、无名氏《十探子大闹延安府》、无名氏《赵匡义智娶符
金锭》、无名氏《狄青复夺衣袄车》、无名氏《阀阅舞射柳蕤丸记》、无名氏
《程咬金斧劈老君堂》等，不同剧作不过是依据各自不同情节按程式进行套
用而已。此外，其他题材剧作如公案剧、爱情婚姻剧、发迹变泰剧等，也多
有此类宾白情节程式，可以套用③。有了这些程式，剧中宾白完全可以由伶
人视情节所需自行编创。

　程式是口头创编及表演中应用的组件，但并非是说每个作品句句都是

---

① 王季思主编：《全元戏曲》第六卷，第88—89页。
② 王季思主编：《全元戏曲》第六卷，第89页。
③ 参见范丽敏：《互通·因袭·衍化——宋元小说、讲唱与戏曲关系研究》，齐鲁书社 2009
年版，第127—149页。

程式化的。在利用程式组合情节的同时，元杂剧的曲词、宾白中也有大量非程式化的来自生活的语言，如《西厢记》《老生儿》《渔樵记》等剧中，就有很多宾白，生动逼真、机智泼辣，充满生活气息。但这些随机生发的生活化的语言，伶人也要利用程式化的组件将它们组合起来，搭建成完整的剧情。总之，宾白创编，离不开程式。

（四）下场诗程式

元杂剧人物上场时有上场诗，下场时也往往有下场诗以作为人物行为段落的结束，但凡有下场诗，都是程式化的。

《襄阳会》第一折中简雍奉刘备之命到荆州刘表处送信，有下场诗云：

> 奉命亲差不自由，谨驰驿马骤骅骝。舌剑唇枪成功干，不分星夜到荆州。

无名氏《马援挝打聚兽牌》第一折，傅俊奉刘文叔之命与巨无霸交战，其下场诗云：

> 奉命亲差不自由，今朝一日统戈矛。拿住贼兵亲杀坏，恁时方可报冤仇。[1]

两个不同剧作中人物的下场诗都以"奉命亲差不自由"起句，是因为二人的行为相同，都属于"奉命亲差"，后三句的内容则依据剧情变换。有的人物下场诗用的是"眼望族节旗，耳听好消息"之类的俗语，这类俗语适用性强，于是就成为不同剧作类似场景固定化的人物下场诗。如《襄阳会》第二折后楔子中徐庶应刘备之邀，要去辅佐刘备，其母有下场诗：

> 孩儿去了也。眼望族节旗，耳听好消息。（下）[2]

石君宝《李亚仙花酒曲江池》楔子中郑元和要去考取功名，其父有下场诗：

---

① 王季思主编：《全元戏曲》第七卷，第 427 页。
② 王季思主编：《全元戏曲》第一卷，第 597 页。

孩儿去了也。我眼观旌捷旗，耳听好消息。（下）

尚仲贤《洞庭湖柳毅传书》第一折中柳毅要去考取功名，其母有下场诗：

孩儿去了也。眼望旌捷旗，耳听好消息。（下）①

张国宾《相国寺公孙合汗衫》第三折李玉娥的儿子要去求取功名，其母有下场诗：

孩儿去了也，眼观旌节旗，耳听好消息。（下）②

郑德辉《醉思乡王粲登楼》楔子中王粲要去求取功名，其母有下场诗：

孩儿去了也，我掩上这门儿。正是：眼望旌捷旗，耳听好消息。（下）③

无名氏《摩利支飞刀对箭》第一折薛仁贵要去考取功名，其父有下场诗：

孩儿去了也。这一去，他必然为官也。老汉无甚事，回我那家中去也。眼观旌捷旗，耳听好消息。（同下）④

这两句也用于南戏、话本等其他不同文体的作品中。如南戏《张协状元》第二十出中张协要去求取功名，李大公（末扮）等众人的下场诗：

（末）我每眼望旌捷旗，（合）大家耳听好消息。（末下）⑤

---

① 王季思主编：《全元戏曲》第三卷，第 503、730 页。
② 王季思主编：《全元戏曲》第四卷，第 233 页。
③ 王季思主编：《全元戏曲》第四卷，第 488 页。
④ 王季思主编：《全元戏曲》第六卷，第 858 页。
⑤ 钱南扬校注：《永乐大典戏文三种校注》，中华书局 1979 年版，第 106 页。

宋元小说话本《风月瑞仙亭》写司马相如受朝廷征召，卓文君父女等待他的消息，话本收束诗是：

> 正是：眼望旌节旗，耳听好消息。

话本《陈巡检梅岭失妻记》写陈巡检等待长老帮助寻妻，此时话本有收束诗云：

> 正是：端的眼观旌节旗，分明耳听好消息。①

可见，作为口头叙事表演中的口头程式，是来自艺人的口头传统，在话本、杂剧、南戏等各类口头叙事伎艺中是通用的。

三、元杂剧的情节程式——作家与伶人协同创作

元杂剧的编创方式，传统上有所谓"作家作曲、伶人作白"之说，现今的研究者多有认同②，但对元杂剧编创方式的具体过程，并未见有深入研究，笔者认为，"作家作曲、伶人作白"有一定的道理，但具体情况，要复杂得多。元杂剧的创作应该是"表演中的创作"，即当作家所作之"曲"，还未被伶人用于表演时，还仅仅是躺在案头上的"半成品"，杂剧中曲白相生的故事说唱，最终是由伶人在口头表演中完成的。从这个意义上说，一个完整的元杂剧作品是由作家和伶人共同创作完成的，故元杂剧的完成式只存在于伶人的表演之中，每次表演都可谓是一次新的创作，都会有新的变异，现存元杂剧剧本没有一部为作家原作。

元杂剧编创过程的各个环节都离不开程式，元杂剧的故事间架大多来自口头传统，这种对传统故事间架的袭用，就成为元杂剧不同题材类型的情节程式，元杂剧的四套曲，大都由固定的曲牌组成，这又构成元杂剧的音乐

---

① 程毅中辑注：《宋元小说家话本集》，齐鲁书社 2000 年版，第 357、437 页。
② 参见唐文标：《中国古代戏剧史》，中国戏剧出版社 1985 年版，第 212 页；洛地：《洛地文集·戏剧卷》卷一《戏弄·戏文·戏曲》，艺术与人文科学出版社 2001 年版，第 52 页；傅谨：《中国戏剧艺术论》，山西教育出版社 2000 年版，第 84 页；谢玉峰：《元曲杂剧"题目正名"考》，《民俗曲艺》2003 年第 6 期。

程式，至于元杂剧的宾白程式，则又由各类现成的上下场诗、自报家门、科诨等程式单元构成，而所有这些程式，最终由伶人在表演中将其合成为一个完整的杂剧作品。

笔者认为元杂剧的编创过程大致有三个主要环节，可以分三步来说：第一步，先依照故事的间架由曲作家作出曲词，关于说白，曲作家可不作，也可因意兴所至作出部分主要说白；第二步，伶人依据口头程式在表演中完成主要科白的编创；第三步，在表演中伶人视特定时地和观众的需求，对曲家之"曲"乃至部分剧情科白作出相应改动，完成"表演中的创作"。

元杂剧的故事间架是从哪来的？王骥德认为系伶人所为："皆教坊乐工先撰成间架说白却命供奉词臣作曲，谓之'填词'。"① 王国维认为是作家所为，即作家作曲时必须同时作出间架说白，以达到曲白相生："元剧之词，大抵曲白相生；苟不兼作白，则曲亦无从作。"② 这两种观点都认为"曲"是作家所写，不同之处仅在于"间架说白"与"曲"，究竟是"先白后曲"，由伶人和作家分别写成，还是"曲白相生"，由作家一人写成。

这里首先要辨明的是，曲白不论是两人分写还是一人合写，上述两种观点都认为元杂剧是先"写"出来的，然后由伶人依照写好的曲白齐全的剧本再将剧作"演"出来。元杂剧的编演分工是如此界限分明的吗？种种迹象表明，元杂剧的编写与表演，并不是分工严格、各司其职的：有的作家兼伶人，也登台演出，如关汉卿等；有的伶人兼作家，也写作剧本，如张国宾、红字李二、花李郎等；有的作家与伶人共商创作，不过由一人主笔而已。这些书会才人编写剧本，只写出一些必要的曲词，其余由伶人口头编创，在表演中完成。这可以从戏曲文物中得到证实：右玉县宝宁寺水陆画第五十七幅，廖奔根据所绘人物服饰断定为元代作品。此幅画的局部，即有一士人打扮的书会才人右手握一管斑竹毛笔，左手掠去笔尖浮毛，似正在创作，周围众演员围绕，才人左侧一老者伸出食指，正与才人说话，他应是代表戏班与才人正在共商创作③。元杂剧编演分工不分明，是因为元杂剧的故事间架、说白以及套曲音乐，有大量的口头程式可在表演中创作，所以不必一一

---

① （明）王骥德：《曲律》，《中国古典戏曲论著集成》四，中国戏剧出版社1959年版，第148页。
② 王国维：《宋元戏曲考》，《王国维戏曲论文集》，中国戏剧出版社1984年版，第82页。
③ 参见廖奔：《宋元戏曲文物与民俗》，文化艺术出版社1989年版，第232—234页。

写出。

元杂剧的故事间架大多来自口头传统，这种对口头传统故事模式的袭用，就形成元杂剧的故事间架程式。

先看元杂剧占比数量最多的三国戏。据统计，元杂剧三国戏（包括元明间无名氏作品）约有六十种，其中大多数三国戏都可在《三分事略》（《三国志平话》）中找到相应情节，只有《西蜀梦》《王粲登楼》《刀劈四寇》《怒斩关平》《娶小乔》五种三国戏完全不见于《三分事略》（《三国志平话》）。《王粲登楼》应是借王粲的《登楼赋》而敷演的文人抒怀之作，《西蜀梦》等四剧应是以民间传说为据，如《西蜀梦》，唐李商隐《无题》（万里风波一叶舟）诗中有"益得冤魂终报主"之句，明成化本词话《花关索贬云南传》中有相关情节的具体描述，可见民间一直有此传说。

虽说多数三国戏都可以在《三分事略》中找到相应的情节，但三国戏的故事间架应该主要来自三国故事的口头传统，这可以元杂剧高文秀《襄阳会》为例做一具体分析。《襄阳会》的主要故事情节是：第一折叙刘备在古城聚会后，与关羽、张飞计议，到荆州向刘表借地屯军，刘表请刘备三月三赴襄阳会。会上刘表让刘备接管荆襄九郡，刘备不肯，说应由刘表长子刘琦承袭，刘表次子刘琮因此怀怨，与蒯越、蔡瑁商议，欲加害刘备。刘琦暗示刘备速逃。第二折叙蒯越派家将王孙去盗刘备所乘的卢马，遇刘备讲明情由，王孙放走刘备，刘备马跃檀溪脱险。其后楔子叙刘备迷途遇司马徽，推荐伏龙、凤雏；又遇庞德公，令寇封为刘备义子，即后来的刘封；又举荐徐庶为军师。第三折叙曹操令曹仁、曹章往新野、樊城，擒刘备、关羽、张飞，徐庶调兵遣将。第二个楔子叙曹军战败，曹章被擒。第四折叙刘备设宴庆功。

元杂剧《襄阳会》的主要故事情节与元至治刊本《三国志平话》基本相同。严敦易在《元剧斟疑》中认为，元杂剧作者高文秀看过《三国志平话》，或是看过至治刊本《三国志平话》之前的"另一种本子的内容完全相同的《平话》"[1]。刘世德则断定高文秀看过的就是早于《三国志平话》而"内容完全相同"的《三分事略》[2]。高文秀是元代前期的杂剧作家，属于

---

[1] 参见严敦易：《元剧斟疑》上，中华书局 1960 年版，第 82 页。

[2] 参见刘世德：《谈〈三分事略〉：它和〈三国志平话〉的异同和先后》，《文学遗产》1984年第 4 期。

《录鬼簿》"前辈已死名公才人"之列。曹棟亭本《录鬼簿》将其列之于关汉卿之后，居第二位；天一阁本《说集》本将他列之于关汉卿、白仁甫、庾吉甫之后，居第四位。《录鬼簿》又注明高文秀"早卒"。可见，在元前期作家中高文秀的年代较早，说高文秀看过《三分事略》只能说是有可能。而据《东京梦华录》记载，"说三分"在北宋时已成为说话艺人的专科伎艺，并有了专门"说三分"的艺人霍四究；《醉翁谈录》记南宋说话题材有"《三国志》诸葛亮雄材"，刊印于元世祖至元三十一年（1294）的《三分事略》①，不过是自北宋中后期至元初二百多年来说话场上的"说三分"的一个简略的记录整理本，而在元杂剧《襄阳会》之前，舞台上金院本中亦有《襄阳会》，南戏《宦门子弟错立身》【鹊踏枝】曲中有"刘先主跳檀溪"，杂剧《刘先主醉走黄鹤楼》第一折刘封、赵云都提到"襄阳会"事。可见，这些三国故事在宋元表演场上十分流行，应是宋元时期各类说唱三国故事的作者、艺人以及听众早已十分熟悉的。所以，与其说是高文秀《襄阳会》等三国戏的故事来自《三分事略》，不如说更多地来自"说三分"的口头传统。

再看元杂剧中的水浒戏。据《录鬼簿》、《太和正音谱》载录，元杂剧水浒戏有二十三种，现存的有六种，即：康进之《梁山泊李逵负荆》、高文秀《黑旋风双献功》、李文蔚《同乐院燕青博鱼》、李致远《都孔目风雨还牢末》、无名氏《争报恩三虎下山》、无名氏《鲁智深喜赏黄花峪》。水浒故事是南宋以来"说话"伎艺的流行题材之一。南宋人罗烨《醉翁谈录·小说开辟》列有宋代"小说"家话本名目，其中"公案"类有《石头孙立》、"朴刀"类有《青面兽》、"杆棒"类有《花和尚》和《武行者》等四种。这种以单个水浒英雄故事为一独立节目单元的结构方式，与元代水浒戏一脉相承。宋元间的《宣和遗事》则是把单个的水浒故事开始串联起来，或是民间已开始有连续讲说水浒故事的"说话"节目。

考察现存水浒戏，宋江出场时，或简或繁，都有一段大体相同的"自报家门"，概述了水浒故事梗概。如高文秀《黑旋风双献功》第一折，宋江上场：

　　　　某姓宋名江字公明，绰号及时雨者是也。幼年曾为郓州郓城县把

---

① 　关于刊刻年代，参见刘世德：《谈〈三分事略〉：它和〈三国志平话〉的异同和先后》，《文学遗产》1984 年第 4 期。

笔司吏，因带酒杀了阎婆惜，被告到官，脊杖六十，迭配江州牢城。因打此梁山经过，有我八拜交的哥哥晁盖，知某有难，领喽啰下山，将解人打死，救某上山，就让我第二把交椅坐。哥哥晁盖三打祝家庄身亡，众兄弟拜某为头领。某聚三十六大伙，七十二小伙，半垓来的小喽啰，寨名水浒，泊号梁山。纵横河港一千条，四下方圆八百里。东连大海，西接济阳。南通巨野、金乡，北靠青、齐、兖、郓。有七十二道深河港，屯数百只战舰艨艟，三十六座宴楼台，聚几千家军粮马草。风高敢放连天火，月黑提刀去杀人。①

再如李文蔚《同乐院燕青博鱼》楔子宋江上场：

某姓宋名江字公明，绰号顺天呼保义者是也。曾为济州郓城县把笔司吏，因带酒杀了阎婆惜，一脚踢翻烛台，延烧了官房，被官军拿某到官，脊杖了六十，迭配江州牢城军营。因打梁山经过，遇着晁盖哥哥，打开枷锁，救某上山。就让某第二把交椅坐了。不幸哥哥晁盖三打祝家庄，中箭身亡，众兄弟就推某为首。聚三十六大伙、七十二小伙、半垓来的小喽啰。②

对此，孙楷第认为："此四剧（按：指《双献功》、《燕青博鱼》、《李逵负荆》、《还牢末》）所载宋江白，江上场自述个人经历以及与晁盖关系，其语皆同。知此四剧宋江白所言宋江晁盖事，乃当时人习闻共知之事。其事口耳相传，已成定论。故高文秀四人撰剧，与此等皆不敢违异。"③ 正是因为水浒故事的整体间架"口耳相传，已成定论"，于是就出现了几个水浒戏相同的宋江自白的程式。

此外，水浒戏某些局部情节程式，也来自口头传统。例如，宋江自白中都提到宋江"杀了阎婆惜"事。《宣和遗事》中有"宋江因杀阎婆惜往寻晁盖"一节，讲宋江杀阎婆惜的原因是由于阎婆惜与吴伟通奸。与此相承，现存的六种水浒戏中有四种的中心情节都是叙述由男女奸情而引出负屈衔冤

---

① 王季思主编：《全元戏曲》第一卷，第552页。
② 王季思主编：《全元戏曲》第三卷，第106页。
③ 孙楷第：《沧州集》上册，中华书局1965年版，第131—132页。

事，水浒英雄捉奸、除奸以伸张正义：《双献功》是孙孔目之妻郭念儿与白
衙内私通，《燕青博鱼》是燕大之妻王腊梅与杨衙内私通，《还牢末》是李孔
目之妾萧娥与赵令史私通，《争报恩》是赵通判小妻王腊梅与丁都管私通。
前三剧皆为奸夫淫妇合谋陷害亲夫，《争报恩》是陷害大妻，最后都由梁山
好汉出面摆平。这几个剧作不仅故事间架及主旨与宋江杀阎婆惜相似，而且
某些细节也与《宣和遗事》所记吻合。如《还牢末》中的李孔目与宋江的身
份都是衙门小吏，与人通奸的女子萧娥与阎婆惜都是娼妓，为报恩义，李逵
送李孔目一对金环，晁盖送宋江一对金钗，李孔目让萧娥把金环收起，宋江
让阎婆惜把金钗收起，等等。另外，《还牢末》的情节结构还与同为侠义题
材的杨显之的《酷寒亭》极为相似，而花李郎也有《酷寒亭》杂剧，南戏也
有《酷寒亭》。由此可见，由口头传统形成的情节程式，在口头传承的变异
中，可以很便捷地不断衍化出新剧目。再有，在这一情节程式中，一些人物
名称也是程式化的：但凡是害人的奸妇、妓女，都叫王腊梅或萧娥，如《争
报恩》《燕青博鱼》《神奴儿》《村乐堂》中的王腊梅，《酷寒亭》《还牢末》
中的萧娥；恶少公子都叫某衙内，如《双献功》中的白衙内，《燕青博鱼》
中的杨衙内等。不仅如此，这些人物的一些语言行为细节也是程式化的，如
奸夫与淫妇聚会饮酒，淫妇必云："你来了也，我正等你哩，咱两个家里吃
几杯酒。打开这吊窗，若有人来，便往这窗子里出去。"被人撞见，奸夫必
云："不好了，有人来也。我往吊窗里跳出去，走走走。"① 《酷寒亭》第三折
萧娥与高成、《燕青博鱼》第三折燕大妻王腊梅与杨衙内的相关情节，都是
如此。这些从整体间架结构到局部的情节、人物、细节所形成的大大小小的
口头程式，对伶人来说，早已烂熟于心，可以顷刻捏合，脱口而出，在表演
中创作，根本不必一一写出，照本宣科。

我们在强调口头传统中的情节程式的同时，绝不否认作家的创新，但
这种创新一般来说是继承传统中的创新，而且，一旦有创新性的有影响的作
品出现，随之就有跟进模仿之作。于是，又形成新的情节程式系列。如王实
甫的《西厢记》，其故事框架来自《西厢记诸宫调》，但其中自有王实甫的天
才创作。不过，《西厢记》一出即有跟进者，如大家熟知的清人梁廷栴《曲

---

① （元）马致远：《邯郸道省悟黄粱梦》第二折高太尉女儿翠娥与魏尚书的儿子魏舍，见王
季思主编：《全元戏曲》第二卷，第195—196页。

话》比较了郑德辉《伲梅香》和王实甫《西厢记》的情节相同者竟有二十处之多，简直可以说就是刻意模仿：

> 《伲梅香》如一本小《西厢》，前后关目、插科、打诨，皆一一照本模拟：张生以白马解围而订婚姻，白生亦因挺身赴战而预联缘好，一同也；郑夫人使莺莺拜张生为兄，裴亦使小蛮见白而改称兄妹，二同也；张生假馆于崔而白亦借寓于裴，三同也；莺莺动春心不使红娘知而红娘自知，樊素亦逆揣主意而劝使游园，四同也；张生琴诉衷曲，白亦琴心挑逗，五同也；张生积思成病，白亦病眠孤馆，六同也；张生向红娘诉情，白亦于樊素前尽倾肺腑，七同也；张生跪求红娘，白亦向樊素折腰，八同也；张生倩红传寄锦字，素亦与白密递情词，九同也；莺莺窥简佯怒，小蛮亦见词罪婢，十同也；红娘佯以不识字自解，樊素亦反问词中所语云何，十一同也；红见责而戏言将告夫人，樊亦被诘而诈为出首，十二同也；莺莺答诗自订佳期，小蛮亦答诗私约夜会，十三同也；张生误以红娘为莺莺，白亦误将樊素作小蛮，十四同也；莺莺烧香，小蛮亦烧香，十五同也；崔夫人拷红，裴亦打问樊素，十六同也；红娘堂前巧辩而归罪于崔，樊素亦据理直权而诿过于裴，十七同也；崔夫人促张应试，裴亦使白赴京，十八同也；莺莺私以汗衫、裹肚寄张，小蛮亦有玉簪、金凤赠白，十九同也；张衣锦还乡，白亦状元及第，二十同也。不得谓无心之偶合矣。①

白朴的《董秀英花月东墙记》也几乎是完全复制《西厢记》的主要情节，与《西厢记》情节多有雷同的，还有郑德辉《倩女离魂》、马致远《青衫泪》、乔梦符《两世姻缘》等。对此，明人王骥德《曲律》指出："元人杂剧，其体变幻者固多，一涉丽情，便关节大略相同，亦是一短。"② 王骥德从书面写作的角度看，认为元人杂剧"关节大略相同，亦是一短。"换个角度看，其实并非如此，这种"关节大略相同"的情节，正是元人杂剧在表演中

---

① （清）梁廷枏：《曲话》，《中国古典戏曲论著集成》八，中国戏剧出版社 1960 年版，第 262—263 页。

② （明）王骥德：《曲律》，《中国古典戏曲论著集成》四，中国戏剧出版社 1959 年版，第 148 页。

创作的程式，它是伶人口头创作的一种不可或缺的艺术手段，是伶人在表演中构建杂剧作品的传家法宝。这种"关节大略相同"的系列剧还有许多，如同为始困终亨剧的《冻苏秦》《王粲登楼》《渔樵记》《破窑记》《裴度还带》，同是通过"存孤"、"救孤"表现忠奸斗争的《赵氏孤儿》《报妆盒》，同是度脱剧的《岳阳楼》《金安寿》《城南柳》《铁拐李》《黄粱梦》《任风子》《刘行首》《度柳翠》，等等。对此，王国维也批评说："元剧关目之拙，固不待言。此由当日未尝重视此事，故往往互相蹈袭，或草草为之。"[1] 王国维所说的"互相蹈袭"，实际说的也是口头传统中的程式，程式就是重复、蹈袭，但却是伶人创作的必要手段之一。

元杂剧也如同其他瓦舍口头叙事伎艺如说话、诸宫调等一样，艺人们并不追求我们通常认为的所谓"独创性"或"新颖性"，而观众也未作这样的要求。对于世俗观众来说，这些口头传统中的程式携带着世代累积下来的民间信仰、习俗、格言，蕴含着集体的智慧经验，这种传承文化可以无障碍地使观众获得认同，也只有这种认同才能产生艺术上的共鸣。对于伶人来说，他们利用这些口头传统中的程式，构建起自己所熟悉的程式法则，并依靠程式化的情节主题、程式化的典型场景和程式化的句法如杂剧的上下场诗等来结构作品。也就是说，伶人们不是照预先写出的完整剧本去逐字背诵，而是靠所掌握的口头传统的程式法则来演唱的。

其实，北曲杂剧的四套曲也是程式化的。《元刊杂剧三十种》有四套曲，却不分折，甚至连段落也不很明显，明人将其分为四折。为什么要分为四折？现代研究者一般是从观众看演出的时间需求角度来解释，如徐扶明《元代杂剧艺术》第五章"折子"的注四，以《金瓶梅》四十二回、四十三回和四十八回所记一个下午演四折杂剧为例，说："可见，当时演出一本杂剧所需要的时间，确实如此。这对于观众来说，比较合适，吃过午饭看戏，到一本杂剧演毕，恰好傍晚。"[2] 曾永义也认同这种观点："我想这种演出所需时间的恰到好处，应当是元杂剧所以坚持以四折为律的缘故吧！"[3] 但是，笔者认为，如果不是从接受而是从创作和表演角度看，元杂剧是最早由大批文人参与而兴盛起来的戏曲形式，固定的四套曲，就是固定的四套音乐程式，它

---

① 王国维：《宋元戏曲考》，《王国维戏曲论文集》，中国戏剧出版社 1984 年版，第 85 页。

② 徐扶明：《元代杂剧艺术》，上海文艺出版社 1981 年版，第 107 页。

③ 曾永义：《戏曲源流新论》，中华书局 2008 年版，第 246 页。

既便于元杂剧作家批量生产，也便于伶人们记忆演出，它是元杂剧程式化创作的组成部分。

四套曲或四折，从内容上看，大致相当于情节发展的起、承、转、合，也就是情节冲突的开端、发展、高潮、结局。当然，少数也有例外和变化。这种大体一致的结构布局，实际就是一种程式化的结构。而从音乐形式上说，四套曲大体固定的音乐结构，既便于作家作曲，也便于伶人们记忆演唱。清代梁廷枬在《曲话》中已明确指出元剧四套曲的程式化特征：

> 百种中，第一折必用【仙吕·点绛唇】套曲，第二折多用【南吕·一枝花】套曲，余则多用【正宫·端正好】、【商调·集贤宾】等调。盖一时风气所尚，人人习惯其声律之高下，句调之平仄，先已熟记于胸中，临文时或长或短，随笔而赴，自无不畅所欲言。不然，何以元代才人辈出，心思才力，日趋新异，独于选调一事不厌党同也。[①]

元杂剧的宫调曲牌，今人研究起来似觉眼花缭乱、纷繁复杂。其实，在当时无论是对作家、伶人甚或是观众来说，这些套曲作为口耳相传的音声，不过是"一时风气所尚，人人习惯其声律之高下，句调之平仄，先已熟记于胸中"，尤其是对自小师承传授而口不离曲的伶人们来说，这些曲调音声早已"熟记于胸中"，创作或演唱对他们来说，简直就是驾轻就熟，随口而出。《青楼集》记当时演员能记数量众多的杂剧，如李芝秀能"记杂剧三百余段"，小春宴"记性最高。勾栏中作场，常写其名目，贴于四周遭梁上，任看官选拣需索。"这些演员能记这么多杂剧绝非仅凭逐字逐句的照本背诵，他们应该有一套记忆的方法技巧，这就是运用音乐的程式。《青楼集》记张玉莲："旧曲，其音不传者，皆能寻腔依韵唱之。"[②] 所谓"寻腔依韵"，就是依循曲调固有程式来演唱。《元刊杂剧三十种》的原刊本每套曲的前面绝少写明宫调，现今排印本中的宫调是今人增补的。这说明，元刊杂剧对演员来说，写明宫调对伶人们来说已是多余，曲调程式早已烂熟于心，只须提供一些曲词就足够了，这就如同宾白程式本属信手拈来，元刊本也不印出，

---

① （清）梁廷枬：《曲话》，《中国古典戏曲论著集成》八，中国戏剧出版社1959年版，第263页。

② （元）夏庭芝：《青楼集》，《中国古典戏曲论著集成》二，第29、38—39、31页。

其道理是一样的。

现代田野调查也证实，演员不是依靠文本而是在表演中记忆，在演唱中记忆：

> 当我们要求歌手讲述诗歌内容时，往往歌唱时的许多优美动人的歌词不见了，甚至有的歌手，只能由他唱着记，不能说着记。他们说："唱着记不完，说着记不全。"这话很有道理。这也是口头文学的特点所决定的。因为，没有文字记录的口头文学，靠有韵易于上口，便于流传，故大多是采取歌唱的方式，靠曲调韵律传颂下来，离开曲调韵律，诗歌如同失去了灵魂。[①]

这些伶人不仅能记能唱，也能创编，而且有着极强的口头创编能力，无须用笔写出。如《青楼集》记载一位号"一分儿"的伶人，因席上"有小姬歌《菊花会》南吕曲"首句，士人丁指挥令其接续"足成之"，而"一分儿"现场创编，应声接续，其曲切情切景，令"一座叹赏"。像这样懂音律、擅词曲且能口头创编的伶人不在少数。如梁园秀"所制乐府，如【小梁州】、【青歌儿】、【红衫儿】、【捉搏儿】、【寨儿令】等，世所共唱之"，张玉莲，"南北令词，即席成赋；审音知律，时无比焉"，般般丑，"姓马，字素卿，善词翰，达音律，驰名江湘间。……所赋乐章极多，至今为人传诵"[②]，等等。相比书会才人的把笔写作，这些具有现场口头创编能力的伶人，他们更懂得如何随着时地的变异，让曲词更有针对性，更有表现力，更能打动听众。

由此我们想到，作家所作之"曲"，应该只是半成品，这些有口头创编能力的伶人会在表演中不断地对其修改完善，这也让我们对所谓的"作家作曲"，不得不提出质疑：现今能看到的元杂剧的"曲"，都是作家"写作"出来的吗？

有一个问题很值得重新思考，即《元刊杂剧三十种》原刊本并无作者署名，现在的署名是王国维考订的结果。王国维在《元刊杂剧三十种序录》中说："原书本无次第及作者姓氏，曩曾为之厘定时代，考订撰人，录目如

---

① 马学良：《关于少数民族民间文学的搜集、整理问题》，马学良：《索园集》，中国民间文艺出版社1989年版，第126页。

② （元）夏庭芝：《青楼集》，《中国古典戏曲论著集成》二，第37、17、31、37页。

下。"① 这里的问题是，如果这些剧作确为这些作者所写，《元刊杂剧三十种》的刊刻者为什么不属上作者的姓名？按说刊刻者离这些作者的时代最近，应该更清楚作者是谁。我认为，一个简单的事实是，刊刻者的底稿，肯定不是来自作者本人，而是或来自戏班伶人师徒传承的底本，或来自"一管笔如飞，真字能抄掌记"的人。也就是说，《元刊杂剧三十种》的底本不是作家写作的稿本，而是录自伶人表演的"台本"。应该说，作为口头艺术的元杂剧，伶人的每一次表演都不会是完全一样的，都会有变异，"台本"只是某一时刻某一次演出的记录，此前这个"台本"不知经历了多少次演出和多少次补充修改，"我能添插更疾，一管笔如飞，真字能抄掌记"，所谓"添插"指的就是在剧本抄写中的添加修改，现今我们所见到的《元刊杂剧三十种》，实际上是不知经过伶人多少次改进过的"台本"了。对此，黄天骥曾举过两个实例予以说明。例之一：《孤本元明杂剧》的《单刀会》，正末在第二折扮司马徽，他唱完了【正宫】套曲下了场，而在他于第三折扮关羽上场之前，留在舞台上的道童和鲁肃之间竟有一段与剧情无关紧要的诨闹，而《元刊杂剧三十种》中的《单刀会》，没有插入道童和鲁肃的这段唱、白诨闹。由此，黄天骥认为："《孤本元明杂剧》中保留的这一段具有过场性质的'杂扮'，正是元代某个戏班演出情况的记录。"例之二：在《元刊杂剧三十种》中，《单刀会》的第四折，正末扮关羽，拉着鲁肃送他上船，唱完了【离亭宴带歇拍煞】，按理他已下场了，但比之《孤本元明杂剧》，《元刊杂剧三十种》竟在【煞】之后又多出【沽美酒】【太平令】两支曲子。黄天骥分析道："曲中说鲁肃偷走了马，说要把他抓来用大铜锤'打烂大腿'之类的话，俚俗粗鲁，也不似是关羽口吻，倒可能是扮演周仓的演员在主角离场后的'打散'。如果我们的推测不错，那么，这一段科诨，应是《元刊杂剧三十种》所保存的元代另一个戏班演出情况。"② 这样，《元刊杂剧三十种》原先没有作者署名，恐怕主要是因为刊刻者从伶人手里搞来这个"台本"之后，并不认为这个"台本"就是某一位作家写的，而是把它看成了从才人写作到伶人演出多次反复之后的集体合成。

元杂剧的宾白程式如同"说话"伎艺的程式"寻常有百万套"，完全可

---

① 王国维：《王国维戏曲论文集》，中国戏剧出版社1984年版，第237页。
② 黄天骥：《元杂剧的"杂"及其审美特征》，《文学遗产》1998年第3期。

以由伶人进行口头创编，而剧曲，虽需才人把笔，写出掌记，但伶人不仅有能力而且也必须随时代、地域的改变而不断地进行修正改编，元杂剧只有在舞台演出中才有全本。从这个意义上说，伶人在表演中的创作，是某一"台本"的最后完成者。

口头叙事伎艺的口头叙事形态

唐代转变、宋元说话、诸宫调、傀儡戏、影戏、北曲杂剧等口头叙事伎艺，本是瓦舍故事说唱这同一娘胎中的孪生兄妹，它们都以"口头说唱"叙事，它们最初的口头形态是混沌不分的，只是转化为文本以后，它们才有了可以标明各自身份的清晰可辨的"文体"，才开始走向文体的分化与独立。听觉上的"口头说唱"转化为文本，就成为视觉上文字叙事的散文（说）与韵文（唱）。这些口头叙事伎艺没有录音或录像资料，我们探讨其口头叙事形态，只能采取由文本至口头的逆推法，这并不妨碍我们再现其口头叙事形态的大致情形，以便理清其口头形态与书面形态的区别及转化过程，更准确的认识与评价这些瓦舍口头叙事伎艺的现存文本。

第一节　口头叙事伎艺在说、唱、演间的转化

我们对唐代转变、宋元说话、诸宫调、北曲杂剧等口头叙事伎艺的认识，依靠的是留存下来的相关文本，如唐代变文的写卷、宋元话本、诸宫调、北曲杂剧等文本。这是一个简单的事实：如果没有这些文本，我们就不能认识这些伎艺，甚至是一无所知，比如没有敦煌变文的发现，就不会知道唐代转变伎艺是什么。但是，我们要认清一点的是，这些文本与作家的书面创作不同，它们是由口头叙事伎艺转化而来，这些文本反映了它们相对应的口头叙事特征，通过它们可以在一定程度上还原其口头叙事形态。

从口头叙事形态看，无论哪一种口头叙事伎艺，都可以归结为"说"与"唱"两种形态，元杂剧的叙事，其实也不过是给"说"与"唱"披上了脚色扮演的外衣，是以脚色身份的"说"与"唱"，戏曲是表演中的叙事，

脚色扮演中的说唱。王国维说:"诸宫调者,小说之支流,而被之以乐曲者也。"① 郑振铎说:"'杂剧'乃是'诸宫调'的唱者,穿上了戏装,在舞台上搬演故事的剧本。"② 他们都是从口头叙事形态上,说明了小说(说话)、诸宫调、杂剧无非就是故事在说、唱、演间的转化。实际上,也只有从这个角度,才能真正搞清瓦舍口头叙事伎艺的特征、演变及相互关系。

一、由"唱"向"说"的转化——唐代俗讲、转变与"说话"

唐代的俗讲、转变(以唱为主)与说话(以说为主)是寺院中相互区别又相互交融的通俗叙事伎艺,在寺院中,起初俗讲是主流,转变是俗讲的变体,"说话"是俗讲的附庸。随着俗讲、转变的不断世俗化,"说话"固有的娱乐性为转变伎艺提供了通俗化的发展方向,而转变伎艺的宗教仪式性,也为"说话"提供了群体化的叙事体制。当"转变"褪去宗教仪式的外衣而成为娱乐性的通俗叙事伎艺,其中以说为主的"转变"与"说话"趋同,在这种宗教性与娱乐性的消长中,"转变"消解,"说话"兴起。

"俗讲"是怎样衍化为"转变"的?"转变"又是怎样与"说话"合流的?下面分述这两个问题。

(一)转变是俗讲的"形"变与"质"变

以往的研究,大都对俗讲与转变,不做区分,或虽作区分,却不认为有质的不同。

多数研究者主张"转变"就是"俗讲"。如郑振铎就将"变文"之"变"等同于"俗讲",他说:"所谓'变文'之'变',当是指'变更'了佛经的本文而成为'俗讲'之意。"③ 路工说:"俗讲的记录本,称为'变文'。"④ 胡士莹《话本小说概论》说:"'变文'是唐代'俗讲'的底本。"⑤ 欧阳代发《话本小说史》亦云:"'变文'是'俗讲'的底本。"⑥ 这些学者都将变文对

---

① 王国维:《宋元戏曲考》,《王国维戏曲论文集》,中国戏剧出版社 1984 年版,第 36 页。
② 郑振铎:《插图本中国文学史》,《郑振铎全集》第九卷,花山文艺出版社 1998 年版,第 155 页。
③ 郑振铎:《中国俗文学史》,《郑振铎全集》第七卷,花山文艺出版社 1998 年版,第 166 页。
④ 路工:《唐代的说话与变文》,周绍良、白化文编:《敦煌变文论文录》上册,上海古籍出版社 1982 年版,第 399 页。
⑤ 胡士莹:《话本小说概论》上,中华书局 1980 年版,第 33 页。
⑥ 欧阳代发:《话本小说史》,武汉出版社 1994 年版,第 41 页。

应于俗讲，李小荣说的更直接："所谓转变，主要是从伎艺角度对变文、俗讲的又一称呼。俗讲就是转变，转变就是俗讲。"①俞晓红在列举了转变、俗讲的诸多共同点和某些细小差别之后，认为俗讲和转变二者是名异实同："因此就其形式、内容和实际功用而言，俗讲和转变性质一致。这是可以认定两者名异而实同的理由。"②由此可见，多数研究者都认为俗讲、转变"名异而实同"。

也有研究者谈到了俗讲与转变在内容、手法、演出者等某些方面的差异，但并不认为二者有质的不同。如王小盾谈到二者在内容和手法上的区别，认为讲经文"用于佛教俗讲，以佛教经典为基本素材"，"变文是脱胎于讲经文的讲唱文学品种"，其内容，"在解说图画（而非解说佛经）这一点上，变文明显有别于讲经文"，其手法，变文的"世俗化的表现手法，代表了变文区别于讲经文的另一特征。"③陆永峰在《敦煌变文研究》一书中论及俗讲与变文"演出的仪式"时，曾对二者演出形式的同异作了具体分析，但并未从二者形式上的差异进而对二者作性质上的区分，而是从"两者的底本都可称为变文"的角度，强调二者的"密不可分"，认为二者的主要区别仅仅是"演出者"的不同："俗讲和转变是两种密不可分的说唱形式。对于变文的搬演，在僧（以佛教变文为主）称俗讲（或讲经），在俗，既由民间艺人表演，便不得如上称，而称之为转变。两者的底本都可称为变文。……俗讲与转变主要是就其演出者而言的。"④

值得注意的是，唐代郭湜《高力士外传》记唐玄宗退位后闲暇时听"讲经、论议、转变、说话"，是将"转变"与"讲经"（俗讲）明确加以区分的。笔者认为，转变是由俗讲变化而来，从俗讲到转变无论是形式还是内容都发生了"质"的改变，为此，我们首先要搞清什么是俗讲，进而再区分转变与俗讲的不同。

佛教讲经至唐而有明确的僧、俗之分：面向僧众的讲经为僧讲，面向世俗男女的讲经则为俗讲。相对僧讲，虽说俗讲的对象变为俗众，目的侧重在"劝之输物充造寺资"，但俗讲的内容、形式与正宗的僧讲并无质的区别。

① 李小荣：《变文讲唱与华梵宗教艺术》，上海三联书店2002年版，第71—72页。
② 俞晓红：《佛教与唐五代白话小说研究》，人民出版社2006年版，第156页。
③ 王小盾：《敦煌文学与唐代讲唱艺术》，《中国社会科学》1994年第3期。
④ 陆永峰：《敦煌变文研究》，巴蜀书社2000年版，第69、70页。

关于俗讲内容，日本僧人圆仁《入唐求法巡礼行记》一书有明确记载，其中记唐代京城长安朱雀门大街东西各大寺俗讲云：

> ……会昌元年。又敕于左、右街七寺开俗讲。左街四处：此资圣寺，令云花寺赐紫大德海岸法师讲《花严经》；保寿寺，令左街僧录、三教讲论、赐紫、引驾大德体虚法师讲《法花经》；菩提寺，令招福寺内供奉、三教讲论大德齐高法师讲《涅槃经》；景公寺令光影法师讲。右街三处：会昌寺令内供奉、三教讲论、赐紫、引驾起居大德文溆法师讲《法花经》，城中俗讲，此法师为第一。①

受皇帝敕令而在京城内"左、右街七寺开俗讲"，其主讲者都是著名"法师"，而所讲内容《花严经》《法花经》《涅槃经》均为正宗讲经文，这说明俗讲内容依然不离正宗讲经。

唐五代的俗讲仪式与僧讲仪式基本相同。

俗讲仪式，在敦煌写卷 P.3849 和 S.4417 中有具体记载，二者所记，基本相同，如 P.3849 敦煌写卷背页，记俗讲仪式为：

> 夫为俗讲，先作梵了；次念菩萨两声，说押座了，索唱《温室经》，法师唱释经题了；念佛一声了；便说开经了；便说庄严了；念佛一声，便一一说其经题字了；便说经本文了；便说十波罗蜜等了；便念佛赞了；便发愿了；便又念经一会了；便回发愿取散，云云。已后便开《维摩经》。
>
> 讲《维摩》，先作梵；次念观世音菩萨三两声；便说押座了；便索唱经文了；唱曰法师自说经题了；便说开赞了，便庄严了；便念佛一两声了；法师科三分经文了；念佛一两声，便一一说其经题名字了，便入经，说缘喻了；便说念佛赞了；便施主各发愿了；便回向发愿取散。②

---

① ［日］圆仁：《入唐求法巡礼行记》，顾承甫、何泉达点校，上海古籍出版社1986年版，第147页。

② 写卷胶片影印见黄永武博士主编：《敦煌宝藏》第131册，（台北）新文丰出版公司1986年版，第304—305页。

　　归纳上列俗讲中《温室经》和《维摩经》的讲经仪式名目，可知大致有如下程序：作梵（颂梵呗）——念佛——说押座文——唱经——法师唱释经题——念佛——开经——说庄严——念佛——说经题——说经本文——说"波罗蜜"（或说缘喻）——回向发愿——念佛——散座。

　　僧讲仪式，据日本僧人圆仁《入唐求法巡礼行记》卷二记载，唐文宗开成四年（839）十月十六日在山东道文登县清宁乡赤山村赤山寺院有新罗僧人圣林和尚讲《法花经》①，赤山院讲经仪式为：

　　　　辰时，打讲经钟，打惊众钟讫，良久之会，大众上堂，方定众钟。讲师上堂，登高座间，大众同音称叹佛名，音曲一依新罗，不似唐音。讲师登座讫，称佛名便停。时有下座一僧作梵，一据唐风。……颂梵呗讫，讲师唱经题目，便开题分别三门。释题目讫，维那师出来，于高座前读申会兴之由，及施主别名，所施物色申讫，便以其状转与讲师。讲师把麈尾，一一申举施主名，独自誓愿，誓愿讫，论义者论端举问。……讲师蒙难，但答不返。论义了，入文读经。讲讫，大众同音长音赞叹，赞叹语中有回向词。讲师下座，一僧唱"处世界如虚空"偈，音势颇似本国。讲师升礼盘，一僧唱三礼了，讲师大众同音，出堂归房。②

　　赤山院新罗僧讲经，属新罗讲经仪式，受唐土讲经影响，其讲经程序与唐土讲经无大区别，主要有：打惊众钟集众——打定众钟静众——讲师升座，大众称佛名——作梵（颂梵呗）——唱释经题——维那读申会兴之由及施主姓名——讲师发愿——论义——读经——大众赞叹回向——讲师下座——唱偈——散座。

　　对比俗讲与僧讲仪式，可知有两点差异：一是俗讲的俗众喧闹，故以

---

① 新罗政权位于朝鲜半岛，唐时多有新罗入唐求法僧人。据圆仁所记，赤山院新罗僧圣林和尚，"此僧入五台及长安遊行，得廿年来此山院。"唐文宗开成四年十月十六日，"山院起首讲《法花经》，……就中圣林和尚是讲经法主。"[日]圆仁：《入唐求法巡礼行记》，顾承甫、何泉达点校，上海古籍出版社1986年版，第65、72页。

② [日]圆仁：《入唐求法巡礼行记》，顾承甫、何泉达点校，上海古籍出版社1986年版，第73页。

"说押座"静摄听众，僧讲的僧众整肃，打"定众钟"即可；二是僧讲为深入辩明经义，规定有都讲与法师之间的"论义"问答，而俗讲未作明确规定。其他如僧讲与俗讲说唱经文的程序基本相同，都是由"都讲"唱出经题、经文，再由法师详加解释，这在现存敦煌写卷中有明确标识。如 P.2133《金刚般若波罗蜜经讲经文》，有三次提到"都公案上"，其后就是引出经文，明确说明在"都公"（都讲）的座案上摆放着经文，讲完一节就召唤他再唱出一节经文。如：

> 佛有他心尽见依，若干心数总皆知。
> 筹料不应取次说，都公案上复如何？
> 经："须菩提，如来悉知见"等。

> 三十二相如何说，偈颂长行赞阿谁，
> 六段文中第四段，都公案上唱将罗。
> 经："须菩提，于意云何，可以三十二相观如来不？……"

> 世间贪恋是凡夫，不悟身中明月珠。
> 当日如来亲为说，都公案上复如何？
> 经云："若人言佛说我见"至"所说义不？"……①

　　俗讲中，都讲的"唱经"，是必不可少的环节。P.3808 敦煌写卷原题为《长兴四年中兴殿应圣节讲经文》，此写卷的后题则为《仁王般若经》，即本篇讲经文内容所演绎的《仁王护国般若波罗蜜多经》的简称。这篇"讲经文"是在后唐明宗诞辰日的应圣节上，于中兴殿召僧讲经以资庆贺，显然是一篇俗讲经文，其体制形式与正规讲经相合，即先由"都讲"唱出经题、经文，再由"法师"就所唱经题、经文详加解释。原写卷都讲"唱经"，只写了一个"经"字，经题、经文的原文省略了，这里为明白起见，省略的文字在括号里予以说明。如：

---

① 黄征、张涌泉校注：《敦煌变文校注》，中华书局 1997 年版，第 635、639、643 页。

经：……（经题：《仁王护国般若波罗蜜多经·序品第一》）

皇帝万岁……

以此开赞大乘所生功德，谨奉上严尊号皇帝陛下：……

适来都讲所唱经题，云《仁王护国般若波罗蜜多经·序品第一》者：仁者，五常之首；王者，万国之尊；护者，圣贤垂休；国者，华夷通贯；般若即圆明智慧；波罗蜜多即超渡爱河；经者显示真宗。此即略明题目。……

经：……（经文："如是我闻：一时佛住王舍城鹫峰山中，与大比丘众千八百人俱。"）

将释此经，大科三段：……"如是我闻"，信成就；"一时"两字，时成就；"佛"之一字，教主成就；"住王舍城鹫峰山中"，处所成就；"与大比丘众千八百人俱"，听众成就。……①

前一段中"适来都讲所唱经题"一句，是法师承接都讲"唱经"之语，并由此转入对经题的解释，其后的"将释此经"一句，又引出对经文的解释。

"唱经"即"咏经"，又称"转读"。《高僧传》云："咏经则称为转读。"②"转读"之"转"，同"啭"，歌唱之意，六朝唱导称作"啭"，道宣《续高僧传》卷四十《善权传》记善权唱导"登席列用，牵引啭之"③，"转读"之"读"，即诵读之意。"转读"即歌唱诵读佛经。佛经"转读"，对声调以及与文字的配合有极高的要求，《高僧传》卷十三《经师篇总论》云："转读之为懿，贵在声文两得。若唯声而不文，则道心无以得生，若唯文而不声，则俗情无以得入。故经言，以微妙音歌叹佛德，斯之谓也。"④由此，"转读"就成为唱诵佛经的一种专门伎艺，并出现了许多著名的善于"转读"的经师，如《高僧传》卷十三《经师》记南北朝时善于"转读"的著名经师支昙籥"善于转读。……梵响清靡，四飞却转，返折喉叠还弄"，释道慧"偏好转读，发响含奇，制无定准，条章折句，绮丽分明"，释智宗"尤长转读，

① 黄征、张涌泉校注：《敦煌变文校注》，中华书局1997年版，第617、618页。
② （梁）慧皎：《高僧传》，汤用彤校注，中华书局1992年版，第508页。
③ 《大正新修大藏经》第50册，（台北）佛陀教育基金会出版部1990年版，第704页。
④ （梁）慧皎：《高僧传》，汤用彤校注，中华书局1992年版，第508页。

声至清而爽快。若乃八关长夕，中宵之后，四众低昂，睡蛇交至，宗则升座一转，梵响干云，莫不开神畅体，豁然醒悟"，释昙迁"巧于转读，有无穷声韵，梵制新奇，特拔终古"，释昙智"雅好转读……高调清澈，写送有余"①，等等。可见，"转读"对经文的诵读技巧，要求极高，不是一般人可以做到的，必须由专职的"都讲"去完成。

至唐代，"转读"已流于时俗声调。初唐道宣《续高僧传》卷三十《杂科声德篇总论》批判当时经师流弊时说："经师为德，本实以声糅文；将使听者神开，因声以从回向。顷世皆捐其旨，郑卫弥流，以哀婉为入神，用腾掷为清举，致使淫音婉变，娇弄颇繁。"② 这是说，"转读"已融入民间音调，变成以"淫音"取悦俗众。

至中唐俗讲兴盛之时，佛经的唱诵更加俗乐化。宋初赞宁《宋高僧传》卷二十五《唐睦州乌龙山净土道场少康传》记中唐高僧少康事云：

> 康所述偈赞，皆附会郑卫之声，变体而作，非哀非乐，不怨不怒，得处中曲韵。譬犹善医，以饧蜜涂逆口之药，诱婴儿之入口耳。苟非大权入假，何能运此方便，度无极者乎？③

赞宁这段话是说，文康的"偈赞"，为化俗而"附会郑卫之声"，即利用民歌俗曲，变化体式而作，譬如良医用饴糖蜂蜜涂抹在难吃的药上，引诱婴儿吃进口中。赞宁对这种俗讲方式是持肯定态度的："苟非大权入假，何能运此方便，度无极者乎？"其意为，如果不是佛菩萨大善权变用此手段，怎能运用这方便法门，化度无量众生呢？可知，当时俗讲"转读"，为了悦俗、化俗，"附会郑卫之声"已成大势所趋。赞宁《宋高僧传》卷二十五《读诵篇总论》总结当时佛经唱诵的音乐特点是：

> 今之歌赞，附丽淫哇之曲，涔灂之音，加酿璎辞，包藏密咒，敷为梵奏，此实新声也。④

---

① （梁）慧皎：《高僧传》，汤用彤校注，中华书局1992年版，第498、500—502页。
② 《大正新修大藏经》第50册，（台北）佛陀教育基金会出版部1990年版，第705页。
③ （宋）赞宁：《宋高僧传》下，范祥雍点校，中华书局1987年版，第632页。
④ （宋）赞宁：《宋高僧传》下，范祥雍点校，中华书局1987年版，第647页。

"敷为梵奏，此实新声"，是说佛经的"转读"，已远离前师声范，名存实亡，表面上还有唱诵佛经原文这一环节在，还有"梵奏"之名，实际上已流为"附丽淫哇之曲"的"新声"。至于从俗讲演化出来的"转变"，既然取消了"唱经"，于是连"梵奏"的名义也不存在了，在"转变"中"转读"已消亡。

转变与俗讲的最大不同是，俗讲不离经文，经文内容是由都讲"唱经"和法师"讲经"二人说唱，而转变取消了引录佛经原文的"唱经"，于是改为一人说唱，这使得取消了"唱经"和"转读"的"转变"相对俗讲就发生了"质"的改变，"转变"可以不再受佛经经文的牵制。

如早期的《降魔变文》虽然还可看到俗讲"唱经"的一些痕迹，但"唱经"的内容已被取消。《降魔变文》是现存变文中有确切年代可考的最早之作，其编著时代，据本篇"开赞"语中有"伏惟我大唐汉圣主开元天宝圣文神武应道皇帝陛下"之句，可知这是唐玄宗天宝七年（748）五月十三日至天宝八年（749）闰六月五日之间所加尊号①，则其编创时间应在此时。此篇变文在开篇赞语之后有开释经题：

> 然今题首《金刚般若波罗蜜经》者，"金刚"以坚锐为喻，"般若"以智慧为称，"波罗"彼岸，"到"弘名"蜜多"，"经"则贯穿为义。善政之仪，故号《金刚般若波罗蜜经》。大觉世尊于舍卫国祇树给孤之园，宣说此经，开我蜜（密）藏。②

这篇变文在解释"经题"之后，并没有按照俗讲仪式引经原文。《金刚般若波罗蜜经》是佛居"舍卫城"时所说的经。原经文开端有"佛在舍卫国祇树给孤独园"③一语，《降魔变文》照应原经文于开篇"说经题"中提到的"祇树给孤之园"，是常为孤独的贫贱者施食的"给孤独长者"须达在舍卫城为佛居住、说法而捐建的花园。这篇《降魔变文》在简单解释了经题之后，

---

① 《唐会要》卷一《帝号上》："（天宝）七载五月十三日，又加尊号开元天宝圣文神武应道皇帝。八载闰六月五日，又加尊号开元天地大宝圣文神武应道皇帝。"（宋）王溥：《唐会要》上，中华书局1955年版，第6页。

② 黄征、张涌泉校注：《敦煌变文校注》，中华书局1997年版，第552页。

③ （后秦）鸠摩罗什译：《金刚般若波罗蜜经》，《大正新修大藏经》第8册，第748页。

就以"昔南天竺有一大国,号舍卫城……"①这种讲故事的口吻,围绕在舍卫城为佛捐建的"祇树给孤之园"的由来,详述原委,大肆铺陈,由此成为一篇由一人讲唱佛故事的变文。而其他的变文连这么一点"说经题"的痕迹也没有了,这就使变文说唱的形式更加自由,说唱内容也更加故事化。

脱离了俗讲仪式和两人说唱的束缚,一人说唱的"转变"在世俗化的道路上,逐渐衍化成一种民间伎艺。

例如,文溆僧奉皇帝敕令于唐会昌元年在京城右街会昌寺内"讲经",由于讲的是正统佛经《法华经》,所以应属依照俗讲仪式的正规讲经,故有"城中俗讲,此法师为第一"的美誉,而他在寺舍露天广场的树荫下"公为聚众谭说",面对那些"鼓扇扶树"的"不逞之徒",却不讲佛经,而是"假托经论,所言无非淫秽鄙亵之事",没有了繁缛的讲经仪式,使这些世俗故事更为连贯动听,致使"愚夫冶妇乐闻其说,听者填咽寺舍",但却为正统僧人"甚嗤鄙之"②。这种"假托经论"去讲"淫秽鄙亵之事"的"聚众谭说",应属于"转变"。文溆僧也是转变伎艺的高手,段成式《酉阳杂俎续集》卷五"寺塔记上"说:"佛殿内槽东壁维摩变,舍利弗角而转睐,元和末俗讲僧文淑装之,笔迹尽矣。"③《维摩变》的变相壁画找俗讲僧文溆(文淑)来画,"变相"是有故事情节的佛教图画,而转变常配合变相来说唱,可见文溆僧十分熟悉"变相"中的故事,他既能"俗讲",还会装修"变相",擅长"转变"④。当这种一人说唱故事的"转变",一旦为民间艺人接手,便成为世俗大众喜闻乐见的民间伎艺。晚唐吉师老《看蜀女转昭君变》,记的就是一位民间女艺人以"转变"的形式演唱昭君故事,这说明"转变"已完全摆脱了宗教的附庸,而衍化为民间艺人的说唱伎艺。

俗讲"转读"的取消,使"转变"能以多种形式演唱各类题材。以正

---

① 黄征、张涌泉校注:《敦煌变文校注》,中华书局 1997 年版,第 553 页。
② (唐)赵璘:《因话录》,中华书局 1985 年版,第 25 页。
③ (唐)段成式:《酉阳杂俎》,中华书局 1981 年版,第 252 页。
④ 关于文溆和文淑是否同为一人,学术界有不同看法。日本学者那波利贞认为,文溆大约是进行俗讲名僧,而文淑是以淫亵歌曲娱乐各式听众的艺人。[日]那波利贞:《中晚唐时代俗讲僧文溆法师释疑》,《东洋史研究》第 4 卷第 6 期,1939 年 7—8 月。美国学者梅维恒认为,文淑或文溆,"他们从未被证明是同一个人","没有任何一点材料可以将文溆或文淑与转变相联系"。[美]梅维恒:《唐代变文——佛教对中国白话小说及戏曲产生的贡献之研究》,中西书局 2011 年版,第 156、158 页。

规讲经自居的"俗讲",还保留着唱经、释经等"讲经"的基本程序内容,这使得俗讲的讲经文体,总是由"唱经"、"释经"、"吟词"三部分固定格式构成,其中,"经"是主体,"释经"是以散体解释经文,"吟词"是以韵文重复歌咏释经的内容,以此循环往复,以讫终卷。转变取消了"经"的"转读",也就取消了对"散"、"韵"二部分从形式到内容的制约,由此"转变"获得了对内容、文体选择上的极大自由。从现存原题为变文的写卷内容看,既有讲佛经故事的《降魔变文》《破魔变文》《八相变》等,也有讲民间历史故事的《汉将王陵变》《舜子变》《刘家太子变》(尾题)等。从文体上说,有散文体的《刘家太子变》(尾题)等,也有韵散相间体,如《降魔变文》《破魔变文》《频婆娑罗王后宫彩女功德意供养塔生天因缘变》《八相变》,其中的散文部分以四、六言的骈体为主,韵文部分大都是以七言韵文对散文部分的重复咏唱;《汉将王陵变》的七言韵文,还出现了很多与散文部分互不重复的内容,情节更为连贯,显示出"转变"已经摆脱俗讲体制的束缚,衍化为注重说唱故事的民间伎艺。取消了"转读"的转变,成为韵散组合极为自由的说唱伎艺。

如上所述,从俗讲到转变,形式和性质上的最大改变,就是"转变"取消了讲经(俗讲)的"转读"。"转变"之"转"指的就是"转读",对于"变"字的含义,隋代慧远《大乘义章》卷二十"六通义九门分别"第九门"依经辨相"解释说:"改换旧质,名之为变。"① 唐代窥基《说无垢称经疏》卷二又谓:"转换旧形名变"②,可知,"转变"就是对俗讲"转读""旧质"、"旧形"的改变。吉师老《看蜀女转昭君变》,所谓"转"昭君"变",通常解释为"演唱"昭君故事的"变文",但这即便是晚唐诗人吉师老使用的意思,也应是"转变"的引申义,并非"转变"的原义。"转变"的原义不是"演唱变文"之意,"转变"之"转"是指用于俗讲的"转读","转变"之"变"指的是对俗讲"转读"的"形变"与"质变",而将"转变"伎艺口头说唱的内容用文字整理出来,就是"变文","变文"的含义本来是如此的单一。但是,以往人们对"变文"含义的探讨,众说纷纭,难于统一,以致对"变文"含义的解释,被有的学者称之为是"中国文学研究中最棘手的问题

---

① 《大正新修大藏经》第44册,(台北)佛陀教育基金会出版部1990年版,第862页。
② 《大正新修大藏经》第38册,(台北)佛陀教育基金会出版部1990年版,第1020页。

之一"①。之所以会出现这个问题，是研究者面对敦煌变文文本，大多是脱离"转变"伎艺的口头表演，单从书面字义的角度去解释"变文"的含义②，而文字的多义性必然导致其结果是多解的。这种探讨，忽略了与变文对应的口头表演伎艺——"转变"的研究，其实，关键是要搞清"转变"的含义，而"变文"就是"转变"之"文"，是"转变"伎艺的文字化、文本化，仅此而已，"变文"一词本来无须多加解释。

敦煌 P.3645 写卷，尾题作《刘家太子变》，说明它曾用于变文说唱，但前题又写作《前汉刘家太子传》，表明它的题材又是一篇民间传说的讲史故事，同一篇写卷中既有"变"又有"传"两种不同文体标名，这应是随着"转变"衍化为民间说唱伎艺，形式、内容都变得多样化，书面整理者已开始依据这篇民间说唱特征，对它的文体重作命名。当"转变"与民间说唱伎艺趋同，单一的"变文"标名，已不能概括多样化的民间说唱文体，于是"变文"称谓逐渐消隐，而代之以各类新兴的民间说唱伎艺的称名。如《捉季布传文》结尾说："具说汉书休制了，莫道词人唱不真。"③ 民间"词人"说唱《汉书》故事，以词唱为主，于是这篇尾题又作《大汉三年季布骂阵词文》。《前汉刘家太子传》和《捉季布传文》，前题作"传"或"传文"，是书面文体名，尾题作"变"或"词文"是伎艺文体名，如果说，这种同一篇作品前后文体题名不一的现象，说明"转变"向民间说唱伎艺转化过程中命名者认知上的犹豫与彷徨，那么，如《庐山远公话》题目上明确标明伎艺文体

---

① ［美］梅维恒：《唐代变文——佛教对中国白话小说及戏曲产生的贡献之研究》，杨继东、陈引驰译，中西书局 2011 年版，第 44 页。
② 从书面字义角度，探讨"变"及"变文"的含义，有的学者将"变文"解释为一种体裁，如周绍良认为："'变文'意即把一种体裁改变为另一种体裁的文字。"周绍良：《谈唐代民间文学》，周绍良、白化文编：《敦煌变文论文录》上册，第 408 页；有的学者将"变文"解释为某种题材内容，如孙楷第认为："'变'当非常解。《白虎通》第四卷《灾变篇》：'变者何谓？变者非常也。'非常之事统谓之'变'。……歌咏奇异事的本子，就叫作'变文'。'变文'亦可简称为'变'。"孙楷第：《中国短篇白话小说的发展与艺术上的特点》，孙楷第：《俗讲、说话与白话小说》，作家出版社 1956 年版，第 1—2 页；有的学者是将"变文"解释为一种创作手法，如陈海涛认为："敦煌遗书中一些标名'变'或'变文'的作品所反映的并不是某种文学体裁的盛行，而是'变'这种文学创作手法的盛行。而'变'的目的，很明显是根据世俗的需要，或是将高深晦涩的经文，或是将枯燥单调的史事、朦胧虚无的传说，改编为情节丰富、生动活泼、引人入胜的世俗作品。"陈海涛：《敦煌变文新论》，《敦煌研究》1994 年第 1 期；等等。
③ 黄征、张涌泉校注：《敦煌变文校注》，中华书局 1997 年版，第 98 页。

名"话"，则说明"以说为主"的"转变"已与"说话"合流。

（二）"转变"与"说话"的合流

唐代寺院中的俗讲、转变、说话，形式虽各有不同，但表演目的却相同，即都是为了"悦俗邀布施"①。为了"悦俗"就要"适俗"，这些伎艺不仅在表演内容上而且在表演手段上也要不断地去适应俗众的欣赏兴趣与爱好。唐僧玄奘《阿比达磨顺正理论》卷五十四所谓"耽话、乐诗、爱歌、著舞"，说的就是俗众对话、诗、歌、舞各有所好。摆脱了宗教仪式束缚的"转变"，取得了伎艺改革的自由，为适应"爱歌"者，就多唱少说，为适应"耽话"者，就多说少唱，这完全取决于听众的口味。于是，也就有了或说唱结合，或以散说为主，或以韵文吟唱为主的不同形式的变文。

在唐代戏场中，俗讲、转变、说话等说唱伎艺并存且相互影响，这就造成各种伎艺的说唱形态并不是恒定的，随着听众欣赏趣味的变化和选择，某些伎艺的形态会发生潜在的变化、变形以致变质，如上文所论"俗讲"衍化为"转变"，就是如此。同样，随着听众"耽话"兴趣的高涨，"转变"走向了"以说为主"，直至与"说话"合流。王重民说："变文是由说白和唱词两部分组成的，而变文的特征更侧重在唱词部分。但变文的内容是讲唱故事，听众的要求，也是以故事的细腻生动和新奇有吸引力；由于变文在描写艺术上的限制，发展到相当时期，便不能满足听众的要求；为了满足听众的要求，就必需改进自己的结构，把说白部分拉长，增加描写的力量；把唱词部分缩短，减少不必要的重复，这就是向着小说话本去转化了。"又说："有说无唱的变文，实际上已经转化成为话本，但较早的作品仍然沿用变文，如《舜子至孝变文》是九四九年写本，若稍晚，也许改称《舜子至孝话》；《庐山远公话》是九七二年写本，若稍早，也许就题为《庐山远公变》了。为什么在名称上可以这样的转化，因为在九七二年的时候，有说有唱的变文已经衰微，而话本的含义已转化成为讲故事的书本，由于这种新兴的文体，重说不重唱，所以话本便取变文而代之了。"②

① 《资治通鉴》卷二百四十三"唐纪五十九"载，敬宗宝历二年六月"己卯，上幸兴福寺，观沙门文淑俗讲。"胡三省句下注云："释氏讲说，类谈空有，而俗讲者，又不能演空有之义，徒以悦俗邀布施而已。"（宋）司马光：《资治通鉴》第十七册，中华书局1956年版，第7850页。
② 王重民：《敦煌变文研究》，《中华文史论丛》1981年第二辑，第227、215页。

具体而言，"转变"与"说话"的合流，可以从以下四方面看出①。

第一，变文韵文唱词逐渐减少。

这可以从敦煌写卷中三个同题材作品韵散比例的演变中看出。这三篇作品分别是：讲经文《太子成道经》、变文《八相变》、因缘《悉达太子修道因缘》。它们都演述悉达太子出生和后来历游四门，感受生、老、病、死诸苦难，于是出家成道的故事。其中，《悉达太子修道因缘》也可看作是一篇变文，因为"因缘"又可称为"缘"或"缘起"，它也是"变文"的一种别称，如《目连缘起》又称《目连变》、《频婆娑罗王后宫彩女功德意供养塔生天因缘变》已将"因缘变"连称，《丑女缘起》篇末则有"上来所说丑变"一语。这三篇作品从讲经文衍化为变文，可以明显看出它们由以韵唱为主向以散说为主过渡的痕迹。对照三篇作品，讲经文《太子成道经》和变文《八相变》分别有七言韵文 200 句和 182 句，兼说兼唱，而《悉达太子修道因缘》只有七言韵文 52 句，变成了以说为主。韵文减少的地方，有的是将原先的韵文删掉了，有的是将韵文改为散文，如悉达太子随父王出游遇老人、病儿、死人一段，变文《悉达太子修道因缘》将讲经文《太子成道经》中同一段情节穿插的四段共 32 句韵文，全部改为散文叙述，形成一段千余字一气呵成的情节，使故事的讲说更为连贯。再如敦煌 S.3645 写卷，卷后题名《刘家太子变》，前题作《前汉刘家太子传》，同一篇作品，既用新文体"变"命名，又用传统散文"传"体称名，而且文中叙述几乎全为散文，这正是一篇由变文的说唱结合、韵散相间衍变为以散说为主的过渡体话本。变文散文化的结果，使说话人"说"的口吻更突出，语言更口语化。

第二，叙述的口语化。

《悉达太子修道因缘》的开篇语与后来"说话"的开篇解说极其类似：

> 凡因讲论，法师便似乐官一般，每事须有调置。曲词适来先说者，是《悉达太子押座文》，且看法师解说义段，其魔耶夫人自到王宫，并无太子，因甚于何处求得太子，后又不恋世俗，坚修苦行？其耶轮彩女修甚种果，复与太子同为眷嘱（属），更又罗睺之子，从何而托生，如何证得真悟，同登正觉？小师略与门徒弟子解说，总交（教）省知。暂舍火

---

① 以下前三点所论，参见宋常立：《中国古代小说文体论》，天津社会科学出版社 2000 年版。

宅，莫喧莫闹，闻时应福。能不能，愿不愿？观世音菩萨，大慈悲菩萨。昔时本师释迦牟尼求菩提缘，……①

这段文字全用口语，而且时常穿插说话人的提问以与听众交流，实际上就是一段"入话"解说。同时，在故事中说话人说表的口气更突出了。如《庐山远公话》开头："说这慧远，家住雁门，兄弟二人，更无外族。……"《韩擒虎话本》开头："说其中有一僧，名号法华和尚，家住邢州，……"一个"说"字，把说话人"举断模按，师表规模"②的形象呈现出来。

第三，韵文作用发生变化。

有的变文中的韵文，不再如俗讲经文那样，只是对散文叙述的重复韵唱，而是如话本那样，作为情节发展的一部分，功能变得多样化。如《伍子胥变文》（拟题），篇中韵文有十五段，其中十三段都是用作人物代言，或用作人物对话，或用作人物抒情，或用来揭示人物心理，其余两段，一为情节发展的铺叙，一为场面铺陈，这已和话本中的韵文作用一样，不再像变文那样韵文只是对散文部分的重复叙述。话本《庐山远公话》也和后来的话本一样，韵文"诗偈"多为人物的代言诗，多为借人物之口铺叙景物、烘托气氛、旁证情节。如作品中写崔相公为夫人讲说佛理，引大师偈曰："今年定是有来年，如何不种来年谷，今生定是有来生，如何不修来生福？"③这样的诗偈有四首，主要作用是以诗证文，承上启下，等同于后来话本中的"有诗为证"。韵文不再用于复述情节，而是对情节起到推动、深化等作用，这正是话本文体走向独立成熟的标志之一。

第四，话本从变文衍化而来有实例可证。

原标题明确标为"话"的唐代话本《庐山远公话》的开头部分就是从变文衍化而来：

盖闻王法荡荡，佛教巍巍，王法无私，佛行平等；王留政教，佛演真宗。皆是十二部尊经，总是释迦梁津。如来灭度之后，众圣潜形于像法中。

---

① 黄征、张涌泉校注：《敦煌变文校注》，中华书局 1997 年版，第 468—469 页。
② （宋）罗烨：《新编醉翁谈录》，周晓薇校点，辽宁教育出版社 1998 年版，第 3 页。
③ 黄征、张涌泉校注：《敦煌变文校注》，中华书局 1997 年版，第 261 页。

话本开头这几句"入话"开篇语，赞扬佛法、王法和十二部经典，与《降魔变文》的开篇语从形式到内容如出一辙：

> 盖闻如来说法，万万恒沙；菩萨传经，千千世界。爰初鹿苑，度五俱轮，终至双林，降十梵志。演微言爱河息浪，谈般若烦恼山摧；会三点于真原，净六尘于八境。①

《庐山远公话》全篇故事以"说"为主，这表明当时转变伎艺中以说为主的一支已衍变为"说话"，《庐山远公话》就是一篇由变文衍变而来的话本。《庐山远公话》的记录整理者仿照传统《……传》的文章命名法，以标题最后一字作为文体标识，用"话"字来为这一文体定名，说明"话本"文体已开始走向独立。

《庐山远公话》原卷篇末有题记："开宝五年张长继书"，"开宝"为宋太祖赵匡胤年号，开宝五年是公元 972 年，此卷的抄写时间已在北宋初年。正如在本书第一章所论，也就在此时，宋太祖乾德五年（967）领彰信军节度兼侍卫步军都指挥使的党进，"尝受诏巡京师"，在京城街头空地上，"见缚栏为戏者"进行"说话"表演。可见，此时无论是在敦煌偏远之地，还是在京城，"转变"已经衰落，"说话"正在各地兴起。

《大唐三藏取经诗话》（以下简称《诗话》）是唐代变文转为宋代话本的实例。《诗话》卷末有"中瓦子张家印"字样，王国维考其出自南宋临安中瓦子"张官人经史子集文籍铺"②，这说明它曾是宋代的说经话本，但它早在晚唐五代已流行③。中国古典文学出版社 1954 年印行这本《诗话》的"出版

---

① 黄征、张涌泉校注：《敦煌变文校注》，中华书局 1997 年版，第 252、552 页。

② 王国维：《大唐三藏取经诗话跋》："卷末有'中瓦子张家印'款一行。中瓦子为宋临安府街名，倡优剧场之所在也。吴自牧《梦粱录》卷十九云：'杭之瓦舍，内外合计有十七处，如清泠桥、熙春楼下，谓之南瓦子；市南坊北、三元楼前，谓之中瓦子。'又卷十五（应为'卷十三'——笔者注）'铺席门、保佑坊前，张官人经史子集文籍铺，其次即为中瓦子前诸铺。'此云'中瓦子张家印'，盖即《梦粱录》之张官人经史子集文籍铺。南宋临安书肆，若太庙前尹家、太学前陆家、鞔鼓桥陈家，所刊书籍，世多知之；中瓦子张家，惟此一见而已。"《大唐三藏取经诗话》，中国古典文学出版社 1954 年版，第 43 页。

③ 参见李时人、蔡镜浩：《〈大唐三藏取经诗话〉成书时代考辨》，《徐州师范学院学报》1982 年第 3 期；刘坚：《〈大唐三藏取经诗话〉写作时代蠡测》，《中国语文》1982 年第 5 期。

者说明"就曾说："所谓'诗话'，就是书中有诗有话的意思。但是书里面的这些诗，虽然都是中国七言（也有三言和五言）诗歌的形式，性质却近于佛经的偈赞，话文也和佛经相近，因此，它的体裁与唐朝、五代'讲唱经文'的'俗讲'类似，可能是受了它们的影响的。"① 这段说明是有道理的，《诗话》的前身很可能就是一篇变文。这不仅因为《诗话》在形式上与变文相似，如小标题的"……处"的形式，每节中有人物的"以诗代话"，以及大量的与变文相似的词汇、语法、语音现象，而且其中的深沙神也是唐代民间崇奉的神灵。《大正新修大藏经》第 55 册记日本入唐学法和尚常晓有《常晓和尚请来目录》，其中有"深沙神王像一躯"，常晓说："右唐代玄奘三藏远涉五天，感得此神。此是北方多闻天王化身也。今唐国人总重此神救灾成益，其验现前，无有一人不依行者。寺里人家，皆在此神。自见灵验，实不思议。具事如记文。请来如件。"② 在唐代，深沙神"救灾成益"，无论寺庙里还是百姓家里，人人供奉深沙神。《诗话》反映的是唐代人的信仰，应是曾在唐代流行的"转变"话本，至宋代才衍化为"说话"话本，宋代刊印的《诗话》话本应是从唐代"变文"衍化而来。

南宋金盈之《新编醉翁谈录》卷六《禅林丛录》有一篇富有谐趣的《贺叶僧下山娶尼疏》，其中说："东山上，讨这话头难得；画图中，描这变相不成。"③ "话头"指"说话"的故事素材，《醉翁谈录》"小说开辟"云："说收拾寻常有百万套，谈话头动辄是数千回。"所谓"东山上，讨这话头难得"是说，叶僧下山娶尼这件事是"说话"难得的"话头"。"变相"指有故事情节的佛教画图，变文说唱时常配有"变相"，所谓"画图中，描这变相不成"是说，这段故事已难成为"变相"画图，因为"僧娶尼"这种事难登佛教大堂不便做成神圣的佛教"变相"，而与"变相"相联系的"变文"说唱，至宋代也已衰落，所以"描这变相不成"。难作"变相"题材，却成"说话"难得的"话头"，这里将"说话"的"话头"与"变文"的"变相"前后对应承接，说明了"变文"与"说话"一脉相承的关系，到宋代，"转变"已经与"说话"合流。

---

① 《大唐三藏取经诗话》，中国古典文学出版社 1954 年版，第 1 页。
② 《大正新修大藏经》第 55 册，（台北）佛陀教育基金会出版部 1990 年版，第 1070—1071 页。这条资料最早由胡适发现。
③ （宋）金盈之：《新编醉翁谈录》，周晓薇校点，辽宁教育出版社 1998 年版，第 26 页。

二、由"说"向"唱"的转化——宋代"说话"与诸宫调

如果说宋初说话伎艺的兴起，是唐代通俗叙事的审美风尚由"唱"（适应"爱歌"者以唱为主的"转变"）转"说"（适应"耽话"者以说为主的"说话"）的结果，那么，北宋中期诸宫调的出现，又是通俗叙事的欣赏趣味由"说"（说话）转"唱"（唱中带说的诸宫调）的结果。这是诸宫调产生的社会文化背景，也是诸宫调产生的直接原因。

如前所述，"说—唱"审美趣味的转换使转变伎艺走向以说为主并与说话伎艺合流，五代宋初间《庐山远公话》《韩擒虎话本》的出现，标志着兼说兼唱的转变伎艺的衰落和以说为主的说话伎艺的兴起。到北宋中期，苏轼《东坡志林》有关小儿"聚坐听说古话"的记载，说明此时说话伎艺已遍及民间，喜听"说"故事风行一时。《东坡志林》为苏轼自元丰（1078）至元符（1099）二十年间的杂说史论，也正是在此期间，曲子词的流行，也使喜听"唱"曲，成为一种时尚追求，在当时"风暖繁弦脆管，万家竞奏新声"（柳永《木兰花慢》）的社会风气影响下，开始出现了将"说话"题材"入曲说唱"的诸宫调。王灼《碧鸡漫志》卷二：

> 长短句中作滑稽无赖语，起于至和。嘉祐之前，犹未盛也。熙丰、元祐间，兖州张山人以诙谐独步京师，时出一两解。泽州孔三传者，首创诸宫调古传，士大夫皆能诵之。元祐间王齐叟彦龄，政和曹组元宠，皆能文，每出长短句，脍炙人口。[1]

孟元老《东京梦华录》卷五"京瓦伎艺"：

> 孔三传、耍秀才：诸宫调。[2]

灌园耐得翁《都城纪胜》"瓦舍众伎"：

---

[1] （宋）王灼：《碧鸡漫志》，《中国古典戏曲论著集成》一，中国戏剧出版社 1959 年版，第 115 页。

[2] （宋）孟元老：《东京梦华录》，《东京梦华录》（外四种），古典文学出版社 1956 年版，第 30 页。

诸官调本京师孔三传编撰传奇灵怪，入曲说唱。①

吴自牧《梦粱录》卷二十《妓乐》：

说唱诸宫调，昨汴京有孔三传编成传奇灵怪，入曲说唱。②

从以上几条资料可知诸宫调出现时的两大背景特点：

其一，诸宫调出现于"说话"兴盛之时，与"说话"关系密切。《碧鸡漫志》记诸宫调出现的时间是"熙丰、元祐间"，即北宋熙宁（1068）、元丰（1078）至元祐（1086）间，这正是《东坡志林》所记小儿"聚坐听说古话"的说话伎艺盛行期。《东京梦华录》《都城纪胜》记诸宫调是"瓦舍众伎"之一，表明诸宫调与瓦舍勾栏中的说话伎艺是同场献艺。《都城纪胜》《梦粱录》又说诸宫调的题材是编成"传奇灵怪，入曲说唱"，《醉翁谈录》记"说话"题材有灵怪、烟粉、传奇等，也就是说，诸宫调就是将"说话"的"传奇灵怪"故事"入曲说唱"。

其二，王灼把孔三传和张山人、王彦龄、曹元宠等词人相提并论，说明"入曲说唱"的诸宫调，其曲词形式是当时盛行的"作滑稽无赖语"的"长短句"。诸宫调之所以能让"士大夫皆能诵之"，雅俗共赏，是因为首创诸宫调的孔三传，能在"长短句中作滑稽无赖语"，用通俗诙谐的词的形式，"编成传奇灵怪，入曲说唱"。孔三传之"三传"，本指《春秋》的《左氏》、《公羊》、《谷梁》三传，《刘知远》诸宫调中有李三传，就是因"多知古事"，"时人美呼'三传'"③，可知，孔三传是个才识渊博的民间艺术家，也只有这样既通民间说唱又懂韵律宫调的艺术家，才能创制出诸宫调这种有着繁复音乐结构的说唱艺术形式。

概而言之，诸宫调出现的原因主要有二，一是由于"说话"的兴盛，可以使诸宫调直接借助"说话"的说故事，将其改为"入曲说唱"；二是曲子词的流行，使诸宫调的"入曲说唱"迎合了当时世俗喜听唱曲的审美风尚。

---

① （宋）灌园耐得翁：《都城纪胜》，《东京梦华录》（外四种），古典文学出版社1956年版，第96页。

② （宋）吴自牧：《梦粱录》，《东京梦华录》（外四种），古典文学出版社1956年版，第310页。

③ 蓝立蓂：《刘知远诸宫调校注》，巴蜀书社1989年版，第12页。

也就是说，是北宋曲子词的流行，为诸宫调改造"说话"以"入曲说唱"，提供了契机。

流行于晚唐、五代的词，宋初以来，在民间发展为以词演唱的小唱伎艺盛行于歌榭酒楼和瓦舍勾栏，文人士大夫也将词唱用于酒席宴前。词体上，晚唐、五代以来流行的小令之外，慢词经柳永创作也臻于成熟而盛行一时，所谓"凡有井水饮处，即能歌柳词"①。无论是俗众还是雅士，追逐"新声"，成为时尚。正如柳永词所谓："是处楼台，朱门院落，弦管新声腾沸。"（《长寿乐》）"风暖繁弦脆管，万家竞奏新声。"（《木兰花慢》）"佳娘捧板花钿簇，唱出新声群艳伏。"（《木兰花》）清代宋翔凤《乐府余论》论北宋词的发展时说："词自南唐以后，但有小令，其慢词盖起宋仁宗朝。中原息兵，汴京繁庶，歌台舞席，竞赌新声。耆卿失意无俚，流连坊曲，遂尽收俚俗语言，编入词中，以便伎人传习，一时动听，散播四方。其后东坡、少游、山谷辈相继有作，慢词遂盛。"②熙丰、元祐间出现的诸宫调，正是在"歌台舞席，竞赌新声"的风气中，"尽收俚俗语言编入词中"的产物，如产生于北宋的《刘知远诸宫调》中缠令体词及其所用曲，即属于流行于民间的俗词俗曲。宋代张炎《词源》卷下《赋情》篇云："（词）若邻乎郑、卫，与缠令何异？"沈义父《乐府指迷·论作词之法》所谓："（词）不雅则近乎缠令之体"③，当时这种"尽收俚俗语言编入词中"的创作理念，直接启示了一些民间艺术家将通俗叙事的"说话"，改造为"入曲说唱"。

值得注意的是，在这种"万家竞奏新声"的审美风气中，北宋赵令畤的《元微之崔莺莺商调蝶恋花词》④也是将民间"说话"的《莺莺传》，"入曲说唱"，改为"说唱"的《莺莺传》。

赵令畤《侯鲭录》以《元微之崔莺莺商调蝶恋花词》为题，改编元稹《莺莺传》，散文部分截取《莺莺传》的原文（略有删改），又穿插十二首【商调·蝶恋花】词用以演唱。其编创时间，王国维云："德麟于子瞻守颍州

---

① （宋）叶梦得：《避暑录话》，中华书局 1985 年版，第 49 页。
② 唐圭璋编：《词话丛编》第三册，中华书局 1986 年版，第 2499 页。
③ 唐圭璋编：《词话丛编》第一册，中华书局 1986 年版，第 263、277 页。
④ 关于此篇作者，程毅中指出，原书并没有说是谁所写，只在最后一章前自称"逍遥子"，逍遥子是北宋诗人潘阆的号，因此有可能是潘阆所作。参见程毅中：《从〈商调蝶恋花〉到〈刎颈鸳鸯会〉》，《程毅中文存》，中华书局 2006 年版，第 263 页。

时，为其属官，至绍兴初尚存。其词作于何时，虽不可考，要在元祐之后，靖康之前。"① 这正是诸宫调兴起之时。从《元微之崔莺莺商调蝶恋花词》开头的说明文字中，可知这篇作品的创作动因是源自当时"说话"的兴盛和曲子词的流行，其开篇云：

> 夫传奇者，唐元微之所述也。以不载于本集而出于小说，或疑其非是。今睹其词，自非大手笔孰能与于此。至今士大夫极谈幽玄，访奇述异，无不举此以为美话。至于倡优女子，皆能调说大略。惜乎不被之以音律，故不能播之声乐，形之管弦。好事君子极饮肆欢之际，愿欲一听其说。或举其末而忘其本；或纪其略而不及终其篇。此吾曹之所共恨者也。今于暇日，详观其文，略其烦亵，分之为十章，每章之下属之以词。或全摭其文；或止取其意。又别为一曲，载之传前，先叙前篇之义。调曰商调，曲名【蝶恋花】。句句言情，篇篇见意。奉劳歌伴，先定格调，后听芜词。②

文中说到此篇的创作缘起时提到："倡优女子，皆能调说大略。惜乎不被之以音律，故不能播之声乐，形之管弦。"也就是说，这篇《莺莺传》的故事原在"倡优女子"那里是"不被之以音律"的"调说"，即以"说"为主，这实际就是"说话"。南宋罗烨《醉翁谈录·小说开辟》就著录小说话本有《莺莺传》，这应当就是传自北宋"倡优女子，皆能调说"的《莺莺传》。而赵令畤在当时"万家竞奏新声"的风气中，用【商调·蝶恋花】词的形式，将民间"说话""播之声乐，形之管弦"，这和诸宫调将"说话"的"传奇灵怪，入曲说唱"的创作情形是一致的。只不过，在音乐曲调上，赵令畤的改编用的是"独宫调"（一个宫调），孔三传的改编用的是"诸宫调"（多个宫调）而已。诸宫调作品兴起的同时，也有"独宫调"作品出现，这表明了当时尝试用曲子词这一"新声"改造"说话"的多样性。

当然，对诸宫调的由来，学术界的看法并不一致。

首次确认《西厢记诸宫调》文体的王国维，也是最早提出诸宫调是由

---

① 王国维：《戏曲考原》，《王国维戏曲论文集》，中国戏剧出版社1984年版，第169页。
② （宋）赵令畤：《侯鲭录》，中华书局1985年版，第45—46页。

"说"转"唱"而来的。他在《宋元戏曲考》中说:"诸宫调者,小说之支流,而被之以乐曲者也。"①这里所说的"小说",即指宋代的"说话"(本节借用王国维"小说"一词之处均代指"说话"),他认为诸宫调作为"说话"的"支流",由"说"故事,"被之以乐曲",转为"唱"故事,即为"诸宫调"。换言之,王国维认为诸宫调是由"说话""被之以乐曲"而来。不过,王国维虽提出了诸宫调是由"说话"的"说"转"唱"而来,却未作具体分析。

较早对诸宫调做出系统研究的郑振铎认为诸宫调是来源于唐代变文。他在《宋金元诸宫调考》一文中说:"诸宫调的祖祢是变文。""诸宫调虽是说唱的,却以唱最为重要。其'散文'部分,几与'变文'无大歧异。"②冯沅君也持此说,认为诸宫调"上承变文,下开弹词",并在此句注释中具体解释说:"变文、弹词说(散文)唱(韵文)并用的,故与诸宫调有渊源。"③龙榆生《词曲概论》上编第七章"论诸宫调"承续此说也认为,诸宫调"是从变文和教坊大曲、杂曲的基础上,错综变化,从而发展起来的"④。

郑振铎等人认为诸宫调来源于变文,是就其整体上有说有唱的形式而言,但有说有唱的不仅有诸宫调,宋金元的鼓子词、傀儡戏、影戏、杂剧等都是有说有唱,都可以说成是来源于变文,显然,说诸宫调来源于变文,就显得过于笼统。

对诸宫调体制的发展变化,研究者从不同角度作出过不同的阶段划分。

吴则虞在《试谈诸宫调的几个问题》一文中综合有关诸宫调的文献资料和作品,将诸宫调的发展分为五个阶段:孔三传以前至孔三传时期——张五牛时期——刘知远诸宫调时期——董西厢时期——天宝遗事诸宫调时期。文中,还以《刘知远诸宫调》的分"章次"为例,提出"初期的诸宫调,本来是'话本'的一种,主要的格局,和'话本'当然是一致的。"⑤但文中所说的孔三传和张五牛两个时期,并未举出具体作品,难于具体说明其体制特征。

---

① 王国维:《宋元戏曲考》,《王国维戏曲论文集》,中国戏剧出版社 1984 年版,第 36 页。
② 郑振铎:《宋金元诸宫调考》,《郑振铎全集》第五卷,花山文艺出版社 1998 年版,第 23、28 页。
③ 冯沅君:《天宝遗事辑本题记》,冯沅君:《古剧说汇》,作家出版社 1956 年版,第 230、273 页。
④ 龙榆生:《词曲概论》,上海古籍出版社 1980 年版,第 54 页。
⑤ 参见吴则虞:《试谈诸宫调的几个问题》,《文学遗产增刊》五辑,作家出版社 1957 年版,第 285—287 页。

　　宋克夫《诸宫调体制源流考辨》一文以作品来划分诸宫调的发展阶段，他认为："《张协状元》'副末开场'，《刘知远》和《董西厢》分别代表着元代以前诸宫调体制发展的三个阶段"，元代《天宝遗事》当为第四阶段。对于诸宫调的体制源流，宋克夫认为"变文只是诸宫调的远祖，话本才是诸宫调的近亲"，"第一阶段的诸宫调来源于话本，体制上的突出特点是以说为主，以词歌唱。"①

　　宋克夫的观点并未被学术界完全认可，如李昌集又回到诸宫调整体上有说有唱的形式特点上来，在肯定"宋克夫文中曰诸宫调体制源于话本，或有一定道理"的同时，又提出"但亦可认为诸宫调是受勾栏说话艺术影响而将'说'与'唱'结合起来的一种曲艺，必要云其'源'于话本，似嫌武断。"②龙建国则对宋克夫将《张协状元》"副末开场"作为第一阶段的作品提出质疑，认为宋克夫"把《张协状元》'副末开场'作为第一阶段的代表是不妥当的。因为《张协状元》一般认为是南宋的作品，其创作年代并不比《刘知远》早，故《张协状元》'副末开场'只反映了南宋诸宫调的面貌，不能代表北宋诸宫调的体制。"③

　　笔者认为，如果从文体发展角度看，诸宫调的发展可分为两个阶段，即早期"脱胎小说"阶段和后期"文体独立"阶段。

　　"脱胎小说"阶段，有《状元张叶传》诸宫调和《刘知远诸宫调》两个作品，可以说，这两个作品都保存了早期北宋诸宫调的风貌。《刘知远诸宫调》虽是金代刊刻，产生时间却是在北宋④。《状元张叶传》，钱南扬着眼于其唱词的形式"是无尾声不成套的散词"，断定"其体制当在《刘知远》等之前"⑤。笔者认为，这两个作品具体产生时间虽不好确定，但两个作品的曲词功能，都是以叙述情节为主，明显体现了北宋诸宫调将"小说""被之以乐曲"的特点，所以，我们将其作为早期诸宫调"脱胎小说"阶段的代表作。

---

①　宋克夫：《诸宫调体制源流考辨》，《文学遗产》1989 年第 6 期。

②　李昌集：《中国散曲史》，华东师范大学出版社 2007 年版，第 64 页。

③　龙建国：《诸宫调研究》，江西人民出版社 2003 年版，第 4 页。

④　参见龙建国：《〈刘知远诸宫调〉是北宋后期作品》，《文学遗产》2003 年第 3 期。

⑤　钱南扬校注：《永乐大典戏文三种校注》中《张协状元》注释十九，中华书局 1979 年版，第 7 页。

"文体独立"阶段，有金代董解元《西厢记诸宫调》和元代《天宝遗事诸宫调》。它们的共同特征是，都大量使用了套曲，曲词功能以铺叙抒情为主，这使诸宫调明显区别于"小说"而走向文体独立。当然，这两个作品的套曲也有不同，《天宝遗事诸宫调》明显受到元曲影响，在宫调、曲牌、套数结构等方面更接近元曲。不过，从诸宫调文体发展阶段看，二者共同的套曲化特征，表明了诸宫调文体的独立，所以，从这个角度，我们将其一起作为"文体独立"阶段的代表作。下面分述诸宫调从"小说""被之以乐曲"到"文体独立"两个阶段的主要特点。

诸宫调文体发展的两个阶段，各有不同特点。

第一阶段，作为"脱胎小说"的《状元张叶传》诸宫调和《刘知远诸宫调》，体现了"小说""被之以乐曲"的主要特征。

诸宫调的说唱体制，尤其在"说"上，脱胎于"小说"的特征十分明显，如"说话"有"入话"、"头回"，诸宫调有"引子"、"笑乐院本"；话本分回，《刘知远诸宫调》也分回；诸宫调也如同话本以说话人的口气自称"话"、"话文"，等等。这些特点，研究者论述已多，此处不拟多论。

早期的《状元张叶传》诸宫调，"说"多于"唱"，其"唱"的部分，也是重在叙述，类似于"说"，明显体现出脱胎于"说话"的特征。请看原文：

【凤时春】张叶诗书遍历，困故乡功名未遂。欲占春闱登科举，暂别爹娘，独自离乡里。

（白）看的，世上万般俱下品，思量惟有读书高。若论张叶，家住四川成都府，兀谁不识此人。真个此人朝经暮史，昼览夜习，口不绝吟，手不停披。正是：炼药炉中无宿火，读书窗下有残灯。忽一日，堂前启覆爹妈："今年大比之年，你儿欲待上朝应举。觅些盘费之资，前路支用"。爹娘不听这句话，万事俱休；才听此一句话，托地两行泪下。孩儿道："十载学成文武艺，今年货与帝王家。欲改换门闾，报答双亲，何须下泪！"（唱）

【小重山】"前时一梦断人肠，教我暗思量：平日不曾为宦旅，忧患怎生当？"

（白）孩儿覆爹妈："自古道：一更思，二更想，三更是梦。大凡情性不拘，梦幻非实；大抵死生由命，富贵在天；何苦忧虑！"爹娘见儿苦苦要去，不免与他数两金银，以作盘费。再三叮嘱孩儿道："未晚先投宿，鸡鸣始过关。逢桥须下马，有渡莫争先。孩儿领爹娘慈旨，目即离去。（唱）

【浪淘沙】迤逦离乡关。回首望家，白云直下把泪偷弹。极目荒郊无旅店，只听得流水潺潺。

（白）话休絮烦。那一日正行之次，自觉心儿里闷。在家春不知耕，秋不知收，真个娇妳妳也。每日诗书为伴侣，笔砚作生涯。在路平地尚可，那堪顿着一座高山，名做五矶山。怎见得山高？巍巍侵碧汉，望望入青天。鸿鹄飞不过，猿狖怕扳缘。稜稜层层，奈人行鸟道。魆魆黪黪，为藤柱须尖。人皆平地上，我独出云颠。虽然未赴瑶池宴，也教人道散神仙。野猿啼子，远闻得咽咽呜呜。落叶辞柯，近睹得扑扑籁籁。前无旅店，后无人家。（唱）

【犯思园】刮地朔风柳絮飘，山高无旅店，景萧条。跨跭何处过今宵？思量只怎地，路迢遥。

（白）道犹未了，只见怪风渐渐，芦叶飘飘；野鸟惊呼，山猿争叫。只见一个猛兽，金晴闪闪，尤如两颗铜铃；锦体斑斓，好若半团霞绮。一副牙如排利刃，十双爪密布钢钩。跳出林浪之中，直奔草径之上。唬得张叶三魂不附体，七魄渐离身，仆然倒地。霎时间只听得鞋履响，脚步鸣。张叶抬头一看，不是猛兽，是个人。如何打扮？虎皮磕脑皮袍，两眼光辉志气豪。"使留下来金珠饶你命，你还不肯不相饶。"（末介）（唱）

【绕池游】张叶拜启："念是读书辈，往长安拟欲应举。些少裹足，路途里欲得支费，望周全不须劫去。"

（白）强人不管他说。怒从心上起，恶向胆边生。左手捽住张叶头稍，右手扯住一把光霍霍冷搜搜鼠尾样刀，番过刀背，去张叶左肋上劈，右肋上打。打得它大痛无声，夺去查果金珠。那张叶性分如何？慈鸦共喜鹊同枝，吉凶事全然未保。似恁唱说诸宫调，何如把此话文敷演。①

---

① 钱南扬校注：《永乐大典戏文三种校注》，中华书局 1979 年版，第 2—4 页。

全篇用于说白的有 664 字，唱词 149 字，说唱比例约 4：1，是以说为主。而说中夹唱的五支曲子，一曲独用一宫调①，其形式是单片词，如果不是着眼于音乐曲调，而是看其说唱体制，《状元张叶传》"以说为主"、说中夹唱的体制与宋话本《刎颈鸳鸯会》是一样的。二者的区别仅仅在于《状元张叶传》唱曲用的是"诸宫调"，而《刎颈鸳鸯会》唱曲用的是"独宫调"。《状元张叶传》结尾"似恁唱说诸宫调，何如把此话文敷演"，将这篇诸宫调直接称之为"话文"，可见是直接改造"说话""入曲说唱"而来。

既然"说话"和诸宫调都可以"以说为主"，那么，诸宫调和"说话"的主要区别就在唱词上了。从曲词音乐看，"说话"以说为主，即使有少量唱曲，也是如《刎颈鸳鸯会》那样曲词音乐只用"独宫调"而不用"诸宫调"，否则，《刎颈鸳鸯会》也要被称之为"诸宫调"了。如果从曲词功能看，《状元张叶传》曲词主要用于"叙述"，这与《刎颈鸳鸯会》的曲词以抒情为主相比，《状元张叶传》甚至更像"说话"。如《状元张叶传》的【凤时春】曲叙述离乡："登科举，暂别爹娘，独自离乡里。"【小重山】描述心理"教我暗思量：平日不曾为宦旅，忧患怎生当?"【绕池游】用作对话："张叶拜启：'念是读书辈，往长安拟欲应举。些少裹足，路途里欲得支费，望周全不须劫去。'"这些曲词内容衔接说白，以"叙述"推动情节，确实是在将"说话""被之以乐曲"。但是，《状元张叶传》作为南戏《张协状元》"副末开场"的一部分，还不是独立的诸宫调作品，情节并不完整，而早期的另一代表作《刘知远诸宫调》的曲词，少抒情、多"叙述"如同"说话"的特征更明显。如：

第一，以曲词叙述情节，描述场面。

曲词的一般功能是抒情写景，但《刘知远诸宫调》曲词如同"说话"，多数用作叙述情节场面。如第一回【黄钟宫】【女冠子】叙述刘知远与李三娘初次见面的情形：

　　【女冠子】此夜潜龙向心中倒大惊然，连忙土榻边，躬身施礼问当："姐姐寅夜之间，因何来到此? 早离西房，是为长便。翁翁知道，

----

① 钱南扬依后世南曲谱指出，【凤时春】属仙侣、【小重山】属双调、【浪淘沙】属越调、【犯思园】为中吕【思园春】的犯调、【绕池游】属商调。参见钱南扬：《永乐大典戏文三种校注》中《张协状元》注释十九，中华书局 1979 年版，第 7 页。

定见小人必有祸愆。"三娘全更不羞惨，待结识天子，望他居宫苑。低低分辨："刘家你休怕，那日见你来俺庄院，伊非贫贱者，先许咱两个，待为姻眷。"取金钗分破，遂将一股与他知远。①

【商调】【玉抱肚】描述刘知远与李三娘婚宴场面：

　　【玉抱肚】众多亲戚，各袋笑容。觑三娘模样，知远状貌，夫妇相同。三娘眼横秋水急，知远眉惹阵云浓。如连理，如比翼，似鸾凤，绝伦出众。满村都喜，唯只有洪信洪义夫妇气冲冲。那村夫憨，饮酒筛碗中，尽熏沉醉脸上红。争拳弩踢，杀呼叫唤，交错宾朋。……②

　　这些曲词叙述，语言俚俗，情节起伏，场景生动，可以说，就是将"说话"直接"入曲说唱"。
　　第二，以曲词制造情节悬念。
　　第二回说白中提到刘知远欲去太原投军，三娘与知远离别时，说要"取些小盘费去"，却多时不回，刘知远要去看个究竟，承接这段说白，下面用了一曲一尾接着叙述刘知远看到李三娘"手携斫桑斧，岂故他身丧"的惊人一幕：

　　【黄钟宫】【快活年】浑家尚未来，去了迭时饷。交人候夜深，全然无影响。蹑足潜踪，来到闺房。关上重门，窗眼里探头试望，见三娘，手携斫桑斧，岂故他身丧！生时没两度，死来只一场。不故危亡，自古及今，罕有这婆娘，贞烈赛过孟姜。
　　【尾】把头发披开砧子上，斧举处吓杀刘郎。救不迭扢插地一声响。③

这段曲词的情节令人紧张，叙述刘知远是"蹑足潜踪，来到闺房"，又是"窗眼里探头试望"，只见三娘举斧欲砍，吓得知远"救不迭"，只听得"'扢

---

① 蓝立蓂校注：《刘知远诸宫调校注》，巴蜀书社1989年版，第15—16页。
② 蓝立蓂校注：《刘知远诸宫调校注》，巴蜀书社1989年版，第19页。
③ 蓝立蓂校注：《刘知远诸宫调校注》，巴蜀书社1989年版，第67页。

插'地一声响"。三娘是生是死？接下来的说白，说话人自问自答："三娘性
命如何？却元来是用斧截青丝一缕。"这时听众才释然，知道原来是三娘截
发赠知远，令其勿相忘。曲词中俚俗的白话叙述，使情节紧凑让人揪心，如
去掉宫调曲牌标识，如同"说话"。

第三，以曲词描述人物对话。

第二回叙述刘知远临行，用一曲一尾叙述两位妻兄洪义、洪信及二姊
娌对知远嘲骂：

> 【黄钟宫】【出队子】知远高声道："我时下遭困罚，若风雷稍遂显
> 荣华，却来庄中取艳娃。仇底须仇，恩底报答。"洪义、洪信由然骂：
> "待你发迹，俺把三斗醋鼻内呷！"两个姊娌更乖角："待你久后身荣并
> 奋发，把三斗咸盐须吃他！"
>
> 【尾】"莫想青凉伞儿打，休指望坐骑著鞍马。你不是冻杀须饿杀！"
> 道罢，四口儿捽扯三娘归庄。刘知远独上太原古道。①

这种由曲词"唱"出的人物对话，语言通俗明白，简练紧凑，与"说"
出的对话区别不大。

第四，借曲词议论。

第一回【仙吕调】结尾处有说话人讲述李洪义种种恶行的一大段议论，
其中就穿插有【尾】曲唱词形式的议论：

> 客人听我说细微，若言这人所为，做处只要便宜。掇做善能饮醉
> 酒，冲席整顿吃糕糜，在村第一欺善良，没尊卑，不近道理，若还撞
> 著犇如鬼祟，缠缴杀你不肯放东西。
>
> 【尾】恶如当界土地，满村里不叫做李洪义，一方人只呼做活
> 太岁。
>
> "此人在沙佗小李村住，姓李，名洪义。为无赖，只呼做活太岁。
> 客人宜避之。"②

---

① 蓝立蓂校注：《刘知远诸宫调校注》，巴蜀书社 1989 年版，第 71 页。
② 蓝立蓂校注：《刘知远诸宫调校注》，巴蜀书社 1989 年版，第 5 页。

这段【尾】曲的内容是叙述李洪义的无赖行径并道出他"活太岁"这一恶名。这段唱曲，把本该"说"的语调，改成了"唱"的声调，其效果是提高了调门，提请听众特别关注，实际上其语句与"说话"形式的议论没有区别。

但是，随着诸宫调在发展过程中"唱"的成分的增加，其曲词的套曲化，使曲词的叙述性明显减少，而更多铺叙与抒情，这就使诸宫调逐渐远离了"说话"，而开始走向"文体独立"。

第二阶段，作为走向"文体独立"的《西厢记诸宫调》和《天宝遗事诸宫调》，体现了曲词"套曲化"特征。

从曲词形式看，处于"脱胎小说"阶段的《状元张协传》的唱词是散词，《刘知远诸宫调》的唱词开始使用一词加尾（一曲一尾）的缠令形式，"多曲一尾"的唱词只有三套，这些简单的曲词形式，主要以叙述情节为主。而走向文体独立的《西厢记诸宫调》的唱词，使用"多曲一尾"的套曲，多达44套，至《天宝遗事》则全然是北曲套数了。这种唱词形式的演变，反映了唱词功能从早期接近话本的情节叙事到后来远离话本的多功能叙事的变化过程。

《西厢记诸宫调》的曲词随着套曲的增多加长，曲词的功能也发生了变化。如《刘知远诸宫调》"多曲一尾"的三套唱词中，最长的一套【中吕调·安公子缠令】算上尾曲也只有5支曲，而《西厢记诸宫调》"多曲一尾"的唱词则多达46套，最长的一套【黄钟宫·间花啄木儿第一】多至16支曲。《天宝遗事诸宫调》残存的套曲中，超过15曲的已有5套，最长的【中吕宫·粉蝶儿】"力士泣杨妃"多达18支曲。长套的曲词叙事，发展了"曲"长于铺叙抒情的功能特性，这就使得有些地方情节叙述变缓以致停顿，与说白紧凑的情节叙事出现了背离。主要表现有：

第一，开头"引辞"曲的加长。

《刘知远诸宫调》开篇"引子"只有一曲一尾，如同讲史平话的入话，简要叙述历代兴亡后，很快引入刘知远故事，体现出"说话"重"说"重叙述的特点。而《西厢记诸宫调》和《天宝遗事》的开头"引辞"，愈来愈繁复，体现出诸宫调重"唱"重铺叙的特点。

《西厢记诸宫调》有两套不同宫调的"引辞"，【仙侣调】套取三曲一尾，先是展现作者放浪不羁的自我形象，进而点明故事内容是男女"倚翠偷期话"；【般涉调】套曲五曲一尾，由四时更替想到劝人及时行乐，然后概述这篇故事的内容特点。多支曲词的连唱，使曲词功能多样化，突出了曲词擅长铺叙的功能特点。

《天宝遗事诸宫调》未有完整作品流传下来，现存三套"引辞"，有两套各为四曲一尾和三曲一尾，最长者有十曲一尾，内容有说明写作缘起，标榜本篇特色，概述故事情节等。这种以两三套曲子对创作缘起、内容概要、作者情况逐一说明的开篇方式，已接近南戏、传奇的"副末开场"。曲词的多功能化，使曲词的"唱"与"说话"的"说"有了显著的区别。

《西厢记诸宫调》和《天宝遗事诸宫调》开头"引辞"曲的不断加长，表明诸宫调以套曲演唱的成分愈来愈多，强化了曲唱功能，也就使诸宫调远离"说话"而走向独立。

第二，曲词用于景物的铺叙描写。

早期的诸宫调只是偶尔有一点景物描写，如《状元张叶传》【犯思园】一曲只有开首三句景物描写："刮地朔风柳絮飘，山高无旅店，景萧条。"《刘知远诸宫调》虽有了一曲一尾及三个长套，但用于写景的文字仍极少，如第一回中叙述刘知远辞了牛七翁继续寻找落身之处，一路走来，有【歇指调】【枕屏儿】中几句景物描写："迤逦登途时节，正当三月。落花飞，柳絮舞，慵莺困蝶。陌地临庄院，榆槐相接，树影下，权时气歇。"[①]这支曲只有前五个小分句是描写景物，但这已经算是着墨较多的了，"陌地临庄院"以下已转入情节叙述。

套曲化的《西厢记诸宫调》的唱词用于景物铺叙明显增多，如张生上路去河中府蒲州之地，先是蒲州外景的铺叙描写：

> 【仙吕调】【赏花时】芳草茸茸去路遥，八百里地秦川春色早，花木秀芳郊。蒲州近也，景物尽堪描。○西有黄河东华岳，乳口敌楼没与高，仿佛来到云霄。黄流滚滚，时复起风涛。
>
> 【尾】东风两岸绿杨摇，马头西接着长安道。正是黄河津要，用寸金竹索，缆着浮桥。

又有蒲州街景描写：

---

① 蓝立蓂校注：《刘知远诸宫调校注》，巴蜀书社 1989 年版，第 9 页。

【仙吕调】【醉落魄】通衢四达，景物最堪图画。茏葱瑞霭迷鸳瓦，接屋连甍，五七万人家。○六街三市通车马，风流人物类京华。张生未及游州学，策马携仆，寻得个店儿下。①

《天宝遗事诸宫调》中，大段的景物铺叙就更多了，如《禄山别杨妃》一节中【越调·踏阵马】套曲现存十七支曲，其中叙安禄山被贬出长安去渔阳路上，看着"往常时恁助欢娱"的一路景物，感叹如今心境不同，这些景物令他"堪憎堪恨"，以下竟连用十曲，一曲一景，"从头儿尽数"它们今日罪过：芳草、落花、柳絮、杨柳、燕子、归雁、黄莺、粉蝶、游蜂、杜宇，令他悲伤、怨恨、哭泣，层层揭开了安禄山不得不离开长安与杨玉环分手的离愁别恨："遥望着锦宫高处，行一步回头觑一觑！眼儿里搁不定泪如珠，是他仰面嚎啕放声哭！"②。《天宝遗事诸宫调》结尾写唐明皇梦见杨贵妃惊醒后的曲词有："玉阶前疏雨响梧桐"，这与《梧桐雨》杂剧第四折写夜雨梧桐惊醒明皇与贵妃相会好梦的曲词十分相似："窗儿外梧桐上雨潇潇"、"这雨一阵阵打梧桐叶凋"。可见《天宝遗事诸宫调》的曲词创作明显受到北曲杂剧的影响，与杂剧的套曲叙事已无甚区别。

第三，曲词用于场面、人物外貌的铺叙描写。

早期的《刘知远诸宫调》描写知远与三娘的婚宴场面只用了一曲，其中多数还是情节叙述，属于人物动作场面描写的仅有这么几句："那村夫懑，饮酒筛碗中，尽熏沉醉脸上红。争拳弩踢，杀呼叫唤，交错宾朋。"而《董西厢》中的场面铺叙不仅增多，而且描写更细，如铺叙相国夫人"做清醮"的场面，【越调】之下共用五支曲文，单是描述"闹道场"中和尚的神态就用了两支曲子：

【雪里梅】诸僧与看人惊晃，瞥见一齐都望。住了念经，罢了随喜，忘了上香。○选甚士农工商，一地里闹闹攘攘。折莫老的、小的，俏的、村的，满坛里热荒。○老和尚也眼狂心痒，小和尚每接头缩项。立挣了法堂，九伯了法宝，软瘫了智广。

---

① 凌景埏校注：《董解元西厢记》，人民文学出版社1962年版，第4页。
② 朱禧辑：《天宝遗事诸宫调》，天津古籍出版社1986年版，第48—49页。

【尾】添香侍者似风狂，执磬的头陀呆了半晌，作法的阇黎神魂荡飏。不顾那本师和尚，聒起那法堂，怎遮当！贪看莺莺，闹了道场。①

至于普救寺前法聪大战贼兵的场面描绘前后共用了五十八支曲子，其中的描写既有法聪的相貌、精神、性格、兵器，又有贼军将领的外貌、武艺、兵器，还有双方厮杀的动态场景等，洋洋洒洒，令人眼花缭乱。对如此多的场面铺叙，有研究者认为，"它在全书中占得篇幅过长，脱离了主题，因而显得有些冗赘。破坏了整个作品的和谐。"②其实，"脱离了主题"云云，是书面文学的要求，殊不知，当时的世俗百姓不是像我们今日按照书面文学的思路去"阅读"诸宫调作品而是要看诸宫调的"说唱"表演，在瓦舍勾栏里说唱的诸宫调，这种朴刀杆棒的热闹厮杀场面，正是说话人的擅长，《醉翁谈录·小说开辟》所谓"说人头厮挺，令羽士快心；言两阵对圆，使雄夫壮志。"这种厮杀场面的铺叙，使世俗听众顿生"英雄崇拜"之感而听得入神，这正是说话人所谓"热闹处敷演得越久长"之处，诸宫调的套曲为说话人提供了新的"敷演"手段。

第四，唱词的拟代言体。

诸宫调的说唱中，有时唱词模拟第一人称的声口代人物立言，并非是真正如戏剧人物扮演中的代言体，可以将其称之为"拟代言"。这在《刘知远诸宫调》中已有，尤其值得注意的是那些曲词叙述中无人称引导词的叙述人称的转换，如三娘与知远离别之际，唱词中穿插有三娘对知远的嘱咐：

【般涉调】【哨遍】二仪初分天地，也有聚散别离底，想料也不似这夫妻，今宵难舍难弃。谩更说：钱塘小卿、双生两个，祖送邮亭驿；徐都尉，隋兵所逼，与乐昌公主分镜在荒陂；霸王垓下别虞姬；织女牵牛过七夕；云□轻分，感恨巫娥，宋玉惨悽。"大花绫袄货卖，你且为盘费。"恩义重如山，恰来解开云髻，用斧截青丝一缕，付与刘郎："此夜恩常记。"欲去时，临行情绪，想世间烦恼，无可堪比。痛极时复泪珠滴。地惨天愁日无辉，当阳佛见也攒眉。

① 凌景埏校注：《董解元西厢记》，人民文学出版社 1962 年版，第 20 页。
② 王钢：《董解元》，胡世厚、邓绍基主编：《中国古代戏曲家评传》，中卅古籍出版社 1992 年版，第 5 页。

【歇指调】【耍三台】李三娘、刘知远，两口儿难为相守。泪点儿多如雨点，旧愁难压新愁。"若到并州早来取，休交人倚门专候。常记取此夜相别，凡百事刘郎念旧。"蓦听得人高叫，諕杀夫妻两口。……①

【哨遍】曲从"二仪初分天地"至"宋玉惨悽"一段，都是说话人第三人称的叙述，然后，突然介入"大花绫袄货卖，你且为盘费"，这一句用了第二人称"你"，这显然是李三娘以第一人称口吻对刘知远的嘱咐，这种人称的暗中转换，没有任何人称引导词过渡衔接。下面李三娘对刘知远的嘱咐，直接用李三娘的动作引出："付与刘郎：'此夜恩常记'。"【耍三台】曲也是这样，"旧愁难压新愁"是第三人称叙述语，紧接其后的"若到并州早来取……"又暗地转换成李三娘第一人称的嘱咐语言。人称引导词本来是为书面语区分叙述语言与人物语言而设，现实中的人物对话，并不需要引导词，说话人可以借助表情、动作区别人称。《刘知远诸宫调》中这种人称的潜在转换，正体现了诸宫调口头表演的特点，故事说唱的表演者在叙述中，不同身份的人物语言主要通过表演者的声调语气、身姿神态加以区分，使情节更加一气连贯。尤其是唱词多用俚俗的语言而少有景物铺叙，这使《刘知远诸宫调》更接近"说话"表演的特性。

《西厢记诸宫调》这种潜在转换人称的"拟代言"描写数量更多，但是，与《刘知远诸宫调》不同的是，其借景生情的写法以及诗词化的语言，更突出了曲词的铺叙抒情功能，使诸宫调文体明显区别于"说话"。如张生、莺莺离别一段：

后数日，生行，夫人暨莺送于道，法聪与焉。经於蒲西十里小亭置酒。悲欢离合一樽酒，南北东西十里程。

【大石调】【玉翼蝉】蟾宫客，赴帝阙，相送临郊野。恰俺与莺莺，鸳帏暂相守，被功名使人离缺。好缘业！空恓快，频嗟叹，不忍轻离别。早是恁凄凄凉凉，受烦恼，那堪值暮秋时节！○雨儿乍歇，向晚风如漂洌，那闻得衰柳蝉鸣恓切！未知今日别后，何时重见也。衫袖上盈盈，揾泪不绝。幽恨眉峰暗结。好难割舍，纵有千种风情，何

---

① 蓝立萼校注：《刘知远诸宫调校注》，巴蜀书社 1989 年版，第 67—69 页。

处说?

【尾】莫道男儿心如铁,君不见满川红叶,尽是离人眼中血!

【越调】【上平西缠令】景萧萧,风淅淅,雨霏霏,对此景怎忍分离?仆人催促,雨停风息日平西。断肠何处唱《阳关》?执手临岐。○蝉声切,蛩声细,角声韵,雁声悲,望去程依约天涯。且休上马,苦无多泪与君垂。此际情绪你争知,更说甚湘妃!

【斗鹌鹑】嘱付情郎:"若到帝里,帝里酒酽花秾,万般景媚,休取次共别人,便学连理。少饮酒,省游戏,记取奴言语,必登高第。○专听着伊家,好消好息;专等着伊家,宝冠霞帔。妾守空闺,把门儿紧闭;不拈丝管,罢了梳洗。你咱是必,把音书频寄。"

【雪里梅】"莫烦恼,莫烦恼!放心地,放心地!是必是必,休恁做病做气!○俺也不似别的,你情性俺都识。临去也,临去也!且休去,听俺劝伊。"

【错煞】"我郎休怪强牵衣,问你西行几日归?着路里小心呵,且须在意。省可里晚眠早起,冷茶饭莫吃,好将息,我倚着门儿专望你。"
生与莺难别。夫人劝曰:"送君千里,终有一别。"①

这段开头说白"后数日,生行,……",是叙述者的声音。紧接其后没有任何人称交代即转入张生第一人称口吻的内心独白:"【大石调】【玉翼蝉】蟾宫客,赴帝阙,相送临郊野。恰俺与莺莺,……"以及【尾】曲"莫道男儿心如铁,……"待听众进入张生的内心情感世界后,紧接着依然是不做任何人称说明,【越调】【上平西缠令】上片还是张生的叙述:"对此景怎忍分离?仆人催促",下片"蝉声切"开始又潜换成莺莺的自述:"此际情绪你争知,更说甚湘妃!"接下来几支曲子叙述者又分别以莺莺和张生的口吻对话,之间也没有人称转换的交代:【斗鹌鹑】一曲是莺莺对张生的嘱咐:"你咱是必,把音书频寄。"【雪里梅】一曲是张生对莺莺的安慰:"俺也不似别的,你情性,俺都识。"【错煞】一曲是莺莺的再次嘱咐:"冷茶饭莫吃,好将息,我倚着门儿专望你。"这些一递一句的"拟代言体"对话,真实地再现了张生和莺莺依依惜别的场景。待到叙述者"生与莺难别"的第三人称的

① 凌景埏校注:《董解元西厢记》,人民文学出版社 1962 年版,第 126—127 页。

道白叙述开始，听众才似有所悟地回到表演现场。诸宫调这种潜在人称转换的表演，已接近戏曲的代言体，当诸宫调的这种"拟代言"第一人称叙述转变为戏曲人物的扮唱时，也就完成了诸宫调"拟代言叙事"向戏曲"代言叙事"的转换。

综观诸宫调产生及发展历程，可知，诸宫调是直接改造"说话"以"入曲说唱"，早期的诸宫调曲词以情节叙述为主，随着诸宫调曲词的套曲化，长套曲词不断增多，诸宫调唱词的铺叙、抒情、咏叹的功能得到充分发挥，诸宫调逐渐将"说话"注重外在情节的叙述转为注重人物内心的刻画，于是叙述者的"拟代言"叙事开始增多，开启了元杂剧代言体叙事的先声。从这一角度说，诸宫调文体的发展历程，可以归结为唱词的叙事功能由偏重情节叙述的单一功能逐渐演变为铺叙、写景、写人、写心等多功能的发展过程。诸宫调曲词的多功能叙事直接促成了元杂剧的套曲叙事。

三、由"说唱"向"演唱"的转化——宋金说唱伎艺与元杂剧的曲戏特征

中国古代戏曲的生成路径，是由"戏"与"曲"两大系统构成，"戏"是指脚色表演，"曲"是指曲白叙事，表演的"戏"加上叙事的"曲"，即为"戏曲"。这也就是王国维所谓"戏曲者，谓以歌舞演故事"之意，"歌舞"属表演，"故事"属叙事，戏曲是由"歌舞"的表演系统加上"故事"的叙事系统而构成，两个系统各有渊源。"歌舞"表演系统，远祖不说，近源就是由参军戏、宋杂剧、金院本的脚色表演进化成为元杂剧的表演体系，此为"戏"的表演系统的生成路径；"故事"说唱系统，其直接的渊源，是由唐代的俗讲转变、宋代的"说话"、诸宫调等故事说唱进化成为元杂剧的说唱，此为戏曲之"曲"叙事系统的生成路径。

元杂剧的故事说唱是脚色扮演中的说唱，是由此前宋金说唱伎艺的故事"说唱"转化成元杂剧的故事"演唱"。对元杂剧故事"演唱"的生成产生直接影响的宋金说唱伎艺主要有三种：一是宋金诸宫调的套曲说唱，它为元杂剧提供了套曲叙事的形式；二是宋代傀儡戏影戏故事说唱中的"假人"表演，它启迪了元杂剧"说唱"与"表演"的结合；三是金代"连厢词"故事说唱中的"真人"扮演，直接为元杂剧曲白叙事与人物扮演的结合，提供了样例。正是这三种宋金说唱伎艺的演进与融合，形成了元杂剧脚色扮演中的说唱，构成了元杂剧的叙事。

在这三种宋金说唱伎艺中，关于傀儡戏影戏与元杂剧叙事的关系，孙楷第曾提出"近世戏曲唱演形式出自傀儡戏影戏"的观点，但一直被研究者否定，但笔者却认为孙楷第的观点是对元杂剧叙事生成的重要贡献，故有辩证的必要，此于下一节详论。本小节着重探讨诸宫调、"连厢词"与元杂剧叙事生成的关系。

柏拉图早在《理想国》中就曾区分了"单纯叙述"与"模仿叙述"，他把诸如说唱文学中说唱艺人置身故事之外的叙述，称为"单纯叙述"，是"诗人在说话"，而将戏剧中人物的"代言性叙述"称为"模仿叙述"，是"当事人自己在说话"，而"无论是诗人在说话，还是当事人自己在说话，都要算叙述。"① 元杂剧的"代言性叙述"直接源自宋金说唱文学的"单纯叙述"，不同的是，元杂剧不过是一种"穿上了戏装"的"叙述"而已。

对于"单纯叙述"的诸宫调向"代言性叙述"的元杂剧演进的关系，最早由王国维提出，他在《宋元戏曲考》"元杂剧之渊源"中说："金之诸宫调，虽有代言之处，而其大体只可谓叙事。独元杂剧于科白中叙事，而曲文全为代言。"又在"宋之乐曲"一节论及诸宫调时指出："若求之于通常乐曲中，则合诸曲以成全体者，实自诸宫调始。诸宫调者，小说之支流，而被之以乐曲者也。""此于叙事最为便利，盖大曲等先有曲，而后人借以咏事。此则制曲之始，本为叙事而设，故宋金杂剧院本中，后亦用之（见后二章），非徒供说唱之用而已。"② 这里，王国维勾勒出了元杂剧叙事生成的路径，即由"说话"的"说"故事——诸宫调的"说唱"故事——元杂剧的"演唱"故事。

王国维所描述的由诸宫调的"单纯叙述"到元杂剧"代言性叙述"的演进关系，郑振铎在《宋金元诸宫调考》一文中作了具体论述。

郑振铎《宋金元诸宫调考》一文，先是强调了诸宫调对元杂剧文体生成的重要意义："诸宫调的更为伟大的影响，却存在元人杂剧里。元代杂剧、宋代的'杂剧词'并非一物。……就文体演进的自然的趋势看来，从宋的大曲或宋的'杂剧词'而演进到元的'杂剧'，这其间必得要经过宋、金

---

① ［古希腊］柏拉图：《柏拉图文艺对话录》，人民文学出版社1959年版，第43—44页。

② 王国维：《宋元戏曲考》，《王国维戏曲论文集》，中国戏剧出版社1984年版，第56、36、38页。

诸宫调的一个阶段；要想蹿过诸宫调的一个阶段几乎是不可能的。或者可以说，如果没有诸宫调的一个文体的产生，为元人一代光荣的'杂剧'，究竟能否出现，却还是一个不可知之数呢。"接着，就具体论述了元杂剧叙事体制的生成是直接受了诸宫调的影响。郑振铎的贡献在于，他不仅提出了元杂剧"一人独唱"、"第三身的叙述"等叙事特征直接承袭自"有直接的渊源关系的诸宫调"，而且还对此举例作了具体的分析，如元杂剧"有对白而无对唱"、"旦末始终没有并唱"、《单鞭夺槊》《气英布》"借用像探子的那一流人物的报告"①等，在此基础上，郑振铎明确地断言："'杂剧'乃是诸宫调的唱者，穿上了戏装，在舞台上搬演故事的剧本，故仍带着很浓厚的叙事歌曲的成分在内。"②郑振铎的这些观点和例证分析，至今仍是研究者探讨元杂剧叙事特征的出发点。

诸宫调融入戏曲，在宋杂剧、金院本中已见端倪。《武林旧事》卷十"官本杂剧段数"中有《诸宫调霸王》《诸宫调卦铺儿》，可知，宋杂剧的演出有用诸宫调的；陶宗仪《南村辍耕录》"院本名目"中"拴搐艳段"下有"诸宫调"一项，"拴搐"一词，李啸仓《宋元伎艺杂考》解作"缚系牵引"，廖奔《中国戏曲发展史》卷一解作"拴扎捆束"③；据《梦粱录》卷二十"妓乐"条："杂剧中……先作寻常熟事一段，名曰艳段；次作正杂剧，通名两段。"④"艳段"相当于"说话"之"入话"；也就是说，作为"拴搐艳段"的"诸宫调"就是捆绑于"正杂剧"或院本之前的"艳段"表演。南戏《张协状元》开场的《状元张叶传》诸宫调，就相当于正戏前的"拴搐艳段"。

说到诸宫调等说唱伎艺对南戏北剧的影响，曾永义指出：

　　北曲杂剧简称北剧或杂剧，可以说是金院本加上北诸宫调而形

---

① 郑振铎：《宋金元诸宫调考》，《郑振铎全集》第五卷，花山文艺出版社1998年版，第127—128页。

② 郑振铎：《插图本中国文学史》，《郑振铎全集》第九卷，花山文艺出版社1998年版，第155页。

③ 李啸仓：《宋元伎艺杂考》，上杂出版社1953年版，第13页；廖奔、刘彦君：《中国戏曲发展史》，山西教育出版社2003年版，第294页。

④ （宋）吴自牧：《梦粱录》，《东京梦华录》（外四种），古典文学出版社1956年版，第308—309页。

成的，它在金代叫院么，在金元之际叫么末，后来继承宋杂剧的名称
叫杂剧……这里所说的诸宫调是作为提供戏剧南北曲和故事题材的讲
唱文学的代表，事实上的南戏北剧所汲取的讲唱文学，并不止诸宫调
而已。①

　　这段话强调，诸宫调只是"讲唱文学的代表"，事实上对"南戏北剧"
产生影响的"不止诸宫调"。相对其他宋金说唱伎艺，诸宫调的现存资料较
多一些，所以对诸宫调关注研究者多，而对其他说唱伎艺就有所忽略。笔
者认为，诸宫调之外，对元杂剧叙事产生直接影响的还有"连厢词"和下
节所论的傀儡戏影戏，这些说唱伎艺的演唱方式，在元刊杂剧中就有遗存，
这些宋金说唱伎艺的演唱和叙事方式，使元刊杂剧具有过渡形态的"曲戏"
特征。
　　河南安阳蒋村出土的金墓戏俑为我们展示了从诸宫调等说唱伎艺到元
杂剧"过渡体"的"曲戏"形态。
　　河南安阳蒋村出土的金墓戏俑，其中五个演员为四男一女，在舞台上
基本为一字排列，女演员居中稍前突出，四个男演员皆持乐器（一人抱鼓，
三人持小钹），表情集中，面目皆向中心女演员，女子向前拱手作演唱状，
其他演员虽手持乐器，同时也作旁白和伴唱的表演形态。杨建民指出，这是
一种从一人独自说唱的诸宫调向一人主唱的元杂剧的"过渡体"，"这种戏曲
表演艺术的形态已有元杂剧一人主唱，杂色宾白的特点"，由此，杨建民把
这种表演形态命名为"曲戏"。②
　　金墓戏俑"一人主唱"的"曲戏"特征，其核心是以主唱者的表演为
中心，其他杂色演员犹如主唱者的傀儡，均视主唱者的唱词作举止。
　　金代的"连厢词"，可以说就是向元杂剧过渡的带有"曲戏"特征的一
种说唱伎艺。清毛奇龄《西河词话》卷二"词曲转变"条记"连厢词"云：

　　　至金章宗朝，董解元不知何人，实作西厢搊弹词，则有白有曲，专
　　以一人搊弹，并念唱之。嗣后金作清乐，仿辽时大乐之制，有所谓连厢

---

① 曾永义：《戏曲源流新论》（增订本），中华书局 2008 年版，第 174 页。
② 参见杨建民编著：《中州戏曲历史文物考》，文物出版社 1992 年版，第 66—99 页。

词者，则带唱带演。以司唱一人、琵琶一人、笙一人、笛一人，列坐唱词，而复以男名末泥、女名旦儿者，并杂色人等，入勾栏扮演，随唱词作举止。如参了菩萨，则末泥祇揖，只将花笑捻，则旦儿捻花类。北人至今谓之连厢，曰打连厢、唱连厢，又曰连厢搬演。大抵连西厢舞人而演其曲，故云。然犹舞者不唱，唱者不舞，与古人舞法无以异也。至元人造曲，则歌者舞者合作一人，使勾栏舞者自司歌唱，而第设笙笛琵琶以和其曲，每入场以四折为度，谓之"杂剧"。……及得连厢词例，则司唱者在坐间，不在场上。故虽变杂剧，犹存坐间代唱之意。①

　　毛奇龄指出，金代的"连厢词"是源自诸宫调，其主要特点是，表演中"司唱一人"，其余"杂色人等""随唱词作举止，如'参了菩萨'，则末泥祇揖，'只将花笑捻'，则旦儿捻花类。"这正体现了金墓戏俑以主唱者为中心，杂色演员傀儡化的表演特征。李家瑞曾说："打连厢是一种用人做傀儡的戏剧"②，郑明娳也说："金时有一种连厢词的戏，也是一种肉傀儡。"③王兆乾具体分析这种傀儡化的表演说："表演形式颇像木偶，唱到某个人物，此人物之妆扮者便动作起来，其余均站立两旁。说唱艺人居主导地位，不仅担负唱白的任务，还对人物的上下场进行指挥和提示。所以说唱者往往坐于台的中后方，称'坐场'。"④对于这种傀儡化的表演形式，毛奇龄还指出，"连厢词""变杂剧"的过程中保留着一种坐着表演的"坐演"方式，所谓"虽变杂剧，犹存坐间代唱之意"。武俊达将曲艺中的"坐唱"看作是向戏曲转化的过渡形式："由曲艺发展成为戏曲，常见过程是由独口、对口清唱发展成分角坐唱，再进一步发展成化妆彩唱，彩唱再加用行动并将表述语改为角色语，即形成戏曲。"⑤
　　"曲戏"的这种杂色演员"随唱词作举止"以及"坐演"的表演方式，

---

① （清）毛奇龄：《西河词话》，唐圭璋编：《词话丛编》第一册，中华书局1986年版，第582—583页。
② 李家瑞：《北平俗曲略》，上海文艺出版社1990年影印本，第54页。
③ 郑明娳：《中国傀儡戏的演进及现代展望》，张敬、曾永义等：《中国古典戏剧论集》，（台北）幼狮文化事业公司1985年版，第132页。
④ 王兆乾：《池州傩戏与明成化本说唱词话——兼论肉傀儡》，胡忌主编：《戏史辨》，中国戏剧出版社1999年版，第266页。
⑤ 武俊达：《戏曲音乐概论》，文化艺术出版社1999年版，第39—40页。

在元刊杂剧中均有遗存。从这个意义上说，元刊杂剧就带有刚从宋金诸宫调等说唱伎艺进化而来的"曲戏"特征。

元刊杂剧的"曲戏"特征，体现在动作表演上主要有两点，即杂色演员"随唱词作举止"和"坐演"的表演方式；体现在曲白叙事上也有两点，即唱曲多说白少和曲白叙述多对话少。现分述如下。

（一）元刊杂剧动作表演上的曲戏特征

元刊杂剧动作表演上的"曲戏"特征，主要表现在两个方面。

其一，众多杂色演员"随唱词作举止"。这在元刊杂剧中的具体表现主要有三种：

第一，众多杂色演员一齐上场，呆立场上，视主唱者唱词需要，依次入戏。这与金墓戏俑和金代"连厢词"的演员齐聚场上等待入戏的上场方式相同。

如元刊杂剧关汉卿《诈妮子调风月》第四折，主唱者燕燕当众揭穿小千户欺骗自己的事实并由家长们做主，把燕燕配给小千户做了第二夫人。开场时，没有任何表演任务的所涉众人一齐出场，全都呆立在场上，准备随时听候召唤：

> （老孤、外孤上。）（众外上。）（夫人上住。）（正末、正旦、外旦上住。）（正旦唱：）①

"老孤"是小千户的父亲，"外孤"是莺莺的父亲，"众外"是众多来宾，"夫人"是燕燕家的女主人，"正末"是小千户，"正旦"是侍婢燕燕，"外旦"是另一贵族家的小姐莺莺，一开场，这些人物一齐上场。其中的动作提示，"上"是上场，"住"字，是指动作结束后的暂时停顿，"上住"表示一上场就"住"，说明人物上场后没有任何表演动作，只是"住"立在那里，等候着"正旦唱"。然后，视唱词需要，再相继入戏表演。如接下来，陆续有外旦、正末、外孤、夫人等依次入戏，随正旦唱词做相应的说白。这种动作的停顿，有时也用"了"字表示，如关汉卿《闺怨佳人拜月亭》第四折开场提示："（老孤、夫人、正末、外末上了。）（媒人云了。）（正旦扮上了。）（小

---

① 徐沁君校点：《新校元刊杂剧三十种》上，中华书局 1980 年版，第 116 页。

旦云了。）"①，其中"了"字，同样用于表示动作停止，说某某人物"上了"，就是呆在那里没有其他动作的意思。处于"了"、"住"状态的演员，到需要时方进入角色。接下来随着正旦唱词的展开，正末、外末、老孤、夫人才依次入戏，与正旦对白。这种人物齐聚场上等候入戏的出场方式，还可从戏曲文物中得到证明。

山西省洪洞县境内霍山明应王殿戏剧壁画，即"忠都秀作场"壁画，作于泰定元年（1324），是研究元代杂剧的重要文物证据之一。对于此壁画的性质，一直有不同看法，主要有参场说、打散说、正剧说三种。参场说认为是正剧开演前演员的亮相，打散说认为是全剧结束后全体演员进行的添加表演，正剧说认为这是一幅正在演出中的戏剧景象。从画面看，前排左起第二人正在张手比划向正中官服秉笏者说白，乐队也在奏乐，所以笔者认同这是截取忠都秀正在演出的一幅画面。前排五人，居中红袍秉笏者当是忠都秀，她在此剧中是正末，显然是剧中的主角，其余演员分立左右，"忠都秀作场"壁画这种杂色演员簇拥主唱者的场面形象地印证了元刊杂剧一人主唱、其他人物"住"立左右的登场方式。正如康保成将元刊杂剧中的"住"、"了"、"科"、"做意"所提示的动作表情与《忠都秀作场图》作对比分析时所说："金元杂剧表演时，当'住'、'了'、'科'、'做意'所提示的表情、动作、语言完成后，实施这一动作的演员，尤其是配角，要停止动作、表情等，恢复常态，暂时退出角色，为主角（正旦或正末）的演唱让路。由于杂剧敷演中的形体动作一般比较简单，所以'住'也就是立在规定位置。加之'了'与'住'、'科'、'做意'均不提示下场，所以某些时候就形成了如同《忠都秀作场图》那样的演出场面。"② 这种众多杂色演员一齐上场，呆立场上，为"曲唱"让路，视主唱者唱词需要，依次入戏，正是元刊杂剧"曲戏"特征的表现。

第二，场上有二人表演时，非主唱者视主唱者唱词需要而"随唱词作举止"。

《西河词话》针对连厢词"随唱词作举止"举例说："如'参了菩萨'，则末泥祗揖，'只将花笑捻'则旦儿捻花类。"这种非主唱者"随唱词作举

---

① 徐沁君校点：《新校元刊杂剧三十种》上，中华书局 1980 年版，第 51 页。
② 康保成：《中国古代戏剧形态与佛教》，东方出版中心 2004 年版，第 262 页。

止"，可以元刊杂剧《诈妮子调风月》第二折为例。其主要情节是，小千户诱奸了燕燕后，又爱上了另一贵族家的小姐莺莺，那晚燕燕服侍小千户换衣服，发现了莺莺赠给他的手帕，才知自己上了当，气得要死。这一折只有正旦燕燕和正末小千户两人的戏，燕燕的唱词与说白始终主导着剧情的发展。从旦、末曲白安排形式看，燕燕的每一段曲白之后，都会紧接正末的科白，从而形成正末随正旦说唱而举止的情节模式。情节是从当天晚上燕燕到书院见小千户开始的，一见面，正旦问："你吃饭未？"正末随之作"不耐烦科"，由此引发了燕燕的猜疑。下面除去尾曲，燕燕所唱十曲，每支曲子之后，都紧接正末的"云"或"科"，"正末云"的内容，剧本都省略了，据王季思《〈诈妮子调风月〉写定本说明》①一文所复原的剧情看，"正末云"的内容都是视正旦的唱、白需要而出现。这从有明确提示的正末的动作就可看出，如，燕燕说："你又不吃饭，睡波！"于是有了"正末更衣科"。接下来燕燕的唱词就描述燕燕自己替小千户解衣脱带的动作："直到个天昏地黑，不肯更换衣袂。把兔鹘解开，纽扣相离；把袄子疏剌剌松开上拆"，这时，燕燕就发现了莺莺赠他的手帕，于是又有了"正末慌科"，小千户慌乱的样子随之又成为燕燕唱词的描述内容："见那厮手慌脚乱紧收拾"②。我们注意到，这里的冲突，没有形成"戏剧性对话"，正末小千户的动作反映，只是为唱词内容提供了一个描述对象，燕燕的唱词内容就是在描述小千户的动作举止，唱词提示到哪，正末就在哪里做出相应动作，又随之成为唱词的描述对象，非主唱者完全是"随唱词作举止"，成为主唱者的傀儡。

第三，主唱者唱词唱到哪一类人物，哪一类人物就随之出场，成为唱词内容的形象化展示。

如王伯成《李太白贬夜郎》第四折，李白休官遭贬，当唱词唱到解缆泛舟，准备到水府追求"水底天心"的月里婵娟时，"水府龙王一齐上，坐定了"，龙王为他举行了一个盛大的欢迎会，命水族全都参加。这就成为接下来李白唱词的内容："画戟门开见醉仙，听龙神细说根源。""龟大夫在旁边，鳖相公守跟前，鼋先锋可怜见，众水族尽皆全，摆列着一圆圈。"③正末唱到水府，水府的众水族就上场，并作出相应的欢迎动作，这显然是连厢词

---

① 王季思：《〈诈妮子调风月〉写定本说明》，《戏剧论丛》1958 年第 2 期。
② 徐沁君校点：《新校元刊杂剧三十种》上，中华书局 1980 年版，第 100—101 页。
③ 徐沁君校点：《新校元刊杂剧三十种》下，中华书局 1980 年版，第 461—462 页。

"舞者不唱，唱者不舞"的遗风。

其二，元刊杂剧动作表演上的"曲戏"特征的另一表现，是"坐演"方式。这在元刊杂剧中有主唱者"坐演"和非主唱者"坐演"二种：

第一种主唱者"坐演"，有五处。

如关汉卿《关大王单刀会》第二折：

> （正末重扮先生引道童上，坐定。云）贫道司马德操的便是了。自襄阳会罢，与刘皇叔相见，本人有高皇之气。将门生寇封与皇叔为一子，举南阳卧龙为军师，分了西川。向山间林下，自看了十年龙争虎斗。贫道绝名利，无罣辱，倒亦快活！（唱：）

第三折：

> （净开。一折）（关舍人上，开。一折。）（净上。）（都下了。）（正末扮尊子燕居，扮将尘拂子上，坐定。云）方今天下鼎峙三分，曹公占了中原，吴王占了江东，尊兄皇叔占了西川。封关某为荆王，某在荆州抚镇。关某暗想，日月好疾也！自从秦始皇灭，早三百余年也。又想起楚、汉纷争，图王霸业，不想有今日！（唱：）①

马致远《马丹阳三度任风子》第一折：

> （等众屠户上。一折下）（等马一折下。）（正末扮屠家引旦上，坐定。开）自家姓任，任屠的便是。嫡亲三口儿，在这终南县居住。为我每日好吃那酒，人口顺都叫我任风子。颇有些家私。但见兄弟每生受的，我便与他些钱物做本，并不要利息。因此上相识伴当每，能将我厮敬。今日是自家生日，小孩儿又是满月，怕有相识弟兄每来时，大嫂筛着热酒咱，看有其么人来？（外末上见住。）（正末唱：）②

① 徐沁君校点：《新校元刊杂剧三十种》上，中华书局1980年版，第67、72页。
② 徐沁君校点：《新校元刊杂剧三十种》上，中华书局1980年版，第212—213页。

武汉臣《散家财天赐老生儿》楔子：

> （正末引一行上，坐定。开）老夫姓刘，名禹，字天锡，浑家李氏，女孩儿引璋，女婿张郎，嫡亲四口儿，在这东平府在城居住。有侄儿刘端，字正己，是个秀才，为投不着婆婆意，不曾交家来。如今老夫六十岁也！空有万贯家财，争奈别无子嗣。往日子是在这几文钱上，不知有神佛。近来多做好事，感谢天地。不想这使唤的小梅，有八个月身孕，倘或得个厮儿，须是刘家后。我有心待将这家私三分儿分开：一分婆婆，一分女婿，一分我有用处。婆婆，我如今住庄上去计点，怕小梅分娩时分，若得个儿孩儿，千万存留了咱！（唱:）①

孔文卿《东窗事犯》楔子：

> （正末扮岳飞引二将上，坐定。开:）某姓岳名飞，字鹏举。幼习武艺。随高宗南渡于金陵。不经旬日，有大金国四太子追袭。到于浙西钱唐镇，立名行在，即其帝位。某统兵在朱仙镇拒敌，四太子闭门不出。某平生愿待复夺东京，近新交上表，欲起军去，不见圣旨到来。这几日神思不安！呵，不知有甚事？（使臣捧圣旨金牌上。）（正末接旨了。云:）不知朝野里有甚事？张宪，岳云，在意看守边塞！子今日便索上马去。（唱:）②

　　这里之所以让这些主唱者"坐定"在舞台上说唱，是因规定情境要求这些主唱者须有大段的叙述性交代。元刊杂剧一般说白极少，但我们发现，这些"坐定"的主唱者，随之都会有一段较长的交代性说白，紧接着的唱词也属于叙述性交代。显然，"坐"着说唱，是为了让此时的观众主要是"听"内容，而不是"看"表演。如上举《关大王单刀会》第二折正末司马德操（司马徽）"坐定"在舞台上，先是以说白叙述自己隐居"山间林下"，明辨"龙争虎斗"，然后用一整套【正宫·端正好】曲历数诸葛的韬略、张飞的威

---

① 徐沁君校点：《新校元刊杂剧三十种》上，中华书局 1980 年版，第 239—240 页。
② 徐沁君校点：《新校元刊杂剧三十种》下，中华书局 1980 年版，第 531—532 页。

猛、关羽的勇烈，劝说鲁肃莫要向关羽讨要荆州。第三折，"坐定"在舞台上的关羽，又以说白说明自己镇守荆州的形势，然后是以一整套【中吕·粉蝶儿】唱曲，由楚汉相争说到董卓作乱，由桃园结义说到鼎足三分，面对鲁肃的请帖，关羽一一数说着自己的英雄事迹和应对之策，决心单刀赴会。《关大王单刀会》第二折、第三折的规定情境要求主唱者的主要任务就是叙述，元杂剧这种以叙述为主的"坐演"，是对宋金说唱伎艺说唱方式的直接袭用。其他几例也是如此，《任风子》第一折、《老生儿》楔子、《东窗事犯》楔子三处坐唱者的说白与唱词，都是对全剧故事缘起作叙述性的交代。

第二种非主唱者"坐演"，有六处。

如关汉卿《诈妮子调风月》第一折：

> （老孤、正末一折。）（正末、卜儿一折。）（夫人上，云住。）（正末见夫人，住。）（夫人云了，下。）（正末书院坐定。）（正旦扮侍妾上，云：）夫人言语，道有小千户到来，交燕燕伏侍去："别个不中，则你去。"想俺这等人好难呵！（唱：）①

高文秀《好酒赵元遇上皇》第二折：

> （等卖酒的上，云住。）（驾引一行上，坐，云了。）（正末扮冒风雪上。放：）②

马致远《马丹阳三度任风子》第二折：

> （等马上，坐定，云住。）（正末扮刺客上，云：）先生咱，子不我要杀你！趁着这一弄儿景，到来杀你呵！（唱：）③

第三折：

———

① 徐沁君校点：《新校元刊杂剧三十种》上，中华书局1980年版，第92页。
② 徐沁君校点：《新校元刊杂剧三十种》上，中华书局1980年版，第129页。
③ 徐沁君校点：《新校元刊杂剧三十种》上，中华书局1980年版，第218页。

（外末、旦上，云了。）（等马上坐定，云了。）（正末挑担扮先生上，
云：）嗨，任屠，若不是师父点觉了唦，倒大来快活！（唱：）①

张国宾《公孙汗衫记》第三折：

（等外末一行上。）（净打外末下水了。）（等净提得俫儿了。）（等外
末扮相国寺长老上，开关子下了。）（等外旦、净、小末上，云住。）（交
小末应举科。）（等净嘱付了，先下。）（外旦与小末汗衫了。）（等长老上，
开住。）（等小末扮孤上，见长老提打斋，坐定。）（正末引卜儿扮都子上，
叫街住。唱：）②

王伯成《李太白贬夜郎》第四折：

（虚下。）（水府龙王一齐上，坐定了。）（正末唱：）③

这些材料中的坐演人都是非主唱者，它们的共同特征是，其身份地位
都高于主唱者，且关乎着主唱者的命运，是接下来主唱者曲词叙述的重点对
象，曲词内容主要是围绕着这个"坐定"在舞台上的人物及所表示的地点而
展开。如，《诈妮子调风月》第一折开场，正末小千户"书院坐定"之后，
婢女燕燕的唱曲即开始叙述在书院与小千户相遇、相爱以及被诱骗做小夫人
的经过："（正旦云：）这书院好？（唱：）【幺篇】这书房存得阿马，会得宾
客……"，【赚煞】"专等你世袭千户的小夫人！"小千户"坐"在场上，表明
此段故事发生的地点就是小千户的书院，婢女燕燕的命运以及唱曲的内容指
向，都受制于小千户。《好酒赵元遇上皇》第二折"坐"在场上的即为"上
皇"宋太祖，这一折主唱者赵元的唱词内容全都是叙述与"上皇"相遇、结
义、受恩的经过，赵元的对话和唱曲均是围绕着"坐"在场上的"上皇"而
展开。《马丹阳三度任风子》第二折马丹阳"坐"在场上，于是主唱者任风
子的曲词就都围绕着马丹阳，叙述夜里去杀马丹阳，未成，反被马丹阳以法

① 徐沁君校点：《新校元刊杂剧三十种》上，中华书局 1980 年版，第 225 页。
② 徐沁君校点：《新校元刊杂剧三十种》上，中华书局 1980 年版，第 373—374 页。
③ 徐沁君校点：《新校元刊杂剧三十种》下，中华书局 1980 年版，第 461 页。

术降服，任风子醒悟，决心拜马丹阳为师学道。第三折马丹阳继续"坐"在场上，主唱者任风子随师父马丹阳"每日价园内修持"，任妻劝其回家，任风子就在师父马丹阳面前，写了休书，摔死孩子，以示拒绝。马丹阳"坐"在那里，表示此折故事的地点就在马丹阳处，马丹阳影响着一切。《公孙汗衫记》第三折开场提示是张孝友的儿子小末扮官员上场，拜见长老提出散斋事后，"坐定"。这一折的主要内容是叙述张员外老两口在相国寺，以半壁汗衫与已经做了官员的孙子相认，张孝友的儿子以官员的身份"坐"在场上，于是故事就围绕着这位"坐定"者而展开。《李太白贬夜郎》第四折半场时分，"水府龙王一齐上，坐定了"，也是因为李白以下的曲词是在水府面对龙王所唱。

主唱者的"坐演"，淡化了主唱者的动作表演，强化了主唱者面向观众的叙述；非主唱者的"坐演"，使这位"坐定"在舞台上的非主唱者成为主唱者叙述的中心对象。总之，元刊杂剧中的"坐演"方式，是一种更为直接的面对观众进行说唱叙述的方式，是说唱伎艺在元刊杂剧中的遗存。在明刊本元杂剧中这种"坐演"的方式已不复存在。

（二）元刊杂剧曲白叙事上的曲戏特征

元刊杂剧的"曲戏"特征，决定了元刊杂剧在曲白叙事上有两个特点，即唱曲多，说白少以及叙述多，对话少。

其一，唱曲多，说白少。

这是元刊杂剧不同于明刊本《元曲选》的最大特点。元刊杂剧，以正脚唱词为主，宾白很少，或只有唱词而没有宾白。元刊杂剧有宾白的基本上全是正脚的唱词与说白，如《元刊杂剧三十种》中，关汉卿《关张西蜀梦》、郑廷玉《楚昭王疏者下船》、纪君祥《赵氏孤儿》三种全是正脚的唱词而完全没有宾白，尚仲贤《尉迟恭三夺槊》、岳伯川《岳孔目借铁拐李还魂》、范康《陈季卿悟道竹叶舟》、无名氏《小张屠焚儿救母》四种记录了正角以外角色的少量宾白，其他二十三种在唱词之外就只有正末、正旦的说白，而其中所提示的动作，也大部分是正脚所为，其他脚色的动作是从属于正脚的。这表明元杂剧的表演就是以正脚的唱词说白为主，说白为"宾"，"宾白"也是从属于唱词的。而其他脚色的表演，只是依主唱者的"唱词作举止"。

对于这种忽略宾白和正脚以外其他脚色表演的现象，王国维认为是书坊删削所致，他说："删去其白，如今日坊刊脚本然。盖白则人人皆知，而曲则听者不能尽解。此种刊本，当为供观剧者之便故也。"① 洛地认为，元刊本不是一般意义上的正式剧本，而是戏师傅给正脚教戏时所用的掌记本②。这些说法有一定道理，"坊刊脚本"、"掌记本"对宾白有所删削省略，在所难免。但笔者认为，元刊杂剧唱曲多宾白少，主要是作为"曲戏"的元杂剧的表演，其他杂色演员都是依照主唱者的唱词"随唱词作举止"，宾白是在表演中创作，无须写出，由此造成了唱曲多说白少，这是刚刚从宋金说唱伎艺蜕变而来的元杂剧叙事的特定形态。

其二，曲白叙述多，对话少。

"曲戏"的主要特征是叙述多于对话，主唱者的唱词、说白大多不是用于与剧中人物的交流，而是面向观众的叙述。真正的"戏剧性对话"，如黑格尔所说："全面适用的戏剧形式是对话，只有通过对话，剧中人物才能互相传达自己的性格和目的。"③ "戏剧性对话"本质上是对人物动作的模拟，亚里士多德早在《诗学》中论悲剧时就说："它的媒介是语言"，"模仿方式是借人物的动作来表达，而不是采用叙述法。"④ 但是，"曲戏"却很少有这种人物之间的"戏剧性对话"，更多的却是采用"叙述法"，无论是主唱者的自我动作还是其他人物的动作，主要靠叙述。如《诈妮子调风月》第一折中小千户吩咐燕燕拿面盆洗脸的场景，两人之间的动作全靠燕燕唱词叙述出来：

（正末云了。）（正旦捧砌末。唱：）

【哪吒令】等不得水温，一声要面盆；恰递与面盆，一声要手巾；恰执与手巾，一声解纽门。使的人，无淹润，百般支分。⑤

"砌末"是戏曲道具的总称，这里指面盆。"正旦捧砌末"只是一个象征性的虚拟动作。唱词中的"无淹润"一词，是说没有宽闲的余地，意即被使

---

① 王国维：《宋元戏曲考》，《王国维戏曲论文集》，中国戏剧出版社 1984 年版，第 82 页。

② 参见洛地：《关目为本、曲为本，掌记为本、正为本——元刊本中的"咱"、"了"及其所谓"本"》，《洛地文集·戏剧卷》卷一，艺术与人文科学出版社 2001 年版，第 317—337 页。

③ ［德］黑格尔：《美学》第三卷（下），商务印书馆 1981 年版，第 259 页。

④ ［古希腊］亚里斯多德：《诗学》，罗念生译，人民文学出版社 2002 年版，第 16 页。

⑤ 徐沁君校点：《新校元刊杂剧三十种》上，中华书局 1980 年版，第 93 页。

唤的不得休息。小千户一递一声地"百般支分"燕燕，一会儿要面盆，一会儿要手巾，燕燕来回奔忙，以致抱怨不得休闲，这些动作、心情，主要是由燕燕的唱词叙述出来的。尽管燕燕捧面盆动作的发生，是承接"正末云了"而来，但唱词内容不是面对正末的回应，而是面向观众的叙述。这种叙述有时干脆就用第三人称，如小千户支使燕燕拿面盆只是接近并诱骗她的一种手段，百般地亲近引诱，果然使燕燕开始动摇：

（正末云住。）（正旦唱：）
【村里迓鼓】更做道一家生女，百家求问。才说贞烈，那里取一个时辰？见他语言儿栽排得淹润，怕不待言词硬，性格村，他怎比寻常世人。
（正末云。）（正旦唱：）
……

【上马娇】自勘婚，自说亲，也是贱媳妇责媒人。往常我冰清玉洁难亲近，是他亲子管交话儿亲。我煞待嗔，我便恶相闻。
【胜葫芦】怕不依随蒙君一夜恩，争奈忒达地忒知根，兼上亲上成亲好对门。觑了他兀的模样，这般身分，若脱过这好郎君？①

这几支曲文明明都是承接"正末云"而唱，但唱词内容，不是面对"末"的"我"与"你"的关系，而是构成"我"与"他"的关系，属于旁白，即假设在场的剧中人听不到燕燕的叙述，这是唱给观众听的。如在【村里迓鼓】曲中，燕燕一面以第一人称叙述自己"一家生女百家求"，不能轻易在婚事上答应小千户；一面又以第三人称叙述"他怎比寻常世人"，所以不能粗声硬气的对他。在接下来的【上马娇】【胜葫芦】曲中，燕燕说的"自说亲"，"我往常冰清玉洁难亲近"二句，是说"我"过去很难为男人所亲近，现在"是他亲子管交话儿亲"，只听任"他"说那些亲近的话儿，而"我煞待嗔，我便恶相闻"，想发作、声张，想不依从他；争奈"他兀的模样，这般身分"，恐怕错过了"这好郎君"。动作提示语中的小千户的"正末云"与燕燕的"唱"连在一起，表面上应是对话关系，但实际上是燕燕面向

① 徐沁君校点：《新校元刊杂剧三十种》上，中华书局1980年版，第94页。

观众叙述"我"与"他"的关系。

这种面向观众的第三人称叙述性的唱曲，减少了与其他在场人物的交流，减少了人物的动作说白。不仅唱曲如此，元刊杂剧的宾白也以叙述性内容居多，少有戏剧性对话，这也是造成元刊杂剧宾白少的一个重要原因。如果与《元曲选》做一对比，同一剧作的同一处说白，《元曲选》本因为增加了对话，宾白就明显增多。如元刊杂剧《公孙汗衫记》第一折开场，是正末张员外引领妻子、儿子、儿媳一行人上场并逐一作介绍：

> （正末扮员外引卜儿、外末、外旦上，开）老夫南京人氏，姓张，名文秀，婆婆赵氏，孩儿张孝友，媳妇李氏，在这马行街居住，人口顺子唤我做张员外。平日好善，救困扶危。时遇冬天，下着国家祥瑞。孩儿，道与交安排酒肴者！喒看街楼上赏雪咱！（唱:）①

正末做介绍时，其他人作为被介绍的对象，都是呆立场上，并无任何说白和动作。正末说白与其他人的关系，是叙述和被叙述的关系，所以，就很少构成"戏剧性对话"，这就是元刊杂剧多叙述性曲白、多正脚说唱而少有其他脚色表演的主要原因。如果将《公孙汗衫记》开场正末自称"老夫"这种第一人称口吻的叙述，换作第三人称叙述，简直就与说话人的故事讲述无区别了。

《元曲选》本《相国寺公孙合汗衫》为了改变元刊《公孙汗衫记》开场这种一味的叙述，增加了一个丫环兴儿，将这段员外的叙述性介绍，改成了张员外、妻子、儿子、兴儿几人间的对话，还增添了"送酒科"的动作表演：

> （正末扮张义同净、卜儿、张孝友、旦儿、兴儿上）（正末云）老夫姓张，名义，字文秀。本贯南京人也。嫡亲的四口儿家属。婆婆赵氏。孩儿张孝友。媳妇儿李玉娥。俺在这竹竿巷马行街居住，开着一座解典铺，有金狮子为号，人口顺都唤我做金狮子张员外。时遇冬初，纷纷扬扬下着这一天大雪。小大哥在这看街楼上安排果桌，请俺两口儿赏雪饮酒。（卜儿云）员外，似这般大雪，真乃是国家祥瑞也。（张

---
① 徐沁君校点：《新校元刊杂剧三十种》上，中华书局1980年版，第361页。

孝友云）父亲母亲，你看这雪景甚是可观。孩儿在看街楼上整备一杯，
请父亲母亲赏雪咱。兴儿，将酒来。（兴儿云）酒在此。（张孝友送酒科，
云）父亲母亲，请满饮一杯。（正末云）是好大雪也呵！①

将元刊杂剧中某些曲白的叙述体，改为对话体，这不是臧晋叔一人所
为，而应是明代舞台演出相对于元代舞台演出的进化，《元曲选》不过是元
杂剧在明代舞台演出实录的基础上做了较多的文字加工而已。

元刊杂剧以正脚的唱词叙述为主，其他杂色演员"随唱词作举止"，这
是造成元刊杂剧唱曲多说白少、叙述多对话少的主要原因。元刊杂剧反映了
早期元杂剧刚刚从宋金诸宫调、连厢词等说唱伎艺进化而来的"曲戏"特
征。明代演出的元杂剧增加了场上人物之间的交流和一些戏剧性的人物对
白，使明刊元杂剧也更多文学性，但元杂剧一人主唱、叙述多于对话等"曲
戏"特征并未改变。

四、傀儡戏影戏与元杂剧叙事的生成——为孙楷第"傀儡说"正名

孙楷第在《近世戏曲的唱演形式出自傀儡戏影戏考》②（以下简称《唱演
形式》）一文中，将标题的观点具体简化为"宋元以来之戏文杂剧出于傀儡
戏影戏"（研究者简称"傀儡说"）。此论一出，研究者几乎给予全盘否定。
否定论者将孙楷第的观点理解为是谈戏曲"表演"的来源问题。这其实是对
孙楷第观点的曲解。考之文章内容，孙楷第文章标题中的"唱演"不是指一
般意义上"科白"的"表演"，而是指构成戏曲"故事"的"曲白"的"唱
演"。因为"戏曲故事的形式"是由"曲白"构成的，所以，孙楷第所说的
"戏曲的唱演形式出自傀儡戏影戏"，不是泛指戏曲"表演""出自傀儡戏影

---

① 王季思主编：《全元戏曲》第四卷，第215页。
② 孙楷第：《近世戏曲的唱演形式出自傀儡戏影戏考》一文，作于1941年秋，1942年发表
于《辅仁学志》第十一卷第1、2合期，改题为《近代戏曲原出宋傀儡戏影戏考》，1952
年收入《傀儡戏考原》时即为此改题，1965年收录于《沧州集》时仍用原题，文字略有
删改。1952年由上杂出版社出版的《傀儡戏考原》一书收有《傀儡戏考原》和《近代戏
曲原出宋傀儡戏影戏考》两篇文章。《傀儡戏考原》一文主要考证傀儡戏本身的问题，《近
代戏曲原出宋傀儡戏影戏考》则多论傀儡戏影戏与元杂剧的关系，例如，文中第五节的
小标题即为"宋之傀儡戏影戏与宋元以来戏文杂剧之关系"，其内容主要是论述傀儡戏影
戏与元杂剧的关系。

戏"，而是专指构成戏曲"故事"的"曲白"的"唱演形式""出自傀儡戏影戏"，这实际是在谈戏曲"叙事"的生成问题。这本是孙楷第的一个重要贡献，却长期被误读，故有为其正名的必要。以下分四点对孙楷第"傀儡说"的原意作解读分析。

（一）否定论者对孙楷第"傀儡说"的曲解

否定论者对孙楷第"傀儡说"的质疑、批驳，主要是就戏曲"表演"的来源这一角度。如周贻白先是列举了从汉代百戏到宋元戏文杂剧的"中国戏剧之由真人扮演"的历史，然后说：

> 此即中国戏剧之本源，脉络分明，不容或紊。至于傀儡戏影戏，以其本身历史来说，傀儡与影人的出生，便是由模仿真人而来，进一步才模仿真人扮演的伎艺。及至有了真人扮演的戏剧，乃再进而模仿真人之戏剧表演。此为一定不移之逻辑。……孙楷第先生认为中国戏剧之由真人扮演，系出自傀儡戏影戏，不惜颠倒事实，造为异说。……反映出他是从一己的主观出发，只从片面来看问题，因而把中国戏剧之发展的这条支流——傀儡戏影戏，认作本源。①

对孙楷第的"傀儡说"，任半塘也曾提出质疑：

> 戏剧乃人为戏，以人像人；傀儡戏乃物为戏，以物像人，而由人为之声。我国有戏剧出于傀儡戏之说，殊为可异。……此在我国戏剧之演进史上，实造成一大惑不解之问题。②

周贻白、任半塘认为，傀儡本是模仿人的，哪有人反过来模仿傀儡的道理？这一看法影响甚大，至今，有学者在总结 20 世纪"傀儡戏与戏曲的渊源关系研究"状况时，依然沿着这个思路，从"表演形式"的时间先后上去否定孙楷第的观点。如陈维昭《20 世纪中国古代文学研究史·戏曲卷》一书说：

---

① 周贻白：《中国戏剧与傀儡戏影戏——对孙楷第先生〈傀儡戏考原〉一书之商榷》，周贻白：《周贻白戏剧论文选》，湖南人民出版社 1982 年版，第 78—79 页。

② 任半塘：《唐戏弄》上册，上海古籍出版社 1984 年版，第 416 页。

从表演形式看，傀儡戏、影戏属于歌舞的范围；从表演性质上看，傀儡戏诞生于傩礼的仪式中。无论从表演形式还是表演性质上看，傀儡戏和影戏都不可能是科学意义上的第一历史时间。歌舞与戏剧都可以找到自己的更早的历史时间，为什么却要"源于"或"原出"后起的傀儡戏或影戏呢？孙楷第把"渊源"问题不恰当地置换成"起源"问题，这使当时其他研究者可以轻易地把他的观点证伪。①

更有研究者借孙楷第的观点，断然否认傀儡戏影戏与戏曲有渊源关系，如徐弘图《南宋戏曲史》认为："傀儡、影戏对宋元南戏与杂剧尽管有一些影响，只是这种影响十分有限。然而，孙楷第先生却把这种影响扩大到极点，以致得出'宋元戏文杂剧源于傀儡戏与影戏'的结论。……总之，宋代傀儡戏影戏与宋元戏文杂剧，各自有着不同的发生历史与发展轨迹，脉络分明，不容混淆。"②

这些否定论者的一个共同之处，就是都把孙楷第"宋元以来之戏文杂剧出于傀儡戏影戏"的观点，理解为是谈戏文杂剧的"表演""出于傀儡戏影戏"。实际上，孙楷第具体谈的是构成戏文杂剧"故事"的"曲白"的"唱演形式""出于傀儡戏影戏"。"戏曲故事的形式"是由"曲白"构成的，而"故事"是中国戏曲形成的前提条件，正如王国维所说，只有"纯粹演故事之剧"，才是"真正之戏剧"③。正是受王国维的启发，孙楷第对戏曲"故事""唱演形式"的来源及生成，即戏曲"叙事"的生成问题，做了系统而具体的探讨。

孙楷第"傀儡说"，重点谈的是傀儡戏影戏与戏曲"故事""唱演形式"的生成关系，而不是谈傀儡戏影戏与戏曲"表演"上的渊源关系。这从孙楷第编《沧州集》保留的最初的论文题目上就可看出。其题《近世戏曲的唱演形式出自傀儡戏影戏考》，题目中所说的"唱演形式"，考之文中的大部分论述，多为傀儡戏影戏的"话本"与元杂剧曲白"唱演形式"的关系问题，由此，文章结尾也是从"话本"说唱与戏曲"故事""唱演形式"的关系对全文作了总结：

① 陈维昭：《20世纪中国古代文学研究史·戏曲卷》，东方出版中心2006年版，第106页。
② 徐弘图：《南宋戏曲史》，上海古籍出版社2008年版，第339—340页。
③ 王国维：《宋元戏曲考》，《王国维戏曲论文集》，第55页。

凡中国伎艺之以扮唱故事讲唱故事为主者，语其源皆出于唐之俗
讲。……后世讲唱故事自俗讲出者，如宋之说话、元明之词话、及今之
弹词鼓词是。……后世扮唱故事自俗讲出者，如宋之傀儡戏影戏是。此
等戏与说话较，唯增假人扮演为异，其话本与说话人话本同，实讲唱
也。……自宋戏文元杂剧兴，易傀儡儿词影词为南北曲词。①

这段话总结了中国古代说唱伎艺"皆出于唐之俗讲"，但又可分为以
"讲唱故事"为主的如宋代"说话"等及"扮唱故事"为主的如傀儡戏影戏
等，而"宋戏文元杂剧"故事的"唱演形式"则是"易傀儡儿词影词为南北
曲词"，是直接来自于傀儡戏影戏的"扮唱故事"。显然，这是在谈戏曲"故
事"的叙事形式问题，而不是谈戏曲表演。

但是，长期以来，研究者大多将注意力集中于戏曲"表演"的渊源与
生成问题，很少有像孙楷第那样对戏曲"故事""唱演形式"的来源及生成
做系统研究。任半塘曾注意到孙楷第对戏曲"故事"的研究，可惜的是，却
是给予全盘否定。其《驳我国戏剧出于傀儡戏影戏说》一文就否认戏曲故
事的"唱演形式"与宋代讲唱伎艺有渊源关系，他说，"不要过分强调故事
性"，"傀儡戏影戏不能真用话本，我国戏剧更不可能出于说话"，"宋傀儡设
若真用话本，则它的来源，将不出于唐傀儡戏或宋戏，反出于唐宋讲唱了。
孙《考原》力主我国戏剧出于宋傀儡戏的，这样一来，就可推进一步，认我
国戏剧是出于宋讲唱或说话了。"这样做的结果，就使"纠纷更加复杂。"②

虽然，现今的研究者已经越来越认识到唐宋讲唱伎艺在戏曲形成过程
中的重要作用，但是，孙楷第有关戏曲"故事"的"唱演形式"出自"扮唱
故事"的傀儡戏影戏的论述却长期被误读，所以，对孙楷第《唱演形式》一
文的写作初衷及内容有重做探讨的必要。

（二）孙楷第的"傀儡说"源于王国维的相关论述

谈及《唱演形式》一文的写作缘起，孙楷第在文末明说是受王国维的
启迪：

---

① 孙楷第：《傀儡戏考原》，上杂出版社 1953 年版，第 118—119 页。
② 任二北：《驳我国戏剧出于傀儡戏影戏说》，《戏剧论丛》1958 年第 1 期，中国戏剧出版社
1958 年版，第 181—192 页。

《宋元戏曲考》，绝作也。然读其书，亦时觉征引博而判断少。……至于傀儡戏影戏，静安先生认为与戏曲更相近，有助于戏曲之进步，不能不注意；静安先生当时已注意及此，可谓有识。惜乎未详言之也。……故余此文所论，非敢故与静安先生异。亦缘读先生书，寻绎久之，偶有所见，略欲发挥先生未竟之论。其言之有当与？则余与先生书稍有拾补之功。其言之未必当与；则故提出此问题，以与世之治曲者商讨；虽与先生言微异，亦无妨也。①

孙楷第这里明确说，王国维先生在《宋元戏曲考》一书中提出傀儡戏影戏"与戏曲更相近"，"可谓有识"，但所言不详，自己有意为文"发挥先生未竟之论"。为此，要想搞清孙楷第的"傀儡说"，当先明了王国维的有关论述。

王国维给戏曲下的定义是"以歌舞演故事"，由此，他将戏曲的生成分为"歌舞"表演和"故事"叙事两个系统分别论述。就"歌舞"系统而言，王国维从"歌舞"的起源谈起，"歌舞之兴，其始于古之巫乎？"②进而论到汉代百戏、唐代踏摇娘、参军戏以及宋代滑稽戏等，这是戏曲来源中的"歌舞"表演系统，而在戏曲的"故事"渊源系统中则论到宋代的"说话"、傀儡戏、影戏等。

从王国维有关戏曲生成的论述，可以看出，他是将"故事"作为戏曲生成的前提条件而加以反复强调的。

在《戏曲考原》中，王国维围绕"以歌舞演故事"这一戏曲定义，在判定元代以前的表演伎艺是否为戏曲时，主要是看其中的"故事"因素。如他说："【柘枝】、【菩萨蛮】之队，虽合歌舞而不演故事，亦非戏曲也。"汉之角抵戏《东海黄公》《总会仙倡》等，"所演者实仙怪之事，不得云故事也。"宋代"优伶调谑之事""虽搬演古人物，然果有歌词与故事否？若有歌词，果与故事相应否？今不可考。要之，此时尚无金元间所谓戏曲，则可固决也。"③王国维列举的这些例证想要说明的是，没有故事就没有戏曲。

在《宋元戏曲考》中，王国维依然以"故事"成分的多少来判定各种

---

① 孙楷第：《傀儡戏考原》，上杂出版社 1953 年版，第 121—122 页。

② 王国维：《宋元戏曲考》，《王国维戏曲论文集》，中国戏剧出版社 1984 年版，第 4 页。

③ 王国维：《戏曲考原》，《王国维戏曲论文集》，中国戏剧出版社 1984 年版，第 163、164 页。

歌舞表演伎艺在戏曲生成过程中的作用。他指出，俳优歌舞戏"演故事"始自汉代，但只是"间演故事"："古之俳优，但以歌舞及戏谑为事。自汉以后，则间演故事。"他以北齐《兰陵王入阵曲》《踏摇娘》为例，认为"此二者皆有歌有舞，以演一事；而前此虽有歌舞，未用之以演故事。"又指出，唐代《樊哙排君难》戏与《破阵乐》《庆善乐》诸舞，"相去不远，其所异者，在演故事一事耳。"王国维还认为，宋杂剧之所以不能算作"真正之戏剧"，是因为"宋之滑稽戏，虽托故事以讽时事，然不以演事实为主，而以所含之意义为主。"他认为促成"真正之戏剧"形成的主要因素，是宋代的"小说"即"说话"："至其变为演事实之戏剧，则当时之小说，实有力焉。"其原因是，宋代"此种说话，以叙事为主，与滑稽剧之但托故事者迥异。……所以资戏剧之发达者，实不少也。"王国维更提请注意的是宋代的傀儡戏和影戏，他认为："至与戏剧更相近者，则为傀儡。"说傀儡戏"以敷衍故事为主，且较胜于滑稽剧。此于戏剧之进步上，不能不注意者也。"又说"傀儡之外，似戏剧而非真戏剧者，尚有影戏。……然则影戏之为物，专以演故事为事，与傀儡同。此亦有助于戏剧之进步者也。"王国维之所以特别强调傀儡戏影戏与戏曲形成的关系，是由于他认为小说（"说话"）、傀儡戏、影戏"三者，皆以演故事为事。小说但以口演，傀儡、影戏则为其形象矣。然而非以人演也。"① 王国维认为傀儡戏影戏与宋代"不以演事实为主"的"滑稽剧"即宋杂剧相比，傀儡戏影戏"专以演故事为事"，与宋代的"说话"相比，傀儡戏影戏则有"形象"。也就是说，在元杂剧之前宋代的杂剧、"说话"及傀儡戏影戏三者比较而言，只有傀儡戏影戏不仅"专以演故事为事"，而且又有"形象"（即后来孙楷第所说的"扮唱"），所以"与戏剧更相近"。由此，王国维得出结论说：

> 综上所述者观之，则唐代仅有歌舞剧及滑稽剧，至宋金二代而始有纯粹演故事之剧；故虽谓真正之戏剧，起于宋代，无不可也。然宋金演剧之结构，虽略如上，而其本则无一存。故当日已有代言体之戏曲否，已不可知。而论真正之戏曲，不能不从元杂剧始也。②

① 王国维：《宋元戏曲考》，《王国维戏曲论文集》，第8、9、12、25—28页。
② 王国维：《宋元戏曲考》，《王国维戏曲论文集》，第55页。

王国维认为"纯粹演故事"的"真正之戏曲，不能不从元杂剧始也"。沿此思路，孙楷第《唱演形式》一文主要论述的是元杂剧"故事""唱演形式"的来源与生成问题，他认为元杂剧故事的"唱演形式"不是来自非"纯粹演故事"的宋杂剧而只能来自"专以演故事"的傀儡戏影戏等故事说唱。

（三）元杂剧的"唱演形式"与宋杂剧无缘

孙楷第认为，要想证明元杂剧的"唱演形式"源于傀儡戏影戏，就要先排除源于宋杂剧的可能性，他说：

> 傀儡戏影戏与杂剧，在宋时同是杂伎艺。……今欲考察宋元以来戏文杂剧与傀儡戏影戏之关系，须先考察宋元以来戏文杂剧与宋杂剧之关系。盖宋元以来之戏文杂剧如与宋之杂剧关系极深者；则其体似即从宋之杂剧出，与傀儡戏影戏当无涉。设宋元以来戏文杂剧与宋杂剧之关系不深；则吾人今日视线，似可转移于傀儡戏影戏，而思及其与宋元戏文杂剧之关系矣。①

为此，为了说明元杂剧的"唱演形式"不是源自"非纯粹演故事"的宋杂剧，孙楷第首先从"扮演之事类"，即题材内容的不同类型做比较，因为他认为，扮演何种题材内容之"事类"决定着其他诸方面的不同："其事类既同，其人物登场之数与夫脚色之配置亦必相近。"② 也就是说，"扮演之事类"不同，决定着"脚色之配置"、"人物登场之数"等方面的不同。由此，他依次列举了宋杂剧与元杂剧在"扮演之事类"、"脚色之配置"、"人物登场之数"以及剧作长短等四方面的不同：

其一，从"扮演之事类"看，孙楷第指出，宋杂剧"虽敷演事状，而以诙谐为主，与宋元以来之戏文杂剧扮演社会上历史上种种故事，极世态人情之变者，绝对不同。此不合者一也。"③

从这一点可知，孙楷第所说的"扮演之事类"，实际就是指是否扮演"故事"，他认为，是否"扮演社会上历史上种种故事"，是宋杂剧与元杂剧最大的不同，正是这一点决定了宋杂剧与元杂剧在"脚色之设置"、"人物登

---

① 孙楷第：《傀儡戏考原》，上杂出版社 1953 年版，第 72—73 页。
② 孙楷第：《傀儡戏考原》，上杂出版社 1953 年版，第 76 页。
③ 孙楷第：《傀儡戏考原》，上杂出版社 1953 年版，第 73 页。

场之数"以及剧作长短等方面均不同。

其二,在"脚色之设置"上,孙楷第指出,"宋之杂剧,元之院本,其扮戏之重要脚色为副净。副末次之。元之杂剧,以末旦为重要脚色。其剧非旦本,即末本。戏文虽主从不分,然大致亦以旦末为主。若净则在南北曲中,均不占重要地位。无论南曲北曲,统全剧观之,绝无以净为主如宋杂剧元院本之所为者。此不合者二也。"①。

沿着"扮演之事类"决定"脚色之设置"的思路,孙楷第这里列举了有着不同"扮演之事类"(是否"扮演社会上历史上种种故事")的宋杂剧与元杂剧不同的"脚色之设置"。我们知道,不同脚色职能总是与不同的"扮演之事类"相配。据《梦粱录》卷二十"伎乐",可知,宋杂剧副净、副末的脚色职能是"副净色发乔,副末色打诨"②,"发乔"、"打诨"的职能是由宋杂剧"以诨谐为主"的内容决定的。而旦、末脚色是人的性别区分,性别脚色的设置是由"社会上历史上种种故事"决定的。因为人之男、女是社会生活的组成部分,有了演述"极世态人情之变"的故事,才会有标明男女性别的旦、末脚色。《梦粱录》卷一"元宵"所记,杭城"苏家巷二十四家傀儡"中,已有"细旦"脚色③。与"以诨谐为主"的宋杂剧用"发乔"的副净、"打诨"的副末不同,傀儡戏影戏与元杂剧都用"旦"脚,正是因为"宋之傀儡戏影戏,以其扮演之事类言,实与元杂剧全同也。"它们"扮演之事类"都是演述"社会上历史上种种故事"。

其三,从"人物登场之数"看,孙楷第指出,"宋杂剧元院本,其登场人物极少。……其脚色不过戏头、引戏、副净、副末四人,其装孤、装旦,可有可无。而戏头、引戏,尚非参加扮演者。实则一剧之演,有二人即可成立。若宋元以来之戏文杂剧,其脚色名目虽亦不出旦、末、孤、净四种,而外脚极多。虽以北剧之短,其登场人物有多至十人以上者。……若南戏统全剧观之,其登场之人物亦众。皆与院本迥异。此不合者三也。"④

与上一点论证的思路一致,这一点是想说明"人物登场之数"也是由"扮演之事类"决定的,"事类既同,其人物登场之数与夫脚色之配置亦必相

---

① 孙楷第:《傀儡戏考原》,上杂出版社 1953 年版,第 73 页。
② (宋)吴自牧:《梦粱录》,《东京梦华录》(外四种),古典文学出版社 1956 年版,第 309 页。
③ (宋)吴自牧:《梦粱录》,《东京梦华录》(外四种),古典文学出版社 1956 年版,第 141 页。
④ 孙楷第:《傀儡戏考原》,上杂出版社 1953 年版,第 73—74 页。

近"。元杂剧"扮演之事类"是"极世态人情之变"的"社会上历史上种种故事",所涉人物必然众多。至于宋金杂剧院本,孙楷第指出:"其事意略如今杂耍场中之对口相声、彩唱双簧等,非大戏。"① 故"有二人即可成立"。

其四,从剧作长短看,孙楷第指出,"宋之杂剧元之院本,其事既简质,其文应极短。……余谓宋元杂剧院本之特征有二:其一为诨体,其二为短文。……若元杂剧则以四折为度,其长者有多至六折乃至十余折者。至戏文之长者,更叠至数十折。此不合者四也。"②

孙楷第以剧作的长度判定其是否为"纯粹演故事之剧",这正符合戏剧、小说的经典定义。因为有无一定长度的故事,是戏剧、小说等叙事文学成立的前提,戏剧、小说的经典定义都强调故事的"长度"。如亚里士多德《诗学》给悲剧下的定义是"悲剧是对于一个严肃、完整、有一定长度的行动的摹仿。"③ 福斯特《小说面面观》引述的小说定义是"小说是用散文写成的具有某种长度的虚构故事"④。戏文、元杂剧敷演"极世态人情之变"的"社会上历史上种种故事",涉的人物多,内容复杂,篇幅必然就长。

由此,孙楷第得出结论:"以宋元以来之戏文杂剧与宋元之杂剧院本较,从各方面观察,其不同者如是之多。乃谓宋元以来之戏文杂剧应从宋之杂剧及元明人所谓院本者出,无斯理也。"⑤

总之,孙楷第认为,相比宋杂剧,元杂剧脚色分旦末、登场人物多、剧作篇幅长,这些都是由元杂剧"扮演之事类"是"扮演社会上历史上种种故事"决定的,这与"诨体"、"短文"的宋杂剧无缘。

(四)元杂剧的"唱演形式"来源于傀儡戏影戏

王国维认为宋杂剧"虽托故事以讽时事,然不以演事实为主",傀儡戏影戏"以敷演故事为主,且较胜于滑稽剧(宋杂剧)",而"说话"与傀儡戏影戏,"皆以演故事为事",不过"说话""但以口演",傀儡戏影戏则有"形象",所以"与戏剧更相近"。孙楷第则区分"说话"是"讲唱故事",傀儡戏影戏是"扮唱故事"。为了论证"纯粹演故事之剧"的元杂剧"唱演形式"

① 孙楷第:《傀儡戏考原》,上杂出版社1953年版,第72页。
② 孙楷第:《傀儡戏考原》,上杂出版社1953年版,第74页。
③ [古希腊]亚里斯多德:《诗学》,罗念生译,人民文学出版社2002年版,第16页。
④ [英]福斯特:《小说面面观》,苏炳文译,花城出版社1984年版,第3页。
⑤ 孙楷第:《傀儡戏考原》,上杂出版社1953年版,第74页。

是来源于"扮唱故事"的傀儡戏影戏，而不是源自"诨体"、"短文"的宋杂剧，《唱演形式》一文，首先从"扮演之事类"的继承关系上论述了元杂剧"唱演形式"是来源于傀儡戏影戏：

> 宋之傀儡戏，据《都城纪胜》《梦粱录》所记，乃敷演烟粉、灵怪、铁骑、公案、史书历代君臣将相故事，其话本或如杂剧，或如崖词，或讲史。影戏据《都城纪胜》，其话本与讲史书者颇同。由此观之，傀儡戏影戏决不与当时之所谓杂剧者同，以诨谐为主。且考其名目，不唯与说话人之小说讲史者同，即元杂剧戏文，所敷演亦不出演烟粉、灵怪、公案、铁骑、史书五种。①

由此，《唱演形式》一文得出结论："宋之傀儡戏影戏，以其扮演事类言，实与元杂剧全同也。……与戏文亦必有许多相似者。以是言之，则宋元以来之戏文杂剧，与傀儡戏影戏乃同一系统者。"孙楷第在文末特别提到："夫论事必明其系统，系统明而后主从可分。"② 可知，孙楷第认定戏曲故事"唱演形式"的生成有一个渊源系统，文中反复论证了"宋元以来之戏文杂剧，与傀儡戏影戏乃同一系统"，并说明这一系统的组成还包括唐代俗讲转变、宋代说话等说唱伎艺。

接下来《唱演形式》一文从"剧本"和"扮戏"两方面，举例证明了元杂剧曲白的"唱演形式"是来自傀儡戏影戏等故事说唱。

"剧本"方面的例证，孙先生列举了两点，即"偈赞词之使用"和"说话口气之保留"。此外，还谈到"似说话人"的"当场扮脚人之往复对答"。所以，实际谈了三点：

一是"偈赞词之使用"。

"偈赞词"本指唐代俗讲的唱词形式，这在现存的诸宫调及南戏作品中均有遗存，如《西厢记诸宫调》《杀狗记》《张协状元》中就有曲调为【傀儡儿】【大影戏】的曲词。由此，孙楷第认为，"傀儡戏影戏唱词，余谓其词当沿唐五代俗讲偈赞之体。……今之影戏，其唱词犹与唐之俗讲本词格同。其

---

① 孙楷第：《傀儡戏考原》，上杂出版社 1953 年版，第 74—75 页。
② 孙楷第：《傀儡戏考原》，上杂出版社 1953 年版，第 76、121 页。

词之为偈赞体更无可疑也。如余上文所引《董西厢》之傀儡儿词，其词格固近于偈赞者。若所引《杀狗记》《张协状元》之大影戏词，其词似以六言为骨干而稍变化之。……如今所见《丑女变》即多用六言词。余考其体，实与《杀狗记》等所引大影戏词为近。"① 南戏《杀狗记》第三十一出【大影戏】词如下：

> （小生唱）【大影戏】嫂嫂行不由径，（旦白）开门！（小生唱）我应是不开门。自来叔嫂不通问，休教说上梁不正。（旦白）你哥哥也在这里。（小生慌介）呀！（唱）忽听得一声唬了我魂，战战兢兢，进退无门。心儿里好闷！我便猛开了门，任兄长打一顿。②

另外，宋张戒《岁寒堂诗话》记有张戒"弄影戏语"的七言影戏词：

> 郭公凛凛英雄才，金戈铁马从西来。举旗为风偃为雨，洒扫九庙无尘埃。③

针对这些例证，孙楷第说："宋之影词有七言者，亦有六言者，其体与唐俗讲本变文之偈赞正同。"至于元杂剧，孙楷第认为，"元曲之白，尚非纯粹白文。在诸白中，往往藏有若干吟词，其吟词皆为偈赞体。如《薛仁贵》、《渔樵记》、《酷寒亭》、《潇湘雨》、《冻苏秦》等剧中，皆有其例。"④ 以《冻苏秦》第二折"孛老"说白中的吟词为例：

> （诗云）不由我哭哭啼啼，思量起雨泪沾衣。且休说怀躭十月，只从小偎干就湿。几口气抬举他偌大，恰便似燕子衔食。今日个撺他出去。呸！那里也孟母三移！⑤

---

① 孙楷第：《傀儡戏考原》，上杂出版社 1953 年版，第 80 页。
② 王季思主编：《全元戏曲》第十卷，第 104 页。
③ （宋）张戒著，陈应鸾校笺：《岁寒堂诗话校笺》，巴蜀书社 2000 年版，第 95 页。
④ 孙楷第：《傀儡戏考原》，上杂出版社 1953 年版，第 82 页。
⑤ 王季思主编：《全元戏曲》第六卷，第 254 页。

据此,孙楷第指出,这些"偈赞词""实与今之傀儡戏影戏本子同。故余疑此等词即傀儡词影词之未删者。……《潇湘雨》、《冻苏秦》二剧之多着偈赞词,或即缘其剧据傀儡戏影戏话本改编。"① 这就说明了元杂剧曲白的"唱演形式"是源自唐代变文及宋代说话、傀儡戏影戏的"话本"。

二是"说话口气之保留"。

关于这一点,孙楷第有一段完整的论述,他说:

> 宋之傀儡戏,其话本或如杂剧,或如讲史。宋之影戏,其话本尤与讲史为近。此二者以词言,皆不尽为代言体,应参杂说话口气。以傀儡戏影戏虽扮演故事,而其扮演与讲唱本分为两事,其讲唱固可适用于说话体也。及傀儡戏改木人为真人,以讲唱之事付之真人之为肉傀儡者;影戏以真人代纸人,以讲唱之事付之真人之为大影戏者;此时讲唱与扮演为一事。扮演之人,即讲唱之人。以理言,其话本固应一律改为代言体。然将话本一一追改,其事至烦,非人情所乐为者,此时所用话本,或犹是旧本。纵有改动,亦不过一部分而已。其话本之参杂说话口气如故也。宋之戏文元之杂剧,以余所考,实即肉傀儡及大影戏,不过以南北曲词代傀儡儿词及影词耳。当戏文杂剧造作之始,或即就傀儡戏影戏话本改编。其执笔时,话本文句,固不暇一一删除;话本之体,或犹徘徊于胸中,不能一时忘净。则戏文杂剧中,宜必有说话口气。此事余在戏文中未发现,而元杂剧中却有其例。其最著者,为扮脚人之宣念剧名。②

这里是说,傀儡戏影戏的故事说唱,在"说话体"中出现"代言体"有一个过程。当傀儡戏影戏中的"木人"和"纸人"由"真人"代替,出现了肉傀儡和大影戏时,就有了更多的代言体。宋代的"说话"有故事,但没有"代言体",而宋杂剧有代言体却没有那种"极世态人情之变"的故事,只有肉傀儡和大影戏与元杂剧全同,既有代言体又有故事。由此,《唱演形式》一文得出结论:"宋之戏文元之杂剧,以余所考,实即肉傀儡及大

---

① 孙楷第:《傀儡戏考原》,上杂出版社 1953 年版,第 85 页。
② 孙楷第:《傀儡戏考原》,上杂出版社 1953 年版,第 89 页。

影戏。"具体例证见之于剧中"扮脚人之宣念剧名",即在剧作结尾剧中人站出来面向观众宣告剧名。如杨梓《承明殿霍光鬼谏》第四折在唱曲中宣告剧名:

> 【落梅风】灭九族诛戮了髻齔,斩全家抄估了事产。可怜见二十年公干,墓顶上滟滟土未干。这的是承明殿霍光鬼谏。

王实甫《吕蒙正风雪破窑记》第四折是在剧末"吟词"中宣念剧名("吟词"内容有省略):

> (寇准云)……。则为这刘员外云锦百尺楼,结末了吕蒙正风雪破窑记。

还有秦简夫《东堂老劝破家子弟》第四折:

> (正末云)……。这的是西邻友生不肖儿男,结末了东堂老劝破家子弟。

尚仲贤《洞庭湖柳毅传书》第四折:

> (洞庭君词云)……。这的是泾河岸三娘诉恨,结末了洞庭湖柳毅传书。①

针对《霍光鬼谏》于唱曲中宣告剧名现象,孙楷第指出:"剧演霍光,非霍光所能知。剧取何名,亦非霍光所宜言。今竟着此语,明是说话人口气也。"②又说《破窑记》等剧末所谓"结末了"即指"此剧已了",但"剧之了与否,与诸人无涉。今竟着此语,明是说话人口气也。"其体例渊源是来自宋代的"说话"及傀儡戏影戏:"凡说话人演说,每一段终了,多缴清题

---

① 王季思主编:《全元戏曲》第四卷,第740页;第二卷,第369页;第五卷,第58页;第三卷,第749页。
② 孙楷第:《傀儡戏考原》,上杂出版社1953年版,第90页。

目。如宋人小说《冯玉梅团圆》，第一段入话叙徐信、刘俊卿互易其妻事讫，释云：'此段话，题作交互姻缘。'百回本《水浒传》第十六回，记晁盖劫生辰纲事讫，释云：'这个唤做智取生辰纲。'第四十四回记晁盖等劫法场拥宋江至白龙庙讫，释云；'这个唤做白龙庙小聚会。'百回本《水浒传》，书编定在元末。其为此等语，定是沿宋人说话旧例。宋之傀儡戏影戏，其事既近于说话，其话本每演一事讫，亦当缴代题目。"这就说明了："元曲临了以扮脚人宣念剧名者，乃沿傀儡戏影戏话本之体也。"孙楷第又将此种宣念剧名的"偈赞体"，上溯至唐代俗讲："此临了所念词偈，等于唐俗讲之有解座文。傀儡戏影戏于剧临了时诵此词，其事必遥有所承。而元杂剧为新兴之剧，亦承用此体，不能遽废，亦可见旧习之不易打破矣。"[1] 这是论证了元杂剧曲白中"说话口气之保留"，是承自唐代俗讲、宋代说话及傀儡戏影戏。

三是"大似说话人"的"当场扮脚人之往复对答"。

《唱演形式》一文又以无名氏《汉高皇濯足气英布》、尚仲贤《尉迟恭单鞭夺槊》等剧中"探子报前方军情"为例，说明其"当场扮脚人往复对答"的说唱形式来自话本。如《单鞭夺槊》第四折："此折所演，绝非寻常问答方法，其神情意态，乃大似说话人在场上讲唱问答者。又勣（指剧中人徐茂功）白皆为偈赞之词。故此折词文，与其谓之为北曲，无宁谓之为话本。元曲有此体，其必受话本影响甚明。"与说话人只有单一的"说话体"相比，元杂剧这种"代言体"和"说话体"二者兼有的叙述方式，孙楷第说："余意若认为效傀儡戏影戏话本之体，则尤适宜也。"[2]

孙楷第又将《单鞭夺槊》中这种"似说话人在场上讲唱问答"之体，追溯至唐代俗讲。他说：

> 此体唯适用于北曲，南曲不得沿用。以北曲每折只以一人唱，其相对讲谈者为宾，与古人讲唱之制合也……说话讲唱之制，宋人书亦不载，余意定同唐人俗讲；以宋人说话，即从唐俗讲出也。凡俗讲之讲经文者，其制以一人司唱经，谓之都讲；以一人司讲解，谓之法师；以一人司吟词偈，谓之梵呗。其不讲经文唯演经中故事者，则都讲似

---

[1] 孙楷第：《傀儡戏考原》，上杂出版社 1953 年版，第 91—92 页。
[2] 孙楷第：《傀儡戏考原》，上杂出版社 1953 年版，第 95 页。

可省。其以一人司讲一人司吟词偶则如故。此一人司讲一人司吟之制，当即后世影戏说话讲唱之制。①

他认为这种"讲者可请可问，而唱者唯以唱词作答。此是自唐以来说唱相沿一定之例。"②也就是说，元杂剧"当场扮脚人往复对答"的"唱演形式"，亦"自唐以来说唱相沿一定之例"发展演化而来。

"扮戏"方面的例证，孙先生列有三点，即"自赞姓名""涂面"和"步法"。"步法"纯属表演问题，此处不论。孙楷第论元杂剧的"自赞姓名"和"涂面"也是从与傀儡戏影戏"故事"的"唱演形式"的渊源关系角度论述的。

关于"自赞姓名"，孙楷第指出："凡元杂剧及戏文，其脚色初次上场，皆念诗词。念讫，自道姓名。""若一脚色同他脚色一齐上场，则视其关系身份，由其中一脚色先自道姓名讫，然后为其他脚色道姓名。"这实际就是戏曲中的"自报家门"，属宾白叙事问题。但是，宋杂剧中就没有这类"自赞姓名"，因为"宋之杂剧，其所演者大抵为村俗鄙俚之事，演古传记者极少。其中人物多不必有姓名。"而"傀儡戏影戏演烟粉、灵怪、铁骑、公案之事。此所演以事实为主，非以诨谐为主甚明。……其事多见于古传记，其所扮之人，必须有姓名。傀儡戏又演史，影戏则以演史为主，其所扮之人，更须有姓名。然则元杂剧戏文脚色之自赞姓名，宜出于傀儡戏影戏无疑也。"③

关于戏曲"自赞姓名"与宋代说唱伎艺的关系，在孙楷第之前，李家瑞于 1937 年发表的《由说书变成戏剧的痕迹》一文也有过论述。他先是论述了傀儡戏影戏、连厢词等这类说唱伎艺与"说书"（即"说话"）的关系，如"连厢词"："打连厢是用一人说唱一段故事，而另以若干人扮演故事中人的举动，实在就是说书人用人做傀儡以表现他所说的书里的人物。"再如"影戏"："最早的灯影戏，也是叙述故事的说书。……那影人的功用，也如同打连厢之用人做傀儡，不过补助故事说唱而已。"接着又论述了打连厢、影戏傀儡戏等这类既有说唱又有"扮演"、"叙事代言互用的"说唱伎艺与戏剧的关系："用叙事方便的时候，就用叙事；用代言方便的时候，就用代言；

---

① 孙楷第：《傀儡戏考原》，上杂出版社 1953 年版，第 95 页。
② 孙楷第：《傀儡戏考原》，上杂出版社 1953 年版，第 97 页。
③ 孙楷第：《傀儡戏考原》，上杂出版社 1953 年版，第 97—99 页。

因此这种话本即成为说书与戏剧混用的本子了，就是说书变成戏剧过渡时期的本子。"① 其后，李家瑞又以戏曲的"自表姓名"为例，说明了戏曲与说唱伎艺的关系：

> 剧中人自表姓名，且自言自语的自述来历，这等地方，不能不说是受了说书的影响。初看中国戏的人，往往以这种戏剧体裁为奇怪，但要知她是从说书转变来的，那就不觉得奇怪了。中国说书变成章回小说，说的人已不少了，但说书变成戏剧，似乎还没有人提到过。我们希望对于说书和戏剧有兴趣的人，参加这种讨论。②

继李家瑞之后，孙楷第具体论证了傀儡戏影戏话本即属于"说书变成戏剧过渡时期的本子"。

"自赞姓名"还涉及"他赞"与"自赞"的叙述人称转换问题。与一般的"讲唱制"话本相比，傀儡戏影戏有"扮演"就会有第一人称的"自赞"，"于是道姓名之事不复由他人行之，即由扮脚人自行之，此时人之为影人者，不唯肖古人之貌，兼亦肖古人之言"，这样，就"由他赞改为自赞"了③。《梦粱录》卷二十"百戏伎艺"条从傀儡戏影戏与其他叙事伎艺的比较中说明了这一问题："凡傀儡……故事，话本或讲史，或作杂剧，或如崖词。……更有弄影戏者，……其话本与讲史书者颇同。"④ 其中所谓"或讲史"，是说傀儡戏影戏的话本有如"讲史"般的"他赞"叙述，"或作杂剧"是说有如杂剧般的"自赞"代言，"如崖词"是说有如崖词般的唱词。正如王国维所言，与宋代的"小说"等讲唱伎艺相比，"小说但以口演，傀儡、影戏则为其形象矣。"⑤ 傀儡戏影戏在"口演"时有"形象"扮演，孙楷第称之为"扮唱故事"，这使得故事的演述在"他赞"中又有了"自赞"，这就使傀儡戏影戏"与戏剧更相近"。

---

① 李家瑞：《由说书变成戏剧的痕迹》，《历史语言研究所集刊》第七册，中华书局1987年版，第409、411、417页。
② 李家瑞：《由说书变成戏剧的痕迹》，《历史语言研究所集刊》第七册，中华书局1987年版，第418页。
③ 孙楷第：《傀儡戏考原》，上杂出版社1953年版，第100、101页。
④ （宋）吴自牧：《梦粱录》，《东京梦华录》（外四种），古典文学出版社1956年版，第311页。
⑤ 王国维：《宋元戏曲考》，《王国维戏曲论文集》，中国戏剧出版社1984年版，第28页。

"涂面"，即指人物的脸谱化妆，这与"自赞姓名"密不可分。因为戏曲开场人物的"自赞姓名"，常与"涂面"相配以区分善恶。《梦粱录》卷二十"百戏伎艺"条记影戏所谓"公忠者雕以正貌，奸邪者刻以丑形"①，说的就是以涂面区分善恶。《梦粱录》卷一"元宵"条还具体描述了傀儡戏中"细旦"的化妆是"戴花朵□肩、珠翠冠儿，腰肢纤袅，宛若妇人。"②

《唱演形式》一文从故事人物与"涂面"关系角度论述了元杂剧的涂面不是来自"滑稽小戏"的宋杂剧而是来自"演史书传记之事"的傀儡戏影戏。元杂剧"涂面"的脚色数量多，是因为："其演史书传记之事，人物多，每一脚色皆有涂面机会也。"③而"宋杂剧脚色之涂面者，唯副净一色，其副净之涂面方法，亦至简单。"这是因为宋杂剧"为滑稽小剧，其事简质，登场人物至少也。"与宋杂剧不同，"傀儡戏影戏演史书及小说、传奇、烟粉、灵怪、铁骑、公案之事，无所不备。其事既繁，其登场之人物必众。其以妍媸区别人物，以及善神恶鬼，何方？何界？何人之灵？咸须有安排计较，不可雷同。故其雕形饰貌，经纬百端，应远较宋杂剧之涂面为复杂。"这就使得傀儡戏影戏的"涂面""必为宋戏文元杂剧所取则"④。

另外，从"涂面"的寓意看，宋杂剧的涂面"无深意"是因为："宋杂剧副净之涂面，不过故为猥琐之状以博一笑耳。无他深意也。"而"以扮演故事为主"的傀儡戏影戏要以涂面辨善恶："若傀儡戏影戏以扮演故事为主，其木人影人貌像之妍媸，视所扮人之品类而定。是则以像别贤愚，以像觇地位，以像辨性情。其为物也，近乎相法。名脸谱，实人谱也。"⑤总之，元杂剧的"涂面"，只能是来自故事繁、人物多的傀儡戏影戏而不是宋杂剧。

傀儡戏影戏有"形象"（王国维语），有"扮演"（孙楷第语），所以有"自赞姓名"与"涂面"，这就使傀儡戏影戏区别于"说话"而"与戏剧更相近"。这也开启了中国戏曲审美的先河。戏曲人物出场，先通过第一人称的"自赞姓名"和"涂面"，让观众立即区分出善恶好坏之人，这是戏曲审

---

① （宋）吴自牧：《梦粱录》，《东京梦华录》（外四种），古典文学出版社1956年版，第311页。
② （宋）吴自牧：《梦粱录》，《东京梦华录》（外四种），古典文学出版社1956年版，第141页。
③ 孙楷第：《傀儡戏考原》，上杂出版社1953年版，第107页。
④ 孙楷第：《傀儡戏考原》，上杂出版社1953年版，第109页。
⑤ 孙楷第：《傀儡戏考原》，上杂出版社1953年版，第109页。

美区别于以第三人称叙事的说唱伎艺的显著特征。如焦菊隐所说："咱们群众欣赏戏曲的习惯是什么呢？人物出来先看你是好人坏人。"① 齐如山说的更具体："什么叫开门见山呢？就是国剧的规矩，无论任何人，只要他一出台帘，便要使观众知道他是怎么样的一个人，这种规矩，是处处都要表现出来的。……正人一张口，便是正经话。……坏人一张口，便是没有道德的话。……脸谱，这更是表现善恶更明显的一种办法。……无论在哪一个方面，或用哪一种方法，总要使观众一看一听，便知道该剧中人，是怎么样的一个人，这是各国戏剧所没有的。"②

如上所论，由王国维初步提出，孙楷第详加申论的戏曲"故事""唱演形式"的来源与生成问题，其意义正如解玉峰《20 世纪中国戏剧学史研究》一书所说，故事讲唱"是中国戏剧产生的前提性条件。没有讲唱文艺为中国普通民众喜闻乐见的流行故事作先行性的普及，中国戏剧可能便无从产生。"但是，《20 世纪中国戏剧学史研究》对王国维、孙楷第有关论述的评判却失之偏颇，书中说，王国维的戏曲定义"以歌舞演故事"，只是对"歌舞"扮演，"有一定程度的理解"，而"没有意识到"中国戏剧中"故事"的重要性，认为孙楷第"'傀儡说'是有很大问题的"，"没有很明确地认识到，……唐宋以来讲唱文艺讲唱的故事，是中国戏剧产生的前提性条件。"③ 这些评价显然是在没有深入研究王国维、孙楷第的相关论述的情况下草率得出的结论。这种评价实际正反映了《20 世纪中国戏剧学史研究》一书所总结的 20 世纪中国戏剧学史研究中的一种普遍偏向，即"在 20 世纪中国戏剧起源问题的探讨中，所有带有'扮演'性质的戏剧现象和戏剧形态都受到足够的关注，从'优孟衣冠'到'二圣镮'、从'兰陵王'到'踏摇娘'、从两汉'百戏'到两宋'杂剧'，而讲唱文艺因为没有'扮演'，没有'戏剧性'，所以被严重忽略！"④ 实际上，孙楷第承续王国维，对唐宋"讲唱文艺"与中国戏曲生成的关系已经做了系统论述。

孙楷第的"傀儡说"，长期以来，遭冷落，被尘封，有关的学术著作，

---

① 焦菊隐：《中国戏曲艺术特征的探索》，《焦菊隐戏剧论文集》，上海文艺出版社 1979 年版，第 228 页。

② 齐如山：《国剧艺术汇考》二，辽宁教育出版社 1998 年版，第 349—350 页。

③ 解玉峰：《20 世纪中国戏剧学史研究》，中华书局 2006 年版，第 63 页。

④ 解玉峰：《20 世纪中国戏剧学史研究》，中华书局 2006 年版，第 64 页。

要么简单引述不予置评，要么云其"缺乏证据"①，要么进行质疑、批驳。孙楷第《近世戏曲的唱演形式出自傀儡戏影戏考》一文或有不确、不周之处，但其努力探寻戏曲"故事"的"唱演形式"即戏曲"叙事"的生成之路，其方向是正确的，其开创之功应予肯定。

第二节　口头叙事伎艺的特有形态——"合生"的原貌、渊源、得名与多种形式

唐宋伎艺中有所谓"合生"，对于它的原貌、渊源与得名等问题，至今还有诸多未探明处。例如据《新唐书·武平一传》"咏歌蹈舞，号曰'合生'"看，可知"合生"最初是唐代的一种歌舞形式，但这种合生歌舞的原貌是什么，至今未见有人深究；说到"合生"的渊源，研究者大多将其追溯至魏晋以来的嘲的风俗以及从魏晋时兴起的"品题人物"②，但《新唐书·武平一传》很明确地说"合生"的形成是"胡乐施于声律"，其来源是"本备四夷之数"的"胡乐"歌舞，对于"合生"的这种域外渊源，亦不见有人探讨；至于说"合生"的得名更是难解之谜，如顾颉刚猜测："'合生'未知何义，不知是否即合演也。"③严敦易说："合生这个名字很特别，不易解说。"④任半塘揣测说："合生二字，至今尚无的解，或可认为由两人对面歌舞，科白情节相生之意。"⑤等等。本节拟据一些新的或为论者所忽略的材料，对"合生"的原貌、渊源、得名及其多种形式，试作探讨。

一、"合生"的原貌

《新唐书·武平一传》中武平一上书谏唐中宗的一段话，是有关合生伎艺的最早记载，这段话学者虽多有引用，却少见具体考索，其实，这段话把合生伎艺的基本特征都提到了，据此我们可以大致考知早期合生伎艺的面

① 《中国大百科全书》"戏曲·曲艺卷"，大百科全书出版社 1983 年版，第 452 页。
② 参见孙楷第：《宋朝说话人的家数问题》，孙楷第：《沧州集》上，中华书局 1965 年版，第 89 页；王振良：《合生考论》，《天津师大学报》1998 年第 5 期；刘晓明：《合生与唐宋伎艺》，《文学遗产》2006 年第 2 期。
③ 顾颉刚：《合生》，《顾颉刚读书笔记》卷十五，中华书局 2011 年版，第 380 页。
④ 严敦易：《水浒传的演变》，作家出版社 1957 年版，第 63 页。
⑤ 任半塘：《唐戏弄》上，上海古籍出版社 1984 年版，第 270 页。

貌。原文如下：

> 后宴两仪殿，帝命后兄光禄少卿婴监酒。婴滑稽敏给，诏学士嘲
> 之，婴能抗数人。酒酣，胡人袜子、何懿等唱"合生"，歌言浅秽，因
> 倨肆，欲夺司农少卿宋廷瑜赐鱼。平一上书谏曰："……伏见胡乐施于
> 声律，本备四夷之数，比来日益流宕，异曲新声，哀思淫溺，始自王
> 公，稍及闾巷。妖伎胡人、街童市子，或言妃主情貌，或列王公名质，
> 咏歌蹈舞，号曰"合生"。①

在唐中宗的酒宴上，先是由光禄少卿韦婴与众学士进行对嘲表演，"婴
能抗数人"的对嘲表演犹如"引子"，紧接其后引出了"胡人袜子、何懿等
唱'合生'"。由此可知，这里的"合生"，其形式也应是由"胡人袜子、何
懿等"做对嘲表演，其内容"或言妃主情貌，或列王公名质"，是以品题
人物为主，并带有嘲谑性。"合生"的乐曲用的是"本备四夷之数"的"胡
乐"，其形式是"咏歌蹈舞"。这种"异曲新声"的合生歌舞流行于"王公"、
"闾巷"间，为"妖伎胡人、街童市子"所传唱。

依据上述特征，我们发现，在唐中宗时源自胡乐并由民间进入宫廷的
《回波乐》等"著辞"歌舞与之相同。所谓"著辞"，就是一种乐与歌整齐对
应的歌辞形式②。"咏歌蹈舞"的"合生"也是依照"胡乐"作词的一种"著
辞"歌舞。

在唐中宗的酒宴上常有《回波乐》表演，且其歌词内容与"合生"的
性质相同。孟棨《本事诗》卷七记唐中宗"尝内宴，群臣皆歌《回波乐》，
撰词起舞。"其中还记载了一首优人所唱《回波词》的具体内容：

> 中宗朝，御史大夫裴谈，崇奉释氏。妻悍妒，谈畏之如严君。……
> 时韦庶人颇袭武氏之风轨，中宗渐畏之。内宴唱《回波词》，有优人词

---

① （宋）欧阳修、宋祁：《新唐书》第一四册，中华书局 1975 年版，第 4295 页。

② 王昆吾认为，"'著辞'指的是一种乐与歌整齐对应的歌辞形式，……郑樵《通志》卷 49
《乐府总序》说：'自六代之舞至于汉魏，并不著辞，舞之有辞自晋始。'……这就是在依
曲作辞、辞与琴曲或舞曲完全配合的意义上使用'著辞'一名的。"王昆吾：《唐代酒令
艺术》，东方出版中心 1995 年版，第 46 页。

曰："回波尔时栲栳，怕妇也是大好。外边只有裴谈，内里无过李老。"韦后意色自得，以束帛赐之。①

又有张鷟《朝野金载》卷二记有讽刺武则天表侄的一首《回波词》内容：

苏州嘉兴令杨廷玉，则天之表侄也，贪狠无厌。著词曰："回波尔时廷玉，打獠取钱未足。阿姑婆见作天子，旁人不得根触。"②

这两首《回波词》如果略去表示歌唱定格的"回波尔时"四字，歌词如下：

栲栳，怕妇也是大好。外边只有裴谈，内里无过李老。

廷玉，打獠取钱未足。阿姑婆见作天子，旁人不得根触。

前一首《回波词》是嘲讽御史大夫裴谈和唐中宗怕老婆，后一首《回波词》是嘲讽武则天表侄杨廷玉贪狠无厌，这与同是出现在唐中宗酒宴上的"合生""或言妃主情貌，或列王公名质"的歌词内容相一致。而且《回波词》的乐曲，用的也是"胡乐"，据王昆吾考证，《回波乐》等歌舞乐曲"是第一批华夷融合的乐曲的实例，它们都在酒筵风俗的背景上产生，……是胡乐入华这一历史事件的产物。"③

《唐诗纪事》卷四"长孙无忌"条描述了士大夫眼中的《回波》歌舞："中宗诏群臣曰：'天下无事，欲与群臣共乐。'于是《回波》艳辞，妖冶之舞，作于文字之臣，而纲纪荡然矣。"④同是出现于唐中宗的酒宴上，同是"胡乐施于声律"的"异曲新声"，也同样是"或言妃主情貌，或列王公名质"的内容，《回波》歌舞被士大夫看作是"艳辞"、"妖冶之舞"，而"合生"歌舞则被视为"歌言浅秽"、"哀思淫溺"，二者的特征也一致，可见，《回波》歌舞不过是用"胡乐"《回波乐》曲名对"合生"歌舞所做的

① （唐）孟棨等：《本事诗　本事词》，古典文学出版社1957年版，第24页。
② （唐）张鷟：《朝野金载》，中华书局1979年版，第37页。
③ 王昆吾：《唐代酒令艺术》，东方出版中心1995年版，第50页。
④ （宋）计有功：《唐诗纪事》，上海古籍出版社2008年版，第50页。

另一种称名，《回波》歌舞实际就是《新唐书·武平一传》所说的"合生"歌舞。

二、"合生"的渊源与得名

在考查《回波乐》等著辞歌舞来源于西域的民俗歌舞时，王昆吾指出佛经有对古印度酒筵"著舞"的记载：

> 此外有一个证据是：在《大正新修大藏经》第29册、唐僧玄奘所译的《阿毗达磨顺正理论》卷54，有"耽话、乐诗、爱歌、著舞"一语。这段话表明：古印度原已有"著舞"这种酒筵艺术；中国西北地区的少数民族著舞风俗，是和古印度的同类风俗一脉相承的。……著辞歌舞则是中西文化相交融的产物。①

佛经不仅对古印度酒筵"著舞"有记载，而且佛经的某些偈颂形式也受到古印度"著辞"歌舞的影响。梁僧佑《出三藏记集》卷十四《鸠摩罗什传第一》云：

> 天竺国俗甚重文藻，其宫商体韵以入弦为善。凡觐国王，必有赞德；见佛之仪，以歌叹为尊。经中偈颂，皆其式也。"②

"天竺国俗"是将"文藻"的"宫商体韵""入弦"，用之以"觐国王"的"赞德"和"见佛之仪"的"歌叹"，这就是一种乐与歌整齐对应的"著辞"歌舞，这本是"天竺国俗"，以致"经中偈颂，皆其式也"。佛经中的某些偈颂形式就来自古印度的"著舞"，且与"合生"十分相似。

《出三藏记集》卷七《法句经序第十三》解释"经中偈颂"云："偈者结语，犹诗颂也，是佛见事而作"③，也就是说，偈颂之词都是现场的随机创作，这与"合生"的"指物题咏"、"应命辄成"的特征相符。如《摩诃僧祇律》卷六"明僧残戒之二"记佛陀讲自己前身镜面王的故事，镜面王生来无

---

① 王昆吾：《唐代酒令艺术》，东方出版中心1995年版，第51页。
② （梁）释僧佑：《出三藏记集》，中华书局1995年版，第534页。
③ （梁）释僧佑：《出三藏记集》，中华书局1995年版，第272页。

眼鼻，其面正平，起名镜面，镜面王继位之初，须招巧匠造新殿，诸大臣以穿衣的猕猴冒充巧匠来试镜面王的反应，镜面王心知肚明，"虽生无目而有天眼"，"王即心念彼将试我，便说偈言"：

> 观此众生类，睒睒面皱搩，
> 趑厥性轻躁，成事彼能坏。
> 受分法如是，何能起宫殿？
> 残害花果树，不能亲近人，
> 况能造宫殿，催送归野林。①

　　镜面王面对众大臣出的难题，当场作偈，揭穿了他们的把戏，表面无一字明言猕猴，而句句都是对猕猴顽性的品评嘲讽，一语双关，应命辄成。这与宋初张齐贤《洛阳搢绅旧闻记》卷一"少师佯狂"条有关"合生杂嘲诗"的记述，如出一辙：云辨和尚以檐前垂丝而下的大蜘蛛为题，请"辨慧有才思"而又"善合生杂嘲"的歌者杨苧罗"试嘲此蜘蛛"，"歌者更不待思虑，应声嘲之，意全不离蜘蛛，而嘲戏之辞正讽云辨。……歌者嘲蜘蛛云：'吃得肚墨撑，寻丝绕寺行。空中设罗网，只待杀众生。'盖讥云辨体肥而壮大故也。"② 再如《阿育王传》卷三记阿恕伽王夫人产一子，阿恕伽王也是"见事而作"，当场作偈，"王见儿已，心生爱厚，即说偈言：……"③ 等，这类佛经偈颂与《夷坚志支乙》卷六定义"合生诗词"所谓"能于席上指物题咏，应命辄成者，谓之'合生'。"④ 是一致的。

　　佛经中还有与"起令—随令"式"合生"⑤ 类似的偈颂。例如，北凉浮陀跋摩共道泰等译《阿毗昙毗婆沙论》卷第四十六"使犍度十门品之十"记梵志"多饮好酒，饱食酒肉"后，见尊者舍利弗坐一树下：

---

① （东晋）佛陀跋陀罗共法显译：《摩诃僧祇律》，《大正新修大藏经》第 22 册，（台北）佛陀教育基金会出版部 1990 年版，第 279 页。

② （宋）张齐贤：《洛阳搢绅旧闻记》，中华书局 1985 年版，第 4—5 页。

③ （晋）安法钦译：《阿育王传》，《大正新修大藏经》第 50 册，第 108 页。

④ （宋）洪迈：《夷坚志》，中华书局 1981 年版，第 841 页。

⑤ （宋）灌园耐得翁：《都城纪胜》"瓦舍众伎"："合生与起令、随令相似，各占一事。"《东京梦华录》（外四种），古典文学出版社 1956 年版，第 98 页。

生轻贱心，彼之与我，俱是出家，我今极乐，而彼比丘极苦。即
说偈言：

我饮粳粮酒，窃持一瓶来。

地上山草木，视之犹金聚。

尔时尊者舍利弗，作如是念，此如死梵志，向我说如是偈，我今
亦应说偈。时尊者舍利弗，便说此偈：

我饮无相酒，复窃持空瓶。

地上山草木，视之犹唾聚。①

"向我说如是偈，我今亦应说偈。"舍利弗针对对方的偈颂仅改数言，
以回应对方，这种偈颂都是后者依照前者的形式，立即应答。

古印度的这类偈颂，总是前者"起偈"，后者"随偈"，形成固定程式，
如刘宋求那跋陀罗译《杂阿含经》卷第五十"一三五四"记一族姓女为舅姑
所责，至恒水边说偈流露投水轻生的念头，比丘闻偈心念："彼族姓女尚能
说偈。我今何为不说偈答耶。即说偈言：……"所谓"彼×××尚能说偈。
我今何为不说偈答耶"，这种相互说偈的套路，遵照一定诗体格律要求，指
物题咏、当即应答，明显带有呈才竞技的意味。如《杂阿含经》卷第五十
"一三五五"记，"有盗瓜田者，见月欲出而说偈言"：

明月汝莫出，待我断其瓜，

我持瓜去已，任汝现不现。

比丘闻偷瓜人说偈欲盗瓜，心念："彼盗瓜者尚能说偈。我岂不能说偈答耶。
即说偈言"：

恶魔汝莫出，待我断烦恼，

断彼烦恼已，任汝出不出。②

---

① （北凉）浮陀跋摩共道泰等译：《阿毗昙毗婆沙论》，《大正新修大藏经》第28册，（台北）
佛陀教育基金会出版部1990年版，第348页。
② （刘宋）求那跋陀罗译：《杂阿含经》，《大正新修大藏经》第2册，第372页。

盗瓜人想趁夜黑盗瓜，见月亮将出，便当场对月作偈，盼其莫出。比丘则现场步其诗格，针对盗瓜人的行为作偈，阻其盗瓜。二人现场随机而作，一"起"一"随"，与"起令—随令"式的"合生"特征相同。

不仅佛经中的某些偈颂与合生伎艺的形式相同，而且我们发现，"合生"一词，就出自佛经。"合生"作为一个独立的词语，源自胜者慧月造《胜宗十句义论》，这篇佛经在解释"合生"之"合"的字义时说：

> "合"云何？谓二不至、至时名合。……合生者，谓……时与空等合。①

按照佛经这段话的解释，"合生"一词的原义是"时与空等""二"方面的相"合"相"生"，合生伎艺的"指物题咏"、"应命辄成"、"起令—随令"等特征，也都含有"二"方面相互配合、相合相生之意，显然，"合生"伎艺之名就是源自佛经中的"合生"一词。

"合生"不仅有上述的域外渊源，也有中国传统的"嘲诮"风俗的渊源。如《太平广记》有"嘲诮"5卷，其中那些表现敏捷应对的嘲诮诗，与"合生杂嘲"诗十分相近。《全唐诗》"谐谑"诗4卷中，就录有《回波乐》等酒筵著辞。值得注意的是，唐代文献中也有类似宋代张齐贤《洛阳搢绅旧闻记》"合生杂嘲"诗的记载，只是没有明标"合生杂嘲"而已。如《朝野佥载》卷四记武则天神功元年（697）契丹进犯幽州，河内王武懿宗受命为元帅救援，引兵至赵州时，武懿宗闻契丹数千骑兵从北方来，乃弃兵甲，南逃邢州，后闻契丹兵退，始敢向前。至班师回长安：

> 置酒高会，元一于御前嘲懿宗曰："长弓短度箭，蜀马临阶骗。去贼七百里，隈墙独自战。甲仗纵抛却，骑猪正南蹿。"上曰："懿宗有马，何因骑猪？"对曰："骑猪，夹豕（以"夹屎"嘲讽）走也。"上大笑。懿宗曰："元一宿构，不是卒辞。"上曰："尔叶韵与之。"懿宗曰："请以莘韵。"元一应声曰："裹头极草草，掠鬓不莘莘。未见桃花面皮，漫作杏子眼孔。"则天大悦，王极有惭色。懿宗形貌短丑，故曰："长弓

---

① ［印度］胜者慧月造，玄奘译：《胜宗十句义论》，《大正新修大藏经》第54册，第1263页。

短度箭。"①

如果说，前一首嘲懿宗的"长弓短度箭"，因其是"宿构"，属于提前构思好的，还不能算是"应命辄成"的"合生杂嘲"诗，那末，后一首嘲懿宗的"裹头极草草"，其依题嘲讽、即席应对的情形与《洛阳搢绅旧闻记》记杨苎罗嘲僧云辨的"合生杂嘲"并无二致。

"起令—随令"式的对嘲，可以《唐摭言》卷十三记的"改令"辞为例：

> 方干姿态山野，且更兔缺，然性好凌侮人。有龙丘李主薄者，不知何许人，偶于知闻见处见干而与之传杯酌，龙丘目有翳，（干）改令以讥之曰："干改令，诸人象令主：'措大吃酒点盐，军将吃酒点酱，只见门外著篱，未见眼中安障。'"龙丘答曰："措大吃酒点盐，下人吃酒点鲊，只见手臂著襕，未见口唇开袴。"一座大笑。②

改令是与筵者依次为令主，并在形式和内容上均按一定的令格行令。如这组改令辞，形式都是六言，令题内容是要"象令主"，因方干唇"兔缺"，李龙丘"目有翳"，于是方干"起令"，讥李龙丘"目有翳"；李龙丘"随令"，讥方干唇"兔缺"。两首酒令同题同格，句式对应，对嘲竞胜。"起令—随令"式合生的体制与这段酒令的形式基本相似。

由上可见，"合生"是胡乐"著辞"歌舞与中国传统的"嘲诮"风俗相融合的产物，其得名是来自佛经。

三、"说话"之"合生"

《都城纪胜》"瓦舍众伎"云："说话有四家"，以下提到了小说、说经、讲史、合生③。《梦粱录》卷二十"小说讲经史"开首亦云："说话者谓之'舌辩'，虽有四家数，各有门庭"，以下也提到了小说、谈经、讲书史、

---

① （唐）张鷟：《朝野佥载》，中华书局 1979 年版，第 87 页。
② （五代）王定保：《唐摭言》，上海古籍出版社 1978 年版，第 148—149 页。
③ 参见（宋）灌园耐得翁：《都城纪胜》，《东京梦华录》（外四种），古典文学出版社 1956 年版，第 98 页。

合生①。虽然，"合生"是否属于说话"四家"，学者还有不同看法，但《醉翁谈录·舌耕叙引》"小说引子"却明确将"合生"与"说话"中的"演史"并提，所谓："或名演史，或谓合生，或称舌耕，或作挑闪"②，可见"说话"之"合生"确实存在。

不仅如此，《醉翁谈录》丁集卷二《嘲戏绮语》中有"嘲人面似猿猴"一条"说话"资料，应属"说话"之"合生"：

> 刘文树，口下，善奏对，明皇每嘉之。文树髭生颔下，貌类猿猴。上令黄幡绰嘲之。丈夫切恶猿猴之号，乃密赂幡绰勿之，幡绰许而进嘲曰："可怜好文树，髭须共颊颐一处。文树面孔不似猢狲，猢狲面孔酷似文树。"知文树遗赂，大笑之。③

这段资料原见于唐人郑棨《开天传信记》④，文字略有出入，黄幡绰是唐玄宗时期的著名伶人，以嘲弄人的品貌为谐戏是当时流行的一种伎艺，这种伎艺又称之为"题目人"，有专擅此术而得名者，如《酉阳杂俎续集》卷四提到喜好"题目人"的贞元进士曹著和贞观中左卫率府长史魏光乘："世说曹著轻薄才，长于题目人。尝目一达官为热鏊上猢狲，其实旧语也。《朝野金载》云：魏光乘好题目人。姚元之长大行急，谓之趁蛇鹳鹊。侍御史王旭短而黑丑，谓之烟薰木蛇。杨仲嗣躁率，谓之热鏊上猢狲。"⑤《醉翁谈录》所记黄幡绰以嘲诗的形式嘲讽安西牙将刘文树，就属于嘲弄人品貌的"题目人"伎艺。"题目人"是"合生"最常见的一种题材类别，《洛阳搢绅旧闻记》所记歌者杨苎罗嘲讽云辨"体肥而壮大"的"合生杂嘲"诗就属于"题目人"。这种题目人"合生"也称之为"唱题目"，宋高承《事物纪原》卷九"合生"条谓，合生"起自唐中宗时也，今人亦谓之'唱题目'"⑥。上面所举

---

① 参见（宋）吴自牧：《梦粱录》，《东京梦华录》（外四种），古典文学出版社 1956 年版，第 312—313 页。

② （宋）罗烨：《新编醉翁谈录》，周晓薇校点，辽宁教育出版社 1998 年版，第 1 页。

③ （宋）罗烨：《新编醉翁谈录》，周晓薇校点，辽宁教育出版社 1998 年版，第 32 页。

④ 参见丁如明辑校：《开元天宝遗事十种》，上海古籍出版社 1985 年版，第 58 页。

⑤ （唐）段成式：《酉阳杂俎》，中华书局 1981 年版，第 232 页。

⑥ （宋）高承：《事物纪原》，中华书局 1989 年版，第 495 页。

优人所唱嘲讽唐中宗和武则天表侄杨廷玉的两首《回波乐》曲词即为"唱题目"。《醉翁谈录》中这段"题目人"的"合生"故事,应是"说话"之"合生"中的一类,"说话"之"合生"还有其他一些内容与形式。

"说话"之"合生"的某些内容与形式,还可从元代陶宗仪《南村辍耕录·院本名目》所记"题目院本"中获知一二。

《南村辍耕录·院本名目》所记"题目院本"即"合生院本",明人张宁《咏唐人勾栏图》有"合生院本真足数"[①]之句。"合生院本"("题目院本")与"说话"之"合生"一脉相承的关系,有宋代"合生"艺人"双秀才"为我们提供了这方面的线索。

《西湖老人繁胜录》《武林旧事》记有宋代擅长"合生"的"双秀才"[②],一百多年后又出现在朱有燉《吕洞宾花月神仙会》第二折《长寿仙献香添寿》院本的表演中,这个院本王国维将其断为现存的元院本,并认为"金人院本,亦即此而可想象矣"[③],其中的"双秀才"(原文写作"双秀士")被院本艺人推崇敬重,逢其生日必要祝寿:

> (扮净同捷讥、付末、末泥上,相见科,做院本《长寿仙献香添寿》。院本上)
> (捷)歌声才住,
> (末泥)丝竹暂停;
> (净)俺四人佳戏向前。
> (付末)道甚清才谢乐?
> (捷)今日双秀士的生日,您一人要一句添寿的诗。
> (捷)桧柏青松常四时,
> (付末)仙鹤仙鹿献灵芝;
> (末泥)瑶池金母蟠桃宴,

---

① (明)张宁:《咏唐人勾栏图》,任半塘:《唐戏弄》下册,上海古籍出版社1984年版,第1292页。
② 《西湖老人繁胜录》"瓦市"条:"合生:双秀才。"《武林旧事》卷六"诸色伎艺人"条:"合笙:双秀才。"《东京梦华录》卷五记有"霍百丑,商谜。吴八儿,合生。"卷八记为"商谜、合笙。"可证"合笙即合生"。
③ 王国维:《宋元戏曲考》,《王国维戏曲论文集》,第90—91页。

（付净）都活一千八百岁。①

　　这里为合生艺人"双秀才"祝寿采取的正是"合生"的形式，"献寿添香院本"中："（捷）今日双秀士的生日，您一人要一句添寿的诗。"这是规定令题，"（捷）桧柏青松常四时"，是所谓起令，其后付末、末泥、付净附和的诗，即所谓"随令"。宋代合生艺人"双秀才"一直存在于院本艺人的潜意识中并被奉为祖师，由此可见宋代"说话"之"合生"与合生院本之间的继承关系。

　　《南村辍耕录》"院本名目"记"题目院本"（合生院本）名目有：

　　柳絮风　红索冷　墙外道　共粉泪　杨柳枝　蔡消闲　方偷眼
呆太守　画堂前　梦周公　梅花底　三笑图　脱布衫　呆秀才　隔年期
贺方回　王安石　断三行　竞寻芳　双打梨花院②

　　其中《柳絮风》演述东晋才女谢道韫咏雪的故事；《共粉泪》演述苏轼遇官妓秀兰做《贺心凉》词之事，因词中有"共粉泪"句而得名③；《杨柳枝》演述白居易为姬人樊素作《杨柳枝》词的故事④；《贺方回》演述北宋词家贺方回与一女子互赠诗的故事⑤，等等。这类合生院本所演大都是文士才女指物题咏、应命辄成的故事，从这些"合生院本"的故事中我们也可以大致窥见宋代"说话"之"合生"的一些面貌。

四、"合生"的多种形式

　　除上面具体论述到的唐代"合生"歌舞、宋代"说话"之"合生"等形式外，"合生"还有多种形式。

---

① （明）朱有燉：《吕洞宾花月神仙会》，《古本戏曲丛刊四集·脉望馆钞校本古今杂剧》三七，商务印书馆1958年版。

② （元）陶宗仪：《南村辍耕录》，文灏点校，文化艺术出版社1998年版，第347页。

③ 本事参见（宋）胡仔：《苕溪渔隐丛话》，唐圭璋编：《词话丛编》第一册，中华书局1986年版，第182页。

④ 本事参见（唐）孟棨等：《本事诗　本事词》，古典文学出版社1957年版，第14页。

⑤ 本事参见（宋）吴曾：《能改斋词话》，唐圭璋编：《词话丛编》第一册，中华书局1986年版，第139—140页。

王重民认为敦煌写卷中有些对话体的叙事作品也可以看作是"合生"。他在《敦煌变文研究》一文中，列举了七篇对话体作品：《孔子项讬相问书》《晏子赋》《苏武李陵执别词》《燕子赋》《燕子赋》（用五言韵语对话，所以也叫《开元歌》）《茶酒论》《下女夫词》，并说："上七篇，虽说都是对话体，但对话的方式不同。前四篇在叙事里采用对话，可以由一人讲述，和上述第二类的变文还有些接近或共同之点。后三篇则是由两人对话（有时加入第三人），必须由两人或三人讲述，显系在前四篇讲述方式上又进了一步，这就转变成了我国古代小说里的'合生'。它似乎和变文不是一个来源，但和变文同时发生，同时发展，是和变文互相影响着而又有深厚的关系的。"① 这后三篇作品为什么就是"我国古代小说里的'合生'"，王重民未作进一步说明，可以再研究。不过，这段话也启发我们思考一些问题：唐代民间说唱伎艺中是否有"合生"？为什么敦煌说唱文学中会有类似"合生"的作品出现？"合生"与佛教的俗讲转变是否有关？

由此，笔者想到了在敦煌地区有着极大影响的俗讲僧云辩（又作云辨，敦煌写卷均作"云辩"，以下从写卷），现存文献中最早举出"合生杂嘲"实例的一条资料，就与云辩俗讲有关。

云辩，任左街僧录，赐号圆鉴大师，主要活动于五代后唐至后周之间，据敦煌写卷李琬抄云辩遗书 S.4472《与缘人遗书》，末题"时广顺元年六月十八日迁"，他的迁化之年当在后周广顺元年（951）。云辩"能俗讲"，在敦煌写卷中多有记载。现存敦煌原卷唯一称作"讲经文"的俗讲经文《长兴四年中兴殿应圣节讲经文》的讲经者及作者就是云辩②，这篇讲经文是他在后唐明宗诞辰日（九月九日）应圣节于洛阳中兴殿上的俗讲话本。俗讲僧云辩的声名在敦煌地区影响甚大，李琬抄云辩遗书 S.4472《与缘人遗书》尾题："时显德元年（954）季春月萱开三叶长白山人李琬蒙沙洲大德请抄记"，可知本卷乃沙洲僧人慕云辩之名而请李氏抄写，沙洲治所即在敦煌。此外，敦煌写卷中还有多篇署名云辩的作品如 S.7、S.3728、P.3361《二十四孝押座文》，P.2603《赞普满偈》十首，S.4472《修建寺殿募捐疏头歌辞》十

---

① 王重民：《敦煌变文研究》，《中华文史论丛》1981 年第二辑，第 209 页。
② 参见刘铭恕：《敦煌遗书丛识·〈长兴四年中兴殿应圣节讲经文〉的讲经者》，《敦煌语言文学论文集》，浙江古籍出版社 1988 年版，第 50—51 页。

首，S.4472《十慈悲偈》，等等。这些作品对其俗讲情况多有述及，如云辩的《赞普满偈》十首，是云辩赞扬重修普满塔盛举之作，这是粘贴在募捐簿前作为疏头，用以号召宣传，又供法会劝善时，宣扬吟唱之用。其第一首曰："新春法会开张日，……总在微僧十偈词。"第十首："功多须是大家修。微僧敢劝门徒听。"尾题"左街僧录圆鉴"①，可见这是穿插于俗讲之中的诗作。再如《修建寺殿募捐疏头歌辞》十首，其第一首述开讲盛况："去年开讲感皇恩，敕旨教书云辩明。……遂令佛会动神京。筵中日日门徒集，座上朝朝施利□。"第六首云"佛殿再宣云辩讲，大家努力与重修。"第九首"功夫开讲便施为，讲得资财旋旋支。"②这些都是穿插于"悦俗邀布施"的俗讲中的诗偈，这些诗篇显示了云辩作诗的才能与文采。宋初张齐贤《洛阳搢绅旧闻记》卷一《少师佯狂》条对于"合生杂嘲"的记述，就与云辩俗讲有关：

　　有谈歌妇人杨苎罗，善合生杂嘲，辨慧有才思，当时罕与比者。少师以侄女呼之，每令讴唱，言词捷给，声韵清楚，真秦青、韩娥之俦也。少师以侄女呼之，盖念其聪俊也。时僧云辩能俗讲，有文章，敏于应对，若祀祝之辞，随其名位高下，对之立成千字，皆如宿构，少师尤重之。云辩于长寿寺五月讲，少师诣讲院，与云辩对坐，歌者在侧，忽有大蜘蛛于檐前垂丝而下，正对少师与僧前。云辩笑谓歌者曰："试嘲此蜘蛛，如嘲得着，奉绢两匹。"歌者更不待思虑，应声嘲之，意全不离蜘蛛，而嘲戏之辞，正讽云辩。……歌者嘲蜘蛛云："吃得肚鼛撑，寻丝绕寺行。空中设罗网，只待杀众生。"盖讥云辩体肥而壮大故也。云辩师名圆鉴，后为左街司录，久之迁化。③

云辩"敏于应对"、随对象的不同而"立成千字"以致"皆如宿构"的

---

① 任半塘：《敦煌歌辞总编》中，上海古籍出版社1987年版，第971—974页。写卷胶片影印见黄永武博士主编：《敦煌宝藏》第122册，（台北）新文丰出版公司1986年版，第402—403页。
② 任半塘：《敦煌歌辞总编》中，上海古籍出版社1987年版，第985—986页。写卷胶片影印见黄永武博士主编：《敦煌宝藏》第36册，（台北）新文丰出版公司1986年版，第263页。
③ （宋）张齐贤：《洛阳搢绅旧闻记》，中华书局1985年版，第4—5页。

才能，如果用之于"文章"，就是"祀祝之辞"类，如用之于"杂嘲诗"，就是"合生"。他在洛阳长寿寺俗讲时以"嘲蜘蛛"为题发难，由"谈歌妇人杨苎罗"作"合生"，他自己也必是此中高手。云辩擅"合生"，这从他的俗讲经历中可以看出。

云辩在讲《长兴四年中兴殿应圣节讲经文》之前，在后唐庄宗诞辰时曾入内殿与道士"谈论"。宋僧志磐《佛祖统纪》卷五十二：

> 唐庄宗圣节，敕僧录云辩与道士入内谈论。①

云辩在后唐明宗的诞辰上又入内殿与道士"谈论"。《佛祖统纪》卷四十二云：

> 天成元年诞节，敕僧录云辩，与道士入内殿谈论。②

这种"谈论"就含有"合生"成分。

云辩与道士的入内殿"谈论"，就是唐代统治者为用儒家思想控制利用佛、道二教而大力推行的"三教谈论"，或谓"三教论衡"、"三教论议"。面对三教鼎立的现实形势，对唐初统治者来说，如何以儒家为指导，协调三教间的关系，使佛、道充分发挥辅助功能，就成了唐代诸帝的重要议题，于是，在儒家指导下的三教调和，就以"三教谈论"的形式展开。所谓"三教谈论"，是指儒、释、道三家学者就某些重要问题展开的论辩，它通常是在帝王直接参与下，于朝廷重大节日进行③，盛唐以后，帝王诞日在内宫"谈论"渐成为"三教谈论"的主要形式。据不完全统计，从唐玄宗至五代结束，三教谈论共34次，诞日谈论共26次，唐代诞日谈论首选的宫殿，是皇帝宴飨群臣的麟德殿，已知盛唐至晚唐17次诞日谈论中，在麟德殿举行的就有12次④。如白居易曾于"大和元年十月，皇帝降诞日，奉敕召入麟德殿

---

① 《大正新修大藏经》第49册，（台北）佛陀教育基金会出版部1990年版，第456页。
② 《大正新修大藏经》第49册，（台北）佛陀教育基金会出版部1990年版，第391页。
③ 参见潘桂明：《中国佛教思想史稿》第二卷"隋唐五代卷"上，江苏人民出版社2009年版，第285—292页。
④ 参见刘林魁：《〈广弘明集〉研究》，中国社会科学出版社2011年版，第411页。

内道场，对御三教谈论。"① 赞宁《大宋僧史略》卷下《诞辰谈论》记载这次"谈论"，并连带提及石晋时"僧录云辩多于诞日谈赞"：

> 文宗九月诞日，召白居易，与僧惟澄、道士赵常盈，于麟德殿谈论。居易论难锋起，辞辩泉注，上疑宿构，深嗟挹之。庄宗代有僧录慧江，与道门程紫霄谈论，互相切磋，谑浪嘲戏，以悦帝焉。庄宗自好吟唱，虽行营军中，亦携法师谈赞，或时嘲挫；每诞辰饭僧，则内殿论义明宗。石晋之时，僧录云辩多于诞日谈赞，皇帝亲坐，累对论议。至大宋太祖朝，天下务繁，乃罢斯务。②

既然是与皇帝生日贺寿有关的"谈论"，就要让皇帝开心，所谓"谑浪嘲戏，以悦帝焉"，这种"谈论"于学术性"名理"辩论之外更多娱乐性，在辩论过程中，常出现脱离辩论主题相互攻击、嘲弄的言语，"谑浪嘲戏"、"或时嘲挫"，这种嘲谑，内容广泛，形式多样，其中就有"合生"形式。如唐道宣《集古今佛道论衡》记唐高宗显庆三年冬十一月，大慈恩寺沙门义褒与东明观道士李荣、张惠元、姚道士三人于别中殿论议。先是道士李荣拿对方辩论中的客套话嘲谑，反为义褒"嘲挫"，败阵之状，再次被义褒嘲谑：

> 道士当时忸怩无对，麈尾垂顿，声气俱下。
> 褒因调曰："麈尾已萎，鹿巾将折。语声既软，义锋亦摧。"
> 李荣无对，逡巡下席。

当道士李荣问难词穷时，便以和尚光头为题，首先发难嘲谑，"嘲挫"之余，张惠元、姚道士齐来助阵，结果三道士一齐被义褒所嘲：

> 李荣更无难，乃嘲曰："僧头似弹丸，解义亦团栾。"
> 褒接声曰："今一弹弹黄雀，已射两鹪鹩。弹弹黄雀足，射射鹪鹩腰。"

---

① （唐）白居易：《白居易全集》卷六十八"三教论衡"，丁如明、聂世美校点，上海古籍出版社 1999 年版，第 943 页。

② 《大正新修大藏经》第 54 册，（台北）佛陀教育基金会出版部 1990 年版，第 248 页。

于时李既发机被弹，张元乃拔箭助之。

褒又调曰："李不自拔，张狂助亡。姚生一愚，那不见助。"

姚即发言云云。

褒合调曰："两人助一人，三愚成一智。昔闻今始见，斯言无有从。"

于时，天子欣然，内宫谊合。①

又，显庆五年（660）八月十八日，敕召僧静泰、道士李荣在洛宫中。李荣辞穷，遂发难嘲僧静泰光头"汝头似瓠芦"等语，为此：

静泰奏言："此对疏冗，宜应雅论。幸许剧谈，敢欲间作。"亦请嘲李荣头。圣旨便曰："可令连脚嘲。"

泰曰："李荣道士，额前垂发已比羊头，口上生须还同鹿尾。才堪按酒，未足论文，更事相嘲，一何孟浪。"

泰又奏言："向承圣旨，令连脚嘲。"便曰："李荣腰长，即貌而述。屡申驼项，亟蹙蛇腰。举手乍奋驴蹄，动脚时摇鹤膝。"

李荣频被嘲，急……②

这几段对人的外貌、神态、行为、头脚（连脚嘲）的嘲谑，与"合生杂嘲"中，"谈歌妇人杨芏罗"嘲"云辩体肥而壮大"并无区别。这几段"谑浪嘲戏"，因是出现于佛、道论辩场合，参与主体是僧、道双方，所以一般称之为"论议"，如果换成民间娱乐，由民间艺人如"谈歌妇人杨芏罗"等去表演，实际就是"合生杂嘲"。

有研究者将敦煌写卷《孔子项讬相问书》《晏子赋》《茶酒论》和五言体《燕子赋》四篇作品，视为"论议底本"③。笔者认为，皇帝的诞日作为全国节日，"诞节"上的"论议"表演无疑具有重要的示范作用，"论议"在形式、风格上会影响整个社会，再加之有像云辩这样在敦煌地区有着极大影响

---

① 《大正新修大藏经》第 52 册，（台北）佛陀教育基金会出版部 1990 年版，第 390 页。

② 《大正新修大藏经》第 52 册，（台北）佛陀教育基金会出版部 1990 年版，第 392 页。

③ 参见王小盾、潘建国：《敦煌论议考》，傅璇宗、许逸民主编：《中国古籍研究》第一卷，上海古籍出版社 1996 年版，第 169—228 页。

力的能论议擅合生的俗讲名僧，在敦煌民间说唱写卷中出现含有某些"论议"手法的作品，也顺理成章。这几篇作品形式上虽有"论议"特征，内容却是民间故事，所以不能将其称之为"论议底本"，因为"论议"有特定所指，这几篇作品不是用于佛、道二家的"论议"场合，就不应该再称作"论议"，它们作为民间伎艺，应该有民间伎艺自己的称呼。正如"论议"吸收了许多民间伎艺手法，如合生、嘲诮、款头、戏弄、讹语影带、俗赋韵诵等，反之，这些民间伎艺也融进了"论议"的伎艺特征，它们之间已是你中有我，我中有你。但是，这些民间伎艺都不叫"论议"，而是依据各自不同特征，各有命名，就是因为，它们不是用于僧、道二家的"论议"场合，而是用于世俗娱乐，由民间艺人表演。

有些如同"合生"的"嘲诮"诗也穿插于俗讲的"论议"之中。《启颜录》"嘲诮"记：

> 唐有僧法轨，形容短小，于寺开讲。李荣往共论议，往复数番。僧有旧作诗咏荣，于高座上诵之，云："姓李应须李，言荣又不荣。"此僧未及得道下句，李荣应声接曰："身长三尺半，头毛犹未生。"四座欢喜，伏其辩捷。[1]

《启颜录》从民间伎艺视角将其归入"嘲诮"，而从伎艺特征看，其与民间艺人杨苎罗在长寿寺僧云辩俗讲时所作"合生杂嘲"并无不同。

"合生"作为民间伎艺，可以单独表演，也可以在民间说唱伎艺中穿插表演。如《夷坚志支乙》卷六"合生诗词"，明代梅鼎祚辑纂的《青泥莲花记》中此条，题目更完整，据以全录如下：

合生诗词　散乐妓　洪惠英

江浙间路歧女，有慧黠，知文墨，能于席上指物题咏，应命辄成者，谓之"合生"，其滑稽含玩讽者，谓之"乔合生"，盖京都遗风也。

张安国守临川，王宣子解庐陵郡印归次抚。安国置酒郡斋，招郡士陈汉卿会。适散乐一妓，言学作诗，汉卿语之曰："太守呼为'五

---

[1]　（宋）李昉等编：《太平广记》第五册，中华书局1961年版，第1925页。

马'，今日两州使君对席，遂成十马。汝体此意，作八句。"妓凝立良久，即高吟曰：

同是天边侍从臣，江头相遇转情亲。

莹如临汝无瑕玉，宛作庐陵有脚春。

五马今朝成十马，两人前日压千人。

便看飞诏催归去，共坐中书秉化钧。

安国为之嗟赏竟日，赏以万钱。

予守会稽，有歌诸宫调女子洪惠英，正唱词次，忽停鼓白曰："惠英有述怀小曲，愿容举似。"乃歌曰：

梅花似雪，刚被雪来相挫折。雪里梅花，无限精神总属他。　　梅花无语，只有东君来作主。传语东君，且与梅花作主人。

歌毕，再拜云："梅者，惠英自喻。非敢僭拟名花，姑以借喻；雪者，指亡赖恶少也。"官奴因言其人到府一月，而遭恶子困扰者至四五，故情见乎词。在流辈中诚不易得。

——洪迈《夷坚志》

《西阁寄梅记》【木兰花】词与此全同。所谓"予守会稽"者，即迈也。自其亲值，不应有误。①

据《青泥莲花记》版《夷坚志》此条，"合生诗词"题目下注明"散乐妓、洪惠英"二人（今本《夷坚志》缺），这说明其中所述散乐妓诗和洪惠英词均为"合生诗词"。《青泥莲花记》此条后还有辑纂者的说明，所谓"予守会稽"者，即指洪迈本人，并强调"自其亲值，不应有误"。以往的研究者大都将这段文字中的后一个例子"洪惠英词"略而不提，否认其"合生"性质，但据《青泥莲花记》版此条所记，说明了这是洪迈亲自记下的，"不应有误"，它代表了宋代存在过的"合生"形式，且后一例中的洪惠英词自指其物，即席题咏，脱口而出，与合生特征相符，也应属于不含滑稽玩讽的"合生诗词"。前一首散乐妓的"合生诗"，是由一人出题，一人题咏，二人

---

① （明）梅鼎祚辑纂：《青泥莲花记》，田璞、查洪德校注，中州古籍出版社 1988 年版，第222 页。明代梅鼎祚《青泥莲花记》各篇，采自近二百种古籍，所据典籍多宋元及当时的抄本、刻本，其版本于今人有较高的参校异文、改正错讹的价值。

合作演出的"合生"。后一首洪惠英的合生词，所谓"正唱词次，忽停鼓白曰"云云，说明这是洪惠英穿插于诸宫调唱词之中的"合生词"。

此外，还有穿插于杂剧之中的"合生"。如关汉卿《杜蕊娘智赏金线池》第三折，正旦与众旦于酒令中合演的"题目合生"：

> （众旦云：）姨姨，俺则这等吃酒可不冷静？（正旦云：）待我行个酒令，行的便吃酒，行不的罚饮金线池里凉水。（众旦云：）俺们都依着姨姨的令行。（正旦云：）酒中不许题着"韩辅臣"三字，但道着的，将大觥来罚饮一大觥。（众旦云：）知道。（正旦唱：）
>
> 【醉高歌】或是曲儿中唱几个花名。（众旦云：）我不省得。（正旦唱）诗句里包笼着尾声。（众旦云。）我不省得。（正旦唱：）续麻道字针针顶。（众旦云：）我不省的。（正旦唱：）正题目当筵合笙。①

曲尾称剧中的酒令表演是"正题目当筵合笙"，可见，这也是"合生"的一种形式。

由上可知，"合生"有多种形式，有一人自喻式如洪惠英的合生词，有二人间的一题一咏式如云辩与杨苎罗的"合生杂嘲诗"以及陈汉卿与散乐妓的"合生诗"，还有二人或多人间的对嘲式如承接韦婴与"数人"对嘲之后的胡人袜子、何懿等唱"合生"以及僧义褒与李荣等众道士间的对嘲。这些"合生"中，既有应命辄成的"合生诗词"，也有"滑稽含玩讽者"的"乔合生"。另外，"合生"既可以融入或穿插于俗讲、转变、说话、诸宫调、杂剧等各种叙事伎艺之中，也可以单独表演，而《西湖老人繁盛录》所记"合生，双秀才"，很可能是"双秀才"两个人的"合生"专场表演。由此我们想到，《都城纪胜》"瓦舍众伎"所记"说话四家"之下有"合生与起令、随令相似，各占一事"，应是只记其一。《梦粱录》云"说话者谓之舌辩"，其下有"合生"，《醉翁谈录·小说引子》谓"合生，或称舌耕"，"说话"之"合生"作为"舌辩"、"舌耕"之伎，也应是形式多样、不拘一格的。

---

① 王季思主编：《全元戏曲》第一卷，第123—124页。

第三节　瓦舍的生态环境与口头叙事体制的生成

从唐宋"说唱"故事到元杂剧的"演唱"故事，无论哪一种口头叙事伎艺，从开场到收尾，其与流动的群体受众互动的口头叙事体制一脉相承，表面上看这是它们相互间的借鉴与影响，实质上是面对同一瓦舍生态环境而采取的共同的"适应对策"。生态学上的"适应对策"是指生物"在其生活史各个阶段中，为适应其生存环境而表现出来的生态学特征。"[1] 就如同生物界中的仙人掌科植物为适应其干热的环境叶退化为刺状的形态一样，瓦舍口头叙事伎艺的叙事体制也是为了适应瓦舍的生态环境而生成。

无论哪一种瓦舍口头叙事伎艺如转变、说话、诸宫调、北曲杂剧等，它们面对相同的瓦舍环境，其与流动的群体受众互动交流的机制是相同的，为适应这些听众而生发出的一套开场、散场及与听众互动交流的叙事体制也基本相同。如下表所列：

体制形态 瓦舍伎艺	开场仪式	正故事	散场形式
转变	押座文	正话	解座文
说话	入话、头回	正话	篇尾诗 权作散场
诸宫调	笑乐院本 引子、引辞	正话	尾声
宋杂剧 金院本	北宋：头回小杂剧 南宋：艳段 院本：拴搐艳段	正杂剧两段	散段
元杂剧	爨	么末（正杂剧）	打散
南戏	副末开场	正戏	散场诗

下面分别论述瓦舍口头叙事伎艺的开场仪式、故事表演中的互动交流机制及散场程式特征。

---

① 林文雄主编：《生态学》，科学出版社 2007 年版，第 80 页。

一、开场仪式

瓦舍口头叙事伎艺的开场仪式是从唐代俗讲仪式演变而来，从敦煌写卷 P.3849 所记俗讲的开场仪式看，俗讲、转变的开场，并不是如同我们在讲经文和变文文本中所看到的，在正式讲经前只有一段押座文，而是有一整套引导听众渐入正题的仪式，如：

> 夫为俗讲，先作梵了；次念菩萨两声，说押座了；索唱《温室经》，法师唱释经题了；念佛一声了；便说开经了；便说庄严了；念佛一声，便一一说其经题字了；便说经本文了。……

如果没有这份俗讲仪式的记载，只看现存的俗讲讲经文和变文写卷，我们只能从书面阅读的角度，认识到其中的"押座文"——"唱释经题"——"说经本文"等几个主要环节是怎么回事，至于那些仪式性的程序，如"作梵"、"开经"（开赞经文）、说庄严以及随时插入的"念菩萨"、"念佛"等，在讲经文和变文写卷中很少标明，我们对俗讲仪式也就难于有整体了解。开场中的这些仪式性程序，在说经现场，是为了营造起神圣的宗教氛围，由此静摄听众并引导听众进入下面的正式开讲。与此相同，宋元口头通俗叙事伎艺的开场，也并不是如我们在现存文本中所看到的，如话本只有"入话诗"、"头回"等，在这些通俗叙事伎艺演出前也有一套仪式性的程序。如《水浒传》第五十一回描写白秀英说唱话本的开场仪式程序如下：

> 李小二道："都头出去了许多时，不知此处近日有个东京新来打踅的行院，色艺双绝，叫做白秀英。那妮子来参都头，却值公差出外不在，如今现在勾栏里说唱诸般品调、每日有那一般打散，或是戏舞，或是吹弹，或是歌唱，赚得那人山人海价看。都头如何不去睃一睃？端的是好个粉头！"雷横听了，又遇心闲，便和那李小二径到勾栏里来看，只见门首挂着许多金字帐额，旗杆吊着等身靠背。入到里面，便去青龙头上第一位坐了。看戏台上，却做笑乐院本。那李小二人丛里撇了雷横，自出外面赶碗头脑去了。院本下来，只见一个老儿，裹着磕脑儿头巾，穿着一领茶褐罗衫，系一条皂绦，拿把扇子，上来开呵道："老汉是东京人氏，白玉乔的便是。如今年迈，只凭女儿秀英歌舞

吹弹，普天下伏侍看官。"锣声响处，那白秀英早上戏台，参拜四方，拈起锣棒，如撒豆般点动，拍下一声界方，念了四句七言诗，便说道："今日秀英招牌上明写着这场话本，是一段风流蕴藉的格范，唤做《豫章城双渐赶苏卿》。"说了开话又唱，唱了又说，合棚价众人喝彩不绝。①

据此，勾栏说唱话本的开场程序主要有：笑乐院本——开呵——锣声响——念人话诗——报告题目——说"开话"——说唱话本。

这样一套演出程序就是为了适应观众的群体性与流动性而设的。勾栏里的观众是一个流动的群体，白秀英说唱话本"赚得那人山人海价看"，雷横在李小二的引领下，来到勾栏。雷横坐下，李小二却走了："看戏台上，却做笑乐院本。那李小二人丛里撇了雷横，自出外面赶碗头脑去了"，而"笑乐院本"的演出正是为了等待先后到来的听众；杜仁杰《庄家不识构阑》套曲中的庄稼汉进勾栏看杂剧，他来时，"见层层叠叠团围坐"，观众是陆续到来的。不仅如此，演出前的场面又是喧闹的，《张协状元》第一出副末开场就说："暂息喧哗，略停笑语，试看别样门庭。"面对世俗大众的演出，其"喧哗"的程度，从《水浒传》一百零四回写定山堡戏台开演前的混乱情景中，可见一般：

> 话说当下王庆闯到定山堡，那里有五六百人家，那戏台却在堡东麦地上。那时粉头还未上台，台下四面，有三四十只桌子，都有人围挤着在那里掷骰赌钱。……那些掷色的，在那里呼么喝六，颠钱的在那里唤字叫背；或夹笑带骂，或认真厮打。那输了的，脱衣典裳，褫巾剥袜，也要去翻本，废事业，忘寝食，到底是个输字；那赢的，意气扬扬，东摆西摇，南闯北趸的寻酒头儿再做，身边便袋里，搭膊里，衣袖里，都是银钱。到后捉本算帐，原来赢不多，赢的都被把梢的、放囊的拈了头儿去。不说赌博光景，更有村姑农妇，丢了锄麦，撇了灌菜，也是三三两两，成群作队，仰着黑泥般脸，露着黄金般齿，呆呆地立着，等那粉头出来。……

---

① （明）施耐庵：《水浒全传》，上海古籍出版社 1999 年版，第 455 页。

王庆赢了钱，……那汉提起双拳，望王庆劈脸打来。……那汉却待挣扎，被王庆上前按住，照实落处只顾打。……只见人丛里闪出一个女子来，大喝道："那厮不得无礼！有我在此！"王庆……摆开解数，与那女子相扑。……

那时粉头已上台做笑乐院本，众人见这边男女相扑，一齐走拢来，把两人围在圈子中看。①

赌博的人"呼么喝六"、"唤字叫背"、"夹笑带骂"、"认真厮打"……，村姑农妇"三三两两，成群作队"，演员"已上台做笑乐院本"，但"众人见这边男女相扑"就"把两人围在圈子中看"。这虽属"路岐人"，不在勾栏内，但也很能说明开演前的混乱场面。面对这种喧闹混乱的场面，在正式开演前，就需要有一套开场仪式以静摄观众，可见，口头叙事伎艺的开场仪式，实质上是针对其生存环境所采取的一种"适应对策"。

开场的仪式性，在带有演出实录性质的明成化本《刘知远还乡白兔记》中，表现的更为明显。从成化本《白兔记》繁缛的开场仪式和按照人物角色上下场进行分场、分出的规范看，它显然是承袭了宋元戏文的演出传统。孙崇涛将成化本《白兔记》开场的仪式性表演分成八个部分：(1) 念"国正天心顺"五言开场诗一首四句；(2) 接念"喜贺升平"词一首；(3) 演唱【红芍药】"哩罗连"曲一文；(4) 念秦观【满江红】"山莫(抹)微云"词一首；(5) 接念"惜竹不雕当路笋"七言诗一首四句；(6) 向观众声明，并同后行子弟问答；(7) 念"正传家门"词，概述"戏文大义(意)"；(8) 念"剪烛生光彩"五言下场诗一首四句②。这些繁缛的开场项目，实际就是在观众和演员之间形成默契的一套固定程式，陆续到来的观众在这套早已熟悉的程序中逐渐进入表演情境。

这种程式的仪式性是十分明显的。如 (2) (3) 部分副末在"喜贺升平"词的末尾说："奉请越乐班，真宰遥，銮驾早赴华簇。今宵夜，愿白舌入地府，赤口上青天。奉神三巡六仪，化真金钱。齐攒断，喧天鼓板，奉送乐中仙。"然后唱【红芍药】"哩罗连"曲："哩罗连罗罗哩连，哩连哩罗哩连

① （明）施耐庵：《水浒全传》，上海古籍出版社 1999 年版，第 866—868 页。
② 参见孙崇涛：《成化本〈白兔记〉艺术形态探索》，孙崇涛：《南戏论丛》，中华书局 2001 年版，第 282 页。

哩。连罗连哩连罗哩，罗连罗哩连哩。连罗连哩连罗连，□□□□□哩，连罗哩罗哩。"副末的念词表明戏班子弟是为了奉请被尊称为"越乐班真宰"、"乐中仙"的戏神莅临，而奉神三巡，化钱六仪，并敲动锣鼓，合唱一支"啰哩连"【红芍药】曲。美国汉学家白之解释成化本《白兔记》"啰哩连"曲说，"在鼓板喧天中，他唱起迎神曲。这支歌看来是唱给神仙听的，只有神仙明白这支歌是什么意思，因为全歌四十五字全是'哩'、'啰'、'连'三个音节，毫无意义地颠来倒去"①。"啰哩连"显然是带有娱神或祀神性质的唱曲。饶宗颐考"啰哩连"是"南戏戏神咒"②。汤显祖《宜黄县戏神清源师庙记》云："予闻清源，西川灌口神也。为人美好，以游戏而得道，流此教于人间。讫无祠者，子弟开呵时一醪之，唱啰哩连而已。"③汤显祖说，戏班子弟为敬戏神，"开呵"时，用酒"醪之"，唱的也是"啰哩连"。《白兔记》开首这些带有宗教意味的仪式性表演，很有点像唐代俗讲"先作梵了，次念菩萨两声，说押座了……便说庄严了"等开场仪式，这种仪式性的开场表演引领着表演者和观众一起进入现场特定的氛围之中。

同样的生态环境使不同形态的通俗叙事伎艺如说唱话本、南戏、杂剧等采取了大体相同的"适应对策"。下面以各种伎艺都有的开场中的锣鼓、伎艺性的诗词说唱以及"开呵"，来说明它们开场的仪式性特征及作用。

（一）锣鼓

瓦舍勾栏中各类通俗叙事伎艺开场时的仪式性特征之一就是使用锣鼓。《南村辍耕录》卷二十四"勾阑压"条载，瓦舍游客"每闻勾栏鼓鸣，则入"④。如果说，俗讲仪式中的"作梵"、"念菩萨两声"是为了营造宗教的神圣氛围以净化听众的心灵，使听众渐入说经正题，那么，通俗叙事伎艺开场仪式中锣鼓的作用则有两点：一是为了营造热闹祥和的气氛以聚拢人气，吸引听众的注意力；二是以锣鼓作为表演程序转换的标志。

锣鼓的作用之一是聚拢人气，吸引听众。元代睢玄明【般涉调·耍孩

---

① ［美］白之：《一个戏剧题材的演化——〈白兔记〉诸异本比较》，《文艺研究》1987年第4期。
② 参见饶宗颐：《南戏戏神咒"啰哩连"之谜》，饶宗颐：《梵学集》，上海古籍出版社1993年版。有关"啰哩连"的研究还可参见康保成：《傩戏艺术源流》第三章"'啰哩连'与中国戏曲的传播"，广东高等教育出版社2011年版，第76—118页。
③ 徐朔方笺校：《汤显祖全集》（二），北京古籍出版社1999年版，第1188页。
④ （元）陶宗仪：《南村辍耕录》，文灏点校，文化艺术出版社1998年版，第330页。

儿】《咏鼓》用鼓的口气说："争构阑把我来妆标垛，有我时满棚和气登时起"①。《蓝采和》第四折："我去先收拾擂鼓者，看有什么人来。"②《水浒传》第一百一十回记李逵和燕青到瓦舍听"说平话"就是循着锣鼓声而来的："两个手厮挽着，正投桑家瓦来。来到瓦子前，听的勾栏内锣响，李逵定要入去，燕青只得和他挨在人丛里，听的上面说平话，正说《三国志》，说到关云长刮骨疗毒。"③李逵和燕青听到"勾栏内锣响"，就知道这座勾栏正在作场，锣鼓声成了听众辨识勾栏表演的指南。

锣鼓声也用于开场程序节次转换的标志。《咏鼓》中鼓自己说："若有闲些儿个了，除是扑煞点砌，按住开呵。"④鼓声一闲下来，就要有"扑煞点砌"的动作和"按住开呵"的说白。《水浒传》第五十一回写白秀英说唱话本，勾栏里"锣声响处，那白秀英早上戏台，参拜四方，拈起锣棒，如撒豆般点动，拍下一声界方，念了四句七言诗，便说道：'今日秀英招牌上明写着这场话本，是一段风流蕴藉的格范，唤做《豫章城双渐赶苏卿》。'"白秀英的锣声主要是为了让观众赶快安静下来，提示观众留意听清今日讲说的题目。元代杜仁杰《庄家不识构阑》记一个庄稼汉进了勾栏："【五煞】……见几个妇女向台儿上坐，又不是迎神赛社，不住的擂鼓筛锣。【四煞】一个女孩儿转了几遭，不多时引出一伙。"⑤由"不住的擂鼓筛锣"，引出"一个女孩儿转了几遭"，这标志杂剧表演的开始。南戏《张协状元》开场【满庭芳】曲："占断东瓯盛事，诸宫调唱出来因。厮锣响，贤门雅静，仔细说教听。（唱）……"⑥，"厮锣响"，是提醒观众静听下面演唱内容。

总之，适时地运用锣鼓，成为勾栏里的说唱话本以及杂剧、南戏表演为应对喧闹的环境、流动性的受众群体而采用的共同的适应对策，它带有仪式性特征，成为通俗叙事伎艺表演体制的组成部分。

（二）伎艺性的诗词说唱

将念诵与演唱诗词称之为是伎艺性的，是说这种诗词的念诵、演唱与

---

① 隋树森编：《全元散曲》上，中华书局1964年版，第547页。
② 王季思主编：《全元戏曲》第七卷，第127页。
③ （明）施耐庵：《水浒全传》，上海古籍出版社1999年版，第912页。
④ 隋树森编：《全元散曲》上，中华书局1964年版，第547页。
⑤ 隋树森编：《全元散曲》上，中华书局1964年版，第31页。
⑥ 钱南扬校注：《永乐大典戏文三种校注》，中华书局1979年版，第2页。

正式故事的内容关联性不大，只是一种程序性的或者说是仪式性的表演，其目的只是为了展示演唱者的念诵技巧和演唱水平并以此引导观众渐入正题。

入话诗词可以信手拈来、随意安插，不一定和正话有意义上的必然联系。这在序列诗词形式的入话诗词上表现的尤为明显。所谓序列诗词，是指有的入话诗词不是一首而是由多首诗词组合而成，如：《碾玉观音》入话诗词有十一首、《西山一窟鬼》入话诗词有十五首、《西湖三塔记》入话诗词有十一首、《史弘肇传》入话诗词有十三首，等等。这种入话诗词就属于一种伎艺性表演。《醉翁谈录》要求说话人"曰得词，念得诗，说得话，使得砌"，要能"吐谈万卷曲和诗"①，入话的曲唱与诗词念诵能表现艺人的伎艺水平，它们更多地带有伎艺表演的特性。俞平伯解释"入话"诗词和"得胜头回"就说："此等诗词，当时亦合弦索鼓板，若不歌唱而诗词夥多，听众有不瞌睡者乎？况说话起首，有所谓'得胜头回'，以《得胜令》开篇，则以后仍时时弹唱，事属寻常。"② 这是从演出角度解释了入话诗词以及"得胜头回"都是用于"歌唱"的一种伎艺性表演。郑振铎也说："我们就说书先生的实际情形一观看，便知他不能不预备好那么一套或短或长的'入话'，以为'开场之用'。一来是，借此以迁延正文开讲的时间，免得后至的听众，从中途听起，摸不着头脑；再者，'入话'多用诗词，也许实际上便是用来'弹唱'，以静肃场面，怡悦听众的。这正和今日弹词家所用之'开篇'，剧场上所用的'开场锣鼓'，其作用没有二致的。"③

元杂剧开场，也有伎艺性的诗词表演。杜仁杰《庄家不识构阑》套曲记元杂剧的开场表演：

> 【三煞】念了会诗共词，说了会赋与歌，无差错。唇天口地无高下，巧语花言记许多。临绝末，道了低头撮脚，爨罢将么拨。④

"爨"，也称爨弄，是一段独立的咏歌踏舞表演，这里指开场时的诗词

---

① （宋）罗烨：《新编醉翁谈录》，周晓薇校点，辽宁教育出版社 1998 年版，第 4 页。
② 俞平伯：《小说随笔》，《俞平伯集》，中国社会科学出版社 2008 年版，第 234 页。
③ 郑振铎：《明清二代的平话集》，《郑振铎全集》第四卷，花山文艺出版社 1998 年版，第 339 页。
④ 隋树森编：《全元散曲》上，中华书局 1964 年版，第 31 页。

赋歌的念诵演唱，相当于宋杂剧中的"艳段"。"临绝末，道了低头撮脚"，是说表演这段诗词的艺人演到末了，低头并足，向观众致谢，准备退场，"爨罢将么拨"所说的"么"，即么末，就是杂剧。"将么拨"，是说下面杂剧就要开演了。正戏开始前的这段诗词诵唱就属于纯伎艺性表演，因为给这位庄稼汉留下的印象只是演员的记性好："无差错"；会耍嘴皮子："唇天口地无高下，巧语花言记许多"；至于内容，没提，也不懂。

入话诗词与"开场锣鼓"的作用一样，不过是开场仪式性表演的一道程序，制造看点，吸引听众，肃静场面，与正式故事内容无关。

（三）开呵

孙楷第云："宋元以来伎艺人上场表白语谓之'开呵'，其收场时表白语谓之'收呵'，《水浒传》为元人书，故所记白秀英说诸宫调、宋江于揭阳镇观卖药人弄伎作场时，皆有开呵、收呵之文。变其文则曰'开念'，如周宪王《得驺虞》剧作'开念'是。省其文则曰'开'，如元刊杂剧凡上场白皆标'开'字是。"①

《水浒传》第五十一回记勾栏中白秀英说唱话本的开场，白玉乔"开呵道：'老汉是东京人氏，白玉乔的便是。如今年迈，只凭女儿秀英歌舞吹弹，普天下伏侍看官。'"白玉乔的"开呵"，是瓦舍勾栏演出开场时引导演员上场并夸说大意的一项程序。在这同时也向观众讨求赏钱，如《水浒传》第三十六回记宋江于揭阳镇观卖药人弄伎作场：

> 三个人行了半日，早是未牌时分，行到一个去处，只见人烟辏集，市井喧哗。正来到市镇上，只见那里一伙人围住着看。宋江分开人丛，挨入去看时，却原是一个使枪棒卖膏药的。宋江和两个公人立住了脚，看他使了一回枪棒。那教头放下了手中枪棒，又使了一回拳，宋江喝采道："好枪棒拳脚！"那人却拿起一个盘子来，口里开呵道："小人远方来的人，投贵地特来就事，虽无惊人的本事，全靠恩官作成，远处夸称，近方卖弄，如要筋重膏药，当下取赎；如不用膏药，可烦赐些银两铜钱赍发，休教空过了。"②

---

① 孙楷第：《戏曲小说书录解题》，人民文学出版社 1990 年版，第 428 页。
② （明）施耐庵：《水浒全传》，上海古籍出版社 1999 年版，第 320 页。

在这种"人烟辏集，市井喧哗"之处，只能采取这种与观众直接对话的"开呵"方式开场。

关于"开呵"，徐渭《南词叙录》亦云："宋人凡勾栏未出，一老者先出，夸说大意，以求赏，谓之开呵。今戏文首一出，谓之'开场'，亦遗意也。"① 从南戏《张协状元》开场可以看出副末"开呵"有多样提示。如先是夸说"九山书会"既能编剧又能演戏，接着副末在【满庭芳】词中又夸说他们这一回的演出特色：

> 暂息喧哗，略停笑语，试看别样门庭。教坊格范，绯绿可仝声。酬酢词源诨砌，听谈论四座皆惊。浑不比，乍生后学，谩自逞虚名。《状元张叶传》，前回曾演，汝辈搬成。这番书会，要夺魁名。②

戏马上要开演了，"暂息喧哗，略停笑语"，副末让观众赶快安静下来，并告知今日要演一出"别样门庭"的戏文。他夸说"教坊格范，绯绿可仝声"，"教坊"指供奉内廷的戏班，"绯绿社"据《武林旧事》卷三"社会"条，是指南宋杭州著名的业余剧团，这两句是夸耀自己的演出，有内廷戏班的规模，京朝票房的声誉。"这番书会，要夺魁名。"是夸说今日"九山书会"上演的这本戏文，要令"四座皆惊"，夺取头名了。这些都是戏班面对瓦舍勾栏演出的激烈竞争，为了争得观众而做的一番广告宣传。类似的"夸说大意"，再如董解元《西厢记诸宫调》开首"引辞"，作者先自述"教惺惺浪儿每（风流子弟们）都服咱"的"浪子文人"生涯，然后夸说自己编创的这篇故事说唱非同一般："话儿不提朴刀杆棒，长枪大马"，"曲儿甜，腔儿雅，裁剪就雪月风花，唱一本倚偷期话。"③

"开呵"在元刊杂剧中也有，元刊《诸宫调风月紫云亭》杂剧第三折【尧民歌】有"你这般浪子何须自开呵"，但在元刊杂剧的舞台提示中皆省作"开"。孙楷第认为"开"的意义来源于佛教讲经，在元刊杂剧中有多种表现：

---

① （明）徐渭：《南词叙录》，《中国古典戏曲论著集成》三，中国戏剧出版社1959年版，第246页。
② 钱南扬校注：《永乐大典戏文三种校注》，中华书局1979年版，第2页。
③ 凌景埏校注：《董解元西厢记》，人民文学出版社1962年版，第1页。

凡僧人开始讲某经谓之开演，谓之开讲。开始诵某经谓之开经（讲经亦曰开经），谓之开读。讲经前释题目，谓之开题。……说唱词话，引首数语，谓之开话（见百回本《水浒》五十一回"插翅虎打白秀英"篇）。此皆以始为义也。戏曲脚色登场念白，其事本在讲诵之间，故脚色初上场语亦谓之开。"元刊杂剧"出开字最多。今一一按之，其义例犹可见。有数脚色同在一场而皆谓之开者：如《看钱奴》剧第一折（元本不标折数，今循他本例称之），先记净扮贾弘义上开，做睡科。次记圣帝一行上，开了。问净云了。尊子（谓神，即圣帝）云了。净云了。次记正末披秉扮增福神上，开。云云。此处净，圣帝（不出脚色按当是外末）正末同在一场，而皆谓之开。以不同人也。有同一脚色在一剧中上场数次，而皆谓之开者：如《萧何追韩信》剧第一折，末背剑冒雪上开。第二折正末背剑查竹马儿上开。第三折正末上开。此剧正末扮韩信，在三折内言开者三次。《霍光鬼谏》剧，第一折正末扮霍光带剑上开。第二折正末骑马上开。第三折正末作暴病扶主（字疑误）开。第四折正末扮魂子上开。此剧正末扮霍光，在四折内言开者四次。前后上场同是一人，而皆谓之开。以出现不在一折中也。凡开或指念，或指白。①

孙楷第指出，说唱伎艺的开场、开始，佛教讲经有"开讲"、"开题"、"开经"，说唱词话有"开话"，而戏曲"脚色初上场语亦谓之开"，至于元刊杂剧中的"开"不只是用于剧作开始，杂剧各折都有"开"，各个脚色也都可以"开"。如《看钱奴》净、末等"数脚色同在一场"，可以轮流"开"；再如《萧何追韩信》一、二、三折、《霍光鬼谏》一至四折，"同一脚色在一剧中"可以反复"开"，等等。

康保成分析了元刊杂剧中的"开"，认为戏曲中的"开"具有宗教仪式性。如《看钱奴》第四折周荣祖夫妻二人"正末、卜儿上，开："、《老生儿》楔子正末刘禹"坐定，开："、《焚儿救母》第三折王员外的母亲"外旦上，开："，这一类"开"直接表现剧中人物对神、佛、仙的祈祷或崇敬，"可以设想，'开'时除了念白外，还可能伴有对神灵焚香叩拜的仪式性动作。"所

---

① 孙楷第：《元曲新考·开》，孙楷第：《沧州集》下，中华书局1965年版，第328—329页。

以，"'开'是戏曲演出时的一种具有宗教意义的仪式。"①

元刊杂剧中的"开"的仪式性，是对观众的一种提示，与观众的一种交流，它将观众导入特定情境，起到烘托氛围、调动情绪的作用。

由上可见，宋元说话、诸宫调、戏文、北曲杂剧等，都有着大体相同的开场锣鼓、诗词说唱及"开呵"等仪式性表演，这是它们面对同一种瓦舍生态环境所采取的共同的适应对策。

二、"说—听"互动的交流机制

面对瓦舍喧杂的环境和流动的观众，无论哪一种瓦舍叙事伎艺如转变、说话、诸宫调、北曲杂剧等，都采取了相同的叙事策略，即表演者不时地在故事的开首、中间、结尾，跳出故事之外，以局外人的身份，招呼观众，指点情节、评论人物、与听众交流互动。表演者与听众间的交流互动，在话本"说唱"中是由说话人直接与听众交流，在戏曲"演唱"中则是剧中人或剧中人以戏外人身份跳出剧情面向观众直接交流互动。但无论是话本的"说唱"还是戏曲的"演唱"，二者与听众交流的方式一脉相承，相似相通。略举例分述如下。

在话本中，说话人与听众直接交流的主要方式有：

一是运用设问，引导听众。

说话人在故事开场，常采用设问方式，提出故事的主要人物，主要线索，以引导听众进入故事。唐代变文《悉达太子修道因缘》在开首就提出故事主线的一系列问题：

> 其魔耶夫人自到王宫，并无太子，因甚于何处求得太子，后又不恋世俗，坚修苦行？其耶轮彩女修甚种果，复与太子同为眷嘱（属），更又罗睺之子，从何而托生，如何证得真悟，同登正觉？小师略与门徒弟子解说，总交（教）省知。②

宋话本《史弘肇传》的故事开头，也是连用几个设问向听众提起下面

---

① 康保成：《傩戏艺术源流》，广东高等教育出版社 2011 年版，第 125、129 页。
② 黄征、张涌泉校注：《敦煌变文校注》，中华书局 1997 年版，第 468—469 页。

故事主线：

> 这未发迹的好汉，却姓甚名谁？怎地发迹变泰？直教：纵横宇宙
> 三千里，威镇华夷四百州。……①

《西厢记诸宫调》卷一，同样是以设问的方式制造悬念，引出故事：

> 【尾】二哥不合尽说与，开口道不够十句，把张君瑞送得来腌受苦。
> 被几句杂说闲言，送一段风流烦恼。道甚的来？道甚的来？……②

　　针对《西厢记诸宫调》的这个开头，郑振铎说："这是店小二指教张君
瑞到蒲东普救寺去游玩的一节事；这样的一引，全部崔、张故事，皆引出来
了，故须如此的慎重其事的叙说着。"③紧接着，下面一进入故事，又连用设
问，以设置悬念，吸引听众注意。如张生初次见到莺莺：

> 【尾】瞥然一见如风的，有甚心情更待随喜，立挣了浑身森地。
> 当时张生却是见甚的来？见甚的来？……

张生见了莺莺，欲随莺莺入门，不料被一人从背后拖住，此时说话人，又以
设问提醒听众：

> 【尾】凛凛地身材七尺五，一只手把秀才捽住，吃搭搭地拖将柳荫
> 里去。
> 真所谓"贪趁眼前人，不防身后患。"捽住张生的是谁？是谁？④

在这紧要关头，从背后拖住张生的是谁呢？设问留下了悬念，引起了听众的

---

①　程毅中辑注：《宋元小说家话本集》，齐鲁书社 2000 年版，第 606 页。
②　凌景埏校注：《董解元西厢记》，人民文学出版社 1962 年版，第 5 页。
③　郑振铎：《宋金元诸宫调考》，《郑振铎全集》第五卷，花山文艺出版社 1998 年版，第
　　70 页。
④　凌景埏校注：《董解元西厢记》，人民文学出版社 1962 年版，第 7、9 页。

兴趣。

在实际表演中，这种以设问方式与听众的交流，随处可见。讲史话本《七国春秋平话后集》表现得尤为明显。据笔者统计，《七国春秋平话后集》中用以引导情节发展的设问句多达73句之多（卷上19句，卷中21句，卷下33句），有的地方对一个细节就频频发问，如苏代为寻找因避害而诈死躲藏起来的孙子，在莒城田忌处发现了孙子写于屏风上的言志诗，此时说话人发问道：

> 孙子在那里去了也？不知屏风书着何字？决见先生在此中。看孙子写着甚的？①

有的地方对一个计策的运用过程也频频设问，如叙述孙子与乐毅斗计，先是孙子授计给袁达，说话人问："看捉的乐毅么？用甚计？"乐毅中计后，随之将计就计，回兵捉袁达，说话人问："看袁达怎生出得去？"袁达不知，自以为可以捉住乐毅，说话人问："这回且看乐毅捉得袁达？袁达捉得乐毅？"袁达中计，被石丙追杀，说话人又问："袁达性命如何？"② 这里几乎是一步一提示，一步一设问，这显然是为在情节关键处，提请听众注意，让听众听得更明白。如果是书面阅读的文字，这种连续地设问，反而中断了文字叙述的流畅。所以，《七国春秋平话后集》中大量设问句的使用，显然是保留了说话艺人口头表演的原始状态。

二是面向听众评判议论。

有时为了引起听众注意，表演者也直接招呼听众，发表自己对故事中人物、情节的评论。

《刘知远诸宫调》表演者称听众为"客人"，如开场"知远走慕家庄沙陀村入舍第一"中，以【胜葫芦】一曲叙述李洪义种种无赖恶行之后，此时，表演者中断情节，直接招呼"客人"并发表评论：

> 客人听我说细微，……此人在沙佗小李村住，姓李，名洪义。为无赖，只呼做活太岁。客人宜避之。③

---

① 丁锡根点校：《宋元平话集》下，上海古籍出版社1990年版，第502页。
② 丁锡根点校：《宋元平话集》下，上海古籍出版社2000年版，第538页。
③ 蓝立蓂校注：《刘知远诸宫调校注》，巴蜀书社1989年版，第5页。

"客人宜避之。"是说话人对在场听众的提醒，也是表演者对李洪义的贬斥。

在话本中有说话人面向"看官"的大段议论。《错斩崔宁》说到糊涂官判糊涂案，错把崔宁与小娘子判了死刑，于是，说话人揣摩"看官"心理，设想听众会有的疑问，对案情不合理处做了一番剖析评判，为听众指点迷津：

> 看官听说，这段公事，果然是小娘子与那崔宁谋财害命的时节，他两人须连夜逃走他方，怎的又去邻舍人家借宿一宵，明早又走到爹娘家去，却被人捉住了？这段冤枉，仔细可以推详出来。谁想问官糊涂，只图了事，不想捶楚之下，何求不得。冥冥之中，积了阴骘，远在儿孙近在身。他两个冤魂，也须放你不过。所以做官的，切不可率意断狱，任情用刑，也要求个公平明允。道不得个死者不可复生，断者不可复续，可胜叹哉！①

有时，在情节关键处，说话人的议论，还起到制造紧张气氛，给听众留下悬念的作用。如《三现身》说到孙押司酒醉"入房里去睡"时，说话人道：

> 若还是说话的同年生，并肩长，拦腰抱住，把臂拖回。孙押司只吃着酒消遣一夜。千不合万不合上床去睡，却教孙押司只就当年当月当日当夜，死得不如《五代史》李存孝、《汉书》里彭越。②

要知道，这段议论是出现在故事刚开始不久，为什么"上床去睡"就会让孙押司死得这么惨？说话人如此这般的议论渲染，听众自然十分关注。《错斩崔宁》也是在故事开始不久，说到刘贵刘官人从老丈人家带着十五贯钱准备回家时，说话人有着一段相似的议论：

> 若是说话的同年生，并肩长，拦腰抱住，把臂拖回，也不见得受

---

① 程毅中辑注：《宋元小说家话本集》，齐鲁书社 2000 年版，第 261—262 页。
② 程毅中辑注：《宋元小说家话本集》，齐鲁书社 2000 年版，第 57 页。

这般灾悔，却教刘官人死得不如《五代史》李存孝、《汉书》中彭越。①

三是面向听众答疑解惑。

有时说话人也对听众可能出现的情节上的疑惑，作出解释。《宋四公大闹禁魂张》说到宋四公在自家门前小茶坊里从前来缉拿他的众公人眼皮底下溜走之后，说话人解释他如何能溜走：

> 原来众人吃茶时，宋四公在里面，听得是东京人声音，悄地打一望，又像个干办公事的模样，心上有些疑惑，故意叫骂埋怨。却把点茶老儿的儿子衣服，打换穿着，低着头，只做买粥，走将出来，因此众人不疑。②

说话人估计听众会对一些行会用语、职官制度、名物风俗，不太明白，就会设身处地，为听众答疑。《山亭儿》中十条龙苗忠对万秀娘透露了自己的姓名，焦吉对苗忠说："哥哥，你只好推了这牛子休！"说话人解释道："元来强人市语唤杀人做'推牛子'。"《简帖和尚》说到皇甫殿直"叫将四个人来，是本地方所由"，说话人解释"所由"一词："如今叫做'连手'，又叫'巡军'。"《燕山逢故人郑意娘传》说到奉使官等四五人来到酒馆喝酒，后来的说话人纠正此前说话人的错误道："说话的，错说了。使命入国，岂有出来闲走买酒吃之理？"③这些解释性话语令听众释然。

在戏曲中，元杂剧中有戏台之外的"外呈答云"、"内云"作为"拟想观众"与剧中人的直接对话交流，具体例证已在第一章第三节"瓦舍文化是现场互动文化"中分析过。其他方面剧中人或剧中人以戏外人身份与观众直接交流的主要方式有：

一是以"按喝"方式评判议论。

早期的元杂剧也有如同说唱伎艺那种站在故事之外的提示议论，如脉望馆抄校古今杂剧本无名氏《司马相如题桥记》第四折的"外"以"按喝"形式的议论：

---

① 程毅中辑注：《宋元小说家话本集》，齐鲁书社2000年版，第252页。
② 程毅中辑注：《宋元小说家话本集》，齐鲁书社2000年版，第152页。
③ 程毅中辑注：《宋元小说家话本集》，齐鲁书社2000年版，第90、320、644页。

（正末扮司马相如儒服上云）……唱：

【越调·斗鹌鹑】巍巍乎魏阙天高，

（外按喝上云）杂剧四折，正当关键之际，单看那司马相如，儒雅风流，献了《上林》、《长杨》、《大人》三篇赋，尽了事君之忠，题了升仙桥两句诗，遂了大丈夫之志；发了一道谕蜀榜文，安了四夷百姓之心。可见康济大才，有用之实学也。当时好事者以为靡丽之词，独驰骋郑卫之声，曲终而奏雅，无乃出于妒妇之口欤？太史公曰："《春秋》推见至隐，《易》本彻之以显，《大雅》、《小雅》言王公与庶人，其分虽殊，其合德一也。"相如虽多侈词滥语，其间因事纳忠，正与诗人讽谏无异，所以后人做出这本杂剧来，单表那百世高风，观者不可视为寻常。好杂剧，上杂剧！看这个才人，将那六经三史诸子百家，略出胸中余绪；九宫八调，编成律吕明腔。作之者无罪，观之者足以感兴。做杂剧犹如掷梭织锦，一段胜如一段；又如桃李芬芳，单看那收园结果。嘱咐你末尼用心扮唱，尽依曲意。

（末拜起科，唱）荡荡乎皇图丽藻。点滴滴玉漏传时，声喔喔金鸡报晓。……①

孙楷第发现了这段"按喝"材料并分析说："正末上场唱斗鹌鹑曲，仅得'巍巍乎魏阙天高'一句，即被外末拦住，俟外末演说讫，正末始接唱'荡荡乎皇图丽藻'，云云。此外末并非参加扮演之人。自'杂剧四折'以下至'用心扮唱，尽依曲意！'二百余字，皆外末导达宣扬之词，与剧本文无涉：此也是园本所指为按喝者也。何谓按喝？凡伎艺登场呈伎，皆有人为之赞导，其赞导词用之于发端者，则谓之开呵。……其赞导词用之于演唱中间者，则谓之按喝。……其扮唱中间之有按喝，则证以也是园本《题桥记》而知之，此可谓绝好戏曲史料也。"②剧中的"外"没担任戏中的任何脚色，此前剧中一直没有"外"在场上的提示，而其后才有"外扮从人上"，可见此处的"外"完全是因"按喝"的需要临时上场的。这段"按喝"的主要内容

---

① 王季思主编：《全元戏曲》第七卷，第390—391页。
② 孙楷第：《也是园古今杂剧考》，上杂出版社1953年版，第22—225页。

是"外"置身剧情之外的一段评论，其中竟有"好杂剧，上杂剧！""嘱咐你末尼用心扮唱"之类的赞叹、嘱咐之语，这完全是置身剧情之外的指点干预，到明代《杂剧十段锦》刊本中因其与情节无关，就将这段"按喝"语删除了。

在南戏《张协状元》中也有类似这种"按喝"形式的对剧中人物的评论，该戏三十二出中，当朝宰相赫王相公之女胜花小姐单思生病，胜花与家人一番对话后，全部下场，此时全场无其他人，"末"脚上场以戏外人的身份评论此事：

> （末）看底，莫道水性从来无定准，这头方了那头圆，那胜花娘子一意要嫁状元，那状元心下好不活落。赫王相公是当朝宰相，娘子有些不周，你道如何？怕你贪观天上月，失却盘中照殿珠。①

这段评论从末脚"看底"一词的使用，即可知是以戏外人身份说话。

类似的情形还有尚仲贤《汉高祖濯足气英布》第二折，刘邦只有一个上场濯足接见的动作，戏主要是由英布和随何的对话构成，在刘邦濯足气英布之后，英布下场，这时场上的随何对此事评论道：

> （随何云）适才汉王濯足见英布，非是故意轻他，使这谩骂的科段。只因为英布自恃英勇无敌，怕他有藐视汉家之心，故以此折挫其锐气。况他元是鄱阳大盗出身，无甚么高识远见，待他回归营寨，自有牢络之术，乃汉王颠倒豪杰之处。想此时英布已到营了，我再看他去波。（下）②

这段评论开首"适才汉王濯足见英布，非是故意轻他"云云，是解释汉王为何"濯足见英布"的原因，这明显是以戏外人身份面向观众说的。这些地方虽无"按喝"的提示，但性质作用相同。

有时剧中人会跳出剧情面向观众议论。如关汉卿《蝴蝶梦》第三折为

---

① 钱南扬校注：《永乐大典戏文三种校注》，中华书局 1979 年版，第 152—153 页。
② 王季思主编：《全元戏曲》第三卷，第 766 页。

正旦唱，元杂剧都是一人主唱，到了折末【端正好】一曲忽然由副角王三唱，另一副角张千责问道："你怎么唱起来?"王三回答："是曲尾"。这是剧中人跳出剧情之外以解答观众疑问的方式所作的调侃式问答。再如明息机子本和顾曲斋本《望江亭》第三折末尾有【马鞍儿】赠曲，这是演员随意增加用以调节场上气氛的段子。【马鞍儿】曲有李稍、张千、衙内的一递一唱，又有"众合唱"，显然是南曲形式，于是其后有了杨衙内的一句评论指点："这厮每扮南戏那"①。这也是剧中人跳出剧情的调侃式议论。

这种以局外人身份对情节人物进行提示评论，明显是从说唱伎艺蜕变而来。

二是以"自报家门"方式叙述交代。

在剧作开始，剧中人的"自报家门"，是直接面向观众交代的一种方式。如无名氏《包龙图智赚合同文字》楔子：

> （冲末扮刘天祥、搽旦杨氏、正末刘天瑞、二旦张氏、徕儿同上）（刘天祥诗云）白云朝朝走，青山日日闲。自家无运智，只道作家难。自家汴梁西关外人氏，姓刘名天祥，大嫂杨氏。兄弟是刘天瑞，二嫂张氏。我根前无甚儿女，止天瑞兄弟有个孩儿，年三岁也，唤做安住。我那先娶的婆婆可亡化了，这婆婆是我后娶的。他根前带过一个女孩儿来，唤做丑哥。②

刘天祥对一家几口人的逐一介绍，显然不是说给剧中在场的其他人听，而是说给观众的，如果换成第三人称叙述，与说话人的话本并无区别。如讲述同一故事的宋话本《合同文字记》开头有大致相同的一段说话人的介绍：

> 话说宋仁宗朝庆历年间，去这东京汴梁城，离城三十里有个村，唤做老儿村。村里有个农庄人家，弟兄二人，姓刘。哥哥名刘添祥，年四十岁，妻已故。兄弟名刘添瑞，年三十五岁；妻田氏，年三十岁，生得一个孩儿，叫名安住，年三岁。弟兄专靠耕田种地度日。③

---

① 王季思主编：《全元戏曲》第一卷，第47、148页。
② 王季思主编：《全元戏曲》第六卷，第218—219页。
③ 程毅中辑注：《宋元小说家话本集》，齐鲁书社2000年版，第343—344页。

元杂剧《合同文字》开首的"自报家门",是相当于让说话人叙述者穿上了戏装,装扮成剧中人物向观众介绍。

这种"自报家门"有时也出现于情节进行之中,如郑廷玉《楚昭公疏者下船》第四折中申包胥的"自报家门":

> 小官申包胥,到于秦国借兵,争奈秦王不允,将小官羁留驿亭。小官恐负前言,楚国有失,乃倚墙而哭,七日七夜,水浆不曾到口。如今秦王呼唤,须索见来。若再不肯时节,我拼的扭住秦王,将颈血蘸他衣服之上,必然肯发救兵,不负我复楚之誓。令人报复去,道有申包胥来了也。①

这一番对自己向秦国借兵行动的说明显然也是面向观众说的,为的是让观众清楚地了解剧情。

三是以"背云"方式提示指点。

元杂剧中的"背云",即戏曲表演中的"打背躬",也是剧中人与观众直接交流的一种方式。《中国大百科全书》"戏曲曲艺"卷解释"打背躬"云:"面向观众进行表述,假设同台其他人物未曾听见,近似于西方古典戏剧的旁白。"② 这种"面向观众表述"的"背云",类似于"说话"的"看官听说",多用来向观众交代人物行为动因或评论人物。

以"背云"预叙人物行为缘由,如关汉卿《赵盼儿风月救风尘》第三折,赵盼儿的"背唱"与周舍的"背云",互相交代自己即将采取的行动:

> 【幺篇】……(背唱)我假意儿瞒,虚科儿喷,着这厮有家难奔。妹子也,你试看咱风月救风尘。
>
> ……(正旦云)……你舍的宋引章,我一发嫁你。(周舍云)我到家里就休了他。(背云)且慢着,那个妇人是我平日间打怕的,若与了一纸休书,那妇人就一道烟去了。这婆娘他若是不嫁我呵,可不弄的尖担两头脱?休的造次,把这婆娘摇撼的实着。(向旦云)奶奶,你孩

---

① 王季思主编:《全元戏曲》第四卷,第109—110页。
② 《中国大百科全书》"戏曲曲艺卷",中国大百科全书出版社1983年版,第49页。

儿肚肠是驴马的见识。我今家去把媳妇休了呵，奶奶，你把肉吊窗儿放下来，可不嫁我，做的个尖担两头脱。奶奶，你说下个誓着。①

赵盼儿的"背唱"预先说明了下面欲嫁周舍的行为是"风月救风尘"的手段，而周舍的"背云"则道出了自己担心"尖担两头脱"，于是想到要赵盼儿"说下个誓"，这都是提前对将要发生的情节动作向观众所做的提示说明。

以"背云"追述人物行为初衷，如刘君锡《庞居士误放来生债》楔子中庞居士的"背云"：

（正末背云）我当初本做善事来，谁想倒做了冤业。我家中多有人欠少我银两钱物的文契，倘若都似这李孝先呵，可不业上加业？到家中我将这远年近日欠少我钱钞的文契，我都烧了。……②

《来生债》楔子叙襄阳财主庞居士看到友人李孝先因欠自己银两无力偿还而忧郁成病，于是前来探望李孝先，这段"背云"中"我当初本做善事来"，是向观众说明当初借银两给李孝先的本意，而"到家中我将这远年近日欠少我钱钞的文契，我都烧了"，则是表明下一步将要采取的行动，这是对情节的前因后果向观众做的解释交待。

以"背云"评论人物，如无名氏《包待制陈州粜米》第三折，有正末包待制的一段"背云"：

（旦儿云）老儿，你跟将我去来，只在那前面，他两个安排酒席等我哩。到的那里，酒肉尽你吃。扶我上驴儿去。（正末做扶旦儿上驴子科）（正末背云）普天下谁不知个包待制正授南衙开封府府尹之职，今日到这陈州，倒与这妇人笼驴也，可笑哩。③

包待制扮成"庄家老儿"私访，被路遇的王粉莲叫住帮她牵驴，堂堂的开封府府尹为一个妓女牵驴，自然十分可笑。这段"背云"，实际是作者

---

① 王季思主编：《全元戏曲》第一卷，第102页。
② 王季思主编：《全元戏曲》第五卷，第399页。
③ 王季思主编：《全元戏曲》第六卷，第110页。

借包待制自我评论的方式，面向观众对剧情的提示评点，以期引起观众的认同与共鸣。

四是以"词云"、"断云"方式总结点题。

元杂剧剧尾常用"诗云"、"词云"、"断云"，以全知视角总结全剧，面向观众作交代。如武汉臣《包待制智赚生金阁》剧末包拯的"词云"：

> （正末词云）则为这庞衙内倚势多狂狡，扰良民全不依公道。穷秀才献宝到京师，遇贼徒见利心生恶。反将他一命丧黄泉，恣奸淫强把佳人要。老嬷嬷生推落井中，比虎狼更觉还凶暴。论王法斩首不为辜，将家缘分给诸原告。李幼奴贤德可褒称，那福童待长加官爵。若不是包待制能将智量施，是谁人赚得出这个生金阁。①

这段"词云"，在剧情概述中竟有包拯的自我夸赞："若不是包待制能将智量施，是谁人赚得出这个生金阁。"这实际是剧作者以说话人（叙述者）口吻对剧中的包拯所作的评价赞誉。这从王实甫《吕蒙正风雪破窑记》剧末寇准的"断词"中看的更清楚：

> （寇准云）住、住、住，您今日父子完聚，听我下断：世间人休把儒相弃，守寒窗终有峥嵘日。不信道到老受贫穷，须有个龙虎风云会。斋后钟设计怨题诗，度发的即赴科场内，黄金殿夺得状元归，穷秀才全得文章力。作县尹夫妇享荣华，糟糠妻守志穷活计。则为这刘员外云锦百尺楼，结末了吕蒙正风雪破窑记。②

这段结尾"断词"，不仅总结剧情，而且还有宣告剧名。剧中人怎会知道剧情之外的全剧剧名？为此，孙楷第分析到"结末了某某剧者，言此剧已了。剧之了与否，与诸人无涉。今竟着此语，明是说话人口气也。"③ 本是剧中人不能知、不能言者，此处却能知能言，这只能说是剧中人跳出了自己的视界，化作了局外人对全剧作指点干预，表现出一种全知全觉的说话人口

---

① （明）臧懋循：《元曲选》第四册，中华书局1958年版，第1735—1736页。
② 王季思主编：《全元戏曲》第二卷，第369页。
③ 孙楷第：《傀儡戏考原》，上杂出版社1952年版，第90、91页。

气。据叶德均统计，《元曲选》一百种杂剧中，"有词话的计九十二种（未用的只八种），占百分之九十以上。九十二种内每种都不只一见，每折也不只一处，共计有一百八十八处。"见于全剧剧末第四折或第五折的这种"诗云"、"词云"、"断云"有八十七种，一百十九处，占全部百种杂剧中词话数的百分之六十以上。据此，叶德均说："元杂剧中引用词话何以这样多？叙述体的词话如何侵入代言体的戏曲中？……按宋南戏和元杂剧剧本是从说唱诸宫调及词话改编而来（演出又受影戏等影响），其中保存许多变而未化的叙述体遗迹。如南戏的'家门'，杂剧的最后当场脚色置身剧外的叙述（《承明殿霍光鬼谏》第四折），探子的报告（《汉高祖濯足气英布》第四折）以及说话人口吻的保留等。这类僵化了的化石说明戏曲是从叙述体的说唱发展而来的有力证据。"①，可见，借用叙述体的说唱面向观众直接叙述，这是元杂剧普遍采用的一种与观众交流互动的方式。

故事说唱现场互动的主要目的和作用，是调动听众情绪，形成身在其中的现场氛围：俗讲法师在"唱释经题"、"说庄严"、"说经本文"及"散场"时都要唤请听众现场一起向佛，"念佛一两声"、"念佛赞"、"发愿取散"；话本说唱者说到动情处总要召唤"客人"、"看官"做出明确的情感评判；元杂剧不时地以"按喝"、"背云"、"词云"等方式指点干预，以唤起观众情感与价值的认同；这些都说明，现场互动，引导观众忘我投入，是故事说唱成功的关键，是口头叙事伎艺与生俱来的必备手段。

三、"散场"程式

故事说唱结束都有一定的"散场"形式。俗讲有"发愿取散"，话本有"散场"交待，宋杂剧有"散段"表演，元杂剧有"散场"歌舞，总之，以一定形式散场，已成为故事说唱传统中观众的欣赏习惯。各种说唱伎艺的散场程式一脉相承，却各有特点。分述如下。

（一）变文的"发愿取散"

P.3849 敦煌写卷背页，记俗讲仪式结束形式是"便说念佛赞了；便施主各发愿了，便回向发愿取散"。俗讲的"散场"是说唱者与施主共同赞佛发

---

① 叶德均：《宋元明讲唱文学》，叶德均：《戏曲小说丛考》下，中华书局 1979 年版，第663—664 页。

愿以结束故事说唱。在变文中化作一段"解座文",叮嘱听众念佛向善,用作"散场"。

如《目连缘起》的"解座文"多达 61 句,其中有 20 句概述前面的故事内容,有 29 句奉劝听众学目连行孝并列举青史留名的孝子榜样,最后奉劝听众向佛,再来听经:

> 奉劝闻经诸听众,大须布施莫因循,
> 讬若专心相用语,免作青提一会人。
> 须觉悟,用心听,闲念弥陀三五声,
> 火宅忙忙何日了,世间财宝少经营。
> 无上菩提勤苦作,闻法三途岂不惊,
> 今日为君宣此事,明朝早来听真经。①

有的劝戒之余不忘调侃听众以放松气氛,如 S.2440 卷"解座文"劝听众不要因晚回家而让妻子怪罪:

> 今朝法师说其真,坐下听众莫因循,
> 念佛急手归舍去,迟归家中阿婆嗔。②

《破魔变》故事结尾的"解座文"主要是颂赞佛法:

> 定拟说,且休却,看看日落向西斜。
> 念佛座前领取偈,当来必定座(坐)莲花。

这篇变文在这段用以结束故事的"解座文"之后还有一段附加的颂词:

> 自从仆射镇一方,继续旌幢左(佐)大梁。
> 致(至)孝人(仁)慈超舜禹,文明宣略迈殷汤。

---

① 黄征、张涌泉校注:《敦煌变文校注》,中华书局 1997 年版,第 1016 页。
② 黄征、张涌泉校注:《敦煌变文校注》,中华书局 1997 年版,第 1196 页。

分茅烈（列）土忧三面，旰食临朝念一方。

经上分明亲说着，观音菩萨作仁王。

观音世现宰官身，府主唯为镇国君，

玉塞南边消沴气，黄河西面静烟尘。

封疆再政（整）还依旧，墙壁重修转更新。

君圣臣贤菩萨化，生灵尽作太平人。

圣德臣聪四海传，蛮夷向化静风烟，

邻封发使和三面，航海余深到九天。

大洽生灵垂雨露，广敷释教赞花偏（篇），

小僧愿讲经功德，更祝仆射万万年。①

　　这反映了当时变文说唱仪式的实际情形。变文说唱正文结尾处是以一段"解座文"，嘱咐听众要专心念佛崇佛，以结束一天说唱。正文之后附加的颂词，是为特定的讲唱对象而设。这段颂词的开头二句"自从仆射镇一方，继统旌幢左（佐）大梁。"其中的"仆射"，指统辖敦煌沙洲地区的归义军节度使曹议金，"大梁"指五代后梁（907—923）。曹议金卒于935年②，其执掌的政权始终奉中原王朝正朔，按中原帝王年号纪年。这篇《破魔变》开首押座文后，转变艺人向在场听众表示祝颂的祈愿辞中提到"谨奉庄严我当今皇帝贵位"，"皇帝"指后梁末帝朱友贞，又提到"伏惟我府主仆射"，这是指称曹议金，还提到"谨奉庄严国母圣天公主"，是指曹议金之妻甘州回鹘公主。可知，本篇《破魔变》结尾"自从仆射镇一方"一段，是为沙洲统治者曹氏家族讲唱时添加的一段"散场"颂词。在变文正文故事结束之后，另加一段"散场"表演，这种散场仪式为后来的戏曲等表演伎艺所承袭。

　　（二）话本的"散场"

　　说话人在场上表演结束，总以"话本说彻，权作散场"一语收尾，这属于话本结束后的表演程式，这个表演程式包含的意义是什么？也就是说，

---

① 黄征、张涌泉校注：《敦煌变文校注》，中华书局1997年版，第536页。

② 参见荣新江：《敦煌卷子札记四则》之《关于曹议金的去世年月问题》，《敦煌吐鲁番文献研究论集》第二辑，北京大学出版社1983年版，第650—660页。

"话本说彻"之际，说话人是以什么"权作散场"？考察现存宋元话本，我们发现，说话人总是用话本来源的交代，"权作散场"。这种来源，大致有三类：

一类是源自真实存在，以"古迹遗踪尚在"为证。如《红白蜘蛛》结尾：

> 直到如今，留下这跳橙弩儿。后来身□□次阴功护国，敕封官至皮场明灵昭惠大王。到□□迹遗踪尚在。

《山亭儿》结尾：

> 直到如今，襄阳府城外五里头孝义庙，便是这尹宗底，至今古迹尚存，香烟不断。

《西湖三塔记》结尾：

> 奚真人化缘，造成三个石塔，镇住三怪于湖内。至今古迹遗踪尚在。宣赞随了叔叔，与母亲在俗出家，百年而终。

《福禄寿三星度世》结尾：

> 那一座寺，唤作寿星寺，见在江州浔阳江岸上，古迹犹存。①

第二类是源自"京师老郎流传"，这成为说话人和听众相约认同的权威版本。《史弘肇传》结尾：

> 这话本是京师老郎流传。

《勘靴儿》结尾：

---

① 程毅中辑注：《宋元小说家话本集》，齐鲁书社 2000 年版，第 3、99、306、784 页。

原系京师老郎传流，至今编入野史。①

　　还有类似结尾的话本，虽未提"京师老郎传流"，但也是在"江湖"上代代传流，成为令人信服的本真不虚的江湖佳话，如《柳耆卿诗酒玩江楼记》结尾：

　　到今风月江湖上，万古渔樵作话文。

《错认尸》结尾：

　　至今风月江湖上，千古渔樵作话传。

《苏长公章台柳传》：

　　至今风月江湖上，千古渔樵作话传。②

　　第三类是源自文献记载。北宋刘斧有《翰府名谈》一书，今存残帙，《陈巡检梅岭失妻记》结尾：

　　正是：虽为翰府名谈，编作今时佳话。

《五戒禅师私红莲记》结尾：

　　虽为翰府名谈，编入《太平广记》。③

　　《太平广记》编于宋初太宗太平兴国三年（978），不可能载有近六十年后于仁宗景祐四年（1037）才出生的苏轼和五戒禅师的故事，这应当是出于说话人的伪托，不过也说明说话人将《翰府名谈》《太平广记》的记载当作

①　程毅中辑注：《宋元小说家话本集》，齐鲁书社 2000 年版，第 627、706 页。
②　程毅中辑注：《宋元小说家话本集》，齐鲁书社 2000 年版，第 340、525、583 页。
③　程毅中辑注：《宋元小说家话本集》，齐鲁书社 2000 年版，第 441、457 页。

了能让听众信服的依据。

"话本"作为"说话"表演场上专有的术语，"说话"之"话"是指"口传故事"，"话本"之"本"指的是"话本"的"本源"，"话本"就是说话人口传的有所"本"的"故事"。在话本的收尾，说话人说明"话"的"本"源，以此"权作散场"，这就是话本表演中的收尾程式。

（三）宋杂剧的"散段"

宋杂剧于正剧表演之外，大都是以一段"散段"表演，用以送走观众。灌园耐得翁《都城纪胜》"瓦舍众伎"条记宋杂剧的演出程序：

> 杂剧中，末泥为长，每四人或五人为一场，先做寻常熟事一段，名曰艳段；次做正杂剧，通名为两段。……杂扮或名杂旺，又名纽元子，又名技和，乃杂剧之散段。在京师时，村人罕得入城，遂撰此端，多是借装为山东、河北村人，以资笑。今之打和鼓、捻梢子、散耍皆是也。①

南宋杂剧演出分为艳段、正杂剧、杂扮三段，"杂扮""乃杂剧之散段"。所谓"散段"，就是在"正杂剧"演出过后，另加一段表演，以送走观众，所以"杂扮"即属于"散场"性质的表演。《都城纪胜》说"杂扮"表演"多是借装为山东、河北村人，以资笑。"这是借装扮乡巴佬儿的可笑举动以资笑乐。又说"杂扮"又名"纽元子"，据《梦粱录》卷十九"闲人"条说："旧有百业皆通者，如纽元子，学象生叫声、教虫蚁、动音乐、杂手艺、唱词白话、打令商谜、弄水使拳。"②可知，"纽元子"就是"百业皆通者"，能模仿各类伎艺表演的人，也就说，"杂扮"除装扮"村人"的表演之外，还有模仿各类伎艺的表演。

宋杂剧是滑稽戏，以滑稽表演为主，《梦粱录》卷二十"妓乐"条称杂剧："大抵全以故事，务在滑稽，唱念应对通遍。"③所以，宋杂剧最后"散段"的"杂扮"表演，多是装扮、模仿各类滑稽动作"以资笑"。

---

① （宋）灌园耐得翁：《都城纪胜》，《东京梦华录》（外四种），古典文学出版社1956年版，第96—97页。

② （宋）吴自牧：《梦粱录》，《东京梦华录》（外四种），古典文学出版社1956年版，第301页。

③ （宋）吴自牧：《梦粱录》，《东京梦华录》（外四种），古典文学出版社1956年版，第309页。

（四）元杂剧的"散场"

元杂剧以曲唱表演为主，所以，故事结束后的"散场"表演，多为歌舞表演。

元刊杂剧关汉卿《闺怨佳人拜月亭》、尚仲贤《汉高皇濯足气英布》、张国宾《薛仁贵衣锦还乡》、狄君厚《晋文公火烧介子推》、杨梓《霍光鬼谏》、范康《陈季卿悟道竹叶舟》、无名氏《诸葛亮博望烧屯》七个剧本结尾的舞台提示都注有"散场"二字。《气英布》《薛仁贵》《竹叶舟》三剧也见于《元曲选》，但剧末"散场"二字被删掉了。

所谓"散场"是元代杂剧演出特有的一种收场表演，也就是在杂剧终了时再增添一段歌舞表演，用以送走观众。这种"散场"表演也称"打散"，元代高安道《嗓淡行院》是一套描写元代杂剧演出实况的散曲，在描述正杂剧演完之后，就提到加演"打散"节目的情况："打散的队子排，待将回数收。"① "队子排"，指的是队舞表演。元人夏庭芝《青楼集》"魏道道"也提到"打散"表演："勾栏内独舞【鹧鸪】四篇打散，自国初以来，无能继者。"② 这是一种"独舞"表演。舞【鹧鸪】，本为女真族歌舞，金元之时十分流行，如关汉卿《诈妮子调风月》杂剧第四折【驻马听】曲记女真宴会："悠悠的品着【鹧鸪】，燕行般但举手都能舞。"③ 以独舞【鹧鸪】的形式进行"打散"表演，在元刊本《诸宫调风月紫云亭》中还可以找到其遗存，如该剧第四折套曲后有【鹧鸪】曲一首加四句"诗曰"：

　　（卜儿去。）（下。）（散场。）

　　【鹧鸪天】玉软香娇意更真，花攒柳衬足消魂。半生碌碌忘丹桂，千里骎骎觅彩云。鸾鉴破，凤钗分，世间多少断肠人。风流公案风流传，一度搬着一度新。

　　（诗曰：）象板银锣可意娘，玉鞭骄马画眉郎。两情迷到忘形处，落絮随风上下狂。④

---

① 隋树森编：《全元散曲》下，中华书局 1964 年版，第 1111 页。
② （元）夏庭芝：《青楼集》，《中国古典戏曲论著集成》二，中国戏剧出版社 1959 年版，第 24 页。
③ 王季思主编：《全元戏曲》第一卷，第 422 页。
④ 徐沁君校点：《新校元刊杂剧三十种》上，中华书局 1980 年版，第 355 页。

这段"散场"表演的内容为总结全剧大意，此即属于歌舞形式的"打散"表演。

元刊杂剧里还有不用歌舞而以唱曲"打散"的形式，《单刀会》《贬夜郎》《东窗事犯》就是在第四套曲结束后，以两支唱曲"打散"。如元刊杂剧《单刀会》第四折，正末扮关羽拉着鲁肃送他上船，唱完了【离亭宴带歇拍煞】，按理他已下场了，但剧本在【煞】之后又有两首曲子：

> 【沽美酒】鲁子敬没道理，请我来吃筵席，谁想你狗行狼心使见识，偷了我冲敌军的军骑，拿住也怎支持！
>
> 【太平令】交下麻绳牢拴了行下省会，与爱杀人勇烈关西，用刀斧手施行可怎到为疾。快将斗来大铜锤准备，将头梢定起，待腿脡掂只，打烂大腿，尚古自豁不了我心下恶气！①

对此，黄天骥分析到："我们拿《元刊杂剧三十种》与《孤本元明杂剧》本相校，发现后者的《单刀会》没有这两支曲子。而曲中说鲁肃偷走了马，说要把他抓来用大铜锤'打烂大腿'之类的话，俚俗粗鲁，也不似是关羽口吻，倒可能是扮演周仓的演员在主角离场后的'打散'。"② 可见元刊杂剧"打散"表演，是"散场"后的添加表演。

元杂剧的"打散"也有念诵的，如脉望馆抄校古名家杂剧本白朴《裴少俊墙头马上》剧末：

> 孤：今日夫妻团圆，杀羊造酒，做个喜庆的筵席。(杂剧卷终。)一人有庆安天下，风顺雨调贺太平。
>
> 游春郊彼此窥望，动关心两情狂荡。
> 李千金守节存贞，裴少俊墙头马上。
> 题目：千金守志等儿夫，
> 正名：裴少俊墙头马上③

---

① 徐沁君校点：《新校元刊杂剧三十种》上，中华书局1980年版，第82页。
② 黄天骥：《元剧的"杂"及其审美特征》，《文学遗产》1998年第3期。
③ 《古本戏曲丛刊四集·脉望馆钞校本古今杂剧》十，商务印书馆1958年版。

李家瑞针对这段结尾说："'杂剧卷终'以后还有一联一诗，这当然不在戏剧文本之内，很明显的如同章回小说最后的'正是……'一联，都是由说书变化下余的尾巴。而说书人在书已说完时拍一声响木，念四句散场词，则直至今日犹流行。"①

再如脉望馆抄校本无名氏《司马相如题桥记》剧末也有念诵的"打散"表演：

【尾声】今日个青霄有路终须到。不负我汉相如题诗过桥。国正远人来，才高近臣表。

（众云）杂剧卷终也。（外云）道甚？（众答云）

瀛州开宴列嘉宾，祝赞吾皇万万春。

武将提刀扶社稷，文官把笔佐丝纶。

题目：王令尹敬贤有礼，蜀富家择婿无骄。

正名：卓文君当垆卖酒，汉相如献赋题桥。②

孙楷第针对这段结尾说："右所引自'众云杂剧卷终了'以下，皆打散之词。何谓打散？凡正剧扮演毕，脚色出场，不欲即散，更为余情羡文以收拾之，元明人与此等通谓之打散。盖扮杂剧至末折尾声止，正剧虽完，而当场之艺犹未结束，观者犹未去也。至打散讫而承应之事始毕。打散者乃正剧之后散段，其事实为送正剧而作者。"在列举了元杂剧结尾"打散"的各类形式之后，孙楷第总结说："盖打散亦有诸般节目。打散之中有独舞鹧鸪；则独舞鹧鸪是一节目也。有念词有诵诗；则念词诵诗是一节目也。诵诗之后，继以唱题目正名；则唱题目正名又是一节目也。打散至唱题目正名，则是收呵，与剧之开呵遥遥相应，而扮剧之能事毕矣。"③

由于"打散"表演有多种形式，又是故事结束后另加的，与前面故事没有必然的联系，所以，作为"掌记本"的元刊杂剧，也就不一定都去完整记载，这也就是为什么现存元刊杂剧只有少数几篇作品后面有"打散"痕迹

① 李家瑞：《由说书变成戏剧的痕迹》，《历史语言研究所集刊》第七册，中华书局1987年版，第406页。

② 《古本戏曲丛刊四集·脉望馆钞校本古今杂剧》四五，商务印书馆1958年版。

③ 孙楷第：《也是园古今杂剧考》，上杂出版社1953年版，第226—227、232页。

的原因。

正如本书第一章所论，在唐代封闭的坊市制的都市空间中，寺院面向世俗大众的开放以及俗讲、转变、说话等通俗叙事伎艺的兴起，使世俗大众走出了坊市制的藩篱，有了能"聚众"听说故事的场地空间和时间，有了属于世俗大众自己的通俗叙事性的娱乐伎艺。这是口头叙事的历史性变革，这使传闻中的孟姜女、王昭君之类的"故事传说"，得以成为需占用一定的社会空间并面向世俗群体讲唱的"故事说唱"活动，这是世俗大众将个体融入群体进行自我叙事的娱乐活动。从这个意义上说，包括其后一脉传承的宋代说话、诸宫调及元杂剧等口头通俗叙事伎艺的表演就不仅仅是一种娱乐，实际上也是世俗大众在群体互动的娱乐中认知自我、抒写自我的社会活动，这正是口头通俗叙事伎艺"说—听"互动的口头叙事体制生成的内在的社会机理。

第四章

口头叙事的文本化与通俗叙事文体的生成

"文体"是"文字"书写的"体式",有了文字书写才会有文体。而文体的最初发生都是源于对口头叙事的记载。

人类的早期历史,由于缺乏文字的详细记载,大都是一些口头传说,后来的历史学家要记载这段历史,就不能完全绕开这些口头传说。由于口头传说本身并无一定形态可言,所以,不同的文字形式可以赋予它不同的形态。同一传说,如果以韵文记诵,就可以赋予它诗的形态,成为史诗;如果以散文记述,则可以赋予它史的形态,成为史传。如闻一多《歌与诗》所言,"诗"产生自"口耳相传",最初有"文字记载"的"诗"是"史官的手笔":

> 诗之产生本在有文字以前,当时专凭记忆以口耳相传。诗之有韵及整齐的句法,不都是为着便于记诵吗?所以诗有时又称诵。这样说来,最古的诗实相当于后世的歌诀。……无文字时专凭记忆,文字产生以后,则用文字记载以代记忆。……"诗"的本质是记事的。……诗即史,当然史官也就是"诗人"。……初期的雅,尤其是《大雅》中如《绵》,《皇矣》,《生民》,《公刘》等是史官的手笔,是无疑问的。

具体说,如《大雅》中的《生民》记周人始祖后稷的事迹,《公刘》记周人祖先公刘带领周民由邰迁豳之事,公刘是后稷的后代。《生民》《公刘》可以说是汉族先民的史诗。而在《史记》"周本纪"中,也记述了有关后稷、公刘的同样的传说事迹。同一传说,《大雅》使用富于音乐节奏的韵文体,赋予它诗的形态,因而成为具有韵律的史诗,《史记》用散文体,赋予它史的形态，因而成为散文化的史传。

闻一多说，散文是对"诗"的记事形式的改进：

> 社会日趋复杂，为配合新的环境，人们在许多使用文字的途径上，不得不舍弃以往那"繁于文采"的诗的形式而力求经济，于是散文应运而生。①

在人类无文字时，"专凭记忆以口耳相传"，待"文字产生以后，则用文字记载以代记忆"，于是有了诗。但是，"诗"一旦成为书写的自觉，就会受到后世文人不断地加工完善并发展出多种诗体形式。通俗叙事文体的产生有着同样的过程，先有口耳相传，后有文字的记录加工和完善发展。所不同的是，诗产生在有文字以前，诗的文本化有待于文字的产生，而口头通俗叙事伎艺产生于传统的文言文的书写已高度发达并稳定的时代，通俗叙事伎艺的文本化有待于口语白话书写的产生。

口语白话的书写并非是一般文人所能为，通俗叙事伎艺也不是一般文人都熟悉的，所以，通俗叙事伎艺的文本化是以口语白话写作能力的提高、白话作者群的出现等为前提条件。

第一节　口头叙事文本化的条件

今见宋元话本、诸宫调、元杂剧最早的刊本是金元刊本，这并非偶然。宋元时期，随着瓦舍叙事伎艺的繁盛，白话书写的普及、书会创作的活跃以及读者需求层次的扩展所带来的民间印刷业的发达，这些条件的发生使得通俗叙事伎艺走向文本化成为一种必然。

一、口语白话写作能力的提高

话本、杂剧等通俗叙事文本是用口语白话写成的，所以，它产生的前提条件之一是要用口语白话写作，事实上，用口语白话写作并非易事。

---

① 闻一多：《歌与诗》，《闻一多全集》一，生活·读书·新知三联书店 1982 年版，第185—189页。

同样是口语叙事，其记录整理出来的文本不一定都是用口语白话写出来的。唐代传奇小说最初很多都是来自口头讲述，但当这些口头讲述的故事转化为文本时，却都变作了文言文的小说。其原因何在呢？这里先从唐传奇的产生过程说起。

唐代是中国古代文言小说创作的自觉时代，出现了"始有意为小说"①的唐传奇，明人胡应麟对比六朝志怪和唐人小说的不同时说："凡变异之谈，盛于六朝，然多传录舛讹，未必尽幻设语。至唐人乃作意好奇，假小说以寄笔端。"② 所谓"幻设"即指小说的虚构，六朝时人们信鬼神，今人称之为志怪小说的，当时人却以为是"实录"。胡应麟是讲六朝志怪未必都是有意识的"幻设"虚构，到了唐人才有了明确的小说文体意识，"假小说"以"作意好奇"。鲁迅解释胡应麟的话说："其云'作意'，云'幻设'者，则即意识之创造矣。"③ "意识之创造"即指小说创作的自觉意识，这标志着中国古代小说创作自觉时代的开始。

文言小说创作自觉意识的产生，也是源自口头叙事，即文人相互之间的口头讲故事，这在许多唐传奇作品谈及写作缘起时，都说到了这一点。如沈既济《任氏传》篇末记写作缘由，说是建中二年（781）从长安贬官吴地，沿颖水坐船途中与四五个朋友"昼宴夜话，各征其异说"，大家都争相讲故事，"众君子闻任氏之事，共深叹骇，因请既济传之，以志异云。沈既济撰。"④ 正是因为沈既济讲的"任氏之事"最为吸引人，令众人深深"叹骇"称奇，于是，大家请沈既济将自己讲的故事记录下来，就成了《任氏传》这篇小说。李公佐的《古岳渎经》是李公佐和杨衡"淹留佛寺，江空月浮，征异话奇。杨告公佐云：……"是由杨衡讲故事，李公佐写成这篇小说。《庐江冯媪传》是李公佐与高铖等人聚会于旅舍，"宵话征异，各尽见闻。铖具道其事，公佐为之传。"也就是说，是由高铖讲故事，李公佐为之记录整理。陈玄佑《离魂记》则是莱芜县令张仲规给作者讲述的自己从年少时就经常

---

① 鲁迅：《中国小说史略》："小说亦如诗，至唐代而一变。虽尚不离于搜奇记逸，然叙述宛转，文辞华艳，与六朝之粗陈梗概者较，演进之迹甚明，而尤显者乃在是时则始有意为小说。"鲁迅：《中国小说史略》，人民文学出版社1973年版，第54页。
② （明）胡应麟：《少室山房笔丛》卷三十六"二酉缀遗中"，中华书局1958年版，第486页。
③ 鲁迅：《中国小说史略》，人民文学出版社1973年版，第54页。
④ 鲁迅校录：《唐宋传奇集》，文学古籍刊行社1956年版，第42页。

听到的一个故事"玄祐少常闻此说，而多异同，或谓其虚。大历末，遇莱芜令张仲规，因备述其本末。镒则仲规堂叔，而说极备悉，故记之。"① 张仲规的讲述"说极备悉"，所以作者将其"记之"，完成了这篇小说的写作。其他如白行简《李娃传》、元稹《莺莺传》、陈鸿《长恨歌传》、李公佐《古岳渎经》、李复言《尼妙寂》等，都有先口头讲述再据以写成小说的写作缘起的说明。

既然是口头讲故事，就免不了"征异话奇"，即信口开河，添枝加叶，而这正是"意识之创造"的原始表现。为了让听者"共深叹骇"，说者就尽可能把故事讲得委曲详尽，娓娓动听，如《离魂记》篇尾所说："备述其本末"，"说极备悉"。《李娃传》的篇末说李娃的故事是作者白行简伯祖传下来的："予伯祖……谙详其事。"白行简说他给李公佐讲完这个故事后，"公佐拊掌竦听，命予为传。乃握管濡翰，疏而存之。"② "拊掌竦听"，即击节赞叹、洗耳恭听之意，白行简说自己把故事讲得令李公佐听得如此入神，这其中不无得意之色，当白行简把故事再记下来时，自然也要力图保存这种令读者拍案称奇的效果，这就是唐传奇由口头虚构传导到文本虚构的过程。

由上可见，文人之间的"昼宴夜话"、"宵话征异"、"征异话奇"以及元稹曾于新昌宅听"说一枝花话"，透露出文人之间讲故事之风的盛行。这应是受到了唐代民间说唱故事的影响，唐玄宗时民间的俗讲、转变、说话等说唱伎艺已十分兴盛，退位后的玄宗闲暇时就曾听"讲经、论议、转变、说话"，唐敬宗还亲自跑到兴福寺观看文淑和尚俗讲。元稹不仅听"说一枝花话"，还曾"尽日听僧讲"（《答姨兄胡灵之见寄五十韵》），影响所及，元稹把《莺莺传》的故事不仅"于朋会之中"讲，而且还在靖安里家中详细讲给老朋友李公垂（诗人李绅）听，结果"语及于是，公垂卓然称异，遂为《莺莺歌》以传之。"③ 惊叹之余诗人李绅还写成了长篇叙事诗《莺莺歌》。

唐传奇在口头讲述时的"意识之创造"表现为"征异话奇"、"说极备悉"，当这种"意识之创造"转化为书面叙事时，则成为胡应麟所说的多

---

① 鲁迅校录：《唐宋传奇集》，文学古籍刊行社 1956 年版，第 79、92、29 页。

② 鲁迅校录：《唐宋传奇集》，文学古籍刊行社 1956 年版，第 108 页。

③ 鲁迅校录：《唐宋传奇集》，文学古籍刊行社 1956 年版，第 135—136 页。

"幻设"语的"作意好奇"的小说。由此，我们可以寻绎出唐传奇产生的路径：民间口头讲故事之风——文人口头讲故事——文人的记录加工。这正是唐人小说口头叙事文本化的过程①。

不过，用口语口头讲出来的这些唐传奇故事，作者将其记录加工成文本时，用的却不是口语白话而是文言文，这是为什么呢？这主要与唐传奇作者写作的习惯、能力及观念有关。

以陈鸿《长恨歌传》为例，通行本《长恨歌传》末尾说元和元年冬十二月，陈鸿与白居易、王质夫同游，"话及此事，相与感叹"，王质夫举酒向白居易提议道："夫希代之事，非遇出世之才润色之，则与时消没，不闻于世。乐天，深于诗，多于情者也。试为歌之。如何？""乐天因为《长恨歌》。……歌既成，使鸿传焉。"②据《文苑英华》卷七九四所附《丽情集》本陈鸿《长恨歌传》结尾说："质夫于道中语及于是"，"予所据，王质夫说之尔"③。可知，这个唐玄宗与杨贵妃的故事，本来是由王质夫讲给大家听，感叹之余，白居易据此作了《长恨歌》诗，陈鸿写下了这篇《长恨歌传》。

为什么王质夫口讲的故事，白居易或陈鸿没有直接用口语白话记录加工成一篇白话小说，而是将其加工成了传统的诗文？其实，白居易《长恨歌》的构思与写作已经受到了民间说唱文学的影响，诗人张祜就曾把《长恨

---

① 以上关于唐传奇口头叙事的文本化，可参见笔者《中国古代小说文体论》第四章第一节《"征异话奇"——唐人小说创作自觉意识的产生》，宋常立：《中国古代小说文体论》，天津社会科学出版社 2000 年版。

② 鲁迅校录：《唐宋传奇集》，文学古籍刊行社 1956 年版，第 114 页。

③ 传世的三种《长恨歌传》，《太平广记》卷四八六所载之本，较少被使用；《白氏文集》卷十二及《文苑英华》卷七九四所载之本，称通行本；《文苑英华》卷七九四《长恨歌传》后所附之本，云出《丽情集》及《京本大曲》，称《丽情集》本，此本多认为是陈鸿原文。陈寅恪说："颇疑《丽情》本为陈氏原文。"陈寅恪：《元白诗笺证稿》，文学古籍刊行社 1955 年版，第 41 页。詹瑛也说：《丽情集》本"应当是陈鸿的原本"。詹瑛：《〈长恨歌〉与〈长恨歌传〉》，《学林漫录》三集，中华书局 1981 年版，第 70 页。《丽情集》本陈鸿原文结尾是："予与琅邪王质夫家仙游谷，因暇日携手入山，质夫于道中语及于是。白乐天深于思者也，有出世之才，以为往事多情而感人也深，故为长恨词以歌之，使鸿传焉。世所隐者，鸿非史官，不知。所知者，有玄宗内传，今在。予所据，王质夫说之尔。"（宋）李昉等编：《文苑英华》第五册，中华书局 1966 年版，第 4202 页。通行本结尾只说白、陈、王三人"话及此事"，而据《丽情集》本结尾则说："予所据，王质夫说之尔。"明确说陈鸿是据王质夫所讲的故事写成的《长恨歌传》。

歌》中"上穷碧落下黄泉，两处茫茫皆不见"两句诗讯评为《目连变》①，而这两句诗描绘的情形又与目连上天入地救母的变文故事很相似，这自然会使人想到《长恨歌》的构思是受到《目连变》的影响。另据陈允吉考证，《长恨歌》的构思还受到情节类似的变文《欢喜国王缘》的影响，当时，这个变文故事几乎与目连救母的故事一样，家喻户晓。《欢喜国王缘》的主要情节是讲述欢喜王宠爱仪容窈窕、能歌善舞的有相夫人，整日沉浸在歌舞欢乐之中，夫人恃宠，硬要国王违反法度亲自为她弹琴，结果引来惩罚他自身过失的死难灾殃，死前郑重立誓，发愿命终升天后定要与国王再相见，最终两位恋人"人间天上喜向逢"，而《长恨歌》"天上人间会相见"一句诗就是直接套用了变文的这句唱词②。而且，白居易写成《长恨歌》，又请陈鸿作《长恨歌传》以配之，所谓"乐天因为《长恨歌》……歌既成，使鸿传焉。"这种歌传配合，韵散相间、反复叙述的形式，也正是民间说唱变文的主要表达方式。但是，这些因素都未促使白居易和陈鸿模仿民间变文作者用口语白话去写作，二人最终写出来的还是传统文言文的诗和文。之所以会这样，是因为诗文写作是他们的专长，以诗或文写作，最能体现他们的自身价值，他们不会像民间的变文话本的整理者那样，只是甘愿依照口头故事进行记录加工。王质夫就说，白居易"深于诗"，在这方面他是"出世之才"，所以，才有了请白居易"试为歌之"的提议。不能想象，有着"出世之才"的白居易，不去以诗呈才，只是为别人讲的故事作记录加工。陈鸿以传奇文体写作，其道理也是一样，文人间的这种以诗文呈才竞技的写作习惯与观念，决定了他们"说"故事时，可以模仿民间，可以"说极备悉"，信口开河，极尽铺叙渲染，令听者"卓然称异"，"共深叹骇"，但这也只能是说说而已，到写故事的时候，却不能像民间写手那样，如实地用口语将口

---

① 孟棨：《本事诗》"嘲戏第七"记白居易与张祜互相嘲戏对方诗句模拟了民间的俗文："诗人张祜，未尝识白公。白公刺苏州，祜始来谒。才见白，白曰：'久钦籍，尝记得君款头诗。'祜愕然曰：'舍人何所谓？'白曰：'鸳鸯钿带抛何处，孔雀罗衫付阿谁？非款头何邪？'张顿首微笑，仰而答曰：'祜亦记得舍人目连变。'曰：'何也？'祜曰：'上穷碧落下黄泉，两处茫茫皆不见。非目连变何邪？'遂与欢宴竟日。"（唐）孟棨等：《本事诗 本事词》，古典文学出版社1957年版，第23页。唐代的款头是官府写问题于纸上以审问犯人的一种问话形式，张祜的两句诗也是问话形式，所以白居易以"款头"相嘲戏。

② 参见陈允吉：《从〈欢喜国王缘〉变文看〈长恨歌〉故事的构成》一文，陈允吉：《古典文学佛教溯源十论》，复旦大学出版社2002年版，第96—128页。

头故事照录下来。因为文人写出来的东西，接受者还是圈内文人，这就要符合文人的传统接受习惯，要能传之于后世，正如王质夫对白居易《长恨歌》的期盼："夫希代之事，非遇出世之才润色之，则与时消没，不闻于世。"按照这些文人的观念，传之于世的作品只能是传统的诗文，而不可能是白话小说。

这说明，在唐代文人之间，可以模仿民间"说故事"，却不可以模仿民间"写故事"，用口语讲出来的故事，他们不想也不能直接用口语白话去写，只能用传统的诗或文这样的文言语体写作。口说白话，手写文言，唐代传统文人小说创作过程中这种"说"与"写"在语体上的背离与错位，直至千年以后晚清小说界革命中的梁启超才幡然有所觉悟并开始想努力改变它。梁启超在《〈十五小豪杰〉译后语》中说："本书原拟依《水浒》、《红楼》等书体裁，纯用俗话，但翻译之时，甚为困难。参用文言，劳半功倍。计前数回文体，每点钟仅能译千字，此次则译二千五百字。译者贪省时日，只得文俗并用。明知体例不符，俟全书杀青时，再改定耳。但因此亦可见语言、文字分离，为中国文学最不便之一端，而文界革命非易言也。"[①] 梁启超想用《水浒》《红楼》那样的口语白话翻译科幻小说《十五小豪杰》，却感到纯用白话，甚为困难，"参用文言，劳半功倍"，以致感慨欲改变"语言、文字分离"这种传统，"非易言也"。

直接用口语记录或写作，只有到了不受传统观念束缚的民间写手那里，才开始得以改观。敦煌写卷中的变文、话本的记录抄写，尽管还夹杂不少文言，但大量口语白话的使用，缩小了"说"与"写"之间语体上的差异。用口语白话写作，经历了一个错综漫长的过程。

运用白话进行书写，汉乐府已发其端。汉代乐府歌辞以及六朝乐府歌辞大都是民间创作，浑朴真挚，绝无文饰，有着浓厚的口语色彩。隋唐诗词也有很多带有白话色彩，胡适《白话文学史》第十一章《唐初的白话诗》指出，唐初已有白话诗，其来源有四：一是民歌，二是打油诗，三是歌妓，四是宗教与哲理[②]。盛唐的一些诗人继承乐府诗传统，很多诗歌也多具白话色

---

① 原载《新民丛报》第六号（1902），转引自陈平原、夏晓虹：《二十世纪中国小说理论资料》第一卷，北京大学出版社 1989 年版，第 47—48 页。

② 参见胡适：《白话文学史》，上海古籍出版社 1999 年版，第 132—133 页。

彩，如杜甫的《兵车行》、"三吏"、"三别"，受杜甫影响，中唐诗人元稹、白居易所作新乐府诗，更接近口语，元稹《白氏长庆集序》说这些新乐府诗因通俗而流传广泛："禁省、观寺、邮侯、墙壁之上无不书，王公、姜妇、牛童马走之口无不道"①。但是，以上这些白话诗大都经过了文人的润色加工，即如汉乐府，虽是民间创作，但也经过了朝廷乐府机关的搜集整理，唐代乐府诗重写实，尚通俗，但其目的却是"唯歌生民病，愿得天子知"（白居易：《寄唐生》）。这些白话诗的功利色彩，使其中的白话更多加工的痕迹。唐初民间诗人王梵志没有仕进的机会，不受功利束缚，他的白话诗，如其口出，明白如说话。口语的突出特征是与时俱进，不断变化，王梵志诗中多有一些新的民间俗语，直接反映了当时的口语面貌。如《吾富有钱时》说有钱时："吾富有钱时，妇儿看我好。"无钱时："邂逅暂时贫，看吾即貌哨。"诗中"貌哨"一词，是当时俗语，今已不知其义。敦煌写本通俗字书《字宝碎金》里有"人貌魋"，据王梵志诗意，"貌哨"应该是丑陋的意思。再如《有钱不造福》："马即别人骑。"诗中"别人"即当时新出的口语成分，隋以前尚未见到用例②。

白话诗虽然是很通俗了，但在实际生活中的口语不会像白话诗那样，句式整齐，合辙押韵，生活中的口语一般都是散体。诗体长于写意，散体则随物赋形，善于描绘铺陈，散体白话与实际口语更接近，更通俗易懂。洪迈《夷坚丙志》"契丹诵诗"一条，说明了诗体与散体之间的区别："契丹小儿初读书，先以俗语颠倒其文句而习之，至有一字用两三字者。……如'鸟宿池中树，僧敲月下门'两句，其读时则曰：'月明里和尚门子打，水底里树上老鸦坐'。大率如此。"③契丹小儿诵诗将诗体的"一字"改为散体的"两三字"，使之更符合他们的口语习惯。

最早使用散体白话进行书面叙事的是汉译佛经。佛陀释迦牟尼生前传教全靠口传身授，佛典最初传入中国，也靠口传方式，汉译佛经是由译经师一人口头翻译，另一人作笔录，称笔受。诸如"都尉口陈，严调笔受"④之

---

① （唐）元稹：《元稹集》，冀勤点校，中华书局1982年版，第555页。
② 参见徐时仪：《汉语白话发展史》，北京大学出版社2007年版，第24、35页。
③ （宋）洪迈：《夷坚志》第二册，何卓点校，中华书局1981年版，第514页。
④ （吴）康僧会：《法镜经序第十》，（梁）释僧祐：《出三藏记集》，中华书局1995年版，第255页。

类的记载，说的就是口讲笔录的译经方式。这些源自口头讲说的佛经文本被梁启超称之为"一种革命的白话新文体"①，大量口语白话的使用，使佛教文献"具有强烈的白话味儿，这种白话性质，延续了几个世纪，直到宋代都是这样。"②汉译佛经缩小了口语和书面语的距离，不过，其中还是有不少的文言成分，这种半文言半白话文体的形成，与它传教过程中要适合不同层次的世俗受众有关："若为君王长者，则须兼引俗典，绮综成辞。若为悠悠凡庶，则须指事造形，直谈闻见。若为山民野处，则须近局言辞，陈斥罪目。"③

唐代民间说唱的变文有了更多成分的口语白话的记录整理，不过这种口语白话的记录抄写活动还仅限于寺院之中，到了宋代，直录口语的书写，才成为普遍的社会现象。

依据口语的说者和写者身份的不同，我们可以将口语的记录书写，分为文人口语和民间口语两种，二者说出来的口语白话的语境不同，记录书写的特点和难易程度也有所不同。应分别加以说明。

（一）文人口语

主要指唐五代禅宗语录、宋儒语录、外交谈判记录等。禅宗禅师、宋儒理学家、外交人员等，这些人文化修养高，他们或因讲学、或由谈判，随事问答，随机辩难，无暇润饰文藻，多为随口而出的口语，与他们交流的对象，也大多是有一定文化修养的人，所以，他们用的是文人交际用的口语。记录者也是如此，听禅师、宋儒讲学的门人弟子的笔记，边听边记，虽会有所加工，但不可能完全改写为书面语，一般是直录原话，保存下来大量活的口语。

其中，禅宗语录显得更为俚俗一些。禅师们一般不承认经典权威，不祖述注释，反对雕琢语言，提倡用白话说法，往往喜好临场生智，即兴发挥，用自己的语言阐述思想，因而禅宗语录是一种白话文体。这些著述里，既有粗朴的野语俗谈，也有典雅的诗句韵语，既有痴顽的疯话，也有机敏的戏言，含有很多俚俗鄙野的成分，淳朴清新④。胡适在《禅宗的白话散文》

---

① 梁启超：《翻译文学与佛典》，张燕瑾、赵敏俐主编：《20 世纪中国文学研究论文选》"通论卷"，社会科学文献出版社 2010 年版，第 76 页。

② ［美］罗杰瑞：《汉语概说》，语文出版社 1995 年版，第 100 页。

③ （梁）慧皎：《高僧传》卷十三《唱导论》，汤用彤校注，中华书局 1992 年版，第 521 页。

④ 参见徐时仪：《汉语白话发展史》，北京大学出版社 2007 年版，第 36—40 页。

中，推举初盛唐时慧能的《六祖坛经》"是白话语录的始祖"，说文言文是"木雕美人"，称誉这种白话语录是"活美人"，并总结了白话语录的两大功用："一是使白话成为写定的文字，一是写定时把从前种种写不出来的字都渐渐的有了公认的假借字了。"① 五代南唐的《祖堂集》、宋代的《景德传灯录》等，都是禅师讲学论辩的记录。

宋儒语录阐扬儒家理学思想，大量使用了当时人们口中常用的一些通俗习语，但既然是讲儒家理学，就免不了参杂一些文言，所以，宋儒语录可以说是一种半口语化的语言。如《朱子语类》记载的实际是文人口语，既有书面语成分，又有口语成分。这种文人口语与民间口语有一定的差别："《朱子语类》中的口语成分与当时白话文学作品中所记录下来的口语又不尽相同，当时白话文学作品中所记录下来的许多口语成分在《朱子语类》中，或者很少见到，或者根本没有。如朱熹不用'来不来'这种重复形式发问，复数后缀'们'也很少见到，等等。反映了当时文人的口语概貌。"②

出使语录大量出现于宋金对峙时期，为让皇帝或朝廷了解宋金口头谈判现场到底都说了些什么话，宋使出使北方对交涉始末都有详细记录，《三朝北盟会编》大量转录了这类"奉使录"，如赵良嗣《燕云奉使录》等，其中叙事全用文言，对话部分则多用白话，碰到关键性的谈论，特别用白话记载。梅祖麟在《〈三朝北盟会编〉里的白话资料》一文中说："用语言学的观念来说，文言是普通的文体，白话是特殊的文体，用白话就等于说：'我现在把他说的话一字不差地记录下来，请您特别注意啊！'，其作用是造成信实的印象。"③ 作为外交语言的记录，这种口语白话，既"造成信实的印象"，也传达出说话人的身份、神态、情貌等，这大致有三种情况：（1）金人用白话，宋人用文言。赵良嗣等宋使自己说的话记载用文言，但若要证明自己争辩认真，也改用白话。金人说的话最重要，语录全用白话以求信实；另外也是出于大汉族主义，认为文化落后的蕃邦代表不可能懂文言。（2）宋人自己用白话时，也有文白不同的差别。如宋使马扩在《茅斋自叙》中，记述

---

① 胡适：《禅宗的白话散文》，《国语月刊》1922年第1卷第4期。
② 徐时仪：《汉语白话发展史》，北京大学出版社2007年版，第40页。
③ [美] 梅祖麟：《〈三朝北盟会编〉里的白话资料》，梅祖麟：《梅祖麟语言学论文集》，商务印书馆2000年版，第38页。本段论述参见此文。

出使归来与童贯的对话，童贯语言用白话，用以表现童贯对自己出使行为仓皇失色的情貌，马扩记自己的话，文言较多，用以显示自己的深谋远虑。(3) 对士兵用白话，对宰相用文言。《三朝北盟会编》节录国史院编修官员兴宗《采石战胜录》，记载虞允文在 1161 年采石大捷前几天激励将士的话特别用白话，以凸显其重要性，而虞允文未到采石之前，在朝廷里和高宗及宰相的对话，却是纯粹文言。可以说，《三朝北盟会编》里的白话记载，体现的是文人白话，这不仅与作者的身份有关，也与这类出使语录的读者对象有关，"写奉使录总希望读者相信记载是事实，小说的作者也是如此，不同的地方只是奉使录的读者主要是皇帝和朝廷大臣，而小说的读者则是一般市民。"①

出使语录的口语白话与民间口语相比，出使语录作为典型的文人白话，基本没有村野俚俗之谈，这也是文人口语与民间口语的主要区别。

(二) 民间口语

与文人口语不同，民间口语更多俗语，一般不熟悉这些民间俗语的文人，很难将其转化为书面白话。例如，据宋代吕居仁《轩渠录》载，一位陈姓妇女寓居严州，几个儿子都宦游未归，一天她的族侄陈大琼过严州，于是陈氏叫他代作书信寄给儿子，口授云："孩儿要劣妳子，又阆阆霍霍地。且买一柄小剪子来，要剪脚上骨苗儿、胝胈儿也。"大琼迟疑不能下笔，这位妇女讥笑说，"原来这厮儿也不识字。"又载，北宋开封有营妇，其夫出戍在外，其子名窟赖儿，他托一个教学秀才要他把下面的话写下来寄给丈夫："窟赖儿娘传语窟赖儿爷，窟赖儿自爷去后，直是忔憎儿，每日根特特地笑，勃腾腾地跳。天色汪囊，不要吃温吞蟥托底物事。"②秀才却无法把这段口语写出来，只好搁笔。这在当时应并非笑话而是实情，这两个例子说明，用惯了文言文写作的传统文人，让他使用口语白话写作并非易事。至晚清姚鹏图《论白话小说》依然感慨文人读写白话之难："凡文义稍高之人，授以纯全白话之书，转不如文言之易阅。鄙人近年为人捉刀，做开会演说、启蒙讲义，皆用白话体裁，下笔之难，百倍于文话。其初，每倩人执笔，而口授之，久

---

① 　[美] 梅祖麟：《〈三朝北盟会编〉里的白话资料》，梅祖麟：《梅祖麟语言学论文集》，商务印书馆 2000 年版，第 42 页。
② 　王利器辑录：《历代笑话集》，上海古籍出版社 1981 年版，第 89 页。

之乃能搦管自书。然总不如文话之简捷易明，往往累牍连篇，笔不及挥，不过抵文话数十字、数句之用。固自以为文人结习过深。"① 近人如此，在白话写作刚开始流行的宋代，一般文人缺少白话写作能力也就毫不奇怪了。

民间口语主要集中于用口语写的通俗叙事文学作品中，如敦煌变文、宋元话本、诸宫调、元杂剧等。这些作品中的口语特点，一是俗语俗谚多。如敦煌写卷《燕子赋》中黄雀自夸的一段话："自夸楼啰：'得伊造作，耕田人打兔，蹀履人吃臛，古语分明，果然不错。硬努拳头，偏脱胳膊。燕若入来，把棒撩脚。伊且单身独手，喽我阿莽蘖斫。更被唇口嗫嚅，与你到头尿却。'"② 一连串的口语俗话，如果不是那种融入世俗的民间写手是写不出来的。二是在说唱伎艺的记录抄写过程中民间所造的简字、俗字和同音习见字多。如元刊《三国志平话》中大量的简字、俗字和同音习见字的使用。

这些"同音习见之字通用之，省俗形近，传录讹讹"，正是文字水平不高的民间写手记录故事的口头语音的结果，在正统文人看来是俗字、别字、错字，但这些字却在市井间流行，对市井细民来说，使用这些文字记故事，"开卷则市井能谙，入耳则妇竖咸晓"③，其中有些字还成为今日通行的简化字。这些字音相同相近的习见字的使用反映了话本的口头性特征，记录民间口头叙事伎艺不仅需要熟练掌握这些简字、俗字、同音习见字，还要熟悉民间口头叙事伎艺特有的一套体制、程式、术语等，这样才有可能为通俗叙事伎艺作记录加工或文本编撰，因此，通俗叙事伎艺的文本化就需要有一个"演—撰"互动的运用白话写作的作家群体。

二、"演—撰"互动的通俗作者群的出现

唐代变文、宋元话本、元杂剧等最初的文本，并非是作家的书面创作，而是相关伎艺的文本化。在这些通俗叙事文本中，有表演者自撰的底本、资料汇编本，也有表演的记录本。这些底本、记录本在"演"与"撰"的反复

---

① 原载《广益丛报》第六十五号（1905），转引自陈平原、夏晓虹：《二十世纪中国小说理论资料》第一卷，北京大学出版社 1989 年版，第 135 页。
② 黄征、张涌泉校注：《敦煌变文校注》，中华书局 1997 年版，第 376 页。
③ 姜殿扬：《三国志平话跋》，丁锡根点校：《宋元平话集》下，上海古籍出版社 1990 年版，第 895 页。

互动中被抄写、修改、完善并流传，而这些伎艺表演的底本编写者、记录加工者，就成为最初的通俗叙事文本的作者。这样一个与伎艺表演紧密相连的"演—撰"互动的通俗作者群，最初是随着唐代俗讲转变的兴起而出现，其后随着宋元说唱伎艺的兴盛而壮大。

唐代俗讲转变的口头编创并不完全来自口头传统，有的也要参考书面作品。李福清在论述《伍子胥变文》时说："历史故事的《伍子胥变文》与佛经变文相类似，是以书写著作为根据，是原以民间文学为基础创作的书写作品重新又转化为口头创作的现象。"① 俗讲转变的一些说唱者往往要预撰底本，但这些底本并非是依据原经文的照本宣科，变文的编写，其中既有原经文的依据，也有编写者的发挥。如敦煌写卷 P.3051《频婆娑罗王后宫彩女功德意供养塔生天因缘变》文末题记云：

> 佛法宽广，济度无涯，至心求道，无不获果。但保宣空门薄艺，梵宇荒才，经教不便于根源，论典罔知于底漠。辄陈短见，缀秘密之因由；不惧羞惭，缉甚深之缘喻。②

题记表明此变文的作者是佛门弟子保宣，其中说"缀秘密之因由"、"缉甚深之缘喻"，所谓"缀"、"缉"，表明此篇写卷是作者据原经《撰集百缘经·功德意供养塔生天缘》以及相关传说"缀"、"缉"整理而成的，而"辄陈短见"、"不惧羞惭"云云，说的正是在编写中有作者自己的发挥创见。

敦煌写卷的题记还表明，这些底本的编写是用于口头表演的。如 P.2292号《维摩诘经讲经文》末尾题记云：

> 广政十年八月九日在西川静真禅寺写此第廿卷文书，恰遇抵黑书了，不知如何得到乡地去。年至四十八岁，于州中应明寺开讲，极是温热。③

---

① ［俄］李福清：《三国演义与民间文学传统》，尹锡康、田大畏译，上海古籍出版社 1997年版，第 4 页。
② 黄征、张涌泉校注：《敦煌变文校注》，中华书局 1997年版，第 1083 页。
③ 黄征、张涌泉校注：《敦煌变文校注》，中华书局 1997年版，第 869 页。

　　这段题记表明，这位"年至四十八岁"的书写者之所以要赶写"此第廿卷文书"直到天黑，以致"书了，不知如何得到乡地去"，原来，他"于州中应明寺开讲"，他要为正在进行中的"开讲"预撰底本。《维摩诘经》全部经文有十四品，这里说的"此第廿卷文书"内容只相当于原经文的第四品的前半部分①，可见后面的写作和讲演还需多日。"极是温热"一语，表明听众热情极高，他不得不加紧准备，他边写边讲，既是表演者又是撰写者。

　　一些无所依凭演述民间故事的变文话本，表演者主要是依靠口头创编，这些变文写卷实际只是资料汇编性的底本。如 P.3645《前汉刘家太子传》（后题作《刘家太子变》）在敦煌原卷上，与刘家太子故事衔接，连续记载了标明出自《史记》《同贤记》《汉书》的四个故事：张骞见西王母、宋玉荐友、燕昭王误读书信、王莽治罪汉哀帝宠臣董贤②。王重民在《敦煌变文集》的相关注释里说这四个故事与《刘家太子变》的故事无关："按西王母故事和后面三个故事，都与刘家太子故事没有关系。因原卷有之，亦照原文迻录。"③ 其实这四个故事都与《刘家太子变》有联系。刘家太子故事中最初助刘家太子脱逃的是南阳白水张老，所以故事结尾以"南阳白水张，见王不下床"总结故事主旨，强调南阳白水张氏对刘家太子复兴帝业的功绩。由此，故事说唱者为增强故事的趣味性就展开想象，"张骞见西王母"的故事是联想到了张骞封博望侯地处南阳，而且刘家太子和张骞故事都有关于昆仑山的类似情节，刘家太子故事中有刘家太子问耕夫投奔何处，耕夫回答太子说："昆仑山上有一太白星，若见此星，得其言教，必乃却得父业。"又说："如若凭脚足而行，虽劳一生，终不得见。"而张骞故事中的西王母对张骞也说：昆仑山"其山举高三千三百六十万里，纵虽卿一生如去，犹不能至。"④ 这显然是一种联想发挥；"宋玉荐友"是联想到宋玉墓地处南阳白水之滨，所以又联系到宋玉故事；其后，再借宋玉故事用"误读"法，联想到"郢书燕说"，于是又有了"燕昭王误读书信"的故事；而"王莽治罪董贤"的故事

---

① 参见周绍良：《文殊问疾讲经文》"说明"，周绍良主编：《敦煌文学作品选》，中华书局1987年版，第162页。
② 写卷胶片影印见黄永武博士主编：《敦煌宝藏》第129册，（台北）新文丰出版公司1986年版，第433—435页。
③ 王重民等编：《敦煌变文集》上集，人民文学出版社1957年版，第164页。
④ 黄征、张涌泉校注：《敦煌变文校注》，中华书局1997年版，第244页。

中，汉哀帝崩后，由安汉公王莽治罪哀帝宠臣董贤，又为王莽篡汉设下伏笔，交代前因后果，照应刘家太子被王莽追逃事，由此构成了一个完整的故事架构①。可见，这件写卷是话本说唱者口头编创刘家太子故事所用的一个故事资料汇编的底本，所以显得几个故事不连贯。

　　唐代变文话本口头创编的特性，使故事在传承中，表演者并非是一味地死记硬背，即便是同一个故事，不同的表演者也会有着各自不同的发挥，从而使内容以致文体发生变异，这就使同一故事又有了不同的文本。内容上的变异如敦煌写卷中的《维摩诘经讲经文》，此种写卷现存七种八卷，是两个以上不同系统的《维摩诘经讲经文》残存的部分内容，总字数已近十万，由此可想见其规模之宏伟。与原经文比，《维摩诘经讲经文》增加了许多想象虚构的故事成分，为此，陈寅恪将其称作"演义小说"："今取此篇与鸠摩罗什译《维摩诘所说经》原文互勘之，益可推见演义小说文体原始之形式，及其嬗变之流别，故为中国文学史绝佳资料。"②而此故事现存的写卷就有"两个以上不同系统"，说明这个故事在不同口头编创者那里有着多种变异。这从现存三篇目连故事的敦煌写卷中也可看出，《敦煌变文集》收有《目连缘起》《大目乾连冥间救母变文》和《目连变文》三篇写卷。这三篇故事均据《佛说盂兰盆经》加以演绎，情节与原经文大体相同，却有不少发挥，原经文仅八百余字，而变文故事短者如《目连缘起》几千字（《目连变文》残缺），长者如《大目乾连冥间救母变文》一万多字。其中目连之母青提欺诳造恶，死堕阿鼻地狱，受尽地狱折磨，目连入地救母，母身化狗，终得升天等情节，都是原经文所无而由变文敷衍发挥，而在分家财、母吝啬、父升天、冥间救母、地狱恐怖等处细节，三篇作品的描述又各有不同。不仅内容，在口头传承中，文体也在不断变异，如记太子成道故事的《太子成道经》《八相变》《悉达太子修道因缘》，三篇作品中的韵文依次递减，讲经文《太子成道经》有二百句韵文以唱为主，发展到话本《悉达太子修道因缘》韵文只剩五十二句而变为以说为主。这些不断变异的故事文本的编创与加工

---

① 有关《前汉刘家太子传》几个故事关联性的考证，参见［韩］金文京：《敦煌本〈前汉刘家太子传（变）〉考》，曾宪通主编：《饶宗颐学术研讨会论文集》，（香港）翰墨轩出版有限公司1997年版，第119—132页。

② 陈寅恪：《〈维摩诘经·文殊师利问疾品〉演义跋》，周绍良、白化文编：《敦煌变文论文录》下册，上海古籍出版社1982年版，第447页。

者事实上也成为变文话本的作者。

寺院讲唱的这些故事也会被听者记录整理而成为文本。这些记录者也可以说是这些说唱文本的作者，因为有了这些记录整理者，有些口头讲唱才得以有了文本。敦煌写卷的一些尾题明确标明是听讲的记录，如 S.2732 号《维摩经义记》末尾题记："保定二年（562）岁次壬午于尔锦公斋上榆树下大听僧雅讲《维摩经》一遍私记。"① 这段尾题明确说明这份听讲记录是听"僧雅讲《维摩经》"当时的"私记"。又有《维摩疏前小序抄·释肇序抄义》二者合为一卷的敦煌写卷，其中北新 1088《维摩疏前小序抄》末尾有题记云："余永泰二年（766）时居资圣传经之暇，命笔直书，自为补其阙遗，岂敢传诸好事。资圣寺契真法师作之，用传后进。"S.2496《释肇序抄义》卷末尾题："余以大历二年（767）正月于资圣传经之次，记其所闻，以补多忘……。崇福寺沙门体清记。"② 这说明此本写卷是沙门体清在资圣寺听契真法师"传讲"后，为"记其所闻，以补多忘"所作的追记。可知，寺院中的俗讲经文、变文、话本等通俗叙事文本有相当一部分应是这种听讲当时的记录或听讲后的追记。

那么，这些文本的编创整理及记录加工者都是些什么人呢？据敦煌写卷尾题可知，他们有寺僧，也有不少学郎、学仕郎等。如变文、话本尾题署名寺僧的有：

S.548《太子成道经》　　莲台寺僧洪福写记

P.2187《破魔变》　　居净土寺释文法律沙门愿荣写

P.3375《欢喜国王缘》　　三界寺僧戒净写耳

P.2491《燕子赋》　　（卷背）金光明寺僧昙荣文书

P.2718《茶酒论》　　知术院弟子阎海真自手书记

P.3051《颊婆娑罗王后宫彩女功德意供养塔生天因缘变》　　三界寺禅僧法保自手写记

　　……

---

① 季羡林主编：《敦煌学大辞典》，上海辞书出版社 1998 年版，第 675 页；写卷胶片影印见黄永武博士主编：《敦煌宝藏》第 22 册，新文丰出版公司 1986 年版，第 641 页。

② 季羡林主编：《敦煌学大辞典》，上海辞书出版社 1998 年版，第 676—677 页；写卷胶片影印见黄永武博士主编：《敦煌宝藏》第 20 册，（台北）新文丰出版公司 1986 年版，第 222 页。

还有很多学郎、学仕郎，如：

S.2614《大目乾连冥间救母变文并图一卷并序》　　净土寺学郎薛安俊写

P.3833《孔子项讬相问书》　　莲台寺学仕郎王和通写记

S.395《孔子项讬相问书》　　净土寺学郎张延保记

S.214《燕子赋》　　永安寺学士郎杜友遂书记之耳

P.3757《燕子赋》　　金光明学士郎就义征孔目汜员宗

S.5441《捉季布传文》　　汜孔目学仕郎阴奴儿自手写季布一卷

S.5437《汉将王陵变》　　孔目官阎物成写记

北京大学图书馆藏《汉将王陵变》　　孔目官学仕郎索清子书记

……

除寺僧之外，这些学郎、学仕郎组成了庞大的通俗叙事文本的写作队伍，他们书写范围广泛，在敦煌写卷中到处都留下他们的题记。这些题记除抄写佛典、儒典、诗赋之外，还大量写有各类通俗文，如上述各类通俗故事说唱，以及《开蒙要训》《千字文》《百家姓》等蒙书，《九九乘法歌诀》《俗务要名林》《应用文范》《社司转贴》《书仪》等应用文，可以说无所不涉。正是在这样一个不避凡俗甚至以写作凡俗读物为乐的写作氛围中，变文、话本等通俗叙事文本才得以在他们笔下产生。而这些学郎、学仕郎实际就是唐代敦煌寺院中寺学的学生。P.2498《李陵苏武往还书》末题"学郎李幸思书记"，这位"学郎"还于卷末题诗一首自述为学感想："幸思比是老生儿，投师习业弃无知，父母偏怜昔（惜）爱子，日讽万幸（行）不滞迟。"还有直接自署"学生"者，如敦煌写卷 P.3666《燕子赋》下题"咸通八年（867）□家学生□□"，S.476《太公家教》末题"学生吕康三读诵记"。敦煌写卷题记中提到的敦煌寺院学校有"净土寺学"、"永安寺学"、"金光明寺学"、"莲台寺学"、"灵图寺学"、"三界寺学"等。

唐代寺学①，是佛寺中进行的民间私学教育活动。清贫士子寄居佛寺读书切磋，这种寺学吸引了大批贫寒人家子弟前来学习，如《唐摭言》卷七《起自寒苦》条述王播、徐商、韦昭度三人入寺学贫寒苦读情形，说：

---

① 关于寺学，参见严耕望：《唐人习业山林寺院之风尚》，《严耕望史学论文集》，上海古籍出版社 2009 年版；曹仕邦：《中国古代佛教寺院的顺俗政策》，（台北）《中华佛学学报》1987 年第 1 期。

　　王播少孤贫，尝客扬州惠昭寺木兰院，随僧斋餐。

　　徐商相公尝于中条山万固寺泉入院读书。《家庙碑》云；"随僧洗钵。"

　　韦令工昭度少贫窭，常依左街僧录净光大师，随僧斋粥。①

　　寺院聚读，为解决膳宿，只能随僧洗钵、斋粥。当然寺院也不是完全免除膳宿费的，一些士子常替寺院作文书工作以偿付膳宿费，敦煌写卷S.0692号由"金光明寺学士郎安友盛写记"的《秦妇吟》，于卷后还题诗一首："今日书写了，合有五斗米。高代（低）不可得，环（还）是自身灾。"②书写《秦妇吟》等文学作品，可有五斗米为酬，表明这位学仕郎是应寺院之命而写。可见，现存敦煌写卷中讲经文、变文、话本等通俗叙事文本的记录加工者，很多就是寺僧以及受寺院要求的学郎、学仕郎书写，以供佛寺斋会、僧人讲唱或供寺院庋藏流传使用的。正是这种应命之作，使这些学郎、学士郎成为唐代寺院通俗说唱伎艺的直接对话者，他们甘心于比较忠实的把原生态的通俗说唱记录整理下来，相对于传统文学的个体性的自足书写形态，这是一种萌发于民间的"演—撰"互动式的群体性的书写活动，他们不必像正统文人如白居易那样即便有心关注民间变文也一定要为彰显大家风范而把它变形为文人之作，变文、话本等通俗叙事文本正是从这些甘心从事通俗说唱记录书写的僧人、学郎、学仕郎的笔下诞生了。

　　唐代寺学让我们直接联想到了宋代书会。虽然还没有直接证据证明宋代书会与唐代寺学之间的承续关系，但宋代书会的发展演变却与唐代寺学有着极为相似的情形，宋代书会人与唐代寺学生一样，也走着一条由应试科举、学习知识到为生活而去写作话本等通俗叙事文学的读书写作道路。

　　宋代书会最初也是作为私学形式的士子、蒙童的教学场所。《都城纪胜》"三教外地"条云：

　　　都城内外，自有文武两学，宗学、京学、县学之外，其余乡校、家塾、舍馆、书会，每一里巷须一二所，弦诵之声，往往相闻。遇大

━━━━━━━━━━━━━━━━━━━━

① （五代）王定保：《唐摭言》，上海古籍出版社 1978 年版，第 73—74 页。

② 李正宇：《敦煌学郎题记辑注》，《敦煌学辑刊》1987 年第 1 期；写卷胶片影印见黄永武博士主编：《敦煌宝藏》第 5 册，（台北）新文丰出版公司 1986 年版，第 598 页。

比之岁，间有登第补中舍选者。①

显然，这里的"书会"与官私各类学校并列，是读书应举的读书场所。

宋代随着瓦舍伎艺的兴盛，出现了"书会"这种演撰互动、撰演合一的民间创作组织。南宋周密《武林旧事》卷六"诸色伎艺人"记有"书会"六人：

> 书会：李霜涯（作赚绝伦） 李大官人（谭词） 叶庚 周竹窗 平江周二郎（猢狲） 贾廿二郎②

《武林旧事》记载的这些"书会"伎艺人，与下面的"演史"、"说经诨经"、"小说"、"影戏"、"唱赚"、"杂剧"、"诸宫调"等伎艺人并列，可见，他们主要以伎艺表演而得名。"书会"六人中可知进行口头伎艺表演的有三人，李霜涯是"作赚绝伦"，李大官人长于"谭词"，周竹窗，据吴自牧《梦粱录》卷二十"妓乐"条记"今杭城老成能唱赚者"九人，其中有周竹窗③，可知，周竹窗是善于"唱赚"。从李霜涯"作赚绝伦"看，他们自作词曲，演撰兼擅，但唱赚、谭词以口头创作为主，他们主要是以表演艺术家而著称。

戏曲创作不同于"说话"的"随意据事演说"（《醉翁谈录·小说引子》），而是大多需预撰曲词，尤其是"路岐"戏班要靠书会才人编撰好剧本。无名氏《蓝采和》杂剧第一折【油葫芦】曲正末蓝采和唱词提到书会为戏班编撰的多个剧本：

> 俺路歧每怎敢自专，这的是才人书会划新编。（钟云）既是才人编的，你说我听。（正末唱）我做一段于祐之金水题红怨，张忠泽玉女琵琶怨。（钟云）你做几段脱剥杂剧。（正末云）我试数几段脱剥杂剧。（唱）

---

① （宋）灌园耐得翁：《都城纪胜》，《东京梦华录》（外四种），古典文学出版社1956年版，第101页。

② （宋）周密：《武林旧事》，《东京梦华录》（外四种），古典文学出版社1956年版，第454页。

③ 参见（宋）吴自牧：《梦粱录》，《东京梦华录》（外四种），古典文学出版社1956年版，第310页。

做一段老令公刀对刀、小尉迟鞭对鞭。或是三王定政临虎殿,(钟云)不要,别做一段。(正末唱)都不如诗酒丽春园。①

可知,书会中人称为"才人",所谓"才人书会刬新编",戏班靠"书会"编创剧本,《宦门子弟错立身》即题"古杭才人新编"。

书会大都是撰演合一的。南宋"九山书会"编创的《张协状元》副末开场【满庭芳】说:"《状元张叶传》,前回曾演,汝辈搬成。这番书会,要夺魁名。"第二出【烛影摇红】又说:"真个梨园院体,论诙谐除师怎比?九山书会,近目翻新,别是风味。"②这是说,先有一班"汝辈"书会人搬演《状元张叶传》,此番九山书会重新编撰,翻新关目,"别是风味",要在书会竞演中夺魁。由此可知,书会既"搬演"也"编撰"。《蓝采和》杂剧第二折【梁州第七】:"但去处夺利争名,若逢,对棚,怎生来妆点的排场盛?依仗着粉鼻凹五七并,依着这书会恩官求些好本令。"③这是说,蓝采和的路岐戏班不仅向书会讨要好剧本,也向书会讨教妆点排场的搬演技巧。

书会作为民间伎艺创作组织,汇聚了当时的著名演员、名公才人。贾仲明《书〈录鬼簿〉后》提到"玉京书会燕赵才人",包括了关汉卿以下的众多杂剧作家,他说钟嗣成《录鬼簿》:"载其前辈玉京书会燕赵才人、四方名公士夫,编撰当代时行传奇、乐章、隐语、比词源诸公卿大夫士,自金之解元董先生,并元初汉卿关已斋叟已下,前后凡百五十一人,编集于簿。"④贾仲明补李时中吊词中还提到"元贞书会":"元贞书会李时中、马致远、花李郎、红字公,四高贤合捻《黄粱梦》。东篱翁,头折冤。第二折,商调相从。第三折,大石调。第四折,是正宫。都一般愁雾悲风。"⑤花李郎和红字李二是当时著名的杂剧演员,他们既能演出,也能创作。这些书会才人的创作水平,自是不一般。贾仲明赞"武林书会"的萧德祥手笔不凡:"武林

---

① 王季思主编:《全元戏曲》第七卷,第118页。
② 钱南扬校注:《永乐大典戏文三种校注》,中华书局1979年版,第2、13页。
③ 王季思主编:《全元戏曲》第七卷,第121页。
④ 蔡毅编著:《中国古典戏曲序跋汇编》一,齐鲁书社1989年版,第22页。
⑤ (元)钟嗣成:《录鬼簿》,《中国古典论著集成》二,中国戏剧出版社1959年版,第204页。

书会展雄才，医业传家号复斋。戏文南曲衡方脉，共传奇乐府谐。治安时何地无才。人间著，《鬼簿》载，共弄玉同上春台。"又赞岳伯川曲词俊美："《度铁拐李兵》新杂剧，更《梦断杨贵妃》。玉京燕赵名驰，言词俊，曲调美。"①

这里需要辨明的一点是，贾仲明所说的"玉京书会"、"元贞书会"，是否存在过？《中国大百科全书》"戏曲曲艺卷"解释"玉京书会"是："元杂剧作家在大都建立的一个创作组织。"②洛地对此提出质疑，认为包括《录鬼簿》在内的"有元一代及元末明初，所有的对元戏曲及其作家、艺人情况、实迹有所记载的文籍，如《青楼集》、《燕南芝庵唱论》、《中原音韵》、《辍耕录》、《太和正音谱》、《草木子》等以及各种散曲集、各种史籍、资料，全部，从未说到有'玉京书会'、'元贞书会'（两个创作组织），一点影踪都没有。"所以，"作为'元杂剧作家在大都建立的（两个）创作组织'的'玉京书会'、'元贞书会'，是不存在的，从来不曾有过的。"③

应该说，宋元的"书会"肯定是存在的，不然，《武林旧事》《张协状元》《宦门子弟错立身》《蓝采和》提到的"书会"如何解释？具体到"玉京书会"和"元贞书会"，笔者认为，它们不是某一个"书会"的专名，"玉京"指元代大都，"元贞"是年号，"玉京书会"是按照地区来称呼，是泛指玉京地区的书会，"元贞书会"是按照时期来称呼，是泛指元贞时期的书会，作为指称某一地区、某一时期的书会，这些称呼是没有问题的，而如果是作为"一个""书会"专名的"玉京书会"、"元贞书会"，确实"从来不曾有过"。同理，"武林书会"是武林，即杭州地区的书会，"九山书会"也是九山（属永嘉）地区的书会。明乎此，贾仲明所说，"玉京书会燕赵才人"包括关汉卿以下"凡百五十一人"，也就是说，元杂剧众多著名作家大都是玉京或燕赵地区的书会才人，也就不足为奇了。

书会才人的创作，大都是撰演互动，甚或是演撰合一的。如玉京书会的关汉卿主要编创剧本，但也"躬践排场，面傅粉墨"（《元曲选后集序》）④，

---

① （元）钟嗣成：《录鬼簿》，《中国古典论著集成》二，中国戏剧出版社1959年版，第252、196页。

② 《中国大百科全书》"戏曲曲艺卷"，中国大百科全书出版社2002年版，第552页。

③ 洛地：《"玉京书会""元贞书会"疑辨》，《戏剧艺术》1987年第2期。

④ 吴毓华编：《中国古代戏曲序跋集》，中国戏剧出版社1990年版，第149页。

是演撰兼擅的剧作家。元贞书会的花李郎和红字李二能编创剧本，但更是当时著名的杂剧演员，是演撰兼擅的演员。考古实物也证实了这一点，右玉县宝宁寺水陆画第五十七幅，一士人打扮的书会才人右手握斑竹毛笔，左手掠去笔尖浮毛，似正在创作，周围众演员围绕，才人左侧一老者伸出食指，正与才人说话，他应是代表戏班与才人正在共商创作①，"书会"可以说是撰演合一的创作组织。

书会也创作话本，如元代杂剧作家陆显之不仅有杂剧《宋上皇碎冬凌》，而且还有《好儿赵正话》。书会参与话本编创，见于记载的有：话本《简帖和尚》结尾提到书会先生为话本编【南乡子】曲："当日推出这和尚来，一个书会先生看见，就法场上做了一只曲儿，唤做《南乡子》：……"《水浒全传》第四十六回叙及石秀杀报恩寺阇黎裴如海云："后来书会们备知了这件事，拿起笔来，又做了这只《临江仙》词，教唱道：……"第一百十四回："看官听说，这回话都是散沙一般。先人书会留传，一个个都要说到，只是难做一时说；慢慢敷演关目，下来便见。看官只牢记关目头行，便知衷曲奥妙。"②正是依据前代艺人的口头编创和"书会流传"的水浒话本，后来的施耐庵才据以"集撰"成《水浒传》。

还有许多创编通俗叙事文本的民间的艺人和文化人，我们无法判定他们一定是书会之人，他们身份各异。

如民间艺术家"秋山"。宋话本《刎颈鸳鸯会》结尾提到："在座看官，要备细请看叙大略，漫听秋山一本《刎颈鸳鸯会》。"③学界普遍认为"秋山"也是书会先生④，但秋山是否是书会先生并没有明确记载，实际只是一种揣测。秋山作为一位著名的"说话"表演艺术家，自称"漫听秋山一本《刎颈鸳鸯会》"，可见，《刎颈鸳鸯会》是秋山创作的，当然现存本是经过了他人的加工整理。

《武林旧事》卷六"诸色伎艺人"，与"书会"并列其后的有"演史"伎艺人，他们是否是书会中人，无法得知，他们多数都以"万卷"、"贡士"、"解元"、"进士"、"官人"、"书生"称呼之，如有乔万卷、许贡士、王贡士、

---

① 参见廖奔：《宋元戏曲文物与民俗》，文化艺术出版社 1989 年版，第 232—234 页。
② （明）施耐庵：《水浒全传》，上海古籍出版社 1999 年版，第 412、944 页。
③ 程毅中辑注：《宋元小说家话本集》，齐鲁书社 2000 年版，第 475 页。
④ 参见龙建国：《宋代书会与词体的发展》，《文学遗产》2011 年第 4 期。

张解元、陈进士、刘进士、周八官人、陈三官人、武书生、穆书生，等等。一些讲史话本的底本应是出自他们之手。如《七国春秋平话后集》，书中较多地保留了"言者是谁"之类说话人的用语，场景结构、故事连接等都保留了"说话"的原始状态，其底本的作者就应是一位讲史艺人。《三国志平话》，故事不受史实约束，文辞简率质朴，带有浓厚的民间"说话"色彩，开首以"孙学究得天书"的故事作为全书的引子，其中塑造的村学究形象，应该就是作者的自画像，《三国志平话》应该是这位村学究式的人物对人们十分熟悉的"说三分"故事的记录加工。这些有文化的民间艺人和底层文人应是话本的最初编撰加工者。

《西厢记诸宫调》的作者是与艺人为伍的浪子文人董解元。我们不知他是否是书会中人，但他在《西厢记诸宫调》开篇道出了自己的生活：

【仙吕调·醉落魄缠令】（引辞）……这世为人，白甚不欢洽？秦楼谢馆鸳鸯幄，风流稍是有声价。教惺惺浪儿每都伏咱。不曾胡来，俏倬是生涯。

【整金冠】携一壶酒，戴一枝儿花。醉时歌，狂时舞，醒时罢。每日价疏散不曾着家。放二四不拘束，尽人团剥。

【风吹荷叶】打拍不知个高下，谁曾惯对人唱他说他？好弱高低且按捺。话儿不提朴刀杆棒，长枪大马。

【尾】曲儿甜，腔儿雅，裁剪就雪月风花，唱一本儿倚翠偷期话。①

从"秦楼谢馆鸳鸯幄，风流稍是有声价"，"携一壶酒，戴一枝儿花。醉时歌，狂时舞"，"唱一本儿倚翠偷期话"等言语中，可知，董解元能写能唱能演，是一位整日出入"秦楼谢馆"与艺人为伍的浪子文人。

南戏《宦门子弟错立身》第十二出中，追随一个家庭戏班的延寿马，肯定不是书会中人，他自称"真字能抄掌记，更压着御京书会"，作品展示了他胜人一筹的专业素养：

（末）不争你要来我家，我孩儿要招个做杂剧的。（生唱）

---

① 凌景埏校注：《董解元西厢记》，人民文学出版社 1962 年版，第 1 页。

【金蕉叶】子这撇末区老赚，我学那刘耍和行踪步迹。敢一个小哨儿喉咽韵美，我说散嗽咳呵如瓶贮水。

（末白）你会甚杂剧？（生唱）

【鬼三台】我做《朱砂担浮沤记》；《关大王单刀会》；做《管宁割席》破体儿；《相府院》扮张飞；《三夺槊》扮尉迟敬德；做《陈驴儿风雪包待制》；吃推勘《柳成错背妻》；要扮宰相做《伊尹扶汤》；学子弟做《螺蛳末泥》。

（末白）不嫁做杂剧的，只嫁个做院本的。（生唱）

【调笑令】我这囊体，不查梨，格样，全学贾校尉。趋抢嘴脸天生会，偏宜抹土搽灰。打一声哨子响半日，一会道牙牙小来来胡为。

（末白）你会做甚院本？（生唱）

【圣药王】更做《四不知》；《双斗医》；更做《风流浪子两相宜》；黄鲁直，《打得底》；《马明王村里会佳期》；更做《搬运太湖石》。

（末白）都不招别的，只招写掌记的。（生唱）

【麻郎儿】我能添插更疾，一管笔如飞。真字能抄掌记，更压着御京书会。

（末白）我要招个擂鼓吹笛的。（生唱）

【幺篇】我舞得，弹得唱得。折莫大擂鼓吹笛，折莫大装神弄鬼，折莫特调当扑旂。①

这里说王恩深的戏班要招人，延寿马前来应招。王恩深全面考察他，提出要招"做杂剧"、"做院本"、"写掌记"、"擂鼓吹笛"的，延寿马样样精通。说到演杂剧：动作科泛，"学那刘耍和"；嗓音清亮，"喉咽韵美"；道白滔滔不绝，"如瓶贮水"。说到"会甚杂剧"，延寿马一口气列出《朱砂担浮沤记》等九个杂剧。说到院本演出，各种装扮，"趋抢嘴脸"、"抹土搽灰"，样样都会。说到"会做甚院本"，延寿马一连举出《四不知》等六个院本。此外，还会"擂鼓吹笛"。至于"抄掌记"，所谓"一管笔如飞，真字能抄掌记"，这应该不是指对现成剧本的誊清抄写，因为前一句还有"我能添插更疾"，"添插"，指对剧本包括曲词、道白、剧情的添加修改，所以，这里的

---

① 钱南扬校注：《永乐大典戏文三种校注》，中华书局 1979 年版，第 243—245 页。

"抄掌记"，也指对一个戏班演出后的剧作的记录整理，或演出前的修改加工。伶人是在表演中创作，没有哪一个剧作是一次成型，永不改变的，一个剧作的每一次演出，就是一次新的创作，从这个意义上说，这种随着演出，"添插更疾，一管笔如飞"，写下的掌记，更适合舞台演出。何况延寿马又是胸中有着"翰苑文章"①的宦门子弟，原本就有很高的写作水平，延寿马之所以敢于叫板"御京书会"，就是因为他既是"抄掌记"的能手，又是表演的行家。

应该说，书会才人包括了上述各类文人。关于"才人"的人员成分，钱南扬指出：

> 书会中人称为"才人"。才人是对名公而言：名公是指达官、贵人，为统治阶级服务的文人；才人，则是风流跌宕而不得志于时的接近市民阶层的文人。一般说来，宋元两朝戏文都出自书会才人之手。当时如温州有九山书会、永嘉书会，杭州有古杭书会，苏州有敬先书会等。书会是业余团体，书会中的才人都另有职业。如做《王焕戏文》的黄可道是太学生，做《荆钗记》的柯丹邱是学究，做《拜月亭》的施惠和做《小孙屠》的萧天瑞都是医生，做《金（鼠）银猫李宝闲花记》的邓聚得是卜筮家，做《包待制捉旋风》的洪□□是教授，做《梅妃旦》的关四是说话人，做《香供乐院》的顾五是秀才。当时戏文作家，只有做《琵琶记》的高明，他是理学家黄潜的学生，中过进士，做过官——官虽不大，够得上称名公的，恐怕就是他一人罢了。②

综上所述，伴随着通俗叙事伎艺的兴起与发展，出现了演撰合一、演撰互动的作者群，他们有寺僧、学仕郎、伎艺人、太学生、村学究、医生、卜筮家、浪子文人、抄掌记的以及由这些人组成的书会才人等，由这些人构成的通俗叙事文本的作者群，最终促成了口头叙事伎艺的文本化。

---

① 《宦门子弟错立身》第五出，延寿马上场白："自家一生豪放，半世疏狂。翰苑文章，万斛珠玑停腕下，词林风月，一丛花锦聚胸中。"钱南扬校注：《永乐大典戏文三种校注》，中华书局 1979 年版，第 221 页。

② 钱南扬：《戏文概论》，上海古籍出版社 1981 年版，第 217 页。

三、读者需求层次的扩展与书坊刊刻的繁荣

通俗叙事伎艺文本化的最终形态是书坊的刻本。书坊的刊刻自然是应读者所需，宋金元时期，话本、曲本之类的白话通俗文学书籍的刊刻不断增多，正是读者需求层次不断扩展的结果。

书坊，古代又称书肆、书林、书铺、书堂、经籍铺等。宋代是我国坊刻的初步繁荣时期，与官刻、私刻形成了我国刻书史上的三大系统。书坊刻书，编、刻、印、卖合一，经营自主灵活，他们以盈利为目的，刊刻什么书首先考虑销路问题，所以，他们大都迎合普通民众的阅读需求，以刊刻实用类书籍如科举应试、农书、医书、类书、便览等日用参考书和话本、曲本等通俗文学类书籍为多。

宋代书坊对话本、曲本的刊刻与出售，主要集中于北宋东京和南宋临安的瓦舍之中，北宋都城汴京和南宋都城临安，既是当时通俗叙事伎艺的盛行之地，又是当时的出版印刷中心，可以想见，其主要读者对象，应是瓦舍之中这些白话通俗文学的表演者和爱好者。如《东京梦华录》卷二"东角楼街巷"条记："瓦子中多有……令曲之类"的书籍，《武林旧事》卷六"小经纪"条所记，专卖"掌记册儿"、"缠令"、"耍令"之类书籍，南宋临安瓦舍里印行的《大唐三藏取经诗话》刻本，其卷末有"中瓦子张家印"字样。

金代书坊刊刻的《刘知远诸宫调》不著刊刻年代和刻家，但学界一般认为它的版式是金版，刊刻之地是金代诸宫调流行且出版业发达的平阳地区。平阳府治即今山西省临汾，因地处平水之阳，故所刻本又称平水版。自金以来，平阳便已书坊萃集，刻书事业兴盛发达，成为北方地区雕版印刷的主要中心。平阳府的坊刻很多，平阳姬家是金代最为著名的书坊之一。1907年，俄国柯智洛夫探险队在我国甘肃的西夏遗址黑水城曾发掘出诸多的文物古籍，其中就有平阳姬氏刻的王昭君等《四美人图》和平阳徐氏所刻《义勇武安王位》两幅大型版画，同时还有《刘知远诸宫调》，它们应是同一时代同一地区的出版物。平阳又是诸宫调的发源兴盛之地，宋代王灼《碧鸡漫志》谓："熙、丰、元祐间……泽州孔三传者，首创诸宫调古传，士大夫皆能诵之。"[1]孔三传的故里"泽州"，即属平阳，唐、宋称平阳郡，元初改

---

① （宋）王灼：《碧鸡漫志》，《中国古典戏曲论著集成》一，中国戏剧出版社 1959 年版，第 115 页。

为平阳路。平阳曾是金代政治、经济、文化的中心，金朝孔天监的《藏书记》载："河东之列郡十二，而平阳为之帅，平阳之司县十一，而洪洞为之剧……虽家置书楼，人畜文库，尚虑夫草莱贫乏之士，有志而无书。或未免借观手录之勤。"① 从孔天监"家置书楼，人畜文库"的记述中，可以看出平阳地区的文化高度普及和出版印刷业的发达繁荣。再有，《刘知远诸宫调》的主人公刘知远曾在平阳一带征战，后为后汉高祖，他也可以算是平阳人心目中的乱世英雄，英雄崇拜也是世俗文学的热门主题。另外，《西厢记诸宫调》的故事发生地"蒲州"，也属平阳，可知，平阳地区是包括诸宫调在内的通俗叙事文学的兴盛之地。《刘知远诸宫调》的刊刻地平阳与上述宋代话本、曲本的刊刻地北宋东京和南宋临安一样，它们都是当时的出版印刷中心，又是通俗叙事伎艺的盛行之地，这些地区有大量的俗文学的读者需求是在情理之中的。

元代书坊刊刻的话本、曲本明显增多，如《元刊杂剧三十种》、元刊讲史平话八种、元刊小说话本《红白蜘蛛》（残页）等。

元刊话本、曲本的增多，固然与印刷业的繁荣有关，但直接的驱动力还是读者的需求。特别需要指出的是，元代通俗白话文学读者需求层次的扩展与当时白话书写、阅读的普及程度密切相关。随着元代口语白话写作与阅读的普及以及说话、杂剧等通俗叙事伎艺的持续兴盛，大批文人以话本、曲本的写作为能事，迎合了读者的需求，是这些俗文学读物在元代大量出现的直接动因。

在元代，与宋代官修的典章、史书等主要用文言写作与阅读不同，口语白话的书写与阅读，已成为元代统治者的一种文化政策和全社会的需求，官修的典章、史书、诏令等都大量使用口语白话，这就使得同样以口语白话书写刊刻的话本、曲本，从语言文化角度说，与官修的典章、史书、诏令等有了同等地位，白话的话本、曲本，不再限于下层俗众，而成为社会各层次读者的通行读物。可以说，读者对口语白话需求的多层次的扩展，是元刊话本、曲本大量出现的主要动因。

元代蒙古族入主中原，元蒙统治者为了维持其统治，不得不学习汉语，他们学的汉语自然不可能是典雅难懂的文言文，而只能是当时通行的口语白

---

① （清）张金吾：《金文最》卷二十八，中华书局1990年版，第385页。

话。在元代，口语白话成为全社会上至皇帝下至庶民彼此交流沟通的应用语体，文白转型，此消彼长，文人传统的由读写文言为能的读写观念，转而变为趋之若鹜地去追求读写白话文，写作阅读白话文成为元代社会的时尚风气。

元朝皇帝要学习汉文典籍，都是由汉人大臣用当时的口语来诠释讲解，写下来就成为"白话讲章"，其所使用的口语白话，如同白话小说、戏曲的语言。如吴澄的《经筵讲议》，是在御前讲席上为皇帝讲经论史的讲稿，吴澄是元代前期与许衡齐名的著名理学家，揭傒斯奉诏撰写的《神道碑》称："皇元受命，天降真儒，北有许衡，南有吴澄。"① 就是这样一位儒臣，给皇帝讲经论史全用当时口语白话。如《吴文正公集》卷四十四《经筵讲议》文白对照讲《通鉴》：

通　鉴

汉高祖至咸阳，悉召诸县父老豪杰，谓曰："父老苦秦苛法久矣，吾当王关中，与父老约法三章：杀人者死，伤人及盗抵罪。余悉除秦苛法，吏民安堵如故。凡吾所以来者，非有所侵暴，毋恐。"

讲　议

汉高祖姓刘名邦，为秦始皇、二世皇帝的时分，好生没体例的勾当做来，苦虐百姓来。汉高祖与一般诸侯，只为救百姓，起兵收服了秦家。汉高祖的心只为救百姓，非为贪富贵来。汉高祖初到关中，唤集老的每诸头目来，说："你受秦家苦虐多时也。我先前与一般的诸侯说，先到关中者王之，我先来了也。与父老约法三章：杀人者死、伤人及盗者随他所犯轻重要罪过者。其余秦家的刑法都除了者。"当时做官的做百姓的心里很快活有。大概天地的心，只要生物。古来圣人为歹人曾用刑罚来，不是心里欢喜做来。孟子道："不爱杀人的心厮似。"前贤曾说这道理来，只有汉高祖省得这道理来。汉家子孙四百年做皇帝。我世祖皇帝不爱杀人的心，与天地一般广大，比似汉高祖不曾收服的

① （元）吴澄：《吴文正公集》，王德毅、潘柏澄主编：《元人文集珍本丛刊》三，（台北）新文丰出版公司1985年版，第14页。

| 318 |

国土，今都混一了。皇帝依着世祖皇帝行呵，万万年太平也者。①

这段对《通鉴》的讲议，通俗易懂，明白如话，娓娓道来，如同讲史话本。

出于元代统治者的需要与提倡，汉语口语白话也成为元代的官方用语，有的元代典章文书也用口语白话书写。如《元典章》"刑部"卷三"烧烙前妻儿女"状词，揭露郝千驴的后妻端哥虐待前妻儿女：

> 责得犯人韩端哥状招：年二十七岁，无病孕，是本县附籍军民郝千驴后妻。招伏：
> 既是郝千驴后妻，自合在家做活过日。不合于延祐三年十二月十四日早辰，与房亲郝六嫂，一同前来本县南关，与开店老刘做斋，至当日日没时分还家。至十五日早辰，端哥因自己院内取柴去，见郝六嫂躯妇冯哇头前来，到于端哥西墙边，言道："你昨日城里来的晚了，你两个孩儿偷出小豆，客人处换梨儿吃。"道罢，端哥存心，随即还家，发怒，将女子丑哥元穿衣服脱去，于灶窝内用破盆片取出元烧下柴火，又于屋内取到大团头铁鞋锥一个，用火烧红，将女子丑哥扑倒，用左脚踏住脖项，用左手将丑哥舌头扯出，用鞋锥烙讫三下。次后，于两小腿上及腰胯连背脊直至臀片，前后通烙讫七十二下。有女子丑哥疼痛难忍，以此言说："我是换了五个梨儿吃来。"才行放起。……②

《元典章》全名《大元圣政国朝典章》，汇集了元代的法制、案牍、诏令等文件，其中《刑部》收载了一些案例诉状等，白话成分最多，这段诉状全用口语白话，叙述描写，俚俗生动，如同白话小说。

元代白话碑的碑文大都译自元代蒙古语的公牍，其中又有相当部分是元朝皇帝颁布给道观寺院的圣旨。这种白话，与元杂剧的宾白语言很接近。这里的《一二七七年交城玄中寺圣旨碑》，系据原碑抄录，原碑正面为八思巴文，碑阴为汉文白话：

---

① （元）吴澄：《吴文正公集》，王德毅、潘柏澄主编：《元人文集珍本丛刊》四，第49—50页。

② 《大元圣政国朝典章》，组生利、李崇兴点校，山西古籍出版社2004年版，第63页。

　　长生天气力里、大福荫护助里皇帝圣旨

　　管军的官人每根底，军人每根底，城子里达鲁花赤官人每根底，往来的使臣每根底宣谕的圣旨：

　　成吉思皇帝圣旨里："和尚每、也里可温每、先生每、答失蛮每，不拣甚么差发休教当者，拜天祝寿者"道有来么道。如今呵，依着在先圣旨里："不拣甚么差发休当，拜天祝寿者"么道。太原府里石壁寺有的安僧录根底，执把圣旨与了也。这寺院房子里，使臣休□（要?）安下者，铺马、祇应休要者，税粮休纳□（者?）。地土、园林、水碾，不拣甚么物件，他每的休夺要者么道。更这和尚每，圣旨与了也。没体例的勾当休做；做呵，他每不怕那甚么？

　　圣旨了也。

　　牛儿年正月二十五日大都有时分写来。①

　　读这种皇帝圣旨中的一些语言，如同读元曲，其中的名词"勾当"（事情）、语助词"呵"、表示人称复数的"每"（们）字，都是当时口语，也常见于元曲之中；一些口语句式如"和尚每"、"不拣甚么差发"、"如今呵"、"没体例的勾当休做"、"他每不怕那"等，在元杂剧的曲白中似曾相识。

　　元代统治者将这种汉语口语白话作为官方语言，其结果，使得同样以口语白话书写的剧本、话本等俗文学读物就可以大行其道，为各阶层读者所接受。如元刊讲史平话，除《三国志平话》和《七国春秋平话后集》有着浓重的说话人口吻，是据相关故事的口头表演整理加工而成，其他如《五代史平话》《武王伐纣平话》《秦并六国平话》《前汉书平话》等，都是部分地借鉴了民间传说而大量的参考了相关的史书如《资治通鉴》《史记》《汉书》等并据以改写，其中相当部分都是直接将史书文言文改写并译为白话，这种编创方式，也是受到元代整个社会大量地进行文白转换写作风气的影响。

　　尤其是大批传统文人在元代停科举以及元代统治者采取的民族歧视政策下，入仕无门，转而借民间兴盛的说话、杂剧等表演伎艺以谋生，以写作话本、剧本为业，这就使得话本、剧本等通俗叙事文本的写作与刊刻，成为一个产业链。小说、戏曲等白话文学，不再被视为仅仅是一般读者的读物，

---

① 刘坚编著：《近代汉语读本》，上海教育出版社 2005 年版，第 264 页。

在表演、创作、研究、欣赏等各个环节层次上有了更多的需求，读者层次的急剧扩展，促进了说话、杂剧等通俗叙事伎艺文本化的进程。由于戏曲的资料较多，下面以戏曲为主兼及话本等，看元代各层次读者对这些通俗读物的阅读需求。

（一）演员的阅读

唱曲的演员在表演前需要预先读曲温习。《宦门子弟错立身》第五出叙述延寿马（生）请来王金榜（旦）演唱戏文：

> 【赏花时】……闲话且休提，你把这时行的传奇，（旦白）看掌记。（生连唱）你从头与我再温习。
>
> （旦白）你直待要唱曲，相公知道，不是要处。（生）不妨，你带的掌记来，敷演一番。①

紧接此曲之下的四支曲文，王金榜共列举出宋金元初戏文二十九种，可知，这里的"掌记"说的是南曲戏文。王金榜请延寿马"看掌记"，延寿马是作为一般读者翻看"掌记"。而延寿马又对王金榜说："你从头与我再温习"，"你带的掌记来，敷演一番"，这是说，王金榜作为演员照着掌记"温习"、"敷演"。证之文物，山西运城西里庄1986年出土元墓杂剧壁画里还有艺人在演出过程中观看掌记的实物图像②，这种"掌记"是杂剧的曲本。《蓝采和》第二折说："依着这书会社恩官求些好本令。"演员需要书会社为他们写的剧本，读剧本是演员的必备功课。《水浒传》第二十、二十一回写阎婆惜"会唱诸般耍令"，"又会唱曲儿"，宋江曾说："我时常见这婆娘看些曲本。"可见演唱"诸般耍令"也有它的"曲本"。

（二）剧作家的阅读

元杂剧作家在改编剧作时，需要阅读一些剧本以作借鉴参考，从这个意义上说，剧作家也是读者。

元杂剧多有剧名相同而作者不同的改编本，这些改编者就需要阅读参考剧作原本，从这个意义上说，改编本的作者就是原本的读者。在钟嗣成

① 钱南扬校注：《永乐大典戏文三种校注》，中华书局1979年版，第231页。
② 参见山西省考古研究所：《山西运城西里庄元代壁画墓》，《文物》1988年第4期。

《录鬼簿》中以加注的方式对原本和改编本作了区分。孙楷第认为,《录鬼簿》剧名下的注是"后来或同时读《录鬼簿》的人"所加,"因为注不出一人之手,所以没有一定的例。"① 考之不同版本的《录鬼簿》,加注多少不一,正说明这些注确是"后来或同时读《录鬼簿》的人"陆续所加,而他们之所以能为《录鬼簿》加这些注,说明他们在作注之前就读过并比较过相关的原本和改编本。《录鬼簿》中这些在剧名下的注解,从不同角度对同题不同作者的两个剧本做了区分。

有用脚色加以区别而分为"旦本"、"末本"的。如白仁甫、尚仲贤二人有同名剧作《崔护谒浆》。白仁甫《崔护谒浆》,《说集》本注云"末本",则尚仲贤的《崔护谒浆》当是旦本。王实甫、关汉卿都有《吕蒙正风雪破窑记》。王实甫《吕蒙正风雪破窑记》,《说集》本注云"旦本",则关汉卿的《吕蒙正风雪破窑记》当为"末本"。赵子祥、高文秀各有一本《风月害夫人》。赵子祥《风月害夫人》,天一阁本注云"旦本",高文秀的应是末本。赵文宝、周仲彬都有《孙武子教女兵》。赵文宝的《孙武子教女兵》,《说集》本、天一阁本注云"旦本",则周仲彬的《孙武子教女兵》应为末本,等等。

有用曲名加以区分的。如庾吉甫、王实甫、高文秀三人都有《丽春园》杂剧。庾吉甫的《丽春园》,《说集》本注云"甘州者",可知剧中有"八声甘州"曲一套,别人的《丽春园》是没有此套的。

有用韵部区别的。王实甫的《贩茶船》,《说集》本注云"盐甜韵",纪君祥的《贩茶船》《说集》本注云"第四、庚清"。也就是说,王作《贩茶船》有一折用"盐甜韵",纪君祥《贩茶船》第四折用"庚清韵"。

更多的是用"次本"加以区别。孙楷第统计了不同版本《录鬼簿》注明"次本"的16种作品,如李文蔚《晋谢安东山高卧》注明有"赵公辅次本"《晋谢安东山高卧》,武汉臣《虎牢关三战吕布》注明有"郑德辉次本"《虎牢关三战吕布》,等等。②

什么是"次本"?学界看法不一。孙楷第认为:"次本是对于原本说的,

---

① 孙楷第:《释录鬼簿所谓次本》,孙楷第:《沧州集》下册,中华书局1965年版,第399页。
② 参见孙楷第:《释录鬼簿所谓次本》,孙楷第:《沧州集》下册,中华书局1965年版,第399—405页。

就是摹本。"① 康保成认为："'次本'其实可看作前一作品的改编本。"② 无论哪一种解释，"次本"都是针对原本、旧本而言的，也就是说，剧作家在写作"次本"时，都阅读参考了原本、旧本。

这从贾仲明为元杂剧作家补写的挽词中也可得到证明。

天一阁本《录鬼簿》在孔文卿《东窗事犯》下注云："二本"；又在金仁杰同题作品下注云："次本"。《说集》本《录鬼簿》在金仁杰《东窗事犯》下注云："旦本"，今存元刊本《大都新刊关目的本东窗事犯》题"孔文卿"作，正好是末本。贾仲明为孔文卿补写的挽词云："捻《东窗事犯》，是西湖旧本。"③ 金仁杰是杭州人，孔文卿是山西平阳人，显然，挽词是说，孔文卿的《东窗事犯》，是杭州人金仁杰同题作品的"旧本"。

尤贞起本、曹栋亭本《录鬼簿》均在李文蔚《谢安东山高卧》下注云："赵公辅次本"。贾仲明为赵公辅补写的挽词末三句为："寻新句、摘旧章，按谱依腔。"④ 所谓"摘旧章"说的是赵公辅的《谢安东山高卧》是摘取、改编别人的"旧章"而作。

天一阁本《录鬼簿》在李好古《张生煮海》下注云："二本"，贾仲明挽词云："煮海张生故，撰文李好古。"⑤ 又在尚仲贤同题作品下注："次本"。可以肯定，李好古的《张生煮海》是旧本、原本，尚仲贤的《张生煮海》是"次本"。"撰文"云云，更说明"次本"的改编，必须有"旧本"的文字在先，依据的是"旧本"的文字脚本，而不是依靠看旧本的演出。

总之，前后不同的"二本"，后者据前者改编，后者的创作者就是前者的读者，它们也需要阅读剧本。

（三）研究者的阅读

不仅创作改编需要阅读借鉴元杂剧的文本，元杂剧的著录研究也要依凭文本。如钟嗣成《录鬼簿》著录了金元杂剧作品 452 种，对这些作品的了

---

① 孙楷第：《释录鬼簿所谓次本》，孙楷第：《沧州集》下册，中华书局 1965 年版，第 402 页。

② 康保成：《中国古代戏剧形态与佛教》，东方出版中心 2004 年版，第 171 页。

③ （元）钟嗣成：《录鬼簿》，《中国古典戏曲论著集成》二，中国戏剧出版社 1959 年版，第 202 页。

④ （元）钟嗣成：《录鬼簿》，《中国古典戏曲论著集成》二，中国戏剧出版社 1959 年版，第 195 页。

⑤ （元）钟嗣成：《录鬼簿》，《中国古典戏曲论著集成》二，中国戏剧出版社 1959 年版，第 189 页。

解，依靠的不是看现场演出，而主要是元杂剧的文本。这从《录鬼簿》对作家作品的介绍、评价中可以看出。

钟嗣成著录的第一类元杂剧作家为"前辈已死名公才人，有所编传奇行于世者"，有关汉卿等56位作家，共360种杂剧。这些作家的活动时间应该早于作者的出生或者是在作者尚未成年之时，时隔几十年后，钟嗣成编著《录鬼簿》时，不可能对这360种杂剧再去一一看演出做记录取得，他要依靠已有的刊本或抄本。这在《录鬼簿》里说的也很明白，所谓"有所编传奇行于世者"，"传奇"即指杂剧，"编"是文字的"编撰"之意，"行于世者"是说，这些作家编写的剧本已流行于世。钟嗣成在著录完这一类作家之后的总结中就说："右前辈编撰传奇名公，仅止于此，……姑叙其姓名于右，其所编撰余友陆君仲良，得之于克斋先生吴公，然亦未尽其详。"①这不仅说明了他看到的是"编撰"的剧本，而且还说明了"所编撰"文本的来源是"得之于克斋先生吴公"。"编撰"是指对杂剧文本的编写，这在对杂剧作家鲍天祐的介绍评价中说的更清楚。鲍天祐作杂剧八种，钟嗣成在小传中评其杂剧："惟务搜奇索古而已。故其编撰，多使人感动咏叹。"又有《吊鲍天祐》的【凌波曲】说："平生词翰在宫商，两字推敲付锦囊，耷吟肩有似风魔状。苦劳心呕断肠，视荣华总是乾忙。谈音律，论教坊，唯先生占断排场。"②其中"平生词翰"、"两字推敲"云云，说的正是鲍天祐对杂剧文本的写作，钟嗣成是从克斋先生那里得到这些文本后，依据文本进行阅读研究的。

钟嗣成对作家作品的很多具体评论，看得出来，也是针对文本文字的评论。如在郑光祖小传中指出其杂剧的不足之处是："惜乎所作，贪于俳谐，未免多于斧凿"，这显然说的是文本写作问题，又在【凌波曲】中赞其杂剧文本的成就："锦绣文章满肺腑，笔端写出惊人句"，"占词场老将伏输。《翰林风月》，《梨园乐府》，端的是曾下功夫。"③《翰林风月》《梨园乐府》是郑

---

① （元）钟嗣成：《录鬼簿》，《中国古典戏曲论著集成》二，中国戏剧出版社1959年版，第117页。

② （元）钟嗣成：《录鬼簿》，《中国古典戏曲论著集成》二，中国戏剧出版社1959年版，第122页。

③ （元）钟嗣成：《录鬼簿》，《中国古典戏曲论著集成》二，中国戏剧出版社1959年版，第119页。

光祖的杂剧《伨梅香翰林乐府》和《谢阿蛮梨园乐府》的简称。所谓"锦绣文章","笔端写出",正说明钟嗣成是看了郑光祖的剧本"文章"之后而发出的评论。再如,钟嗣成评范康《曲江池杜甫游春》杂剧说:"编《杜子美游曲江》,一下笔即新奇",评陈以仁杂剧"俱有骈俪之句",评赵良弼杂剧"所编《梨花雨》,其辞甚丽",评周文质杂剧"文笔新奇"①,这些无不是对文字脚本的赞叹。

钟嗣成所看到的杂剧文本,是写本还是刊本,难有确证,应该是二者兼有。如乔吉甫作杂剧十一种,钟嗣成在其小传中说他"江湖间四十年,欲刊所作,竟无成事者"②。既然是"欲刊所作"未成,钟嗣成看到的应该是写本,而不是刊本。再从钟嗣成对"当今名公"的总评:"其或词藻虽工,而不欲出示;或妄意穿凿,而亟欲传梓"③看,可知当时这些作品,有的"不欲出示"刊印,有的则"亟欲传梓"刊行。这从钟嗣成对胡正臣之子胡存善的评价中也可得到旁证。钟嗣成将胡正臣列之于"已死才人不相知者",说其"董解元《西厢记》自'吾皇德化'至于终篇,悉能歌之。至于古之乐府、慢词、李霜涯赚令,无不周知。"看来胡正臣嗜好诸宫调、散曲、赚令等通俗文学,而"其子存善,能继其志。小山《乐府》、仁卿《金缕新声》、瑞卿《诗酒余音》,至于《群玉丛珠》,裒集诸公所作,编次有伦。及将古本□□,直取潭州易氏印行,元文□读无讹,尽于书坊刊行,亦士林之翘楚也。"④ 这是说,胡正臣之子胡存善继承父志从事散曲的搜集、编辑工作,以致"潭州易氏"等书坊也大力协助予以刊行。这说的虽是散曲的刊行,可以想见,当时类似于胡存善这样的人,与书坊配合,热心于杂剧刊行的也应不在少数,现存《元刊杂剧三十种》的刊行时间大约就在此时。各种刊本的印行,为钟嗣成这样的研究者的阅读提供了便利。

---

① （元）钟嗣成:《录鬼簿》,《中国古典戏曲论著集成》二,中国戏剧出版社 1959 年版,第 120、122、124、128 页。

② （元）钟嗣成:《录鬼簿》,《中国古典戏曲论著集成》二,中国戏剧出版社 1959 年版,第 126 页。

③ （元）钟嗣成:《录鬼簿》,《中国古典戏曲论著集成》二,中国戏剧出版社 1959 年版,第 136 页。

④ （元）钟嗣成:《录鬼簿》,《中国古典戏曲论著集成》二,中国戏剧出版社 1959 年版,第 129 页。

（四）一般读者的阅读

这是最为广泛的读者群，各层次读者都有。如：

元蒙统治者读者群。元蒙统治者喜欢杂剧，元代杨维桢《元宫词》云："开国遗音乐府传，白翎飞上十三弦；大金优谏关卿在，《伊尹扶汤》进剧编。"①这是描写皇家宫廷演出杂剧的情况。欣赏剧曲免不了要用剧本对照参考，元蒙统治者学习汉语尚且要将文言文翻译成类似小说、戏曲的白话语言，元杂剧文本应该也是蒙古统治者学习汉语的教材。

传统文人读者群。《朴通事谚解》中甲乙两人有这样的对话："买时买四书六经也好，既读孔圣之书，必达周公之理，怎么要那一等平话？《西游记》热闹，闷时节好看有。"②这位读《西游记》之类的小说以解闷者，原是读"四书六经"之人，这显然是一些传统的文人。再有如《五代史平话》等讲史话本半文半白的语言，其接受对象也只能是有一定文化基础的文人。

普通市民大众读者。从《三国志平话》《元刊杂剧三十种》的刊刻大量使用俗字、同音习见字等可以看出，它的接受对象应是普通市民大众，正如姜殿扬在《三国志平话跋》中所言，《三国志平话》"书中如诸葛之作朱葛，麋竺之作梅竹，新野之作辛冶"等，"每以同音习见之字通用之，省俗形近，传录讹讹，又复杂出其间"，是依据"师徒相传之脚本"，可以让读者"开卷则市井能谙，入耳则妇竖咸晓"③，也就是说，其面对的读者主要是"市井""妇竖"之人。

多层次的读者需求，从《元刊杂剧三十种》的刊刻情况也可以看出。

《元刊杂剧三十种》是现存最早的元杂剧单剧选本，原为黄丕烈藏书，题"元刻古今杂剧乙编"。王国维始改题今名，并指出，它们原是不同书坊印行的单行本：

> 题"大都新编"者三，"大都新刊"者一，"古杭新刊"者七，又小字二十六种、大字四种，似元人集各处刊本为一帙者。然其纸墨与板式大小，大略相同，知仍是元季一处汇刊。其署"大都新刊"或"古

---

① 李汉秋、袁有芬编：《关汉卿研究资料》，上海古籍出版社1988年版，第9页。
② 刘坚编著：《近代汉语读本》，上海教育出版社2005年版，第281页。
③ 姜殿扬：《三国志平话跋》，丁锡根点校：《宋元平话集》下，上海古籍出版社1990年版，第895页。

杭新刊"者，乃仍旧本标题耳。①

　　所谓"元人集各处刊本为一帙者"，是否是元人所集，姑且不论，原先曾是"各处刊本"的剧作单行本，却是事实。这种单行本既可以方便书坊印行，减少成本，又便于读者选购。钟嗣成《录鬼簿》著录杂剧452种，当时应有相当一部分已刊行，但现在留存下来的只有这三十种。

　　从刊刻地点看，《元刊杂剧三十种》都是刊行于多层次读者群的汇聚之地，如其中标明大都刊刻的有四种：《大都新编关张双赴西蜀梦》《大都新编楚昭王疏者下船》《大都新编关目公孙汗衫记》《大都新刊关目的本东窗事犯》；标明杭州刊刻的有八种：《古杭新刊的本关大王单刀会》《古杭新刊的本尉迟恭三夺槊》《古杭新刊的本诸宫调风月紫云亭》《古杭新刊关目张鼎智勘魔合罗》《古杭新刊关目的本李太白贬夜郎》《古杭新刊关目霍光鬼谏》《古杭新刊关目辅成王周公摄政》《古杭新刊小张屠焚儿救母》②。元代四大刻书中心是大都、平水、杭州、建阳，《元刊杂剧三十种》的主要刊刻地大都和杭州，既是刊刻中心，又是杂剧繁荣之地。大都是元代的政治、文化中心，《录鬼簿》所载"前辈"作家大都籍的就有关汉卿、马致远、王实甫等17人；夏庭芝《青楼集》记载当时的杂剧著名艺人经常在大都演出的，就有最负盛名的珠帘秀、顺时秀、天然秀等二十多人。另外，散居于北方各地的作家们到过大都，或在大都进行过创作活动的也不少，如东平作家高文秀等。杂剧南移，不仅吸引大批杂剧作家和戏班纷纷南下，汇聚杭州，而且还有了诸如钟嗣成这样的杂剧著录者和研究者。钟嗣成祖籍大梁（现河南开封），久居杭州，他的师友很多也是杭州人。大都和杭州既是刊刻中心，又汇聚着由杂剧作者、研究者及各类普通读者构成的多层次的读者群，元刊杂剧集中在这两地刊刻也就并非偶然了。

　　应不同读者层次的需求，《元刊杂剧三十种》中的各单行本在当时曾经过多次修订翻刻。从《元刊杂剧三十种》的题名看，有"足本"、"的本"、"全本"之分，其中剧目中标明"足本"的有《新编足本关目张千替杀妻》

① 王国维：《元刊杂剧三十种序录》，《王国维戏曲论文集》，中国戏剧出版社1984年版，第242页。
② 王国维说是七种，是因为《古杭新刊关目张鼎智勘魔合罗》的"古杭"二字不见于卷首，而是置于卷末。

一种，标明"的本"的有《古杭新刊的本尉迟恭三夺槊》等，又有在剧末尾题注明"全"、"全毕"、"关目全"、"的本全"的，如尾题有：《大都新编关张双赴西蜀梦全》《新刊关目三度任风子的本全毕》《新刊的本薛仁贵衣锦还乡关目全》《大都新刊关目东窗事犯的本全》等。严敦易推测说："所谓'的本'、'足本'的意思，就是说他是的确的、的真的、完足的本子，这似乎便反映出应尚有不的确的、不的真的、不完全的另一种本子之存在。"① 这就是说，在"足本"、"的本"、"全本"之前，已有不同版本的多次刊行，此"足本"、"的本"、"全本"，再标以"新编"、"新刊"，不过是再次刊行而已，从这也可看出此类杂剧或小说在当时受读者欢迎而流行畅销的情况。今存三国故事的讲史平话就曾被翻刻，《三国志平话》题"建安虞氏新刊"，此前曾有《三分事略》刊刻者为"建安书堂"，即元代建安李氏书坊，其情节、文字、版式、图像与《三国志平话》几乎完全一致，仅缺少八页，这显然是同一底本前后不同时期的刻本。《元刊杂剧三十种》《三国志平话》等小说戏曲文本被反复刊刻，说明了当时读者对这类通俗读物的兴趣与需求。

元代的文化政策所导致的白话书写的普及，以及随着杂剧、说话伎艺的兴盛所带来的通俗文学读者群的扩展，还有书坊刻书的空前繁荣，这些都加速了杂剧、说话等表演伎艺文本化的进程，现存的杂剧、话本多为元刊，实属必然。

第二节 口头叙事的文本化与通俗叙事文体的生成

"文体"是口头叙事转化成文本之后文字叙事的体制、体式等。口头叙事在向书面叙事转化的过程中，会发生种种变异。这其中既有口头传承中的变异，也有口头表演体制向书面阅读体制转化中的变异。研究现存宋元话本和元杂剧的文本，就要关注其文本生成过程中的变异性。但是，口头表演一旦转化为文本之后，话本与杂剧文本的变异原因又有所不同。话本文本只供阅读，脱离了表演语境的话本文本的变异，主要是加工刊刻过程中的变异。杂剧文本虽也供阅读，但不离表演，所以，杂剧文本的变异，既有加工刊刻

---

① 严敦易：《元剧斠疑》下，中华书局 1960 年版，第 496—497 页。

的变异，也反映舞台演出的变异。

一、口头表演体制向书面阅读体制的转化

文字和印刷术将口头叙事的表演规则转化为书面叙事的阅读规则。原本在大庭广众的表演场上群体性受众与艺人互动的听故事看表演，转而变为面对文字视觉空间的个人阅读行为，这时，原先的口头叙事转化成了书面叙事，"文字将原本由嘴巴说出的口语词进行重组并置入视觉之中"，"印刷术进一步用更加繁复的手段使用空间，使之在视觉上组织有序，便于检索。"①口头叙事的一套表演体制在向书面叙事的转化过程中，受到书写规则和印刷规则的影响，体现在书面中的叙事体制必然会发生一系列变化，其主要表现就是一些仪式性的表演程序转化为阅读性的叙事程序。

所谓"仪式性"是指表演上的非叙事性的表演程序。通俗叙事伎艺面对世俗群体，尤其是在表演开场，在正式开题前，总要用一套仪式性的表演程序制造一种氛围，以引导听众逐渐进入叙事主题。但是，一旦由表演转化为书面叙事，表演程序中的一些非叙事性的程序就会在文本中逐渐被省略，只留下那些叙事单元并被按照阅读规则进行重新排序，以符合阅读习惯。

这种仪式性的表演程序是由通俗叙事伎艺的互动性和受众的群体性决定的，只要是面对世俗大众的口头叙事伎艺，表演者要想控制和引导受众群体，就需要有这样一套仪式性的表演程序：从最初的唐代俗讲到其后的宋代"说话"再到元杂剧表演，无不如此。但是，当口头叙事转化为书面叙事，适合"听"或"看"的表演仪式的记载越来越少，逐渐只剩下适合"读"的叙事单元。下面以一些典型的程序例证说明表演的仪式性向书面叙事性的转化。

（一）表演的整体仪式在文本中的消褪

敦煌写卷 P.3849 所记俗讲仪式，程序繁缛，如：作梵——念菩萨——说押座——唱释经题——念佛——开经——说庄严——念佛——说经题——说经本文——发愿取散。这样一套讲经仪式将听众引入一个神秘庄严的宗教氛围，使听众可以在这样一个肃穆的气氛中静心听讲。不过，在俗讲的底本或

① ［美］沃尔特·翁：《口语文化与书面文化》，何道宽译，北京大学出版社 2008 年版，第93、94 页。

记录本中，其中一些仪式性的程序被省略了，因为它们不具有阅读性，剩下的只有叙事性的程序环节，且顺序也按照阅读习惯进行了重组，比如阅读时总是要先看题目，但在俗讲仪式中，"说经题"却被安置在"作梵——念菩萨——说押座"等之后。文本中保存下来的程序和它们的阅读顺序是：题目——押座文、说庄严（即开首"入话"）——说经本文——发愿取散（即结尾"解座文"）。唐代俗讲仪式及其转化为文本后的简化和重组原则，为后世的通俗说唱伎艺所取法。

（二）南戏开场仪式在文本中的转化

南戏的开场仪式在《张协状元》的剧本中可见，其正戏开始前的主要程序有：题目——末（副末）上场以两阕词夸说演艺——说唱诸宫调报告剧情大意——"后行脚色"加演奏乐——"末泥色"加演舞蹈——末（副末）下场——生出场——后场向生唱啫"谢送道"——"后行子弟"送一段【烛影摇红】乐曲——生"踏场数调"——念【望江南】词亮相——唱【烛影摇红】曲开场。早期的南戏作品《张协状元》较少经过文人加工，更多体现了戏班演戏的实况，所以演剧程序记录较详细。钱南扬针对《张协状元》开始的四句"题目"，说明了"题目"从表演场上的广告"招子"转化为书面"下场诗"的过程：

> 题目——总一故事的纲要。《南词叙录》以为由副末念诵，是错的。试看保持真面目的戏文，如本书的三种，及陆贻典钞本《琵琶记》，题目都在第一出副末上场之前，题目之上也并无"副末白"的标注，况副末报告戏情另有文字，何必念诵题目？金元杂剧题目放在剧本之后，然必待搬演结束，角色下场，才出题目。这是一个旁证。宋金时代各种技艺的演出，必先张贴招子。如《夷坚丁志》卷二"班固入梦"条："四人同出嘉会门外茶肆中坐，见辐纸用绯帖尾，云今晚讲说《汉书》。"这是讲史招子。《太平乐府》卷九杜善夫（金杜仁杰）《庄家不识勾栏》套【耍孩儿】："正打街头过，见吊个花碌碌纸榜。"《古今杂剧》无名氏《蓝采和》一折白："昨日贴出花招儿去。"本书《错立身》第四出："今早挂了招子。"这都是戏剧招子。而题目当即写在招子上，使观众知道一个概况。到了明改本的戏文中，分出加出目，题目遂失去效用，一变而为第一出副末的下场诗，有明改本《琵琶记》可证，才真

正由副末念诵。①

"题目"本来是戏班用于张贴广告的"招子",《张协状元》的"题目"印在副末上场之前,不是副末念诵的内容,没有进入表演,而到了明改本的戏文中,"一变而为第一出副末的下场诗",则转化为情节叙事的一部分了。《宦门子弟错立身》和《小孙屠》两个戏文作品的开场就更凸显阅读性,像《张协状元》开场中的仪式性表演程序都被略去了,开头"题目"之后只有一、二首概括剧情大意的词,这说明南戏作品的加工整理已开始考虑为增强阅读性而淡化仪式性,突出叙事性。明代成化本《刘知远还乡白兔记》作为戏班演出本,更完整地记录了南戏舞台上繁缛的开场仪式,开场中末角吟诗、诵词、唱曲之外,还有前后行子弟问答,叙家门大意、念五言下场诗等内容,反映了早期南戏演出时开场的真实情景。这些繁缛的开场项目,应是民间戏文演剧实况的记录。汲古阁刊本《白兔记》,为增强阅读性,那些仪式性的表演程序都被删除了,只剩下一首用来概述剧情大意的【满庭芳】词。从成化本《白兔记》到汲古阁刊本《白兔记》的这种变化,正体现了表演体制向书面阅读体制的转化,反映了戏曲文本愈来愈强化案头阅读性的趋向。

(三)话本、杂剧开场"入话"诗词表演的仪式性转化为文本的叙事性

宋元话本开场的入话诗词中有系列诗词的形式,属于与正文故事无关的伎艺性表演。《碾玉观音》(即《警世通言》中的《崔待诏生死冤家》)开首有十一首入话诗词,兼善堂本《警世通言》于此篇入话诗词上有眉批云:"此等闲话是宋元人胜过今人处",将其称之为"闲话",显然是说与正文无关,其入话诗词是一连串的"春归词",除了与正文故事开头的"游春"背景,在意象上有些关联,内容上则无必然联系。《种瓜张老》四首入话诗之外还有一支【忆瑶姬】曲,天许斋刊本在此句上有眉批云:"荒唐之甚,往时小说务头类如此",原本在场上表演时,开场前的这种唱曲本来就是与正文故事无关的伎艺性表演,从文本阅读角度看,自然是"荒唐之甚"。所以,我们看到,除了《碾玉观音》《种瓜张老》《西山一窟鬼》《西湖三塔记》《史弘肇传》等有限的几篇话本小说记录保存有这种场上伎艺表演性的入话诗词,大多数话本小说,尤其是明代人的拟作,就再也没有这类入话诗词了。

① 钱南扬校注:《永乐大典戏文三种校注》,中华书局1979年版,第4页。

至于像胡士莹所说的篇首诗词（即入话诗词）都是用作"点明主题，概括全篇大意"、"从正面或反面陪衬故事内容"等①，这应该是依据大量的明人改编过的话本小说总结出来的，是话本小说完全按照阅读规则修订后的结果，经明人修订后的话本小说中的"入话"诗词成了文本叙事的一部分。

元杂剧正式开演前也有念诵诗词的伎艺性表演，如杜仁杰《庄家不识构阑》描述正杂剧开演前有杂剧艺人"念了会诗共词，说了会赋与歌"，之后才是要演的正杂剧。这些诗词表演对于观众来说，留下的印象只是"唇天口地无高下，巧语花言记许多"，这种"巧语花言"的诗词念诵也是纯伎艺性表演，与下面正式演出的内容无关。但到了元杂剧的文本中，演员无论在何种场合的上场诗都要对其搬演的脚色有所说明，成为剧情内容的一部分，剧本中的上场诗也是文本叙事的一部分。

（四）话本"头回"在表演中的随意化及在文本中的固定化

话本中的"头回"故事在表演与文本中的作用也不一样。

说唱话本的表演程序可从《水浒传》第五十一回白秀英说唱表演中得知，其主要程序依次为：笑乐院本——开呵——锣声——念四句七言诗——报题目《豫章城双渐赶苏卿》——说了开话又唱，唱了又说。

白秀英说唱话本的表演程序是为适应瓦舍勾栏的世俗受众群体而形成的。其中的"笑乐院本"的表演是在正式演员出场之前，这就相当于瓦舍勾栏中正杂剧开演前的"头回小杂剧"，孟元老《东京梦华录》"京瓦伎艺"说："般杂剧：杖头傀儡任小三，每日五更头回小杂剧，差晚看不及矣。"②为了能看上这"五更头回小杂剧"，人们不惜起大早赶来观看，这说明这些精彩的"笑乐院本"或"头回小杂剧"的表演还是很能吸引人气的。不过，白秀英说唱话本前演的是"笑乐院本"，正杂剧开演前的"头回小杂剧"演的是傀儡戏，它们在内容上都与正文故事无关，都属于一种仪式性的表演。

白秀英说唱话本前的"头回"称作"笑乐院本"，话本小说《刎颈鸳鸯会》有"笑耍头回"，二者在表演中的作用，原本只为"笑乐"、"笑耍"而设，只是为了聚拢听众，肃静场面，大都与正文故事内容无关，所以，当表

---

① 胡士莹：《话本小说概论》上，中华书局 1980 年版，第 135 页。
② （宋）孟元老：《东京梦华录》，《东京梦华录》（外四种），古典文学出版社 1956 年版，第29 页。

演转化为文本时，这类表演性的程序往往被省略不记，这也就是为什么《清平山堂话本》中的多数话本没有头回的主要原因。《清平山堂话本》中只有《简帖和尚》《刎颈鸳鸯会》《李元吴江救朱蛇》三篇带"头回"。有研究者以为其他篇目没有"头回"，或许是被刊落了，胡士莹就认为："《清平山堂话本》二十九篇中，原来都有入话，大概编集者（或刊印者）主观上认为入话只适合'说话'伎艺表现方式而不太适合于阅读，或者认为繁冗累赘，为节省工料起见，只在篇首标'入话'二字，把入话原文，都刊落了，这是极其可惜的。"① 其实，"入话"、"头回"，无论是在说话艺人的表演场上，还是最初记录加工的话本小说，原本就没有针对某一篇话本的固定的"入话"或"头回"，既使是《清平山堂话本》这三篇话本已有的"头回"，也不一定是原有的，如本是白话小说的《刎颈鸳鸯会》，前面的"笑耍头回"却"采唐人《步非烟传》，生吞活剥地把文言放了进去。"② 这种节录唐人皇甫枚的文言小说《非烟传》为"头回"的做法，显然是后来的书面加工行为。再如，宋话本《史弘肇传》，冯梦龙《古今小说》第十五卷题为《史弘肇龙虎君臣会》，其篇末有"这话本是京师老郎流传"之语，"京师"指北宋都城汴京，"京师老郎"是南宋临安说话人对汴京前辈艺人的称呼，可见这个话本北宋时已流行，但其头回故事却叙洪迈在南宋孝宗朝的事迹，洪迈卒于宋宁宗嘉泰二年（1202），另外在头回中提到的"镇越堂"，为宁宗嘉定十五年（1222）汪纲所建③，可见此篇头回是南宋人所加，此前在"京师老郎"那里，并没有这段"头回"故事。

　　"入话"或"头回"源自唐代俗讲的押座文，押座文的使用也不是一对一的固定在某一篇变文之前，也是可以互相挪用的。如 S.3491 背面《频婆娑罗王后宫彩女功德意供养塔生天因缘变》前有"《降魔变》押座文"，接其后抄写的《破魔变》前也有此押座文，故此篇押座文在一卷上抄写了两遍，也就是说两篇不同的变文作品共用了同一篇押座文。从内容看，这篇押座文就是程式化感叹时序更迭，人世轮回，并无具体的针对性，自然可以随时挪移，如其中的韵文部分：

① 胡士莹：《话本小说概论》上，中华书局 1980 年版，第 138 页。
② 赵景深：《中国小说丛考》，齐鲁书社 1980 年版，第 342 页。
③ 参见程毅中：《宋元小说家话本集》"本篇校注"，第 628 页。

年来年去暗更移，没一个将心解觉知。

只昨日腮边红艳艳，如今头上白丝丝。

尊高纵使千人诺，逼促都成一梦斯。

更见老人腰背曲，驱驱犹自为妻儿。（观世音菩萨）

……

一世似风灯虚没没，百年如春梦苦忙忙。

心头托手细参详，世事从来不久长。

遮莫金银盈库藏，死时争肯与君将？

红颜渐渐鸡皮皱，绿鬓看看鹤发苍。

更有向前相识者，从头老病总无常。

春夏秋冬四序催，致令人世有轮回。

千山白雪分明在，万树红花暗欲开。

燕来燕去时候促，花荣花谢竞推排。

闻健直须疾觉悟，当来必定免轮回。

欲问若有如此事，经题名目唱将来。（观世音菩萨）①

敦煌写卷 S.2440《押座文汇抄》汇录了一些押座文，有《八相押座文》《三身押座文》及一些未题名的押座文等，针对此卷，周绍良解释说：

押座文明确是俗讲或说因缘前转诵的一种诗篇，主要是用七言诗句组成，间或夹杂着一点说白。这种押座文并不是固定某篇押座文专为某讲经文使用，当然也不排斥某押座文安排于某讲经文或因缘之前（如《阿弥陀经押座文》用于《阿弥陀经讲经文》之前，《八相押座文》用于《八相变》之前），但仍然是可以随时挪用在其他讲经文前，在一些俗讲中并不是严格要求押座文与讲经文必须相符，所以象 S.2440 号卷子汇录了一些押座文，就是为随时选择使用而抄录的。②

---

① 黄征、张涌泉校注：《敦煌变文校注》，中华书局 1997 年版，第 531 页。

② 周绍良：《唐代变文及其他（代序）》，周绍良主编：《敦煌文学作品选》，中华书局 1987 年版，第 21 页。

俗讲、转变的"押座文"与"说话"的"入话"(或"头回"),二者都"可以随时挪用选择使用",其道理是相通的。

"头回"进入文本以后,为了阅读的需要,就要与正文故事有所关联,现存话本小说中的头回故事大多是书面加工的结果,这从冯梦龙等人对话本小说的改编上可以看出来。

《清平山堂话本》中的《五戒禅师私红莲记》本无头回故事,冯梦龙将其改作《古今小说》中的《明悟禅师赶五戒》就给加上了一个"头回",再有冯梦龙将《清平山堂话本》中的《柳耆卿诗酒玩江楼记》改造为《古今小说》之《众名姬春风吊柳七》时,也给加上了一个"头回"故事。当然,冯梦龙并未篇篇如此,据笔者统计,在各为四十篇的"三言"中,有头回故事的,《古今小说》有十九篇,《警世通言》有十八篇,《醒世恒言》有十八篇。

到了拟话本的代表作家凌蒙初那里,头回故事就基本成为拟话本小说写作的固定体制。在他的《初刻拍案惊奇》四十篇中有头回故事的为三十九篇,在《二刻拍案惊奇》四十篇中,除第二十三卷与《初刻拍案惊奇》的同卷重复,第四十卷为杂剧,剩余三十八篇中,也只有一篇无头回。

可见,喜好给话本小说加"头回"故事,在明代的话本小说的案头改编中已渐成风气。或许正是依据明刊本的这种情况,胡士莹把"头回"看成"是为了突出正话的主题思想"而成为"话本的必要组成部分":"入话和头回的存在,都是为了突出正话的主题思想,……我们今天所看到的宋元话本,头回(或入话)很少有重复的(《羊角哀》和《俞伯牙》两篇入话相同,是一个例外),这就说明每个话本都有它自己的头回(或入话),头回已是话本的必要组成部分了。"[1] 这种根据明人编订刊刻的话本小说总结出来的结论,并不符合宋元话本的原貌,原先的宋元话本并非如此。

如上所述,表演场上必不可少的"头回",即"笑乐院本",因无关正文故事内容,所以,在宋元话本的文本中就不一定有。鲁迅也曾总结"头回"与"正话"的关系说:"取不同者由反入正,取相类者较有浅深,忽而相牵,转入本事,故叙述方始,而主意已明"[2],这种与正文起正反映衬作用的"头回",也应该是从口头叙事转化为书面叙事之后的结果,是书面编写

---

① 胡士莹:《话本小说概论》上,中华书局1980年版,第140—141页。
② 鲁迅:《中国小说史略》,人民文学出版社1973年版,第94页。

者所为。因为所谓"由反入正"、"较有浅深"云云，都是一种阅读思维的结果，如果不是通过阅读对比，是难以立即明白所谓"正反"、"浅深"等奥妙，这种"头回"已不是瓦舍勾栏中用于正文开讲之前招徕听众的"头回"了。

（五）表演场上的交待性结尾转为书面叙事中的"篇尾诗"

现存的宋元话本多数都没有"话本说彻，权作散场"这句话，也没有对"话本"故事来去踪迹的说明，而是用一首"篇尾诗"总结全篇主题或教训，这是后人删改所致。以元刊《红白蜘蛛》残页为例，其结尾在说明"古迹遗踪尚在"之后，有两句诗道："萧萧斑竹映回廊，霭霭祥云笼庙宇"，这两句诗是对"古迹遗踪"的一种朦胧的描绘，说话人是以此"权作散场"。但是，冯梦龙据《红白蜘蛛》改编的《郑节使立功神臂弓》将这两句诗改为四句结尾诗："郑信当年未遇时，俊卿梦里已先知。运来自有因缘到，到手休嫌早共迟。"这是以内容和教训的总结，结束全篇，并删去了下面说话人场上表演用语"话本说彻，权作散场"，这种结尾形式被"三言"大多数篇章沿用，这种删改是为了更适合于阅读，与场上表演"权作散场"的形式有了明显的区别。

胡士莹《话本小说概论》曾总结现存宋元话本的"煞尾"说："话本一般都有一个煞尾，它与本事的结局不同。……它是连接在情节结局以后，直接由说话人（或作者）自己出场，总结全篇大旨，或对听众加以劝戒。主要是对人物形象及现实斗争作出评定，含有明确的目的性。……结尾通例用四句或八句诗句（有时也有用两句的）作结；有时也用词或整齐的对句作结。这种散场诗，在明代的拟话本中，有时称为口号（见《二拍》）。"[①] 又举《错斩崔宁》和《张主管志诚脱奇祸》为例，前者"散场诗"为"善恶无分总丧躯，只因戏语酿灾危。劝君出语须诚实，口舌从来是祸基。"后者"散场诗"是："谁不贪财不爱淫，始终难染正心人。少年得似张主管，鬼祸人非两不侵。"这类所谓"总结全篇大旨，或对听众加以劝戒"的"篇尾诗"，实际是明代人编辑加工的结果，这与表演场上的话本仅以交代故事来去踪迹作为"散场"的方式全然不同，不是宋元话本原有的。

元杂剧也是如此，明刊元杂剧如臧懋循《元曲选》等，删削了元刊杂

---

① 胡士莹：《话本小说概论》上，中华书局 1980 年版，第 145—146 页。

剧"散场"表演的相关内容，而代之以总结全篇内容或教训的下场诗等，也是书面加工的结果。

总之，瓦舍叙事伎艺的口头表演体制向书面阅读体制转化的过程中，为阅读需要，而产生了一系列的变异。有幸留存下来的宋元话本及元杂剧剧本，从它们的版本差异中，可以看出，其中多数文本，已非原先场上表演的原貌，从场上的表演体制转化成书面叙事体制，从元刊到明刊，这些文本经历过多次修订，它们的书面叙事体制是在变异与演化中逐步定型的。

二、话本文本化过程中的变异性

话本不是由一位艺人一次讲说完成的。那些由"京师老郎流传"下来的话本，在师徒间代代相传，这其间，会发生不断地变异。其中，有口头传承中的变异，也有门徒弟子的文字记录中的变异，还会有刊刻者文字加工的变异。这样，一个话本从口头传承到文本传承的多次转换中，每一次艺人的口头讲说，每一次文字的书面加工，都会使这个话本不断完善并发生变异，这就决定了话本具有口头性、集体性和变异性的特征。

话本的口头性、集体性和变异性，虽为多数研究者所认同，但并未对其有深入理解。例如，学术界对话本创作时间的讨论，实际还是把话本看成了作家的"写作"而非艺人的"口头创作"，以为话本必有一个能确定下来的"写作"时间。胡士莹在《话本小说概论》一书中提出"推勘"话本时代的八种方法时，就说："有些学者，在探讨话本写作时代的问题上，曾发生过一些分歧。……我们的推勘方法是：……凡有若干条符合宋代情况的，就可以基本肯定为宋人话本。……判定元人或明人的话本时，也同样采取这种方法。"[①]显然，胡士莹提出的方法，要"推勘"的是话本的"写作时代"。于是，对某一"宋元话本"是属于宋代？元代？亦或是明代？常常出现很大的分歧意见。

如《快嘴李翠莲记》就有宋代说、元代说、明代说的不同看法，谭正壁认为"经后人公认为确是宋人作品"[②]。而依据这篇话本中"网巾"一词的考证，却又有研究者得出元或明的不同结论，胡士莹认为："当为元代

---

① 胡士莹：《话本小说概论》上，中华书局 1980 年版，第 195—196 页。
② 谭正壁、谭寻：《古本稀见小说汇考》，浙江文艺出版社 1984 年版，第 59 页。

的作品"①，而叶德均却认为是明代作品："通常都认为是宋元时作品，但篇中两见明人戴的网巾，显然是明人所著。"②之所以会产生这种争议，实际上是这些论者的出发点都是把宋元话本当成了某一作者的书面"写作"，如章培恒在《关于现存的所谓"宋话本"》一文中，举例论证《十五贯戏言成巧祸》（《醒世恒言》题下原注"宋本作《错斩崔宁》"）时提出"话本原作者当为元代人"③，提出"原作者"问题，这也是把话本当成作家的"写作"了。

话本作为口头传统的产物，并不存在所谓的"原作者"：

> "作者"和"原创的"这两个概念在口头传统中毫无意义，……试图寻找第一位歌手，就像要寻找第一次演唱一样，那是徒劳的。不能把第一次的演唱称作"原创的"，也不能认为第一个演唱者就是那部歌的"作者"，因为我们已经讨论过，首次演唱者与所有后来的演唱具有特殊的联系。从这一点看，一部史诗歌并无"作者"，只有多重的作者，每一次演唱都是一次创造，每一次演唱都有其自身的一位"作者"。④

所有的话本都是经过了不知多少位说话艺人的口头讲说表演，又经过了不知多少次的文字加工修订而成，"话本"的变异性决定了"话本"没有确切的写作时间。正如郑振铎说"俗文学"："她的第二个特质是无名的集体的创作。我们不知道其作家是什么人。他们是从这一个人传到那一个人；从这一个地方传到那一个地方。有的人加进了一点，有的人润改了一点。我们永远不会知道其真正的创作者与其正确的产生的年月的。也许是流传得很久了；也许是已经经过了无数人的传述与修改了。到了学士大夫们注意到她的时候，大约已经必是流布得很久，很广的了。……她的第三个特质是口传的。她从这个人的口里，传到那个人的口里，她不曾被写了下来。所以，她是流

---

① 胡士莹：《话本小说概论》上，中华书局 1980 年版，第 291 页。
② 叶德均：《宋元明讲唱文学》，叶德均：《戏曲小说丛考》下册，中华书局 1979 年版，第 674 页。
③ 章培恒：《关于现存的所谓"宋话本"》，《上海大学学报》1996 年第 1 期。
④ [美]阿尔伯特·贝茨·洛德：《故事的歌手》，尹虎彬译，中华书局 2004 年版，第 146—147 页。

动性的；随时可以被修正，被改样。到了她被写下来的时候，她便成为有定形的了，便可成为被拟仿的东西了。像《三国志平话》，原是流传了许久，到了元代方才有了定形。"①

如果认清了话本的变异性特征，就可以知道，关于话本创作时间的讨论是不可能有结果的。一位研究变文口头性的学者针对变文创作时间的讨论所提出的看法，同样适用于话本研究，他指出："对于变文作品创作时间的研究。其实从出发点来说，这种研究就已经把变文和书写的作家作品等同视之了。要知道，我们在敦煌卷子中所见到的变文作品，只是这些作品在流传过程中由于各种机缘遇合而在特定时间保存下来的一种特定形态。它们在文本化之前，好多故事就已经在通过口耳流传；即使文本化之后，抄录在'这个'敦煌卷子上之前，甚至在抄写的过程中，也会有各种各样的变异情况存在。因此，写卷中一些今天看来能够说明其创作时间的地方，大多数准确地说只能反映这些作品抄写在这个卷子上的时间，或者'这次'说'这个'故事的时间、'这次'抄'这个'故事的时间。根据这种特定形态来论述这些作品的创作时间，显然是不太合适的。"②

我们一般都是依据现存最早的话本小说集《清平山堂话本》来讨论宋元话本的一些特征，其实，《清平山堂话本》也是依据旧本重刻的，也仅仅是"这次"刊刻的一种特定形态，在它之前，还不知曾有过多少版本，多少次修改。程毅中在《清平山堂话本校注》"前言"中举例说："现存《雨窗集》中的《错认尸》入话'世事纷纷难竟陈'，'竟'字刻在行外，原为墨丁，大概是重印时不便挖改，才在行外补刻的。《警世通言》改名为《乔彦杰一妾破家》时却改作了'诉'字，可能冯梦龙的底本还是有墨丁的初印本，'竟'字还没有补出。又如《洛阳三怪记》中挖改的字很多，像是在利用旧版重印时改的……总之，从版面的墨丁、缺字、错字看，清平山堂所藏的底本就是残缺多错的劣本，或者竟是利用残损的旧版重印的。"③ 且不说《清平山堂话本》之前的这些"残缺多错的劣本"、"残损的旧版"，原先是否修改过，就说洪楩编辑时，谁能保证没有加工整理过？

---

① 郑振铎：《中国俗文学史》，《郑振铎全集》第七卷，花山文艺出版社 1998 年版，第 3 页。
② 富世平：《敦煌变文的口头传统研究》，中华书局 2009 年版，第 7 页。
③ 程毅中校注：《清平山堂话本校注》，齐鲁书社 2012 年版，第 2 页。

下面以《燕山逢故人郑意娘传》①为例，说明话本创作时间的某些标记的不可靠。

在话本创作时间的讨论中，研究者之所以会争执不休，主要原因是话本中本来就不存在确切的创作时间的标识。按照这一思路，笔者发现，那些曾被研究者一致公认的无争议的依据，认真探究起来，依然不可靠。例如，在《燕山逢故人郑意娘传》创作时间的讨论中，研究者几乎无争议的一致以话本中提到的《夷坚志》为据，认为此话本必定是创作于洪迈《夷坚志》以后②。即便如何满子已经感觉到如果不是亲历北宋亡国之痛的"北宋遗民"就写不出那种真切的情感："从小说的情致以及它所显示的作者的生活经验来看，作者（不管是说话人或书会先生）很像是一个北宋遗民。……至于所描叙出来的他乡遇故人的亦喜亦悲的激动，不遭飘沦之苦的人也很难写得如此真切。"但何满子还是不得不对话本中提到的《夷坚志》做出解释："小说的情节和洪迈《夷坚丁志》中《太原意娘》一则中的内容相近，小说中也提到《夷坚志》，可能即取材于洪迈的。"③既说作者是"遭飘沦之苦"的"北宋遗

---

① （明）晁瑮：《宝文堂书目》著录，另著录有《燕山逢故人》一种。程毅中：《宋元小说家话本集》据明冯梦龙《古今小说》卷二十四《杨思温燕山逢故人》辑录，并按《宝文堂书目》改作此题。

② 如孙楷第说："疑话本原文只就《夷坚丁志》敷演"。孙楷第：《小说旁证》，人民文学出版社 2000 年版，第 69 页。刘叶秋说，这篇话本"还曾提到'按夷坚志载，……'云云；……作者曾涉猎《夷坚志》；所写郑意娘故事，或即取材于此。"刘叶秋：《古典小说论丛》，中华书局 1959 年版，第 76 页。韩南也说："这篇小说中那个引人注意的特点，即在故事中段从杨思温说起，是源自《夷坚志》。"[美] 韩南：《中国白话小说史》，尹慧珉译，浙江古籍出版社 1989 年版，第 41 页。刘勇强：《中国古代小说史叙论》在介绍了《夷坚志》卷九《太原意娘》故事之后说："三言"中的《杨思温燕山逢故人》就是从这一作品发展而来的。但在《太原意娘》与《杨思温燕山逢故人》之间，还有一个中介，南宋后期沈氏的《鬼董》卷一有一篇记张师厚事，……后来《杨思温燕山逢故人》正是捏合二者而成。"刘勇强：《中国古代小说史叙论》，北京大学出版社 2007 年版，第 199 页。张勇：《中国近世白话短篇小说叙事发展研究》概述台湾学者的观点说："白话短篇小说故事构成主要以《太原意娘》为主，刘金坛及韩刘二人遭惩罚的本事又来源于《鬼董狐》卷第一《张师厚》。该篇白话短篇小说明确提到本事来源《夷坚志》，白话短篇小说自身表露了《夷坚志》对于白话短篇小说创作的重要，现代研究同样表明了这一点。"张勇此处原注说，"参见王年双撰：《〈夷坚志〉所见的话本戏剧材料》，载《宋代文学研究丛刊（创刊号）》，台湾：丽文文化事业股份有限公司，1995 年 3 月。"张勇：《中国近世白话短篇小说叙事发展研究》，云南大学出版社 2006 年版，第 67 页。

③ 何满子：《古代白话短篇小说选集》，上海古籍出版社 1983 年版，第 111 页。

民"依据"生活经验"所作，又说"可能即取材于洪迈的"《夷坚丁志》中的《太原意娘》，二者显然有矛盾。《夷坚丁志》约成书于南宋孝宗淳熙五年(1178)①，距北宋沦亡已有五十余年，其刊刻流行还应在之后，这时再取材《夷坚丁志》编创这个话本的"说话人或书会先生"就谈不上是"北宋遗民"了。

程毅中也认为这篇话本写于《夷坚志》之后。程毅中《宋元小说研究》一书中引了何满子关于作者"很像是一个北宋遗民"的一段话后，说："虽然北宋遗民的推测不能成立，因为说话人已经引用到了《夷坚志》，不过它的确不像是元代以后的作者所能模拟的。"②因为这篇小说"充分体现了北宋遗民的民族感情。作者虽未必是北宋遗民，但确实反映了南渡之后宋人对靖康之耻的遗恨。郑意娘眷恋故人和思念故国的心情，写得真切动人。犹如前后重复出现的那首《好事近》词，饱含着'同是天涯沦落人'和'故国不堪回首月明中'的切身感受，不像是元明以后的人所摹拟的。"③至于具体的创编时间，程毅中在《宋元小说的写实手法与时代特征》一文中认为："话中引用到了洪迈的《夷坚丁志》，必在南宋孝宗时期以后。"④可见，话本中提到的《夷坚志》已成研究者想判定这篇话本创作时间的绕不过去的铁证。

但是，细察这篇话本内容，笔者发现，其中提到的《夷坚志》，应是后来的编刊者的添加，并非是话本原有的，本不能作为判定这篇话本创作时间的依据。这里，我们不妨仔细考察一下原文。

原文在说到韩思厚作为宋朝国信所的掌仪官奉使命来到金国燕山之地后出来饮酒时，说话人插话道：

　　说话的，错说了。使命入国，岂有出来闲走买酒吃之理？按《夷坚志》载，那时法禁未立，奉使官听从与外人往来。⑤

这段说话人的插话，实际表明了这篇话本在口头传承和文本化过程中的两次变异。此段插话之前的情节是，故事说到杨思温向酒楼过卖小王打听

① 参见李剑国：《宋代志怪传奇叙灵》，南开大学出版社1997年版，第348页。
② 程毅中：《宋元小说研究》，江苏古籍出版社1999年版，第331页。
③ 程毅中：《宋元小说家话本集》"前言"，程毅中辑注：《宋元小说家话本集》，第25页。
④ 程毅中：《宋元小说研究》，江苏古籍出版社1999年版，第432页。
⑤ 程毅中辑注：《宋元小说家话本集》，齐鲁书社2000年版，第644页。

在酒楼壁上题词的"题笔人何在?"酒楼小王回答道:"不知。如今两国通和,奉使至此,在本道馆驿安歇。适来四五人来此饮酒,遂写于此。"①针对这段情节叙述,应该是后来的说话人感到这段叙述不妥,认为以前的"说话的,错说了。"于是就提出了质疑:"使命入国,岂有出来闲走买酒吃之理?"后来的这位说话人的插话,是在质疑故事中韩思厚以使命身份"出来闲走买酒吃"不合理,这应是后来的说话人对此前"说话的,错说"之处的纠正,体现的是口头传承中的变异。而"按《夷坚志》载,那时法禁未立,奉使官听从与外人往来。"这句按语,显然又是在纠正后面这位说话人的质疑性插话,告知读者,据《夷坚志》记载,"那时法禁未立",奉使官"出来闲走买酒吃"是可以的。也就是说,"按《夷坚志》载……"云云,不是说话人的插话,而是后来编刊者针对后面那位说话人的插话所加的注解,体现的是书面文本的变异。这犹如《简贴和尚》当说话人说到"是本地方所由",后来的元代编刊者针对宋代通行的"所由"一词,加注解说"如今叫做'连手',又叫做'巡军'",其道理是一样的。二者都是由口头文本向书面文本转化过程中的变异。这样,以《燕山逢故人郑意娘传》中后来编刊者的"按语",作为这篇话本小说最初是出自《夷坚志》的证据,就不能成立了。

这里还可以做一个推断,即话本中的"按《夷坚志》载……"这句按语是洪楩编订《六十家小说》时所为。

有迹象表明,《六十家小说》里的某些篇章曾经过洪楩的编辑加工。如韩南在《中国白话小说史》中分析了《欹枕集》几篇的共同特征后认为:"《六十家小说》中《欹枕集》的各篇显然是出自同一作者之手。这些小说自成一集,各篇的题目又上下对偶,主题相似,显然是专为这个集子所作。作者很可能就是洪楩本人或他的某个合作者。"②

话本《燕山逢故人郑意娘传》为《宝文堂书目》著录,虽不见于《清平山堂话本》,但应是洪楩《六十家小说》里的一篇③。而洪楩对他的远祖洪迈的《夷坚志》可说是情有独钟，在嘉靖二十五年（1546）洪楩曾以"清平山堂"的名义刊刻过五十一卷本的《新编分类夷坚志》。而《六十家小说》中与《夷坚志》有关联的几篇话本小说，应该是据《夷坚志》做过加工，如《六十家小说》中的《阴骘积善》整个情节和一些语言与《夷坚甲志》卷十二《林积阴德》十分相似，《阴骘积善》应是据《林积阴德》修订过。再如英国学者白亚文发现的出于清刻《重刊麻姑山志》的《六十家小说》中的佚文"刘改之"的故事，只是把《夷坚支丁》卷六《刘改之教授》的细节有所删节而少了二百多字，由此，白亚仁认为："《六十家小说》此篇的原文恐怕更像《刘改之教授》，也可能还有更长的篇幅。无论如何，《刘改之教授》当是《六十家小说》此篇的来源。"[①] 这样，洪楩对《六十家小说》的编刊，既有整部集子的拟作编写如《欹枕集》，也有整篇的修订改写如《阴骘积善》和"刘改之"的故事，那么，对其他某些篇章，做部分的修订并加一些按语之类的解释性的话语，也就不足为怪了。鉴于此，如果我们将带有"按《夷坚志》载"字样的《燕山逢故人郑意娘传》，看作是经洪楩编订的话本小说，

小说研究》第三章第一节《亡佚篇目推考》，齐鲁书社 2008 年版。对此问题，前辈学者曾多有论述，如马廉在《影印天一阁旧藏雨窗欹枕集序》中说："我曾经大略的考证了一下，觉得与洪氏同时的开州藏书家晁瑮《宝文堂分类书目》子杂类著录的许多话本也许就是收罗的洪氏刻本，而洪氏刻的话本却大半是后来冯梦龙选集'三言'的蓝本。"马廉：《马隅卿小说戏曲论集》，中华书局 2006 年版，第 83 页。陈汝衡认为："洪楩和晁瑮都是明代中叶嘉靖之间的藏书家，似乎洪楩将书一刻好，晁瑮就收藏起来。"陈汝衡：《说书史话》，作家出版社 1958 年版，第 60 页。黄永年在《记元刻〈新编红白蜘蛛小说〉残页》一文中说："保存至今的洪楩《清平山堂话本》共二十九篇，见于晁瑮《宝文堂书目》子杂类的有二十一篇，如晁瑮所藏是洪楩以前的旧刻，篇目不可能与洪楩所刻如此基本一致，故推断晁瑮所藏著录的小说话本包括《红白蜘蛛记》在内即是当时洪楩等人所刻。晁目所列先后次序与现存《清平山堂话本》很不一致，故推断其为未经编集汇印成《六十家小说》的单行零本。"黄永年：《黄永年古籍序跋述论集》，中华书局 2007 年版，第 148 页。谭正璧亦指出："因为这十五种书名恰都著录于晁瑮的《宝文堂书目》，而晁氏是嘉靖时的进士，大概书一出版，他就买来收藏着。而且我还有一种推想，此书残本三册所收十五种以外的书，一定也被晁氏著录在《宝文堂书目》所收话本小说一百余种之内，如马廉后来在国内发现的也是清平山堂所刊的其他话本集《雨窗集》与《欹枕集》的残本十二种，其中《欹枕集》七种，即全为《宝文堂书目》所收，可以做我推测的考证。此外，钱杏邨亦曾发现与此书同版式的《翡翠轩》与《梅杏争春》二种，后者亦见《宝文堂书目》。"谭正璧、谭寻：《古本稀见小说汇考》，浙江文艺出版社 1984 年版，第 57—58 页。

① ［英］白亚仁：《新见〈六十家小说〉佚文》，《文献》1998 年第 1 期。

也不是不可以。

那么，《夷坚志》中的《太原意娘》与话本小说《燕山逢故人郑意娘传》的部分情节相似，是否就可以证明话本小说就是对《夷坚志》的拟作呢？这也不一定。

因为洪迈自己声称，《夷坚志》的成书，基本都是录自传闻。洪迈在《夷坚支丁序》中说《夷坚志》的整体写作方法是以史家"传信"笔法，实录传闻，绝不加自己的创造，所谓"信以传信，疑以传疑，……《夷坚》诸志，皆得之传闻，苟以其说至，斯受之而已矣。"《支庚序》又云："每闻客语，登辄记录。"而故事的来源，又不拘一格，且大多来自市井间的人物，如《丁志序》所云："非必出于当世贤卿大夫。盖寒人、野僧、山客、道士、瞽巫、俚妇、下隶、走卒，凡以异闻至，亦欣欣然受之，不致诘。"① 话本《燕山逢故人郑意娘传》结尾部分提到"绍兴十一年（1141）"，而《夷坚丁志》大约写成于南宋孝宗淳熙五年（1178），也就是说，洪迈记载《太原意娘》时，这个故事至少在社会上已流传三十多年了，不排除洪迈的记载也有社会上流传的说话人讲故事的成分在，也就是说，不是《燕山逢故人郑意娘传》对《夷坚志》中《太原意娘》的拟作，而是相反，是《夷坚志》中《太原意娘》对社会上流传已久且不断变异着的《燕山逢故人郑意娘传》某一故事版本的记录加工。

值得注意的是，晁瑮《宝文堂书目》除著录有《燕山逢故人郑意娘传》之外，还另著录有《燕山逢故人》，这说明这个故事的内容不止一个版本。《鬼董》一书对这个故事的不同记载也说明了这一点。《鬼董》约成于宋理宗绍定年间（1228—1233）②，距话本故事发生的年代已近百年。话本小说、《夷坚丁志》及《鬼董》，三者不仅故事叙述的重点各不相同，甚至连主人公的名字都不一样，如话本女主人公叫郑意娘，《夷坚志》作王意娘，《鬼董》作崔懿娘，这说明三者故事各有来源。《鬼董》卷一《张师厚》结尾强调"《夷坚丁志》载《太原意娘》正此一事，但以意娘为王氏，师厚为从善，又不及刘氏事。案此新奇而怪，全在再娶一节，而洪公不详知，故复载之，以补

---

① 丁锡根编著：《中国历代小说序跋集》上，人民文学出版社 1996 年版，第 98—99、100、96 页。

② 参见李剑国：《宋代志怪传奇叙录》，南开大学出版社 1997 年版，第 373 页。

《夷坚》之阙。"① 这明确表明，直至《鬼董》成书那个时代，此故事有不同的版本在社会上广为流传。而此故事的形成与传播，应有说话艺人的功劳。

话本小说《燕山逢故人郑意娘传》那种与故事溶于一体的强烈的故国之思、亡国之痛，本来就产生自《夷坚志》出现之前的那个南渡时期、那段遗民生活，如果不是师徒相承，将那个南渡时期的故事传续到后来的写作者手中，那么，让一位未曾经历过"靖康之变"的作者，仅仅依照《夷坚志》去拟作，是写不出那种时代的情感内容的。所以，《燕山逢故人郑意娘传》的最初的编创者应如何满子所说"不管是说话人或书会先生"应是一位"北宋遗民"，其后在口头与书面之间的转换传承中，故事在不同地域流传并被加工成多个版本，晁瑮《宝文堂书目》著录有另一种《燕山逢故人》就是明证。我们今天见到的这个版本只是在流传过程中由于各种机缘遇合而被保存下来的其中的一种，具体说，是在明代嘉靖年间由洪楩编订过的一种。概而言之，《燕山逢故人郑意娘传》是"北宋遗民"的编创，它在不同地区传播时，曾有过不同的故事版本，其中之一种曾由洪楩整理加工并刊行，而其中"按《夷坚志》载……"一句按语，应为洪楩所加。

话本不是某一位作者的书面创作而是口头编创、口头流传，它在跨时代的流传过程中，包括口头的和文本的，会留下不同时代的传播痕迹，依据这些痕迹讨论话本具体的文本写作时间是无意义的。

例如有关《清平山堂话本》中《简帖和尚》创作时间的讨论。许政扬考证话本中"所由"一词自唐至南宋仍在口语中使用，"巡军"一词则是元代新创，所以，他认为"话本《简帖和尚》不可能是宋代作品，它必定产生于元代以后"②；胡士莹指出《简帖和尚》"头回《错封书》本于《醉翁谈录》乙集卷二《王氏诗回吴上舍》"是元代故事，"益可证明本篇为元人所写定"③，章培恒也依据"巡军"一词产生于元代，认为"巡军自当是故事发生时间——宋代以后的名称。要之，这当是元代话本。"④ 程毅中则认为，这个

① （宋）佚名：《鬼董》，中华书局1991年版，第30页。
② 许政扬：《话本征时》，《许政扬文存》，中华书局1984年版，第259页。
③ 胡士莹：《话本小说概论》上，中华书局1980年版，第289页。据李剑国考证，说《简帖和尚》头回所本《醉翁谈录》乙集卷二《王氏诗回吴上舍》是元人元事，是个错误，本为宋人宋事。参见李剑国：《宋代志怪传奇叙录》，南开大学出版社1997年版，第376—382页。
④ 章培恒：《关于现存的所谓"宋话本"》，载《上海大学学报》1996年第1期。

话本沿用左班殿直的旧官名，插叙押送衣袄车的北宋旧制，提到了枣槊巷、大相国寺、墦台寺、天汉州桥等东京的地名，所以，"要考虑话本流传的特点，话文中'如今叫做连手，又叫做巡军'这句话，只是元代人加的夹注，或者说是元代说话时的插话，而这个故事的基本内容还是宋代的。而且我怀疑它可能还有北宋祖本的痕迹。……像是东京人的作品。"① 应如程毅中所说，现存的这个《简帖和尚》话本有宋元不同时代的标记，只是说明这个话本从北宋至元代一直被说话艺人讲说。作为口头表演的话本，它"有多重的作者，每一次演唱都是一次创造，每一次演唱都有其自身的一位'作者'"。只抓住某一个时代标志并以之为据，将话本的创作时间固定在其流传过程中的某一时点上，这种研究方法显然不符合话本口头性、集体性和变异性的特质。

话本中语言的"时代层次"也表明话本没有固定的文本。

有不少研究者从语言角度研究话本的创作时代，但一个话本中不同时代的语言现象，只能说明这个话本的变异性，而不能据以作为判定创作时间的依据。有语言学家曾从语言层面描述了话本的变异性："现存的话本没有一篇署上作者的名字，无从知道其确切年份。而且这些话本大概都经过不断修改补充。有的作品中，宋元的语言成分仍然是主要的；有的作品实际上已经过明朝人改写或改编，其中明代的语言成分就更多。由于话本语言层次上的这种复杂性，给我们利用这部分资料增加了困难。我们在利用这部分资料的时候有必要分辨清楚话本里的语言哪些是宋代的，哪些是元代的，哪些是明代的。"② 话本的这种"语言层次"，其实只能说明话本的"时代层次"。

如助词"底"，即"的"字，元代中叶前多用"底"。《简帖和尚》："客店中无甚底事，便去睡。""里面写着四句诗，便是夜来梦里见那浑家做底一般。""下来说底便是'错下书'。""只因这封简帖儿，变出一本跷蹊作怪底小说来。"③ 到了《喻世明言》中《简帖僧巧骗皇甫妻》，这些"底"字都改成了"的"字。根据语言学家的研究，"'的'字最终取代'底'的时间，大约是在元代中叶"④。虽然知道了"底"字的使用时间是元代中叶前，但之前

---

① 程毅中：《宋元小说家话本集》"前言"，程毅中辑注：《宋元小说家话本集》，第17页。
② 刘坚、江蓝生等：《近代汉语虚词研究》，语文出版社1992年版，第17—18页。
③ 程毅中辑注：《宋元小说家话本集》，齐鲁书社2000年版，第315—316页。
④ 刘坚、江蓝生等：《近代汉语虚词研究》，语文出版社1992年版，第144页。

带有"底"字的话本是宋是元就不好区分。

也有一些只在宋代使用而不见于元代的词语。结合《简帖和尚》中"了"字的用法等,语言学家分析到:"从语言上看,这篇小说里确有宋代语言成分。例如说卖馉饳的小厮'探一探了便走',皇甫松问:'甚意思?看我一看了便走。'又说皇甫松的妻子'人去大相国寺烧香了出来'。这几个'了'字都放在动量宾语和宾语的后面,这种词序显然不是元代所有。又如'你们、他们'写成'你懑、他懑',也是宋代的写法。因此我们大概可以说《简帖和尚》本来是宋人的作品,后来经过元人修改,但是还保留着较多的宋代语言特点。"①

话本中有宋代语言,表明有宋本存在过,但所谓的宋本也不是某一个固定的文本,宋本本身也是一个不断变异的文本。

宋代话本主要流行于说话艺人的口头上,所谓"这话本是京师老郎流传",是说"话本"是在说话艺人的师徒口耳之间流传。说话艺人的口头编创与表演,不同于作家的创作。作家的作品,不同版本间,即使有出入,也不会很大,而说话艺人口头讲说的故事,每一次表演都不相同。因为说话艺人的讲说不是照着已有的话本去背诵,他要根据不同的表演时间、地点、接受对象,对故事的内容加以调整,以适应听众的口味,这样才能吸引听众,引起共鸣。"实际情况是,在从这一次演唱到那一次演唱中,歌手根本不去记诵某个'文本',无论演唱本身当时的情形可能是多么的不同寻常和值得记忆。他们只是记住'故事'的要素。每次讲述故事时他们都创造了一个新的文本。"②

话本不是某一位作者通过一次写作完成的。对于一个不断变异并包含着多个时代信息层次而被暂时固定下来的话本,我们应该并可以做的是分清它的时代层次,认清这个话本的产生时代、流行时代以及修订刊刻时代。想给具有口头性、集体性和变异性的话本确定一个固定的写作时间,既不符合实际也不可能。

---

① 刘坚编著:《近代汉语读本》,上海教育出版社 2005 年版,第 120 页。

② 美国学者洛德语,转引自 [美] 约翰·迈尔斯·弗里:《口头诗学:帕里—洛德理论》,朝戈金译,社会科学文献出版社 2000 年版,第 138 页。

三、话本文本的生成方式与文体特征

话本的生成方式有两类：一类是书面加工较少，保留了较多的口头叙事成分，如元刊《三国志平话》(《三分事略》)①和《红白蜘蛛》(残页)，从内容、语言等特点看，最接近说话人讲说的风格，可以归之于"说话"的"记录加工本"；另一类如元刊《新编五代史平话》等，从其内容、语言特点看，基本是据史改编，只是模拟"说话"体制，可以将其称之为"拟作改编本"。下面分述这两种话本的生成方式及文体特征。

先说"记录加工本"的生成方式与文体特征。

正如第二章"'话本'词义的口头属性"一节所论，"话本"就是说话人的"口传之本"，在师徒传承间也会有一些文字的记录，并被不断丰富，但这种"话本"是处于不断变异中的，它不仅有口头传承中的变异，也有门徒弟子记录传抄的变异。在师徒传承中，这一次的"记录本"可以变作下一次讲说的"底本"，据以讲说以后，又可以被记录下来而变作"记录本"。这样不知经过了多少次"底本——记录本"的转换，又由于某种机缘遇合，这种"记录本"或"底本"被书坊主加工，于是就成了可供阅读的话本小说。

这种话本的"记录加工本"，由于直接由"说话"表演转化而来，所以它们都明显地保存着"说话"表演时的说唱形式、民间口语等特征，也正是依据这些特征，我们可以辨识现存的宋元话本小说中哪些是属于"记录加工本"以及它们的生成方式、文体特征。考察现存的宋元话本小说，依据口头表演的形式划分，被记录加工下来的文体类型有三种，即散说体、诗话体和词曲体。

第一种类型：散说体《三国志平话》的成书方式与文体特征。

现存的宋元话本小说多数为散说体，其中，除了《五代史平话》等据史改编的讲史话本外，大部分可视为记录加工本。而这之中的宋元小说家话本最具口头叙事特征的只有仅存的元刊《红白蜘蛛》残页，其说话艺人的程式化的语言，显示出口头叙事的痕迹尤为明显，这在第二章"话本程式评价"一节中已有分析。至于其他明代刊刻的宋元小说家话本，不同程度地保

---

① 《三分事略》的刊行早于《三国志平话》，二者是同一部书先后不同的刊本，文字只是略有出入，为论述方便，本节论述以《三国志平话》为主，兼及《三分事略》。关于二者的异同先后，参见刘世德：《谈〈三分事略〉：它和〈三国志平话〉的异同和先后》，《文学遗产》1984年第4期。

留有口头叙事的成分与特征，但人为加工的痕迹也不少，故此处不以此类小说话本为例作说明。下面仅以明显具有口头叙事痕迹的元刊讲史平话《三国志平话》（《三分事略》）及《七国春秋平话后集》为例，看其记录加工的成书方式与文体特征。这主要有如下四点：

其一，故事来自口头传承与生发。

与元刊《五代史平话》《秦并六国平话》《前汉书平话续集》等讲史平话主要是据史书改编不同，《三国志平话》的故事绝大部分都来自说话艺人的口头传承和生发。据《东京梦华录》卷五"京瓦伎艺"载，早在北宋时期"说话"中已有"说三分"的专门科目，并出现了"说三分"的著名艺人霍四究；《醉翁谈录》记南宋时说"《三国志》诸葛亮雄材"仍是"说话"的热门科目；元代杨维桢《送朱女士桂英演史序》记元代至正年间的"演史"女艺人朱桂英"善记稗官小说，演史于三国五季"①，演说"三国"仍是这位元代女艺人的主要科目。可见，自宋至元三国故事一直在说话艺人间口头传承。再看《三国志平话》的故事内容，无论是整体的故事框架还是其中的主要故事情节，都充满了民间传说虚构色彩，属于说话艺人的口头生发。

《三国志平话》开头就以虚构的"仲相断阴间公事"为入话，叙述秀才司马仲相在阴间让受到吕后屈斩的韩信、彭越、英布三人投生为刘备、曹操、孙权，三分汉家天下，以报宿仇。又因仲相断案公平，天公将他投生为司马懿，削平三国，一统天下，以酬其劳。全书故事就是由这样一桩怪诞公案引起。其后的正传故事叙蜀汉兴亡，故事临末将诸葛亮之死及蜀汉灭亡与十六国时汉朝刘渊灭晋兴汉直接嫁接在一起，并将刘渊灭晋兴汉说成是为刘氏复仇，所谓"刘渊兴汉巩皇图"②，与开头照应，形成了一个为民众喜闻乐见的因果报应的故事，这显然都属于民间的想象与虚构。

在这个虚构的故事框架中，其中的情节，本于史传的少，采用民间传说的多，有些故事一眼就可看出是背离史实而属于富有民间情趣的想象虚构，如孙学究得天书、张飞将督邮分尸六段、刘关张太行山落草、张飞摔袁襄、张飞杀庞统不成反杀一条狗、张飞称无姓大王、年号快活年、庞统劝说沿江四郡反叛刘备等。其中有些故事还被多部元杂剧提到，说明这些三国故

---

① 吴毓华编：《中国古代戏曲序跋集》，中国戏剧出版社 1990 年版，第 24 页。
② 丁锡根点校：《宋元平话集》下，上海古籍出版社 1990 年版，第 880 页。

事曾在民间广为传诵。如"张飞摔袁襄"的故事,《平话》说袁术使其子袁襄引兵取徐州,而刘备以张飞为接伴使,南行至石亭驿相见时,袁襄言徐州事,张飞不从,袁襄就骂刘备,于是"张飞拿住袁襄,用手举起,于石亭上便摔。左右众官不劝,遂摔杀袁襄。"①此事完全不见史书记载,却出现在多部元代三国戏中。如关汉卿《关张双赴西蜀梦》第三折【上小楼】曲张飞鬼魂自谓:"石亭驿上,袁襄怎生结末?恼犯我,拿住他,天灵摔破"。朱凯《刘玄德醉走黄鹤楼》第一折刘封说:"俺三叔安喜县鞭督邮,又在石亭驿中将袁祥(襄)提起腿,掼得花红脑子出来。"第四折【梁州第七】张飞自云:"鞭督邮拷折你这脊背,休恼番石亭驿摔袁祥(襄)撞塌头皮。"无名氏《诸葛亮博望烧屯》第二折张飞说白:"我也曾鞭督邮魂飘荡,石亭驿里摔袁祥(襄)。"无名氏《关云长千里独行》第四折【收江南】曲甘夫人云:"则你那哥哥兄弟好商量,不比你一勇性石亭驿里摔袁祥(襄)。"②可见此则故事在民间流传之广。类似这样与《三国志平话》情节相对应的同题材的三国戏有近三十种。这说明无论是《平话》还是三国戏,其故事主要是民间艺人口头编创的。

《三国志平话》正传故事自"桃园结义"始,至诸葛亮病卒五丈原终,基本上是以张飞、刘备、关羽、诸葛亮四个人物为主,可看做是蜀汉人物传,这几个人物也是元杂剧三国戏中的主要人物,元杂剧中以张飞、关羽、诸葛亮为主人公的剧作各有十余种,占约六十种元杂剧三国戏总数的三分之二多。可见宋元民间对蜀汉人物的偏爱心理,这种人物故事结构的偏好也说明无论是《平话》还是杂剧故事,都是艺人为迎合民众的心理而口头编创的。

《七国春秋平话后集》虽然据史加工的地方比起《三国志平话》要多,如有些段落几乎是照抄《孟子》、《战国策·燕策》等史书,但故事中的人物在史书中虽有记载,许多言行却无迹可寻,特别是书中大量斗阵斗法的场景描写,如黄伯阳摆迷魂阵与鬼谷子斗法、鬼谷子得阴书大破迷魂阵等,还有鬼谷子、齐襄王对众将封神等情节,都属仙怪诡异之谈,这应是来源于艺人的口头编创。

---

① 丁锡根点校:《宋元平话集》下,上海古籍出版社1990年版,第780页。
② 王季思主编:《全元戏曲》第一卷,第450页;第五卷,第209、228页;第六卷,第17页;第六卷,第732页。

　　《三国志平话》和《七国春秋平话后集》内容上的这种于史无据的民间性、口头性，都足证它们与另外几种改编自史书的元刊讲史平话不同，它们的故事主要是来自讲史艺人的口头传承与生发。

　　其二，刊本中的"阴文"标题原为讲史艺人"底本"中的提示语。

　　在现存的元刊讲史平话中，《五代史平话》《宣和遗事》《全相平话五种》均有阴文存在，这七种平话在引用诗、书、表等处，均有"诗曰"、"书曰"、"表曰"等阴文，但是，在情节内容之间加阴文小标题的只有《三国志平话》和《七国春秋平话后集》（以下简称《平话》和《后集》）二种①。对于这种阴文标题的作用，学术界看法不同，有研究者认为这些阴文是来自说话人底本上的标记②，有研究者则持反对意见，认为："阴文的使用显然是根据阅读的需要，由刻者设计使用的，不能认作是说话人底本的标志。"③

　　笔者认为从《平话》和《后集》情节之间加有阴文标题看，这些阴文标题应是讲史艺人"底本"中原有的情节提示标记。其主要根据就是这些阴文的使用完全不符合阅读规则。

　　用于阅读提示的标题，应是针对文字的叙述（不同于口头叙述），对文字的相应段落作提示说明，这就使得提示语会对文字叙述有大致均衡的段落针对性，《平话》和《后集》刊本上面的图题就起到了这个作用。一页一图，图有图题，图题大致概括了图下的故事内容，这些图题的使用，针对的文字内容显得很均衡，起到了阅读目录的作用。但是，《平话》和《后集》情节内的阴文标题就不同了，看起来很随意，概括的文字内容多少不一，有的一页一题，有的一页有二题、三题不等，有的则连续多页连一个阴文标题也没有，如果将此当做阅读目录，读者难以找到头绪。如《后集》情节的阴文提示的分布还比较连贯，基本上每页都有一至三个阴文小标题，但标题下的文字很不均衡，《后集》卷中的阴文【楚遣淖齿救齐】下面仅有 42 字的几句简要交代，其后的阴文【淖齿捉齐王】一段则有二百多字，比前者文字多了 5 倍。《平话》卷下有阴文【关公斩庞德】，想来应是一段很精彩热闹的情节，但却只有 39 字的简要描写，而紧接其后的【关公水淹七军】的阴文标题后面却有多达三千余字的叙述与描写，然后才出现了【诸葛亮七擒孟获】的阴

---

①　参见《古本小说集成》，上海古籍出版社 1990 年版。

②　参见王旭川：《关于宋元刊平话中的阴文》，《齐鲁学刊》2001 年第 5 期。

③　卢世华：《元代平话研究：原生态的通俗小说》，中华书局 2009 年版，第 155 页。

文小标题。对比精心设计的一页一图的图题目录,这些阴文小标题让读者简直就摸不着头脑。

更能说明问题的是《平话》卷上【三战吕布】阴文标题前,有多达 33 页没有阴文标题,只有一页一图的图题。对此研究者多以刊刻者的"随意性"加以解释,如有的研究者说:"《三国志平话》里提示故事情节的阴文是随时使用的,在使用过程中完全凭个人兴趣,刻者想起来了,就接连使用,而有时竟然忘记了,于是很多叶没有使用。可见《三国志平话》中标题式阴文使用的随意性很大。这说明这种标题并不是底本上的标记,如果是的话,那么这些平话应该都有这样的标记,而实际上只有《后七国春秋平话》和《三国志平话》有,并且规律性也不强。"① 用刊刻者"有时竟然忘记了"来解释"多叶没有使用"阴文标题,显然是很勉强的揣测之词。再有,认为如果"是底本上的标记","那么这些平话应该都有这样的标记,而实际上只有《后七国春秋平话》和《三国志平话》有。"其实,这正表明只有《七国春秋平话后集》和《三国志平话》是来自讲史艺人的演说"底本",所以才会有这类"底本上的标记",而其他如《五代史平话》等,由于主要改编自史书而不是源自讲史艺人的"底本",所以没有这类提示情节用的阴文标题。

对于《三国志平话》上卷"三战吕布"阴文标题前的 33 页没有阴文的现象,俄国学者李福清的一项研究引起了笔者的注意,他并没有提到阴文问题,而是在研究《三国志平话》的人物思想活动的描写时发现:"有趣的是,《三国志平话》中人物思想活动的描写不知为何从 33 页才开始(这之前第 7 页上仅有孙学究的寥寥几字的想法)。33 页之后,人物思想活动的描绘就成为正常的现象。这很可能是由于《平话》不是由同一个作者写成。我们在后面所看到的材料也能证明这一点。"② 李福清所说的"33 页",此处未注明版本,如据《古本小说集成》的《三国志平话》,"33 页"处,正是"三战吕布"的阴文小标题处,如据李福清书中引用过的上海古典文学出版社 1955 年版《三国志平话》,"三战吕布"的阴文标题是在"32 页"处,无论哪一个版本,李福清所说的"《平话》不是由同一个作者写成"的前后划分处,基本上正是在"三战吕布"的阴文标题处。

① 卢世华:《元代平话研究:原生态的通俗小说》,中华书局 2009 年版,第 153—154 页。
② [俄] 李福清:《三国演义与民间文学传统》,上海古籍出版社 1997 年版,第 121 页。

这应该不是一个偶然的巧合，"三战吕布"阴文标题之前的部分没有阴文，说明前后两部分原稿来源不一，前面部分已非"底本"原貌，所以就没有讲史艺人讲说提纲式的阴文标题，而后面有阴文的部分则是直接利用了"底本"，也就是说，《三国志平话》"三战吕布"阴文标题前后两部分，是用两种不同的原稿拼接起来的，从阴文的分布情况判明《三国志平话》用的不是一种原稿，这为李福清的观点提供了有力的佐证。照此看来，《三国志平话》刊本出现前，曾有不同的说话人的"底本"或是记录传抄本存在，这些底本或抄本详略不一，来源不同，《三国志平话》的刊刻者是将不同的"底本"或抄本拼接在一起了，于是就出现了有的原先"底本"有阴文小标题的就照录过来，原先抄本没有阴文标题的，为图省事也同样照搬而不再添加阴文标题，这样，就出现了前33页没有阴文标题的现象。

这些阴文标题相对阅读来说显得随意而毫无规律，其实对讲史艺人来说并非"随意"而是有"规律"。因为这些阴文标题是讲史艺人为自己提示所用，所以，哪些地方是容易忘记处，讲说时只须瞟一眼小标题即可，哪些地方是"冷淡处"须"提掇得有家数"，哪些地方是"热闹处"须"敷演得越久长"，哪些地方须"曰得词，念得诗，说得话，使得砌"①，用这些小标题以作提示，这完全视讲史艺人讲说时的需要而定，且每一位艺人的讲说习惯不同，提示语使用的多少及安插的位置也不同，"说话"场上的规律，不同于阅读规律，所以从阅读角度看似"随意"添加的阴文标题，从"说话"表演角度看，是大有学问在。

由上可见，《三国志平话》和《七国春秋平话后集》中情节之间的以及"诗曰"之类的阴文标题，正是讲史艺人"底本"中原有的为讲说表演时所用的提示语，二书的编刊是利用了说话人的"底本"。

其三，用俗语、同音习见字记录口语。

《三国志平话》中大量民间口语和同音习见字的使用，可以看出《三国志平话》是"说话"的记录。《三国志平话》的语言与改编自史书的《五代史平话》明显不同，其故事多取民间传说，语言简率朴质，诙谐幽默，更多民间口语。这从《三分事略》中看得更明显。《三分事略》与《三国志平话》是同一部书的先后不同的刊本，文字略有差异，但仅就这不多的文字差异

---

① （宋）罗烨：《新编醉翁谈录》，辽宁教育出版社1998年版，第4页。

看，《三分事略》的某些语句风格，更接近口语，而《三国志平话》却做了相应的书面化的加工，但总体都不失民间口语风格。下面略举几例加以简要评注，以见一斑。以下所引正文用《三分事略》（简称《事略》）的语句，《三国志平话》（简称《平话》）有所不同的语句加 [ ] 注出，句前以"图题"加书名号作标识。如：

《桃园结义》："因本县官虐民不公，吾杀之。不敢乡中住，故来此处逃 [避] 难。"《事略》用"逃"字更接近口语。

《桃园结义》："玄德坐于帐上问曰：'谁人敢去探它军 [贼兵] 多少？'"。《平话》作"贼兵"，《事略》用"它军"一词，如在现场"说话"语境中，辅以手势表情，听众对"它军"所指，自然心领神会。但放入书面语境，则显得上下文意不明，故《平话》改为有明确字义所指的"贼兵"一词。

《得胜班节》（"节"应作"师"）："段珪听言，……回头看 [觑] 定刘备，骂：'上桑村乞食贼牛 [饿夫]，你有金珠，肯与他人！'"① 《平话》作"饿夫"，《事略》用"贼牛"一词，尤见宦官之无赖，此当是民间口语。

《七国春秋平话后集》中也有其他讲史平话所少见的民间口语，如卷中记齐王败走，路上向一村妇讨饭并问路："告大嫂，燕兵赶我，人困马乏，那里藏得？"齐王称洗衣村妇为"大嫂"，纯是民间讲故事口吻。再如卷中写孙膑与乐毅斗口语言：

> 膑曰："尔仗众杀我，非强。你敢放我出寨，取少军兵来敌你多兵，则一阵便见高低。"乐毅曰："这汉使脱身之计。"毅曰："我不放你出去。"膑曰："你不放我出去，你敢做爷娘养着我么？……"②

"你敢做爷娘养着我么？"这简直就是市井耍赖的话，这些民间原生态的语言，绝不会出自文人的加工。

《七国春秋平话后集》在故事叙述中，还密集地保留了"言者是谁"一类的说话人用语，据笔者统计，全书多达七十多句，如果是文人据史改编完全没有必要如此频繁地使用这种问句，这些说话人的提问语只能是"说话"

---

① 以上三句引文，见《三分事略》、《三国志平话》，《古本小说集成》编委会编：《古本小说集成》，上海古籍出版社 1990 年版，第 12、15、21 页。二书页数对应相同。

② 丁锡根点校：《宋元平话集》下，上海古籍出版社 1990 年版，第 515、532—533 页。

的原始记录。

至于《三分事略》(《三国志平话》) 大量使用同音习见字记录口语，陈翔华《小说史上又一部讲史平话〈三分事略〉》一文将《三分事略》使用字音基本相同或相近的"通借字"的情况做了详细归纳，主要有以下几种：

一是利用习见的、笔划少的音同或音近的字来代替本字。如以一代益：益州成都府写成一州成都府、川将张益写作川将张一；十代拾：拾其刀写成十其刀；卅代念：口念短歌写成口卅短歌；元代原：平原写成平元；朱代诸：诸侯写成朱侯；得代德：玄德、翼德、曹孟德写成玄得、翼得、曹孟得；余代瑜：周瑜写成周余；介代解：不解其意写成不介其意，又界亦作介：汉朝世界、青州界写成汉朝世介、青州介；义代义：仁义、义军，桃园结义写成仁义、义军，桃园结义等。

二是根据形声字的构造特点，省略形旁，保留声旁。如省冠盖：客作各，蜀客写作蜀各；岭作领，如白鸡岭写作白鸡领；蓝作监，如蓝绿写作监缕；蒋作将，如蒋干写作将干；雲作云，如关雲长、赵雲、雲梦写作关云长、赵云、云梦。熟作孰，熟铜甲写作孰铜甲；忠作中，如忠臣、黄忠、川将王守忠写作中臣、黄中、川将王守中等。省左旁：住作主，拿住写作拿主；城作成，城下写作成下；俯作府，如俯伏写作府伏；伍作五，如伍相写作五相（即伍子胥）；忙作亡，如急忙写作急亡；消作肖，如消息写作肖息；潼作童，如潼关写作童关；渡作度，柴桑渡写作柴桑度；省右旁：知作矢，得知写作得矢；殺作杀，如诛殺写作诛杀；颜作彦，颜良、严颜写作彦良、严彦；愿作原，自愿、情愿写作自原、情原；豫作予，如豫章写作予章；等等。

三是保留形声字的声旁，改换其形旁。庵作俺，如道童出庵写成道童出俺；何作河，如若何写成若河；河又作何，如河东、山河写成何东、山何；喝作渴，如喝一声写成渴一声；恨作根，如恨在怀中写成根在怀中；等等①。

以上这些同音通借字的使用，正是文字水平不高的说话艺人、书会才人记录故事口头语音的结果，他们偏重记音，简化字形，在正统文人看来是俗字、别字、错字，但这些字却在市井间流行，对说话艺人和市井细民

---

① 参见陈翔华：《小说史上又一部讲史平话〈三分事略〉》，《文献》丛刊编辑部编：《文献》第十二辑，书目文献出版社 1982 年版，第 39—41 页。

来说，使用这些文字记已经熟知的故事，"开卷则市井能谙，入耳则妇竖咸晓"①，兼有视觉中的字义与听觉中的音义双重性，这些字音相同相近的通借字的使用反映了话本的口头性特征，说明了这类话本是更接近说话艺人口头故事的记录整理本。这正如沃尔特·翁在《口语文化与书面文化》一书中所说："印刷时代初期的人觉得，阅读首先是一个听觉过程，只不过先由视觉启动而已。""听觉加工过程继续主导着可见的印刷文本，虽然这种趋势最终还是被印刷技术消磨掉了。"②《三国志平话》(《三分事略》) 大量同音字的使用，就是"听觉加工过程继续主导着可见的印刷文本"的结果。

其四，编刊者的书面加工。

《三国志平话》中有说话艺人的"底本"，也有村学究之流对"说话"的记录，同时也有编刊者的书面加工。如《平话》写刘备出场，有童年时刘备及同宗人物各自说的几句话，基本上就是对史书的直接抄录而略加改写，《平话》写到：

> 玄德少时，与家中诸小儿戏于树下："吾为天子，此长朝殿也。"其叔父刘德然见玄德发此语，曰："汝勿语戏灭吾门。"德然父元起。起妻曰："他自一家，赶离门户。"元起曰："吾家中有此儿，非常人也，汝勿发此语！"③

《三国志·蜀书·先主传》此段为：

> 先主少时，与宗中诸小儿于树下戏，言："吾必当承此羽葆盖车。"叔父子敬谓曰："汝勿妄语，灭吾门也。"……德然父元起常资给先主，与德然等。元起妻曰："各自一家，何能常尔邪。"起曰："吾宗中有此儿，非常人也。"④

---

① 姜殿扬：《三国志平话跋》，丁锡根点校：《宋元平话集》下，上海古籍出版社 1990 年版，第 895 页。
② [美] 沃尔特·翁：《口语文化与书面文化》，何道宽译，北京大学出版社 2008 年版，第 91 页。
③ 丁锡根点校：《宋元平话集》下，上海古籍出版社 1990 年版，第 756—757 页。
④ (晋) 陈寿：《三国志》第四册，中华书局 1959 年版，第 871 页。

《平话》对史书只是略加改动，例如把史书中子敬的话放在了刘德然的头上，将刘备话中的"羽葆盖车"改成了"长朝殿"等，从语序到字句可以看出，完全是照史书改写的。再如《平话》结尾叙刘渊"称汉王"时的一段记述，也基本是照抄《晋书》，《平话》说刘渊"称汉王"：

> 改元元熙，追尊刘禅为孝怀皇帝，作汉三祖五宗神主而祭之。立其妻呼延氏为后。刘宣为相，崔淤为御史，王宏为太尉。①

《晋书》卷一百一《刘元海载记》记刘渊"即汉王位"，有同样的记载：

> 年号元熙，追尊刘禅为孝怀皇帝，立汉高祖以下三祖五宗神主而祭之。立其妻呼延氏为王后。置百官，以刘宣为丞相，崔游为御史大夫，刘宏为太尉。②

史书记载与《平话》的文字语序基本相同，《平话》文字只是略有出入，如略去了"置百官"三字，将"崔游"写成了"崔淤"、"刘宏"写成了"王宏"等，其余基本是照抄史书。又据《晋书·刘元海载记》说，刘渊是匈奴冒顿之后，"汉高祖以宗女为公主，以妻冒顿，约为兄弟，故其子孙遂冒姓刘氏。"③西晋最终是被刘渊之子刘聪所灭。所以，《平话》说，刘渊"遂认舅氏之姓刘，建国曰汉。"故事结尾说西晋为刘渊的"汉"所灭，这些都有一定的史实依据。这一节文字应是参照了史书加工的结果。只是《平话》将刘渊灭晋说成是出于蜀汉灭亡，为了复兴汉高祖刘氏汉朝，显然是随意捏合了。

《三国志平话》和《七国春秋平话后集》的上述特征，说明了这类"记录加工本"，是利用了说话口传故事的底本、记录本加工而成的。

第二种类型：诗话体话本的文体特征。

用"诗话"标名小说文体，首见于晚唐五代的说经话本《大唐三藏取经诗话》（以下简称《诗话》）。所谓"诗话"，即有"诗"有"话"，故事中穿插诗歌之意，与其他话本不同的是，"诗话"中的诗都是出自故事中的人

---

① 丁锡根点校：《宋元平话集》下，上海古籍出版社1990年版，第879页。

② （唐）房玄龄等：《晋书》第九册，中华书局1974年版，第2650页。

③ （唐）房玄龄等：《晋书》第九册，中华书局1974年版，第2645页。

物之口，而非说话人叙述中加上去的。

"诗话"这种文体有着深厚的民间传统，如果不是对民间创作的记录加工，一般文人是难以想象并拟作出来的，应属于记录加工本。

《诗话》分十七段，原缺第一，剩十六段，每段前有标题，如"行程遇猴行者处第二"、"入大梵天王宫第三"等。从标题方式看，应是经过了书面的加工，但"诗话"体制应是源自民间说唱。《诗话》每段故事中的诗一般都放在结尾，也有例外，第十和第十七段故事当中也穿插以人物的诗赞。《诗话》中的诗有的采用对话形式，如第二段叙白衣秀才猴行者前来助唐僧西天取经，结尾写道：

> 僧行七人，次日同行，左右伏事。猴行者乃留诗曰：
> "百万程途向那边，今来佐助大师前。
> 一心祝愿逢真教，同往西天鸡足山。"
> 三藏法师诗答曰：
> "此日前生有宿缘，今朝果遇大明贤。
> 前途若到妖魔处，望显神通镇佛前。"①

这种人物对话诗，表明了人物的各自心愿。还有插入故事情节之中的人物诗，一般是情节的延续，如第十段写女人国，女王设斋迎接，斋中多砂，无法吃食，故事写道："法师起身，乃留诗曰：'女王专意设清斋，盖为砂多不纳怀。竺国取经归到日，教令东土置生台。'女王见诗，遂诏法师一行入内宫着赏。"② 此处的诗也是组成情节的一部分。

《诗话》标题中的"处"字，与变文中常见的"……处，若为陈说"的套语相似，这表明《大唐三藏取经诗话》受到过民间变文说唱的影响。

宋元话本中的诗话体小说有《快嘴李翠莲记》。话本描写的李翠莲是个快嘴媳妇，"凡向人前，说成篇，道成溜，问一答十，问十道百。"逢人遇事，一张口就是一大篇顺口溜。如开头写翠莲许配他人，爹妈埋怨女儿不该"口快如刀"，张嘴就"颠倒说出一篇来"，翠莲回答道：

---

① 《大唐三藏取经诗话》，中国古典文学出版社 1954 年版，第 2 页。
② 《大唐三藏取经诗话》，中国古典文学出版社 1954 年版，第 22 页。

爷开怀，娘放意，哥宽心，嫂莫虑。女儿不是夸伶俐，从小生得有志气。纺得纱，绩得苎，能裁、能补、能绣刺。做得粗，整得细，三茶六饭一时备。推得磨，捣得碓，受得辛苦吃得累。烧卖、匾食有何难，三汤二割我也会。到晚来，能仔细，大门关了小门闭；刷尽锅儿掩厨柜，前后收拾自用意。铺了床，伸开被，点上灯，请婆睡，叫声安置进房内。如此伏侍二公婆，他家有甚不欢喜？爹娘且请放心宽，舍此之外直个屁！①

　　像这样合辙押韵的说词，在这篇话本中总共有三十一段，都是作为李翠莲与别人的对话。由此，研究者多认为它的前身可能是个唱本，李翠莲的言语都是唱词。如郑振铎说："大约《快嘴李翠莲记》话本的前身或是一篇'唱本'。说话人虽取了这个唱本改成了他自己的话本，却仍保全了不少'唱本'的文句与本色。"②谭正璧说："主角李翠莲的说话都用唱词演出，疑为'陶真'体亦即后世所谓'弹词'的体裁。"③叶德均认为："文词纯是民间作品的风格。全篇是以韵文为主，在歌唱时疑是'数唱'。"④胡士莹云："我疑心它就是宋代'陶真'一类的唱本，经过说话人改造，类似说诨话话本。"⑤笔者认为，这种句句押韵、类似顺口溜的说词，应该是用于念诵而不是歌唱的，既然李翠莲这个人物的特点就是"口嘴快些，凡向人前，说成篇，道成溜"，"口快如刀"，那么，作为李翠莲的说话，就不可能用悠扬缓慢的唱词来表现，流利快速的顺口溜恰恰是用来表现李翠莲"快嘴"特征的最好形式。所以，与其说这篇话本的体制是唱本的改编，倒不如说是话本的作者为"快嘴李翠莲"特意量体裁衣，设计定作的。李翠莲的满嘴顺口溜，令人忍俊不禁，增添了话本的喜剧气氛，让人看到一位性格开朗，敢于反抗传统意识的妇女形象。这篇话本应是民间说唱艺人口头编创的记录加工本，一般文人是难于拟作的。

---

① 程毅中辑注：《宋元小说家话本集》，齐鲁书社 2000 年版，第 364—365 页。
② 郑振铎：《明清二代的平话集》，《郑振铎全集》第四卷，花山文艺出版社 1998 年版，第 348 页。
③ 谭正璧：《话本与古剧》，上海古籍出版社 1985 年版，第 50—51 页。
④ 叶德均：《宋元明讲唱文学》，叶德均：《戏曲小说丛考》下册，中华书局 1979 年版，第 652 页。
⑤ 胡士莹：《话本小说概论》上，中华书局 1980 年版，第 291 页。

第三种类型：词曲体话本的文体特征。

词曲体小说与诗话体小说的不同之处在于，诗话体话本小说中的代言体韵文是用作念诵的，而词曲体话本小说中穿插了许多用于歌唱的韵文。这种文体形式在民间说唱中也是源远流长。

较早的词曲体话本小说有唐代的《伍子胥》话本，故事叙伍子胥复仇事，主要情节与《吴越春秋》等书的记述相似，但也增加了不少新奇的情节。如伍子胥出逃途中，忽遇一家，叩门乞食，原来是其姊家，其姊用哑迷暗示他速去，两个外甥却想捉住舅舅去领赏，伍子胥用法术掩护以脱身；又遇一家，叩门乞食，竟是他自己的妻子，夫妻不敢相认，互相用药名做成文辞对答。伍子胥出逃途中得到渔父的救助，后来伍子胥灭楚后竟册立渔父之子为楚帝。这些情节显然是民间艺人的创造，显示了民间文学的特色。作品中的韵文有十五段，韵散比例约为1:5，以散文叙述为主，所以应视为话本，而不是以唱词为主的说唱文学。十五段韵文多数是代言体，但也有少量叙述体，反映了早期兼说兼唱的唐话本受到了变文说唱体制的影响。这十五段韵文，用于伍子胥答话、抒怀的有七段，楚使回复楚平王话语一段，浣纱女答话一段，姐弟间的对答一段，夫妻间对话二段，渔父之子唱词一段，叙述人用作叙述情节、有诗为证的二段。可见多数韵文是用作代言体。这些韵文的前面有很多都注明是唱的，如用于伍子胥的韵文前面就写着"按剑悲歌而叹曰"、"遂作悲歌而叹曰"、"乃为歌曰"等，韵文唱完，还有"悲歌已了"字样，渔人之子的唱词前也是注明"口唱歌而言曰"。如伍子胥逃亡途中得到渔人救助，与渔人告别一段：

> 遂别鱼（渔）人南行，眷恋之情，悲伤不已。回头遥望，忽见鱼（渔）人覆船而死。子胥愧荷鱼（渔）人，哽咽悲啼不已，遂作悲歌而叹曰：
> 大江水兮淼无边，云与水兮相接连。
> 痛兮痛兮难可忍，苦兮苦兮冤复冤！
> 自古人情有离别，生死富贵总关天。
> 先生恨胥何勿事？遂向江中而覆船！
> 波浪舟兮浮没沉，唱冤枉兮痛切深。
> 一寸愁肠似刀割，途中不禁泪沾襟。
> 望吴邦兮不可到，思帝乡兮怀恨深。

倘值明主得迁达，施展英雄一片心。

悲歌已了，更复向前，棲（悽）怆依然：……①

唱词的形式基本是七言诗句，内容是情节的延伸，整个故事以说为主，穿插以少量的这类唱词，所以，可以算是词曲体话本。

穿插以词调唱曲的宋代话本小说有《刎颈鸳鸯会》。本篇叙述蒋淑珍与男子通奸，最后因奸被丈夫杀死的故事。话本在叙述中插入了【商调·醋葫芦】曲十首，第一支曲前面有"奉劳歌伴，先听格律，后听芜词"字样，以下各支【醋葫芦】曲及末尾【南乡子】一曲，则有"奉劳歌伴，再和前声"字样，话本的叙述部分用口语散文，唱的部分用词调。这种说唱形式，与宋人赵德麟的【商调·蝶恋花】鼓子词相似，有研究者将《刎颈鸳鸯会》的文体也说成是鼓子词②，这是着眼于作品的唱词部分来命名，但就整体的"说话"体制而言，《刎颈鸳鸯会》还是一篇话本小说，《清平山堂话本》篇后有"新编小说刎颈鸳鸯会卷之终"字样，表明刊刻者就将此篇视为话本小说。其实赵德麟的【商调·蝶恋花】《莺莺传》也可视为小说，因为他在开头的序中说，元稹的小说《莺莺传》"倡优女子，皆能调说大略。惜乎不被之以音律，故不能播之声乐，形之管弦。"赵德麟所说的"不被之以音律"的"调说"，应是民间女艺人以不带唱词的"说话"形式讲说这个故事，也就是用口语白话讲说，如果是一位精通白话语言的民间写手用口语白话将"倡优女子"的"调说"记录下来，这本来也应该是一篇如同《刎颈鸳鸯会》般的话本小说，可惜的是赵德麟不会使用白话写作，所以他无法用白话记录"倡优女子"的"调说"，而只能是截取文言小说《莺莺传》的原文，再"被之

---

① 黄征、张涌泉校注：《敦煌变文校注》，中华书局1997年版，第9页。

② 郑振铎认为《刎颈鸳鸯会》与赵德麟【商调·蝶恋花】鼓子词"其格局正同。虽入'话本'之选，殆也是一篇鼓子词吧。其韵文部分以十篇【醋葫芦】小令组成之，其散文部分则为流利的白话文的记事（当是用作讲念的）。和赵德麟之引用《莺莺传》原文似没什么两样。而其每入歌唱处，亦必曰'奉劳歌伴'，也正和【蝶恋花】同。"郑振铎：《中国俗文学史》，《郑振铎全集》第七卷，花山文艺出版社1998年版，第292—293页。叶德均认为《刎颈鸳鸯会》"它虽然和赵令畤的作品用文言的有差异，但两者都是作为讲说之用的。韵文是【商调·醋葫芦】十首。第一首前有'奉劳歌伴，先听格律，后听芜词'，以后九首也有：'奉劳歌伴，再和前声。'这证明它确是鼓子词一类。"叶德均：《宋元明讲唱文学》，叶德均：《戏曲小说丛考》下，中华书局1979年版，第634页。

以音律"加之以【蝶恋花】词。这样，由于没有类似《刎颈鸳鸯会》的话本体制，研究者只着眼于唱词形式，于是，赵德麟的【商调·蝶恋花】《莺莺传》就被称之为鼓子词了。

"说话"表演中穿插以唱词是常见的，这种词曲体小说一般都与民间艺人兼说兼唱的伎艺表演有关，如果仅供案头阅读就没有必要采取此种形式，所以，《刎颈鸳鸯会》也应是来自对"说话"表演的记录加工。

再说"拟作改编本"的生成方式及文体特征。

鲁迅将《宣和遗事》归之于拟作改编之列，他说："盖《宣和遗事》虽亦有词有说，而非全出于说话人，乃由作者掇拾故书，益以小说，补缀联属，勉成一书，故形式仅存，而精彩遂逊，文辞又多非己出，不足以云创作也。"又谓《宣和遗事》："惟节录成书，未加融会，故先后文体，致为参差，灼然可见。其剽取之书当有十种。"①《宣和遗事》既模拟"说话"，又"掇拾故书"，以改编为主，属于"拟作改编本"，这可以从其内容组合上看出。

鲁迅将《宣和遗事》分为十部分。具体看，第一部分概述历代帝王荒淫之失，是仿照讲史体编写的一个"引首"；第四、五两部分讲述梁山泊聚义本末及徽宗宠幸李师师，是记录讲史艺人的口头创作；第七部分写汴京元宵歌舞升平的景象，多用说书口吻，语言通俗流畅，应是民间说话常见的段子；第二、三、六、八、九、十各部分，主要是转抄多种史书或野史笔记，连缀而成：如第二部分记"王安石变法之祸"，第三部分从"安石引蔡京入朝任事"到"命童贯蔡攸帅师巡边"，第八部分从"卖菜男子生孕"到"钦宗悔不用种师道之言"等，多是节录自南宋陈均《九朝编年备要》，其中有的段落还摘自《续宋编年资治通鉴》及南宋赵与时的《宾退录》；第九部分记"金兵入城，二帝北行受辱"，主要录自《南烬纪闻》及署名辛弃疾的《窃愤录》《窃愤续录》；第十部分从"金兵初追康王"至结尾，主要录自《续宋编年资治通鉴》②。总之，《宣和遗事》"补缀联属"几种史料而成，但头尾又有"入话诗"、"篇尾诗"，并常穿插以"且说"、"今日话说的"等说话人

---

① 鲁迅：《中国小说史略》，人民文学出版社 1973 年版，第 97、100 页。

② 关于《宣和遗事》所引史料，参见汪仲贤：《宣和遗事考证》，郑振铎辑：《中国文学研究》下（小说月报第十七卷号外），商务印书馆 1927 年版；[日] 冈村真寿美：《试论〈宣和遗事〉的成书过程》，吴兆路、金伯昀主编：《中国学研究》第一辑，中国书籍出版社 1997 年版。

口语，可知是一部仿照讲史话本体制的拟作改编本。

《新编五代史平话》也属于拟作改编本。《五代史平话》各史开头叙述主要人物如黄巢、朱温、刘知远、郭威的出身以及发迹经过时，口头讲说的口吻十分明显，应是来自民间说话艺人的口头创作，但主体部分主要是依据史书改写而成。如周兆新将此平话与史书对比之后说："《新编五代史平话》约四分之三的篇幅，系直接依据史书加工而成。"① 丁锡根说，《五代史平话》虽也采用民间传说故事，但"主要内容皆取材《通鉴》，其结构脉络亦多依傍《通鉴》体例"②。又有研究者在进行具体比对后提出，《新编五代史平话》是元代下层文人，依据《资治通鉴纲目》《五代史详节》等史书编纂而成的③。故此书应属拟作改编。

"说五代史"与"说三分"都在北宋年间就已兴盛，《东京梦华录》同时记载有"霍四究'说三分'"、"尹常卖《五代史》"，为什么流传下来，《三国志平话》会有记录加工本出现，而《五代史平话》就是拟作改编本呢？我想其中主要原因在于三国故事为民众喜爱的人物更多，长篇结构更完整，所以故事流传更久远。从《三国志平话》可以看出，单由蜀汉人物故事就可以串联成长篇讲史话本，故事人物线索的集中，使得三国故事在讲史艺人间更容易流传有序。而"五代史"的题材各代有各代的人物故事，虽也曾流传一时，但难以成为统一的故事线索而形成一个长篇话本。如关于"五代史"，南宋罗烨《醉翁谈录》"小说开辟"提到讲说黄巢的《黄巢拨乱天下》，宋代诸宫调话本有《刘知远》，宋代"小说"话本有讲说郭威、史弘肇的《史弘肇传》，可知，《五代史平话》开头部分的人物故事，在宋代也曾盛行一时。这些单个的人物故事应是广为流传的，《平话》编者就比较容易得到有关这些人物的传说故事，这就出现了如同元刻《五代史平话》那样，各史开头叙述主要人物如黄巢、朱温、刘知远、郭威的发迹部分，民间说话艺人口头讲说的口吻就十分明显。除了这些个别人物故事之外，《五代史平话》中的大部分史事，之所以照搬史书，显然也是无更多现成话本可用，不得不套用史书，于是就成了拟作，《五代史平话》实际是少量的记录加工与大量的拟作

① 周兆新：《讲史话本的两大流派》，程毅中主编：《神怪情侠的艺术世界》，中共中央党校出版社 1994 年版，第 121 页。

② 丁锡根：《〈五代史平话〉成书考述》，《复旦学报》1991 年第 5 期。

③ 参见罗筱玉：《〈新编五代史平话〉成书探源》，《文学遗产》2012 年第 6 期。

的融合。

据史拟作改编的《武王伐纣平话》依据的史书主要有《尚书》中的《牧誓》《武成》,《史记》中的《殷本纪》《周本纪》等。《武王伐纣平话》据史编写之外亦多民间传说成分,周贻白对此书四十二个图题考核后指出:"其间事实有见诸史书及其他载籍者,有过于悠谬或出诸传说者,大抵真伪参杂,虚实并行。"① 孙楷第针对其中的虚构处指出:"有时亦至活泼,富有民间传说之俶诡趣味。"②

《前汉书平话续集》据以改写的史书主要有《汉书》的《高帝纪》《高后纪》以及《韩信传》《彭越传》《樊哙传》等,但其中也穿插有民间传说成分,如《前汉书平话续集》卷中对梁王彭越被斩前不祥之兆的描写:"路逢一老鸦,于梁王头上啅噪。梁王不忍,张弓射之,箭落处不见老鸦,见一石碑,上穿一箭。前来视之,上有金字一十四字,曰:'去年斩了擎天柱,今岁合摧架海梁!'梁王有疑惑之心。又见一老人,哭了三声,言道:'不可去。'言讫,不见老人。梁王疑是不祥之兆。"被斩后,"两京人民尽皆言高祖无道,怨气冲天。忽降血雨三日,田苗皆死。"待英布在船中吃下高祖、吕后所赐羹肉,知是梁王肉,"英布急将手指于口内,探出食物,吐之江中,尽化为螃蟹。"③ 这些描写神奇怪诞,显然属于民间虚构。

记录加工本与拟作改编本的区别,主要在于"记录"传说和据史"拟作"的成分各自所占比重不同,这可以从其比较明显的倾向看。上面列举的"拟作改编本"如《宣和遗事》《五代史平话》《武王伐纣平话》《前汉书平话续集》,其主要成分就是据史改编,另穿插以少量的民间传说。再如《秦并六国平话》也主要是据《史记》和《资治通鉴》等史籍加以节录剪裁,有些文字则直接移植,其中的李斯《谏逐客书》就是全文照录,全书忠实于历史,虚构成分较少,语言半文半白,应是文人的拟作,其中两军对阵的描写与《七国春秋平话后集》的战阵描写相近,或是编写时对后者有所仿拟。总的看来,"拟作改编本"虽有一定的民间创作的影响,但文人据史改写的痕迹过重、成分过多,艺人口头创作的特征已不明显。

---

① 周贻白:《〈武王伐纣平话〉的历史根据》,沈燮元编:《周贻白小说戏曲论集》,齐鲁书社1986年版,第4页。

② 孙楷第:《日本东京所见小说目》,上杂出版社1953年版,第11—12页。

③ 丁锡根点校:《宋元平话集》下,上海古籍出版社1990年版,第699—702页。

　　以上这些拟作改编的讲史话本，据史书改写，多用编年体叙事，其中一些来自民间传说的人物故事叙述，又类似于人物纪传，这种"编年体穿插以纪传体"的写法，开创了后世历史演义体小说的叙事体例。

　　宋元小说家话本中也有明显的拟作改编本。

　　例如，《清平山堂话本》中《欹枕集》的各篇，有较多的文言成分，较少说话人的诗词套语，有些直接据史书改写，口头创编的特征并不明显，更多地带有书面拟作的风格。《欹枕集》现存七篇中有五篇是据史书改写的，《羊角哀死战荆轲》，郑振铎就认为本篇"具有很浓厚的近代的拟作之气息"①，据程毅中《清平山堂话本校注》本篇附录，据以改写的主要史书、笔记有：汉蔡邕《琴操》卷下《三世穷》、《太平御览》卷四二二引《烈士传》、句道兴《搜神记》等②。《死生交范张鸡黍》故事出《后汉书》卷八十一《独行列传》及《津逮秘书》本《搜神记》卷十一，而有增饰。《老冯唐直谏汉文帝》本事出《史记》卷一百零二《冯唐列传》，有所增饰。《汉李广世号飞将军》主要据《史记》卷一百零九《李将军列传》和《汉书》卷五十四《李广传》改写。《雪川萧琛贬霸王》萧琛徙项羽神还庙，事见《梁书》卷二十六、《南史》卷十八本传及沈徵《谐史》，又孔季恭事出《宋书》卷五十四《孔季恭传》，萧猷事出《南史》卷五十一《萧猷传》，其中神异事迹亦散见吴兴方志③。此外，还有两篇虽然不是据史书改写，但《夔关姚卞吊诸葛》除篇首有"入话"二字之外，全篇极少"说话"痕迹；《李元吴江救朱蛇》，文白相间，而以文言成分居多，程毅中认为此篇"似编纂于元代以后，或经明人改写。"④

　　美国学者韩南认为："《六十家小说》中《欹枕集》的各篇显然是出自同一作者之手。这些小说自成一集，各篇的题目又上下对偶，主题相似，显然是专为这个集子所作。作者很可能就是洪楩本人或他的某个合作者。""《欹枕集》是第一部由单个作者写成的小说集，作者的个性表现得很清楚。作者

① 郑振铎：《明清二代的平话集》，《郑振铎全集》第四卷，花山文艺出版社1998年版，第357页。

② 参见程毅中校注：《清平山堂话本校注》，中华书局2012年版，第419—421页。

③ 参见孙楷第：《小说旁证》，人民文学出版社2000年版，第12—13页。程毅中校注：《清平山堂话本校注》相关篇题说明。

④ 程毅中校注：《清平山堂话本校注》，中华书局2012年版，第501页。

显然是一位文人，他接受了话本的语言和叙述方法，对问题的认识和态度却和一般话本很不一致。给人以和前人不同、却和后来的小说颇为相似的印象。"①程毅中在《汉李广世号飞将军》的"存目叙录"里说："或谓《欹枕集》为文人个人创作，多据史书敷演，亦末尽然。或出书坊主人改编话本而作，近似《全汉志传》等演义小说"②。所谓"书坊主人改编话本而作"，其话本的痕迹也很淡，更多地应是模拟话本的编写，应该算是拟作改编本。这些文人模拟"说话"体制而"拟作改编"的话本小说，开启了文人案头书面创作小说的先河。

宋元话本由对"说话"的"记录加工"到对"说话"的"拟作改编"，促成了中国古代白话小说走向案头。

四、杂剧文本的生成方式与文体演化

元杂剧与宋元"说话"的文本化进程大体是同步的，它们同在瓦舍中献艺；同是到了元代有了源于表演记录的单行的刻本：宋元话本有元刊《红白蜘蛛》（残页）、《三国志平话》等，元杂剧有"元刊杂剧三十种"；又同是到了明代嘉靖年间各自出现了保存有早期文本原貌的"选集"：宋元话本有洪楩的《六十家小说》，元杂剧有李开先的《改定元贤传奇》；同样是到了明代万历年间，又各自有了对早期话本或杂剧进行精细加工的文学读本：冯梦龙的"三言"和臧懋循的《元曲选》。

相同的社会文化的历史进程，决定了二者的文本化趋向都要走向文学性和可读性，小说、戏曲等通俗叙事文学地位的提升总是要求其文本的文学性也要不断提升。不同的是，场上表演的"话本"，一旦走向文本，就远离了表演，最终逐渐转化为纯粹的案头读物——话本小说，而杂剧的文本化却始终离不开表演，剧本再怎么加工也要与场上的表演合拍，否则就不是剧本了。所以，当杂剧走向文本化之后，杂剧文体的演变就不是如"话本"那样完全是加工编刊者所为，杂剧文本的生成与演变，是场上表演的变化与文本加工者不断互动的结果。也就是说，杂剧文本的演变，如《元刊杂剧三十种》、李开先的《改定元贤传奇》、臧懋循的《元曲选》等杂剧文本间的异

---

① ［美］韩南：《中国白话小说史》，尹慧珉译，浙江古籍出版社 1989 年版，第 57 页。
② 程毅中辑注：《宋元小说家话本集》，齐鲁书社 2000 年版，第 806 页。

文，固然是李开先、臧懋循等人的加工所为，但他们加工上的很多差异实际上也反映了场上表演的变化，在研究杂剧文本演化时，不可不关注场上表演的变化。

依据剧本的时代和形态，我们可以将现存的元杂剧刊本分为三种类型：一是《元刊杂剧三十种》，它反映了元代杂剧舞台演出的面貌，是"掌记"性质的读本；二是明代《元曲选》之外的李开先的《改定元贤传奇》、陈与郊的《古名家杂剧》、息机子的《古今杂剧选》、赵琦美的《脉望馆钞校本古今杂剧》等，这些明本之间文字基本相同，而与《元曲选》区别较大，其中李开先的《改定元贤传奇》，还留有比较接近元刊杂剧的地方，可视为从元刊杂剧的掌记性到《元曲选》的文学性之间的过渡本；三是臧懋循的《元曲选》，是经加工规范的文学读本，其后孟称舜的《柳枝集》和《酹江集》与《元曲选》属同一类型。

三种类型刊本，体现了元杂剧演出形态的变化以及文本形态从掌记性、过渡性到文学性的演变。下面就以代表三种类型的《元刊杂剧三十种》《改定元贤传奇》《元曲选》三种刊本为例，从剧本的刊行方式、分折、题目正名、宾白等几方面做一比较分析，来看元杂剧文本形态的演变。

（一）刊行方式

从刊行方式看，元刊杂剧是较少加工兼具"掌记"和"观剧参考"双重性质的"单行本"，至明代中叶出现了经编选加工专供浏览品味的"赏读性"的元杂剧"选集"。

《元刊杂剧三十种》原为三十种单行本，非为一集，这从它们的总题可以看出，这三十种每篇前后都有总题，总题是"题目"、"正名"之外的全剧总标题。"元刊杂剧"的每篇总题与明刊本相比，最大的不同就是它的广告性。剧首总题中的广告信息，标榜刊刻地点为"大都"的有四种，"古杭"七种（在剧尾"总题"的有一种《古杭新刊张鼎智勘魔合罗》）。大都、杭州既是元代南北演剧中心，也是当时的印刷刊刻中心，标此二地以示正宗，更具影响力。此外，就是于剧首"总题"中声称是"新编"、"新刊"、"关目"、"的本"、"足本"等，有的在剧尾"总题"中还注明"关目全"（《新刊的本薛仁贵衣锦还乡关目全》）、"的本全"（《大都新刊关目东窗事犯的本全》等四种）、"全"（《大都新编关张双赴西蜀梦全》）、"全毕"（《新刊关目三度任风子的本全毕》）等。"新编"、"新刊"说明此前还有"原编"、"旧刊"；"关

目全",是指情节完整的本子;"的本",是"真本",即未经改动的"原本";
"足本",是未经删节的"全本",广告用语的多样不一,说明它们原先是各
自单独刊行的。

元刊杂剧"总题"中这些用词不同的广告语表明,这些杂剧刻本并非如
有的研究者所说,"是艺人为了演出或传授剧目而自刻,非是坊本。"① 如果是
单为演员自用,无须如此大肆做广告推销,应是除演员自用外,当时杂剧演
出盛行,广大世俗观众也迫切需要这些"曲本"以作观剧参考。于是,书坊
主为省时省工或者说当时还不懂加工,就找来剧团的"掌记本",照原样翻
刻,这就形成了元杂剧最初这种兼有"掌记"和"读本"双重性质看似不规
范的文本形态。书坊主纷纷声称"新编"、"新刊,""关目全"、"的本全",
这也说明当时书坊竞相编刊的结果,使各类"新编"与"旧刊"、"全"与
"不全"的杂剧版本充斥市场,说明当时杂剧演出不仅盛行而且面对的是数
量极大的市民观众,需求量十分巨大。李开先编选《改定元贤传奇》时,自
称"乃尽发所藏千余本",这家藏的"千余本"元杂剧,不仅数量众多,而
且据清何煌校勘脉望馆本《王粲登楼》的题记,可知他所用过的《王粲登楼》
为元抄本,也就是说,李开先家藏的"千余本"元杂剧,应有不少是来自元刊
元抄。

元刊杂剧剧首"总题"中的广告语,用词不同也说明它们来源不一。
在剧首"总题"的各色广告语中,有的相当一致,这令我们想到这可能是来
自某一书坊的同一次刊刻。如下面这类不标地点而标明"新刊关目"的十一
篇杂剧:

新刊关目闺怨佳人拜月亭

新刊关目诈妮子调风月

新刊关目好酒赵元遇上皇

新刊关目看钱奴买冤家债主

新刊关目马丹阳三度任风子

新刊关目汉高祖濯足气英布

新刊关目张鼎智勘魔合罗

新刊关目严子陵垂钓七里滩

---

① 杜海军:《〈元刊杂剧三十种〉的刻本性质及戏曲史意义》,《艺术百家》2010 年第 1 期。

新刊关目全萧何追韩信

新刊关目陈季卿悟道竹叶舟

新刊关目诸葛亮博望烧屯

还有一类标明"新刊的本"的有三篇：

新刊的本泰华山陈抟高卧

新刊的本散家财天赐老生儿

新刊的本薛仁贵衣锦还乡

标明地点为"大都"的四种杂剧中有三类用语：

"大都新编"：《西蜀梦》《疏者下船》。

"大都新编关目"：《汗衫记》。

"大都新刊关目"：《东窗事犯》。

地点为"古杭"的七种杂剧中有三类用语：

"古杭新刊的本"：《单刀会》《三夺槊》《紫云庭》《贬夜郎》。

"古杭新刊关目"：《霍光鬼谏》《周公摄政》。

"古杭新刊"：《焚儿救母》。

以上八类广告语，有的统一标明"新刊关目"、"新刊的本"，有的统一标明"大都"、"古杭"等地点，另有四类分别标识为"新编足本"（《张千替杀妻》）、"新编关目"（《火烧介子推》）、"新编"（《铁拐李》）、"新刊"（《范张鸡黍》）等字样。这样，"元刊杂剧三十种"按广告用语的类别可分为十二类，还有只有剧目的《赵氏孤儿》一种。这每一类广告语很可能就是某一书坊的某一次刊刻，同为"大都"或"古杭"却有不同种类广告用语的，或者是不同书坊所刻，或者是同一书坊照搬"旧本"标题的翻刻。总之，多种广告用语说明了元代书坊刊刻的杂剧，底本来源多，翻刻的次数多。

造成"元刊杂剧三十种"广告用语类别多的一个主要原因，是由于它们每种杂剧都是单行本，书坊一次可以印几种，也可以只印一种，即便是印一种也须将它包装宣传一番，这自然就出现了广告用语参差错落的情况。单行本元刊杂剧的流行，说明了元刊杂剧只是为方便观剧用的"曲本"和"掌记本"，还没有成为案头欣赏的文学读本。到了明代嘉靖年间开始有了元杂剧的选集，高儒于嘉靖十九年（1540）所编《百川书志》卷六"外史"类著录有郑德辉《伯梅香骗翰林风月》、乔梦符《玉萧女两世姻缘》、宫大用《死生交范张鸡黍》、郑德辉《醉思乡王粲登楼》四种杂剧，并有自注云："自

《翰林风月》至此四种即《四段锦》。"①《四段锦》为元杂剧选集，今不存。李开先《改定元贤传奇序》述其编订缘起时提到了包括《四段锦》在内的几种杂剧选集："选者如《二段锦》、《四段锦》、《十段锦》、《百段锦》、《千家锦》，美恶兼蓄，杂乱无章。"② 正是有感于此，李开先"乃尽发所藏千余本"，"就中又精选十六种"，刻为《改定元贤传奇》。与元刊杂剧"掌记性"的单行本不同，"选集"显然是为了满足文人同时对多种杂剧的浏览品味与赏读，后由臧懋循改订的《元曲选》则更规整更具阅读性。这样，从作为演出提示的单行本的"元刊杂剧"，到明代《改定元贤传奇》《元曲选》等选集的出现，元杂剧的文本完成了从偏重演出性到偏重文学性的转变。

（二）分折

"元刊杂剧三十种"不分折，但元代钟嗣成《录鬼簿》又有分折的记载，明刊本以《元曲选》为代表也将元杂剧分为四折。元杂剧的分折如果是元代就有的，为什么"元刊杂剧"不分折？如果是明人所为，为什么元代钟嗣成《录鬼簿》又有分折的记载？杂剧在元代是否分折，学术界有不同看法。

认为杂剧在元代就分折的，主要是以《录鬼簿》的分折为据。如康保成认为：

> 从明中叶以前的记录看。首先看各本《录鬼簿》。《说集》本在李文蔚《金水题红怨》、张时起《秋千架》下均注云："六折"，在李时中《黄粱梦》下注云："第一折马致远，第二折李时中，第三折花李郎学士，第四折红字李二。"在纪君祥《贩茶船》下注云："第四折庚清韵"。曹栋亭本在汪勉之下注云："鲍吉甫所编《曹娥泣江》，公作二折。"天一阁本《录鬼簿》李时中的吊词有云："东篱翁头折冤，第二折商调相从，第三折大石调，第四折是正宫。"这说明杂剧在元代即是分折的。③

相反，认为杂剧在元代不分折的，是以元刊杂剧的文本形态为据，如郑振铎说：

---

① （明）高儒：《百川书志》，古典文学出版社 1957 年版，第 84—85 页。
② 吴毓华编：《中国古代戏曲序跋集》，中国戏剧出版社 1990 年版，第 51 页。
③ 康保成：《中国古代戏剧形态与佛教》，东方出版中心 2004 年版，第 212 页。

　　元刊本的杂剧三十种，每一种的剧文，都是连写到底，并不分折的。明初周宪王刊的诚斋乐府三十余种，每一种的剧文，也都是连写到底并不分折的。即宣德本的刘东生《娇红记》，其剧文也便是每卷连写到底，并不分折的。

　　……

　　杂剧在实际上供演唱之资的时代，人人都知道其格局，且在实际演唱之时，也大都是一次把全剧都演唱完毕的，故无需去分什么折，什么出。全剧原是整个的。直到刘东生的晚年（宣德时代）还是维持着这样的习尚。

　　杂剧的分折人，约是始于万历时代，至早也不能过嘉靖的晚年。嘉靖戊午（三十七年）绍陶室刊本的杂剧《十段锦》，也还不曾有什么分折或分出的痕迹。

　　为什么杂剧的分折，要到万历时代方才实现呢？这是很容易明白的，凡是一种文体或思潮在其本体正在继续生长的时候，往往是不会立即成为分析的研究对象的。到了它死灭，或已成为过去的东西，方才会有更精密的探索与分析。万历时代是"南杂剧"（此名称见于胡文焕的《群音类选》）鼎盛，而"北杂剧"已成了过去的一种文体的时候（且实际上也已绝迹于剧坛之上），所以，臧晋叔诸人，乃得以将它的体裁，加以分析，将它的剧文，加以章句。这情形正和汉代许多抱残守缺的经生们对于周、秦古籍所做的章句的工作，毫无二致。[1]

　　郑振铎是将元刊杂剧看成与杂剧的"实际演唱"形态相统一的。杂剧在"实际演唱"时，"大都是一次把全剧都演唱完毕的，故无需去分什么折，什么出。全剧原是整个的。"所以，"元刊本的杂剧三十种，每一种的剧文，都是连写到底，并不分折的。"

　　笔者同意郑振铎的看法，是因为郑振铎提出了要区分开"实际演唱"的杂剧与作为"分析的研究对象的"杂剧。也就是说，在元代，"实际演唱"的杂剧是不分折的，给杂剧分折，是为分析研究或阅读方便才划分的。

---

① 郑振铎：《〈西厢记〉的本来面目是怎样的？——〈雍熙乐府〉本〈西厢记〉题记》，《郑振铎全集》第四卷，花山文艺出版社 1998 年版，第 570—571 页。

郑振铎指出,杂剧在元代是"实际上供演唱之资的时代",包括元刊杂剧剧本在内的元杂剧,其性质都是"实际演唱"的杂剧。而钟嗣成的《录鬼簿》是对杂剧"所做的章句的工作",是条分缕析的研究,是属于对元杂剧进行"更精密的探索与分析"的著作,元杂剧是他"分析的研究对象",他需要"折"的划分与命名,以便于表述。而元刊杂剧剧本是对场上演出形态的写真,元杂剧是否分折,自然应以元刊杂剧的剧本形态为据。以《元曲选》为代表的明刊元杂剧的分折,也是"将它的体裁,加以分析,将它的剧文,加以章句"的结果。世间事物总是先有了事物本身的存在,然后才有人们对它的认识与命名。杂剧的分折也不例外,杂剧在"供演唱之资的时代",演员专注于表演,观众陶醉于表演,杂剧不长,中间又穿插以各类杂戏表演以串联,元杂剧从头至尾的连演形式,使观众无须指认全剧分几折,只有像钟嗣成那样,为研究的方便才去分折。

现今见到的分折杂剧始自明代嘉靖以后。郑振铎举出明初周宪王朱有燉的《诚斋乐府》①、宣德本的刘东生《娇红记》、嘉靖戊午(三十七年)绍陶室刊本的杂剧《十段锦》,都是不分折的,以此说明"杂剧的分折人,约是始于万历时代,至早也不能过嘉靖的晚年。"这里要补充说明的是,郑振铎未能见到大约编刻于嘉靖三十六年至嘉靖四十五年(1557—1566)之间的李开先的《改定元贤传奇》②,已经开始有分折。不过,也恰恰在《改定元贤传奇》中,元杂剧的分折却并不统一规范,其中的《青衫泪》就不分折,有学者指出:"《青衫泪》的不分折,也可以视为一种存真"③。《陈抟高卧》等其他五种杂剧虽有分折,但开始一折均未明确标出"第一折"字样,只是从第二折开始才标出"第二折"、"第三折"、"第四折"等字样,而《两世姻缘》还标作"二折"、"三折"、"四折"。在印刷格式上,这些分折标识,还未像《元曲选》一样独占一行以作为一折的标目,而是与曲文、宾白同处一

---

① 廖奔认为朱有燉现存三十一种杂剧本无总集,即使后来成集,也不叫《诚斋乐府》,据高儒《百川书志》卷六"史·外史"所记,朱有燉杂剧总名应为《诚斋传奇》,此外,另有散曲集《诚斋乐府》。参见廖奔:《"诚斋乐府"非为朱有燉杂剧总集名》,《文献》1988年第3期,书目文献出版社1988年版。

② 李开先《〈改定元贤传奇〉序》说"付之门人诚庵张自慎选取",张自慎于嘉靖三十六年前不久投奔李开先并在其家度过一段时间,编选《改定元贤传奇》应在此时。参见任广世:《〈改定元贤传奇〉编纂流传考》,《戏曲研究》第七十五辑,文化艺术出版社2008年版。

③ 解玉峰:《读南图馆藏李开先〈改定元贤传奇〉》,《文献》2001年第2期。

行之中。如图一为《改定元贤传奇》本《玉箫女两世姻缘》，右图为《两世姻缘》的剧作开头，没有标"第一折"字样，左图为"第二折"开头，却标明"二折"，且直接与下面"旦扮病梅香扶上云"等提示及说白相连，"折"的标识未单独占一行。《改定元贤传奇》分折的这种不规范，说明嘉靖时代舞台的杂剧演出只是开始向分折分场演出过渡，反映在剧本中，这时的明人虽开始尝试性地对元杂剧进行分折，但并不彻底。至《元曲选》，四折标识不仅完整标出，而且独起一行加以标明。如图二为明代万历四十四年雕虫馆刊刻《元曲选》本《玉箫女两世姻缘》，诸如第一折、第二折等折的标识，都是单独占一行，完整标出，整齐醒目。臧懋循编选《元曲选》的时代，舞台演出分折分出，已蔚然成风，臧懋循的《元曲选》既反映明代舞台实况，又出于阅读需要，使元杂剧的分折达到规范与统一。

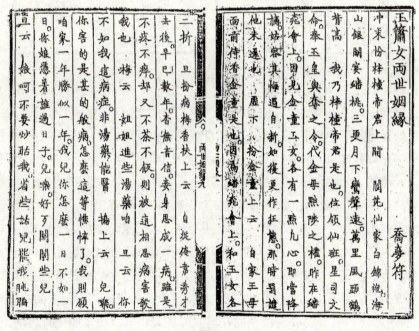

图一

剧本的二重性在于，剧本既用于舞台演出，反映舞台演出，也用于阅读，要便于阅读。元刊杂剧的不分折是反映舞台演出，钟嗣成力图为其分折是为便于阅读研究。这种演出与阅读的背离，也反映在诸如楔子、曲词的刊印形态等方面。

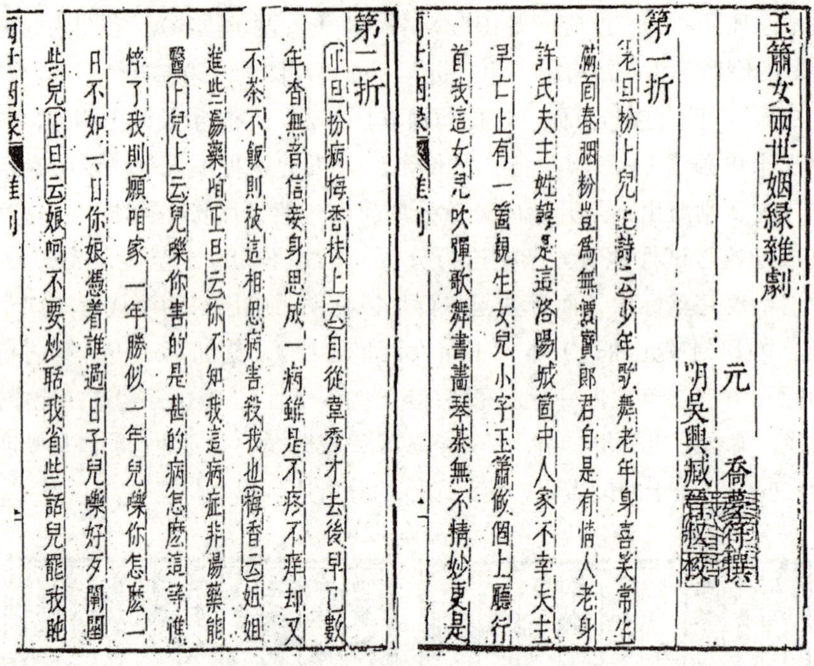

玉箫女兩世姻緣雜劇

元　喬夢符撰　吳興臧晉叔校

第一折

（花旦扮卜兒唸詩云）少年歡笑老年身，喜笑常生……滿面春風粉黛勻，為無填寶郎君，自是有情人老身……許氏夫主姓韓，是遠洛陽城箇中人家，不幸夫主早亡，止有一箇親生女兒，小字玉簫，做箇上廳行首。我這女兒吹彈歌舞書畫琴棋無不精妙更是……

第二折

（正旦扮病悔妝扶上云）自從韋秀才去後日日……年香無音信妾身思成一病，雖是不疼不癢却又……不茶不飯，則被這相思病害殺我也（梅香云）姐姐進些湯藥咱（正旦云）你不知我這病症非湯藥能……醫這些湯藥咱（正旦云）兒（梅香）你害的是甚的病怎麽這等……怕了我則願咱一年勝似一年兒（梅香）好歹開……日不如一日你娘憑着誰過日子兒（梅香）好歹開……此兒（正旦云）娘呵不要妙聒我省些三語兒罷我呵……

图二

　　如楔子，不分折的元刊杂剧中没有独立的"楔子"的标注与划分。"楔子"的标注最早出现于《改定元贤传奇》的《梧桐雨》中，但却被夹在【正宫·端正好】曲牌之下的曲词之首，并未成为与"折"并列一场戏的标目，到《元曲选》才将楔子与折并列。如图三，左图为《改定元贤传奇》本《梧桐雨》，"楔子"标在【端正好】曲牌下，像是一个注释说明，右图为《元曲选》本《梧桐雨》，"楔子"标在剧首独占一行，表示是单独的开场戏。其后的《古名家杂剧》本和《古杂剧》本《梧桐雨》亦沿袭《改定元贤传奇》的作法，将"楔子"混入曲词之内未独立使用。明代舞台随着传奇戏"副末开场"成为一种演出程式，受其影响，元杂剧的楔子逐渐成为独立的一场戏。《元曲选》使"楔子"成为独立的开场或过场戏，既反映了明代舞台演出的变化，也是为方便阅读对刊印形式进行调整的结果。

　　曲词刊印形式也一样，如上所述，折与折之间曲白的分段，是从《改定元贤传奇》开始，但还不彻底。一折之内的曲白分段，是到《元曲选》才完成。元刊杂剧的曲白都是连写的，如图四为元刊本《看钱奴买冤家债主》末折结尾处两页。

图三

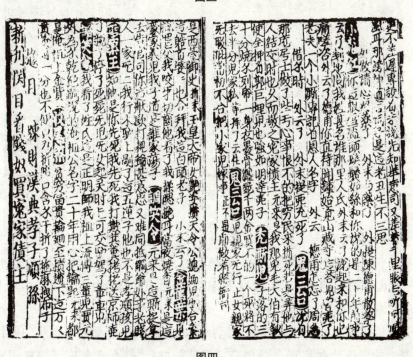

图四

这种一折之内的曲白连写，不以分行分段相区分，到《改定元贤传奇》还是如此，到《元曲选》才将每支曲牌及曲词作为单独一段另列成行。如图五《改定元贤传奇》本《梧桐雨》第三折【雁儿落】【拨不断】二曲的排列方式与《元曲选》本比较，左图《改定元贤传奇》本《梧桐雨》，第三折【雁儿落】【拨不断】二曲，不仅不单独排行，而且“雁儿落”三个字还分开占两行。右图《元曲选》本《梧桐雨》，第三折【雁儿落】【拨不断】二曲，每支曲子，单独成行，一目了然。《元曲选》本的曲牌，独立成行，自成一段，主要是为了阅读醒目。

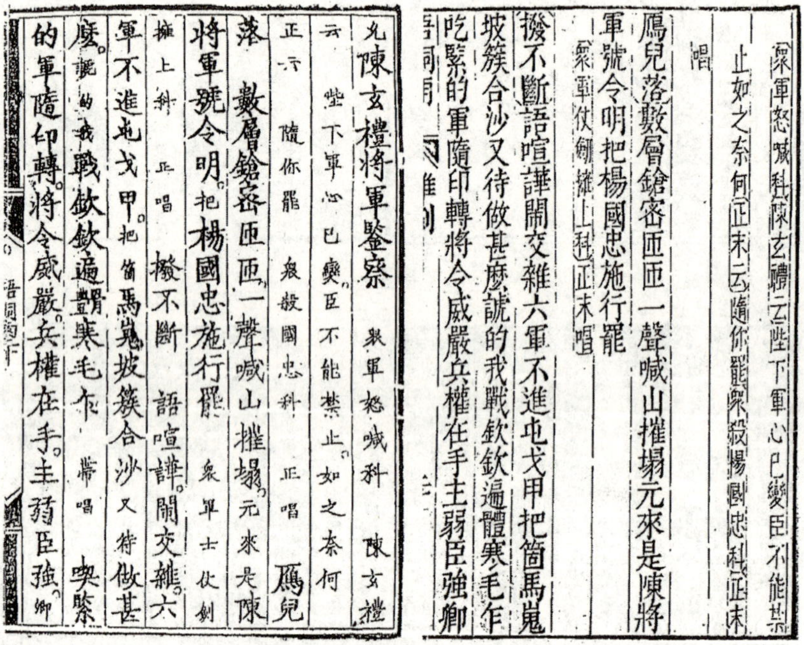
允陳玄禮將軍鑒察 衆軍怒喊科 陳玄禮
云 陛下軍心已變臣不能禁止如之奈何
正云 隨你罷 衆殺國忠科 正唱 鴈兒
落 數層鎗密匝匝一聲喊山摧塌元來是陳
將軍號令明把楊國忠施行罷 衆軍士伏劍
擁上科 正唱 撥不斷 語喧譁鬧交雜六
軍不進屯戈甲把箇馬嵬坡簇合沙又待做甚
麼誠的我戰欽欽遍體寒毛乍 帶唱 喫緊
的軍隨印轉將令威嚴兵權在手主弱臣強卿

衆軍怒喊科陳玄禮云陛下軍心已變臣不能禁
止如之奈何正末云隨你罷衆殺楊國忠科正末
唱
鴈兒落數層鎗密匝匝一聲喊山摧塌元來是陳將
軍號令明把楊國忠施行罷
衆軍伏劍擁上科正末唱
撥不斷語喧譁鬧交雜六軍不進屯戈甲把箇馬嵬
坡簇合沙又待做甚麼諕的我戰欽欽遍體寒毛乍
吃緊的軍隨印轉將令威嚴兵權在手主弱臣強卿

图五

（三）题目正名

元刊杂剧题目正名的有无、繁简不一，至明刊杂剧尤其是到《元曲选》臻于规范整饬。笔者认为，题目正名的这一演变也体现了杂剧文本由场上的表演性向阅读的文学性的转化。

要说明这一问题，先要搞清题目正名的性质。有学者以南戏的题目在剧前为据，认为题目正名是用来“报幕”的：“题目正名应该放在正戏开演之前，'报幕'式地向观众介绍剧情提要。"① 这种说法明显与题目正名都置于杂剧剧本的末尾不符。还有的学者认为题目正名是剧本的"文学结构"："所谓题目、正名只是剧本的文学结构，无需剧中人或场外人唱念。"② 其依据是明代脉望馆抄本《破窑记》剧末题目正名与剧中寇准剧末念白相重复，故不会是表演成分。问题是，既然是"文学结构"就应该是全剧不可或缺的部分，明代的例证或许可以说明明代的剧本是这样，但元刊杂剧有八本根本没有题目正名，这起码不是元刊杂剧的"文学结构"。再有就是认为题目正名是剧末作为"打散"由场外人念诵的，明末清初毛西河曾提出：

> 少时观《西厢记》，见每一剧末必有【络丝娘煞尾】一曲，于扮演人下场后复唱。且复念正名四句。此是谁唱谁念？至末剧扮演人唱【清江引】曲。齐下场后，复有【随煞】一曲，正名四句，总目四句，俱不能解唱者念者之人。及得连厢词例，则司唱者在坐间，不在场上。故虽变杂剧，犹存坐间代唱之意。③

这是说，杂剧沿连厢词之例，题目、正名不是由场上"扮演人"，而是由场下"司唱者"念诵的。孙楷第认为题目、正名是剧作结束后的"打散"表演：

> 戏曲题目，南戏皆于副末开场时亦以问答出之。其家门大意，亦于开场时念出。北曲揭橥纲领之题目正名，于何时道出？自来无言之者。唯元明人刊剧率不遗题目正名。其题目正名有置剧前者：如杂剧《十段锦》，及孟称舜《柳枝醉江集》是。有置剧后者：则自元刊本以下，如明新安徐氏刊本《古名家杂剧》、息机子刊本《元人杂剧选》、臧懋循刊本《元曲选》、以及明内府抄本曲皆如此。以今思之，自当以置剧后者为是。以也是园本《题桥记》考之，其本末折尾声后，有众

① 徐扶明：《元代杂剧艺术》，上海文艺出版社 1981 年版，第 315 页。
② 康保成：《中国古代戏剧形态与佛教》，东方出版中心 2004 年版，第 209 页。
③ （清）毛奇龄：《西河词话》，唐圭璋编：《词话丛编》第一册，中华书局 1986 年版，第 583 页。

念"瀛洲开宴"一绝。此一绝句与《风月紫云亭》之"象板银锣"一绝句相当，皆打散之词也。其"瀛洲开宴"一绝句后，即列题目正名四句。未注明何人念，疑与"瀛洲开宴"一绝皆蒙上文所记外问众答云为文。然则题目正名即由众唱出，实亦打散语也。①

笔者认为，元刊杂剧中的"题目正名"应如毛西河、孙楷第所言，是剧末场外人的表演，这从元刊杂剧有的题目、正名前已有演员下场的提示可以看出。如元刊杂剧《气英布》《衣锦还乡》《霍光鬼谏》《竹叶舟》《博望烧屯》结尾均先标明"散场"，然后才是"题目正名"；《汗衫记》结尾标的是"出场"，《任风子》标为"下"，《东窗事犯》标的是"断出了"，其后是"题目正名"；《紫云亭》在标明"散场"后，又有【鹧鸪天】词和一首七绝，接着才是"题目正名"。这都说明"题目正名"是在"散场"之后，由剧外人念诵。所以，题目正名不是剧本的"文学结构"，不是剧作家提前写好的，而是由剧团演剧时加上去的，于全剧结束时用以缴清题目。元刊杂剧另有八个剧本全无题目、正名，徐扶明认为，这八种作品中，"有七种的排印，剧本末尾没有多余的空白地方。所以，出版商就干脆不印题目正名，反正它与剧本不是连在一起的，要不要，关系不大。"② 徐扶明从版面印刷角度说明了题目正名原不是剧作的"文学结构"，故在印刷时可有可无。这些题目正名不仅有无不一，而且繁简也不同，如仅有"题目"者三本：《追韩信》《冤家债主》《任风子》；仅有"正名"者六本：《七里滩》《紫云亭》《诈妮子》《汗衫记》《赵氏孤儿》《铁拐李》；"题目"与"正名"皆有者十三本，其中"题目""正名"各一句的有六本：《单刀会》（"正名"二字原缺）、《调风月》（"题目"二字原缺）、《尉迟恭》《气英布》《周公摄政》《竹叶舟》；"题目""正名"各两句的八本：《张千替杀妻》《霍光鬼谏》《薛仁贵》《遇上皇》《博望烧屯》《东窗事犯》《焚儿救母》《老生儿》。元刊杂剧题目正名的有无、繁简不一，说明元刊杂剧的题目正名是在剧作结束时被不同的剧团陆续加上去的，并无统一预设。

现存的明刊本、明抄本杂剧也有少量无题目正名的，刊本如《改定元

① 孙楷第：《也是园古今杂剧考》，上杂出版社1953年版，第232页。
② 徐扶明：《元代杂剧艺术》，上海文艺出版社1981年版，第315页。

贤传奇》中《陈抟高卧》一种无题目正名，其他五种皆有。脉望馆抄本杂剧中的《哭存孝》《货郎旦》《黄鹤楼》《乐毅图齐》《八仙庆寿》等，也没有题目正名，到《元曲选》则每剧皆有，且大多数被整合成二句，四句者很少。《元曲选》对题目正名的规范统一，说明了《元曲选》已被加工为文学读本。

（四）宾白

元刊杂剧与明刊杂剧的最大不同就是宾白很少。现存《元刊杂剧三十种》中，《西蜀梦》《楚昭王》《赵氏孤儿》三种完全不录宾白。其余二十七种基本只有正角宾白，且数量也不多，另有《铁拐李》《介子推》《竹叶舟》《焚儿救母》四种的外脚亦有少量宾白。

元刊杂剧宾白少的原因，主要是如前面第三章第一节所论，元杂剧是非主唱者"随唱词作举止"的"曲戏"，宾白可以随情节、场景以及科诨自行编创，随机添加，无须一一写明。再加之，元刊杂剧是"掌记"本，主要记主唱者宾白，孙楷第指出这种依角色记宾白的台本，就是近世伶人所谓的"单脚本"①，元刊杂剧多记主唱者正末或正旦的宾白，就属于这种"单脚"的演出本。总之，元刊杂剧宾白少，主要是由演出的特性决定的。

明初朱有燉杂剧在题目之下都标明有"全宾"字样，剧作是曲白俱全的，这开启了既为演出也兼顾阅读性的文人杂剧的创作。明初以后的文人开始写作兼顾阅读性的曲白俱全的杂剧，与明初至嘉靖一段时期内的文人仍然看重北杂剧而鄙夷南曲戏文有关。

明代嘉靖及嘉靖之前的明代舞台上北杂剧还很流行，南曲戏文反受到文人士大夫的蔑视。直至嘉靖三十八年（1559），重北轻南之风犹存，徐渭在《南词叙录》中批评这种现象说："有人酷信北曲，至以伎女南歌为犯禁，愚哉是子！"②当时对北曲杂剧的嗜好从宫廷蔓延至文坛，如"前七子"中的王九思（1468—1551）、康海（1475—1540）、冯惟敏（1511—1580）所作戏曲仍为北曲。顾起元《客座赘语》卷九"戏剧"记，南京在万历元年（1573）以前，缙绅富贵之家逢较大宴会，邀请教坊艺人仍是"打院本，乃北曲四大套者"③。为适应当时文人对北曲杂剧创作借鉴和阅读的需求，曲白

---

① 孙楷第：《元曲新考》，《沧州集》下册，中华书局1965年版，第320页。

② （明）徐渭：《南词叙录》，《中国古典戏曲论著集成》三，中国戏剧出版社1959年版，第241页。

③ （明）顾起元：《客座赘语》，中华书局1987年版，第303页。

相生、格式整齐的可供赏读的元杂剧选集开始出现。李开先对元杂剧选集《改定元贤传奇》曲白的"改定",自己说是:"删繁归约,改韵正音,调有不协、句有不稳、白有不切及太泛者,悉订正之,且有代作者。"(《改定元贤传奇序》)① 也就是说,《改定元贤传奇》杂剧的曲白俱全,既有李开先对明代舞台杂剧演出原有记录的"订正",也有他自己的"代作"。

臧懋循《元曲选》也是依据"御戏监"本与"坊本"等明代演出记录本的"参伍校订",它与其他明刊本一样,都是反映了元杂剧在明代舞台上的演出情况。所以,宾白齐全的《元曲选》与元刊杂剧的差异,主要反映了明代舞台与元代舞台在杂剧演出上的差异。徐朔方说:"《元刊古今杂剧三十种》和《元曲选》重复的十三种,除《陈抟高卧》、《任风子》外,彼此差异极大。"并且说明这种差异不是臧懋循所为:

> 《元曲选》和脉望馆各本重出,可以和元刊本校勘的共七本,其中除《陈抟高卧》三种版本都没有曲牌的出入外,《元曲选》和元刊本的差异同时也是脉望馆各本和元刊本的差异,可见这些异文绝不是出于臧懋循的"孟浪"窜改。②

从元到明不同版本中的文字变异,主要反映的是伶人演出过程中的变异,与之对应才有了文本整理加工过程中的变异。

从舞台表演角度看,元刊杂剧带有较多的"曲戏"特征,以唱曲为主,以正脚的唱词叙述为主,其他众脚色的科白视正脚的唱词内容,"随唱词作举止",人物之间的对话本来就少,反映在元刊杂剧中,宾白自然就少。而随着时代的推移,元杂剧演出中的人物对话逐渐增多,是导致明刊杂剧宾白多的主要原因。

如元刊杂剧《看钱奴买冤家债主》第一折结尾处,圣帝命增福神借给贾弘义二十年寿限,贾弘义要求再多增加寿命,正末增福神主要是以唱曲叙述此事:

---

① 吴毓华编:《中国古代戏曲序跋集》,中国戏剧出版社 1990 年版,第 51 页。
② 徐朔方:《元曲选家臧懋循》,中国戏剧出版社 1985 年版,第 14、26 页。

（尊子云了。）（净云了。）（正末唱：）

【赚煞尾】他成家人未身安，破家人先生下。借与他个钱龙入家，有限次家私交你权掌把，借与你二十年不管消乏。你待告增加，祸福无差，贫富天公定论下。为缘何天桃三月奋发，篱菊九秋开罢，大刚是乾坤不放一时花。①

从唱词前面"尊子云了"——"净云了"——"正末唱"曲白关系安排看，应是先在说白对话中，将尊子圣帝命增福神给净脚贾弘义增寿、贾弘义求再增寿这些情节交代完毕，然后正末用下面一支曲文再将这段事情唱出。曲文的前面几句唱词就是承应"尊子云"，用第三人称"他"叙述增福事，所以就有了"他成家……"、"借与他……"的第三人称叙述，后面几句用第二人称"你"转向贾弘义，回应其"增加"寿命的要求，故有"借与你二十年不管消乏，你待告增加"等语。这种人物的科白只为引出曲词叙事的安排，使元刊杂剧整体格局都是以叙述为主，而难于形成真正的人物对话。

《元曲选》此剧，将这段曲词分拆开来，改成了增幅神与贾弘义之间的对话：

【赚煞】则你这成家子未安身，那一个破家鬼先生下。（贾仁云）我若做了财主呵，穿一架子好衣服，骑着一匹好马，去那三山骨上赠上他一鞭，那马不剌剌……（正末云）做甚么？（贾仁云）没，我则这般道。（正末做笑科，唱）我则是借与你那钱龙儿入家，有限次的光阴你权掌把。（贾仁云）上圣可怜见，不知借与我几十年？（正末唱）我则是借与你二十年仍旧还他。（贾仁云）上圣，怎么可怜见，则借得小人二十年，左右是一个小字儿，高处再添上一画，借的我三十年，可也好也。（正末云）喋声！这厮还不足哩。（唱）你还待告增加，怎知这祸福无差，贫和富都是前缘非浪假。为甚么桃花向三月奋发，菊花向九秋开罢，（带云）你道为甚么那？（唱）也则为这天公不放一时花。②

① 徐沁君校点：《新校元刊杂剧三十种》上，中华书局1980年版，第165页。
② 王季思主编：《全元戏曲》第四卷，第137页。

由于采用了对话体，于是《元曲选》将元刊杂剧用第三人称"他"处一律改为第二人称"你"，这样就增加了对话成分，主唱者与其他在场人物的交流多了，宾白也就多了起来。

再从明刊杂剧的整理加工角度看，读者的阅读需求，是促成情节完整、宾白齐全的明刊本出现的一个重要原因。

明刊本中的大量科白，在从元到明的表演舞台上早已存在，只不过早期的刊本不注重可读性，科白未被较完整地记录下来并反映在剧本中而已。随着时代的推移，剧本的阅读者增多，记录者愈来愈注重剧本的完整性，这是明刊本科白增多的一个重要原因。臧懋循在《元曲选后集序》中说其编《元曲选》的目的就是要供作南曲者参考，所谓"使今之为南者，知有所取则云尔"①，为增加可读性，在剧作加工上，臧懋循还大量删除了诸如"看有什么人来"之类的"伶人作白"留下的程式化套语，大量运用上、下场诗，结尾多用"断语"形式对全剧的情节主旨作概括，在版式上，将"韵白"与"散白"区分，凡"韵白"用"诗"的字样加以提示，书中还有插图、有音释等，其供阅读的目的是很明显的。其后孟称舜以《元曲选》为底本编选《柳枝集》《酹江集》时，更强调"置之案头"的可读性："予此选去取颇严，然以辞足达情者为最，而协律者次之，可演之台上，亦可置之案头，赏观者其以此作《文选》诸书读可矣。"(《古今名剧合选序》)②孟称舜编选杂剧选集的目的是为了让读者将其当作"《文选》诸书读"，可知，《元曲选》等明刊元杂剧，按照阅读规则，对宾白、版式等所作的加工，是迎合读者案头所需的时代风气使然。

明代嘉靖、万历年间，文人对元杂剧所做的案头化加工，并非偶然，元杂剧之外，文人对南曲戏文、话本小说、章回小说的整理加工也同时展开。

例如，在《改定元贤传奇》开始对元杂剧分折前后的同时，宋元戏文开始分出，长篇小说开始分回。明宣德写本潮州戏文《刘希必金钗记》分67出，嘉靖四十五年（1566）刊本潮州戏文《荔镜记》不仅分出且列出目。长篇章回小说形式的规范也在此时，嘉靖三十一年（1552）清白堂刻本《大

---

① 吴毓华编：《中国古代戏曲序跋集》，中国戏剧出版社1990年版，第150页。
② 吴毓华编：《中国古代戏曲序跋集》，中国戏剧出版社1990年版，第200页。

宋中兴通俗演义》各卷每节开始分为上下两目，但大多不成对；嘉靖三十二年（1553）杨氏清江堂刻本《唐书志传通俗演义》标题共九十回，每回两目，是较早出现的回目对仗精工的章回小说。

再如，李开先于嘉靖二十年（1541）罢官回山东老家后开始酝酿元杂剧的编选，有了今见最早的元杂剧集《改定元贤传奇》，并保留了元杂剧曲白不分行、不分段等原始面貌。也是在嘉靖二十年后，钱塘洪楩致力于宋元话本的编选，有了最早的宋元话本集《六十家小说》①，并保留了宋元话本的"入话"、"话本说彻，权作散场"等原始面貌。至万历年间元杂剧有了加工得更为规整精致、更具可读性的《元曲选》，而话本小说则有了冯梦龙的"三言"。这样，嘉靖、万历年间，文人不约而同地染指民间杂剧、戏文、小说作品，纷纷对它们进行同步的整理加工，构成了一个十分惹眼的时代的文化现象。

总之，无论是元刊杂剧还是明刊元杂剧，都与舞台演出紧密相连，剧本是舞台演出变化的直接反映，从元刊到明刊剧本中的变化，首先是由于从元代到明代北杂剧的舞台演出发生了变化。其次，随着时代的发展，人们阅读兴趣的增加，元杂剧的编选者们不断地对剧本进行加工改造，而有些加工改造反过来又影响于演出，正是在这种舞台演出与剧本改造的不断互动中，最终出现了代表"一代之文学"②的《元曲选》。

第三节　口头叙事的文本化与瓦舍的消亡

瓦舍作为世俗大众的娱乐场所，从唐代寺院开始兴起，在宋代都市中繁荣，至元代逐渐衰微，入明而消亡。这其间的原因是什么？笔者以为，主要原因有三,一是由于印刷媒介的介入使"口头叙事"转向"书面叙事"，二是"口传谱系的消失，使"说话"转为"说书"；三是由于瓦舍生态环境的失衡使综合的世俗娱乐广场变为单一的戏场。

①　关于《六十家小说》的编选时间，参见马廉：《清平山堂话本序目》，马廉：《马隅卿小说戏曲论集》，中华书局 2006 年版，第 81 页。

②　王国维：《宋元戏曲考》谓："元杂剧之为一代之绝作，元人未之知也。明之文人始激赏之。"又谓："元剧自文章上言之，优足以当一代之文学。"《王国维戏曲论文集》，中国戏剧出版社 1984 年版，第 84、90 页。

一、印刷媒介的介入："口头叙事"转向"书面叙事"

雕版印刷唐代虽有，却于宋代方才盛行，沈括《梦溪笔谈》卷十八"技艺"云："板印书籍，唐人尚未盛为之。自冯瀛王始印五经，已后典籍，皆为板本。"① 冯瀛王即冯道，五代时人。唐代还是"写本"的时代，宋代雕版的官刻、私刻、坊刻空前繁荣，但印刷小说、戏曲之类的通俗读物，品种数量却很少。宋代瓦舍娱乐盛行，人们更乐于涌入瓦舍勾栏，直接观看伎艺表演，在广场的"狂欢"中直接追求感官的刺激和情绪的宣泄。至金元时期，小说戏曲等通俗读物的刊行，开始大行其道。如金代刊刻的《刘知远诸宫调》，元代刊刻的《五代史平话》《全相平话五种》《元刊杂剧三十种》等，实际数量远不止于此。

对于宋代瓦舍口头叙事伎艺来说，印刷术的介入，是一次"媒介的革命"，瓦舍通俗叙事伎艺由"说—听"传播独行的时代，开始转入"写—读"传播时代。印刷媒介的介入，拓展了人们的娱乐空间，改变了人们的娱乐观和娱乐方式。按照麦克卢汉的说法"媒介是人的延伸"，如果说文字是口语的延伸，那么，印刷术就是文字的延伸，"和其他任何形式的人体延伸一样，印刷术也有心理和社会的影响，这些影响突然改变了以前的文化边界和模式。"② 由小说、戏曲等通俗读物的印行所造成的"心理和社会影响"也"突然改变了以前的文化边界和模式"，印刷文化对口传文化的"侵入"，使人们对小说戏曲中的通俗故事不一定非得到瓦舍勾栏中去"听"，他们有了新的选择，也可以去"读"。在口传文化阶段，说听双方面对面的在场交流，使得交流是双向互动的，也使得口头传统的权威得以维持；印刷文化阶段，信息不再依赖于在场，它贮存在可移动的媒介——印刷物中，"写—读"传播使得不在场的交流成为可能。印刷文化的出现，在跨越时空限制的同时，也动摇了口头传统的权威。由于读者和作者不在同一时空里，阅读活动较之于面对面的交流，可以有更广泛的受众，有更多的主动性。

相比瓦舍勾栏的"听"故事，"读"小说等通俗读物不仅成为人们不受时空限制具有更多选择自由的娱乐行为，而且，读书行为具有雅趣，这种观念早已积淀为一种传统的社会心理，读书消遣相比瓦舍娱乐场所的消遣，更

---

① （宋）沈括：《梦溪笔谈》，中华书局 1985 年版，第 117 页。

② [加拿大] 马歇尔·麦克卢汉：《理解媒介——论人的延伸》，何道宽译，商务印书馆 2000年版，第 218 页。

容易被各阶层的人广泛认同并接受。如元末给高丽人学习汉语编的《朴通事谚解》，书中说到了人们对这类通俗读物的购买心理：

> 甲：我两个部前去买文书去来。
>
> 乙：买甚么文书去？
>
> 甲：买《赵太祖飞龙记》、《唐三藏西游记》去。
>
> 乙：买时买四书六经也好，既读孔圣之书，必达周公之理，怎么要那一等平话？
>
> 甲：《西游记》热闹，闷时节好看有。唐三藏引孙行者到车迟国，和伯眼大仙斗圣的你知道么？
>
> 乙：你说我听。
>
> 甲：唐僧往西天取经去时节，到了一个城子，唤做车迟国。那国王好善，恭敬佛法。国中有一个先生，唤伯眼，外名唤"烧金子道人"。……①

"闷时节好看"，在读"孔圣之书"、"四书"、"六经"之余，可以读些解闷的《西游记》之类的通俗小说，这已成当时普遍的社会心理。

元代统治者入主中原，为维系其统治，不得不学习汉语。他们学高深典雅的文言文汉语很困难，于是，转而去学汉语白话。元代的诏书、敕令等都是先用蒙古语写成，然后再译成汉语白话，形成"白话公牍"。汉文典籍也是先由汉人大臣用当时口语来诠释讲解，或写下来成为"白话讲章"。如贯云石给《孝经》所做的白话译注《孝经直解》，将"夫孝，始于事亲，中于事君，终于立身"一句，翻译成"这孝道的勾当，在起初时，在意扶持父母，中间里在意扶持官里，这孝顺父母的扶持官里的两件儿勾当了呵，自家身里自然立者也。"②读这种翻译成白话的汉文经典，与读小说、戏曲并无二致。《朴通事谚解》选《西游记》小说片段，给朝鲜人当汉语教材，这些通俗小说自然也可以成为元蒙统治者学习汉语的教材。这是元代通俗小说戏曲读物大行其道的一个主要的社会原因。

---

① 刘坚编著：《近代汉语读本》，上海教育出版社 2005 年版，第 281 页。
② 刘坚编著：《近代汉语读本》，上海教育出版社 2005 年版，第 260 页。

通俗小说读者群的扩展使各地书坊无不争相刊印。元代刻书业居全国之首的福建建阳书坊，就刻印有大量的通俗小说。现存元刊讲史话本《武王伐纣平话》《七国春秋平话后集》《秦并六国平话》《前汉书平话续集》《三国志平话》字体圆劲都具元代建阳坊刻的风格，《五代史平话》的字体风格与之相近，小说话本有元刊《红白蜘蛛》残页，从字体版式看也是元代建阳坊刻①。读通俗小说已成为当时的社会时尚。

相反，对瓦舍勾栏的演出行为，在元代越来越被认为是不务正业而被统治者所禁限。《元典章》卷五十七"刑部"十九"杂禁"说："农民市户，良家子弟，若有不务本业，习学散乐、般说词话人等，并行禁约，是为长便。"②《元史》卷一百五"志"第五十三《刑法四》"禁令"云："诸民间子弟，不务生业，辄于城市坊镇，演唱词话，教习杂戏，聚众淫谑，并禁治之。"③无论是"民间子弟"还是"良家子弟"，"于城市坊镇，演唱词话，教习杂戏"被认定是"不务本业"、"不务生业"，当这种禁限逐渐成为一种占统治地位的社会观念时，就会改变人们的心理行为，瓦舍自然会受到冷落，失去它原有的观众群。这种情形与宋代形成鲜明的对照，在宋代，除占据勾栏的专业戏班之外，普通"路岐"戏班，随处可见。据《武林旧事》卷六"瓦子勾栏"载："或有路岐，不入勾栏，只在耍闹宽阔之处做场者，谓之'打野呵'。"④《梦粱录》卷二十"百戏伎艺"载："又有村落百戏之人，拖儿带女，就街坊桥巷，呈百戏使艺，求觅铺席宅舍钱酒之赏。"⑤瓦舍的繁荣离不开演艺的繁荣，宋代统治者对瓦舍勾栏中的民间伎艺，不仅不加禁限，反而推波助澜。如第一章第三节所论，宋代瓦舍已成为平民与皇帝贵族共享的娱乐空间，瓦舍众伎进入宫廷，瓦舍勾栏中众多的"说话"、杂剧艺人成为"御前"艺人，"御前杂剧"也在瓦舍演出。统治者对演艺感官娱乐的追求，使得北宋汴京如孟元老《东京梦华录序》所言，到处是"新声巧笑于柳陌花

---

① 参见黄永年：《论〈西游记〉的成书经过和版本源流——〈西游证道书〉点校前言》，黄永年：《文史探微》，中华书局 2000 年版，第 547 页。

② 《大元圣政国朝典章·刑部》，组生利、李崇兴点校，山西古籍出版社 2004 年版，第459 页。

③ （明）宋濂等：《元史》第九册，中华书局 1976 年版，第 2685 页。

④ （宋）周密：《武林旧事》，《东京梦华录》（外四种），古典文学出版社 1956 年版，第 441 页。

⑤ （宋）吴自牧：《梦粱录》，《东京梦华录》（外四种），古典文学出版社 1956 年版，第 311 页。

街，按管调弦于茶坊酒肆"，以致"伎巧则惊人耳目，侈奢则长人精神"①。正是在整个社会笼罩的享乐氛围中，有了"不以风雨寒暑，诸棚看人，日日如是"的瓦舍的繁盛。元代统治者一边对演艺人加以禁限，另一边又让小说、戏曲等通俗读物大行其道，这不仅改变了人们的娱乐行为方式，也"改变了以前的文化边界和模式"，同样的通俗故事消遣，使相当一部分世俗大众由去瓦舍勾栏参与群体性的"听"故事转为回归案头的个体性的"读"故事。

与瓦舍勾栏开放的群体互动的娱乐方式不同，阅读是一种在封闭空间中的个体行为，它追求个体的感情体验和理性分析，正如麦克卢汉所指出的："我们经历了许多的革命，深知每一种传播媒介都是一种独特的艺术形式；它突出人的一套潜力，同时又牺牲另一套潜力。"②新的媒介"突出人的一套潜力，同时又牺牲另一套潜力"，当人们习惯于阅读行为时，追求瓦舍感官娱乐的"潜力"，在一定程度上被抑制，瓦舍观众的被分流，就如同当今电视、网络媒介分流了影院、戏院的观众一样。

"写—读"的传播方式完全冲破了"说—听"传播的时空限制，印刷读物易携带，可以突破空间限制，同时又可以世代保存，也突破了时间限制。印刷媒介介入到小说戏曲之类的通俗读物中来，极大地激发了作家的写作热情。当小说、戏曲读本被读者广泛传阅时，作家们看到小说、戏曲也可以通过"立言"的形式承载着自己的感知、理想而"传之后世"了。元末明初，已是小说、戏曲读物开始大行天下的时代，印刷术激发了作家想将小说、戏曲"传之后世"的写作热情，这应该是《三国演义》《水浒传》、朱有燉的《诚斋杂剧》等通俗小说、戏曲的写作出现于此时的重要原因。

印刷媒介的介入，使小说戏曲写作热潮兴起，使通俗文学由俗转雅，人们在追求阅读的雅趣的同时，也使以"悦俗"为宗旨的瓦舍伎艺逐渐受到了一些人的冷落。这应是瓦舍走向解体的重要原因之一。

---

① （宋）孟元老：《东京梦华录序》，《东京梦华录》（外四种），古典文学出版社 1956 年版，第 1 页。

② ［加拿大］埃里克·麦克卢汉、弗兰克·秦格龙编：《麦克卢汉精粹》，何道宽译，南京大学出版社 2000 年版，第 96 页。

二、口传谱系的消失："说话"转为"说书"

"说话"与"说书"不同，"说话"是"口头创编"，是面向观众的现场创编，所谓"随意据事演说"（《醉翁谈录·小说引子》），说话艺人要依据现场听众的需要，随时随地对故事的内容作出新的调整和创造。"说书"是依据已经写成的"书"去说，说话人可以对书中细节做些临场发挥，但无论听众有何反应，说话人都不会对书的内容作出大的改变。"说话"是"口传故事"，口头传承，在口头传统中，"变异与稳定性这是存在于传统演进过程中的两个要素，是我们应当加以理解和掌握的。"[①] 一个故事在师徒间传承，既要保持故事的稳定性，保存住故事的遗传基因，又要为适应不同时地的听众而有所变异。遗传与变异，构成物种的"谱系"，口传故事传承中的遗传与变异，构成了这个故事的"口传谱系"。但是，当遗传与变异中的故事的"口传谱系"，被印刷出来的"书"统一定型，"印刷文本表示作者的语词已经定稿，成了'终极的形式'。"[②]"说话"转为"说书"，故事不再发生变异，听众只能听而无法参与互动，故事的"口传谱系"也就随之消失："纸质书的市场低迷时，印刷机就会停转，但数以千计的书还会留下来；而口传谱系的市场消失时，谱系本身也随之消失。"[③] 从表演者角度说，"当歌手把书面的歌看成为固定的东西，并试图一字一句地去学歌的话，那么，固定文本的力量，以及记忆技巧的力量，将会阻碍其口头创作的能力。但是，这个过程并不是从口头到书面的创作技巧的过渡。这是一种从口头创作到一种对固定文本的简单表演的过渡，从创作到重复制作的过渡。这是口头传承可能死亡的最普遍的形式之一，口头传承的死亡并非在书写被采用之时，而是在出版的歌本流传于歌手中间之时。""那些接受了固定文本观念的歌手，已然脱离了口头传统的过程。他们是复制者而非再创作者。"[④] 从接受者角度说，"说话"的互动特性，使要听故事的听众必须来现场参与，而"说书"则多了一种选择，有了"书"，听故事之外，也可以去读故事。"口传谱系"的消失使

---

① ［美］阿尔伯特·贝茨·洛德：《故事的歌手》，尹虎彬译，中华书局 2004 年版，第 147 页。

② ［美］沃尔特·翁：《口语文化与书面文化》，何道宽译，北京大学出版社 2008 年版，第 101 页。

③ ［美］沃尔特·翁：《口语文化与书面文化》，何道宽译，北京大学出版社 2008 年版，第 50 页。

④ ［美］阿尔伯特·贝茨·洛德：《故事的歌手》，尹虎彬译，中华书局 2004 年版，第 187、198 页。

"说话"消亡，也使瓦舍观众大量流失而动摇了瓦舍的存在基础。

一个有生命力的为听众所喜爱的口头故事，并不是讲一次就消失，而是几十年、几百年地被师徒传承，反复说唱。三国故事的口头传承，从北宋苏轼《东坡志林》所记"说古话"的"三国事"①、《东京梦华录》所记霍四究"说三分"，到南宋理宗时罗烨《醉翁谈录》所记的说"《三国志》诸葛亮雄材"，这其间三国故事已经被说话艺人讲说了近二百年。那些篇幅短小的小说家话本也一样，所谓"这话本是京师老郎流传"，一个讲说现实生活的短篇故事也可以在师徒间传承一二百年。一个故事"口传谱系"的构成依赖的是这个故事固有的素材、主题、套语，它们是这个故事的遗传基因。

但是，故事的"口传谱系"在师徒间的传承，并不是简单地重复，听众要听的是一个既熟悉又新鲜的故事，这就要求艺人要依据不同时地的听众有所创新，这种创新不是另起炉灶，而是在传统基础上的发挥："素材、主题和套语及其使用方式从属于一个可以清楚指认的传统。诗人的创新并不表现为引进新的素材，而是根据每个诗人、情景和听众的情况把传统的材料加以恰当的发挥。"② 所谓"把传统的材料加以恰当的发挥"，就是故事口传谱系遗传中的变异，这常有以下几种情况。

故事口传谱系的变异有的是为了适应不同时地的听众，因时因地的发挥，有了这种发挥，才能使口传故事，在新的时代、新的地域顺利传播。

例如，宋话本《史弘肇传》篇末说"这话本是京师老郎流传"，所谓"京师老郎"是南宋临安说话人对北宋"东京"前辈艺人的称呼，这明确表明此一话本是由北宋"京师老郎"讲述并流传下来的。但是，其头回故事讲的却是南宋孝宗朝洪迈宴会百官作"龙笛词"，孔通判"八难龙笛词"的故事，可见，这个头回故事应是南宋说话艺人为适应南宋听众的口味所添加的。

再如，小说家话本中讲"三怪"故事的，情节结构相似的就有《定山三怪》《西湖三塔记》《洛阳三怪记》《福禄寿三星度世》四篇，胡士莹说："这故事是宋代杭州地方的民间传说"，"它是从唐代故事《定山三怪》和北宋故

---

① （宋）苏轼：《东坡志林》卷一记："王彭尝云：涂巷中小儿薄劣，其家所厌苦，辄与钱，令聚座听说古话。至说三国事，闻刘玄德败，颦蹙有出涕者；闻曹操败，即喜唱快。"（宋）苏轼：《东坡志林》，王松龄点校，中华书局1981年版，第7页。

② ［美］沃尔特·翁：《口语文化与书面文化》，何道宽译，北京大学出版社2008年版，第45页。

事《福禄寿三星度世》衍化而来"。① 其中《洛阳三怪记》和《西湖三塔记》二篇故事的基本情节几乎完全相同，面对不同时地的听众，说话人只是将同一故事置换进不同的地理风俗，杭州的说话人讲"三怪"，就给它植入杭州的地名、风俗，使之成为《西湖三塔记》，洛阳的说话人讲"三怪"，就给它换上洛阳的地名、风俗，使之成为《洛阳三怪记》，等等。如郑振铎所说："自《定山三怪》到《福禄寿三星度世》，同样结构和同样情节的小说，乃有四篇之多；未免有些无聊，且也很是可怪。也许这一类以'三怪'为中心人物的'烟粉灵怪'小说，是很受当时一般听者们所欢迎，故'说话人'也彼此竞仿着写罢。总之，这四篇当是从同一个来源出来的。"② 口传故事流传久远，时代地点在变，说话人总要设法让当地的听众听得明白，听得亲切，因时因地而变，是必然的选择。

故事口传谱系的变异有的是针对某些民俗心理、民间欣赏习惯所作的添加发挥，以满足民众的心理期待。

针对某些民俗心理的发挥，如《三国志平话》对诸葛亮的神化描写。元刊《三国志平话》对诸葛亮的神化描写明显可以看出是说话艺人为迎合民间心理的发挥。如"三谒诸葛"一节交代诸葛亮的出身："诸葛本是一神仙，自小学业。时至中年，无书不览，达天地之机，神鬼难度之志，呼风唤雨，撒豆成兵，挥剑成河。"以致司马仲达感叹道："未知是人也，神也，仙也？"③ 所谓"呼风唤雨，撒豆成兵，挥剑成河"，本是民间用以描述神人的套语，如元代无名氏《十样锦诸葛论功》第二折李靖上场白自谓："变昼为夜，撒豆成兵，挥剑成河，呼风唤雨。……今正直为神。"元代无名氏《走凤雏庞掠四郡》第二折，庞统云："为上将者，挥剑成河，撒豆成兵。"④ 用这样的套语描写诸葛亮，满足了民间听众对诸葛亮的心理期盼。

针对某些民间欣赏习惯的发挥，如《三国志平话》对刘、关、张"太行山落草"的描写。《三国志平话》"张飞鞭督邮"一节，说张飞杀了朝廷使

---

① 胡士莹：《话本小说概论》上，中华书局 1980 年版，第 209 页。
② 郑振铎：《插图本中国文学史》，《郑振铎全集》第九卷，花山文艺出版社 1998 年版，第 80 页。
③ 丁锡根点校：《宋元平话集》下，上海古籍出版社 1990 年版，第 808 页。
④ 王季思主编：《全元戏曲》第七卷，人民文学出版社 1999 年版，第 798、670 页。

命督邮之后，"刘备、关、张众将军兵，都往太山落草。朝廷得知。""太山"即"太行山"，下面有董承奏言曰："今将十常侍等杀讫，将七人首级往太行山，便招安得那弟兄三人。"①"前往 ×× 山落草"，这是宋元民间常用来形容占山为王的"强盗"作为，尤其是在宋末元初流行南北的水浒故事中，说话人常用来描写水浒人物反叛朝廷的造反行为，如《宣和遗事》写孙立、李进义等人"同往太行山落草为寇去也。"又有晁盖等人劫取生辰纲后，"结为兄弟，前往太行山梁山泊去落草为寇。"②《三国志平话》说刘备等人也"都往太山（太行山）落草"，这种描写用语显然与三国故事"尊刘"为正统的倾向不符，但却符合宋末元初听众的欣赏习惯，听惯了造反英雄大都是"前往 ×× 山落草"的情节模式，听众自然会发出疑问：刘备、张飞等人杀了朝廷使命督邮，他们会到哪去安身呢？依照听众的心理习惯予以发挥添加，使听众释然，这是说话人现场发挥的常用手法。由于是"说"故事，说话人"说"的声音转瞬即逝，只要此处"合情"，听众也就不去回味是否"合理"了。它如司马仲相断阴间公事、孙学究得天书、张飞杀庞统不成反杀一条狗之类的描写，都属于依据民间欣赏习惯发挥出来的"合情"而不"合理"的情节，这些民间传说都未被后来罗贯中的《三国演义》所采纳。

故事口传谱系的变异有的则是在一个故事"谱系"远未定型的初期，故事还只有一些简单的素材、主题和故事架构，艺人可以有较大的想象与发挥的空间，所以，故事在传承中就发生了较大的变异。如水浒故事的传承就体现了这个特点。

上述所举说话艺人对《三国志平话》等所做的发挥创新，我们是在已被编辑定型的文本中找到的例证，至于《三国志平话》形成初期的情况，已难于知晓。水浒故事不同，南宋至元初龚开《宋江三十六人赞并序》、罗烨《醉翁谈录》、《宣和遗事》记载了水浒故事流传的初期情况，此时水浒故事的流传还远未定型，所以，南宋元初的水浒话本与元代水浒戏以及后来的《水浒传》之间，存在着较大的差异，这说明口传故事"谱系"形成初期，艺人有着较大的发挥空间，有时甚至可以对故事随意塑形。

---

① 丁锡根点校：《宋元平话集》下，上海古籍出版社 1990 年版，第 768 页。
② 丁锡根点校：《宋元平话集》上，上海古籍出版社 1990 年版，第 301、303 页。

　　罗烨《醉翁谈录》记载了"说话"名目中的水浒人物故事，有公案类的《石头孙立》①、"朴刀"类的《青面兽》、"捍棒"类的《花和尚》和《武行者》。《醉翁谈录》大约编写于南宋理宗朝②，也就是说，此时说话人讲说单个独立的水浒人物故事已很流行。

　　龚开是南宋元初画家③，他的《宋江三十六人赞》是为南宋宫廷画师李嵩所绘宋江三十六人画所写的赞词。其赞词内容据龚开《宋江三十六人赞》"序"，是来源于"街谈巷语"。但龚开所说的"街谈巷语"，不应理解为只是民间只言片语式的传闻，而主要应是南宋说话人口头讲说的水浒故事。因为龚开最初想为这些水浒人物故事作画赞的时间，正是《醉翁谈录》所记水浒话本最为流行的南宋理宗朝。据龚开《宋江三十六人赞》"序"说，其最初想作画赞的起因是"宋江事见于街谈巷语，不足采著。虽有如李嵩辈传写，士大夫亦不见黜。余年少时壮其人，欲存之画赞"，只是"未见信书载事实，不敢轻为"，待见到《东都事略·侯蒙传》记有"宋江三十六人横行河朔，官军数万无敢抗者"等，才知"江辈真有闻于时者。于是即三十六人，人为一赞，而箴体在焉。"④李嵩是南宋著名的宫廷画家，生卒年不详，据元代夏文彦《图绘宝鉴》记载："李嵩，钱塘人，少为木工，颇远绳墨。后为李从训养子，工画人物道释。得从训遗意，尤长于界画。光、宁、理三朝画院待诏。"又据《图绘宝鉴》马永忠条谓："马永忠，钱塘人，宝祐画院待诏，

---

① 对《石头孙立》是否为水浒人物有不同看法，如陈松柏：《水浒传源流考论》认为，《醉翁谈录》"公案类《石头孙立》是否为《水浒传》中的病尉迟孙立还很难说，因为不仅仅绰号有别，《水浒传》中的'登州兵马提辖'的故事似也不宜归入公案类。"陈松柏：《水浒传源流考论》，人民文学出版社 2006 年版，第 35 页。笔者认为《石头孙立》还是有可能是水浒故事，水浒故事流传初期还未定型，发挥想象空间很大，说话人借"石头孙立"生发出一段公案故事，是有可能的，这就如同水浒戏可以借李逵生发出"乔断案"之类的故事一样。

② 参见李剑国：《宋代志怪传奇叙录》，南开大学出版社 1997 年版，第 376—379 页。

③ 邵洛羊主编：《中国美术大辞典》"龚开"条："龚开（1222—约 1304）宋末元初画家。字圣千，号翠岩，淮阴（今江苏淮安）人。南宋理宗景定（1260—1264）间任两淮制置司监职，在李庭芝幕府与陆秀夫共事。祥兴二年（1279），崖山（今属广东）役，陆秀夫负帝赵昺投海死，龚悲悼不胜情。入元不仕，卖画自给，以遗老身份往来杭州、平江（今江苏苏州）等地。擅人物，用笔雄健厚重，喜作墨鬼，尤以画钟馗著名，形象奇特，寓有"扫荡凶邪"之意。……著有《宋江三十六人赞及序》，诗文有《龟城叟集》辑本。"邵洛羊主编：《中国美术大辞典》，上海辞书出版社 2002 年版，第 83 页。

④ （宋）周密：《癸辛杂识》，吴企明点校，中华书局 1988 年版，第 145 页。

师李嵩，嵩多令代作。"① 李嵩令马永忠代作，毫无疑问在南宋理宗宝祐年间
（1253—1258）李嵩还健在并仍为画院待诏。其作《宋江三十六人画》的时
间不详，但龚开"年少时"即见李嵩《宋江三十六人画》并欲作"画赞"，
说明此时李嵩的水浒人物画已很流行。据元代马臻《霞外诗集》卷首龚开
序，末署"淮阴龚开圣予甫序于西湖客舍，时年八十一"，序中说到诗集作
者马臻大德辛丑（五年，1301）去大都，次年归来，出诗卷邀序②，也就是
说，龚开为《霞外诗集》作序应是 1302 年，"时年八十一"。据此可知，龚
开是生于 1221 年，即南宋宁宗嘉定十四年。所谓"年少时"应是十二三岁
至十五六岁时，即南宋理宗端平（1234—1236）、嘉熙（1237—1240）年间。
这正是《石头孙立》《青面兽》《花和尚》《武行者》等水浒故事最为流行的
时期，所以，此时的罗烨将其记入了《醉翁谈录》中。此前李嵩已完成《宋
江三十六人画》，能让李嵩这样的士大夫宫廷画师有为宋江三十六人"传写"
的冲动，其背后不会仅仅是一些关于宋江三十六人的只言片语式的传言，而
一定是有一系列令其为之动容的故事。同理，也不会仅仅是因为李嵩所画的
一些静止的水浒人物画，而一定是画作背后令人激动不已的故事，让"年少
时"的龚开"壮其人"并"欲存之画赞"。这从画赞的内容也可得到证实。
尽管赞语用"箴体"写作，言辞简约，未能概括出更多的故事情节，但也并
非如胡适所言："龚圣与的三十六人赞里全无事实，只在那些'绰号'的字
面上做文章，故没有考据材料的价值。"③《宋江三十六人赞》透露出的南宋
流行的水浒故事，与宋末元初的《宣和遗事》、元代水浒戏等，它们之间虽
主题各有侧重，具体情节也有所不同，但却有着同一个故事谱系的主题基因
和故事背景架构。

口传水浒故事谱系共同的主题基因是歌颂"忠义"。龚开《宋江三十六
人赞》以"呼保义宋江"居首，其赞语曰："不假称王，而呼保义。"结合龚
开所作的画赞"序"看，龚开在序中赞宋江等人"一归于正，义勇不相戾"，
又说宋江"识兴超卓，有过人者。立号既不僭侈，名称俨然，犹循轨辙，虽
托之记载可也。"显然，"不假称王，而呼保义"是称赞宋江不想僭越称王，

---

① （元）夏文彦：《图绘宝鉴》，世界书局 1937 年版，第 63、65 页。
② 参见（元）马臻：《霞外诗集》，台湾学生书局 1973 年版，第 1—3 页。
③ 胡适：《〈水浒传〉考证》，《胡适文集》6 "古典文学研究"下，人民文学出版社 1998 年版，
第 15 页。

而保有忠义。龚开肯定宋江三十六人的忠义行为，这从其他人物赞语中也可看出：有的赞语表达"忠义"理想，如"病尉迟孙立"赞语云"尉迟壮士，以病自名。端能去病，国功可成。"称其为"壮士"并期盼其"国功可成"，从中可见对"病尉迟孙立"忠义救国的期盼；有的赞语描述"忠义"行为，如"青面兽杨志"赞语云："圣人治世，四灵在郊。汝兽何名，走旷劳劳？"杨志为"圣人治世"，四处奔劳，其忠义之心可见；有的赞语则直接表达了作者对"忠义"的歌颂，如"浪里白跳张顺"赞语云："雪浪如山，汝能白跳。愿随忠魂，来驾怒潮。"① 赞语用"忠魂"一词表达了作者对张顺忠义的敬佩之情。《宣和遗事》的一个重要主题也是歌颂宋江等人的"忠义"，如记宋江见天书上面写道："使呼保义宋江为帅，广行忠义，殄灭奸邪。"晁盖托梦则有"若果应数，须是助行忠义，卫护国家"② 的话。元代水浒戏也有着明确的"忠义"主题。无名氏《争报恩三虎下山》楔子宋江上场白云："忠义堂高搠杏黄旗一面，上写着'替天行道宋公明'。"③ 这里称"忠义堂"，其奉行的宗旨是"替天行道"，有的水浒戏也称"聚义堂"，如康进之《梁山泊李逵负荆》第四折结尾："（宋江云）今日就聚义堂上，设下赏功筵席，与李山儿鲁智深庆喜者。（诗云）宋公明行道替天，众英雄聚义林泉。"④ 聚义堂的宗旨同样是"行道替天"，"聚义堂"即"忠义堂"，"替天行道"内涵就是救百姓于苦难，《争报恩》第四折结尾，被救下的李千娇唱道："谢得你梁山泊上多忠义，救了咱重生再世。"⑤ 歌颂"忠义"，是《宋江三十六人赞》《宣和遗事》及元代水浒戏共同的主题基因。

口传水浒故事谱系共同的故事背景架构是"三十六人"定数。宋江三十六人故事在宋元时期大都以单个人物故事流传，如《醉翁谈录》话本名目分别列举《石头孙立》《青面兽》《花和尚》《武行者》等，元代水浒戏也没有写水浒人物的联合举动，都是单人故事。《宣和遗事》虽涉及多个水浒人物，但重点描写的只有杨志卖刀、晁盖等智劫生辰纲、宋江杀阎婆惜三段故事，至于其他的李进义、林冲、李逵、武松、鲁智深等人都没有具体

---

① （宋）周密：《癸辛杂识》，吴企明点校，中华书局 1988 年版，第 145—149 页。
② 丁锡根点校《宋元平话集》上，上海古籍出版社 1990 年版，第 305 页。
③ 王季思主编：《全元戏曲》第六卷，第 165 页。
④ 王季思主编：《全元戏曲》第三卷，第 207—208 页。
⑤ 王季思主编：《全元戏曲》第六卷，第 189 页。

描写，而这些人如行者武松、花和尚鲁智深早已是南宋说话人的热门题材，《宣和遗事》没有一一去写每个人物故事，正如鲁迅所言："《宣和遗事》虽有词有说，而非全出于说话人，乃由作者掇拾故书，……故形式仅存，而精彩遂逊。"① 《宣和遗事》对水浒故事的串联，应是编书者所为，在说话人那里主要还是讲述单个的水浒人物故事。但是，无论哪一种记载，三十六人如影随形，都是不可分割的整体，以致成为一种星命定数，每个人物故事都被置身于这个"定数"架构之中。龚开《宋江三十六人赞》"船火儿张横"赞语云："大行好汉，三十有六。无此火儿，其数不足。"② 可知，早期南宋流传的水浒故事三十六人就是缺一不可。《宣和遗事》明确将其说成是一种天命定数，如记宋江"把开天书一卷，仔细观觑，见有三十六将的姓名。……宋江看了姓名，末后有一行字写道：'天书付天罡院三十六员猛将，使呼保义宋江为帅，广行忠义，殄灭奸邪。'"③ 这里说，三十六将是由"天书"所记，并称其是"天罡院"三十六员猛将（后来在《水浒传》中明确为三十六员天罡星）。又有晁盖托梦云："从政和年间朝东岳庙烧香，得一梦，见寨上会合得三十六数。若果应数，须是助行忠义，卫护国家。"其后，宋江在东岳庙烧香还愿还在大旗上题诗云："来时三十六，去后十八双。若还少一个，定是不还乡。"④ "三十六人"成为所有水浒故事的定数。元代水浒戏《争报恩》楔子，宋江上场白云："聚义的三十六个英雄汉，那一个不应天上恶魔星。"⑤ 其他水浒戏于"三十六大伙"之外，又发展出七十二小伙，凑成了一百零八将，如高文秀《黑旋风双献功》、李文蔚《同乐院燕青博鱼》、康进之《梁山泊李逵负荆》、无名氏《鲁智深喜赏黄花峪》的第一折，宋江上场白中都有相同的话："众弟兄推某为首，某聚义三十六大伙，七十二小伙，半垓来的小喽罗。"⑥ "三十六人"定数成为所有宋元水浒故事的背景架构，由龚开《宋江三十六人赞》所记的三十六人绰号，与《宣和遗事》、元代水浒戏以及后来的《水浒传》都大体相同，并成为后来《水浒传》情节架构的核心。

---

① 鲁迅：《中国小说史略》，人民文学出版社1973年版，第97页。
② （宋）周密：《癸辛杂识》，吴企明点校，中华书局1988年版，第147页。
③ 丁锡根点校：《宋元平话集》上，上海古籍出版社1990年版，第304—305页。
④ 丁锡根点校：《宋元平话集》上，上海古籍出版社1990年版，第305—306页。
⑤ 王季思主编：《全元戏曲》第六卷，第165页。
⑥ 王季思主编：《全元戏曲》第一卷，第552页；第三卷，第106页；第三卷，第187页；第七卷，第76页。

　　尽管宋元口传水浒故事有着上述共同的主题基因和故事背景架构，但不同时地的水浒故事又有着诸多差异，这体现了口传故事特有的因时、因地、依据不同听众的反映而不断变异的特点。

　　口传水浒故事谱系中的变异，如水浒人物绰号的变异。《宋江三十六人赞》与《宣和遗事》所记水浒人物绰号，同是来源于水浒的口传故事，同是流传于南宋、元初时期，但二者却同中有异。《宋江三十六人赞》所记的智多星吴学究、玉麒麟卢俊义、短命二郎阮小二、混江龙李俊、赛关索杨雄，在《宣和遗事》中分别被记作智多星吴加亮、玉麒麟李进义、短命二郎阮进、混江龙李海、赛关索王雄。此外，《宋江三十六人赞》中有呼保义宋江、船火儿张横、两头蛇解珍、双尾蝎解宝，《宣和遗事》无此四人而代之以入云龙公孙胜、豹子头林冲、火船儿张岑、摸著云杜千。按情理说，同一地域的说话人不会在讲说同一个水浒故事时，今天说智多星吴学究、玉麒麟卢俊义，明天又说成是智多星吴加亮、玉麒麟李进义，让人摸不着头脑。水浒人名在一个地域流行时总会是相对稳定的，这便于听众记忆把握。《宋江三十六人赞》与《宣和遗事》水浒人名记载的不同，只有一个解释，即他们是来自于不同地域流行的水浒故事。这或许就是孙楷第所说的水浒故事有南北两个系统："水浒故事当宋金之际，实盛传于南北。南有宋之水浒故事，北有金之水浒故事。其伎艺人之所敷演，虽不必尽同，亦不至全异其趣。……故水浒故事源于北宋，分演于南宋金源，而集大成于元。"①

　　从南宋水浒话本到元代水浒戏，口传水浒故事谱系中人物形象特征的变异最为明显。由于时代、社会以及文体诸原因，南宋水浒话本与元代水浒戏中的水浒人物呈现出诸多不同特征。

　　水浒话本中的水浒人物，半是英雄半是强盗。如龚开《宋江三十六人赞》"序"，一边说对宋江等人"年少时壮其人"，并称其"识性超卓，有过人者"，颇有向往英雄之心；一边又说宋江等"与之盗名而不辞，躬履盗迹而不讳"，说他不避"盗名"，老老实实地做"强盗"。以致在赞语中一边赞这些水浒人物"大行好汉，三十有六"（船伙儿张横），期盼其"国功可成"（病尉迟孙立）、赞之为"忠魂"（浪里白跳张顺），"能持义勇"（赛关索杨雄）等，一边又在赞"古人用智，义国安民"的同时，惋惜于"智多星吴学

---

① 孙楷第：《水浒传旧本考》，孙楷第：《沧州集》上册，中华书局1965年版，第127页。

究""惜哉所予，酒色粗人"，又说"行者武松""酒色财气，更要杀人"等。
《宣和遗事》也一样，一边称宋江三十六人"广行忠义，殄灭奸邪"、"助行
忠义，卫护国家"，一边又说宋江三十六人"略州劫县，放火杀人……劫掠
子女玉帛，掳掠甚众"①。

话本中的水浒人物为什么会是亦英雄亦强盗？这种褒贬参半的评价与
描写，固然反映了如龚开、《宣和遗事》的编者，这些文人出于对南宋王朝
忠君王、恨贪官的矛盾心理，一面希望宋江等人能"广行忠义，殄灭奸邪"，
一面又看不惯他们的"强盗"行径。但是，这其中，也反映了在南宋宋江
三十六人故事还处在未定型的初期，说话艺人也并无更多的倾向性，只不过
是拿水浒故事作为"话头"，满足听众听故事的好奇心而已。

南宋都城杭州瓦舍勾栏里的听众听故事，主要是为了消闲娱乐。如前
所述，龚开"年少时"听水浒故事、观李嵩水浒人物画而"壮其人"，是在
南宋理宗端平、嘉熙年间，此时正值南宋王朝繁荣鼎盛时期，灌园耐得翁于
南宋理宗端平乙未（1235）写的《都城纪胜序》就说，南宋初年高宗进驻杭
州时，已是"民物康阜，视京师其过十倍矣。"而到了写作《都城纪胜》的
南宋理宗端平年间，"中兴已百余年，列圣相承，太平日久，前后经营至矣，
辐辏集矣，其与中兴时又过十数倍也。"当时的杭州已是"中兴行都，东南
之盛，为今日四方之标准，车书混一，人物繁盛，风俗绳厚，市井骈集。"
以致灌园耐得翁自叹《都城纪胜》一书"不足以形容太平气象之万一"②。
《都城纪胜》"瓦舍众伎"条记载说唱、百戏、杂手艺等各种瓦舍伎艺多达近
百种。人们陶醉于瓦舍娱乐之中，南宋杭州中瓦内王妈妈家茶肆名称叫"一
窟鬼茶坊"（《梦粱录》卷十六"茶肆"条记），而说话人有《西山一窟鬼》
话本，"一窟鬼茶坊"的称名，不过是迎合了听众猎奇、消闲、娱乐的心理，
借以招揽顾客而已。难怪《醉翁谈录》记当时"说话"题材将"灵怪"类列
诸首："有灵怪、烟粉、传奇、公案，兼朴刀、捍棒、妖术、神仙"。其中水
浒人物故事《石头孙立》归入公案类，《青面兽》归入"朴刀"类，《花和尚》
《武行者》归入"捍棒"类，也就是说，说话人讲水浒故事与讲灵怪、烟粉、
传奇、公案、妖术、神仙等故事，并无区别，只不过题材不同讲说效果各有

① 丁锡根点校：《宋元平话集》上，上海古籍出版社 1990 年版，第 305—306 页。
② （宋）灌园耐得翁：《都城纪胜》，《东京梦华录》（外四种），第 89 页。

不同罢了，所谓"说国贼怀奸从佞，遣愚夫等辈生嗔；说忠臣负屈衔冤，铁心肠也须下泪；讲鬼怪令羽士心寒胆战；论闺怨遣佳人绿惨红愁。说人头厮挺，令羽士快心；言两阵对圆，使雄夫壮志……"①，如此而已。以《青面兽》话本为例，与它同属"朴刀"类的有话本《杨令公》，这应是讲"言两阵对圆，使雄夫壮志"的北宋抗辽英雄杨家将的故事，还有同属"朴刀"类的《十条龙》《陶铁僧》，查现存宋代话本《山亭儿》结尾说："话名只唤做《山亭儿》，亦名《十条龙》《陶铁僧》《孝义尹宗事迹》。"在话本《山亭儿》中，十条龙苗宗、陶铁僧茶博士都是杀人越货的强盗，话本《青面兽》与英雄故事《杨令公》、强盗故事《十条龙》《陶铁僧》等同属于"朴刀"类，英雄、强盗混列，它们共同的兴奋点不在扬此抑彼，而更在"说人头厮挺，令羽士快心"上，面对追求消闲娱乐的南宋听众来说，水浒话本不过是为说话人多了一段"朴刀"故事的"话头"而已。

元代水浒戏中的水浒人物褪掉了"强盗"气，变成了几乎清一色的为民除害、伸张正义的英雄，这是元代水浒戏的作者为适应元代观众的期待而做的改变。

元代社会权豪势要横行不法，官府衙门冤狱不断，百姓期盼能有人为之伸张正义，于是水浒人物就成了见义勇为、为民除害的英雄。《李逵负荆》中的两个强盗宋刚、鲁智深抢走王林老汉的女儿，李逵误以为是宋江、鲁智深所为，以致大闹聚义堂，甚至要砍倒杏黄旗，最后不惜以人头做抵押，与宋江、鲁智深下山对质。这表明，即使是梁山头领也不允许有丝毫损害百姓利益的行为。杏黄旗上书写的七个大字"替天行道救生民"，就是剧作主旨。这与《宣和遗事》所描写的宋江等人"略州劫县，放火杀人"，"劫掠子女玉帛，掳掠甚众"，大不相同。《双献功》第一折【哨篇】曲中李逵自称"我从来个路见不平，爱与人当道撅坑。""但恼着我黑脸的爹爹，和他做场的歹斗。"《黄花峪》最后的结局，宋江断词云"黑旋风拔刀相助，刘庆甫夫妇团圆。"②李逵成了百姓心目中正义的化身。

元代观众喜爱对百姓忠心耿耿的李逵，于是，李逵戏的作者就赋予李逵更多的美好品质。《李逵负荆》第一折【混江龙】写李逵如一位儒雅风流

---

① （宋）罗烨：《新编醉翁谈录》，周晓薇校点，辽宁教育出版社1998年版，第4页。
② 王季思主编：《全元戏曲》第一卷，第575页；第七卷，第97页。

的词人描述梁山美景："可正是清明时候，却言风雨替花愁。和风渐起，暮雨初收。俺则见杨柳半藏沽酒市，桃花深映钓鱼舟。更和这碧粼粼春水波纹绉，有往来社燕，远近沙鸥。（云）人道我梁山泊无有景致，俺打那厮的嘴。（唱）【醉中天】俺这里雾锁着青山秀，烟罩定绿扬州。……"①。《双献功》赋予李逵精细机警的品格：他时而假扮庄家后生，送饭进监狱，偷下蒙汗药，麻倒牢子，救出孙孔目，时而又假扮祗侯，混进官衙，杀了白衙内和郭念儿，带了两颗人头上山献功。有的李逵戏更赋予他幽默风趣的品格，如李逵"乔教学"、"乔断案"、"穷风月"、"诗酒丽春园"还有"敷演刘耍和"、"大闹牡丹园"② 之类。总之，观众喜欢看到怎样的李逵，就可以造出怎样的李逵。

水浒故事形成初期，仅具轮廓的素材、主题、故事背景架构，给艺人留下了充分的想象空间，民众喜欢听或看什么样的水浒故事，话本、杂剧艺人就会创造出相应的故事。当水浒故事被统一定型为《水浒传》后，艺人这种因时因地随意地发挥创新，也就被终止了，水浒故事的"口传谱系"也就随之消失。

随着元代对宋元话本拟作改编的增多以及明初以后文人编创长篇章回小说的出现，说话艺人"接受了固定文本观念"，逐渐失去了口头创编的动力，口头现场创编的能力也逐渐退化，于是，"说话"转向了"说书"。

进入明代以后，随着作家小说文本的增多，我们见到的更多的是依照小说文本进行"说书"的记载。如高濂记《山居听人说书》谓："令说宋江最妙回数，欢然抚掌，不觉日暮。吾观道左丰碑，人间铭颂，是亦《水浒传》耳，……"这里将说《水浒传》明确称之为"说书"。③ 徐渭《吕布宅诗序》中提到的"本《三国志》"的词话本《三国演义》：

> 始村瞎子习极俚小说，本《三国志》，与今《水浒传》一辙，为弹唱词话耳。④

---

① 王季思主编：《全元戏曲》第三卷，第 190 页。
② 元杂剧剧目中有高文秀《黑旋风乔教学》、《黑旋风穷风月》、《黑旋风诗酒丽春园》、《黑旋风敷演刘耍和》、《黑旋风大闹牡丹园》、杨显之《黑旋风乔断案》等。
③ （明）高濂：《遵生八笺》，王大淳校点，巴蜀书社 1992 年版，第 282 页。
④ 朱一玄、刘毓忱编：《三国演义资料汇编》，百花文艺出版社 1983 年版，第 566 页。

钱希言《桐薪》卷三又记有后来曾改编为"词话"的《金统残唐记》：

> 《金统残唐记》载黄巢事甚详，而中间极夸李存孝之勇，复称其
> 冤。为此书者，全为存孝而作也。后来词话，悉俑于此。武宗南幸，
> 夜忽传旨取《金统残唐记》善本。中官重价购之，肆中一部售五十金。
> 今人耽嗜《水浒》、《三国》，而不传《金统》，是未尝见其书耳。①

诸如这些据《水浒传》《三国演义》《金统残唐记》改编的说唱故事，已
非"说话"而是"说书"。《古今小说叙》云："按南宋供奉局，有说话人，
如今说书之流。"②"说话"与"说书"虽一字之差，但却是两种性质不同的
口头叙事伎艺。"书"是由文字写成，"文字把思想分离出来，固定在一个书
面表层上，在这个意义上使之脱离并独立于说话人，漠视任何攻击。于是，
文字表现的话语和思想与这个封闭空间之外的一切东西都没有关系，文字在
某种程度上是自给自足、完备齐全的。"尤其是印刷术，"印刷术促成了一
种封闭空间的感觉，这种感觉是：文本里的东西已经定论，业已完成。"③"说
书"是先有了完成时态的"书"然后再"说"，"说书"即使有艺人的创编也
已很少有随时代社会的变迁依据听众需求的现场创编，对听众来说，"说书"
不过是增加了一些掌故谈资而已。而"说话"则是艺人的现场创编，这种现
场创编是在听众的积极参与下共同完成的。每一次说话伎艺的现场表演，都
是一次新的创作，听众每一次到现场听"说话"表演，就犹如置身一次生活
事件，它具有不可重复性，就像生活事件本身不可重复一样，由此吸引源源
不断的听众前来参与互动。当口头叙事缺少了这种现场互动，也就失去了听
众参与的持续性，失去了听众也就失去了瓦舍存在的基础。一般的市民大众
现场参与互动的热情没有了，当"说书"只剩下它特有的固定听众群体时，
也就失去了如"说话"那般"不以风雨寒暑，诸棚看人，日日如是"的魅
力，失去了源源不断的听众，瓦舍也就走向消亡。

---

① 朱一玄、刘毓忱编：《三国演义资料汇编》，百花文艺出版社 1983 年版，第 641 页。
② （明）绿天馆主人：《古今小说叙》，丁锡根编著：《中国历代小说序跋集》中，人民文学
出版社 1996 年版，第 773 页。
③ ［美］沃尔特·翁：《口语文化与书面文化》，何道宽译，北京大学出版社 2008 年版，第
100 页。

三、瓦舍生态的失衡：综合的世俗娱乐广场变为单一的戏场

如第一章中"瓦舍文化的生态构成"一节所论，瓦舍是由艺人表演、饮食货卖以及流动人口的消费汇聚而成的开放性的集市，其中的勾栏，除"说话"和"杂剧"表演之外，还有"不可胜数"的各类伎艺，加之"人山人海"的"诸行市"，由此构成了瓦舍。

在元代，新兴的北曲杂剧，逐渐成为瓦舍勾栏中的"强势物种"，占据了瓦舍的主要空间，使勾栏渐渐变为单一的戏场，破坏了瓦舍的生态构成。当瓦舍只剩下勾栏，勾栏变为单一的剧场时，观众也只剩下单一的看戏人，瓦舍实际已名存实亡。如同自然生态的失衡会导致自然生态的衰微一样，瓦舍的生态失衡，是导致瓦舍衰微以致走向解体的主要因素。

瓦舍的生态失衡，在宋末已露端倪。如成书于宋度宗咸淳年间的《咸淳临安志》卷十九记，南宋末一些瓦舍已经没有了店铺存在，如米市桥瓦、赤山瓦、北郭店瓦都是"惟存勾栏"，钱湖门瓦则"仅存勾栏一所"①。瓦舍的多样性不存在了，只剩下了单一的"勾栏"，成了专门的"戏场"，不是专来看戏的人，也就不再来了，伎艺与观众的单一构成，结果只能使瓦舍的游客不断减少，到宋末吴自牧写《梦粱录》时，浦桥瓦子、钱湖门瓦子都已"废为民居"②。宋末一些瓦舍的生态失衡，已使瓦舍开始走向衰微。

到了元代，元初的一些瓦舍似乎还有宋代瓦舍的余绪。在元初杂剧李直夫《便宜行事虎头牌》第二折【月儿弯】曲中，那个千户数落自己不争气的儿子说："则俺那生忿忤逆的丑生，有人向中都曾见。伴着伙泼男也那泼女，茶房也那酒肆，在那瓦市里穿，几年间再没个信儿传。"③元初至元元年（1264）继承金代称谓，把北京叫做中都，至元九年（1272）改为大都。这里用"中都"的说法，可见这本杂剧描写的是元初的情况。"茶房也那酒肆，在那瓦市里穿"，还可看出元初瓦舍里除勾栏演出外，还有茶房、酒肆，是个还有着一定规模的综合消费娱乐场所。

元初以后到明代的文献，已很少再将瓦舍勾栏并提，勾栏基本就成为"剧场"的代名词。元代杜仁杰《庄家不识构阑》套曲描写的是一位庄稼汉

---

① （宋）潜说友：《咸淳临安志》，《宋元方志丛刊》第四册，中华书局1990年版，第3549页。
② （宋）吴自牧：《梦粱录》卷十九"瓦舍"，《东京梦华录》（外四种），第298页。
③ 王季思主编：《全元戏曲》第四卷，第193页。

进剧场看杂剧演出的全过程并具体描述了剧场的结构场面，这时的勾栏已成单一的剧场。《蓝采和》杂剧第一折钟离权斥责蓝采和道："我特来看你做杂剧"，"我在这勾栏里坐了一日，你这早晚才来！"① 这里说的勾栏就是专演杂剧的。《说集》本《青楼集》卷首附录《青楼集志》云："'杂剧'则有旦、末。……有驾头、闺怨、……家常里短之类。内而京师，外而郡邑，皆有所谓构栏者，辟优萃而隶乐，观者挥金与之。"② 在介绍杂剧中提到勾栏，勾栏即为杂剧的演出场所。《青楼集》记艺人小春宴："天性聪慧，记性最高。勾栏中作场，常写其名目，贴于四周遭梁上，任看官选择需索。"③ 这也是说小春宴在勾栏中演杂剧。元末陶宗仪《南村辍耕录》卷二十四还有"劝入勾栏观排戏"④ 的记载。由此可见，元代勾栏就是剧场。

明初的勾栏也是剧场。周宪王朱有燉杂剧《宣平巷刘金儿复落娼》里刘金儿自称："我在宣平巷勾栏中第一个付净色，我那发科打诨，强如众人"⑤，《美姻缘风月桃园景》杂剧里橘园奴说自己"年小时，这城中做勾栏内第一名旦色"⑥。勾栏就是用于演杂剧。

"勾栏"变为单一的"剧场"，没有了原先"不可胜数"的"瓦舍众伎"以及"人山人海"的"诸行市"，瓦舍也就失去了赖以生存的川流不息的观众。明初以后，有关瓦舍的记载渐失踪影，这反映了事实上的瓦舍已走向消亡。

---

① 王季思主编：《全元戏曲》第七卷，第 118 页。
② （元）夏庭芝：《青楼集》，《中国古典戏曲论著集成》二，中国戏剧出版社 1959 年版，第 7 页。
③ （元）夏庭芝：《青楼集》，《中国古典戏曲论著集成》二，中国戏剧出版社 1959 年版，第 38—39 页。
④ （元）陶宗仪：《南村辍耕录》，文灏点校，文化艺术出版社 1998 年版，第 330 页。
⑤ （明）朱有燉：《宣平巷刘金儿复落娼》，吴梅辑：《奢摩他室曲丛》二集，商务印书馆 1928 年版，第 6 页。
⑥ （明）朱有燉：《美因缘风月桃园景》，吴梅辑：《奢摩他室曲丛》二集，商务印书馆 1928 年版，第 1 页。

走 向 案 头

——书面叙事艺术举隅

同为书面叙事，这里所说的"走向案头"，是指书面叙事由最初对"说话"伎艺口头叙事的记录加工或拟作改编，走向明初以后作家的自觉写作。明初以后，戏曲方面，如同早期的元杂剧那样由作家与伶人协同创作——表演中创作，已愈来愈少，代之而起的是如朱有燉为代表的戏曲作家（他如汤显祖、洪昇、孔尚任等）的独立的案头写作，但戏曲的写作离不开舞台演出，戏曲的走向案头，是使戏曲走向先有科白齐全的全本的文人剧本后有舞台演出的路径；而完全脱离了口头表演的小说的走向案头，其案头写作艺术特征更明显。下面主要以小说为例，说明其不同于口头叙事的书面叙事艺术的诸特征。

通俗叙事伎艺的文本化有一个发展过程，宋元话本等早期的书面叙事，是依据"记录手稿"的整理加工，仍属于手稿文化，"手稿文化在很大程度上依然是听说文化"，"手稿文化仍然和口语世界的通用传统保持着密切关系，它有意识地靠吸取其他文本来创造新的文本，其方式包括借用、改写和分享口语文化中的通用的套语和主题。"而书面叙事进入到作家的自觉写作之后，"口头叙事者原来的声音变成了作者静默的声音，这种声音就采用了一些新形式，因为文字造成了作者和读者的距离，促成了各种虚构的脱离语境的作者和读者。"① 书面叙事产生了虚构的作者和读者，这使书面叙事艺术开始走向纷繁多样。

---

① ［美］沃尔特·翁：《口语文化与书面文化》，何道宽译，北京大学出版社 2008 年版，第 91、101、113 页。

这里，我们无法对不同于口头叙事的书面叙事艺术特征做出全面的总结分析，只是举一隅而反三，借以说明书面叙事艺术与口头叙事艺术的不同特点。走向案头以后，同为书面叙事，从早期作家编创的小说《三国演义》《水浒传》等，到文人独创的《红楼梦》等，展示出了书面叙事艺术的发展轨迹。下面就沿着这个思路，以书面叙事中的心理叙事、分层叙事、语境叙事、符号叙事为例，看其叙事艺术的发展。

第一节　心理叙事

早期的长篇小说如《三国演义》《水浒传》《西游记》等，它们的成书是在民间"说话"的基础上，由作家编撰而成，在叙事艺术上，明显体现出从口头叙事向书面叙事过渡的特点。早期的《三国演义》等长篇小说，继承"说话"艺术重情节的传统，在人物表现上，特别注重在情节中刻画人物，人物的心理描写也大多融入情节叙事，这种"心理叙事"推动着情节冲突迅速发展，成为情节发展的一个动因。这也给人们造成一种印象，即早期的《三国演义》等小说人物心理描写都较为简略。由此，很多人都凭着这种印象得出结论说，"我们可以肯定地说，比起前此的中国小说来，《红楼梦》在人物的心理描写上，是迈出了一步。在中国小说史上，心理描写只有到了《红楼梦》才明显地露了脸，这不能不说是曹雪芹在艺术描写上的一大功绩。"① 有人更进一步认为，心理描写本是"中国文学传统的弱项"，"中国古代作家和古代文学理论家对人的研究，特别是对人的内心世界的研究是比较薄弱的"②。其实，《三国演义》等早期长篇小说人物的心理叙事，受其文体制约，有着自己的特征、功用及成因，与《红楼梦》的心理描写相比，是各具特色、各属不同类型，不能简单地去比较高下。下面就以《三国演义》为例，从人物心理叙事方式和文体制约两方面，看以《三国演义》为代表的早期长篇小说在心理叙事上表现出的从口头叙事向书面叙事过渡的特征。

---

① 费秉勋：《谈〈红楼梦〉的心理描写》，《红楼梦研究集刊》第二辑，上海古籍出版 1980 年版，第 197 页。
② 刘再复：《红楼梦悟》，生活·读书·新知三联书店 2009 年版，第 278 页。

一、叙事方式

《三国演义》在表现人物内心活动时，采用了多种不同的叙事手段。主要有以下几种。

（一）内心独白。内心独白是心理叙事最常用、最直接的手段，它的长处是可以比较明确、具体地揭示出人物复杂的内心冲突，为人熟知的外国小说名著中，那些大段的静止的心理分析不必说了，《红楼梦》也不乏以内心独白方式揭示人物内心矛盾的精彩片断，如第三十二回写林黛玉得知史湘云在宝玉那里，"因而悄悄走来，见机行事，以查二人之意"：

> 不想刚走来，正听见史湘云说经济一事，宝玉又说："林妹妹不说这样混账话，若说这话，我也和他生分了。"林黛玉听了这话，不觉又喜又惊，又悲又叹。所喜者，果然自己眼力不错，素日认他是个知己，果然是个知己。所惊者，他在人前一片私心称扬于我，其亲热厚密，竟不避嫌疑。所叹者，你既为我之知己，自然我亦可为你之知己矣；既你我为知己，则又何必有金玉之论哉；既有金玉之论，亦该你我有之，则又何必来一宝钗哉！所悲者，父母早逝，虽有铭心刻骨之言，无人为我主张。况近日每觉神思恍惚，病已渐成，医者更云气弱血亏，恐致劳怯之症。你我虽为知己，但恐自不能久待；你纵为我知己，奈我薄命何！想到此间，不禁滚下泪来。①

这一大段内心独白，精细入微地表现了林黛玉百感交集的复杂心情，很好地揭示了黛玉的性格特征。

可是，这样的内心独白，在《三国演义》中是没有的。《三国演义》人物的内心独白着重揭示的不是人物内心复杂的思想情感，而主要是某一人物对斗争中的对方行为的判断、反应以及由此决定的自己行为的动机。这样的内心独白相对来说就显得比较简单明了，它虽然也能反映性格，但更突出的作用是，在情节上它必然会迅速引出人物新的动作反应及冲突，从而推动情节进一步发展。例如在"周瑜定计破曹操"一节中，周瑜派诸葛瑾去劝说孔明事吴，诸葛瑾以伯夷、叔齐之情劝说孔明。此时，孔明暗思："此必是周

---

① （清）曹雪芹、高鹗：《红楼梦》，人民文学出版社 1982 年版，第 445—446 页。

瑜教来说我也"①。这句内心独白表现了孔明机智的品质，但它更是情节上的一个推进因素：它表明孔明通过对对方行为的判断，必有相应的行动对策，这就必将引出新的矛盾，引导读者要接下去看孔明究竟要怎样办。当诸葛瑾反被孔明说倒，回复周瑜时，周瑜思忖，转恨孔明："汝直如此能言快语，吾必杀之！"周瑜这句内心独白，也同样表明了他胸襟狭窄的性格特点，但同时又告诉读者下面必有一段周瑜设计杀孔明的情节。接着，周瑜是以官渡之战为话题，要把孔明引进圈套。此时，孔明暗思："此事见说我不动，必用计害我。吾看他如何！"②这句内心独白，又引出下面孔明拭目以待，将计就计智斗周瑜的故事。这里，人物双方的内心独白，相互判断，相互较量，步步加剧了双方的矛盾冲突。这就构成了一场紧张而扣人心弦的"心理战"。

有时，人物的内心独白还直接造成情节悬念。请看下面一段：

当夜，陈宫行数里，月明中敲开店门觅宿，先喂了马。操先睡，陈宫寻思："我将谓曹操是好人，弃官跟将他来，原是狼心狗行之徒。今日留之，必为后患。"拔剑来杀曹操，未知性命如何？③

陈宫的这段内心独白，固然表现了陈宫正直的品格，可是在这里，它更主要的作用是引出"拔剑来杀曹操"这一动作。"拔剑来杀曹操"是由这句内心独白所表明的行为动机的外现。这个行为动机是否实现了？作者把这当作一个问题放在一个章节的结尾，这就构成了一个悬念，具有俘虏读者的艺术力量。下面随着另一章节的开始，陈宫行为动机的"转念"，就造成了情节的转折：

陈宫临欲下手，思曰："我为国家，跟他到此，杀之不义，不若弃之。"宫插剑入鞘上马，未及天明，自投东郡去了。

由此引起的曹操的内心反应，使情节又一曲折：

---

① （明）罗贯中：《三国志通俗演义》，上海古籍出版社 1980 年版，第 438 页。
② （明）罗贯中：《三国志通俗演义》，上海古籍出版社 1980 年版，第 439 页。
③ （明）罗贯中：《三国志通俗演义》，上海古籍出版社 1980 年版，第 39 页。

　　操觉来，不见陈宫，寻思："此人见我说了两句，疑我不仁，弃之而去。吾当急往，不可久留。"①

　　由上可见，《三国演义》中的人物内心独白，大都是前面情节冲突的"果"，又是后面情节冲突的"因"，是一系列因果相承的情节冲突中的一个环节，是推动情节变化发展的一个因素。

　　（二）运用对话表现人物心理。《三国演义》运用对话表现人物心理有一个特点，就是它总是在人物行动发生之后，通过人物对话揭示出人物在前面发生过的行为动机，以做为由前面行动所造成的悬念的"解结"。这种由对话表现出来的心理活动本身也构成了情节发展的一个因素。如曹操误杀吕伯奢全家，与陈宫匆匆出走，这时，恰巧路遇吕伯奢打酒回来：

　　操不顾，策马便行。又不到数步，操拔剑复回，叫伯奢曰："此来者何人？"伯奢回头看时，操将吕伯奢砍于驴下。宫曰："恰才误耳，今何故也？"操曰："伯奢到家，见杀死亲子，安肯罢休？吾等必遭祸矣。"宫曰："非也。知而故杀，大不义也！"操曰："宁教我负天下人，休教天下人负我！"陈宫默然。②

　　曹操为什么要将错就错，突然把吕伯奢杀掉？这里与陈宫的一段对话，道出了当时行为的心理动机，显露了曹操的性格，解除了读者心中的疑团。也正是这段表现曹操心理活动的对话，又引出一场新的矛盾冲突。带来了陈宫与曹操之间矛盾的激化。"陈宫默然"，这"默然"，就意味着陈宫内心正在经受着一个骤然而降的打击：原先自己一心推崇、追随的"好人"，却原来是如此残忍自私，"今日留之，必为后患"！陈宫欲杀曹操的一番激烈的举动，不能不说是由于曹操心理动机直言不讳的大暴露引起的。其他如"许田打围"，刘备"摆首送目"劝阻关羽杀曹操，"青梅煮酒论英雄"时，刘备以闻雷失箸瞒过曹操等，小说中许多一时令读者不解的举动，都是通过事后人物的对话来补叙人物的行为动机，由此又引出新的冲突新的情节。

---

① （明）罗贯中：《三国志通俗演义》，上海古籍出版社 1980 年版，第 40 页。
② （明）罗贯中：《三国志通俗演义》，上海古籍出版社 1980 年版，第 39 页。

（三）以动作表现人物心理。人的任何有意识的动作，都是由内心的某种意愿产生的，都是人物思想感情、心理状态的外现，只要作家写清人物动作的心理依据，读者就能够通过动作洞察人物内在的思想感情和心理状态。另外，动作又是构成情节的主要因素。对某一动作的描写相对于内心独白与人物对话来说，总是简短的，一般说来，它不像独白或对话那样，会出现因冗长而使情节滞缓的毛病。因此，随着情节的进展，作家随处可用动作去表现人物的内心活动。用动作表现人物的内心活动，是最为灵活方便的，也是《三国演义》大量和经常使用的。且看华容道"关云长义释曹操"中描写关羽行为动作的一节文字：

> 操曰："五关斩将之时，还能记否？古之人，大丈夫处世必以信义为重。将军深明《春秋》，岂不知庾公之斯追子濯孺子者乎？"云长闻之，低首良久不语。当时曹操引这件事，说犹未了，云长是个义重如山之人，又见曹军惶惶，皆欲垂泪；云长思起五关斩将放他之恩，如何不动心？于是把马头勒回，与众军曰："四散摆开"。这个分明是放曹操的意。操见云长勒回马头，便乘空和众将一齐冲将过去。云长回身时，前面众将已自护送操过去了。云长大喝一声，众皆下马，拜哭于地。云长不忍杀之，正犹豫中，张辽纵马至。云长见了，亦动故旧之心，长叹一声，并皆放之。①

须知关羽把守华容道是立过军令状的。然而一向"傲上而不忍下，欺强而不凌弱，人有患难，必须救之"的关羽，面对哀求恳乞的曹军，在曹操以"信义"动之之时，又怎忍下手。放不放曹操，对关羽来说，无疑是一场生与死的抉择。此时此刻，关羽的内心活动是多么复杂、剧烈！如果是精于心理分析的小说家，在这里可以停顿下来，反复剖析关羽的矛盾心理，戏曲作家则可以在这里加上一大段思绪万千的唱词，可是，在《三国演义》作者的笔下，却只用了"低首良久不语"这样一个沉默的动作。如果是一个有才能的演员在这个"良久不语"之中，可以发掘出多么丰富的内心独白！由于在此之前作者已经把关羽的性格、处境做了充分的交待，所以我们就可以用

---

① （明）罗贯中：《三国志通俗演义》，上海古籍出版社 1980 年版，第 487—488 页。

自己的体验赋予这无声的独白以特定的心理内容，就会不知不觉地进入角色，设身处地地体会到关羽内心翻滚着的矛盾心情。当然，作者并未就此止笔，底下又用了一连串的动作去具现关羽内在的复杂、矛盾的心情：面对"皆欲垂泪"的曹军，关羽终于"动心"，"把马头勒回"，放曹操过去。也就在此刻，关羽又转而"大喝一声"，使"众皆下马"，可还是"不忍杀之"；犹豫之中，又碰见故旧张辽，结果，只好"长叹一声，并皆放之"。这一系列反复无常的动作，使我们清楚地感受到了关羽矛盾而又复杂的心理脉搏。这也许不像"内心独白"表现得那样具体、明确，但是，从某种意义上说，这对读者是一种更大的艺术享受。其他，像表现孙权在决心抗曹问题上，几经反复、几经犹豫的一节文字；像曹操赤壁战败在逃奔路上的三声大笑等，都是以人物动作表现复杂内心活动的杰出范例。

（四）运用多种手段的综合来表现人物的心理活动。小说中有时还有这种情况，即处于某一特定情境中的人物，内心郁积着的复杂情感即有一定的指向，又难以具体名状，作者要把它们集中地表现出来，用以深化人物性格，就很难用某一种手法去表现，只能借助于多种手段的综合。孔明一生，为扶汉室，竭忠尽智，当其病危，自知将不久于人世时，可以想见，他的内心对一生事业充满着多么深的感慨！这种心理活动，千头万绪，难以尽述，"孔明秋风五丈原"一节是这样描写的：

> 孔明强支病体，令左右扶上小车，出寨遍视各营，自觉秋风吹面，彻骨生凉。孔明泪流满面，长叹曰："吾再不能临阵讨贼矣！悠悠苍天，曷我其极！"叹息良久。①

小说作者没有具体细致地去描述此刻孔明内心的复杂情状，作者是综合运用了多种心理表现手法创造出一种情绪氛围，以唤起读者的感受与体验。你看，孔明"强支病体"、"遍视各营"的举动及"吾再不能临阵讨贼矣！"的长叹，会引起读者对孔明一生惊天动地业绩的多少回忆与联想，引起读者对孔明壮志难酬的多少遗憾与惋惜！随着这种美感的产生，读者也就体会到其中浓缩着多少孔明对往昔的追抚，对来日的遗恨！"悠悠苍天，曷

---

① （明）罗贯中：《三国志通俗演义》，上海古籍出版社1980年版，第1008页。

我其极!"这句诗般的语言,是孔明内心种种感情的交织,达到很深很浓的诗意境界时的一种升华,它传达给读者的也着重是一种悲憾的强烈情感,这是一般语言所无法表达的。"秋风吹面,彻骨生凉"这句氛围的烘托,更以一种凄婉悲凉的气氛,使读者如置身其境,直接体验到了孔明的心绪。这里,动作描写、内心独白、情境烘托、诗意抒情融为一体,使孔明的千般思绪、万种情状在读者的领会与品味中,得到一种更真切的表现。与此类似"曹操宴长江赋诗"一节文字,也是在氛围渲染、内心独白、动作描写与诗意抒情的交融中,把曹操志得意满、雄视一切的骄纵心理,表达净尽。

在用这种综合手段让人物做集中抒情时,也容易出现一个问题,即展现人物内心世界占用笔墨较多,易使情节沉闷呆板。《三国演义》避免了这一点。它的具体办法是把这种集中的抒情场面,也化做曲折的情节。如"曹操宴长江赋诗"的抒情场面,文字就较多,特别是"对酒当歌"一诗的引用,弄得不好,就会使其游离于情节之外,而作者紧接于诗后巧妙地安插了一段刘馥议诗,曹操大怒,手起一槊,刺死刘馥的情节。曹操这一动作系列的描写,把曹操的骄纵心理来了个直接大暴露,从而把整个抒情场面推向高潮,同时它也使前面那一段诗歌作为新的情节冲突的引子出现,使整个抒情场面化做曲折变化的情节。

以上虽是分述各种人物心理叙事方式的不同特点与艺术功用,但不难发现它们有一个共同特征,就是无论用哪种方法表现人物心理,作者都注意到了它们与情节的关系,即尽量使这些心理表现化做情节叙事的一个因素,使人物内心活动的表现不仅不减弱反而有利于增强情节的紧凑与变化。这一特征决定了《三国演义》人物的心理表现都是尽量简短的。

二、文体制约

《三国演义》的人物心理表现为什么会具有这种文字简短而情节性强的特征呢?是由于作者对人的内心世界的研究薄弱而无力表现造成的吗?关于作者的创作过程,我们几乎是一无所知。但是,只要把眼界放宽一点,并不难论证:事实并非如此。

这可从当时另一种叙事文学——戏曲创作得到说明。产生于《三国演义》之前的元杂剧,其中有很多作品在揭示人物的内心世界上,达到了相当高的水平。像《西厢记》《汉宫秋》的三、四折、《梧桐雨》第四折、《鲁斋郎》第二折等，这些专以展现人物复杂的内心活动见长的篇章，并不比《红楼梦》的人物心理描写逊色。这表明，在《三国演义》作者罗贯中所处的那个时代，文学家们对人的内心世界的研究，应该说是已经相当深入了。时代给予罗贯中的优厚条件是如此，更何况在元杂剧中还有很多三国戏，它们之中就有大量的对人物内心活动的刻画，与小说《三国演义》的一些情节相对应，这本来可供罗贯中做直接的借鉴呢！比如三国戏，关汉卿《关张双赴西蜀梦》第二折在表现诸葛亮听到关、张死讯之后的悲愤相思之情时，是这样具体描写的：

【梁州第七】单注着东吴国一员骁将，砍折俺西蜀家两条金梁。这一场苦痛谁承望！再靠谁挟人捉将？再靠谁展土开疆？做宰相几曾做卿相？做君王那个做君王？布衣间昆仲心肠。再不看官渡口剑刺颜良，古城下刀诛蔡阳，石亭驿手摔袁襄！殿上帝王，行思坐想，正南下望，知祸起自天降。宣到我朝下若问当，着甚话声扬？

【隔尾】这南阳耕叟村诸亮，辅助着洪福齐天汉帝王，一自为臣不曾把君诳。这场，勾当，不由我索君王行酝酿个谎。

……

【贺新郎】官里行行坐坐则是关、张，常则是挑在舌尖，不离了心上。每日家作念的如心痒，没日不心劳意攘，常则是心绪悲伤。白昼间频作念，到晚后越思量。方信道梦是心头想：但合眼早逢着翼德，才做梦可早见云长。①

这几段抒情独白，把诸葛亮对关、张怀念痛惜以至神思梦想、坐卧不安的内心情感，酣畅淋漓地表现了出来。

可是，小说《三国演义》在相应的情节上，诸葛亮的反应只有很短的几句叙述。当许靖告知孔明相传关公已遇害：

孔明曰："吾夜观天象，见将星已落荆楚之地，预知关公祸已及矣；但恐王上忧虑，故未敢言。"

① 徐沁君校点：《新校元刊杂剧三十种》上，中华书局1980年版，第8—9页。

当刘备闻关公已死，"大叫一声，昏绝于地"时，写孔明：

> 孔明劝曰："王上少忧。'死生有命，富贵在天'，关公平日刚而自矜，今日故遭此祸也。王上且宜保守万金之躯，徐徐报仇。"

当刘备预感张飞有凶兆派人问孔明时，孔明的反应更为简略：

> 孔明回奏曰："合损一上将，三日之内，必有惊报。"……先主顿足曰："噫！朕弟丧矣！"及至览毕，果然如此。先主放声痛哭，遥望祭之。①

情节内容相类，可是，小说对诸葛亮的刻画远不如戏曲。如果把元杂剧的三国戏和小说《三国演义》的相应情节对照一下，几乎莫不如此。再如王允施连环计谋杀董卓一段，元杂剧无名氏《锦云堂暗定连环计》第二折在表现王允未想出连环计之前的心情，是复杂具体的：

> 【南吕·一枝花】急切里称不的王允心，酬不了吾皇愿，擒不到董太师，立不起汉山川。则着我算后思前，将百计搜寻遍，奈一时难布展。忧的我神思竭默默无言，愁的我魂胆丧兢兢打战。
>
> （云）似这等忧愁，着俺何时是了也！（唱）
>
> 【梁州第七】忧的是防祸乱似防天之坠，愁的是傍奸雄似傍虎而眠。赤紧的翻腾世事云千变。霎时间朱颜易改，皓首相缠。懒躁的我浑如痴挣，直似风颠。恰便似闷弓儿在心下熬煎，快刀儿腹内盘旋。空着我王司徒实丕丕忠孝双持，怎当他董太师恶狠狠威权独擅，更和那吕温侯气昂昂智勇兼全。几番、告天，奈天公相隔人寰远，偏不肯行方便。可怜我一点丹心铁石坚，落的徒然。
>
> （云）心中困倦，且到后花园消散一回咱。这是牡丹亭子上，家僮，取琴过来者。（家僮上递琴科，云）琴在此。（正末做叹科，云）哀哉！汉室将倾，非人力可挽，不免对月弹琴，作歌一首。（做抚琴科）

---

① （明）罗贯中：《三国志通俗演义》，上海古籍出版社 1980 年版，第 747、748、781 页。

（歌曰）

> 吁嗟炎汉兮末运否，奸臣弄权兮干戈起。
>
> 吕布骁勇兮为爪牙，虎牢一战兮众皆靡。
>
> 天子迁都兮入长安，如鸟离巢兮鱼失水。
>
> 三百余年兮基业倾，二十四帝兮今已矣。
>
> 老夫慷慨兮怀国仇，恨不拔剑兮枭其头。
>
> 争奈年华兮值衰暮，况复朝臣兮无可谋。
>
> 空承密诏兮在衣带，竟乏奇计兮能分忧。
>
> 日夜踌躇兮心欲碎，临风浩叹兮泪横流。

（旦儿扮貂蝉领梅香上，云）妾身貂蝉是也。自从与吕布失散，不想流落于此，幸遇司徒老爷看待如亲女一般，只是这桩心事难以剖露。如今月明人静，不免领着梅香，后花园中烧香走一遭去。①

元杂剧用了【南吕·一枝花】【梁州第七】两支曲文加一首歌，详尽地表现了王允那种复杂具体的心理活动，到了小说里被全部压缩在"坐不安席"与"仰天垂泪"八个字中了：

> 司徒王允归到府中，寻思今日席间之事，坐不安席，策杖步出后园，仰天垂泪，沉吟立于荼蘼架侧。忽闻有人在牡丹亭畔长吁短叹，允潜步窥之，乃府中歌舞美人貂蝉女也。②

罗贯中为什么不参照元杂剧的三国戏，在心理描写上给小说搞一点借鉴移值，更好地表现一下人物呢？他本人不也是创作过杂剧剧本吗？他的《宋太祖龙虎风云会》，在写到赵匡胤黄袍加身时，也是用了多支曲子让这位"仁人君子"皇帝做抒情独白，以展示他的内心活动。为什么他就不在小说《三国演义》中刘备当皇帝时，也来上这么一大段心理刻画呢？这一切都表明，罗贯中不是不懂，不会做具体细致、深刻复杂的心理描写，而是在《三国演义》这部小说中，他不能这样做。这是由《三国演义》这部小说的文体

---

① 王季思主编：《全元戏曲》第六卷，第 569—570 页。

② （明）罗贯中：《三国志通俗演义》，上海古籍出版社 1980 年版，第 71 页。

样式决定的。

18 世纪的美学家莱辛在《拉奥孔》一书中，比较了拉奥孔这个题材在古典雕刻和古典诗中的不同处理，发现了一个基本异点：拉奥孔的激烈的痛苦在诗中被尽情地表现出来，而在雕刻里却大大地冲淡了。"为什么拉奥孔在雕刻里不哀号，而在诗里却哀号？"对于"拉奥孔雕像群的雕刻家们在表现身体痛苦之中为什么要有节制的理由"，莱辛回答说，"我发现那些理由完全来自艺术的特性以及它所必有的局限和要求"①。事实证明，这是文学艺术的一个普遍规律。

每一种文学艺术样式，都有自己的"特征以及它所必有的局限和要求"。

为什么前面例举的三国戏和其他元杂剧，是那样注重表现人物的内心世界呢？其主要原因就是"中国戏曲艺术很大的一个特点，就是集中地表现人"，"戏曲主要是刻画人物的内心世界，不是刻画许多客观的事物。"② 戏曲的这种艺术特性，可以使它在情节节奏的处理上，不管与人们常识所熟悉的真实生活的节奏是否近似，而主要去依照人物思想感情活动的内在节奏来统一戏曲创作。也就是说，它可以把对人物之间矛盾冲突的描写做极大的集中和压缩，也可以暂时中止这种冲突的进程，然后腾出篇幅去展现人物的内心思想活动。这种人物的内心活动，在生活当中，也许只是瞬间的，戏曲却可以用很长的篇幅，反复地用唱曲予以表现。中国古典戏曲中的这种人物抒情独白，常常是一场戏和全剧的核心部分。大段充满诗意的唱词，把人物隐蔽的内心活动揭示得精细入微、淋漓尽致。

《三国演义》这部小说为什么就不能这样呢？一般地说，和戏曲相比，古典小说更要求情节的充实性和紧凑性。而且，人物内心活动最丰富、内心激情最强烈的时刻，往往是冲突激烈、情境尖锐的地方，这些地方恰恰要求情节推进迅速和节奏紧凑，正因为如此，小说家在处理迅速发展的情节进程时，常常感到大段的内心描写、抒情独白无处容身。

可是，情形又有所不同。有很多外国小说，不就有许多大段的静止的心理分析吗？为什么中国古典小说就很少呢？那些外国小说，作为书面的语

① ［德］莱辛：《拉奥孔》，朱光潜译，人民文学出版社 1979 年版，第 22 页。

② 焦菊隐：《中国戏曲艺术特征的探索》，《焦菊隐戏剧论文集》，上海文艺出版社 1979 年版，第 226 页。

言艺术，它主要是供案头阅读的，对于相对静止的书面语言来讲，读者有很大的主动性，他可以随读随止，随做细致的品味与联想，由此引起的情节的中断，读者还可借重复阅读，加以回忆衔接，这样的小说就可以更多一点静止描写，更多一点对人的内心剖析。

而作为我国早期的长篇小说《三国演义》等，主要是继承宋元"说话"艺术而来的。罗贯中是直接借鉴"说三分"和《三国志平话》的艺术经验创作而成的。虽然，它也是文人创作，具有书面语言艺术的特征，可供案头阅读，但是就其主要叙事艺术而言，却是受"说话"艺术的影响，更多地带有"说话"——听觉艺术的特性。"说话"艺术是不允许听者中断情节去做更多的品味联想，它要用人物命运的冲突，富有行动性的性格刻画，用由此构成的曲折跌宕的情节，去吸引听众。影响所及，如《三国演义》，就很少有对人物的行动环境、外貌肖像、心理活动的静止描写。

进一步说，从说听艺术的心理效果上看，哪怕是人物动作的某一顷刻，也比大段的较为抽象的人物内心世界的描写，更具形象性。只有动作的叙述，才能在人的联想中最迅速地构成明晰的形象画面，才能在瞬间的性格刻画中，紧紧吸引听众或读者。

由上可见，主要是《三国演义》这部小说独特的文体样式，决定了它很少有大段具体的人物心理描写，即使有心理描写，也是紧密与动作相连而化作了情节。

我国古典小说，从《金瓶梅》开始，才正式走上文人独创的道路。尽管那些文人独创的小说，也必不可免地会受"说话"艺术的影响（这恐怕是中国古典小说普遍的民族特色），但它们主要是供案头阅读的，更多地具有阅读性，这必然会给小说文体带来一些新的变化和特点。从这一点上说，同是中国古典小说，早期的《三国演义》等，与以《红楼梦》为代表的文人独创小说，在艺术的特性、要求和局限上是有差异的，这也正是为什么不能把《红楼梦》与《三国演义》等早期的长篇小说在艺术上做简单类比的原因。

第二节　分层叙事

相对于西方对话体的戏剧，叙事性成为中国戏曲的显著个性，而戏曲这种叙事成分的由来，主要是在戏曲形成之初，受同在瓦舍勾栏中"讲演"的"小说"的影响。王国维谓："宋之小说，则不以著述为事，而以讲演为事。""宋之滑稽戏，虽托故事以讽时事，然不以演事实为主，而以所含之意义为主。至其变为演事实之戏剧，而当时之小说实有力焉。"① 王国维所说的"以讲演为事"的"宋之小说"就是宋代的"说话"，早期的戏曲叙事如元杂剧吸收了"说话"的叙事方式，将"说话"的一人（说话人）叙事，变为戏曲的多人（多个角色）叙事。反之，戏曲又影响于小说叙事，二者在叙事艺术上，交叉渗透，相互参定，有着明显的传承发展轨迹。

在戏曲表演中，不同的"角色叙述者"站在不同角度叙述故事，这些舞台上的叙述者是具体的，听众（叙述接受者）可以直接感知到他们的存在，他们是一个个有血有肉的人，他们各说各的，有时会同时出现在同一舞台空间，这时，这一个一个的角色叙述者之间，是并列关系。但是，当原先舞台上有血有肉的"角色叙述者"进入戏曲文本之后，就成为一个被文字叙述的人，成为一个抽象的人，他在叙述故事的同时，也成为剧作者叙述的对象，成为被叙述者。原先在舞台空间同时并列的几个角色，在剧本的文字叙述中，却必须按照文字叙述的时间先后，被依次叙述到，他们原先在舞台上各说各的那段故事，在剧本中也必须按照一定的文字叙述的顺序和逻辑作叙述设置。这样，剧本中的不同"角色叙述者"连带他们的故事叙述，往往就出现了不同层次的关系。于是，当戏曲由口头叙事转为文字叙事时，由多个不同层次的"角色叙述者"构成的分层叙事就出现了。这种由戏曲表演中的口头叙事转化为文字叙事而来的分层叙事，其后进入了小说叙事，并演化出多种形式的中国古代小说的分层叙事。

一、次故事层叙事

叙事学理论中的叙事分层是讲，当小说中的某个人物又去叙述另一个故事——故事中的故事时，小说就分为层次。在分层叙事中，上一层故事中的某个人物成为下一层故事的叙述者，这样，每层故事就都有各自的叙述人，它们不会是同一叙述人，如果把占了主要篇幅的故事层次称为主故事层，那么，为它提供叙述者的上一层次可称为超故事层，由它提供叙述者的

---

① 王国维：《宋元戏曲考》，《王国维戏曲论文集》，中国戏剧出版社 1984 年版，第 25—26 页。

下一层故事，可称为次故事层①。

中国古代白话小说来源于口头讲故事即"说话"艺术，较早的白话小说如宋元话本，叙述者以说话人的身份来讲故事，这样，由于叙述行为过于直接，难以虚构出新的叙述者，所以在白话小说案头化以前，话本的叙述者基本上就是说话人，它不像后来的文人小说那样，作者与叙述者之间出现了有意识的分离，有着多种复杂的关系，因此在话本小说中不见有小说的叙述分层。

当"说话"艺术被戏曲吸收，叙事分层中的次故事层叙事就在早期戏曲作品中出现了。如果将一个剧本视为作者建构的一个主故事层，那么，剧中人物再去讲一个故事，则是次故事层。关汉卿杂剧《刘夫人庆赏五侯宴》第四折演述到大将李嗣源的养子李从珂欲去认生母，李嗣源说了一段《鸡鸭论》，就颇类"说话"：

> （李嗣源说鸡鸭论云）不因此感起一桩故事：昔日河南府武陵县有一王员外，家近黄河岸边，忽一日闲行到于芦苇坡中，见数十个鸭蛋在地，王员外言道："荒草坡中如何得这鸭蛋？"王员外将鸭蛋拿到家中，不期有一雌鸡正在暖蛋之时，王员外将此鸭蛋与雌鸡伏抱数日，个个抱成鸭子。雌鸡终日引领众鸭趁食，个月期程，渐渐毛羽长成。雌鸡引小鸭来至黄河岸边，不期黄河中有数只苍鸭在水浮泛，小鸭在岸忽见，都入水中，与同众鸭游戏。雌鸡在岸回头，忽见鸭雏飞入水中，恐防伤损性命，雌鸡在岸飞腾叫唤。王员外偶然出户，猛见小鸭水中与大鸭游戏。王员外道："可怜，我道鸡母为何叫唤，原来见此鸭雏入水，认他各等生身之主。鸡母你如何叫唤？"王员外言道："此一桩故事，如同世人养他人子一般，养杀也不亲，与此同论。"后作《鸡鸭论》，与世上人为戒。有诗为证，诗曰：鸭有子兮鸡中抱，抱成鸭兮相趁逐。一朝长大生毛羽，跟随鸡母岸边游。忽见水中苍鸭戏，小鸭入水任漂流。鸡在岸边相顾望，徘徊呼唤不回头。眼欲穿兮肠欲断，整毛敛翼志悠悠。王公见此鸭随母，小鸭群内戏波游。劝君莫养他人子，

---

① 参见［以色列］里蒙·凯南：《叙事虚构作品》第七章第二节，生活·读书·新知三联书店 1989 年版，第 164—169 页。

长大成人意不留；养育恩临全不报，这的是养别人儿女下场头。①

戏曲中的这种故事中的故事往往用于对主题或主人公起某种暗示映衬作用。这段《鸡鸭论》就映衬了李嗣源对自己的养子欲去认生母时的悲伤心情。再如元杂剧无名氏《风雨象生货郎旦》第四折以张三姑说唱【九转货郎儿】曲的方式讲故事，暗示了李家遭遇及春郎身世，受这个次故事层叙述的启示，李彦和及其子春郎、奶母张三姑三人终得团圆。纪君祥《赵氏孤儿大报仇》杂剧第四折，也是以剧中人程婴讲故事的方式暗示主人公的身世，使主人公幡然醒悟。相对"说话"艺术由一个叙述者（即说话人）讲述一个故事而言，元杂剧可以说是由多个叙述者（即剧中人）共同演述一个故事，所以元杂剧可以更便捷地出现次故事层叙述。

受上述戏曲叙事分层的启发，《金瓶梅》作为第一部文人独创的长篇白话小说，较早出现了次故事层叙事。小说第三十九回写官哥寄名和潘金莲生日时，在吴月娘房中由两个尼姑来讲述禅宗五祖的前生故事，故事说五祖前生是张姓财主，有八位妻妾，家财无数，后来证明这些妻妾对他没有一个是真心的，于是出了家，死后投胎成为五祖。故事由说因果、念偈、唱曲几部分组成，篇幅占了将近一回的三分之一。《金瓶梅》在主故事层叙事中嵌入这一大段次故事层叙事并非毫无意义，这里的财主员外实际就是西门庆的影子，故事的教训是对西门庆一家人的劝诫，但西门庆当时并不在场，在场的妻妾说说笑笑，听了也没有醒悟。这是插入一个清心寡欲的佛世界故事以与人欲横流的现实世界相观照，这段次故事层叙述相对于主故事层来说，有着暗示主题的作用。这是《金瓶梅》的作者基于案头小说的需要，在白话小说的创作中对于叙事分层的运用，相对于直捷、明了的说话艺术，它适应并建构了案头阅读者的欣赏趣味。

其后的《红楼梦》中也有类似的次故事层叙事，如第二十二回"听曲文宝玉悟禅机"中，宝钗讲了一个南宗六祖惠能的故事以启悟宝玉，第三十九回"村姥姥信口开河"中，刘姥姥虚构的大姑娘"抽柴火"和老奶奶虔诚得子的故事以讨好宝玉和贾母等人，均属此类。

---

① 王季思主编：《全元戏曲》第一卷，第 352 页。

二、复合叙述者的叙事

古代戏曲中的叙事分层还有一种复合叙述者的方式，即在剧作家建构的主体故事中，剧作家又将故事交由一位剧中人以事件的经历者和旁观者双重身份去叙述这个故事，由此构成复合叙述者的叙事。如关汉卿杂剧《邓夫人苦痛哭存孝》的主故事层是演述一个历史故事：唐末李克用因听信李存信、康君立二人谗言，致使李、康二人阴谋得逞，立有战功的李存孝终被无辜车裂致死。根据剧情，主要人物应该是李存孝、李克用、李存信、康君立。但关汉卿却让剧中次要人物李存孝的妻子邓夫人主唱，借邓夫人之口，叙述整个故事。但作为剧中人的邓夫人，在第二折【梁州第七】曲中，却全知全能，忽然进入李存孝的内心，叙述起李存孝的内心独白："俺破黄巢血战到三千阵，经历了十生九死，万苦千辛。俺出身入仕，荫子封妻……"①这时邓夫人的这种全知叙事，实际上成为剧作家的叙述干预，这种叙述上的僭越，使邓夫人成为剧作家与剧中人复合的叙述者。作为剧中人，这位复合叙述者成为历史的见证者；作为剧作家的代言人，这位复合叙述者又表达了剧作家对历史的反思与评判。其他，如《哭存孝》第三折中莽古歹对事件的复述以及无名氏《尉迟恭单鞭夺槊》、尚仲贤《汉高祖濯足气英布》两剧第四折中探子的倒叙故事，也是类似《哭存孝》中邓夫人的复合叙述者形式。

古代戏曲中的这种复合叙述者形式也被后来的某些小说家所借鉴运用。

刊刻于崇祯元年（1628）的《警世阴阳梦》，在小说叙事法中较早运用了叙事分层中的复合叙述者形式。《警世阴阳梦》是在魏忠贤阉党垮台不久，最早反映这段实事的小说。书中《阳梦》《阴梦》两部分，《阳梦》述魏忠贤发迹而覆亡事，《阴梦》述魏党在地狱遭报应事。这部小说自始至终都是以一位说书人的口吻面对读者讲故事，不过，在小说《阴梦》结尾处还点出了另一位叙述者，即《阳梦》故事的参与者和《阴梦》故事的观察者长安道人，说他从阴世目睹魏忠贤受惩还阳后"提笔构思，写出《阴阳梦》"。这两位叙述人的关系，在《阴梦》开篇语中交待得很明确："说话的，俺北京城，如今是有道之世，阳长阴消的时候，有什么阴梦，你说与咱们听着。看官们听小子说。……如今又有个长安道人，新编阴梦，听咱道来。"②这就是说，

---

① 王季思主编：《全元戏曲》第一卷，第 14 页。

② （明）长安道人国清编次：《警世阴阳梦》，卜维义校点，春风文艺出版社 1985 年版，第 198—199、147—151 页。

除了"阳梦开篇语"、"阴梦开篇语"两段超故事层叙述是由说书人叙述者单独讲述外，有关魏忠贤的主体故事是由两位叙述者共同讲述的。其中，长安道人是故事的编述者，说书人是故事的转述者。由两位叙述者共同讲述一个故事，构成了叙事分层中的复合叙述者形式。

这部小说所以采用复合叙述，是由这部小说的性质及作者的创作意图决定的。此书写的是当世时事，魏忠贤于天启七年（1627）十一月畏罪自杀，第二年（崇祯元年）六月这部小说便写成付梓。这距魏忠贤死仅半年，亲闻目睹魏忠贤事的大有人在，作为一部反映时事的小说，为免遭讥评，小说不便于过分虚构夸大。为了强调此书系多据实事敷衍成篇，明崇祯元年原刻本内封"题识"还特意交待了本书故事的参与者兼叙述者长安道人与魏忠贤的关系："长安道人与魏监微时莫逆，忠贤既贵，曾规劝之，不从。六年受用，转头万事成空，是云阳梦；及既服天刑，道人复梦游阴司，见诸奸党受地狱之苦，是云阴梦云云。"长安道人与魏忠贤是否有过莫逆之交无从考证，但长安道人的见证人的身份，使这部小说增强了历史真实感。不过，如果长安道人仅以事件的参与者与观察者的身份叙述故事，小说只能用第一人称限制叙事，这就不便于表达作者斥奸、惩奸的鲜明情感。看紧接此书之后，崇祯年间又相继出现同题材的《魏忠贤小说斥奸书》《皇明中兴圣烈传》，可知魏忠贤祸国殃民事，在当时引起的社会反响是十分巨大的。《警世阴阳梦》的编者长安道人难于用冷静客观的第一人称叙事，于是他就把故事交与一位假定的说书人叙述者共同叙述。这样，就可以在《阳梦》中采用第三人称全知叙事，更深入地揭露魏忠贤的种种内心隐秘，以便"详志其可羞、可鄙、可畏、可恨、可痛、可怜情事"①；《阴梦》写道人梦游阴司的见闻，则采用了第三人称限知叙事，长安道人只冷眼旁观，以冷峻客观的笔调写魏忠贤在地狱遭报应的种种惨状，虽属虚构，却能给人以亦幻亦真之感。总之，小说采取这种复合叙述法，既可以表明此书信实有征，又可以便捷地表述叙述人的主观情感。

《红楼梦》的主体故事也采用了复合叙述者的形式。前面楔子是这样点明《红楼梦》主体故事的叙述者：石头自录的故事，"不知过了几世几劫，

---

① （明）长安道人国清编次：《警世阴阳梦》樵元九"醒言"序，卜维义校点，春风文艺出版社 1985 年版。

因有个空空道人访道求仙"，看到石头上"字迹分明，编述历历"①，石头要求空空道人抄去，空空道人才"从头至尾抄录回来，问世传奇"。"后因曹雪芹于悼红轩中批阅十载，增删五次，纂成目录，分成章回，……"②遂成为供读者阅读的《石头记》。这里交代得很明白，"石头"是故事的直接记录者和叙述者，"空空道人"是叙述的传递者，"曹雪芹"是"披阅增删"者，或者说，是故事的转述者。空空道人只在"石头"与"曹雪芹"之间起传递作用，从而将"石头"与"曹雪芹"分隔开来，他并未直接参与故事的叙述，所以，把主体故事讲给读者的叙述者应是"石头"和"曹雪芹"两人。

这在主体故事中表现为，故事是用第一和第三两种人称叙述的。其中，除少数片段如十七、十八回元春省亲时石头的插话等，是用石头的自称之词"蠢物"、"自己"等第一人称叙述的，故事的绝大部分都是"曹雪芹"用第三人称讲述的。深知作者的创作构思的脂砚斋就曾明确地指出过这一点，在《红楼梦》第二十一回"只见袭人和衣睡在衾上"句下，庚辰本脂批道：

> 神极之笔。试思袭人不来同卧亦不成文字，来同卧更不成文字，却云"和衣衾上"，正是来同卧不来同卧之间，何神奇文妙绝矣。好袭人。真好石头，记得真；真好述者，述不错；真好批者，批得出。③

这里，脂砚斋把"记者"、"述者"、"批者"分得清清楚楚，明确告诉我们把故事传达给读者的，既有"记得真"的"石头"，又有"述不错"的"述者"——"曹雪芹"。《石头记》的主体故事是由"石头"和"曹雪芹"复合叙述的，应该是毫无疑义的。

《红楼梦》的主体故事所以要采用复合叙述者以及与之相应的两重人称来讲述，是由作者的创作意图来决定的。第一人称是叙述者的自称，用第一人称叙述故事，往往给读者造成故事就是叙述者的亲身经历的感觉。"石头"以第一人称偶尔出现，这就造成了其中似乎确有"其事"的效果。第三人称叙述，则能起到将叙述者与故事间离的效果，这时叙述者成了故事的局外

---

① （清）曹雪芹、高鹗：《红楼梦》，人民文学出版社1982年版，第3—4页。
② （清）曹雪芹、高鹗：《红楼梦》，人民文学出版社1982年版，第6页。
③ 朱一玄编：《红楼梦脂评校录》，齐鲁书社1986年版，第315页。笔者对断句标点有所更改。

人，他的讲述，令人感到这究竟又是一部"假语村言"的小说。对叙述者的这种安排，正体现了《红楼梦》亦真亦假的艺术构思。

三、超故事层叙事

在南戏及明清传奇中，戏曲开场一般由副末先来介绍创作大意、剧情梗概、报告剧名，由此引出正戏。如《张协状元》开场剧情大意的介绍，就是由副末用诸宫调《状元张协传》说唱出来，然后由此引出正戏："似恁唱说诸宫调，何如把此话文敷衍。"此时副末并不扮演具体的剧中人物，开场的介绍是其专职，但仍然是这个副末角色进入剧情便可扮演不同的一些次要人物，《张协状元》中的副末在剧中就分别扮演了张协友、张协仆人、村人、商贩、土地、判官、李大公、堂后官、考生等。也就是说，像《张协状元》一样，多数南戏及传奇戏开场中的副末一般只是跨层的角色，还不是跨层的人物。把戏曲开场中副末设计为剧中人物，并让其出入于开场与正戏剧情两个层次之间成为真正的跨层人物的剧作是清初孔尚任的《桃花扇》。

《桃花扇》的开场称"试一出·先声"，内容虽不脱传奇格套，但作者却在叙事方式上推陈出新，让剧中人物老赞礼来到开场中以副末脚色进行跨层叙述，交待剧作由来，然后老赞礼又在剧作第三、三十二、三十八、三十九、续四十出中出现，时或参与剧情，时或跳出剧外指点。副末老赞礼这种入于剧情又超凌其上的结构功能，很好地完成了作者的创作意图：见证事件，点拨迷局。为了加强这种结构功能，作者还把剧中人张道士的一首歌词【满庭芳】放到"试一出·先声"中来铺叙剧情大意，歌词尾句"我与指迷津"，这第一人称"我"，令张道士也恍然现身于剧情开始前的"先声"之中。《桃花扇》开场中老赞礼的话和张道士的词为观众指点了迷局，二人进入戏中，又为戏中人指点迷局。在戏中，作者为了加强这种局外指点的功能，还赋予了张道士超凡的本领，第四十出"入道"中的张道士闭目作法，不仅以第三只眼静观洞照了死难君臣的下场，而且马士英、阮大铖也应了张道士闭目所见白日梦中的报应情景。张道士还以一声断喝，警醒戏中主人公："呵呸！两个痴虫！你看国在那里？家在那里？君在那里？父在那里？偏是这点花月情根，割他不断么？"① 这种情景描写又令人想到《红楼梦》楔

---

① （清）孔尚任：《桃花扇》，人民文学出版社1959年版，第251页。

子里的一僧一道进入主故事层后，于第一、二、十二、二十五、六十六回，分别对甄士隐、林黛玉、贾瑞、贾宝玉、柳湘莲等人进行的点化。由故事中人物老赞礼与张道士一唱一和地在故事开始之前交待故事由来并对剧情作指点，这与《红楼梦》楔子里"一僧一道"的设置何其相似。《桃花扇》"试一出·先声"的构思在传奇戏中是独一无二的，而《红楼梦》楔子的构思又与之有很多相似之点，这不能不使人联想到《红楼梦》对《桃花扇》有所借鉴。《桃花扇》这种由故事中人物在故事开始之前交待故事由来及故事大意的超故事层叙述方法，直接启发了《红楼梦》的创作。

摆在《红楼梦》作者面前的难题是，这部小说即非纯属虚构——它有隐去的"真事"，又非全为实事——它究竟是用"假语村言"写成的小说，如何让读者理解"其中味"？作者曹雪芹正是利用叙事分层，在开篇中设置跨层人物叙述并由此引出主体故事，解决了这一难题。

在中国白话小说史上，《红楼梦》首先出现了独立完整的超故事层叙事。在《红楼梦》的主体部分，即石头自录的"幻形入世""亲自经历的一段故事"开始之前，小说开卷有一篇楔子，楔子中说："列位看官：你道此书从何而来？"便是楔子的叙述者的指点。楔子的最后一句"按那石上书云"，仍然是楔子的叙述者的按语，下句"当日地陷东南，……"则是主层故事《石头记》的正式开始。因为楔子与主故事层不是同一个叙述者，楔子提供了主体故事的叙述者，所以楔子是居于主体故事之上的超故事层。

超故事层叙述了石头以及《石头记》的来历，石头是女娲补天所遗一石，《石头记》是石头"蒙茫茫大士、渺渺真人携入红尘，历尽离合悲欢炎凉世态的一段故事"①。超故事层中的茫茫大士、渺渺真人即"一僧一道"，如同《桃花扇》开场中的老赞礼和张道士，他们同时也是主体故事中的人物。这"一僧一道"不仅将顽石携入红尘，"到那昌明隆盛之邦，诗礼簪缨之族，花柳繁华地，温柔富贵乡去安身乐业"②，引出了《石头记》的故事，而且他们还以"癞头和尚"和"跛足道人"的面貌，多次进入主故事层，为主故事层中的人物，或解救灾难，或指点迷途，表现了高于主故事层人物的能力，使一段真实的红尘故事蒙上了一层梦幻的神话色彩。《红楼梦》的作

---

① （清）曹雪芹、高鹗：《红楼梦》，人民文学出版社 1982 年版，第 4 页。
② （清）曹雪芹、高鹗：《红楼梦》，人民文学出版社 1982 年版，第 3 页。

者正是运用叙事分层，完成了他将"真事隐去"用"假语村言"敷衍出一段故事来的创作意图。

《红楼梦》超故事层的设置对晚清小说影响很大，一些晚清小说作者纷纷模仿。不过，他们不是像《红楼梦》的作者那样，用分层叙事将"真事隐去"，使小说更具有生活的概括力，相反，却是通过叙事分层来强调说明小说的主体故事有某种来源，以强调其真实性。这种倾向与当时的小说界革命有关，所谓"新小说宜作史读"（佚名：《读新小说法》）①，直接制约着此时小说叙事分层艺术，受其影响，作家借助叙事分层更强调了小说的"实录"性质。

模仿《红楼梦》以发现手稿、日记等形式设置超故事层，在晚清小说中，较早的有序署为 1848 年作者署名邗上蒙人的《风月梦》。《风月梦》第一回中叙述者道出自己在"烟花寨里迷恋了三十余年"的惨痛经历，然后解释自己是如何得到这部书的手稿的：一日闲暇无事，走出城，迷了路，发现自己来到自迷山无底潭，在那遇到两位老人，其中一位叫过来仁（即"过来人"的谐音），他在扬州妓院里浪掷光阴，直到看破红尘。如今，他将他所见所闻"撰了一部书籍，名为《风月梦》"，当叙述者问起此书内容特点时，过来仁发了一通议论："若问此书，虽曰风月，不涉淫邪。非比那些稗官野史，皆系假借汉唐宋明……"②其后过来仁嘱咐叙事者刊印此书以"警迷醒世"。这段叙述明显模仿《红楼梦》空空道人与石头的对话。再如序署年代1858 年的魏秀仁的《花月痕》，在第一回中，一位自称"小子"的叙述人以第一人称口吻讲述了此书的来历：

> 先生你道小子此一派鬼话，是凭空杜撰的么！小子寻亲不遇，流落临汾县姑射山中，以樵苏种菜为业。五年前，春冻初融，小子锄地，忽地陷一穴，穴中有一铁匣，内藏书数本。其书名《花月痕》，不著作者姓氏，亦不详年代。小子披览一过，将俟此中人传之。③

然后从第二回，《花月痕》的主体故事才正式开始。其他如发表于 1906 年的

---

① 陈平原、夏晓虹：《二十世纪中国小说理论资料》，北京大学出版社 1989 年版，第 274 页。
② （清）邗上蒙人：《风月梦》，齐鲁书社 1991 年版，第 6 页。
③ （清）魏秀仁：《花月痕》，瞿文光点校，中华书局 2001 年版，第 2 页。

吴趼人的《二十年目睹之怪现状》，1907年的王浚卿的《冷眼观》，写成于1905年直至1916年才梓行问世的《梼杌萃编》等，都属于这一类。在这些晚清小说家看来，设置这种发现手稿式的超故事层，就可以进一步表明，小说本身并非"凭空杜撰"（《花月痕》第一回语），"其中类皆近世实人实事"（《冷眼观》第一回语）①，可以"令读者如身入个中"（《二十年目睹之怪现状》卷末李宝嘉总评）②。这样，也就可以更好地发挥小说改良社会的作用。

四、主故事层中的跨层人物叙事

在中国古代戏曲中，常有剧中人物跨出主故事层的虚构域（被叙述层次），回到现实域（叙述行为层次），面向观众进行交待的情形，这就是戏曲中常见的跨层叙事方式。《望江亭》杂剧第三折套曲后，李稍、张千、杨衙内以同唱一曲的形式表达他们被谭记儿骗走势剑金牌后的内心焦躁：

> ……（李稍唱）
> 【马鞍儿】想着想着跌脚儿叫，（张千唱）想着想着我难熬，（衙内唱）酪子里愁肠酪子里焦。（众合唱）又不敢着旁人知道，则把这好香烧、好香烧，咒的他热肉儿跳！
> （衙内云）这厮每扮南戏那！（众同下）③

杨衙内的最后一句道白"这厮每扮南戏那！"就是剧中人物跨出剧情虚构域回到现实域中的一句面向观众的调侃之语。再如关汉卿《蝴蝶梦》第三折本为正旦唱，到了折末的【端正好】曲，副角王三忽然唱起来，另一副角张千责问他："你怎么唱起来？"王三说："是曲尾。"王三的答话也是剧中人物游离剧情的跨层叙述行为。这种跨层叙述后来又发展为主题性的宣示。如明成化本《新编刘知远还乡白兔记》，讲到当了大官的刘知远便服潜行回乡，与做了十六年弃妇的发妻李三娘相见。李三娘受苦十六年，终于有了报偿：

---

① （清）王浚清：《冷眼观》，阿英编：《晚清文学丛钞·小说四卷》上册，中华书局1961年版，第1页。
② 朱一玄编：《明清小说资料选编》，齐鲁书社1990年版，第957页。
③ 王季思主编：《全元戏曲》第一卷，第148页。

　　旦白：官人你既有娶我之心，你将什么为证？

　　生白：我怀中有四十八两黄金印。这个是"李三娘麻地捧印，刘知
　远衣锦还乡"。①

　　这最后一句就是生角刘知远在全剧这个最使人激动的高潮演毕时，突
然跨出他的角色，回到现实域中的剧场，面向观众高声做出的使全场欢腾或
泪下的宣告。

　　《红楼梦》第一百二十回结尾处，写超故事层中的空空道人来到急流津
觉迷渡口，找到贾雨村，要托他把再度抄录的又增添了将石兄"后事叙明"
一段佳话的《石头记》传遍世人，贾雨村却指点他到悼红轩中去找"曹雪芹
先生"。这就出现了空空道人从石上抄下的故事中的人物跨出故事来指点空
空道人的怪事，这是有悖情理的，这或许是《红楼梦》后四十回并非出自曹
雪芹之手造成的。但这种跨层人物叙述的方法却启发了某些晚清小说家。

　　被认为是吴趼人所做的一百回小说《海上名妓四大金刚奇书》②刊行
于1898年，是一部以真人真事为基础讲述近代上海四大名妓的小说。在第
九十九回中，叙述者说，一个朋友邀请作者去听人说书。在茶馆中，作者惊
讶地发现，那篇正在说唱的弹词同他未完成的小说是同样的内容。他趴在桌
上睡着了，在结尾的第一百回中醒来，决定将这段故事用一出戏的形式写出
来。在这出戏的结尾，四大名妓被驱除，二郎神来到舞台上说："我亲见了
这形状呀，待我慢慢的觅一个文人，撰一部《海上奇书》去醒世。"③由此，
小说中的人物交代了小说的来源。刊行于1904年藤谷古香的《轰天雷》的
结尾，故事中的人物鹅斋就说"吾前日在图书馆买了一本小说，叫做《轰天
雷》"，随后故事中的另一人物敬敷还"向鹅斋要《轰天雷》小说来看"④，并
看到小说序文里说一个叫阿员的人收到一个朋友寄来的邮包，原来正是朋友

①　《明成化说唱词话丛刊》，（台北）伟文图书出版社1979年版，第792页。
②　魏绍昌认为《海上名妓四大金刚奇书》的作者是吴趼人，参见魏绍昌：《海上名妓四大
　　金刚奇书》书内有关作者问题的资料——致韩南》一文，魏绍昌：《晚清四大小说家》，
　　（台北）商务印书馆1993年版，第143—150页。
③　（清）抽丝主人：《海上名妓四大金刚奇书》，中国近代小说大系编委会编：《中国近代小
　　说大系》，百花洲文艺出版社1996年版，第262页。
④　（清）藤谷古香：《轰天雷》，阿英编：《晚清文学丛钞·小说四卷》下册，中华书局1961
　　年版，第418页。

临终前托付给他的《轰天雷》小说手稿。这样，就由《轰天雷》的故事中的人物交代了《轰天雷》的来历。

与《红楼梦》结尾有所不同的是这些晚清小说的结尾，故事中的人物跨出主故事层，没有走向另一个虚构的神话世界，而是来到了现实世界，直接面向读者对故事进行说明交代。这就使小说本身出现了两个世界，一个是故事的虚构世界，一个是故事外的现实世界。

当故事中的人物走出虚构世界时，这似乎是要我们相信虚构世界与现实世界是相通的，是可以互相转化的。法国的日奈特将小说这种叙述层次的转化，称做"转喻"，他借用博凯茨恰的话对这种"转喻"的意义做了说明："假如虚构作品的人物可以成为读者或观众的话，那么，我们——作为他们的读者和观众，也可以变成虚构的人物"①。

李伯元《文明小史》的结尾，就是这种"转喻"的一个典型例证。小说结尾写平中丞奉命出洋考察新政，书中所写到的各色人物都想来当随员，以"图个进身之阶"，平中丞就挖苦他们：

> 诸君的平日行事，一个个都被《文明小史》上搜罗了进去，做了六十回的资料，比泰西的照相还要照得清楚些，比油画还要画得透露些。诸君得此，也可以少慰抑塞磊落了。将来读《文明小史》的，或者有取法诸公之处，薪火不绝，衣钵相传，怕不供诸君的长生禄位吗？②

虚构与现实的界线模糊了，当人们读到这里时，不禁一怔：书中虚构的人物竟然都从故事中走出来，变成了现实。谁不担心："作为他们的读者和观众，也可以变成虚构的人物"而进入小说呢？

晚清小说家利用叙事分层艺术，使小说更贴近社会现实，以达其"改良群治"的目的，这使小说的叙事分层艺术有了更多的社会文化内涵，从这一角度说，这也是对《红楼梦》叙事分层艺术的又一发展。

---

① ［法］杰拉尔·日奈特：《论叙事文话语——方法论》，张寅德编：《叙述学研究》，中国社会科学出版社1989年版，第268页。

② （清）李伯元：《文明小史》，人民出版社2010年版，第361页。

第三节　语境叙事

《红楼梦》打破了传统小说让人一听就明白的以说书口吻叙事的语言系统，更多地代之以具有潜台词的叙事描写。如何解释《红楼梦》叙事描写中的潜台词，这就要依靠语境分析。叙事学中的语境是指一个语言符号出现于其中的环境，"一个词，一个譬喻，一段对话所具有的意义，就是通过与那段特殊文本中的其他要素的相互关系而获得的。"① 《红楼梦》中的一段话语的意义，往往就需要对围绕它们的"其他要素"进行分析，才能获得它们的真正含义。这些"其他要素"就构成了这段话语的语境，甚至围绕一段话语的多重要素可以构成多重语境，理解一段话语需要借助语境分析，语境叙事是《红楼梦》对书面叙事艺术的发展。在《红楼梦》中，要理解一段话语，往往需要通过对其叙事中的共时态语境、历时态语境等多重语境分析方可获得，这正是《红楼梦》有别于早期刚刚由"说话"转化而来的传统小说的一个显著的叙事艺术特征。

在传统的以说书口吻叙事的小说中，对于一段话语的理解，叙述人为了让读者能迅速明白它的内涵，一般都是在一段话语的上下文构成的逻辑关系中，予以特别的提示与说明，这样读者不必作过多的思索，便可理解。请看《水浒传》鲁达打死镇关西之后一段：

> 鲁达看时，只见郑屠挺在地下，口里只有出的气，没了入的气，动弹不得。鲁提辖假意道："你这厮诈死，洒家再打。"只见面皮渐渐的变了。鲁达寻思道："俺只指望痛打这厮一顿，不想三拳真个打死了他。洒家须吃官司，又没人送饭，不如及早撒开。"拔步便走，回头指着郑屠尸道："你诈死，洒家和你慢慢理会。"一头骂，一头大踏步去了。②

金圣叹对此段评曰："鲁达亦有权诈之日，写来偏妙。"这段写鲁达的"权诈"，主要表现在鲁达所说"你这厮诈死，洒家再打"这句"权诈"语

① ［比利时］J. M. 布洛克曼：《结构主义：莫斯科—布拉格—巴黎》，李幼蒸译，中国人民大学出版社 2003 年版，第 77 页。

② 陈曦钟等辑校：《水浒传会评本》上册，北京大学出版社 1981 年版，第 94 页。

上，明明已经看出对方不行了，明明已经知道"不想三拳真个打死了他"，却当着众人而指称对方是"诈死"，然后脱身而去。这里，读者在理解鲁达这句话背后的'权诈'内涵时，是无须细细琢磨的，因为在鲁达说话之前，叙述人已经用叙述语"鲁提辖假意道"直接向读者发出信息，告之读者下面鲁达的话是"假意"，在鲁达说话之后，叙述人又向读者说明了鲁达之所以要"假意道"的潜在原因，原来鲁达寻思，打死郑屠"洒家须吃官司，又没人送饭，不如及早撤开"。于是就有了鲁达一头骂对方"诈死"，"一头大踏步去了"的举动。对于鲁达"你这厮诈死"一句的潜台词，前有提示，后有说明，被叙述人交待得明明白白。

一、共时态语境叙事

与叙述者直接出面指点干预的说书式的叙事不同，《红楼梦》中一段人物话语的潜在含义，往往不是由叙述人作直接提示，而是经由"其他要素"构成的语境来显现。十七回"大观园试才题对额"，贾政、宝玉与众清客游至"衡芷清芬"，贾政征求众人题对，众客题联始终不妥，宝玉题一联后，众客纷纷称妙，小说写"贾政笑说：'岂有此理'"①。"岂有此理"是表示否定，"笑说"却是赞赏的态度，否定与赞赏并置，"岂有此理"在"笑说"的神态中暗示给读者的是贾政言不由衷的心态。这里，作者传达人物语言的潜在心理，是通过人物的神态描写来加以显现的。此时，贾政的语言"岂有此理"与围绕它的语境要素"笑说"的神态是同时发生的，我们可以将其称之为共时态语境，正是这种人物语言与神态的共时态组合，提供了理解人物语言潜台词的途径。实际上，脂砚斋也注意到《红楼梦》这种共时态语境叙事特点，例如他对第八回薛宝钗赏玉一段的评析，用的就是这种语境分析方法。

此回写宝钗一边仔细翻看宝玉口衔之玉，一边自言自语念着玉石上"莫失莫忘，仙寿恒昌"几个字，并回头向侍女莺儿笑道："你不去倒茶，也在这里发呆作什么？"脂评提示读者，薛宝钗念石上文字"是心中沉吟，神理"，她对莺儿说的话"请诸公掩卷合目想其神理，想其坐立之势，想宝钗面上口中，真妙！"②薛宝钗说这话时的"神理"、"坐立之势"、"面上口中"

---

① （清）曹雪芹、高鹗：《红楼梦》，人民文学出版社1982年版，第236页。
② 朱一玄编：《红楼梦脂评校录》，齐鲁书社1986年版，第141页。

等神情举止,实际传达出的潜台词是"莺儿,你只发呆地看我摆弄宝玉的玉石,你还不赶快告诉宝玉我有金锁。"果然,心领神会的莺儿紧接着"嘻嘻笑道:'我听这两句话,倒像和姑娘项圈上的两句话是一对儿。'"当宝玉拿过金锁,也念了上面的字,承认"姐姐这八个字倒真与我的是一对。"莺儿又补充说:"是个癞头和尚送的,他说必须錾在金器上——"① 至此"金玉良缘"之说让莺儿点得再明白不过了,宝钗见目的已达,这才真的"嗔他不去倒茶"。宝钗责问莺儿为何"发呆"的一句话在人物的"坐立之势"、"面上口中"等共时态语境中,与它的表面意思不同,正是人物的这种共时态语境揭示了人物话语深层的潜台词。

有时《红楼梦》中人物话语的潜台词,并不都是清晰可辨的,《红楼梦》常常用极平淡的语言表现出人物难以言传的复杂心理,这就更需要读者在人物神情举止的共时态语境中,去意会人物的微妙心态。五十二回,小说欲表现宝玉和黛玉"心里有许多话,只是口里不知要说什么",于是写黛玉"出了一回神,便说道:'你去吧。'"写宝玉"想了一想,也笑道:'明日再说吧。'一面下了阶矶,低头正欲迈步,复又忙回身问道:'如今的夜越发长了,你一夜咳嗽几遍,醒几次?'"② 针对这段话语,脂评曰:"此皆好笑之极,无味扯淡之极,回思则沥血滴髓之至情至神也。"③ 两人一个"出了一回神",一个"想了一想",欲言又止,最后郑重其事说出的却是这样两句"无味扯淡"的话,初看确实"好笑",然而,仔细"回思",由二人几番犹豫的神情举止和"无味扯淡"之言构成的共时态语境,传达出的正是'欲说还休,欲说还休,却道天凉好个秋"的微妙心理。

二、历时态语境叙事

《红楼梦》中人物话语的潜台词,不仅可以由人物的情态举止等共时态语境予以提示,有时也需依靠特定场景的人物关系和人物以往的性格心理去加以理解。如果说人物话语与围绕这段话语的情态举止是共时发生的关系,那么,一段人物话语与这个人物以往的性格心理以及他人的关系则呈现出历时发生的关系,我们可以将围绕这段话语的人物关系及这些人物以往的性格

---

① (清)曹雪芹、高鹗:《红楼梦》,人民文学出版社 1982 年版,第 125—126 页。

② (清)曹雪芹、高鹗:《红楼梦》,人民文学出版社 1982 年版,第 729 页。

③ 朱一玄编:《红楼梦脂评校录》,齐鲁书社 1986 年版,第 492 页。

心理等要素称之为历时态语境。解读《红楼梦》，除了注意共时态语境的分析之外，还要时时关注一段话语与围绕它的诸种历时态要素的关系，方可解得其中的含义。我们不妨以第二十九回贾母等一干人围绕金麒麟的一番对话为例来说明。

这一回写贾母等人来到清虚观打醮，张道士要借宝玉的通灵玉给众道士看，送回时，宝玉一边"将自己的玉带上"，一边翻弄着众道士送来的三、五十件贺物给贾母看，当发现有一个金麒麟时：

> 贾母因看见有个赤金点翠的麒麟，便伸手拿了起来，笑道："这件东西好象我看谁家的孩子也带着这么一个。"宝钗笑道："史大妹妹有一个，比这个小些。"贾母道："是云儿有这个。"宝玉道："他这么往我们家去住着，我也没看见。"探春笑道："宝姐姐有心，不管什么他都记得。"林黛玉冷笑道："他在别的上还有限，惟有这些人带的东西上越发留心。"宝钗听说，便回头装没听见。①

这里围绕金麒麟的一番对话之所以构成一个特定的场景，是因为它与"金玉姻缘"相关。脂评就曾指出过这一点，第三十一回针对"因麒麟伏白首双星"一节文字，已卯本回前总批云："金玉姻缘已定，又写一金麒麟，是间色法也。何颦儿为其所惑？故颦儿谓'情情'。"② 这是说"金麒麟"的功能是为"金玉姻缘"之说加一"间色"，错综其间，以引起黛玉多一层眩惑和猜忌，以表现黛玉之情重，为感情纠葛增添波澜。这样，众人对金麒麟的一番议论反应，只有联系对在场每一个人都发生着影响的"金玉姻缘说"以及每一个人固有的性格心理、人物之间的相互关系等，才能理解此时此刻诸人所说话语的内涵。

为何在宝玉"将自己的玉带上"的同时，单单一个金麒麟会首先引起贾母的注意？贾母一句不经心的"笑道"，其背后的心理内涵，恐怕正是贾母原先潜意识中"金玉"之说的显现。因为此前薛宝钗的母亲曾在贾府提过"金锁是个和尚给的，等日后有玉的方可结为婚姻"等话，贾母对"金

---

① （清）曹雪芹、高鹗：《红楼梦》，人民文学出版社 1982 年版，第 411—412 页。
② 朱一玄编：《红楼梦脂评校录》，齐鲁书社 1986 年版，第 418 页。

玉"之说是清楚的。再有来清虚观打醮是元春提议的，与此同时，元春送端午节礼惟独宝玉、宝钗是一样的，小说第二十八回写宝玉还以为是弄错了，"怎么林姑娘的倒不同我的一样，倒是宝姐姐的同我一样？别是传错了罢？"而袭人特意说明道："昨儿拿出来，都是一份一份的写着签子，怎么就错了！你的是在老太太屋里的，我去拿了来了。老太太说了，明儿叫你一个五更天进去谢恩呢。"① 这说明贾母完全清楚元春的用意，她对"金玉姻缘"是首肯的；何况来清虚观后，张道士给宝玉提亲，贾母还说："上回有和尚说了，这孩子命里不该早娶，等再大一大儿再定罢……"② 可见，那个由和尚首先提出来的"金玉"之说，贾母也是深信不疑的。这样，作为一家之长的贾母，对自己宝贝孙子脖子上带着一块"玉"，别家女孩子谁带着一个什么"金"，自然就很上心，可年纪大了，又记不清。第一个接过话茬提醒贾母的是薛宝钗，心中早就装着"金玉"之说的宝钗因自己有个金锁，所以别人带什么"金"也就很注意，她不仅记得史湘云有金麒麟，连大小都清楚，薛宝钗的一句话流露出的是她对此事的专注。一经提醒，贾母想起来了，"是云儿有这个"。话虽轻巧，却说明贾母平时对谁带什么"金"，确实很重视。接下来宝玉却说"没看见"，这也是实话，因为他对什么"金"、什么"玉"的本来就没放在心上。探春虽是局外人，但她一向"才自精明"，她对周围人的心理状态心里都有数，所以，她所说的"宝姐姐有心"一句是实，确实宝钗对此事很上心，说"不管什么他都记得"则是虚，实际意思是在含蓄地点明宝钗惟有此事她记得最清。最后轮到黛玉，一沾"金玉"之说就十分敏感且总是按捺不下的林黛玉就不像探春那么含蓄了，她是一语道破："她在别的上还有限，唯有这些人带的东西上越发留心。"

由以上分析可见，从这个特定场景中人物话语的次序关系以及诸人以往的性格心理等历时态语境去分析，表面看这是贾母无意中提起的一段闲话，背后却透露出诸人各不相同的心思。如果再从人物说话时的表情举止等共时态语境去看，除了嫉恨"金玉"之说的林黛玉的"冷笑道"显得锋芒毕露，其他人的表情举止都在显示一种轻松。贾母的"笑道"，是一位居高临下者无论说什么话都随心所欲的轻松，宝钗的"笑道"以及对黛玉的冷

---

① （清）曹雪芹、高鹗：《红楼梦》，人民文学出版社 1982 年版，第 400 页。
② （清）曹雪芹、高鹗：《红楼梦》，人民文学出版社 1982 年版，第 408 页。

嘲"回头装没听见"的表情举止，是心机深藏不露而守拙装愚的轻松，宝玉的无表情是实话实说的轻松，探春的"笑道"，则是冷眼旁观的轻松。但在表面轻松的背后，却是众人围绕"金玉姻缘说"并不轻松的心情。而要真正理解围绕"金玉"之说，众人何以会有如此这般反应，那就还需要将其置于《红楼梦》全书所展示的社会文化语境中去考察，这时就会看到，简言之，金玉姻缘实质上代表的是这个贵族家族欲永葆富贵荣华的梦想，而宝、黛二人对金玉姻缘的抗争代表的则是对个性理想的追求，二者互不相容。

这里，通过上述例证意在说明，《红楼梦》中一段话语的潜在含义，需要经由共时态语境、历时态语境以及社会文化语境等多重语境分析，才能获得。《红楼梦》叙事上的这种特征，用英国语言学家弗斯的话说，就是"对语言材料作连续语境分析。语境之中包含着语境，每个语境具有一种功能，充当更大语境的一个组成部分。所有语境都包容在所谓的文化语境之中。"① 正是这种多重语境的交叉组合，使《红楼梦》的叙事更多地带有暗示、象征、潜台词等特征，这是有别于其他古典小说而独树一帜的叙事艺术特征。明确了这种叙事方法，在解读《红楼梦》时，有意地去注意对这多重语境的分析，可以使我们更好地解得其中味。

第四节　符号叙事

所谓符号，简言之，就是以一种东西表示另一种东西。因为《红楼梦》的作者声称是用"假语村言"，"将真事隐去"，所以《红楼梦》的许多表层叙述和描写，大都可以看作是意指另一世界的符号。与一听就明白的口头叙事不同，文字的符号性叙述与描写需要读者有文字的解读能力，方可解得"其中味"，诸如《红楼梦》的符号叙事是书面叙事特有的叙事艺术。

一、《红楼梦》的符号叙事体系

符号的本质在于它的两重性，它是作代表的东西和被代表的东西的统一。用一个图形表示某个现实对象，用一种手势表示某种态度，用一句话表

① 转引自李传全：《形式—语境语义实现模型》，朱永生主编：《语言·语篇·语境》论文集，清华大学出版社1993年版，第179页。

达某种潜台词等，都是符号。《红楼梦》中的许多意象因带有意指作用而成为符号，如水代指女儿，泥代指男子，石头隐指贾宝玉，等等。

符号的意义一般区分为外延和内涵。外延是一个表达式（意象、词项、句子）所指称的对象，如《红楼梦》的石头，它的外延原指女娲补天的一块自然界的石头，《石头记》故事的外延写的是一块混沌自然的石头进入红尘而为玉，最后返璞归真，还原为石的故事。内涵是在外延的所指意义上产生的一种派生的语义功能，或者说是附加值。艺术符号的内涵是多值和多义的。《红楼梦》中的石头，作为《石头记》故事的经历者、目击者和叙述人，它既隐指小说中有着顽石性格的贾宝玉（真顽石），又隐指以石头自况的作者，还关涉到石头城中的甄宝玉（假石头）。同为石头的内涵指涉，作者——叙述人——贾宝玉——甄宝玉之间的微妙关系，构成了小说深层的题旨意义，它使开头那块无材补天的石头具有了哲理性的象征意义，寄寓了作者对人生的哲理感悟。由此，小说关涉到的石头描写无不具有符号性的联想意义：宝钗赏玉，隐喻世俗的金玉良缘；宝玉砸玉以至念念不忘"木石姻缘"，则是隐喻反抗以玉所象征的世俗与礼教的束缚，等等。

艺术符号的多值和多义，使艺术符号成为一个多级的意指系统，它是由能指——外延所指——内涵所指不同层面的意义组成的动态结构。《红楼梦》第三十四回写宝玉挨打之后，黛玉赶来探望，听着宝玉反过来安慰她的话，心中"万句言词"化作一句话："你可都改了吧！"这个符号集合的外延平面是林黛玉的一句劝慰话，内涵平面是她对封建统治者痛打宝玉的满腔愤懑，能指平面则是作者刻画人物心理运用语言文字的技巧和个人风格。符号性描写的多级意指，使《红楼梦》的语言含味不尽。《红楼梦》第三十一回写有一次为送戒指的事，林黛玉说史湘云"真真你是糊涂人"。史湘云说："你才糊涂呢"。接着他摆了一番道理，要"大家评一评谁糊涂"。在场的众人听了，都说史湘云说得"果然明白"。贾宝玉也顺便接上去说史湘云"还是这么会说话，不让人。"林黛玉听了，便冷笑道："他不会说话，他的金麒麟会说话"①。林黛玉的话看上去是说不通的，金麒麟是个没生命的物件，怎么"会说话"呢？这句话作为符号集合，它的外延所指是林黛玉讥刺贾宝玉的一句冷笑的话，它的意思是，恐怕在你眼里，她身上没有不会说话的地

---

① （清）曹雪芹、高鹗：《红楼梦》，人民文学出版社 1982 年版，第 437 页。

方，其内涵所指却是林黛玉强烈要求爱情专一、满怀嫉妒的隐蔽微妙的内心情感，在能指方面则是曹雪芹根据林黛玉的性格所写的一句富有潜台词的符号性语言，诙谐幽默，含蓄有味。程乙本改为"林黛玉听了，冷笑道：'他不会说话，就配带金麒麟了！'"改成如此地平铺直叙，全不见林黛玉的聪明伶俐，只显得林黛玉刻薄浅俗。

《红楼梦》中那些充满了暗示、预示、象征、潜台词的叙事描写，我们可以把它们都看成是符号性的叙事描写。这样，《红楼梦》就存在着多重符号叙事系统：

第一，物象符号。除上面谈及的水、泥、石之外如金锁（与玉配成金玉良缘之说）、冷香丸（喻宝钗是冷美人）、风月镜（即风月鉴）、以至潇湘馆的一景一物（暗衬黛玉的性格）等。

第二，谐音符号。包括人名谐音和物名谐音。

人名谐音：甄士隐（真事隐去）、贾雨村（假语村言）、甄英莲（真应怜）、詹光（沾光）、单骋人（善骗人）、卜世仁（不是人）、贾化（贾话）、湖州（胡诌）、卜固修（不顾羞）等。

物名谐音：太虚幻镜中宝玉所焚之香名群芳髓（群芳碎）、所饮茶名"千红一窟"（千红一哭）、所饮酒名"万艳同杯"（万艳同悲）等。

第三，符号性人物。警幻仙姑是作者戏剧化的代言人，是借幻说法、借幻示警的符号性象征；秦可卿，即情可亲，象征情爱；茫茫大士、渺渺真人喻指超凡脱俗、为人指点迷津的人物；空空道人喻指《石头记》的假想读者；兼美是宝玉对钗黛"兼美"愿望的假定性符号人物；等等。

第四，符号性故事。第一回的"石头"故事，作者借石自况，寄寓了作者本人的"一生惭恨"；"还泪"故事中的绛珠仙子与神瑛侍者结下的"木石前盟"以及以泪酬情之说，意指宝黛爱情悲剧和黛玉"泪尽而逝"的不幸结局；"太虚幻境"故事中宝玉的梦幻经历，则带有启悟主题的寓意性；等等。

第五，符号性词曲。如《好了歌》注、红楼十二曲、《葬花吟》等，暗示人物命运、故事结局。

第六，符号性的环境世界。如大荒山、无稽崖、青埂峰、悼红轩、太虚幻境、大观园也各有其符号性的意义。

艺术符号的多值多义以及《红楼梦》的多重符号叙事系统，导致了人们对《红楼梦》的解释五花八门，这也正是这部名著所以永葆青春、历久不衰的原因之一。

符号学认为，符号的意义不只来自它所指称的对象，而且也来自一个符号出现于其中的关联域。关联域是指一个符号出现于其中的环境，它包括出现于该环境中的所有符号及其相互关系。语言学的关联域又称语境或上下文。

同样是一个"水"字，在不同关联域中显示出不同的意义。贾宝玉说，"女儿是水作的骨肉""我见了女儿，我便清爽"，在这个意义上，水象征着女儿洁净的品质，以至女儿国大观园中的水都是干净而芬芳的，故名曰"沁芳泉"。"水"字在另一些地方又可以象征深情：林黛玉的泪水都是柔情所化，为宝玉而流，灵河岸上三生石畔绛珠仙草与神瑛侍者的姻缘也是以"灌溉之恩"、"甘露之惠"来维系；史湘云的"湘云水逝"、"一湾逝水"、"水涵湘江"，意指史湘云的似水柔情，情爱如逝水。"水"字又可以象征时间，《红楼梦》故事的时间之流缘起于仙境的灵河，从而引出了人间繁花似锦的沁芳河，最终流入如宇宙般深沉的迷津河，三条水的联结，隐喻着作者对人生及宇宙长河的思考。

关联域有狭义与广义之分。狭义的关联域是指一个符号直接与之关联的符号集合。广义的关联域包括整个小说的阅读活动，因而读者也成为关联域的一部分。一个符号的意义取决于读者的译码，而读者又是根据社会的信码来理解符号的意义，因而整个社会也成为关联域："所指的意义是存在于与者和受者共同参与的理解活动之中的某种东西。这个'某种东西'就是包含着某一特定社会结构的某些社会现象（如哲学、政治、科学等）的整个关联域。"①

二、符号叙事与接受者

符号作为交流的中介不只是指称某物，符号只有通过人的头脑的解释才能产生信息。传统的小说理论始终停留在信息发送者的一方。小说文本仅仅被理解为发送者的产品，而读者的作用只是在头脑里复映这些产品而已。

---

① ［比利时］J. M. 布洛克曼：《结构主义：莫斯科—布拉格—巴黎》，李幼蒸译，中国人民大学出版社 2003 年版，第 62 页。

实际上作品是存在于发送者与接受者共同参与的理解活动中，当我们说某部小说作品创造了栩栩如生的人物形象，有意无意地忽视了读者的创造作用。事实上，小说创造的是作为符号总和的本文，而活生生的人物形象则存在于读者的解释和想象中。茵格尔顿强调读者"某种程度上最终是文学艺术作品的共同创造者"[①]。

读者对小说本文的接受实质上是信息加工的过程。读者对输入的信号必须使用与作者分享的信码进行译码。实际上要从一个符号中抽出一份信息，读者必须在他的大脑里先存有一份信息，告诉他如何从符号中译出信息。读者除了掌握一般的传统的小说信码外，还必须了解某些小说特有的亚信码。所谓亚信码就是在一个基本规则或规则集合的基础上，为了调整基本规则的特殊应用而出现的一个或一套次要的规则。《红楼梦》继承了中国传统小说的一些基本规则，如章回形式，说书人的口吻，白话语言等，这便于中国传统小说的读者，迅速进入对《红楼梦》的读解。但是，《红楼梦》也有自己不同于传统小说的亚信码，例如作者曹雪芹用"假语村言"将"真事隐去"，作者又以石头自喻，并让石头做主体故事的叙述人等，这实际上是作者建立的一套新的叙事规则，它决定了参与者的"期待"以及他们对作品所包含的现实性质的理解。作者要隐去的"真事"，是什么"真事"？是作者自己的经历？是当时社会现实的某些具体实事？抑或是作者依托自己的经历对当时社会历史的某种概括？对这套规则的不同理解和运用，导致了对《红楼梦》的不同译解。

对于一个符号的解释作为信息积累又必然影响对下一个符号的解释。解释不是简单地复制文本，而是一种生产性的努力，一种创造。对读者来说，阅读过程也是学习过程。读者的信码知识主要来自过去的经验，但也有一部分是在阅读过程中学习到的。如《红楼梦》开头声称"将真事隐去""故曰'甄士隐'云云"，"又何妨用假语村言，敷演出一段故事来"，"故曰'贾雨村'云云"。这里提示读者，阅读《红楼梦》要时时透过"假语村言"的表层叙述去领会作者"将真事隐去"的深层内涵。为此，作者就让小说中最初出场的人物甄士隐、贾雨村成为谐音符号，读者从小说的一开始就

---

① 转引自李幼蒸：《罗曼·茵格尔顿的现象学美学》，《美学》第 2 期，上海文艺出版社 1980 年版，第 245 页。

进入了这种符号意义的探寻，这就是读者在阅读《红楼梦》时习得的新信码，这就为《红楼梦》大量运用符号性叙述提供了可理解性的基础。一旦多数人掌握了这些新信码，它就成为阅读《红楼梦》的惯例，它引导读者遵循这一新的信码规则，去解读《红楼梦》中几乎无处不在的带有暗示、预示、象征、潜台词的符号性叙述和描写，去发现新的信息，而这些新信息又会成为后来读者的经验积累，帮助他们再作新发现。

但是，无论读者如何有经验、有修养，如何熟悉作品，对于像《红楼梦》这样有着多重符号系统相交织，有着丰富信息的作品，作品的信码与接受者的信码是不可能完全相符的，读者对信码掌握的不完全，以及想在阅读中逐步掌握它，这一点正是激发读者阅读《红楼梦》的兴趣和创造力的重要因素。

对于一般读者阅读《红楼梦》的经验和文化修养的培养，小说评论占有重要地位。读者通过《红楼梦》的评论了解了他正打算去看的这部小说，并知道如何作出反应。在阅读活动中，评论的作用是超前的，它形成一种元语言（审视小说"语言"的语言）的框架。对评论的接受程度，或多或少地决定了观众的译码。例如："石头"作为一个符号，在《红楼梦》中包含着多种信息，其中有一部分信息可从作品内部获得，另一部分信息只能从作品之外获取。《红楼梦》原名《石头记》，从阅读中知道，石头原是女娲补天被弃用的一块石头，它被茫茫大士和渺渺真人携入红尘，进入主体故事中，这块石头已被缩成一块"鲜明美玉"，也就是宝玉降生时口衔之玉，石头于是又隐指主人公贾宝玉，而这石头故事又是写在石头本身之上的，于是石头又成为《石头记》的叙述者和作者的自喻……。但是，作者为什么要以"石头"自喻，以《石头记》命名，来写这个"石头"故事，个中原因就不是读者能从书中找到的。这就要依靠小说评论。我们知道，作者曹雪芹本人喜爱石头、爱画石头，他对青埂峰下那块石头的构想是受了他祖父曹寅所作《巫峡石歌》的影响，等等。当然，更深层次的原因是传统的石头文化的影响，石头象征自然美，石头代表自然的原始的不假雕琢的本真，象征傲岸孤介独立不群的人格精神，赏石、爱石是传统文人的雅好等。

正是读者对小说的知识，对小说规则及其亚信码的认识，他的总的文化修养以及小说评论的影响，这一切构成接受美学中所谓的期待水平。《红楼梦》的成功在于它用一套新的信码规则，即多重符号叙事系统的交织组合构成了一个难以穷尽的信息生成网络，它吸引着一代代读者去探寻它，每当你为发现一个新信息而兴奋时，你又会发现，这不过是引导你去发现更多信息的一个开始。

第五节　书面叙事与读者接受

书面叙事与口头叙事的叙事方式不同，接受方式也不同。口头叙事靠语言声音传播，声音在传播过程中，转瞬即逝，听众无暇反复琢磨，说听双方利用共享知识、套语和程式化主题，使接受轻松省力，听众一听就明白。书面叙事靠语言文字传播，文字将故事固化在文本之中，读者的阅读可以随时中断、反复、细细品味，"这样的发展只能够在文字支配的世界里出现，因为文字的驱力是仔细的、条分缕析的内省，……书写和阅读是独自一人的活动（虽然早期的阅读是一群人相聚时的活动）。它们使人从事费力、内化和个体的思想活动，这是口语文化里的人不可能从事的活动。"① 阅读接受是在个人的审美心理与作品文字叙述的关系中实现的。以下结合作品实例，分析读者阅读心理的二重性以及书面叙事的体裁、题材、创作方法、时代特征等，对阅读心理的影响。

一、阅读心理的二重性

人对艺术美的欣赏具有二重性。一方面，你阅读小说，体验着书中主人公的经历，你会为小说中主人公的痛苦而痛苦，甚至会流泪，但是你却不想逃避这种痛苦，还要津津有味地读下去，要读到最后的结局，掩卷之后，还久久不能忘怀，以至惊叹作品中的形象何以会如此强烈地打动、吸引你，从而使你从中得到一种审美的愉悦，这满足了你审美的需要；另一方面，小说中的形象画卷，也使你认识了人生，认识了生活中的真、善、美，提高了你对生活的认识能力，这是功利的理智的判定，它满足了你的功利索求。艺术欣赏中的审美需要与功利索求是既矛盾对立又互相依存统一的。

说它互相依存统一，是说艺术都是反映人生的，人对艺术美所以能欣赏，从欣赏者来说，先决条件是要有一定的人生经验，这样，才能对艺术有

---

① ［美］沃尔特·翁：《口语文化与书面文化》，何道宽译，北京大学出版社 2008 年版，第116—117 页。

所体验。和艺术接触不等于欣赏，可以说，没有体验活动，便没有艺术欣赏。小孩子可以为《西游记》的幻想形式所吸引，也可以理解其中诸如不怕困难、不屈不挠的斗争等人类的普遍精神。但是，让小孩子读《红楼梦》，他是读不下去的，他还缺少《红楼梦》中所描写的人生经验，他不能对书中人物有所体验。基于一定人生经验的艺术审美活动，必然更带有各人的不同立场、观点、态度、方法，更带有一定的理性判定，"超功利"的纯审美是没有的。艺术欣赏的美感之中，总是伴有一定的功利性。

说它矛盾对立，是说在艺术欣赏中，欣赏者如果过多地以功利目的将艺术比附于现实人生，对艺术采取实用的态度，往往会影响以致中止对艺术的审美活动。

作为文学作品的戏曲小说，上述艺术欣赏的二重性有其独特的表现。

戏曲小说作品是以阅读的方式进行欣赏的，读者根据戏曲小说语言文字的描述，通过想象和联想进入感情体验，语言文字的阅读，具有可以暂停与反复进行的可能性，阅读者可以于某个感兴趣的地方，停顿下来，反复琢磨、体验。因此，在戏曲小说作品的欣赏中，美感与功利的统一，常常表现为二者有所偏重的交替呈现，有时侧重美感的欣赏，有时侧重功利性的索求，二者时而平衡，时而倾斜，以不使审美活动中止为限度。请看脂砚斋欣赏《红楼梦》第二十七回"黛玉葬花"一段时的这种心理特点。

林黛玉为怜惜桃花落瓣，曾将它收拾起来，葬于花冢。如今她来至花冢，以落花自况，十分感伤地哭吟了《葬花吟》一诗，恰为宝玉所闻。《葬花吟》是林黛玉感叹身世遭遇的代表作，也是作者倾全力摹写的文字，艺术是很成功的。脂砚斋初读此段文字，首先为其别开生面的独特艺术赞叹不已，甲戌本眉批云：

> 开生面，立新场，是书多多矣。惟此回处生更新，非颦儿断无是佳吟，非石兄断无是情聆（赏），难为了作者了，故留数字以慰之。

然而，待脂砚斋反复赏玩此段文字之后，情感体验渐深，甲戌本侧批云：

> 余读《葬花吟》至再至三四，其凄楚感慨令人身世两忘，举笔再

四不能下批。有客曰："先生身非宝玉，何能下笔，即字字双圈，批词
通仙，料难遂颦儿之意。俟看玉兄之后文再批。"噫唏！阻余者，想亦
《石头记》来的，故停笔以待。①

　　当脂砚斋读至两遍，三四遍时，与小说中人物的"凄楚感慨"之情，
发生了共鸣，以至使他"身世两忘"、"不能下批"了。显然，这种心态与第
一遍阅读此段时偏重形式美的欣赏不同，它是由于在美感之中融进了更多的
现实感受造成的。但是，这种向功利性倾斜的状态，并未导致审美活动的中
止，脂砚斋深明此时自己的审美还是不完整的，令自己"举笔再四，不能下
批"之"客"，正是来自《石头记》本身。没有看过"玉兄之后文"，是难以
对此诗再加批的，批书人"停笔以待"的也正是与此诗有关的"后文"，于
是，阅读在这种美感与功利的反复与交融中又继续下去。
　　如果功利目的、现实感受，超过了限度，压倒了美感，二者就会形成
对立，而使审美活动中止。《红楼梦》第二十三回描写林黛玉听曲，开始时，
因为林黛玉素不留心戏文，所以她预先并不知道墙内传来的悠扬笛韵婉转歌
声是什么内容，完全以一种审美的态度对待之：

　　　　偶然两句吹到耳内，明明白白，一字不落，唱道是："原来姹紫嫣
　　红开遍，似这般都付与断井颓垣。"林黛玉听了倒也十分感慨缠绵，便
　　止住步侧耳细听……

　　《牡丹亭》中的这两句曲文是写景，"姹紫嫣红"是写春天乐景，"断井
颓垣"是写庭院哀景，乐景对哀景，自有几分凄凉感伤，这与林黛玉平素的
心态正相合。但是，情由景出，情景交融的曲词，虽令林黛玉"感慨缠绵"，
却难加理性辨析。审美二重性的紧密交融，使林黛玉被欣赏对象所吸引，
"便止住步侧耳细听"下去：

　　　　又听唱道是："良辰美景奈何天，赏心乐事谁家院。"听了这两句，不
　　觉点头自叹，心下自思道："原来戏上也有好文章。可惜世人只知看戏，

①　朱一玄编：《红楼梦脂评校录》，齐鲁书社 1986 年版，第 400—401 页。

未必能领略这其中的趣味。"想毕，又后悔不该胡想，耽误了听曲子。

随着欣赏的深入，林黛玉的情感体验又随之加深，其中，林黛玉以其独有的身世遭际来"领略其中的趣味"，这种实用的联想与审美发生了矛盾，使她一度"耽误了听曲文"，中断了欣赏。但是，应该指出的是，这里欣赏的"中断"，与戏曲演唱本身的特性密切相关，戏曲演唱的欣赏基本上是一次性的欣赏过程。由于演唱的说听互动特点，使得欣赏者不可能脱离演唱的进行而把自己的注意力停止于某一点上，而必须不间断地追随演唱的进行，直至终止，完成其一次性的欣赏过程。如果换成阅读就不同了，林黛玉此处的驻足"胡想"是允许的，阅读允许欣赏注意力在某一点上的停顿。从这方面来说，导致林黛玉此处欣赏的"中断"，戏曲演唱作为口头叙事的说听互动特性起了更大的作用，因为从林黛玉主观上来说，她终究"又后悔不该胡想，耽误了听曲"，她还是愿意审美能继续下去的，所以，这还不能算是欣赏二重性的真正分裂。当然，如果实用态度过重，致使欣赏完全中止，那就根本离开审美了，你看林黛玉再往下听曲：

> 又侧耳时，只听唱道："则为你如花美眷，似水流年……"，林黛玉听了这两句，不觉心动神摇。又听道："你在幽闺自怜"等句，亦发如醉如痴，站立不住，便一蹲身坐在一块山子石上，细嚼"如花美眷，似水流年"八个字的滋味。忽又想起前日见古人诗中有"水流花谢两无情"之句，再又有词中有"流水落花春去也，天上人间"之句，又兼方才所见《西厢记》中"花落水流红，闲愁万种"之句，都一时想起来，凑聚在一处。仔细忖度，不觉心痛神痴，眼中落泪。正没个开交，……①

由听曲而至于"站立不住"，由联想而"仔细忖度"，以至只管"心痛神痴，眼中落泪"，忘记了还要听戏，闹到"没个开交"的地步。这就无论如何不是审美了，而是由功利实用态度导致完全离开审美境界，回到现实世界中来了，这便是欣赏中美感与功利性的分裂了。

----

① （清）曹雪芹、高鹗：《红楼梦》，人民文学出版社 1982 年版，第 327—328 页。

从以上分析可以初步看出，戏曲小说欣赏中的美感与功利二重性的偏重，受欣赏主体的态度与作品的性质双重制约。

作品的性质不同，会造成欣赏中美感与功利的不同侧重，这可以显出戏曲小说欣赏的特殊性，即如上面所分析到的，同是林黛玉欣赏同一段曲文，如果面对的不是戏曲演唱，而是戏曲作品，不是听而是读，其欣赏二重性大不一样了。

二、书面叙事与阅读心理

作为书面叙事的戏曲小说而言，它的叙事体裁、题材、创作方法、时代特征等，都会对欣赏二重性的偏重有不同影响。

从体裁上看，一般地说，韵文更讲求形式美，易于更多地唤起欣赏者的美感，散文化的白描则更讲求生活的逼真再现，易于更多地唤起欣赏者的现实感。

《西厢记》写张生和莺莺私下定情的曲词是"软玉温香抱满怀，……春至人间花弄色，……露滴牡丹开。"[1] 这其实是对"性"的直接描写，但这几句曲词的和谐的声调，幽美的意象，含蓄的比喻，使我们首先为文字形式美所打动。自然也有人读这几句而完全离开审美的，那是他艺术趣味过于低下的缘故，金圣叹所谓"文者见之谓之文，淫者见之谓之淫"[2]，用在此处的是确论。比较起来，《金瓶梅》、"二拍"等有关"性"的散文化的白描，就更易引起阅读者的"性"冲动，以至使某些"文者"也对《金瓶梅》"谓之淫"了，个中原因，就是因为散文化的白描与现实人生太迫近，更容易引起读者的功利实用态度。

再如上面分析到的林黛玉的《葬花吟》，那也是一段韵文，所以脂砚斋尽管感慨再三，却总觉此段描写有些隔膜，须"俟看玉兄之后文再批"，先有的批语，除了赞叹一番作者的艺术笔墨之外，于现实人生的感慨却总说不出太具体的东西。但是，对"玉兄"某些散文化的描写，感受就不同了。小说第十七回，写宝玉才进园来戏耍，忽听说贾政就要来，于是"带着奶娘小

① （元）王实甫原著，（清）金圣叹批改：《金圣叹批本西厢记》，张国光校注，上海古籍出版社 1986 年版，第 219 页
② （清）金圣叹：《读第六才子书西厢记法》，（元）王实甫原著，（清）金圣叹批改：《金圣叹批本西厢记》，张国光校注，上海古籍出版社 1986 年版，第 10 页。

厮们，一溜烟就出园来"，结果还是顶头撞着，只得一边站着。庚辰本在这一段旁有脂砚斋侧批曰：

> 不肖子弟来看形容。余初看之，不觉怒焉，盖谓作者形容余幼年往事，因思彼亦自写其照，何独余哉？信笔书之，供诸大众同一发笑。①

你看脂砚斋读《红楼梦》的这段描写与读《葬花吟》诗的感受是大不一样的，读《葬花吟》诗是"至再至三四"，才有朦胧的令人"身世两忘"的感受，而读此段关于"玉兄"的散文化的白描"初看"就"发怒"了，以为作者是在"形容余幼年往事"。所以会这样，其主要原因恐怕就是这段散文化的描写太逼真了，对有着类似经历的脂砚斋来说，它首先唤起的是阅读者的现实感受，而不是审美感受。作品基于体裁的表现方式不同，它所写的内容与现实人生距离的远近就不同，对欣赏者心理因素的激发，就会有不同的偏重。

就整部作品来说，作品的题材、创作方法的不同，也会对欣赏心理有不同的制约。离现实较远的浪漫主义作品，更容易激发欣赏者的审美幻觉；与人生切近的现实主义作品会更容易激起读者的功利索求。

《西游记》是一部以变形的手法，描写神魔故事的作品，它是远离现实生活形态的。这在当时，曾被许多评论家讥为"幻极"（明代张誉语）、"曼衍虚诞"（明代谢肇淛语）、"怪诞不经"（明代睡乡居士语）②，等等。这样一部作品就很难让读者作具体的现实联想，清代张书绅说：

> 予幼读《西游记》，见其奇奇怪怪，忽而天宫，忽而海藏，忽说妖魔，忽说仙佛，及所谓心猿意马，八戒沙僧者，茫然不知其旨。（《西游记总论》）③

这恐怕不只是幼童，而是任何初读《西游记》人的共同感受吧。

《西游记》的形象也有现实的人性，为什么它就难于激起人们的功利目

---

① 朱一玄编：《红楼梦脂评校录》，齐鲁书社 1986 年版，第 232 页。
② 朱一玄、刘毓忱编：《西游记资料汇编》，南开大学出版社 2002 年版，第 224、315 页。
③ 朱一玄、刘毓忱编：《西游记资料汇编》，南开大学出版社 2002 年版，第 321—322 页。

的呢？这是因为在《西游记》神魔形象构成中的人、神、兽三种因素，动物性因素是其形象基础。

请看在《西游记》的创作中，神魔无一人形，而几乎都是由动物（极少数由植物）变化而来：猴、猪、狮、象、鼠、蝎、熊、罴、虎、豹、蜘蛛、蜈蚣、金鱼、青牛、白兔、狐狸等，成精而为妖魔。这些妖魔从外形到生理习性，甚至它们的神通变化，无不带有自然界动物的特征，甚至很多天上的诸神，也与动物有关，如《西游记》第六十五回所写的二十八宿神，就是什么"亢金龙、女土蝠、房日兔、心月狐、尾火虎、箕水豹、斗木獬、牛金牛、氐土貉、虚日鼠、危月燕、室火猪……"①。

动物形象是一种"变形"幅度较大而远离人生形态的艺术形式，它所具有的艺术假定性能立即造成审美印象所必需的与现实的分隔，这种分隔是使艺术形象产生审美作用的首要条件。这种与实际人生境界的适当距离，可以很自然地把欣赏者导入一个审美的境界。在这个审美情境中，以动物面貌出现的神魔形象所造成的优势兴奋中心，抑制了现实表象的记忆，使欣赏者可以暂时放弃以现实的理智所进行的推敲，从而暂时消除现实生活形态与作品中"变形"形象的不相似感，产生出艺术的幻觉感，这在心理学上被称作"怀疑的中止"，它使欣赏者完全沉浸在审美境界之中。有人带着功利目的，硬说《西游记》是"讲禅"、"证道"，或说孙悟空是"农民造反者形象"等，都很难赢得大多数读者的认同。《西游记》是最难于道清其主旨的一部小说了，它难于直接唤起欣赏者的功利实用态度，是显而易见的。

《三国演义》就不同了。"事纪其实，亦庶几乎史"（明·蒋大器：《三国志通俗演义序》），"悉本陈志裴注，绝不架空杜撰，……阅者参观正史，始知语皆有本而不与一切小说等量而齐观矣"（清·清溪居士《重刊三国志演义序》），而其内容"尤好纵谈兵略，不压权谋"（清·邱炜萱《菽园赘谈》），至使有人直视此书"有通俗伦理学，实验战术之价值也"（黄人《小说小话》）②。实际上，即使是抱着审美目的的一般读者，也常常为曹操的机谋、诸葛亮的智略而惊叹不已。更不用说那些抱着实用态度去读《三国演义》的张献忠、康熙帝，更是直把《三国演义》视为谋略大全的兵书了，今天更有

① （明）吴承恩：《西游记》，上海古籍出版社 2004 年版，第 552 页。
② 朱一玄、刘毓忱编：《三国演义资料汇编》，百花文艺出版社 1983 年版，第 270、494、504、748 页。

所谓《三国演义》应用热。至于说《三国演义》鲜明的"尊刘抑曹"的爱憎倾向，更是影响着历朝历代的读者，刘备与曹操几乎成了传统文化的符号，刘备被当作正义的化身，曹操成为邪恶的代表。无论谁读《三国演义》也绕不开这个问题："遗芳遗臭，在人贤与不肖，君子小人，义与利之间而已，观演义之君子，宜致思焉。"(明·蒋大器：《三国志通俗演义序》)①《三国演义》与人生经验太切近，读《三国演义》就让人联想到现实人生，它容易激起人们的功利索求，也是显而易见的。

《西游记》与《三国演义》因题材、表现方法的不同导致的不同审美属性，恰如鲁迅所说，《西游记》"叫人看了，无所容心，不像《三国演义》，见刘胜则喜，见曹胜则恨；因为《西游记》上所讲的都是妖怪，我们看了，但觉好玩，所谓忘怀得失，独存赏鉴了。"②

戏曲小说作品存在的不同时间、空间，也会对欣赏二重性的偏重产生不同的影响。戏曲小说作品是真切地反映现实人生的，一般来说，在它产生的那个特定的时代、社会，人们对作品所反映的内容会有较多的、切身的现实感受，这就容易使一些读者用功利实用的态度去看待它。当时过境迁，我们已远离那个时代、社会，就能够更多地以美感的态度对待它。

明代汤显祖的《牡丹亭》以其"令人魂销肠断"③的艺术魅力，呼唤着人性的解放，尤其是唤醒了于封建枷锁的重压下的广大妇女。俞用济题《醒石缘》云"《牡丹亭》唱彻秋闺，惹多少好儿女拼为他伤心到死。"④汤显祖《哭娄江女子二首有序》云："娄江女子俞二娘，秀慧能文词，未有所适，酷嗜《牡丹亭》传奇，蝇头细字，批注其侧，幽思苦韵，有痛于本词者，十七惋愤而终。"⑤像这一类因读、演《牡丹亭》而令妇女伤心致死的故事在当时那个时代不在少数，而到了广大妇女已翻身解放的今天，可以说，已不复再见。

① 朱一玄、刘毓忱编：《三国演义资料汇编》，百花文艺出版社 1983 年版，第 270 页。
② 鲁迅：《中国小说的历史的变迁》，鲁迅：《中国小说史略》，人民文学出版社 1973 年版，第 296—297 页。
③ （明）王骥德：《曲律》，《中国古典戏曲论著集成》四，中国戏剧出版社 1959 年版，第 159 页。
④ （清）余用济：《俚句填赠玉卿贤妹丈〈潇湘怨传奇〉》，阿英：《红楼梦戏曲集》，中华书局 1978 年版，第 112 页。
⑤ 徐扶明：《牡丹亭研究资料考释》，上海古籍出版社 1987 年版，第 214 页。

一曲《桃花扇》，作者"借儿女之情，写兴亡之感"，总结了南明王朝一代兴亡的历史教训，当时"长安之演《桃花扇》者，岁无虚日"："笙歌靡丽之中，或有掩袂独坐者，则故臣遗老也，灯炧酒阑，唏嘘而散。"（《桃花扇本末》）① 今天再看《桃花扇》，像明朝故臣遗老般的亡国之痛，也难以发生了。

总之，离作品产生的时间越近，读者越容易联系实际，以实用的态度去看待作品反映的生活。离作品产生的时间越远，作品的内容就越难于与读者有直接的利害联系，读者就能够以美感的态度去欣赏它。

当然，上述作品的性质对欣赏二重性的影响，最终还要通过欣赏主体来起作用，对欣赏主体来说，审美境界的产生，要求欣赏主体把作品摆在现实生活的一定距离之外，同时自己还要具备一定的生活经验与审美经验，这就是刘勰《文心雕龙·知音》所说的"操千曲而后晓声，观千剑而后识器"②。而导致审美境界的脱离，以功利观念对待作品，从欣赏主体来说，常见的有两种情形：

一是读者在生活实践中有着某种强烈的功利欲望，他们读作品时，往往就容易不自觉地带上功利索求的目的，各取所需，这自然就不是审美了。

《三国演义》主要内容是描写战争中的智谋、韬略，所以正在从事战争实践的军事家往往把它当作兵书来读：

> 张献忠、李自成及近世张格尔、洪秀全等，初起众皆乌合，羌无纪律。其后攻城略地，伏险设防，渐有机智，遂成滔天巨寇；闻其皆以《三国演义》中战案，为帐内唯一之秘本。（清·黄人：《小说小话》）
>
> 国朝康熙朝，尝有诏饬印《三国志演义》一千部，颁赐满州、蒙古诸路统兵将帅，以当兵书。又闻日本国前未明治维新变法之时，亦尝以为兵书。（清·邱炜萱：《菽园赘谈》）③

现代亦有将《三国演义》用于商业之道的，《三国演义》本身的实用价值，吸引着抱着各种功利目的的实践家对它作实用研究。如果你既不从军，

① （清）孔尚任：《桃花扇》，人民文学出版社1959年版，第6页。
② 陆侃如、牟世金译注：《文心雕龙译注》，齐鲁书社1995年版，第586页。
③ 朱一玄、刘毓忱编：《三国演义资料汇编》，百花文艺出版社1983年版，第748、504页。

也不经商，恐怕不会整天把《三国演义》当"兵书"，当"商业宝库"去对待吧。

由于读者的某种明确的功利目的，有时对作品作出的过分实用的解释，还会导致对作品的曲解。"太平闲人"张新之，作为一名封建的卫道者，把《红楼梦》看作是宣扬儒家教义的书，他认为"《石头记》乃演性理之书，祖《大学》而宗《中庸》"。以这种特有眼光，他解释《红楼梦》有关"吃饭"的细节描写是：

> 书中大致凡歇落处，每用吃饭，或以为笑柄，殊不知大道有焉。宝玉乃演人心，《大学》正心必先诚意。意，脾土也；吃饭，实脾土也。实脾土，诚意也，问世人解得吃饭否？（清·张新之：《石头记读法》)①

若非戴着《大学》《中庸》的特种眼镜去读《红楼梦》，世人是难以如此"解得吃饭"的。

第二种情况是，读者如果对作品中的生活描写有着极为相似的经历遭际，也容易因此而触动自己的心事，唤起实际的欲念与情感，美感会因此而被实用的态度压倒。

再看脂砚斋读《红楼梦》吧，我们知道，曹雪芹写《红楼梦》，不仅融进了作者本人的经历，也融进了脂砚斋等批书人的许多经历，这就使脂砚斋读到某些相应段落时，总禁不住要发出一般读者难以体会到的现实感慨。

如《红楼梦》巧姐判词中有"势败休云贵，家亡莫论亲"之语，其下甲戌本有脂批云："非经历者，此二句则云纸上谈兵，过来人哪得不哭。"②短短一句诗，脂砚斋作为"过来人"读它，为之一哭。我们这些"非经历者"是很难有此同感的。再有小说第十八回，通过石头之口介绍"宝玉未入学堂之先，三四岁时，已得贵妃手引口传，教授了几本书、数千字在腹内了"③。庚辰本此段正文旁脂批曰：

> 批书人领至此数，故批至此，竟放声大哭。俺先姊先（仙）逝太

---

① 朱一玄编：《红楼梦资料汇编》，南开大学出版社 2001 年版，第 700、703 页。

② 朱一玄编：《红楼梦脂评校录》，齐鲁书社 1986 年版，第 94 页。

③ （清）曹雪芹、高鹗：《红楼梦》，人民文学出版社 1982 年版，第 246 页。

早，不然余何得为废人耶？①

一位"非经历者"恐怕也就是把小说的这段描写当成宝玉经历的一段介绍罢了，但像脂砚斋这样的"过来人"读它"竟放声大哭"，且作了一番自我身世的联想，所以会这样，就是因为这段描写中有脂砚斋生活经历的缘故。类似的脂批在《红楼梦》里不在少数。

　　书面叙事给读者带来更大的理解空间，读者的接受具有更多的个性色彩。阅读的特性使书面叙事可以运用心理叙事、分层叙事、语境叙事、符号叙事等多样纷繁的叙事手法，这是书面叙事艺术发展的必然。

---

① 朱一玄编：《红楼梦脂评校录》，齐鲁书社 1986 年版，第 254 页。

主要参考文献

（按使用版本出版时间先后排列）

社会综合

（宋）孟元老等：《东京梦华录》（外四种），古典文学出版社 1956 年版。

（宋）司马光：《资治通鉴》，（元）胡三省音注，中华书局 1956 年版。

（晋）陈寿：《三国志》，（宋）裴松之注，中华书局 1959 年版。

（汉）班固：《汉书》，（唐）颜师古注，中华书局 1962 年版。

（唐）房玄龄等：《晋书》，中华书局 1974 年版。

（后晋）刘昫等：《旧唐书》，中华书局 1975 年版。

（宋）欧阳修、宋祁：《新唐书》，中华书局 1975 年版。

（明）宋濂等：《元史》，中华书局 1976 年版。

（元）脱脱等：《宋史》，中华书局 1977 年版。

（五代）王定保：《唐摭言》，上海古籍出版社 1978 年版。

（宋）洪迈：《容斋随笔》，上海古籍出版社 1978 年版。

（唐）李肇：《唐国史补》，上海古籍出版社 1979 年版。

（唐）张鷟：《朝野佥载》，中华书局 1979 年版。

（宋）王栐：《燕翼诒谋录》，中华书局 1981 年版。

（宋）苏轼：《东坡志林》，王松龄点校，中华书局 1981 年版。

（宋）蔡绦：《铁围山丛谈》，冯惠民、沈锡麟点校，中华书局 1983 年版。

（唐）长孙无忌等：《唐律疏义》，刘俊文点校，中华书局 1983 年版。

（宋）赵令畤：《侯鲭录》，中华书局 1985 年版。

（宋）李纲：《靖康传信录》，中华书局 1985 年版。

（宋）李攸：《宋朝事实》，中华书局 1985 年版。

（宋）谢采伯：《密斋笔记》，中华书局 1985 年版。

（宋）张端义：《贵耳集》，中华书局 1985 年版。

（唐）韦绚：《刘宾客嘉话录》，中华书局 1985 年版。

（唐）赵璘：《因话录》，中华书局 1985 年版。

（宋）王溥：《五代会要》，中华书局 1985 年版。

（清）徐松撰，张穆校补：《唐两京城坊考》，方严点校，中华书局 1985 年版。

［日］圆仁：《入唐求法巡礼行记》，顾承甫、何泉达点校，上海古籍出版社 1986 年版。

（宋）赞宁：《宋高僧传》，范祥雍点校，中华书局 1987 年版。

（宋）徐梦莘：《三朝北盟会编》，上海古籍出版社 1987 年版。

（宋）周密：《癸辛杂识》，吴企明点校，中华书局 1988 年版。

（宋）高承：《事物纪原》，中华书局 1989 年版。

《大正新修大藏经》，（台北）佛陀教育基金会 1990 年版。

《大正新修大藏经图像》，（台北）佛陀教育基金会 1990 年版。

（宋）潜说友：《咸淳临安志》，中华书局编辑部编：《宋元方志丛刊》第四册，中华书局 1990 年版。

（宋）李焘：《续资治通鉴长编》，中华书局 1990 年版。

李致忠：《历代刻书考述》，巴蜀书社 1990 年版。

（宋）宋敏求：《长安志附长安图志》，中华书局 1991 年版。

（唐）张固：《幽闲鼓吹》，中华书局 1991 年版。

（宋）陶穀：《清异录》，中华书局 1991 年版。

（宋）赵葵：《行营杂录》，中华书局 1991 年版。

（宋）周密：《志雅堂杂钞》，中华书局 1991 年版。

（梁）慧皎：《高僧传》，汤用彤校注，中华书局 1992 年版。

（宋）杨亿口述，黄鉴笔录，宋庠整理：《杨文公谈苑》，上海古籍出版社 1993 年版。

（宋）郑樵：《通志二十略》，王树民点校，中华书局 1995 年版。

（梁）释僧佑：《出三藏记集》，中华书局 1995 年版。

（宋）赵彦卫：《云麓漫钞》，中华书局 1996 年版。

张弓：《汉唐佛寺文化史》，中国社会科学出版社 1997 年版。

（元）陶宗仪：《南村辍耕录》，文灏点校，文化艺术出版社 1998 年版。

（宋）金盈之：《新编醉翁谈录》，周晓薇校点，辽宁教育出版社 1998 年版。

[美] 施坚雅主编：《中华帝国晚期的城市》，叶光庭等译，中华书局 2000 年版。

（宋）钱易：《南部新书》，中华书局 2002 年版。

杨宽：《中国古代都城制度史研究》，上海人民出版社 2003 年版。

《大元圣政国朝典章》，组生利、李崇兴点校，山西古籍出版社 2004 年版。

（宋）王溥：《唐会要》，上海古籍出版社 2006 年版。

（宋）赵升：《朝野类要》，王瑞来点校，中华书局 2007 年版。

严耕望：《严耕望史学论文集》，上海古籍出版社 2009 年版。

潘桂明：《中国佛教思想史稿》，江苏人民出版社 2009 年版。

张永禄：《唐都长安》（增订本），三秦出版社 2010 年版。

变文

王重民等编：《敦煌变文集》，人民文学出版社 1957 年版。

周绍良、白化文编：《敦煌变文论文录》，上海古籍出版社 1982 年版。

黄永武博士主编：《敦煌宝藏》，（台北）新文丰出版公司 1986 年版。

周绍良主编：《敦煌文学作品选》，中华书局 1987 年版。

黄征、张涌泉校注：《敦煌变文校注》，中华书局 1997 年版。

季羡林主编：《敦煌学大辞典》，上海辞书出版社 1998 年版。

张鸿勋编著：《说唱艺术奇葩——敦煌变文选评》，甘肃人民出版社 2000 年版。

伏俊琏、伏麒鹏编著：《石室齐谐——敦煌小说选析》，甘肃人民出版社 2000 年版。

陆永峰：《敦煌变文研究》，巴蜀书社 2000 年版。

张锡厚：《敦煌文学源流》，作家出版社 2000 年版。

张鸿勋：《敦煌俗文学研究》，甘肃教育出版社 2002 年版。

李小荣：《变文讲唱与华梵宗教艺术》，上海三联书店 2002 年版。

项楚：《敦煌变文选注》（增订本），中华书局 2006 年版。

富世平：《敦煌变文的口头传统研究》，中华书局 2009 年版。

[美] 梅维恒：《唐代变文——佛教对中国白话小说及戏曲产生的贡献之研究》，杨继东、陈引弛译，徐文堪校，中西书局 2011 年版。

小说

《大唐三藏取经诗话》，中国古典文学出版社 1954 年版。

余嘉锡：《宋江三十六人考实》，作家出版社 1955 年版。

鲁迅校录：《唐宋传奇集》，文学古籍刊行社 1956 年版。

严敦易：《水浒传的演变》，作家出版社 1957 年版。

阿英编：《晚清文学丛钞·小说四卷》，中华书局 1961 年版。

（宋）李昉等编：《太平广记》，中华书局 1961 年版。

鲁迅：《中国小说史略》，人民文学出版社 1973 年版。

胡士莹：《话本小说概论》，中华书局 1980 年版。

（明）罗贯中：《三国志通俗演义》，上海古籍出版社 1980 年版。

（唐）段成式：《酉阳杂俎》，方南生点校，中华书局 1981 年版。

（宋）洪迈：《夷坚志》，中华书局 1981 年版。

陈曦钟等辑校：《水浒传会评本》，北京大学出版社 1981 年版。

静宜文理学院中国古典小说研究中心主编：《中国古典小说研究专集 3》，（台北）连经出版事业公司 1981 年版。

（清）曹雪芹、高鹗：《红楼梦》，人民文学出版社 1982 年版。

（唐）李冗、张读：《独异志 宣室志》，中华书局 1983 年版。

朱一玄、刘毓忱编：《三国演义资料汇编》，百花文艺出版社 1983 年版。

谭正璧、谭寻：《古本稀见小说汇考》，浙江文艺出版社 1984 年版。

（宋）郭彖：《睽车志》，中华书局 1985 年版。

丁如明辑校：《开元天宝遗事十种》，上海古籍出版社 1985 年版。

（宋）张齐贤：《洛阳搢绅旧闻记》，中华书局 1985 年版。

（明）长安道人国清编次：《警世阴阳梦》，春风文艺出版社 1985 年版。

朱一玄编：《红楼梦脂评校录》，齐鲁书社 1986 年版。

陈汝衡：《说书史话》，人民文学出版社 1987 年版。

（明）洪楩编：《清平山堂话本》，谭正璧校点，上海古籍出版社 1987 年版。

（明）梅鼎祚辑纂：《青泥莲花记》，田璞、查洪德校注，中州古籍出版社 1988 年版。

陈平原、夏晓虹编：《二十世纪中国小说理论资料》第一卷，北京大学出版社 1989 年版。

[美] 韩南：《中国白话小说史》，尹慧珉译，浙江古籍出版社 1989 年版。

丁锡根点校：《宋元平话集》，上海古籍出版社 1990 年版。

《七国春秋平话后集》，《古本小说集成》，上海古籍出版社 1990 年版。

《三分事略》、《三国志平话》，《古本小说集成》，上海古籍出版社 1990 年版。

朱一玄编：《明清小说资料选编》，齐鲁书社 1990 年版。

程毅中：《唐代小说史话》，文化艺术出版社 1990 年版。

（宋）皇都风月主人编：《绿窗新话》，周楞枷笺注，上海古籍出版社 1991 年版。

《〈京本通俗小说〉等五种》，江苏古籍出版社 1991 年版。

《中国古代小说百科全书》，中国大百科全书出版社 1993 年版。

李剑国：《唐代志怪传奇叙录》，南开大学出版社 1993 年版。

石昌渝：《中国小说源流论》，生活·读书·新知三联书店 1994 年版。

欧阳代发：《话本小说史》，武汉出版社 1994 年版。

丁锡根编著：《中国历代小说序跋集》，人民文学出版社 1996 年版。

李剑国：《宋代志怪传奇叙录》，南开大学出版社 1997 年版。

［俄］李福清：《三国演义与民间文学传统》，尹锡康、田大畏译，上海古籍出版社
1997 年版。

萧相恺：《宋元小说史》，浙江古籍出版社 1997 年版。

（宋）罗烨：《新编醉翁谈录》，周晓薇校点，辽宁教育出版社 1998 年版。

程毅中：《宋元小说研究》，江苏古籍出版社 1999 年版。

（明）施耐庵：《水浒全传》，上海古籍出版社 1999 年版。

孙楷第：《小说旁证》，人民文学出版社 2000 年版。

程毅中辑注：《宋元小说家话本集》，齐鲁书社 2000 年版。

宋常立：《中国古代小说文体论》，天津社会科学出版社 2000 年版。

朱一玄编：《红楼梦资料汇编》，南开大学出版社 2001 年版。

陈桂声：《话本叙录》，珠海出版社 2001 年版。

（清）魏秀仁：《花月痕》，瞿文光点校，中华书局 2001 年版。

朱一玄、刘毓忱编：《西游记资料汇编》，南开大学出版社 2002 年版。

鲁德才：《古代白话小说形态发展史论》，南开大学出版社 2002 年版。

王昕：《话本小说的历史与叙事》，中华书局 2002 年版。

程毅中：《宋元话本》，中华书局 2003 年版。

萧欣桥、刘福元：《话本小说史》，浙江古籍出版社 2003 年版。

（明）吴承恩：《西游记》，上海古籍出版社 2004 年版。

俞晓红：《佛教与唐五代白话小说研究》，人民出版社 2006 年版。

陈松柏：《水浒传源流考论》，人民文学出版社 2006 年版。

［美］韩南：《韩南中国小说论集》，王秋桂等译，北京大学出版社 2008 年版。

常金莲：《〈六十家小说〉研究》，齐鲁书社 2008 年版。

纪德君：《在书场与案头之间——民间说唱与古代通俗小说双向互动研究》，文化艺术出版社 2009 年版。

卢世华：《元代平话研究：原生态的通俗小说》，中华书局 2009 年版。

罗筱玉：《宋元讲史话本研究》，中国社会科学出版社 2010 年版。

（清）李伯元：《文明小史》，人民出版社 2010 年版。

［美］韩南：《中国近代小说的兴起》增订本，上海教育出版社 2010 年版。

（明）洪楩辑，程毅中校注：《清平山堂话本校注》，中华书局 2012 年版。

戏曲

（明）李开先：《改定元贤传奇》，明嘉靖刻本，南京图书馆藏。

（明）臧懋循：《元曲选》，明代万历四十四年雕虫馆刻本。

吴梅辑：《奢摩他室曲丛》二集，商务印书馆 1928 年版。

孙楷第：《也是园古今杂剧考》，上杂出版社 1953 年版。

钱南扬：《宋元戏文辑佚》，古典文学出版社 1956 年版。

冯沅君：《古剧说汇》，作家出版社 1956 年版。

胡忌：《宋金杂剧考》，古典文学出版社 1957 年版。

王季烈编：《孤本元明杂剧》，中国戏剧出版社 1958 年版。

（明）臧懋循：《元曲选》，中华书局 1958 年版。

《古本戏曲丛刊》编委会编：《古本戏曲丛刊四集》，商务印书馆 1958 年版。

中国戏曲研究院编：《中国古典戏曲论著集成》，中国戏剧出版社 1959 年版。

严敦易：《元剧斟疑》，中华书局 1960 年版。

郑骞：《校订元刊杂剧三十种》，（台北）世界书局 1962 年版。

钱南扬：《永乐大典戏文三种校注》，中华书局 1979 年版。

《新编刘知远还乡白兔记》，《明成化说唱词话丛刊》，（台北）伟文图书出版社 1979 年版。

《焦菊隐戏剧论文集》，上海文艺出版社 1979 年版。

徐沁君校点：《新校元刊杂剧三十种》，中华书局 1980 年版。

钱南扬：《戏文概论》，上海古籍出版社 1981 年版。

徐扶明：《元代杂剧艺术》，上海文艺出版社 1981 年版。

周贻白：《周贻白戏剧论文选》，湖南人民出版社 1982 年版。

《王国维戏曲论文集》，中国戏剧出版社 1984 年版。

任半塘：《唐戏弄》，上海古籍出版社 1984 年版。

邵曾祺：《元明北杂剧总目考略》，中州古籍出版社 1985 年版。

徐朔方：《元曲选家臧懋循》，中国戏剧出版社 1985 年版。

唐文标：《中国戏剧史》，中国戏剧出版社 1985 年版。

（元）王实甫原著，（清）金圣叹批改：《金圣叹批本西厢记》，张国光校注，上海古籍出版社 1986 年版。

廖奔：《宋元戏曲文物与民俗》，文化艺术出版社 1989 年版。

蔡毅编著：《中国古典戏曲序跋汇编》，齐鲁书社 1989 年版。

吴毓华编：《中国古代戏曲序跋集》，中国戏剧出版社 1990 年版。

杨建民编著：《中州戏曲历史文物考》，文物出版社 1992 年版。

景李虎：《宋金杂剧概论》，广东高等教育出版社 1996 年版。

廖奔：《中国古代剧场史》，中州古籍出版社 1997 年版。

齐如山：《国剧艺术汇考》，辽宁教育出版社 1998 年版。

王季思主编：《全元戏曲》，人民文学出版社 1999 年版。

陈建森：《元杂剧演述形态探究》，南方出版社 1999 年版。

胡忌主编：《戏史辨》，中国戏剧出版社 1999 年版。

廖奔、刘彦君：《中国戏曲发展史》，山西教育出版社 2000 年版。

孙崇涛：《南戏论丛》，中华书局 2001 年版。

吴晟：《瓦舍文化与宋元戏剧》，中国社会科学出版社 2001 年版。

张发颖：《中国戏班史》（增订本），学苑出版社 2003 年版。

康保成：《中国古代戏剧形态与佛教》，东方出版中心 2004 年版。

黄霖主编，陈维昭著：《20 世纪中国古代文学研究史·戏曲卷》，东方出版中心 2006 年版。

解玉峰：《20 世纪中国戏剧学史研究》，中华书局 2006 年版。

刘晓明：《杂剧形成史》，中华书局 2007 年版。

张影：《历代教坊与演剧》，齐鲁书社 2007 年版。

曾永义：《戏曲源流新论》（增订本），中华书局 2008 年版。

徐弘图：《南宋戏曲史》，上海古籍出版社 2008 年版。

黄天骥、康保成主编：《中国古代戏剧形态研究》，河南人民出版社 2009 年版。

康保成：《傩戏艺术源流》，广东高等教育出版社 2011 年版。

陈建森：《宋元戏曲本体论》，人民出版社 2012 年版。

诸宫调

凌景埏：《董解元西厢记》，人民文学出版社 1962 年版。

朱禧辑：《天宝遗事诸宫调》，天津古籍出版社 1986 年版。

蓝立蓂：《刘知远诸宫调校注》，巴蜀书社 1989 年版。

么书仪：《董西厢》，春风文艺出版社 1999 年版。

龙建国：《诸宫调研究》，江西人民出版社 2003 年版。

吕文丽：《诸宫调与中国戏曲形成》，中国戏剧出版社 2011 年版。

傀儡戏影戏

孙楷第：《傀儡戏考原》，上杂出版社 1952 年版。

理论

[德] 莱辛：《拉奥孔》，朱光潜译，人民文学出版社 1979 年版。

[英] 马林诺夫斯基：《巫术科学宗教与神话》，李安宅译，中国民间文艺出版社 1986 年版。

[英] 马林诺夫斯基：《文化论》，费孝通等译，中国民间文艺出版社 1987 年版。

[苏联] 巴赫金：《陀思妥耶夫斯基诗学问题》，白春仁、顾亚铃译，生活·读书·新知三联书店 1988 年版。

张寅德编：《叙述学研究》，中国社会科学出版社 1989 年版。

[以色列] 里蒙·凯南：《叙事虚构作品》，生活·读书·新知三联书店 1989 年版。

[美] 王靖献：《钟与鼓——〈诗经〉的套语及其创作方式》，谢濂译，四川人民出版社 1990 年版。

赵毅衡：《当说者被说的时候：比较叙述学导论》，中国人民大学出版社 1998 年版。

[美] 约翰·迈尔斯·弗里：《口头诗学：帕里——洛德理论》，朝戈金译，社会科学文献出版社 2000 年版。

朝戈金：《口传史诗诗学：冉皮勒〈江格尔〉程式句法研究》，广西人民出版社 2000 年版。

[加拿大] 马歇尔·麦克卢汉：《理解媒介——论人的延伸》，何道宽译，商务印书馆 2000 年版。

[加拿大] 埃里克·麦克卢汉、弗兰克·秦格龙编：《麦克卢汉精粹》，何道宽译，南京大学出版社 2000 年版。

[古希腊] 亚里斯多德：《诗学》，罗念生译，人民文学出版社 2002 年版。

尹虎彬：《古代经典与口头传统》，中国社会科学出版社 2002 年版。

[美] 阿尔伯特·贝茨·洛德：《故事的歌手》，尹虎彬译，中华书局 2004 年版。

侯鑫：《基于文化生态学的城市空间理论》，东南大学出版社 2006 年版。

林文雄主编：《生态学》，科学出版社 2007 年版。

[美] 沃尔特·翁：《口语文化与书面文化》，何道宽译，北京大学出版社 2008 年版。

毕桪主编：《民间文学教程》，中央民族大学出版社 2009 年版。

语言

刘坚、江蓝生、白维国、曹广顺：《近代汉语虚词研究》，语文出版社 1992 年版。

刘坚编著：《近代汉语读本》（修订本），上海教育出版社 2005 年版。

徐时仪：《汉语白话发展史》，北京大学出版社 2007 年版。

文学综合

李啸仓：《宋元伎艺杂考》，上杂出版社 1953 年版。

（明）高儒：《百川书志》，古典文学出版社 1957 年版。

（明）晁瑮：《晁氏宝文堂书目》，古典文学出版社 1957 年版。

（唐）孟棨等：《本事诗　本事词》，古典文学出版社 1957 年版。

隋树森编：《全元散曲》，中华书局 1964 年版。

孙楷第：《沧州集》，中华书局 1965 年版。

叶德均：《戏曲小说丛考》，中华书局 1979 年版。

龙榆生：《词曲概论》，上海古籍出版社 1980 年版。

王利器辑录：《历代笑话集》，上海古籍出版社 1981 年版。

王秋桂编：《李家瑞先生通俗文学论文集》，台湾学生书局 1982 年版。

许政扬：《许政扬文存》，中华书局 1984 年版。

谭正璧：《话本与古剧》，上海古籍出版社 1985 年版。

唐圭璋编：《词话丛编》，中华书局 1986 年版。

王利器：《耐学堂集》，中国社会科学出版社 1986 年版。

沈燮元编：《周贻白小说戏曲论集》，齐鲁书社 1986 年版。

任半塘：《敦煌歌辞总编》，上海古籍出版社 1987 年版。

曲彦斌校注：《杂纂七种》，上海古籍出版社 1988 年版。

郑振铎：《中国文学研究》上，《郑振铎全集》第四卷，花山文艺出版社 1998 年版。

郑振铎：《中国文学研究》下，《郑振铎全集》第五卷，花山文艺出版社 1998 年版。

郑振铎：《中国古典文学文论》，《郑振铎全集》第六卷，花山文艺出版社 1998 年版。

郑振铎：《中国俗文学史》，《郑振铎全集》第七卷，花山文艺出版社 1998 年版。

郑振铎：《插图本中国文学史》，《郑振铎全集》第九卷，花山文艺出版社 1998 年版。

孙楷第：《戏曲小说书录解题》，人民文学出版社 1990 年版。

李家瑞：《北平俗曲略》上海文艺出版社 1990 年影印本。

王昆吾：《唐代酒令艺术》，东方出版中心 1995 年版。

胡适：《白话文学史》上海古籍出版社 1999 年版。

陈允吉：《古典文学佛教溯源十论》，复旦大学出版社 2002 年版。

吴海勇：《中古汉译佛经叙事文学研究》，学苑出版社 2004 年版。

程毅中：《程毅中文存》，中华书局 2006 年版。

马廉：《马隅卿小说戏曲论集》，中华书局 2006 年版。

徐大军：《元杂剧与小说关系研究》，河南人民出版社 2006 年版。

黄永年自选集：《文史探微》，中华书局 2000 年版。

李昌集：《中国散曲史》，华东师范大学出版社 2007 年版。

（宋）计有功辑撰：《唐诗纪事》，上海古籍出版社 2008 年版。

范丽敏：《互通·因袭·衍化——宋元小说、讲唱与戏曲关系研究》，齐鲁书社 2009 年版。

刘方：《唐宋变革与宋代审美文化》，学林出版社 2009 年版。

后　记

本书选题有一个较长的酝酿过程。

20 世纪 80 年代后期，给电大学生辅导《中国古代文体概论》课时，看到在古代文体研究领域，只讲诗、文两类文体，戏曲文体也散见于各类专著、论文中，唯独古代小说文体，除胡士莹《话本小说概论》等书，对话本小说文体有所论述，其余几乎还是空白。因此，很想在古代小说文体方面做些研究，但古代小说文体要论述些什么，当时在这方面可资借鉴的专论，几乎没有，于是，结合我的有关古代小说叙事的几篇论文，按照自己的理解，我在系里开设了"中国古代小说文体论"的选修课。其后，结合讲稿，于2000 年由天津社会科学出版社出版了《中国古代小说文体论》一书，在这本书的"后记"里曾说："想系统研究一下中国古代小说文体的想法，大约萌生于 20 世纪 80 年代后期。"现在看，当时仅只是些想法而已，远未做到"系统研究"。

在编写《中国古代小说文体论》一书时，曾想与戏曲文体做些比较，不过，一是因为《中国古代小说文体论》一书从约稿到出版，时间非常短促，再者如何进行小说与戏曲文体的比较，也未考虑成熟，于是，书中与戏曲比较的部分就放弃了。但是，兴趣依旧，一直想在古代小说、戏曲文体方面做些文章。

进入 21 世纪后，曾按照中国古代小说、戏曲叙事形态比较的构想，申报过国家社科基金项目，但未能通过。在反思此次课题申报问题时，考虑到当时这个题目虽然还算比较新，但题目较大，论述的对象主要集中于元明清成熟形态的小说戏曲文体，这样，在材料、思路上一时还难于找到新的突破，不如寻根溯源，将眼光转向人们关注较少的小说戏曲的发生形态，于是有了《瓦舍文化与通俗叙事文体的生成》这样一个课题。

本书以整节内容发表的论文主要有十篇。第五章"走向案头"的五节文字曾以论文的形式在《天津师范大学学报》《红楼梦学刊》等刊物上发表，因与本书文字出入不大，这五篇论文不再列出。前面几章的五篇论文，发表时对相应章节的内容做了截取或剪裁，将这些论文列出，可与本书参照。依章节顺序有：《唐代都市世俗娱乐场所与"说话"的兴起——兼论唐代"市人小说"并非宋代"说话"之先声》（第一章第一节，《河北学刊》2015年第1期）、《"话本"词义的口头属性》（第二章第一节之"三"，《明清小说研究》2015年第2期）、《元杂剧的编创方式——作家与伶人协同创作》（第二章第四节之"三"，《河北学刊》2013年第6期）、《傀儡戏影戏与元杂剧叙事的生成——为孙楷第"傀儡说"正名》（第三章第一节之"四"，《北京社会科学》2015年第6期）、《"合生"的原貌、渊源与得名——兼论"说话"之"合生"》（第三章第二节，《中国文化研究》2014年第3期）。

本课题于2012年6月完成，2013年1月通过国家社科基金项目结项审核。出版过程中除有一些字句表述的修改，全书的结构、观点、资料都是2013年前完成的，未作改动。这个选题的主体部分，是探讨通俗叙事文体早期的口头叙事形态及口头叙事文本化与通俗叙事文体生成中的诸问题，站在原始的起点上，从源头开始探索，这样可以更清楚地认识中国古代通俗叙事文体的一些特征，本课题的研究仅只是初步的，还期待能有更多的讨论与探索。

宋常立

2015年6月于津门寓所

责任编辑:杜文丽
封面设计:徐 晖

图书在版编目(CIP)数据

瓦舍文化与通俗叙事文体的生成/宋常立 著. —北京:人民出版社,2017.5
ISBN 978 - 7 - 01 - 015502 - 9

Ⅰ.①瓦… Ⅱ.①宋… Ⅲ.①叙事文学-文学研究-中国-古代
Ⅳ.①I20.2

中国版本图书馆 CIP 数据核字(2015)第 270943 号

瓦舍文化与通俗叙事文体的生成
WASHE WENHUA YU TONGSU XUSHI WENTI DE SHENGCHENG

宋常立 著

人民出版社 出版发行
(100706 北京市东城区隆福寺街 99 号)

北京龙之冉印务有限公司印刷 新华书店经销

2017 年 5 月第 1 版 2017 年 5 月北京第 1 次印刷
开本:710 毫米×1000 毫米 1/16 印张:29.5
字数:495 千字 印数:0,001-3,000 册

ISBN 978 - 7 - 01 - 015502 - 9 定价:85.00 元

邮购地址 100706 北京市东城区隆福寺街 99 号
人民东方图书销售中心 电话 (010)65250042 65289539